음식디미방 주해

역주 소개

백두현

경북 성주에서 태어남(1955)
경북대학교 문리과대학 국어국문학과 졸업(1980)
경북대학교 대학원 국어국문학과 문학석사(1983)
경북대학교 대학원 국어국문학과 문학박사(1990)
경성대학교 국어국문학과 부교수
현재 : 경북대학교 국어국문학과 교수

주요 논저

조선시대의 한글 보급과 실용에 관한 연구
『영남문헌어의 음운사 연구』
『현풍곽씨언간 주해』
『석독구결의 문자체계와 기능』

음식디미방 주해

초판 1쇄 2006년 2월 28일
초판 6쇄 2018년 12월 7일

저 자 정부인 장계향(貞夫人 張桂香)
역 주 백두현
펴낸이 최종숙
편 집 이태곤 권분옥 박윤정 홍혜정 문선희 임애정 백초혜
디자인 안혜진 홍성권
마케팅 박태훈 안현진
펴낸곳 글누림출판사
서울시 서초구 동광로46길 6-6 문창빌딩 2층(우06589)
전화 02-3409-2055(편집부), 2058(영업부) / 팩스 02-3409-2059
이메일 nurim3888@hanmail.net
홈페이지 http://www.geulnurim.co.kr
블로그 blog.naver.com/geulnurim
북트레블러 post.naver.com/geulnurim
등록 2005년 10월 5일 제303-2005-000038호
ISBN 89-91990-11-8 93810
정 가 29,000원

* 잘못된 책은 교환해 드립니다.

음식디미방 주해

백두현

머리말

『음식디미방』은 국어사 연구의 중요한 자료일 뿐 아니라 음식조리사 연구, 조선시대 생활사 연구 등 여러 방면에 활용될 수 있는 우리의 고전이다. 필사본으로 된 이 책은 흘림체 글씨와 난해한 어휘로 읽기가 어려워 연구자들이 이용하기가 쉽지 않았다. 일찍이 황혜성 선생이 번역한 것이 있으나 어려운 구절은 남겨 두었고, 최근 한복려 · 한복선 · 한복진의 『다시 보고 배우는 음식디미방』이 나와서 원문의 이해에 큰 도움을 주었다. 그러나 이 현대어역들은 자세한 주석을 달지 않았고 국어사 전문가의 번역이 아니어서 수정해야 할 곳이 더러 있다. 경북대학교 출판부에서 고전총서의 컬러판 영인으로 다시 간행되었으나 주석과 풀이가 자세하지 않다.

『음식디미방』에는 지금까지의 고어사전에 올라가 있지 않는 특이 어휘들이 상당수 실려 있다. 엄격한 교정을 거치지 않은 필사본으로 당시의 언어 사실을 잘 보여주는 언어 자료이다. 정부인 장계향(貞夫人 張桂香, 1598~1680)이 저술한 이 책은 전통 음식뿐 아니라 17세기 후기의 국어사 연구에도 귀중한 가치를 가진 것이어서 보다 정확한 주해가 필요한 문헌이다. 주해자는 1998년부터 이 주석 작업을 시작하여 2000년 12월에 일을 거의 마치고, 2004년에 다시 수정하고 고쳤다. 도중에 원래의 출판 계획이 바뀌는 바람에 이제야 책으로 내게 되었다.

주해자는 이 책에 대한 연구를 진행하면서 장씨 부인이 태어나고 살았던 경상북도 북부 일대 지역을 샅샅이 답사하였다. 1998년 8월에 장씨 부인의 친정댁이 있는 안동시 서후면의 경당고택을 시작으로 장씨 부인이 출가하여 살았던 영양군 석보면의 두들마을, 그리고 영해군의 오촌 마을 등을 답사하였다. 그 후 이 책 속에 자주 등장하는 '맛질방문'의 '맛질'이 어딘가를 밝히기 위해 예천군 대저면 일대를 다니면서 현장을 확인하고 탐문 조사를 했다. 공부를 하면서 현장을 직접 밟아 본다는 의미를 이때 새삼스럽게 깨달았다. 현장 답사는 책 속의 내용을 훨씬 이해하기 쉽게 하였다. 이 답사를 통해 장씨 부인의 후손으로 현재 이 집안의 종손(宗孫)이신 이돈(李暾) 선생님, 두들마을에서 장씨 부인이 살았던 석계고택(石溪古宅)을 지키시는 이병균(李秉鈞) 선생님께 많은 도움을 받았다. 이분들께 깊은 감사를 드린다.

두들마을의 석계고택은 경상북도 민속자료 제91호(1990년 8월 지정)로 지정되어 있으며, 마을 앞에는 장씨 부인의 덕을 기리는 비(碑)가 세워졌고, 유물관도 건립되었다. 이 마을은 소설가 이문열 씨의 고향이며, 세간에 회자되었던 그의 작품 『선택』은 바로 장씨 부인을 주인공으로 삼은 것이다

『음식디미방』에 대한 선행 연구자들의 업적은 본 주해의 토대가 되었다. 김사엽(金思燁) 박사의 해제, 김형수(金炯秀) 박사의 논문, 윤숙경, 이성우 교수의 선행 연구들은 매우 유익한 것들이었다. 앞에서 언급한 『다시 보고 배우는 음식디미방』은 이 자료의 음식을 현대적으로 재현하고 그 그림을 실어 놓아 내용 이해에 많은 도움이 되었다. 본 주해자는 상기 업적을 활용하여 원문에 대한 정밀한 이해가 가능하도록 최선을 다하였다.

주해 작업을 실제로 수행함에 있어서 여러 분들의 도움을 받았다. 이광호, 이장희, 송지혜가 원문과 주해문의 교정과 관련 어휘 조사를 도왔다. 고려대학교 '국어사자료연구회' 팀은 필자가 1차 완성한 주해문을 강독 자료로 삼아 주었다. 이 모임의 공동 토론을 거치면서 주해문의 내용과 형식은 더욱 개선되었다. 이 강독회에 참석하여 같이 공부하고 도와준 이미향, 송지혜, 이갑진, 홍미주, 안미애, 박은향, 장준이, 남정이에게 감사하고, 교정에 애를 많

이 쓴 전영곤 군의 노고를 치하한다. 그리고 특히 원전 이용을 허락해 주신 정부인 장씨의 종손(宗孫) 이돈 선생님께 깊은 감사의 뜻을 드린다. 또한 자료 이용 등을 통해 이 책의 출판에 도움을 주신 경북대학교 출판부장 남권희 교수께 감사드린다.

2판에서는 초판의 오기와 잘못된 곳을 찾아서 고쳤다. 추가한 내용도 약간 있다. 교정과 주석의 끝없음을 다시 한 번 느끼게 된다.

본 주해서는 위에 언급한 여러 분들과 공동 노력한 결과라 해도 과언이 아니다. 그러나 주해 결과에 대한 책임은 전적으로 필자에게 있다. 본 주해서가 국어사 연구 및 전통 음식과 조리법 연구에 도움이 되기를 기대한다.

2009. 4. 달구벌 복현동 서재에서
백 두 현

5판에서는 그간 이루어진 성과를 반영하여 '맛질방문'에 대한 새로운 해석과 고추 유입에 관한 내용을 추가하였다.(2015.9)

6판에서는 '맛질방문'의 '맛질'에 좀 더 구체적으로 서술했고, 결론 말미에 음식디미방의 가치를 요약해 넣었다. 그리고 참고문헌란에 주해자가 음식조리서 및 음식맛 표현, 김치 어원설 등에 대해 쓴 논문 목록을 추가했다. (2018.11)

『음식디미방』
〔閨壼是議方〕
해제

1. 들어가는 말

『음식디미방』은 경북 북부의 안동과 영양 일대에서 살았던 정부인(貞夫人) 안동 장씨(1598~1680)가 말년에 저술한 음식 조리서로서, 17세기 중엽에 우리 조상들이 무엇을 어떻게 만들어 먹었는지 식생활의 실상을 잘 알려 주는 문헌이다. 경북대학교 도서관 고서실에 소장되어 있는 이 책은 한국의 음식사와 조선 시대의 음식 문화를 연구하는 데 그 어떤 자료보다 귀중한 가치를 가진다. 또한 이 책은 146개 항에 달하는 음식 조리법을 한글로 서술한 최초의 한글 조리서로 일찍부터 관계 전문가들에 의해 이용되어 왔다.

이 책은 앞 뒤 표지 2장을 포함하여 전체가 30장으로 된 필사본인데 장씨 부인이 직접 쓴 친필본이라 알려져 있다. 혹자는 이 책에 장씨 부인이 직접 쓴 서명이 없다는 이유로 장씨 부인의 저술이 아닐지도 모른다는 의문을 제기하기도 한다. 그러나 이 책이 존재(存齋) 종가에서 장씨 부인의 저술로 전해지면서[1] 오랫동안 소중히 간직되어 온 사실 하나만으로도 이러한 의심

1) 『음식디미방』은 장씨 부인의 셋째 아들 갈암(葛庵) 이현일(李玄逸)의 후손가에 전존되어 오다가 세상에 알려지게 되었고, 이 집안의 문중에서 장씨 부인이 이 책을 지었다는 이야기가 대대로 전해 내려 왔다. 어떤 가문에서 오랜 세월 동안 구전되어 내려온

은 쉽게 해소된다. 권말에 기록된 필사기의 내용과 장씨 부인의 생애가 잘 연결되며, 책의 상태와 외형적 특징은 이 책이 17세기의 것임을 보여준다. 음식디미방에 저술자의 서명이 나타나 있지 않은 것은 이 책을 바깥 사람들에게 보이기 위해 저술한 것이 아니라, 집안에 간직해 두고 집안의 부녀들에게 전해 주려는 목적에서 지은 것이기 때문일 것이다. 집안 사람들이 보는 책에 굳이 글쓴이의 姓을 밝혀 적을 필요가 없었던 것이다. 덧붙여 조선 시대의 여성들에게는 책을 저술하여 남기는 일이 사회적 통념에 어긋나는 것이었다는[2] 점도 고려해야 할 것이다.

장씨 부인이 말년에 살았던 석계 고택

집안일에 관한 이야기는 그 신뢰도가 매우 높다. 필자가 다른 문헌의 조사를 위해 특정 가문을 방문하여 그 집안의 내력을 들어본 일이 있는데, 집안에서 대대로 구전되어 내려온 300～400년 전의 이야기가 문헌에 나오는 내용과 일치하는 사례를 본 적도 있고, 이와 유사한 경우를 다른 연구자들로부터 들은 적도 있다. 필자는 한 가문에 전해 내려오는 조상들에 대한 이야기는 대단히 신뢰할 만한 것이라고 생각한다.

2) 『문통』, 『언문지』로 유명한 유희(柳禧)의 어머니 사주당(師朱堂) 이씨 부인은 학문에 뛰어나 많은 책을 저술하였으나, 부녀자가 글을 남기는 것은 외람된 일이라 하여 태교에 관한 글만 남겨 두고 스스로 다 태워버렸다는 이야기가 좋은 사례이다.

이 책이 학계에 처음 알려진 것은 『고병간 박사 송수 기념 논총』(1960)에 실린 김사엽 박사의 논문을 통해서이다. 김사엽 박사는 이 글에서 장씨 부인이 쓴 '규곤시의방'(閨壼是議方)과 그의 아들 존재(存齋) 이휘일(李徽逸)이 지은 시조 작품 '전가팔곡'(田家八曲)을 소개하였다. 그 후 손정자(1966)와 황혜성(1980)의 연구가 나왔고, 1999년에 한복려 · 한복선 · 한복진의 공저인 『다시 보고 배우는 음식디미방』이 출판되었다. 후자는 디미방에 기술된 조리법에 현대적 조리법을 가미하여 실제로 조리가 가능하도록 재현해 놓았으며, 현대 이역도 이전의 것에 비하면 상당히 진보된 수준으로 개선하였다.

필자는 이 글에서 『음식디미방』에 대한 기본적 이해를 위해 서지적 사항과 장씨 부인의 생애를 먼저 검토한 뒤, 이 문헌의 명칭, 내용과 구성, 다른 조리서와의 관계, 이 책의 가치 등을 고찰하고자 한다.[3)]

2. 서지 및 필사기(筆寫記)

이 책의 표지서명은 '閨壼是議方'(규곤시의방)이고, 권두서명은 '음식디미방'으로 되어 있어 두 명칭이 서로 다르다. 표지서명 '閨壼是議方'은 가로 5.1cm, 세로 15.8cm 크기의 제첨에 묵서되어 있다. 책의 크기는 26.5×18cm 이며, 필사본이 일반적으로 그러하듯이 광곽이 없고 계선도 없다. 보통의 백지에 붓으로 쓴 것이다. 반엽이 8~9행이며 한 행의 자수는 34~36자로 일정치 않다. 지질은 황색 저지이며 보존 상태는 매우 양호하다. 앞 뒤 표지 2장을 빼면 28장인데 이중에는 6장의 백지가 포함되어 있다. '어육뉴'가 끝난 부분에 3장의 백지가 있고, '쥬국방문'의 끝에도 백지 3장이 붙어 있다. 이렇게 백지를 남겨 둔 것은 나중에 추가할 조리법이 있을 때를 대비한 조치로 판단된다.

3) 경북대학교 출판부에서 『음식디미방』 원본의 영인 및 현대어역본을 출판했다.

권두의 본문이 시작되는 앞 면에 다음과 같은 한시가 유려한 필치로 쓰여 있다.

三日入廚下　洗手作羹湯　未諳姑食性　先遣少婦嘗

시집온 지 삼일만에 부엌에 들어, 손을 씻고 국을 끓이지만,

시어머니의 식성을 몰라서, 어린 소녀(젊은 아낙)를 보내어 먼저 맛보게 하네.

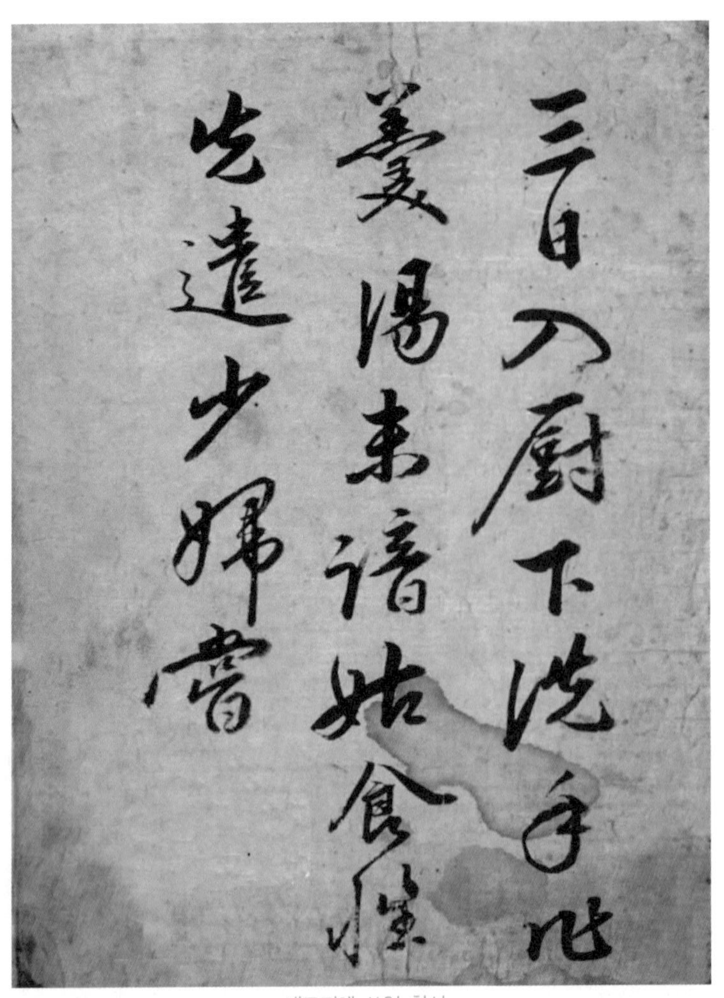
三日入廚下洗手作
羹湯未諳姑食性
先遣少婦嘗

내표지에 쓰인 한시

이 작품은 중국 당나라 시대에 활동했던 왕건(王建)[4]이 지은 '신가낭사'(新嫁娘詞) 삼수(三首) 중 세 번째 작품으로, 청대에 당시를 종합하여 간행한 『전당시(全唐詩)』에 수록되어 있다. 그런데 『전당시』에 실린 원전에는 4행의 '少婦'(젊은 아낙네)가 '小姑'(시누이)로 되어 있으며, '小姑'의 '姑' 뒤에 '一作娘'이라 부기되어 있다.[5] 『음식디미방』에서 이것을 '少婦'로 고친 이유는 3행에 쓰인 '姑'(시어머니) 때문일 것이다. '시어머니'를 뜻하는 '姑'가 앞 행에 쓰였으므로 같은 글자를 피하기 위해 다른 글자로 바꾼 것이다.

『음식디미방』의 권말에는 다음과 같은 필사기가 적혀 있다.

> **이 ᄎᆡᆨ을 이리 눈 어두온ᄃᆡ 간신히 써시니 이 ᄠᅳ줄 아라 이ᄣᅢ로 시ᄒᆡᆼᄒᆞ고 ᄯᆞᆯᄌᆞ식들은 각각 벗겨 가오ᄃᆡ 이 ᄎᆡᆨ 가뎌 갈 ᄉᆡᆼ각을안 ᄉᆡᆼ심 말며 부ᄃᆡ 샹치 말게 간쇼ᄒᆞ야 수이 ᄲᅥ러 ᄇᆞ리다[6] 말라.** (이 책을 이렇게 눈이 어두운데 간신히 썼으니, 이 뜻을 알아 이대로 시행하고, 딸자식들은 각각 베껴 가되, 이 책을 가져 갈 생각일랑 절대로 내지 말며, 부디 상하지 않게 간수하여 빨리 떨어져 버리게 하지 말아라.)

몸이 불편한 가운데 어두운 눈으로 간신히 이 책을 쓴 뜻을 잘 알아 이대로 시행하고 책은 본가에 간수하여 오래 전하라고 당부한 내용이다. 이 당부가 후손들에 의해 그대로 시행되어 오늘날까지 온전한 모습 그대로 이 책

---

4) 왕건(AD : 768～830)은 중국 성당기(盛唐期)의 시인으로 자는 중초(仲初)이다. 하남성 영천(潁川) 사람으로 대력(大曆) 10년에 진사가 되었고, 처음에는 위남위(渭南尉)가 되었으며, 비서승(秘書丞)과 시어사(侍御史)를 역임하기도 했다. 태화(太和) 연간에는 출사하여 섬주(陝州) 사마(司馬)가 되어 변방 지역으로 종군하였다가 뒤에 함양(咸陽)으로 돌아와서 원상(原上)에 복거(卜居)하였다. 그는 악부(樂府)에 매우 뛰어나 장적(張籍)과 이름을 나란히 하였고, 궁사(宮詞) 100수는 널리 사람들의 입에 전송되었으며, 시집 10권이 있다.

5) 이러한 사실은 한시와 고문에 밝은 강구율 박사의 조언으로 알게 된 것이다. 신가낭사(新嫁娘詞) 삼수(三首) 중 세 번째 작품은 다음과 같이 되어 있다.

   三日入廚下 洗手作羹湯 未諳姑食性 先遣小姑(一作 娘)嘗

   삼일 만에 부엌에 들어가서 손을 씻고 국을 끓이네.

   시어머니의 식성을 알지 못하여 먼저 시누이를 보내어 맛보시게 하네.

6) ᄇᆞ리다 : 'ᄇᆞ리디'의 오기.

이 전해져 학술적 가치를 빛내고 있으니, 후손을 위한 장씨 부인의 원려(遠慮)와 선조의 유훈을 받들어 지켜온 후손들의 정성스러운 마음이 서로 수응한 결과라 아니할 수 없다.

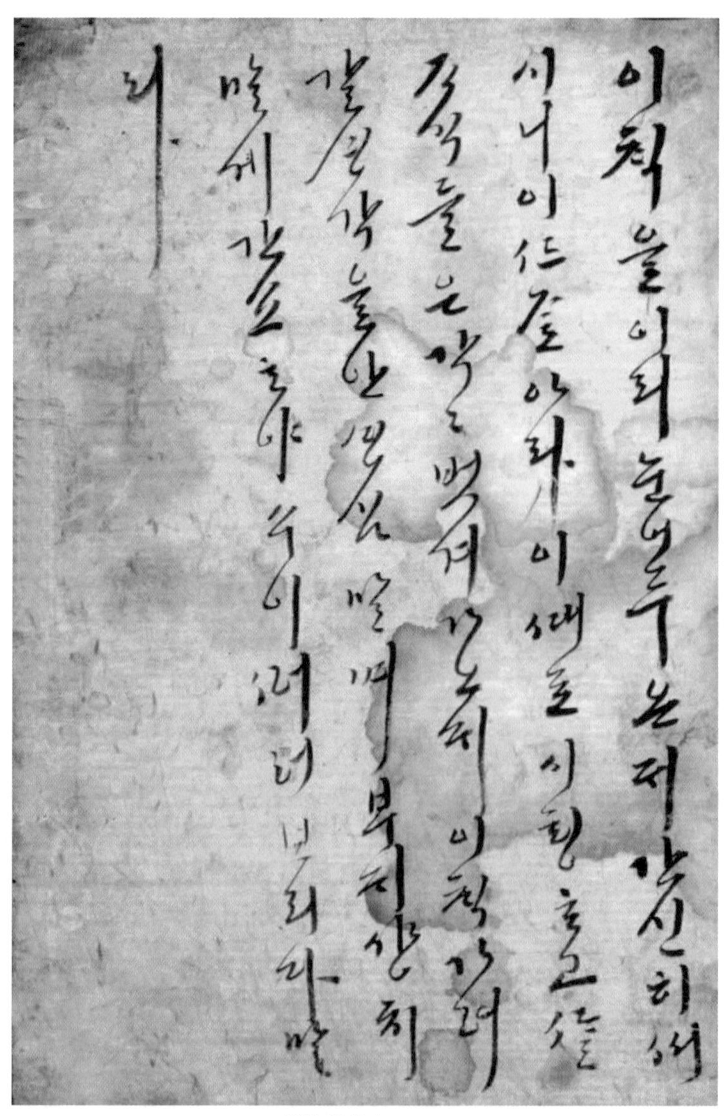

권말 필사기

이 필사기는 장씨 부인이 직접 쓴 것이 분명하다. 이 필사기를 쓴 해가 이 책의 저술 연대가 되겠는데 정확하게 몇 년인지 알 수 없다. '이리 눈 어두온디 간신히 써시니'라는 문구로 보아 장씨가 말년에 쓴 것으로 보인다.[7] 장씨의 생몰년(1598～1680)을 고려할 때 이 '말년'은 1670년경에서 1680년 사이일 것이다. 따라서 우리는 1670년경과 1680년 사이에 『음식디미방』이 이루어졌다고 본다.

여기서 한 가지 지적해 둘 것은 위의 인용문 중 "뚤즈식들은 각각 벗겨 가오디 이 칙 가뎌 갈 싱각을안 싱심 말며"라는 대목을 음식사 연구자들이 잘못 해석하고 있다는 점이다. 이 구절에 대해 이성우(1982 : 19)는 "「음식디미방」에서 장씨 부인은 이 책을 시집갈 때 가지고 가지 말라 하여 자기집의 조리 비결을 독점・보존하려고 애쓰고 있는데 비하여, 「규합총서」에서 빙허각(憑虛閣) 이씨는 서문을 통하여 오히려 널리 읽혀지기를 바라고 있으니, 이러한 조리서의 편찬 의식이 시대에 따라 달라지고 있을 뿐 아니라……"라고 풀이하였다. 그러나 이러한 풀이는 올바른 것이라 할 수 없다. 딸자식들에게 이 책을 베껴 가되 책을 가져갈 생각은 절대로 하지 말라고 한 것은 '조리법의 독점'을 의도한 것이 아니라, 원본을 종가에 잘 보존함으로써 조리법을 대대손손 길이 전수하고자 함에 있는 것이다. 딸자식들이 베껴 간 책을 남에게는 절대로 보여주지 말라고 하였다면 이성우 교수의 풀이가 맞겠지만 그러한 뜻은 문면 어디에도 나타나 있지 않다. 연구자의 잘못된 해석이 본의 아니게 저술자의 뜻을 왜곡시킬 우려가 있다고 여겨지는 까닭에 굳이 지적해 두는 바이다.

7) 『음식디미방』은 장씨 부인의 셋째 아들 갈암(葛庵) 이현일(李玄逸)의 후손가에 전존되어 오다가 세상에 알려지게 되었고, 이 집안의 문중에서 장씨 부인이 이 책을 지었다는 이야기가 대대로 전해져 왔다고 한다.

3. 장씨 부인의 생애

정부인 장씨의 생애와 가계에 대한 연구는 김사엽(1960)에서 비교적 간략하게 서술되었고 그 후 김형수(1972)에서 가계와 생애, 유품과 유묵에 대한 소개와 고증이 이루어졌다. 필자가 여기에 더 보탤 것은 없으므로 앞선 연구들의 업적에 기대어 장씨 부인의 생애를 간략히 소개하고자 한다. 장씨 부인의 생애를 이해하는 것은 『음식디미방』을 어떤 관점에서 연구하든 반드시 필요한 기초가 된다.[8)]

정부인 장씨는 안동 서후면 금계리에서 1598년(선조 31년)에 태어났다. 아버지는 참봉을 지내고 향리에서 후학을 가르쳤던 성리학자 경당(敬堂) 장흥효(張興孝)[9)]이고, 어머니는 첨지 권사온(權士溫)의 딸이다. 19세에 출가하여 재령(載寧) 이씨인 석계(石溪) 이시명(李時明)[10)]의 계실(繼室)이 되었다. 이시명은 전실 김씨로부터 일남(尙逸) 일녀를 얻었으며, 둘째 부인 장씨로부터 육남(徽逸[11)], 玄逸, 嵩逸, 靖逸, 隆逸, 雲逸) 이녀를 두었다. 장씨 부인은 칠남 삼녀를 훌륭히 양육하였던 것이다.

8) 다음 내용은 주로 김형수(1972)에 서술된 것과 문중의 관련 자료를 참고로 하여 필자가 간략히 간추린 것이다.

9) 장흥효(1564~1633) : 장씨 부인의 친정 아버지. 안동 장씨. 호는 경당(敬堂). 학봉 김성일과 서애 유성룡에게 배웠다. 한강 정구의 문하생으로 역학에 밝았다. 12개월과 24절기를 조합하여 일원소장도(一元消長圖)를 작성하였다. 그의 문하에서 많은 제자가 나왔다. 장씨 부인의 아들인 존재 이휘일도 그의 문하생이다. 문집으로 '경당문집'이 있다. 안동 경광서원에 배향되었다.

10) 이시명(1590~1674) : 장씨 부인의 부군. 재령 이씨. 호는 석계(石溪). 원래 고향은 영해이다. 장흥효의 문인이며, 1612년 사마시에 합격하였다. 1640년 영양의 석보에 정착하여 후진을 양성하였다. 이황의 학통을 이은 장흥효에게 사사하여 주리학을 아들 휘일에게 전수하였다.

11) 이휘일(1619~1672) : 장씨 부인 소생의 첫 아들. 호는 존재(存齋). 참봉 시명(時明)의 소생이나 승의랑(承議郎) 이시성(李時成)의 아들로 입양되었다. 어머니는 안동 장씨이며, 이조판서 현일의 형이다. 13세 때 외조부 흥효의 문하생으로 들어갔고, 학문에 잠심하여 성리학의 일가를 이루었다. 훗날 학행(學行)으로 참봉에 제수되었고, 영해 인산서원에 배향되었다.

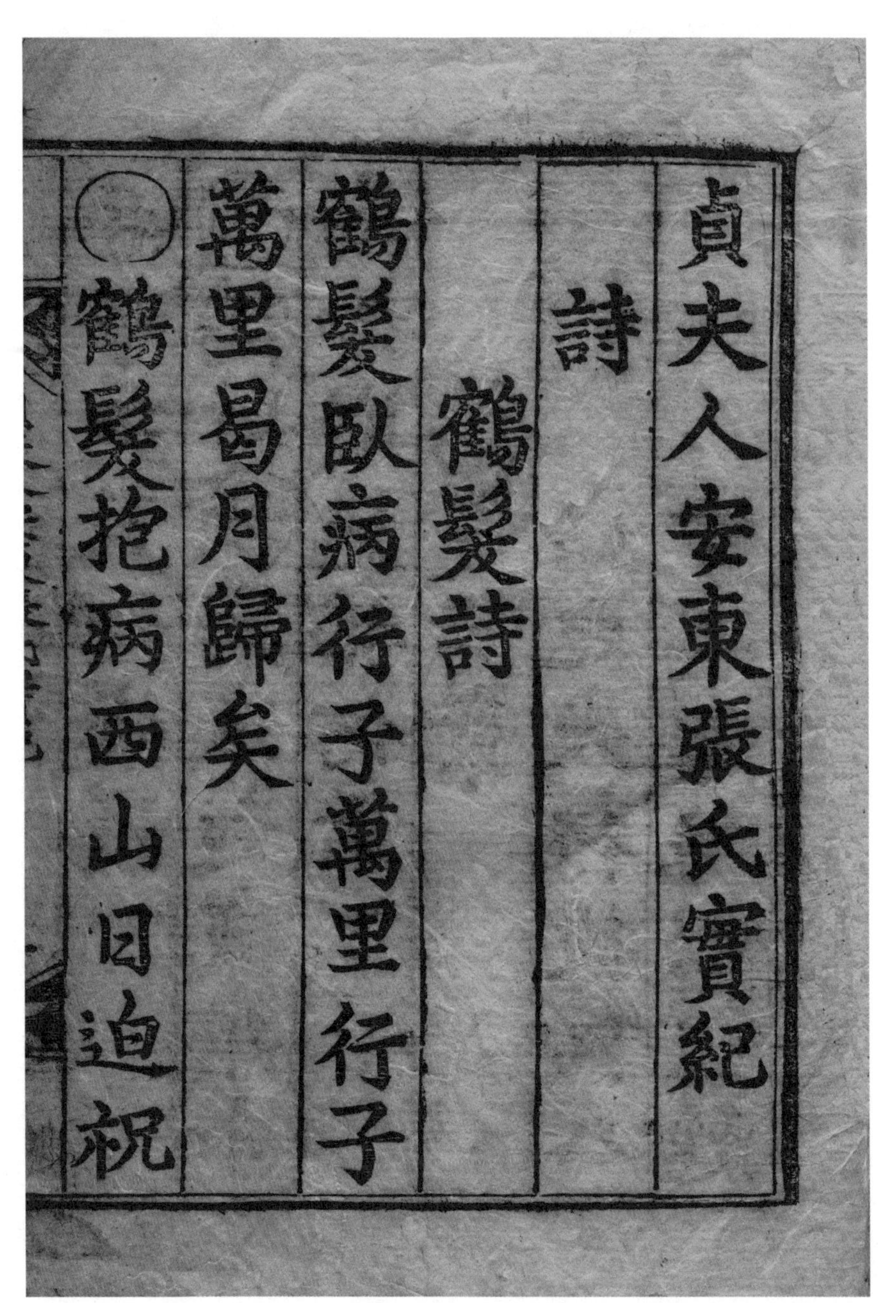
貞夫人安東張氏實紀

詩

鶴髮詩

鶴髮臥病行子萬里行子
萬里曷月歸矣

○鶴髮抱病西山日迫祝

『정부인안동장씨실기』의 권두

셋째 아들 현일(玄逸)이 쓴 '광지'(壙誌)(1844년에 간행된 『정부인안동장씨실기』에 수록)와 한글로 번역한 장씨 부인의 실기(實紀)에는 부인의 여러 가지 행적이 기록되어 있다. 회임함에 언행을 옛 법도대로 하였고, 자애로움과 엄격함으로 자녀들을 훈도하였으며, 서화와 문장에 뛰어나 훌륭한 필적을 남기기도 하였다. 흉년 기근으로 민생이 참혹할 때 기민의 구휼에 정성을 다하니 사방에서 모여든 행인이 집 안팎을 메워 솥을 밖에 걸어 놓고 죽과 밥을 지어 사람들을 먹이기도 하였다. 의지 없는 늙은이를 돌보아 먹이고, 고아를 데려다가 가르치고 길러 성취시키는 등 인덕과 명망이 자자하였다. 부인의 평생 쌓은 유덕이 이러하기에 은혜를 입은 사람들이 지성으로 축수하여 "아무려나 이 아기시님 수복 무강하옵소서. 우리 몸이 죽어 귀신이 되어도 이 은덕을 한 번 갚기 소원이라" 하였다. 친정 부모와 시가 부모를 모시고 봉양함이 극진하여 몸소 효의 전범을 보이시니 그 아래에서 훈육된 자녀들 또한 효성이 지극하였다.

안동 장씨 실기에 실린 친필 유묵

장씨 부인의 행실과 덕이 이렇게 높고 83세에 이르기까지 자녀 훈도에 힘을 쏟으니 이로부터 재령 이씨 가문은 더욱 크게 일어나 훌륭한 학자와 명망 있는 동량들이 대대로 배출되었다. 부인은 1680년(숙종 6년)에 83세를 일기로 향년을 마치었다. 장씨 부인이 생애의 말년을 보냈던 집은 현재 영양군 석보면 원리동의 '두들' 마을에 있고,[12] 부인의 묘소는 안동군 수동에 있다.[13]

12) 이 마을에는 장씨 부인이 종양하였던 석계 고택이 있으며 이 집은 경상북도 민속자료 제91호(1990년 8월 지정)로 지정되어 있다. 최근 마을 앞에 장씨 부인의 덕을 기리는 비가 세워졌으며, 유물관도 건립되었다.

4. 『음식디미방』의 명칭 문제

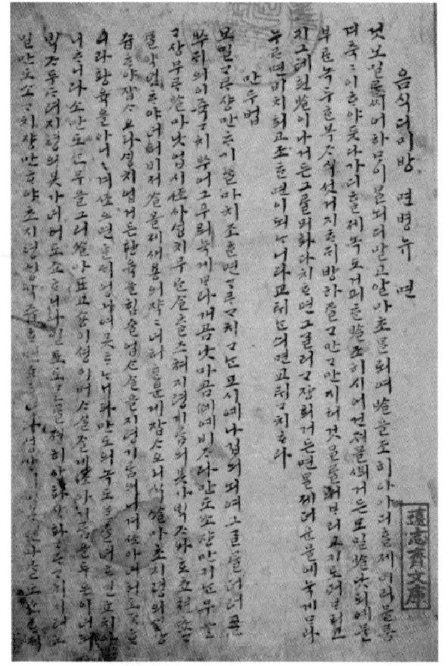

『음식디미방』 권두

『음식디미방』 표지

이 책을 자세히 소개하기에 앞서 그 명칭에 대해 정리해 둘 필요가 있다. 이 책의 명칭에 약간의 혼동과 불분명한 점이 있기 때문이다. 이 책의 명칭은 두 가지이다. 본문의 첫머리에 나타난 권두서명은 '음식디미방'으로 되어 있고, 장정한 겉표지에 쓰인 표지 서명은 '閨壼是議方'으로 되어 있다. 김사엽(1960 : 671)은 전자가 필사자가 직접 쓴 원명이고, 표지서명은 장씨의 부군 또는 자손들이 격식을 갖추기 위해 새로 지어 붙인 것으로 추정하였다. '음식디미방'이라는 이름은 이 책의 내용에 썩 잘 어울리는 사실적 명명임에 비

13) 1997년 5월에 간행된 『정부인 안동 장씨 유적』이라는 책에는 장씨 부인의 유묵이 실려 있어 그 진면목을 접할 수 있다. 섬세하고 아름다운 초서체의 필적과 시는 일상적 가정사뿐 아니라 학예 방면에 있어서도 탁월한 재능을 가졌던 장씨 부인의 면모를 보여 준다.

해, '閨壼是議方'이라는 이름은 윤색을 가하여 외형상의 격식을 갖추려 한 것이다. 이런 태도는 책을 저술한 당사자인 장씨 부인의 것이라기보다 그의 부군이나 자손이 이 책의 품격을 더 높이려고 한 조치라고 생각된다.

서지학 혹은 목록학에서 어떤 문헌의 정식 명칭을 정할 때 표지 서명보다 권두서명을 취하는 것이 원칙이다. 그 이유는 표지 서명이 대체로 권두서명을 줄인 것이 많은데 비해 권두서명은 온이름(full name)[14]을 적기 때문이다. 그러나 이 책의 경우 표지 서명 '閨壼是議方'과 권두서명 '음식디미방'이 서로 판이한 것이어서 문제가 된다. 그런데 본문의 첫머리 즉 권두서명 '음식디미방'은 이 책을 저술한 당사자가 붙인 이름임이 분명하므로 저술자의 의도를 존중하는 것이 바람직하다고 생각된다. 저술자의 의도를 존중하고 책의 내용이 명칭에 직접 반영될 수 있도록 함에는 '음식디미방'이 더 적합하다. 그러므로 권두서명을 목록에 올리는 정식 서명으로 간주하는 일반적 관례를 따르고, 위에서 지적한 취지를 살려 이 책의 이름은 '음식디미방'이라고 확정하려 한다. 그러나 표지 서명으로 번듯하게 쓰인 '閨壼是議方'이라는 이름을 아주 무시할 수는 없는 형편이다. 이 점을 고려하여 필자는 '음식디미방'을 이 책의 원명(또는 1차적 명칭)으로 삼고, '閨壼是議方'을 별칭(또는 2차적 명칭)으로 사용하는 것이 적절하다고 판단한다.

권두서명인 '음식디미방'의 '디미'가 어떤 한자어의 음을 적은 것인지에도 문제가 있다. 김사엽(1960 : 671)은 '飮食地味方'으로 적어 '디미'가 '地味'를 표기한 것으로 보았으나, 황혜성(1980 : 5)은 '飮食知味方'으로 적어 '디미'가 '知味'를 표기한 것으로 보았다. 책의 내용으로 보아 '디미'가 '地味'를 표기한 것일 가능성은 없다. '디미'가 '至味'(아주 좋은 맛 또는 그런 음식), 또

14) '온이름'을 '갖은 이름'이라 부르기도 한다(안병희, 1982). '온이름'을 다 쓰기 번거로워 줄여서 부르는 이름을 안병희 교수는 '줄인 이름'이라 하였으나 '준이름'(약칭)이라 부르는 것이 더 적절하다. 그리고 '딴이름'(별칭)이라는 용어도 안병희(1982)에서 제안된 바 있다. 천자문을 백수문(白首文)이라 부르는 것이 딴이름의 한 예이다. '온이름', '준이름', '딴이름'과 같은 용어는 한자 명칭과 함께 서지학의 용어로 굳혀 쓸 만한 것들이다.

는 '至美'(아주 아름답다), 혹은 '旨美'(맛이 좋다)와 같은 한자어를 표기한 것일 가능성도 고려해 볼 수 있다. 그러나 '至'와 '旨'의 고음은 '디'가 아닌 '지' 이므로[15] 문제가 있다. '知'는 그 고음이 '디'여서[16] 음상으로 보면 '디미'에는 '知味'가 가장 적합하다. '知味'의 뜻은 다음 두 가지로 쓰인다(한글학회, 우리말 큰사전 참고). ① 미각이 예민하여 맛을 잘 앎. ② '음식 맛을 봄'의 궁중말. 결국 이 책의 내용과 저술 취지로 보아 '음식디미방'은 '좋은 음식 맛을 내는 방문(方文)'이라는 뜻으로 풀이할 수 있다.

'閨壼是議方'의 '閨壼'은 여성들이 거처하는 공간인 '안방과 안뜰'을 뜻하고, '是議方'은 '올바르게 풀이한 방문'이라는 뜻이다. 따라서 '閨壼是議方'에 함축된 의미는 '부녀자에게 필요한 것을 올바르게 풀이한 방문'이라 할 수 있다.

5. 내용과 구성

1) 분류체계와 조리법 항목

이 책에는 총 146가지의 조리법이 설명되어 있는데, 분류체계에 있어 독립된 상위 범주로 설정된 부류는 다음 세 가지이다. ( ) 안의 것은 각 부류에 배정되어 있는 쪽수이다.

Ⅰ. 면병류(麵餠類)(1a-4a)
Ⅱ. 어육류(魚肉類)(4a-14b)
Ⅲ. 주류(酒類) 및 초류(醋類)(15a-22b)

15) 참고 : 至 리를 지(新增類合 下 8a). 旨 ᄆᆞᄅᆞ 지(新增類合 下 59b). 旨 ᄠᅳᆮ 지(訓蒙 上 18b).
16) 참고 : 知 알 디(新增類合 上 1b).

각 범주에 들어 있는 조리법 항목을 순서대로 정리해 보면 다음과 같다.

① 면병류(18가지)

면, 만두법, 싀면법, 토장법 · 녹도나화, 탹면법, 상화법, 증편법, 셩이편법, 섭산숨법, 젼화법, 빈쟈법, 슈교의법, 잡과편법, 밤셜기법, 연약과법, 다식법, 박산법, 잉도편법.

② 어육류(74가지)[17]

㉠ 어젼법, 어만도법, 히삼 달호는 법, 대합, 모시죠개 · 가막죠개, 싱포 간숏는 법, 게젓 담는 법, 약게젓, 별탕, 붕어찜, 대구겁질느르미, 대구겁질치, 싱치팀치법, 싱치즌지히, 싱치지히, 별미, 난탕법, 국의 트는 것, 쇠고기 쏨는 법, 양숙, 양숙편, 죡탕, 연계찜, 웅쟝, 야졔육, 가데육, 개쟝, 개쟝고 지느롬이, 개쟝국느롬이, 개쟝찜, 누른개 쌈는 법, 개쟝 곳는법, 셕뉴탕(맛질방문), 슈어만도, 슈증계(맛질방문), 질긘 고기 쌈는 법(맛질방문), 고기 몰노이는 법, 고기 몰로이고 오래 두는 법, 히숨 · 젼복, 년어난, 춤새, 쳥어념혀법(맛질방문), 둙 굽는 법(맛질방문), 양 봇는(맛질방문).

㉡ 계란탕법(맛질방문), 난면법(맛질방문), 별착면법(맛질방문), 챠면법(맛질방문), 싀면법(맛질방문).

㉢ 약과법(맛질방문), 듕박겨(맛질방문), 빙ᄉ과(맛질방문), 강졍법(맛질방문), 인뎔미 굽는 법(맛질방문).

㉣ 복셩 간숏는 법, 동화느르미, 동화선, 동화돈치, 동화젹, 가지느롬이, 가지짐 · 외짐, 외 화치, 년근치, 숙탕, 숸탕, 산갓짐치, 잡치, 건강법, 슈박 동화 간숏는 법, 동화 둠는 법, 가디 간숏는 법, 고사리 둠는 법, 마늘 둠는 법, 비시 느믈 쓰는 법.

③ 주류 및 초류(54가지)

㉠ 쥬국방문, 순향쥬법, 삼히쥬 스무두 말 비지, 삼히쥬 열 말 비지, 삼히쥬, 삼히쥬, 삼오쥬, 삼오쥬, 니화쥬 누록법, 니화쥬법 흰말비지, 니화쥬법 닷말 비지, 니화쥬법, 니화쥬법, 졈감쳥쥬, 감향쥬, 숑화쥬,

17) 어육류는 이해의 편의를 위해 네 가지 부류로 나누어 제시한다.

듁엽쥬, 뉴화쥬, 향온쥬, 하졀삼일쥬, ᄉᆞ시쥬, 쇼곡쥬, 일일쥬, ᄇᆡᆨ화쥬, 동양쥬, 졀쥬, 벽향쥬, 남셩쥬, 녹파쥬, 칠일쥬, 벽향쥬, 두강쥬, 졀쥬, 별쥬, 힝화츈쥬, 하졀쥬, 시금쥬, 과하쥬, 졈쥬, 졈감쥬, 하향쥬, 부의쥬, 약산츈, 황금쥬, 칠일쥬, 오가피쥬, 챠쥬법, 쇼쥬, 밀쇼쥬, 찹ᄡᆞᆯ쇼쥬, 쇼쥬.

㉡ 초 ᄃᆞᆷ는 법, 초법, ᄆᆡᄌᆞ초.

전체적으로 보면 면병류가 18개 항목, 어육류가 74개 항목, 주류 및 초류가 54개 항목으로 모두 합쳐 146개 항목으로 구성되어 있다.[18]

분류가 제대로 되지 않은 것은 ②항의 어육류이다. '어육뉴'의 첫 항목인 '어젼법'부터 '양 봇는 법'까지만 어육류라 할 수 있고, 45번째의 '계란탕법'부터 끝 항목 '비시 ᄂᆞ물 ᄡᅳᄂᆞᆫ 법'까지는 면류, 병과류, 채소류라 할 만한 것들이 섞여 있다. 이것을 필자가 네 가지 범주로 세분하였다. ②㉠에 속한 항목들이 사실상의 어육류(44항목)이다. ②㉡의 다섯 가지는 면류에 드는 것인데 모두 '맛질방문'이어서 별도로 서술한 듯하다. ②㉢은 병과류(과자와 떡류)에 속하는 것이다. ②㉣은 첫 항목인 '복셩 간숏ᄂᆞᆫ 법'을 제외하고는 모두 채소류에 속하는 조리법이다.

③은 주류와 초류를 나누어 정리한 것인데 원전에는 역시 하나의 범주로 설정되어 있다. 주류가 51개 항목, 초류가 3개 항목으로 주류는 놀랄 만큼 많으나 초류는 매우 빈약하다. 전체적 분류 체계에서 '면병뉴'와 '어육뉴'는 '뉴'(類)를 붙여 독립적 상위 범주로 설정했으나, 주류와 초류는 이러한 별도의 분류 명칭 없이 '쥬국방문'(누룩제조법) 뒤에 여러 양조법이 죽 나열되어 있다. 술에 관한 항목은 모두 51개이나 이 중 2개는 누룩 빚는 법이어서 실제 양조법 항목은 49개이다. 조선 중기에 안동에서 살았던 김수(1481~1552)의 친필본 『수운잡방』(需雲雜方)에는 59개 항목의 주류가 나온다(윤숙경,

18) 한문본을 포함한 조선시대 요리서 전반의 분류법에 대한 논의는 이성우(1982 : 13~138) 참고.

1986). 『음식디미방』과 『수운잡방』에서 이름이 같은 항목은 황금주, 동양주, 이화주, 일일주, 삼오주, 백화주, 소곡주, 벽향주, 두강주, 감향주, 하일점주, 유화주가 있다. 그리고 『음식디미방』의 밀소주는 『수운잡방』의 '진맥소주'(眞麥燒酒)와 같은 것이며, 전자의 '남셩쥬'는 후자의 '남경주'(南京酒)에 해당하는 것으로 본다(윤숙경, 1999 : 111).

2) 중복되거나 유사한 조리법

이 책에는 146개의 조리법에 대한 설명이 있는데 그 중에는 조리법의 이름이 같은 것 혹은 매우 유사한 것이 나타난다.

① 면병류에 서술된 '면법'과 어육류에 서술된 '별챡면법'(맛질방문) 및 '챠면법'(맛질방문)

이 세 가지는 기본적으로 비슷한 점이 많은 것들이다. 음운변화의 관점에서 보면 '탹면'이 구개음화한 것이 '챡면'이고, '챠면'은 '챡면'이 변이된 발음형으로 생각된다. 그렇지만 조리의 재료와 조리 방법에 있어서 이들은 약간씩 다르게 기술되어 있다. '탹면'은 녹두가루를 재료로 하여 오미자차를 둘러 만드는 것으로 되어 있다.[19] 그런데 '별챡면'은 밀가루를 토장가루와 섞어 반죽하여 깻국이나 오미자국에 넣어 '토장'[20]처럼 만드는 것으로 되어 있다. 한편 '챠면'은 메밀가루를 원료로 밀가루나 싀면가루를 섞어 오미자국에 마는 것으로 되어 있어 서로 차이가 있다.

② 면병류에 서술된 '면법'과 어육류에 서술된 '면법'(맛질방문)

이 두 가지의 명칭은 동일하지만 재료와 조리법에서 큰 차이를 보인다. 후자는 토장가루를 체에 쳐서 넣지만 전자에는 그런 내용이 없다. 전자는 녹두가루와 밀가루를 섞어서 반죽하는 것으로 되어 있으나 후자에는 재료로

19) 그리고 오미자국이나 깻국에 면을 말면 '토장국'이 된다고 하였다. 한편 『주방문(酒方文)』에서는 토장에 만 것을 '착면'이라 하였다.
20) 이 '토장'은 오늘날의 토장국과는 다른 것이다.

들어가는 것이 녹두가루인지 밀가루인지 그 이름이 나타나 있지 않다.

③ 면병류에 서술된 '연약과법'과 어육류에 서술된 '약과법'(맛질방문)

전자는 밀가루 한 말과 꿀 한 되 다섯 홉, 참기름 다섯 홉, 청주 세 홉을 섞어 지진 후 물엿에 넣어 쓴다. 후자는 밀가루 한 말과 꿀 두 되, 기름 다섯 홉, 술 서 홉과 끓인 물 서 홉을 섞어 반죽하고 집청꿀에 물 한 홉 반을 타서 묻히는 것으로 되어 있다. 두 방법은 사실상 거의 같다. 다만 전자에는 '청주'가 명시되어 있고 후자에는 그냥 '술'로 되어 있으며 '끓인물'을 추가하는 것만 다를 뿐이다.

④ 주류의 중복 명칭

주류에는 중복된 명칭이 다수 나오는데 술 빚는 양의 차이에 따라 항목을 달리 세운 것도 있고, 조리 명칭이 완전히 같은 것도 있다.

'삼히쥬'(三亥酒)에는 ㉠ 삼히쥬 스무두 말 비지, ㉡ 삼히쥬 열 말 비지, ㉢ 삼히쥬, ㉣ 삼히쥬로 모두 네 가지가 있다. ㉠, ㉡은 빚는 양에 따라 항목을 구별한 것으로 각각의 해일(亥日)에 쓰는 백미와 물의 양에 차이가 있다. ㉢, ㉣은 두 항목의 이름이 동일하지만 첫 亥日에 ㉢은 찹쌀을 쓰고 ㉣은 멥쌀을 쓰는 점이 다르다.

'삼오쥬'(三午酒)에도 이름이 동일한 '삼오쥬'가 두 가지 있는데, 양자는 들어가는 누룩가루의 양과 밀가루 혼합 여부에서 약간의 차이가 있을 뿐이다.

'니화쥬'(梨花酒)의 경우는 누룩 만드는 법을 별도 항목으로 설명해 두고, 그 뒤에 ㉠ 니화쥬법 흔 말 비지, ㉡ 니화쥬법 닷 말 비지, ㉢ 니화쥬법, ㉣ 니화쥬법의 네 가지가 서술되어 있다. ㉠, ㉡은 빚는 양에 따라 나눈 것이다. ㉢과 ㉣은 조리법의 설명이 제법 다른데 후자가 훨씬 자세하게 기술되어 있다.

'졀쥬'(節酒)도 이름이 같은 것이 19a면과 19b면에 각각 한 번씩 나온다. 전자는 찹쌀 다섯 되를 쓰면서 독 밑에 닥나무 잎을 까는 것으로 되어 있고, 후자는 찹쌀 서 말을 쓰는데 닥잎에 대한 언급은 전혀 없다.

'쇼쥬'(燒酒)에는 동일한 이름의 '쇼쥬' 두 가지와 '밀쇼쥬'와 '춥빨쇼쥬'가 나온다. 이름이 같은 '쇼쥬'는 그 재료와 제조법이 거의 같다. 다만 하나는 쌀과 누룩을 섞어 둔 것을 엿새 만에 고고, 다른 하나는 이레 만에 고는 차이가 있다.

'칠일쥬'도 이름이 같은 것이 19a면과 21a면에 각각 나온다. 전자는 멥쌀 서 되, 물 반동이, 누룩 한 되 칠 홉을 섞어 두었다가 삼일 후 찹쌀 두 말을 찌는 것으로 되어 있으나, 후자는 멥쌀 한 말, 끓인 물 한 말, 누룩 한 되를 섞어 두었다가 삼일 후 멥쌀 두 말을 쪄 넣는 것으로 되어 있다. 두 가지 '칠일쥬'가 재료와 담는 법에서 서로 구별되는 것임을 알 수 있다.

'벽향쥬'도 이름이 같은 것 두 가지가 나와 있는데 재료와 조리법(담아 두는 기간에서 하나는 두 달, 하나는 14일로 다르다)이 조금씩 다르다. 같은 명칭의 술이라 하더라도 들어가는 재료와 담는 법을 조금씩 달리하여 술맛을 다르게 빚었던 사실을 알 수 있다.

3) '맛질방문'의 '맛질'

이 책에는 조리법의 명칭 뒤에 '맛질방문'이라고 부기된 것이 16종이나 있는데 다음과 같다.

> 셕뉴탕, 슈증계 질긘 고기 ᄡᆞᆷᄂᆞᆫ 법, 쳥어 념혀법, ᄃᆞᆰ 굽ᄂᆞᆫ 법, 양 ᄇᆞᆺᄂᆞᆫ 법, 계란탕법, 난면법, 별챡면법, ᄎᆞ면법, 싀면법, 약과법, ᄃᆞᆼ박겨, 빙ᄉᆞ과, 강졍법, 인뎔미 굽ᄂᆞᆫ 법.

'맛질방문'이란 '맛질에서 행해지는 방문(方文, 조리법)'이라는 뜻이다. 이성우(1982 : 12)에 "1980년 황혜성이 장씨 부인의 친정집 후손에게 들은 바에 의하면 장씨 부인 친정 마을(경북 봉화)의 강 건너에 '맛질'이라는 마을이 있다"(이성우, 1982 : 12)라 하였다. 그러나 윤숙경(1999 : 91)에는 별도의 논증 없이 '맛질'을 '안동시 서후면'이라 하였는데, 장씨의 친정댁 후손이 현재 이곳에 살고 있기 때문에 '맛질=장씨의 친정 마을'이라는 단순 논리를 적용한 것으로 보인다. 그리고 한복진(1999 : 83)은 "최근 필자의 조사에 의하면 경상북도 예천군 용문면 저곡리(渚谷里)는 속칭 맛질로 불린다"고 하며, '맛질'을 예천의 저곡리로 보았다.

필자는 '맛질'을 알아내기 위해, 문헌 조사와 함께, 1998년 8월에 안동 서후면의 경당고택, 영양군 석보면의 두들마을 및 영해 오촌 마을 등을 답사하였다. 장씨 부인의 후손으로 현재 이 집안의 종손이신 이돈 선생은 "장씨 할머니의 외갓댁이 권씨인데 '맛질'은 권씨가 거주한 외가 마을일 것이다. '맛질'이라는 마을은 경북의 봉화에도 있고 예천에도 있는데, 장씨 조상의 묘소가 있는 곳으로 보아 봉화의 맛질로 짐작된다"라고 하였다. 그런데 1998년 8월 29일 필자의 현지 조사에서, 영양의 두들마을에 살고 있는 지손 이병균(李秉鈞) 선생님에게 '맛질'에 대해 물어 보니, 그것은 예천의 맛질이라고 증언하면서, 현재도 이 마을에 택호가 '맛질댁'인 할머니가 계시는데 바로 예천의 맛질에서 시집온 분이라 하였다.

필자가 한글학회에서 낸 『한국지명총람』의 경상북도 편을 조사해 보니 '맛질'이라는 마을 이름이 다음과 같은 곳에서 발견되었다.

경상북도 고령군 고령면 저전동
경상북도 봉화군 법전면 어지리
경상북도 성주군 수륜면 보월동
예천군 용문면 저곡리
예천군 용문면 대저리

여러 곳의 '맛질' 중 장씨 부인과 관련된 곳은 예천의 맛질과 봉화의 맛질이다. 장씨 부인의 직계 종손이신 이돈(李燉) 선생의 증언과 장씨 부인의 친정 마을인 안동군 서후면 금계리의 경당고택(敬堂古宅)에 사시는 종손의 증언을 종합해 보니 다음과 같았다.

안동 권씨의 친정곳이 예천 맛질이라는 제보자의 증언과 맛질이란 지명의 이동 가능성을 염두에 둔 백두현(2001)의 추론은 수정이 필요하지만 '맛질방문'의 '맛질'은 예천 맛질임은 확실하다. 나는 봉화와 예천 맛질 마을 현장조사를 다시 실시하였고(2015년 8월), 예천 맛질과 봉화 맛질에 관한 지명 자료, 지리지의 기록, 조선총독부가 작성한 「지형도」(1915), 조선왕조실록 등의 사료, 이동표언간의 기록, 두 마을의 역사와 형세 비교 등을 통해 '맛질방문'의 '맛질'은 예천 맛질일 수밖에 없음을 논증하였다. 조선왕조실록, 이동표언간 등에 예천 맛질이 등장하는 것은 이 마을이 일찍부터 영남 북부 지역에서 영향력 있는 위상을 가졌음을 의미한다. 마을의 역사에서 봉화 맛질은 양반가 근거가 없는 곳임에 비해, 예천 맛질에는 일찍부터 안동 권씨 문중과 함양 박씨 문중이 자리 잡아 수준 높은 음식문화가 발달할 수 있는 사회적, 경제적 여건을 갖추고 있었다. 봉화 맛질은 반촌이 형성되지 못한 곳이고 전통 고택의 흔적조차 전혀 없는 마을임에 비해 예천 맛질에는 조선시대에 형성된 양반가 고택이 지금까지 그 형세를 유지되어 있다. 경작지를 포함한 지리적 형세에 있어서도 봉화 맛질과 예천 맛질은 비교하기 어려운 격차를 보여준다. 이러한 여러 가지 증거를 종합해 볼 때, 장계향의 외가와 무관하게 '맛질방문'의 맛질은 예천 맛질로 봄이 합당하다. 이러한 연구에 의해 장씨 부인의 친모인 안동 권씨의 친정곳과 무관하게 '맛질방문'의 '맛질'은 예천 맛질[21]임을 재확인한 것이다. 결론적으로 '맛질방문'은 17세기에 '예천의 맛질에서 살고 있던 안동 권씨[22] 집안의 조리법'이라 판단하였다. 자세한 논의는 별도 논문에서 밝힐 것이다.[23]

21) 필자가 1993년 여름에 이 지역의 전적을 조사하면서, 이곳 주민들로부터 "금당 맛질 반서울"이라는 말을 들은 적이 있다. 그것은 동네가 크고 번성하다는 뜻이며, 주민들의 자부심을 표현하고 있는 향토 고유의 문구이다.

22) 현재 예천 맛질의 춘우재 종가(종손 권창용)가 이와 관련될 가능성이 높다. 춘우재 종가는 17세기 후기에 활동한 이동표(李東標, 1644-1700)가 장가든 집안이다. 「이동표언간」에 맛질에 관한 사연이 나타나 있다.

23) 필자가 맛질을 찾기 위해 현장 조사를 했을 때(1998.8.), 장씨 부인의 주손 이돈 선생이 장씨 부인의 외가가 봉화에 있었고 묘소도 봉화의 명호에 있음으로 보아 '맛질방

4) 조리법 항목에 나타난 특징

『음식디미방』을 다른 조리서와 비교하여 이 책의 내용에 나타난 몇 가지 특징을 살펴보기로 한다.

① 밥과 죽에 대한 언급이 없다.

밥의 종류와 밥 짓는 법에 대한 설명은 1800년대 초엽의 『임원십육지(林園十六志)』에 아주 자세히 나타나고, 『규합총서』에는 약밥, 팥물밥, 오곡밥 등에 대한 기술이 나타난다.[24] 밥짓기는 17세기의 『음식디미방』, 『주방문』과 18세기의 『산림경제』 등에는 나타나지 않는다. 이는 밥짓기가 너무 평범한 것이어서 새삼스럽게 언급할 필요가 없다고 생각했기 때문일 것이다(이성우 1982 : 138～139).

『음식디미방』에는 독립된 항목으로서 죽의 조리법은 전혀 나오지 않고 여러 가지 조리법의 설명 과정에서 '쥭 쑤어'라는 표현이 등장한다.

> 모밀 …… ᄀᆞᄅᆞᆯ 더러 플 ᄲᅮᄃᆡ **의이쥭** ᄀᆞ치 ᄲᅮ어(만두법)(싀면법)
> 그 쥭 ᄭᅳᆯᄂᆞᆫ 거ᄉᆞᆯ 퍼부으며 막대로 저어 **건콩쥭** ᄀᆞ치 쑤어(상화법)
> 그 **기울쥭** ᄎᆞ거든(상화법)
> 블근 ᄑᆞᆺ출 **쥭** 쑤ᄂᆞᆫ ᄑᆞᆺ 가치 ᄡᅧ(상화법)
> 그 ᄀᆞᄅᆞᆯ 프ᄃᆡ ᄀᆞ장 건 **콩쥭** ᄀᆞ치 프러(증편법)

문'의 맛질은 봉화 맛질로 짐작된다는 말씀을 하셨다(백두현 2001). 그러나 현장 조사에서 얻은 그밖의 여러 분들의 제보를 참고하면서 예천 맛질로 보는 것이 타당함을 알게 되었다. 그렇지만 이렇게 판단한 과정상에 문제가 있었다. 필자는 맛질에 관련된 각종 문헌 조사는 물론 예천과 봉화의 맛질 마을에 대한 현장 조사도 다시 실시했다(2015.8.8.-8.9). 백두현(2001)에서 전개한 맛질 위치의 추정 과정에 오류가 있었지만 그 결론은 여전히 타당한 것이다.

24) 오늘날 흔한 '비빔밥'은 조선시대 조리서에 그 모습을 보이지 않다가 1800년대 말엽 자료인 『시의전서(是議全書)』에 비로소 등장한다고 하며, '국밥'〔湯飯〕도 1800년대 말엽의 연세대본 『규곤요람』과 『시의전서』에 처음 보인다고 한다(이성우 1982 : 146-147).

밀ᄀᆞᆯ르로 쥭을 달히고(복셩 간ᄉᆞᆺ는 법)

ᄇᆡᆨ미 두 되 ᄇᆡᆨ셰ᄒᆞ여 믈 닐곱 듕발의 흰쥭 수어(삼해주)

ᄇᆡᆨ미 두 말 ᄇᆡᆨ셰 작말ᄒᆞ여 쥭 수어(하졀삼일쥬)

찹ᄡᆞᆯ ᄒᆞᆫ 말을 ᄇᆡᆨ셰ᄒᆞ여 쥭 수어(졈감쳥쥬)

이 자료들에서 '의이죽',25) '콩죽', '기울죽', '팥죽', '밀가루죽', '흰죽'(백미), '찹쌀죽'이 당시에 만들어졌음을 확인할 수 있다. 술을 만드는 과정에서 백미로 죽을 쑤어 사용한다는 기술은 매우 빈번하다. 위 인용문에 나타난 바와 같이 죽은 다른 음식의 조리 과정에서 많이 소용되는 것이었고, 또 노인들의 식사 혹은 병후 회복식으로 애용되었을 것인데도 『음식디미방』은 그 조리법을 별도로 세워 설명하지 않았다. 아마도 알곡을 찧어 물을 적당히 붓고 끓이기만 하면 되는 것이 죽이므로 특별한 설명이 필요 없다고 여긴 듯하다.26)

② 국수를 만드는 데는 주로 메밀가루와 녹두가루가 쓰이고 밀가루는 대부분 부재료로 쓰이고 있다. '싀면법'과 같은 면 조리법에서 이러한 모습이 나타난다. 그리고 '밀가루'를 가리키는 낱말 '밀ᄀᆞᄅᆞ'는 '싀면법'에 1회만 쓰이고 다른 곳에서는 모두 '진ᄀᆞᄅᆞ', '진말'로 쓰였다.

밀ᄀᆞᄅᆞ 칠 홉을 의이 ᄀᆞ치 조히 쥭 쑤어(싀면법)

25) '의이죽'은 의이(薏苡) 즉 율무로 끓인 죽을 뜻한다. 『규합총서』, 『증보산림경제』 등에 의이죽 만들기가 설명되어 있다. 이것은 율무를 찧어 껍질을 벗기고 물에 담가 불려 맷돌에 갈아서 앙금을 가라앉히고, 이 앙금을 말려 두었다가 이것으로 죽을 끓인 것이다. 그런데 언제부터인지 율무와는 아무 관계없이 어떤 곡물이든 갈아서 얻은 앙금으로 쑨 죽을 통틀어 의의죽이라 부르게 되었다. 이 점은 『아언각비(雅言覺非)』에서도 지적하고 있다(이성우 1982 : 155).

26) 『임원십육지(林園十六志)』에 당근죽, 근대죽, 냉이죽, 시금치죽 등이 나타나고, 그밖에 들깨죽, 대추죽 등 십여 종의 죽이 각종 조리서에 보인다(이성우 1982 : 153). 한글 조리서로 죽에 대한 설명이 많이 나오는 문헌은 『규합총서』이다.

ᄂᆞᆺ게 복근 **진ᄀᆞᄅᆞ** ᄒᆞᆫ 말의 쳥밀 ᄒᆞᆫ 되 다ᄉᆞᆸ(연약과법)

지령기ᄅᆞᆷ의 **진ᄀᆞᄅᆞ** 자여 기ᄅᆞᆷ의 지져 쓰라(어젼법)

지령국의 **진ᄀᆞᄅᆞ** 녀허 즙ᄒᆞ야(난탕법)

지령국의 ᄉᆡᆼ치즙 **진ᄀᆞᄅᆞ** 타(족탕)

진ᄀᆞᄅᆞ 조차 ᄒᆞᆫ ᄃᆡ ᄀᆡ면(연계찜)

즙을 ᄒᆞᄃᆡ **진ᄀᆞᄅᆞ** ᄎᆞᆷ기ᄅᆞᆷ 지령 교합ᄒᆞ야(개장국느ᄅᆞ미)

진ᄀᆞᆯᄅᆞᆯ 무레 프러(대구겁질 느ᄅᆞ미)

모밀을 거피ᄒᆞ여 ᄉᆞᆸᄀᆞᆯᄅᆞᆯ 깁체예 노외여 고온 **진ᄀᆞᆯ리**나 싀면ᄀᆞᆯ리나 섯거(챠면법)

진말 ᄒᆞᆫ 되 섯거 녀허(듁엽쥬)

진말 ᄒᆞᆫ 되 여ᄃᆞᆲ ᄒᆞᆸ 섯거(순향주법)

접두사 '진'(眞)을 붙인 것은 이 시기에 밀 재배가 일반화되지 않아서 밀가루가 상당히 귀한 것이었기 때문이다. 『음식디미방』에는 양념을 만들 때 '진ᄀᆞᄅᆞ'를 조금씩 넣는 대목이 빈번히 보이는데 이것은 '밀가루'가 흔치 않은 것이기 때문일 것이다.

③ 고추가 나타나지 않는다. 이 책의 조리법에서 양념으로 쓰이는 식물 재료로는 천초, 후추, 마늘, 파가 주로 등장한다.[27] 고추는 임진왜란 때가 되어서야 조선에 들어왔기 때문에 그 이전에는 향신료로 '호쵸'와 '쳔쵸'가 쓰였던 것이다. 고추가 없던 시절에 향신료로 무엇이 쓰였는지를 이 책을 통해 알 수 있다. 고추는 1613년의 『지봉유설(芝峰類說)』에 비로소 등장하여 그 무렵 겨우 재배되기 시작하였다고 하였으며, 1715년의 『산림경제』에 고추 재배법이 기록으로 나타나고, 1766년의 『증보산림경제』에서 비로소 고추가 김치 조리에 이용되고 있다(이성우 1982 : 16). 장씨 부인이 생존했던 17세기 후기라면 고추에 대한 언급이 나올 만도 하지만 『음식디미방』에 이에

27) 그밖에도 오미자, 참깨, 간장, 참기름, 초간장, 진간장, 새우젓, 소금, 깨소금, 유장, 간장, 된장, 꿀 등을 음식에 조합하여 맛을 내는 재료로 쓰고 있다.

대한 일언반구도 없는 것은 당시의 경상도 북부 지방에 고추가 전파되지 않았기 때문일 것이다.[28] '고추', '천초'의 어원에 대한 상세한 고증은 이기문의 '후추와 고추'(새국어생활, 8권 4호, 1998)를 참고할 수 있다. 한편 고추가 임란 이전부터 우리나라에 있었다는 주장이 정경란, 장대자, 양혜정, 권대영에 의해 2008, 2009년에 제기되었다. 백두현(2010)은 『훈몽자회』 등의 문헌에 나오는 '고쵸'는 후추가 아니라 약재로 쓴 토종 고추이며, 임진왜란 이후에 유입된 고추는 양념 재료로 쓰인 새로운 품종의 고추로 보았다.

④ 육류 조리에는 대체로 다음 네 가지 특징이 주목된다.

첫째, 소의 위(胃, 月羊)를 재료로 한 요리가 나타나는 점이다. 6장에 '양숙'과 '양숙편'이라 하여 양을 물에 삶아 껍질을 벗겨 내고 갖은 양념을 하여 만드는 조리법이 나온다. 10장에도 '양 볶는 법'(맛질방문)이라 하여 "소두에를 ᄆᆡ이 다로고 기롬 두로고 브어 급히 둘러 박의 퍼 내면 ᄆᆞᆫᄆᆞᆫᄒᆞ니라"(솥뚜껑을 매우 달군 후 기름을 바르고 양을 넣어 급히 휘두른 후 바가지에 퍼내면 연해진다)라는 조리법이 간략하게 나온다. 6장에 나오는 '양'은 소의 위를 뜻하는 것이 확실하지만[29] 10장에 나오는 '양'은 羊의 고기를 뜻하는 것일 가능성도 있다. 이성우(1982 : 202)는 10장의 '양'을 羊고기로 보았다.[30] 둘 중 어느 쪽인지 분명한 판단을 내리기가 쉽지 않으나 필자는 이 항목의 주석에서 소의 위를 가리키는 것으로 보았다.[31]

28) 이 점은 오늘날 영양 지방이 고추 생산지로 유명한 점과 대조적이다.

29) "약념ᄒᆞ여 탕ᄒᆞ여도 죠ᄒᆞ니 잘 ᄒᆞ면 쇠 양인 줄을 모ᄅᆞᄂᆞ니라"와 같은 내용에서 확인된다.

30) 우리나라에서는 양을 사육하는 일이 극히 드물어 양고기 요리가 거의 없었을 것으로 보는데 다만 고려 시대 몽고 사람들이 주식으로 한 양고기 요리에 영향을 받았을 것으로 본다(이성우 1982 : 202).

31) '양숙'과 '양숙편'(6장) 두 항은 쇠고기 조리법에 이어져 나오는 것이다. 그런데 '양 봇는 법'은 몇 장 건너서(10장) 'ᄃᆞᆰ 굽는 법' 뒤에 나오는 것이다. 같은 재료로 만든 것이라면 서로 이어서 서술할 만한데 이렇게 기술상의 거리를 둔 것은 조리의 재료가 달랐기 때문일지 모른다. 한편 『임원십육지』에도 양(羊)고기 조리법이 나오는데 이는 중국의 『거가필용(居家必用)』의 영향을 받은 것으로 보고 있다.

둘째, 개고기 조리법이 다양하게 나온다는 점이다. '개쟝', '개쟝고지느롬이', '개쟝국느롬이', '개쟝찜'[32], '누른개 봄는 법', '개쟝 곳는 법'과 같은 6개 항의 개고기 요리가 자세히 서술되어 있어 17세기에 개고기가 육류로 매우 높은 비중을 차지하였음을 보여 준다. 개장국, 개고기찜, 개고기느르미가 개고기를 재료로 한 대표적 조리법이라 할 수 있다.[33] '개쟝'이 개의 창자에 소를 넣어 만든 일종의 순대를 가리키는 점이 특이하고, '개쟝고지느롬이'와 '개쟝국느롬이'도 『음식디미방』의 특이한 조리법이라 한다(이성우 1982 : 209).

셋째, 개고기에 비해 돼지고기 조리법은 매우 소략하다는 점이다. 야계육(野猪肉, 멧돼지고기) 삶는 법이 2행, 가뎨육(家猪肉, 집돼지고기) 볶는 법 3행이 전부이다. 당시에는 개고기를 돼지고기보다 더 많이 먹었던 듯하다.[34]

넷째, 곰 발바닥 조리법(웅쟝, 熊掌)이 나타나는 점이다. 이는 매우 특이한 別食이었기 때문에 올려 놓은 것으로 보인다. 어쨌든 이런 조리법이 나오는 것은 당시에 곰 발바닥 요리가 실제로 행해졌음을 의미한다.

⑤ 『음식디미방』 전체 146개 항목 중 술에 관한 항목이 51개나 된다. 『수운잡방』은 전체 116개 항목 중 59개 항목이, 1700년 말의 『온주법』에는 54개 항이 술에 대한 것이다(윤숙경, 1999 : 111). 주류에 이렇게 많은 항목이 서술된 것은 술이 생활의 여러 면에서 많이 쓰여서 그만큼 중요했기 때문일 것이다. 전통적으로 술은 제사용, 접빈용, 일상용(농주 따위), 약용(藥用) 등 그 용도가 다양했다. 특히 조선시대 사대부가 여성들의 중요 소임인 '봉제사접

32) 이 항목의 말미에 "황빅견(黃白犬)이 ᄀ장 됴ᄒ니라"라고 한 대목은 황구를 가장 높이 쳐주는 전통이 이미 17세기 중엽에도 있었음을 알려 준다.

33) 『증보산림경제』, 『규합총서』 등에는 개고기를 삶아 찜을 만드는 방법이 설명되어 있다.

34) 『규합총서』, 『증보산림경제』, 『시의전서』 등에 나오는 '애저찜'〔兒猪烝, 猪胎烝〕은 어미 돼지 뱃속의 새끼돼지를 꺼내어 갖은 양념을 한 것인데 17세기 조리서에는 나오지 않는다. 오늘날 광주 지방의 별식으로 알려진 이 요리는 유명 화가 천경자가 즐겼던 것으로 그의 수필에도 그 조리법이 나온다. 『규합총서』에서 "새끼돼지집은 얻기가 어렵고 일부러 잡는 것이 숨은 덕 쌓기에 가하지 않으니 그저 연한 돼지로 대신한다"라고 하였다(이성우 1982 : 204-205).

빈객'을 수행함에 있어 술이 가장 중요한 자리를 차지하였기 때문에 조리서에 술의 비중이 높게 나타났을 것이다.

⑥ 끝으로 조리법의 내용상 전통 음식과 조리법 연구자들에게 참고가 될 만한 비교 자료를 제시하여, 『음식디미방』이 연구 자료로 활용될 수 있는 한 예를 보이고자 한다. 『음식디미방』에 기술된 '듁엽쥬'(竹葉酒)와 『현풍곽씨언간』[35]의 '듀엽쥬'의 제조법은 각각 다음과 같이 기술되어 있다.

『음식디미방』의 '듁엽쥬'(竹葉酒)

ᄇᆡᆨ미 너 말 ᄇᆡᆨ셰ᄒᆞ여 ᄌᆞᆷ가 자혀 ᄆᆞᄅᆞ게 쪄 식거든 ᄭᅳᆯ혀 식은 믈 아홉 사발애 국말 닐곱 되 섯거 독의 녀허 서늘ᄒᆞᆫ ᄃᆡ 둣다가 스므날 만애 ᄎᆞᆸᄡᆞᆯ 닷 되 ᄆᆞᄅᆞ게 쪄 식거든 진말 ᄒᆞᆫ 되 섯거 녀허 닐웬 만이면 비치 대닙 ᄀᆞᆺ고 마시 향긔로오니라. (백미 너 말을 여러 번 씻어 물에 담가 재워 무르게 쪄 식거든 끓여, 식은 물 아홉 사발에 국말 일곱 되를 섞어 독에 넣어 서늘한 데 두었다가, 스무날 만에 찹쌀 닷 되를 무르게 쪄 식거든 밀가루 한 되를 섞어 넣어 두어라. 이렛 만이면 술빛이 댓잎 같고 맛이 향기로우니라.)

『현풍곽씨언간』의 '듀엽쥬법'[36]

ᄉᆞ월에 엿귀ᄅᆞᆯ ᄠᅳ더 방하애 지허 므레 섯거 항의 녀헛다가 ᄒᆞᆫ ᄃᆞᆯ 마늬 그 므ᄅᆞᆯ 쳐에 바타 그 믈로 기우레 섯거 누룩 드듸여 ᄣᅴ워 ᄆᆞᆯ뢴 후에 ᄎᆞᆸᄡᆞᆯ ᄒᆞᆫ 마ᄅᆞᆯ 실릐 ᄢᅧ셔 ᄀᆞᄅᆞ 누룩 ᄒᆞᆫ 되 칠 홉 ᄎᆞᆫ 믈 ᄒᆞᆫ 말 서 되예 섯거 비젓다가 사ᄒᆞᆯ 마늬 괴거든 막대로 서너 번 저어 괴던 거시 ᄢᅥ디거든 ᄇᆞ려 둣다가 ᄆᆞᆰ거든 ᄡᅳ되 밥을 ᄀᆞ장 ᄎᆞ게 식켜 비즈라. 『현풍곽씨언간 101』

(사월에 여뀌를 뜯어 방아에 찧어 물에 섞어 항아리에 넣었다가, 한 달 만에 그 물을 체에 밭아 그 물로 기울에 섞어 누룩을 디디어 띄워 말린 후에, 찹쌀 한 말을 시루에 쪄

35) 『현풍곽씨언간』에 대한 것은 김일근(1991)과 백두현(1997, 2003)의 해제 및 판독문 참고. 이 자료에는 17세기 전기를 살았던 사람들의 일상생활에 대한 많은 정보가 담겨 있다. 각종 음식 이름과 의복 관련 기사도 적지 않다.

36) 곽씨언간의 '듀엽쥬'는 '듁엽쥬'의 받침 'ㄱ'이 탈락한 당시의 속음을 반영한 표기이다.

서 가루 누룩 한 되 일곱 홉, 찬 물 한 말 서 되에 섞어 빚었다가, 사흘 만에 괴거든(거품이 일며 끓거든) 막대로 서너 번 저어 괴던 것이 꺼지거든 놓아두었다가 맑아지거든 쓰되 밥을 아주 차게 식혀 빚으라.)

죽엽주(竹葉酒)는 대나무 잎이 재료로 들어가지는 않지만 술의 빛깔이 댓잎과 같아서 붙여진 이름이다.[37] 위의 두 인용문에서 알 수 있듯이 『음식디미방』의 서술과 달리, 『현풍곽씨언간』의 죽엽주 제조 방문에는 사월에 뜯어 찧은 여뀌 물이 들어가는 것으로 되어 있다. 찹쌀을 쓰는 점은 서로 같으나 여뀌의 사용 여부가 다르다. 이러한 차이는 지역마다 토속주 담는 법이 조금씩 달랐음을 의미한다. 하나의 간단한 예를 들었지만 다른 자료와의 비교를 통해 볼 때 『음식디미방』은 한국의 음식사를 연구하는 기본 자료가 된다.

6. 다른 조리서(調理書)와의 관계

『음식디미방』 이후에 나온 한글 조리서들 몇 가지에 대해 검토하여 한글 조리서의 역사적 흐름을 간략하게 살펴보기로 한다.[38]

『음식디미방』은 저술자와 연대가 확실한 한글조리서로서는 가장 오래된 것이다. 이성우(1982 : 9-22)는 조선시대 조리서의 계보를 세기별로 정리하였는데, 이교수는 한문으로 이루어진 그간의 조리서들은 남성이 중국의 여러 조리서 내용을 옮겨 놓은 것이 절대적 비중을 차지하였음에 비해, 『음식디미방』은 경상도 산간 벽지의 한 여인의 손에 의하여 중국의 조리서와는 관계없이 옛부터 전해내려 오거나 스스로 개발한 조리법을 기록한 문헌이라 평가하였다.

37) 현대 국어 사전에는 '죽엽주'를 "댓잎을 삶은 물로 빚은 술"이라고 잘못 풀이하고 있다.
38) 이 절의 내용은 대부분 이성우(1982)의 연구에 의존한 것이다. 한글 조리서의 실물과 그 내용에 대한 확인은 가사와 관련된 여성 관련 문헌들을 통해 필자가 직접 확인하였다.

『음식디미방』과 비슷한 시기의 한글 조리서로 『주방문(酒方文)』이 있다. 이 책에는 각종 술을 빚는 법이 설명되어 있는데 『음식디미방』의 서술 내용과 다른 부분이 많다. 위 두 책에 '상화법'이 자세히 설명되어 있는 점이 공통적이다. 두 책에 대한 분석은 이성우(1982)에서 이루어졌으나, 조리법과 재료 등에 대한 철저한 비교 분석을 통하여 상호간의 영향 관계가 검토되어야 할 것이다. 연대가 뚜렷하지 않은 『음식보(飮食譜)』라는 한글 조리서에도 위의 두 책과 비슷한 점이 적지 않게 나타난다고 하는 바(이성우 1982 : 13), 이러한 점은 『음식디미방』이 후대 한글 조리서 연구의 중심 자리에 놓임을 의미한다. 이러한 책들은 17세기를 전후로 하여 우리 조상들이 먹었던 음식과 그 조리법을 연구하는 데 비교할 수 없는 가치를 가진다.

18세기에는 홍만선(洪萬選)이 1715년경에 이룩한 『산림경제』(필사본)와, 유중임(柳重臨)이 1766년에 이 책을 증보한 『증보산림경제』에 각종 음식과 조리법에 대한 설명이 나타나나 이들은 중국에서 나온 『거가필용(居家必用)』의 영향을 많이 입은 것이다(이성우 1982 : 13-15).[39]

19세기의 한글 조리서로는 고려대본 『규곤요람』(1800년대 초중엽, 필사본), 『음식뉴취』(1858년, 필사본), 『김승지댁 주방문』(1860년, 필사본), 『규합총서』(1869년, 刊本)[40], 『술빚는법』(1800년대 말엽, 필사본), 『술만드는법』(1800년대 말엽, 필사본), 『시의전서』(1800년대 말엽, 필사본), 연세대본 『규곤요람』(1896년, 필사본) 등 여러 가지가 있다.

20세기의 한글 조리서들 중에는 신활자로 출판된 것이 몇몇 있다. 『조선요리제법』(1913년, 방신영 찬), 『부인필지』(1915년, 빙허각 이씨 원찬) 등 새로운 체재와 문장(국한문 혼용)으로 저술된 조리서가 나왔다.[41]

이와 같이 한글 조리서가 수백 년에 걸쳐 여러 종이 나오지만 『음식디미

39) 서유구(徐有榘)의 『임원십육지』(1827년경)에 실린 음식 관련 내용은 『산림경제』의 영향을 많이 받은 것이라 한다.
40) 빙허각 이씨의 저술.
41) 조선시대 요리 관련 각종 문헌의 계보는 이성우(1982 : 10)에 도표로 일목요연하게 잘 정리되어 있다.

방』이 한글조리서의 으뜸이며, 후대의 조리서의 근원이 되었다고 할 수 있다.

7. 『음식디미방』의 가치

이 책의 가장 중요한 가치는 우리나라 음식사 연구의 기본 자료가 된다는 점이다. 인간에게 먹는 일보다 더 기본적인 것은 없고, 인간이 이룩한 문화 중 음식 문화는 그것을 향유하는 공동체의 특성을 잘 보여 준다. 우리 한민족 공동체는 지역에 따라, 시대에 따라 공통성과 고유성을 겸비한 음식 문화를 이룩해 왔다. 『음식디미방』에 서술된 146개 항목의 음식 조리법은 17세기의 조선 사람이 먹고 마신 음식과 술에 대한 많은 정보를 알려 준다. 특히 경상도 북부 일대(안동, 영양, 예천 등지)에서 살았던 사람들의 음식 문화를 반영하고 있다고 할 수 있다. 이 책은 또한 후대의 조리서에 영향을 미치면서 한국인의 식생활에 상당한 영향을 미쳤을 것이다.

국어학적 관점에서 이 책은 17세기 국어의 모습을 반영하는 것이어서 당시 한국어 특히 경상북도 북부 방언의 음운·문법·어휘 등을 연구할 수 있는 중요 자료이다. 특히 이 책은 한문을 한글로 번역한 대부분의 당시 자료와 달리 우리말을 바로 문장화한 자료이다. 따라서 다른 언해서와 비교할 때 이 책의 언어는 한문의 제약에서 벗어나 우리말의 실상을 잘 반영한 것이라 할 수 있다. 이 책에 반영된 언어 요소 중 가장 관심을 끄는 것은 음식 재료와 관련된 각종 명사류와 조리와 관련된 동사, 형용사 등이다. 이런 부류의 낱말들은 국어 어휘사 연구에 매우 요긴한 것이다.

필자의 관심을 끈 몇몇 어휘들의 예를 들어 이들에 내포된 학술적 가치를 음미해 보자.

'탁면법' 항목에 'ᄀᆞᆯ그로 두고'(가루로 두고)라는 구절이 나오는데, 여기서 우리는 'ᄀᆞᆰ'(粉)이라는 낱말을 찾을 수 있다. 이 낱말이 다른 옛 문헌에 등재된 사례가 발견되지 않았다. 'ᄀᆞᆰ'(粉)이 문증되지는 않지만, 『우리말 큰사전』(한글학회)과 일부 방언사전에는 '갈기(粉)'(전라방언)가 등재되어 있다. 『음식디미방』의 'ᄀᆞᆯ그로'와 방언형 '갈기'에서 우리는 'ᄀᆞᆰ'(粉)이 존재하였음을 확인할 수 있다.

증편법에 나오는 '밋다니ᄡᆞᆯ', '오려ᄡᆞᆯ', '낭경ᄌᆞᄡᆞᆯ'은 쌀의 한 가지이지만 '밋다니ᄡᆞᆯ'과 '낭경ᄌᆞᄡᆞᆯ'은 어떤 쌀인지 미상이다.[42] 『산림경제』나 『임원경제지』 등의 농서에 나오는 곡물명을 조사해 보아도 이런 명칭은 나타나지 않는다.

'탁면법' 항에 '냥푼 힝긔'라는 그릇 이름이 나온다. '냥푼'은 현대 표준어 '양푼'에서 쉽게 확인되지만 '힝긔'에 대응하는 어형을 표준어에서는 찾아보기 어렵다. 그러나 전남방언에서 '주발'을 '행기'라 일컫고 있는 바, 이 낱말의 근원을 '힝긔'에서 확인할 수 있다. 주발은 '놋쇠'로 만든 위가 벌어진 밥그릇을 의미한다. 따라서 재료나 모양이 양푼과 비슷하다고 볼 수 있다.

의태적 형용사로서 다른 문헌에 전혀 보이지 않는 두 개의 낱말이 있다.

㉠ ᄡᆞᆯ 너 말 ᄇᆡᆨ셰ᄒᆞ여 닉게 ᄧᅧ 밥애 믈이 즐분즐분ᄒᆞᆯ만 골라(백화주)
(쌀 너 말을 깨끗이 씻어 익도록 쪄, 밥에 물이 질벅질벅할 만큼 調合 하여)

㉡ ᄇᆡᆨ미 서 말 닷 되 작말ᄒᆞ여 물 두 동희로 둠 ᄀᆡ야 누록 두 되 여숩 진말 두 되 여숩 녀코 미치 ᄌᆞᄅᆞᄌᆞᄅᆞᄒᆞ거든(벽향주)
(백미 서 말 다섯 되를 가루 내어 물 두동이로 술밑반죽을 개어, 누룩 두 되 여섯 홉과 밀가루 두 되 여섯 홉을 넣고 바닥의 물이 찰랑찰랑하거든)

㉠의 '즐분즐분ᄒᆞ-'는 밥을 했을 때 밥솥의 밥물이 약간 질벅거리는 모습을 형용한 의태어로 현대어의 '질벅질벅하-'에 가까운 표현이다. 백미・누룩가루・밀가루를 섞어 쪘을 때 밥물이 약간 질벅거리는 상태를 뜻한다. ㉡의 'ᄌᆞᄅᆞᄌᆞᄅᆞᄒᆞ-'에 대응하는 낱말은 현대국어 사전에 '자란자란하-'로 나타나는

42) '오려ᄡᆞᆯ'은 '올벼ᄡᆞᆯ'의 변화형이다.

데, 그 풀이는 '샘이나 동이 안의 물이 가장자리에서 넘칠락 말락 하는 모양'을 형용한 의태어로 되어 있다. 위 ㉡의 문맥에서는 '밑바닥에 물이 약간 차서 찰랑찰랑하거든'의 뜻으로 해석된다. 그밖에도 국어사 연구자에게 흥미로운 예는 다양하게 발견된다.

『음식디미방』은 한국의 전통음식사 연구에서 가장 중요한 문헌이다. 이 책은 후대에 나온 여러 음식 조리서의 원조(元祖) 격이며 한국 음식[韓食]의 정통성을 보존한 원형질이라 할 수 있다. 『음식디미방』은 한국 음식문화의 전통과 정체성을 담고 있는 문화유산이다. 『음식디미방』은 박물관의 유물처럼 박제된 문화유산이 아니다. 지금도 우리의 실생활에 영향을 미치면서 여전히 활용되고 있다. 이러한 점에서 『음식디미방』은 한국 음식의 정통성을 지켜 가는 샘물과 같다.

참고 문헌 및 관련 논저

김기숙 외(1999), "음식디미방에 수록된 면병류와 한과류의 조리법의 고찰", 『생활과학논집』 12집, 중앙대학교 생활과학대학.

________(1999), "음식디미방에 수록된 채소 및 과일류의 저장법과 조리법의 고찰", 『생활과학논집』 12집, 중앙대학교 생활과학대학.

김미영(2011), "전통의 오류와 왜곡의 경계선-<음식디미방>의 '맛질 방문'을 중심으로", 『비교민속학』 46집.

김사엽(1960), "閨壼是議方과 田家八曲", 「高秉幹博士頌壽紀念論叢」 vol.4, 경북대학교.

김일근(1991), 『忘憂堂 郭再祐 從姪 郭澍의 再室 晋州 河氏墓 出土文獻과 服飾調査報告書』, 건들바우 박물관.

김형수(1972), "石溪夫人 安東張氏에 對하여", 『여성문제연구』 2집, 효성여자대학교 부설 한국여성문제연구소.

손정자(1966), "음식디미방", 『아세아여성연구』 15집, 숙명여자대학교 아세아여성문제연구소.

백두현(2001), "음식디미방(규곤시의방)의 내용과 구성에 대한 연구", 『영남학』 1집, 경북대 영남문화연구원.

______(2003), 『현풍곽씨언간 주해』, 태학사.

______(2004), 『음식디미방』의 표기법과 자음변화 고찰, 『국어사연구』 제4호, 국어사학회.

______(2005), 진행 중인 음운변화의 출현 빈도와 음운사적 의미－17세기 후기 자료 『음식디미방』을 중심으로－, 『어문학』 90호, 한국어문학회.

______(2010), "조선시대 한글음식조리서로 본 전통 음식조리법의 비교-고추장법-", 『식품문화 한맛한얼』 제3권4호, 통권 12호, 한국식품연구원.

______(2012), 음운변화로 본 하생원 『주방문』의 필사 연대, 한국문화 60호, 서울대학교 규장각한국학연구원, 181-211.

백두현 · 송지혜(2012), 안동부(安東府) 향리 문서 「승부리안」(陞府吏案)의 주방문(酒房文) 주해, 『어문론총』 57호, 한국문학언어학회, 513-540.

백두현(2012), 19세기 초기 안동부의 승부리안 주방문 연구, 『영남학』 22호, 경북대학교 영남문화연구원, 211-242.

______(2016), 수운잡방, 중층의 문화를 담은 조리서, 『안동학』 15호, 한국국학진흥원, 7-26.

______(2016), 김치의 어원 연구, 『김치, 한민족의 홍과 한』(ㅂㅏㄱ채린 외 공저), 김치학 총서 4, 세계김치연구소, 345-395.

______(2017), 전통 음식조리서에 나타난 한국어 음식맛 표현의 연구, 『국어사연구』 24호, 국어사학회, 183-230.

______(2017), 『주초침저방』(酒醋沉菹方)의 내용 구성과 필사 연대 연구, 『영남학』 62호, 경북대학교 영남문화연구원, 407-446.

______(2017), 언더우드가 번역한 서양 음식조리서 『조양반서』(造洋飯書) 연구, 『언어와 정보사회』 32호, 서강대학교 언어정보연구소, 61-109.

______(2017), 음식디미방의 위상과 가치, 『음식디미방과 조선시대 음식문화』(남권희 외 공저), 경북대학교 출판부, 15-71.

______(2018), 『음식디미방』의 '맛질방문' 재론, 지명학회 전국학술대회(2018. 10.28. 충남대)에서 구두 발표.

안병희(1982), "국어사자료의 서명과 권책에 대하여", 『관악어문연구』 7, 서울대학교.

윤서석(1991), 『한국의 음식 용어』, 대우학술총서 자료집 3, 민음사.

윤숙경(1985), 『전통민속주』, 문화재 관리국.

______(1986), "需雲雜方에 대한 小考", 『안동문화』 7집, 안동대학교.

______(1989), "안동지역 전통술의 문헌적 고찰", 『안동문화』 10집.

______(1996), 『우리말 조리어 사전』, 신광출판사.

______(1998), 『需雲雜方 · 酒饌』, 신광출판사.

______(1999), "'음식디미방에 나오는 조선시대 중기 음식법에 대한 조리학적 고찰'에 대한 논평", 『貞夫人 安東 張氏의 삶과 학예』, 정부인 안동 장씨 추모학술대회 발표 논문집, 정부인 안동 장씨 기념사업회.

이기문(1998), "후추와 고추", 『새국어생활』 8권 4호, 국립국어연구원.

이선영(2004), 『음식디미방』과 『주방문』의 어휘연구, 『어문학』 84호, 한국어문학회.

이성우(1982), 『朝鮮時代 調理書의 分析的 硏究』, 硏究叢書 82-3, 한국정신문화연구원.

______(1985), 『韓國食經大典』, 향문사.

______(1985), 『한국요리문화사』, 교문사.

______(1986), "韓國 古文獻 속의 酒類索引", 『한국식문화』 1-1, 한국식문화학회.

______(1988), "우리나라 최초의 음식 백과사전 「산림경제」", 『식생활』 12호

______(1988), "한국 전통 발효 식품의 역사적 고찰", 『한국식문화』 3-4, 한국식문화학회.

______(1992), 『韓國古食文獻集成』, 修學社.

최전승(2014), 『한국어 방언사 탐색』, 도서출판 역락.

정경란 · 장대자 · 양혜정 · 권대영(2008), "고추는 과연 임진왜란 때 일본으로부터 들어왔

는가?", 『ᄒᆞᆫ맛ᄒᆞᆫ얼』 제1권 4호(통권 3호). 한국식품연구원.
________________(2009), "고추의 우리나라 전래에 대한 재고", 『ᄒᆞᆫ맛ᄒᆞᆫ얼』 제2권 1호(통권 5호), 한국식품연구원.
최종희 · 이효지(1987), "조선시대 술에 관한 분석적 고찰", 『한국식문화』 2-1, 한국식문화학회.
한복려 · 한복선 · 한복진(1999), 『다시 보고 배우는 음식디미방』, 궁중음식연구원.
한복진(1999), "『음식디미방』에 나오는 조선시대 중기 음식법에 대한 조리학적 고찰", 『貞夫人 安東 張氏의 삶과 학예』, 정부인 안동 장씨 추모학술대회 발표 논문집, 정부인 안동장씨 기념사업회.
황혜성 편(1980), 『閨壼是議方(음식디미방)』, 한국인서출판사.
황혜성(1976), 『한국요리백과사전』, 삼중당.
『貞夫人 安東 張氏 遺跡』, 민속주 안동소주, 1997.
『貞夫人 安東 張氏』, 정부인 안동 장씨 기념사업회 · 안동 청년 유도회, 1996.
『제8회 貞夫人 安東 張氏 追慕 女性 揮毫大會資料』. 安東靑年儒道會, 1995.
'古書解題 貞夫人 安東 張氏 實紀', 『국회도서관보』 통권 203호, 국회도서관, 1989년 5 · 6월.
『정부인 안동 장씨 실기』(한문 판본 및 한글 사본)
『先祖妣 實紀』(한문본)

주해문 일러두기

이 주해서의 체제와 기술 내용에 대해 몇 가지 설명해 둔다. 『음식디미방』에는 모두 146개 항의 조리법이 설명되어 있다. 각각의 조리법에 대한 주해문은 다음과 같은 형식으로 구성되어 있다.

① 주해 대상 조리법의 음식 이름을 현대어 제목으로 삼았다.

예) 접강청주

② 이어서 〔1〕 '원문'을 놓았다. 원문은 원전 본문을 띄어쓰기하여 읽기 쉽도록 하였다.

③ 그 다음에 〔2〕 '현대어역'을 놓았다. 이것은 원문을 현대국어로 바꾼 것이다. 현대어역문 중 (   ) 안에 있는 어구는 원문에 없는 것을 보충한 것이다. 이렇게 보충한 어구는 원문에서 생략되었거나 없는 것으로, 독자들이 조리법과 그 과정을 정확히 이해하는 데 도움이 될 것이다.

현대어 번역문에서 (=   ) 모양으로 보충해 넣은 것은 (   ) 앞에 놓인 낱말과 뜻은 같지만 약간 달리 표현한 것이다. 이는 이해의 충실도를 높이기 위해 번역의 표현을 조금 달리 해 본 것이다.

예) 식초 탄 간장물에 생강즙을 넣어 (만든 초간장에 찍어) 먹어라(만두법)

천초(=산초) 가루를 양념하여 넣어 빚어라(만두법)

④ 이어서 〔3〕 '용어 해설'을 놓았다. '용어 해설'은 〔1〕의 원문에 나온 어려운 낱말이나 설명이 필요한 부분을 해설한 것이다. 해당 어형의 문법 형태를 분석해 보이고 뜻풀이를 하였다. 필요한 경우 해설 대상 어휘의 한자어를 밝혀 놓았다. 또한 다른 옛 문헌에 나타난 관련 어형을 예시한 것도 많다. 옛 문헌의 출전 명칭은 『우리말큰사전』(한글학회) 제4권에 실린 옛 문헌의 약칭을 기준으로 했으나 주해자의 생각으로 합당하지 않다고 판단한 약칭은 일부 수정한 것도 있다.

차례

음식디미방_음식 맛을 아는 법

어육류 魚肉類

주酒 국麴 방方 문文

식초 담는 법

면병류 麵餠類

면

〔1〕 원문

● 음식디미방　면병뉴　면

것모밀ᄅᆞᆯ 씨어 하 ᄆᆞ이 ᄆᆞᆯ뇌디 말고 알마초 ᄆᆞᆯ뢰여 ᄡᆞᆯ을 조히 아아 디ᄒᆞᆯ 제 미리 물 품겨 축축이 ᄒᆞ야 둣다가 디ᄒᆞᆯ 제 녹도 거피ᄒᆞᆫ ᄡᆞᆯ 조히 시어 건져 믈 ᄲᅴ거든 모밀ᄡᆞᆯ 닷되예 물 부ᄅᆞᆫ 녹두 ᄒᆞᆫ 복ᄌᆞ식 섯거 지ᄒᆞᄃᆡ 방하ᄅᆞᆯ ᄀᆞ만ᄀᆞ만 지허 것ᄀᆞᄅᆞᆯ 처 ᄇᆞ리고 키로 펴 ᄇᆞ리고 키 그테 흰 ᄡᆞᆯ이 나거든 그ᄅᆞᆯ 뫼화 다치 ᄒᆞ면 그 ᄀᆞᆯ리 ᄀᆞ장 희거든 면 ᄆᆞᆯ제 더운물에 눅게 ᄆᆞ라 누ᄅᆞ면 비치 희고 조ᄒᆞᆫ 면이 되ᄂᆞ니라 교ᄐᆡᄂᆞᆫ ᄉᆡ면 교ᄐᆡ ᄀᆞ치 ᄒᆞ라. <1a>

〔2〕 현대어역

● 면(麵 : 메밀국수 만드는 법)

겉메밀을 씻어 너무 많이 말리지 말고 알맞게 말려라. 메밀쌀의 잡것을 가려내고 깨끗이 해서 찧기 전에 미리 물을 뿜어 축축이 해 두어라. 찧을 즈음에 녹두 알갱이의 껍질을 벗겨 깨끗이 씻은 다음 건져 내라. 물이 빠지거든 메밀쌀 다섯 되에 물에 불린 녹두를 한 복자씩 섞어 찧되, 방아를 살살 찧은 후 겉가루를 체로 치고 키로 까불어 키 끝에 흰 부스러기가 나오거든 그것을 모아 나누면 그 가루가 아주 희다. (그 가루로) 면을 반죽할 때에 더운 물에 눅게 반죽하여 누르면 빛이 희고 깨끗한 면이 되느니라. 고명은 세면(실국수)의 고명과 같게 하라.

〔3〕 용어 해설

- 면병뉴 : 국수와 떡. 면병류(麵餠類). 면(밀가루, 메밀가루 따위)으로 만든 국수류 음식과 떡 종류.
- 면 : 면(麵). '면'은 가루로 만든 국수류를 뜻하는데 여기서는 재료를 메밀로 쓰기 때문에 메밀로 만든 면, 즉 메밀국수를 가리킨다.
- 것모밀 : 겉메밀. 도정(搗精)하지 않은 메밀.
- 씨어 : 씻어. 이 자료에는 '시어', '씨어', '시서' 등과 같은 활용형이 함께 나타난다. 어간말 'ㅅ'의 탈락형과 비탈락형이 공존한다. 어간말 'ㅅ'탈락은 입말에서 수의적으로 일어났던 현상임을 보여 준다.
- 하 : 많이, 매우. 여기서는 후자의 뜻. 파생접미사가 붙지 않고 형용사 '하-'〔多, 大〕의 어간이 바로 부사로 쓰인 어간형 부사이다.
- 므이 : 매우. 심하게. '므이'는 형용사 어간 '뮙-'〔猛〕에 부사파생접미사 '-이'가 결합한 파생부사이다.
- 몰뇌디 : 말리지. '몰뢰- + -디'. 현대 경상방언에 '말류다'(타동사), '마리다'(자동사)가 쓰이는데 전자는 '몰뢰오다'의 변화형이다. 몰뢰오->몰릐오->몰릐우->말릐우->말리우->말류-. 참고) 몰릐오다<譯語補 55>. 물고기 말뉸 것, 즘생고기 말뉸 것<時文 48b>.
- 알마초 : 알맞게. '알마초'는 '알맞- + -호'로 분석될 수 있을 것이다. 이런 분석은 '마초'와 'フ초'를 각각 '맞- + -호'와 'ᄀᆞᆽ- + -호'로 분석하는 방법(고영근, 『표준 중세국어문법론』, p.161)을 원용한 것이다.

- 발 : 이 단락에서 '발'은 벼에서 생산된 쌀을 뜻하지 않는다. 바로 아래에 나오는 '녹도 거피훈 발 조히 시어 건져 믈 쎄거든 모밀발 닷되예'라는 부분에 쓰인 '발'도 '쌀'〔米〕의 뜻이 아니다. 어떤 곡식을 정미(精米)하여 만든 '알갱이'의 뜻으로 '발'이 쓰였다.
- 조히 : 깨끗이. 좋-〔潔〕 + -이.
- 아아 : 앗아〔奪〕. 껍질을 벗겨. '앗-'은 모음어미가 결합할 때 '아사', '아ᅀᅡ', '아아'로 활용한다. 예) 父母ㅣ 아사(뜯을 앗단 말이라)<小諺 4:36>. 아술 탈(奪)<字會-초 下 25>. 각주 (4)에서 언급한 '씨어', '시서'는 종성이 'ᅀ'으로 실현된 예는 보이지 않으므로 '앗-'의 경우와는 다르다. '아사', '아ᅀᅡ', '아아'와 같은 활용형이 문헌에 나타나므로 '아아'가 '앗-'에서 종성 'ㅅ'이 탈락된 것인지 '앐-'에서 ᅀ이 약화 탈락된 것인지 단정하기 어려우나 후자일 가능성이 높다.
- 디훌 제 : 찧을 때. 문맥상 '찧기 전에'라는 뜻으로 보아야 한다. 딯-〔搗〕 + -올 # 제〔時〕.
- 품겨 : 품어서. 뿜어. 품기- + -어. 현대어의 '(냄새 따위를) 풍기다'는 이 '품기-'에서 연구개음 동화가 일어난 것이다.
- 둣다가 : 두- # ㅅ-(존재동사 '잇-'의 이형태) + -다가. 어간 '두-'에는 '잇-'이 결합하면 '뒷-'이 아닌 '둣-'이 된다. 이런 현상은 15세기 문헌에도 나타난 것이다. 예) 八百 弟子룰 뒷더니<석보 13:33>.
- 거피 : 거피(去皮). 알곡의 껍질을 벗기는 일.
- 쎄거든 : 빠지거든. 쎄- + -거든. 동사 어간 '쎄-'는 '물이 빠지거나 마르는 것'을 의미한다. 참고) ᄀᆞᄅᆞᆷ ᄆᆞ리 쎄어늘<두해-초 22:45>. 水落了 믈 쎄다 水消 上仝<譯語補 6>.
- 모밀발 : 메밀쌀. 메밀을 도정한 쌀. '발'이 '쌀'〔米〕이 아니라 '정미〔精米〕한 알곡'을 뜻하는 예이다.
- 물 부른 : 물에 불린. '부르-'는 자동사와 타동사를 겸하여 쓰였다. 참고) 業을 發ᄒᆞ며 生을 부르ᄂᆞ니(發業潤生)<능엄 4:91>. '부르-'는 'ㄷ'불규칙활용을 하는 동사 '붇-'의 쌍형어로 판단된다.
- 복ᄌᆞ식 : 복ᄌᆞ + -식(개별접미사). '복ᄌᆞ'는 간장이나 참기름 따위를 아구리가 좁은 병에 부을 때 쓰는 작은 그릇이다. 모양이 접시 비슷하고 한 쪽에 손잡이귀

가 붙어 있다. 현대어 사전에는 '기름복자'라는 낱말만 등재되어 있으나 '기름복자'는 기름을 될 때만 쓰는 것이다. '국자'나 '국이'(구기)는 솥이나 깊은 독 속엣 것을 떠낼 때 쓰는 것이기 때문에 손잡이가 길지만 '복자'는 손잡이로 쓰이는 귀가 조그마하다.

- 지ᄒᆞ더 : 찧되. 짛- + -ᄋᆞ더. '짛-'은 '딯-'의 ㄷ구개음화형.
- 것ᄀᆞᆯ롤 : 겉가루를. 것 # ᄀᆞᆯㄹ(←ᄀᆞᄅᆞ) + -올(목적격).
- 처 : 체질하여. 츠- + -어. 이 자료에서 '처'(츠어)과 '쳐'(치어)는 구별되어 쓰인다. 참고) 羅羅 체질ᄒᆞ다 小羅 잠싼 츠다 重羅 노외야 츠다<譯解 下 47>.
- 키 : 키〔箕〕. 곡식을 까부를 때 쓰는 도구. '키'는 '기'(箕)의 차용어이다.
- 퍼 : 퍼. 프- + -어. 어간 '프-'는 '푸-'의 선대형. 문맥상 이 '퍼'는 '키질하여, 까부리어'의 뜻을 표현한다. 이것은 현대어의 '푸다'〔汲〕와 그 뜻이 동일하지 않다.
- 그테 : 끝에. 긑〔端〕 + -에.
- ᄡᆞᆯ : 이 'ᄡᆞᆯ'의 의미는 모밀을 키질하고 정제하여 나오는 알갱이 모밀쌀을 가리킨다.
- 다치 : 따로. '다티'〔別〕의 구개음화형. 참고) 시절리 가난커놀 겨지비 다티 살라 권ᄒᆞ며<이륜-초 26>.
- ᄀᆞᆯ리 : 가루가. ᄀᆞᄅᆞ + -이. 'ᄀᆞᄅᆞ'는 이른바 특수곡용어로서 대격(-ᄋᆞᆯ)과 주격(-이) 조사 앞에서 어간이 'ᄀᆞᆯㄹ'로 교체된다.
- 면 ᄆᆞᆯ 제 : 면을 말 때. 가루를 물에 반죽할 때.
- 누ᄅᆞ면 : 누르면〔壓〕. 원래의 ㅡ를 ㆍ로 표기한 일종의 역표기 현상이다.
- 교티 : 고명. 문헌에 '교퇴'<譯解 上 51> 또는 '교토'<老乞-초 上 19>로도 나오는데 음식 위에 얹는 '고명'을 뜻한다.
- 싀면 : 실국수. 세면(細麵) 혹은 사면(絲麵). 면발이 가는 녹말국수. 조리법 내용을 보면 '싀면'은 녹말국수이다. 참고) 粉湯 싀면 細粉 上소<譯解 上 51>.

만두법

〔1〕 원문

● 만두법

모밀ᄀᆞᄅᆞ 쟝만ᄒᆞ기롤 마치 조ᄒᆞᆫ 면ᄀᆞᄅᆞ ᄀᆞ치 ᄀᆞᄂᆞᆫ 모시예나 깁의 뇌여 그 ᄀᆞᆯ롤 더러 플 뿌ᄃᆡ 의이쥭 ᄀᆞ치 뿌어 그 푸릐 눅게 ᄆᆞ라 개곰 낫마곰 ᄣᅦ에 비ᄌᆞ라. 만도쏘 쟝만키ᄂᆞᆫ 무을 ᄀᆞ장 무ᄅᆞ ᄲᆞᆯ마 낫 업시 쏘사 싱치 무ᄅᆞᆫ ᄉᆞᆯ홀 즈쳐 지령기롬의 봇가 빅ᄌᆞ와 호쵸쳔쵸 ᄀᆞ롤 약념ᄒᆞ야 녀허 비저 쏠몰 제 새용의 쟉쟉 녀허 ᄒᆞᆫ 분게 잡ᄉᆞ오리식 쏠마 초지령의 싱강즙 ᄒᆞ야 잡ᄉᆞ오라. 싱치 업거든 황육을 힘줄 업ᄉᆞᆫ ᄉᆞᆯ을 지령기롬의 니겨 쏘아 녀허도 죠ᄒᆞ니라. 황육을 아니 니겨 쏘으면 한ᄃᆡ 엉긔여 못ᄒᆞᄂᆞ니라. 만도의 녹도ᄀᆞᆯ롤 녀흐면 죠치 아니ᄒᆞ니라. 소만도ᄂᆞᆫ 무을 그리 쏠마 표고 숑이 셩이 버ᄉᆞᆯ 줄게 쏘아 기롬을 두은이 녀허 빅ᄌᆞ 두ᄃᆞ려 지령의 봇가 녀허도 죠ᄒᆞ니라. 밀로도 ᄀᆞᆯ롤 졍히 상화 상화 ᄀᆞᄅᆞ ᄀᆞ치 지허 모밀 만도소 ᄀᆞ치 쟝만하야 초지령 싱각즙 ᄒᆞ면 죠ᄒᆞ니라. 싱강이 업ᄉᆞ면 마롤도 죠ᄒᆞᄃᆡ 만롤은 내 나모ᄅᆞ로 싱강만 못ᄒᆞ다 ᄒᆞᄂᆞ니라. <1a～1b>

〔2〕 현대어역

● 만두법(饅頭法 : 메밀로 군만두 만드는 법)

메밀가루 장만하기를 마치 깨끗한 면가루같이 가는 모시나 비단에 거듭 쳐서, 그 가루를 덜어 풀을 쑤되 율무죽같이 쑤어서 그 풀을 눅게 반죽하여 개암알 크기만큼씩 떼어 빚어라. 만두소 장만하기는 무〔菁〕를 아주 무르게 삶아 덩어리 없이 다지고, 말리거나 익히지 않은 꿩고기의 연한 살을 다져 기름 간장에 볶아 잣과 후추·천초(=산초) 가루를 양념하여 넣어 빚어라. 삶을 때에 번철에 적당히 넣어 한 사람이 먹을 만큼씩 삶아 초간장에 생강즙을 넣어 (만든 초간장에 찍어) 먹어라.

꿩고기가 없거든 쇠고기의 힘줄 없는 살을 간장물을 넣은 기름에 익혀 다져 넣어도 좋다. 쇠고기를 익히지 않고 다지면 한데 엉기어 못 쓰게 된다. 만두에 녹두 가루를 넣으면 좋지 않다. 소만두는 무를 앞에서와 같이 삶아 표고·송이·석이버섯을 잘게 다져 기름을 흥건히 넣고 잣을 다져 간장물에 볶아 넣어도 좋다. 밀가루를 곱게 상화가루처럼 찧어 메밀 만두소같이 장만하고, (초간장으로는) 식초 탄 간장물에 생강즙을 넣으면 좋다. 생강이 없으면 마늘도 좋으나 마늘은 냄새가 나서 생강만 못하다.

〔3〕 용어 해설

● 만두법 : 만두를 만드는 방법. 여기서 설명하는 '만두'는 메밀가루를 원료로 한 것이어서 오늘날의 만두와는 차이가 있다. 마지막 문장에는 밀가루로 만드는 만두도 간략히 설명되어 있다.

● 뇌여 : 다시. 이 문맥에서는 '가루를 곱게 다시 쳐서' 혹은 '더 보드랍게 하려고 가루를 다시 체로 치다'는 뜻. 이 자료에서 '뇌여', '노외여'로 표기되어 있다. 참고) 重篩 뇌다<漢淸 10:13>.

- 플 : '플'의 자형이 불분명해서 '플'을 표기한 것인지 확실하지는 않다.
- 의이쥭 : 율무로 만든 죽. 의이(薏苡)는 율무.
- 푸릐 : 풀에. 풀 + -의(처격조사).
- 개곰낫마곰 : 개암 낟알만큼. 개곰〔榛〕 # 낫〔個〕 + -마곰(만큼). '개곰'은 '개암'의 방언형으로 개암나무의 열매인데 도토리알만한 크기이다. 참고) 榛 개옴 진 <유합 上 9b>.
- ᄯᅦ예 : 떼어. ᄯᅦ- + -예. '-예'는 '-여'의 변화형. 'ᄯᅦ예'를 철자법식으로 표기하면 'stəj + jəj'와 같은 모양이 되는데 반모음 'j'가 세 번 나타난다. 이 예를 어미에서 일어난 'ㅕ>ㅖ' 변화로 해석해야 할지는 판단하기 어렵다. 참고) 불셔>불셰.
- 만도쏘 : 만두소. 만두소는 쇠고기, 돼지고기, 나물 따위를 잘게 썰어 양념을 쳐서 한데 버무려 만두 속에 넣은 것이다. 이 자료에서 '만도소'로도 쓰인다. '만도쏘'의 구성은 '만도 # ㅅ # 소'로 분석될 수 있다.
- 무을 : 무〔菁〕를. 이 자료에는 '무우'도 같이 쓰이고 있다. 춤무우('족탕법'). 쉰무우('슈증계법'). '무우'가 여기서처럼 대격과 결합하여 '무'가 되는 예는 달리 찾아보기 어려운 것이며 음운론적 설명을 하기도 어렵다. 당시의 일상 구어에서 일어난 단축 현상으로 여겨진다. 이 자료가 안동·영양의 경북 북부 지역을 배경으로 한 것이지만 '무수'와 같은 경북 북부방언형은 나타나지 않는다.
- 무ᄅᆞ : 무르게. '무ᄅᆞ다'의 어간형 부사. 므르다〔軟〕>므ᄅᆞ다>무ᄅᆞ다>무르다. '므르->므ᄅᆞ-'에서 'ㅡ>ㆍ'의 변화는 'ㆍ>ㅡ' 음운변화의 역행성 유추의 결과라고 할 수 있고, '므ᄅᆞ다>무ᄅᆞ다'는 원순모음화가 실현된 것이다.
- 낫 : 알갱이. 낯→낫. 곡식의 낟알. 이 문맥에서는 곡식과 관련된 뜻이 아니라 '무의 낯'이기 때문에 '덩이진 무 조각'을 의미한다. 참고) ᄒᆞᆫ 낫 ᄀᆞ티 ᄒᆞᄂᆞ다 ᄒᆞ시니라(如一顆耳라 ᄒᆞ시니라)<능엄 2:33>. 還丹 ᄒᆞᆫ 나치 쇠예 디그면 金이 ᄃᆞ외며(還丹一粒이 點鐵成金ᄒᆞ며)<금삼 4:56>.
- 낫 업시 : 물에 으깨어지지 않은 알갱이가 없이.
- 쏘사 : 쪼아. 잘게 쪼아서〔斫〕. 어간은 '쫏-'. 『음식디미방』에서 이 어간은 '쏘아'로도 활용하는데 '싯-'이 '시어'(또는 '씨어') 및 '시서'로 활용하는 것과 같은 양상을 보인다. 두 동사는 ㅅ규칙활용형과 ㅅ불규칙활용형이 같이 쓰이는 특이한 예이다. 일상구어에서 빈도 높게 쓰이는 낱말이 보여 주는 한 특징으로 판단된다.

- 싱치 : 산꿩〔生雉〕. 이곳의 '싱치'는 음식의 재료로 쓰이는 것을 말하므로 그냥 '살아 있는 꿩'이 아니라 '말리거나 익히지 않은 꿩고기'를 의미한다. 지금은 보통 가정의 요리 재료로 잘 쓰이지 않으나 예전에는 널리 썼던 것이다. 17세기 초의 「곽씨언간」에도 '싱치' 이야기가 여러 번 나온다.
- 즈쳐 : (칼로) 다져. 이 낱말의 어간은 '즈치-'로 잡을 수 있는데 문헌에 그 용례가 달리 나타나지 않는 것이다. 문맥상의 의미로 보아 고기를 칼로 다지는 것을 뜻한다. '즈치-'는 접두사 '즛-'에 '치다'가 결합해 형성된 파생어로 분석될 여지가 있다. 「난탕법」에도 이 낱말이 나온다.
- 지령기ᄅᆞᆷ : 지령(간장)에 기름을 섞은 것. '기ᄅᆞᆷ'은 '기름'에서 ᆞ>ㅡ 변화에 유추된 역표기. 앞에서 본 '므르->므ᄅᆞ-'와 같은 경우이다. 참고) 무근 감쟝 서 홉과 믈 평사발로 여ᄉᆞ슬 브어 ᄆᆡ이 달혀 네 사발이 되게 ᄒᆞ면 지령이 됴ᄒᆞ니라 (陳甘醬三合和水六鉢 煎至四鉢 淸醬味好)<구황보 11>.
- 봇가 : 볶아. 볶-〔炸〕 + -아.
- 빅ᄌᆞ : 잣씨. 잣알. 백자(柏子).
- 호쵸 : 호초(胡椒). 후추. 후추나무 열매의 껍질을 빻아 구토, 곽란 등의 약재로 쓰이며 향신료로도 쓰였다. 예전에는 일반 서민들이 접하기 어려운 고급 향료였다.
- 쳔쵸 : 천초(川椒). 산초나무. 운향과에 속한 갈잎좀나무. 분디나무와 비슷하다. 잔가지에 가시가 있다. 9월에 연한 녹색 꽃이 줄기 끝에 핀다. 열매는 녹갈색인데 말린 것을 '산초', 껍질을 '천초'라 하여 약재 또는 향신료로 쓰고 씨는 기름을 짠다. 이 자료에 '쳔쵸'는 매우 빈번하게 등장한다. '호쵸'(胡椒)와 함께 양념의 주재료로 쓰였기 때문이다. 한편 이 자료에 '고쵸'(고추)는 보이지 않는다. 고추는 임진왜란 때 조선에 들어왔고 고추를 쓰기 전에는 양념의 재료나 향신료로 '호쵸'와 '쳔쵸'가 쓰였다. 임진왜란 때 고추가 전해지기는 했으나 영양에까지는 아직 보급되지 않은 듯하다. 이 점은 오늘날 영양이 고추 생산지로 유명한 것과는 대조적이다. '고추', '천초'의 어원에 대한 상세한 고증은 이기문의 "후추와 고추"(『새국어생활』, 8권 4호, 1998)를 참고할 수 있다. 그런데 2008년과 2009년의 「ᄒᆞᆫ맛ᄒᆞᆫ얼」(한국식품연구원)에 정경란, 장대자, 양혜정, 권대영이 우리나라의 고추가 임란 이전부터 이미 있었다는 글을 발표하였다. 한편 '분디'는 악학

궤범에 수록된 '동동'에 다음과 같이 나타난다. 참고) 十二月ㅅ 분디남ᄀ로 갓곤 아으 나술 盤잇 져 다호라<樂軌 5:8>.

- 새옹 : 번철. 문헌에 '새옹' 또는 '사옹'으로 나타난다. 참고) 새옹 안해 봊가 검게 ᄒ고(銚內炒令焦黑)<구방 上 51>. 사옹 미틧 거믜영(鏊子底黑煤)<구간 3:6>. 오자(鏊子)는 지짐을 붙일 때 쓰는 세 발 달린 평평한 냄비이다. 번철(燔鐵)은 지짐질에 쓰는 솥뚜껑을 젖힌 모양의 무쇠 그릇.
- 쟉쟉 : 작작. 적당히.
- ᄒᆞᆫ 분게 잡ᄉᆞ오리식 : 한 분이 잡수실 것만큼씩. 'ᄒᆞᆫ # 분 + -게(여격조사) # 잡ᄉᆞ오- + ㄹ(관형사형어미) # 이(의존명사) + -식'으로 분석된다.
- 초지령 : 초를 탄 지렁(간장, 장물). '지렁'은 경상방언형으로 지금도 쓰인다.
- 황육 : 황육(黃肉). 쇠고기.
- 니겨 ᄶᅩ아 : 익혀 쪼아. 고기를 익힌 후 칼로 쪼으는 것. 고기를 익힌 후 다져서.
- 소만도 : 소만두(素饅頭). 고기 없이 채소로만 소를 넣은 만두.
- ᄲᅡᆯ마 : ᄉᆞᆱ- + -아. 어두경음화가 실현된 것.
- 표고 숑이 셩이 : 버섯 이름 세 가지를 나열한 것이다. 표고버섯과 송이버섯은 지금도 흔히 쓰이는 것이나 '셩이'는 지금 쓰이지 않고 다른 문헌에서도 찾아볼 수 없는 낱말이다. 이 자료에 등장하는 버섯 이름으로는 셩이, 숑이, 진이(참버섯), 표고 등이 있다. '셩이'는 이 자료에서 다른 버섯들과 함께 음식재료로 많이 들어간다. '셩이'는 송이버섯, 참버섯, 표고와 함께 널리 사용된 '석이(石栮) 버섯'으로 추정된다. '셕이'가 전와(轉訛)되어 '셩이'로 변한 듯하다. 참고) 石 돌 셕<類合 上 6a>.
- 버솟 : '버ᄉᆞᆺ'에서 'ㆍ>ㅡ' 변화의 영향으로 역표기된 것.
- 두은이 : 문맥상 찢은 버섯에 기름을 약간 넣는 동작을 표현하는 가운데 '두은이'가 쓰였다. '두은이'는 어떤 정도를 나타낸 것으로 버섯에 넣는 기름의 양을 표현하고 있다. '흥건히' 또는 '약간 질게' 정도의 의미로 파악된다. '두은이'라는 부사는 다른 문헌에서 찾아 볼 수 없다.
- 두ᄃᆞ러 : 두드러. '두느리-'에서 제2음절의 ㅡ가 ㆍ로 역표기된 것.
- 경히: 정(精)히. 곱게.
- 상화 상화 : 같은 낱말을 두 번 중복하여 적은 것이다. 이런 중복은 필사본에서

흔히 보이는 실수이다. 고령의 나이에 글을 쓰다 보면 이런 실수는 나옴직한 것이다.

- 싱각즙 : '싱강즙'의 오기. 생강의 즙을 낸 것.
- 마롤 : 마늘. 모음 사이의 'ㄴ'이 'ㄹ'로 변하였다.
- 만롤 : '마롤'의 오기.
- 내 나모르로 : 냄새가 나므로. '나모르로'는 '나모로'의 오기.

세면법

〔1〕 원문

● ᄉᆡ면법

이삼월의 녹도ᄅᆞᆯ ᄀᆞ티 온 낫과 뉘 업시 ᄀᆞ라 어을믜 졍화슈 기러다가 ᄃᆞ모티 이 ᄃᆞ몬 거술 덥흐면 녹되 쉬니 그처 물에 ᄌᆞᄆᆞᆯ게 ᄃᆞᆷ가 이튼날 새배 우물의 가 씨어 급히 ᄀᆞ라 ᄒᆡ 달게 덥지 아닌 제 무영 주머니예 닛 내둣 쳐 내여 ᄎᆞᆫ 물을 만이 부어 ᄀᆞ장 누게 ᄒᆞ여 관질그ᄅᆞᄉᆡ 안치와 이튼날 아젹의 웃물 퍼 ᄇᆞ리고 흰 ᄀᆞᄅᆞ 안ᄌᆞᆫ 우희 죠희 ᄊᆞᆯ고 그 우희 ᄌᆡᄅᆞᆯ ᄊᆞᆯ면 그 무리 다 ᄌᆡ예 비거든 ᄌᆡ 거더 내고 술로 글거 채반의 식지 ᄊᆞᆯ고 너러 틔 드지 아니케 ᄆᆞᆯ뢰여 녀허 두고 ᄉᆡ면 디여 쓸 제면 밀ᄀᆞᄅᆞᆯ ᄀᆞ장 조히 ᄒᆞ여 깁의 뇌여 녹도ᄀᆞᄅᆞ 두 되 디려 ᄒᆞ면 밀ᄀᆞᄅᆞ 칠 홉을 의이ᄀᆞ치 조히 쥭 쑤어 그 쥭의 녹도ᄀᆞᄅᆞᆯ 보ᄃᆞ라이 뇌여 ᄆᆞ라 더우니 면본의 눌러 ᄎᆞᆫ물의 건디시서 어름물에 ᄃᆞᆷ가 두고 쓰면 손님 여닐곱이나 격그리라. 녀름 음식이 오미ᄌᆞ차 쑬 타 ᄆᆞᆯ면 죠코 지령쑥의 ᄆᆞ라 교치ᄒᆞ여도 죠ᄒᆞ니라. 쥭 쑤는 밀ᄀᆞᄅᆞᆫ 상화ᄒᆞᄂᆞᆫ 조ᄒᆞᆫ ᄀᆞᄅᆞ로 쑤라. 소 아니면 ᄉᆡᆼ치ᄅᆞᆯ ᄀᆞᄂᆞ리 ᄡᅩ아 봇가 녀흐라. 지령국의 ᄒᆞ면 교티ᄅᆞᆯ ᄒᆞ고 오미ᄌᆞ국의는 교티ᄅᆞᆯ 아니 ᄒᆞᄂᆞ니라. <1b>

〔2〕 현대어역

● 세면법(細麵法 : 면발이 가는 녹말국수 만드는 법)

이삼월에 녹두를 갈되 온 낟알과 뉘가 없도록 갈아라. 어스름(=새벽)에 정화수를 길어다가 (간 녹두를) 담그되, 담근 것을 (뚜껑으로) 덮어 놓으면 녹두가 쉬어 버리니 그냥 물에 잠기게 담가 두어라. 이튿날 새벽, 우물에 가서 (녹두를) 씻어 급히 (물을) 갈아 해가 뜨거워지기 전에 무명 주머니에 (넣어) 잇꽃〔紅花〕 물을 내듯 쳐내어, 찬물을 많이 부어 아주 눅눅하게 하여 두레박 모양의 질그릇에 (넣어) 가라앉혀라. 이튿날 아침에 웃물을 퍼내 버리고, 가라앉은 흰 가루 위에 종이를 깔고 그 위에 재를 깔아라. 그 물이 다 재에 배거든 재를 걷어 내고 숟가락으로 긁어 채반에 식지(食紙)를 깔고 (그 위에) 널어 티가 들어가지 않도록 말려서 넣어 두어라.

세면(細麵)을 만들려고 쓸 때는 밀가루를 가장 깨끗이 하여 비단에 체질한다. 녹두가루 두 되로 만들려 하면 밀가루 7홉을 율무같이 깨끗이 죽을 쑤어 그 죽에 (두 되의) 녹두가루를 체질하여 부드럽게 반죽을 하고, 더운 것을 면본(=국수틀)에 눌러 찬물에 건져 씻어 얼음물에 담가 두고 쓰면 손님 예닐곱 명은 대접할 수 있다.

여름 음식은 오미자차에 꿀을 타서 말면 좋고 간장국에 말아 고명을 해도 좋다. 죽 쑤는 밀가루는 상화를 만드는 깨끗한 가루로 쑤어라. 채소로 만든 소를 쓰지 않는다면 꿩고기를 가늘게 다져 볶아 넣어라. 간장국에는 고명을 하고 오미자국에는 고명을 쓰지 않느니라.

〔3〕 용어 해설

● 셰면법 : 세면법(細麵法). 혹은 사면법(絲麵法). 실국수 만드는 법. 세면은 면발이

가는 국수를 뜻하는데 여기서는 녹두가루와 밀가루를 섞어서 가는 면발을 만들고 거기에 오미자국을 넣어 먹는 것으로 기술되어 있다. 옛 문헌에 '스면'으로 많이 쓰였다. 참고) 稍麥과 스면 먹고(喫稍麥粉湯)<박통-중 下 14>, 粉湯 싀면 細粉 上仝<譯解 上 51>.

- ᄀᆞ디 : 갈되. ᄀᆞᆯ〔磨〕- + -(오/우)디. '-오/우-'가 먼저 탈락되고 이어서 'ㄷ' 앞에서 받침 'ㄹ'이 탈락되었다.
- 온 낫 : 온전한 낟알. 중세국어에서 '곡식'을 뜻하는 '낟'이 있고(낟 곡穀·, 자회-초 下 3), '곡식의 낟알'을 뜻하는 ':낯'도 쓰였다. 여기서는 문맥상 후자의 뜻에 더 가깝다. 참고) 玉 ᄀᆞᆮᄒᆞᆫ ᄡᆞᆯ 나ᄎᆞᆫ(玉粒)<두해-초 7:38>.
- 뉘 : 껍질이 벗겨지지 않은 곡식 알갱이.
- 어을믜 : 어스름에. 해 뜨기 전 새벽 희끄무레할 때. 어읆 + -의(처격). 참고) 어을미어든 定ᄒᆞ고 새박이어든 ᄉᆞᆯ피며<小諺 2:8>. 새베 어ᄋᆞᆯ메(晨昏)<동국신속 孝 6:21>. '어ᅀᅳ름', '어ᅀᅳᆱ'과 같은 어형들도 찾아볼 수 있다.
- 졍화슈 : 정화수(井華水). 새벽에 처음 길은 우물물.
- ᄃᆞ모디 : 담되. ᄃᆞᆷ- + -오디.
- 덥흐면 : 덮으면. 덮〔覆〕- + -으면. 모음간의 유기음은 세 가지 방식, 즉 '더프면, 덥프면, 넙흐면'으로 적힐 수 있었다. '덥흐면'은 유기음을 재음소화한 표기 방식이다.
- 녹되 : 녹두가. 녹도 + -ㅣ(주격).
- 그처 : 그치어. 긏〔止〕- + -어.
- ᄌᆞ몰게 : 잠기게. 어간을 'ᄌᆞᄆᆞᆯ-'로 잡을 수 있다. 중세문헌에는 'ᄌᆞᄆᆞ다, 좀기다, 좀ᄀᆞᆯ다, 좀다' 등이 쓰였다. 'ᄌᆞ몰-'은 순음 뒤에서 'ㆍ>ㅗ'의 변화를 보인 것이다(ᄌᆞᄆᆞᆯ->ᄌᆞ몰-).
- 이튼날 : 이튿날. '이틄날'에서 사이시옷 앞의 'ㄹ'이 탈락되어 '이틋날'이 되었다가, 음절의 받침 'ㅅ'은 'ㄷ'으로 중화되었다가, 후행음절 'ㄴ'의 동화를 입어 '이튼날'에 이르게 되었다.
- 새배 : 새벽〔晨〕. '새박', '새베'로도 쓰였다. 참고) 새배 華 보다가<圓上二之三 27>. 새배 신(晨)<字會-초 上 1>. 새베 어ᄋᆞᆯ메(晨昏)<동국신속 孝 6:21>. 믄득 새바ᄀᆡ 거우루로 ᄂᆞ출 비취오<圓覺 序 46>.

- 씨어 : 씻어. '씻-〔洗〕 + -어'에서 받침 'ㅅ'이 약화 · 탈락된 형태.
- ᄀᆞ라 : 갈아. ᄀᆞᆯ-〔替〕 + -아. 문맥상 의미는 '햇볕이 달기 전에 물을 바꾸어'라는 의미이다.
- 달게 : 달게. 열을 받아 뜨거워진 상태.
- 무영 : 무명〔木綿〕. 문헌에는 '목면, 무명, 무면, 믜명'으로 나타난다. 참고) ᄯᅩ 굴근 목면 일빅 필과<老乞 下 62>. ᄯᅩ 굴근 무면 일빅 필와<번노 下 69>. 면쥬와 무명을 노코<閑中 p.94>. 이 자료의 '무영'은 경북방언의 '미영, 명'과 직결되는 어형이다. 이 어형의 변화 과정은 '무영>뮈영>믜영>미영>명'으로 잡을 수 있다. '무명'이 일상어에서 자주 쓰이면서 보다 간편한 발음으로 변한 것이 '무영'일 것이다.
- ᄂᆡᆺ : 홍화(紅花). 잇꽃, 홍람화(紅藍花)로도 불린다. 엉거싯과(국화과)의 두해살이풀로 7~8월에 붉은 빛이 도는 노란빛의 꽃이 줄기와 가지 끝에 달리며, 씨는 기름을 짜고, 꽃은 부인병 · 통경 따위의 약재로 쓰이며, 꽃물은 노란색 염료로 쓰인다.
- ᄂᆡᆺ 내ᄃᆞᆺ 쳐 내여 : 잇꽃의 꽃잎을 주머니에 넣고 물감을 내듯이 방망이 같은 것으로 두들겨 쳐 내어.
- 만이 : 많이. '만히'에서 'ㅎ'이 탈락된 표기.
- 관질그ᄅᆞ싀 : 항아리 모양의 질그릇에. 관(鑵) # 딜그ᄅᆞᆺ(>질그릇). '관'(鑵)은 항아리뿐 아니라 두레박의 의미도 가지고 있으므로 '관질그ᄅᆞᆺ'은 두레박 모양의 질그릇으로 볼 수 있을 것 같다.
- 안ᄎᆡ와 : 가라앉혀서. 문맥상 '안ᄎᆡ-'(>안치다)에 사동접사 '-오-'가 결합한 것으로 보면 매우 자연스럽다. 그러나 옛 문헌에 '안ᄎᆡ-'라는 어간을 찾아보기 어렵다는 점이 문제이다. 'ᄎᆞᆫ ᄆᆞ레 ᄃᆞᆷ가 안초아 ᄆᆞᆯ겨'<구급 上 33>에 보듯이 어간 '안초-'는 보이지만 '안ᄎᆡ-'는 찾기 어렵다. 위의 '안ᄎᆡ와'를 '안〔內〕 + ᄎᆡ오-〔充〕'로 분석하여 '안을 채워'로 풀이해 볼 수도 있으나 문맥 의미가 부자연스럽게 된다. 여기서는 문맥 의미가 자연스러운 전자로 해석해 두되 어간 '안ᄎᆡ-'의 설정은 문제로 남아 있다.
- 아젹의 : 아침에. 참고) 아젹 두 번 ᄃᆞᆫ녓노라<仁宣王后諺簡>. 아져긔 낫다가 <普勸 11>.

● 죠희 : 종이〔紙〕. 중세초기 문헌에서는 '죠ᄒᆡ'로 나타나다. 근대문헌에서는 받침 'ㅇ'이 첨가되어 '죵ᄒᆡ'로 나타난다. 이 자료의 예는 중세 어형을 계승하면서 둘째 음절에서 'ㆍ>ㅡ'변화만 적용되었다. 참고) 죠ᄒᆡ 爲紙<훈민 해례 25>. 이 창쑴게 죵ᄒᆡ를다가 다 믜티고<박해 中 58>.

● 무리 : 물이. 물 + -이(주격). '믈'에 원순모음화가 적용된 어형.

● ᄇᆡ거든 : 배어들거든. 스며들거든.

● 채반 : 채그릇의 한 가지로 껍질을 벗긴 싸릿개비나 버들가지로 넓적하고 울이 얕게 결어 만든 그릇.

● 식지 : 식지(食紙). 밥상과 음식을 덮는 데 쓰는 종이. 기름을 먹이기도 한다.

● 틔 : 티끌. 참고) 귓구무 닷가 틔 업게 ᄒᆞ라<朴초 上 45>. 틔ㅅ글 진(塵)<倭上 8>.

● 드지 : 들어가지. '들〔入〕- + -지'에서 'ㅈ' 앞에서 'ㄹ'이 탈락한 것이다. 용언 어간말의 'ㄹ'은 'ㄷ'과 'ㅈ' 앞에서 탈락되는 현상이 많이 나타난다(예: 우디 마라. 우지 마라). '드지'의 경우 ㄹ탈락과 구개음화 규칙 간의 적용 순서가 어떤 쪽이 되든 표면형의 도출에 별 문제가 없다. 그러나 현대국어의 음운현상을 기준으로 보면 '디>지'의 구개음화가 ㄹ탈락보다 선행하는 것이 더 자연스럽다.

● 아니케 : 아니하게. '아니ᄒᆞ- + -게'에서 'ᄒᆞ게'가 축약되어 '케'로 쓰였다.

● 디여 : 만들어. 지어〔作〕. '디'는 '지'의 과도교정형이다.

● 밀ᄀᆞᆯᄅᆞᆯ : 밀가루를. ᄀᆞᆯㄹ(←ᄀᆞᄅᆞ) + ᄋᆞᆯ(목적격).

● 깁 : 명주로 짠 비단.

● 뇌여 : 체질하여. 더 보드랍게 하려고 가루를 다시 한 번 체로 치다. '노외여'의 축약형. 참고) 重篩 뇌다<漢淸 10:13>.

● 디려 : 떨어뜨리려 하면. 넣으려 하면. 참고) 어분 아기ᄅᆞᆯ 조쳐 디오<월석 10:24>. 방핫고 디여 디ᄒᆞ니 비치 희오<초두해 7:18>

● 홉 : 合. 한 되의 10분의 1에 해당하는 양.

● 의이 : 의이(薏苡). 율무.

● 면본 : 면본(麵本). 국수를 뽑기 위해 만든 본 혹은 틀. 국수틀.

● 건디시서 : 건져 씻어. '건디- # 싯- + -어'의 형태로 '건디다'와 '싯다'의 어간끼리 합성된 합성동사.

- 어ᄅᆞᆷ물 : 어름>어ᄅᆞᆷ. '、>ㅡ' 음운변화의 역표기. 참고) 어름 爲氷<훈민 해례 25>.
- 격그리라 : 치러낼 것이라. 문맥상 '손님을 대접할 수 있다'는 뜻. '겪-'은 '겼-'에서 변한 것으로 'ㅅ'이 'ㄱ'에 동화된 연구개동화를 보여준다.
- 녀ᄅᆞᆷ : 녀름>녀ᄅᆞᆷ. '、>ㅡ' 음운변화의 역표기. 참고) ᄇᆞᄅᆞᆷ 비 時節에 마초 ᄒᆞ야 녀르미 ᄃᆞ외야<석보 9:34>.
- 죠코 : 좋고. '둏-'〔好〕의 ㄷ구개음화형.
- 지령ᄭᅮᆨ의 : 간장국에. 지령 + -ㅅ- + 국. 경상방언 '지렁'의 선대형.
- 교츼 : 고명. 다른 문헌에는 '교토, 교퇴'가 보이나, 이 자료에서는 '교틔, 교츼, 교토, 교퇴'가 함께 나타난다. '교토'를 기준으로 볼 때 '교퇴'는 어말에 'ㅣ'가 첨가된 것이고, '교틔'는 '교퇴'에서 비원순화가 적용된 것이다. 그런데 '교츼'는 어중에서 ㅌ과 ㅊ간의 교체를 보여 주는 특이한 변이형이다. 당시에 활발하였던 구개음화에 견인되어 '교틔>교츼'라는 표기가 나타난 것으로 추정된다.
- 상화 : 밀가루를 재료로 하여 찐 떡의 한 가지. 꿀팥소를 넣고 증편처럼 찐 찐빵 같은 것. 뒤의 「상화법」 참조.
- 소 아니면 : 이 문맥은 스면 위에 얹을 고명을 언급하는 대목이다. '소'는 고기, 두부, 숙주나물 따위로 만든 고명을 뜻한다. '소 아니면'의 '소'를 이 뜻으로 본다면 이 문맥은 '고명으로 쓸 소를 만들지 않을 때는 생치를 가늘게 찢어 볶아 넣으라'로 파악된다. 한편 '소'는 '素'를 표기한 것으로 볼 수도 있는데 '素'는 고기와 생선을 쓰지 않고 야채로 만든 고명을 뜻한다. 이렇게 본다면 '소 아니면'은 '채소로 만든 소를 쓰지 않는다면'으로 풀이할 수 있다. 이렇게 보면 뒤에 이어지는 '생치'(生雉)를 쓴다는 내용과 잘 연결된다. 두 가지 해석 중 후자의 것이 더 자연스럽게 생각된다. 참고) 믈근 술 두 병ᄒᆞ고 소안쥬 ᄒᆞᆫ 당숢만 ᄒᆞ여 보내소.<곽언 7>
- ᄡᅩ아 : 쪼아. 다져. 이 자료에서 ㅂ계 합용병서는 ㅅ계 합용병서와 혼란된다.

토장법 녹도나화

〔1〕 원문

● 토쟝법 녹도나화

싀면 ᄀᆞᆯᄅᆞᆯ 물의 눅게 프러 너ᄅᆞᆫ 그ᄅᆞ싀 ᄶᅥ 노화 ᄭᅳᆯᄂᆞᆫ 물에 듕탕ᄒᆞ야 ᄒᆞᆫ ᄃᆡ 어릐거든 그 ᄭᅳᆯᄂᆞᆫ 물을 ᄯᅳ면 믉게 닉거든 ᄎᆞᆫ물에 ᄣᅦ여ᄃᆞᆷ가 희거든 효근 약과낫 ᄀᆞ치 사흐라 ᄡᅳᄂᆞ니라. 토쟝국의 교틔ᄒᆞ고 오미ᄌᆞ차ᄂᆞᆫ ᄭᅮᆯ만 ᄡᅳᄂᆞ니라. <1b～2a>

〔2〕 현대어역

● 토장법(토장국) 녹도나화(녹두수제비 만드는 법)

세면 가루를 물에 눅게 풀어 넓은 그릇에 떠놓고 끓는 물에 중탕(重湯)한다. (가루가) 한데 엉기거든 그 끓는 물을 떠내어 (두었다가) 묽으죽죽하게 익으면 떼어 찬물에 담가 희어지면 작은 약과 낱만하게 썰어 쓴다. 토장국에는 고명을 하고, 오미자차에는 꿀민 쓰느니라.

〔3〕 용어 해설

- 토쟝법 : 토장법(土醬法). 이곳의 「토장법 녹도나화」는 세면 만드는 가루를 토장국 끓는 물에 넣어 조리하는 것으로 설명되어 있다. 바로 뒤에 나오는 「탹면법」에 설명된 '토쟝국'은 녹두 가루로 한 반죽을 끓는 물에 익혀 찬물에 담갔다가 조각조각 썰어 오미자차나 참깨를 볶아 넣은 국이라고 하고 있다. 한복려(1999 : 35)에서는 녹말 국수를 오미자국에 만 것을 착면(다음 항목)이라 하고, 깻국에 탄 것을 토장 녹두나화라 하였다. 한편 오늘날의 '토장'은 이와 뜻이 다르다. 현대어 사전과 조리어 사전(한국의 음식용어, 윤서석)에서 '토장국'은 된장을 풀어 넣어 끓인 국이라 설명되어 있다. 이 항목과 「탹면법」 항의 '토쟝국'에 대한 설명(오미ᄌᆞ 업거든 ᄎᆞᆷᄶᅢᄅᆞᆯ 복가 지허 걸러 그 국의 몰면 토쟝국이라 ᄒᆞᄂᆞ니라)으로 보아 이것은 오늘날과 같은 '된장국'과는 다른 음식이었다.
- 녹도나화 : 녹두수제비. '나화'는 수제비. 참고) 나화 탁(飥)<字會-초 中 20>.
- 싀면 ᄀᆞᄅᆞᆯ : 세면〔絲麵〕 만드는 가루를. 위 '싀면법'에 보면 '사면'은 메밀가루 또는 밀가루를 주 원료로 하여 만드는 것으로 되어 있다.
- 너ᄅᆞᆫ : 너른. 넓은. 너ᄅᆞ- + -ㄴ(관형사어미).
- 노화 : 놓아. '놓- + -아'에서 선행 원순모음 'ㅗ'에 의해 그 뒤에 활음 'w'가 첨가된 형태.
- 듕탕ᄒᆞ야 : 중탕(重湯)하여. 끓는 물 속에 음식 담은 그릇을 넣어, 그 음식을 익히거나 데우는 일.
- ᄒᆞᆫ ᄃᆡ : 한 곳에. 한데. ᄒᆞᆫ # ᄃᆡ(의존명사).
- 어릐거든 : 엉기거든. 굳거든. 얼의-〔凝〕 + -거든. 참고) 글혀 얼의어든 사그르세 다마 두고<救簡 1:19>. 각시 ᄯᅩ 비옌 큰 벌에 긇쉬옌 효ᄀᆞᆫ 벌에 미틔ᄂᆞᆫ 얼윈 벌에러니<월곡 70>. 17세기에 이 동사의 어간은 '어릐-'로 잡을 수 있으나 15세기 문헌을 기준으로 하면 '얼의-'가 된다. 얼의다>어릐다>어릐다. 이 변화 과정에는 'ㆁ'의 잠재기능 소실과 'ㆍ>ㅡ' 변화에 대한 역표기가 포함되어 있다.
- ᄯᅳ면 : 뜨면. 문맥상 '중탕하여 엉긴 것을 끓는 물과 함께 떠내면'이란 의미이다.
- ᄆᆞᆰ게 닉거든 : 묽게 익거든. 현대어의 관점에서 '묽게 익거든'의 연결이 어색하다. 전후의 문맥으로 보아 '물에 넣어 끓인 스면 가루가 뻑뻑하지 않고 묽으죽

죽하게 굳거든' 정도의 의미로 파악된다.

- ᄣᅦ여 : 떼어. 'ᄣᅦ- + -어'에 활음 'j'가 첨가된 것.
- 효ᄀᆞᆫ : 작은. ᄒᆞᆨ-〔小〕 + -ᄋᆞᆫ(관형어미). 참고) 簫ᄂᆞᆫ 효ᄀᆞᆫ 대ᄅᆞᆯ 엿거 부ᄂᆞᆫ 거시라 <석보 13:53>. ᄀᆞᇫ쉬옌 효ᄀᆞᆫ 벌에<월곡 70>. 삽듯 불휘를 ᄒᆞᆨ게 싸ᄒᆞ라(蒼木細切)<분문 23>.
- 약과낫 : 약과 낱. '약과'는 '과줄'이라고도 하며, 밀가루를 기름과 꿀에 반죽하여 기름에 지진 유밀과의 한 가지이다.
- 사흐라 : 썰어. 사흘-(<사홀-) + -아. 이 자료에는 어두경음화가 실현된 '싸홀다'도 나타난다.
- 교틱 : 고명. '교토', '교퇴', '교취'로도 쓰인다. 「쉬면법」의 용어 해설 참고.

착면법

〔1〕 원문

● 탹면법

녹도ᄅᆞᆯ ᄆᆡ예 타 믈에 ᄃᆞᆷ갓다가 ᄀᆞ장 붓거든 거피ᄒᆞ야 ᄯᅩ ᄆᆡ예 ᄀᆞ라 물에 거ᄅᆞᄃᆡ ᄀᆞ장 연ᄒᆞᆫ 체로 밧고 ᄀᆞᄂᆞᆫ 모시뵈예 다시 바타 두면 부희비치 업시 ᄀᆞ라안거든 ᄆᆞᆯ근 물을 ᄃᆞᆯ와 ᄇᆞ리고 부흰 물란 그ᄅᆞᄉᆡ 다마 두면 ᄀᆞᆯ아안거든 ᄯᅩ 운물 ᄯᅩᆯ오고 ᄀᆞ라안ᄌᆞᆫ ᄀᆞᆯᄅᆞᆯ 식지에 열게 너러 ᄆᆞᄅᆞ거든 다시 지허 처 ᄀᆞᆯ그로 두고 쓸 적마다 ᄀᆞᆯ리 ᄒᆞᆫ 홉이면 물에 ᄐᆞᄃᆡ 하 거디 아니케 타 혹 냥푼힝긔예 ᄒᆞᆫ 술식 담아 더운 소두억 믈에 ᄯᅴ워 골오로 두ᄅᆞ면 잠싼 닉거든 ᄎᆞᆫ물에 ᄃᆞᆷ갓다가 싸ᄒᆞᄃᆡ 편편이 지어 싸ᄒᆞ라 오미ᄌᆞ차의 어름 둘러 쓰라. 오미ᄌᆞ 업거든 ᄎᆞᆷᄭᆡᄅᆞᆯ 복가 지허 걸러 그 국의 ᄆᆞᆯ면 토쟝국이라 ᄒᆞᄂᆞ니라. 녹도 ᄒᆞᆫ 말의 ᄀᆞᆯ리 서 되 나ᄂᆞ니라. <2a>

〔2〕 현대어역

● 착면법(着麪法 : 녹두 국수 만드는 법)

녹두를 맷돌로 쪼개어 물에 담갔다가 충분히 붇거든 껍질을 벗기고 또 맷돌에 갈아 물에 거르되, 아주 (눈이) 가는 체로 밭고, 다시 가는 모시베에 밭아 두어라. 뿌연 빛이 없이 가라앉거든 맑은 물(=웃물)은 따라 버려라. (남은) 뿌연 물을 그릇에 담아 두어 가라앉기든 또 웃물을 따라 내고, 가라앉은 가루를 식지에 얇게 널어라. 마르면 다시 찧고 (체로) 쳐서 가루로 두었다가, 쓸 적마다 가루 한 홉을 물에 타되 너무 걸지 않게 타라.

혹 양푼에 한 숟가락씩 담아 (그 양푼을) 뜨거운 솥뚜껑물에 띄워 (담은 반죽이 잘 익도록) 골고루 내젓다가, 잠깐 사이에 (살짝) 익으면 찬물에 담갔다가 썰되, 조각지게 썰어 오미자차에 얼음을 넣어 써라. 오미자가 없거든 참깨를 볶아 찧어 (체로) 걸러 그 국에 말면 토장국이라 한다. 녹두 한 말에 가루 서 되가 나느니라.

〔3〕 용어 해설

● 탹면법 : 착면(창면) 만드는 법. '탹면'은 '착면'(着麪)을 전사한 것으로 보이는데, '맛질방문'에 서술된 「별챡면법」과 「챠면법」의 '챡면'이나 '챠면'도 '탹면'와 같은 낱말을 표기한 것으로 판단된다. 이 낱말은 현대국어 사전에 '창면'으로 등재되어 있으며, 녹말 물에 묽게 풀어 그릇에 담아 끓는 물에 익힌 뒤에 갈쭉하게 채를 쳐서 꿀을 탄 오미자 국물에 말아 먹는 음식이다.

● 매예 : 맷돌에. 매 + -예(처격). 참고) 磨 매 마 又 礪石曰磨石 又平聲治石 磑 매 의 俗稱磑子<字會-초 中 6>.

● 타 : 쪼개어. ᄐᆞ-〔割, 破〕 + -아. 'ᄐᆞ-'는 'ᄩᆞ-'의 변화형이다. 15세기 문헌에 나타나는 'ᄩ'은 17세기 중엽까지 사용되어 『벽온신방』(1653)에 마지막으로 나타나고,

이후 'ㅌ'에 합류하였다. 이 예도 'ᄩ'이 'ㅌ'에 합류한 어형이다. 현대국어 '타다'라는 동사는 '낟알 따위를 맷돌에 갈아서 부숴뜨리다'라는 의미로도 쓰인다(콩을 맷돌에 타서). 참고) 도ᄐᆞᆯ 동여 두고 …… ᄇᆡᄅᆞᆯ ᄩᆞ고 ᄆᆞᅀᆞᄆᆞᆯ ᄲᅡ혀 내야 鬼神ᄋᆞᆯ 이바ᄃᆞ며<월석 23:73>. 갈ᄒᆞ로 ᄇᆡ야ᄆᆡ ᄭᅩ리ᄅᆞᆯ ᄩᆞ고(以刀破蛇尾)<救方 下 79>. 도적이 건져 내여 ᄇᆡᄅᆞᆯ ᄩᆞ니라(敵拯出刳腹)<동국신속 烈 4:12>.

- ᄃᆞᆷ갓다가 : 담갔다가. ᄃᆞᆷ그- + -앗(완료)- + -다가(전환어미).
- ᄀᆞ장 : 충분히. 아주 많이.
- 붓거든 : 붇거든. 붇-〔潤〕 + -거든.
- 거피ᄒᆞ야 : 껍질을 벗겨(去皮). 이 자료에서 'ᄒᆞ-'의 활용형 'ᄒᆞ야'와 'ᄒᆞ여'가 수의적으로 교체되고 있다. 이른바 자유교체라 할 만한 것이다.
- 거ᄅᆞ되 : 거르되. 거ᄅᆞ-〔濾〕 + -되.
- 연ᄒᆞᆫ 체로 : 눈이 가는 체로. 체의 눈이 가늘고 촘촘함에 대하여 '연(軟)하다'는 표현을 씀이 특이하다. 「증편법」에 '보ᄃᆞ로온 체'가 나오는데 이것은 '연한 체'와 동일한 의미, 동일한 표현으로 생각된다.
- 밧고 : 밭고. 건더기를 체로 거름. 참고) ᄯᅩ 믈 바ᄐᆞᆫ ᄌᆡᄅᆞᆯ 므레 ᄆᆞ라<救方 下 24>. 가마앳 더운 믈로 즙 바타 더운 제 시스면<救簡 6:88>. 泲 바ᄐᆞᆯ ᄌᆞ<字會-초 下 7>.
- 부희 비치 : 뿌연 빛이. '부희- + -ㄴ(관형사형어미) # 빛 + -이(주격)'에서 관형형어미가 생략된 것으로 추정한다. '부희빛'을 합성어로 볼 여지도 있다. 드물긴 하지만 '쓰믈'과 같은 예가 있기 때문이다. 그러나 바로 뒤에 나오는 '부흰 물'에 관형사형어미가 사용되었기 때문에 생략에 의한 오기(誤記)로 보는 것이 보다 자연스럽다.
- ᄃᆞᆯ와 ᄇᆞ리고 : 따라 버리고. 물을 따라 버리는 행위를 표현한 동사이다. 동사 'ᄃᆞᆯ오-'는 'ᄯᆞᆯ오-'(탁면법), 'ᄃᆞᆯ호-'(상화법)로도 쓰인다 'ᄃᆞᆯ호-'를 기준으로 'ᄃᆞᆯ오-'는 유성음 사이에서 ㅎ이 탈락된 것이라고 볼 수 있다. 'ᄯᆞᆯ오-'는 어두경음화가 일어난 것이다.
- 부흰 물란 : 뿌연 물은. 부희- + -ㄴ # 물 + -란. '-란'은 주제의 보조사로 강조의 의미를 표현한다. '부흰물'은 '부연 물' 즉 뜨물을 가리킨다.
- ᄀᆞᆯ아안거든 : ᄀᆞ라앉- + -거든. 중세문헌에서는 어간끼리 합성된 'ᄀᆞᆯ안ᄎᆞ다'가

나타난다. 그런데 이 자료에서는 현대국어와 같이 연결어미 '-아'가 개재되어 합성어를 만들었다. 바로 앞에서는 'ᄀᆞ라인거든'으로 표기되어 있다. 'ᄀᆞ라안거든'과 'ᄀᆞᆯ안초다'에 들어간 어근 'ᄀᆞᆯ-'은 '아래 쪽에 놓이는 행위'를 표현하는 동사로 존재하였던 듯하나 15세기에 이미 파생어의 일부로만 남고 사어화(死語化)한 것으로 보인다. 동사 '깔다'(<ᄭᆞᆯ다)와 의미적 연관성이 있다. 참고) 누른 조ᄡᆞᆯ 닷 되ᄅᆞᆯ 시서 믈 ᄒᆞᆫ 마래 글혀 닷 되 ᄃᆞ외어든 ᄀᆞᆯ안초아 잢간 ᄃᆞᄉᆞ게 ᄒᆞ야 머그라 <救簡 2:59>.

- 운물 : 윗물. 우ㅅ물. 사이ㅅ이 후행 비음에 동화된 표기이다.
- ᄯᆞᆯ오고 : 따르고. 이 자료에서는 'ᄃᆞᆯ오다'로도 나타나 경음화 어형과 혼용되고 있다.
- 식지 : 식지(食紙). 밥상과 음식을 덮는 데 쓰는 기름종이.
- 열게 : 엷게. 자음 앞에서 어간말 'ㄼ'의 'ㅂ'이 탈락되었다. 중세문헌에서는 이러한 환경에서 'ㄼ'이 모두 표기되어 있다.
- 지허 : 찧어. 딯-〔搗〕 + -어. '딯->짛-'은 ㄷ구개음화.
- 처 : 쳐. 체로 쳐서. 츠- + -어. 중세의 모음연결규칙에서 ㅡ는 모음 앞에서 탈락한다. 참고) ᄡᅳ- + -어 → ᄡᅥ-.
- ᄀᆞᆯ그로 : 가루로. ᄀᆞᆰ + -으로. 'ᄀᆞᆰ'〔粉〕이란 어형은 문증되지 않으나 『우리말 큰사전』과 방언 사전에는 '갈기'〔粉〕(전라방언 등)가 등재되어 있다. 이 자료의 'ᄀᆞᆯ그로'와 방언형 '갈기'에서 우리는 명사 'ᄀᆞᆰ'〔粉〕이 존재하였음을 확인할 수 있다.
- 하 : 너무. 형용사 '하다'〔大, 多〕의 어간에서 파생된 부사.
- 거디 : 걸지. 걸쭉하지. 걸-〔濃〕 + -디. 참고) 거로미 환 짓게 ᄃᆞ외어든(成膏)<救簡 95>. 건 ᄯᅡ히로다(膏腔)<두해-초 9:31>. 건 ᄯᅡ해 빅셩이 ᄌᆞ조롭디 몯홈은(沃土)<小언 4:45>.
- 냥푼힝긔예 : 양푼주발에. 냥푼 # 힝긔 + -예(처격). '힝긔'에 대응하는 어형을 표준어에서는 찾아보기 어려우나, 전남방언에 '주발'을 '행기'라 일컫고 있다. 주발은 '놋쇠'로 만든 위가 벌어진 밥그릇을 의미한다. 따라서 재료나 모양 면에서 양푼과 비슷하다고 볼 수 있다.
- 소두억 : 방언형에 '소두병', '소두뱅이' 따위가 존재하는 것으로 보아 이 말은 '솥뚜껑'을 가리킨 것으로 판단된다.

- 골오로 : 골고루. 'ㄹ' 뒤에서 'ㄱ'이 탈락한 어형이다. '골오로'는 '고ᄅᆞ-(均) + -오(부사파생접미사) # 고ᄅᆞ-〔均〕 + -오(부사파생접미사)'라는 첩어 구성에서 첫 번째 어형이 축약된 것이다. 참고) 가지가지→갖가지.
- 두ᄅᆞ면 : 둥글게 내저으며. 문맥으로 보아 이 '두ᄅᆞ면'은 반죽을 넣은 양푼을 뜨거운 솥뚜껑 물에 띄우고 그 양푼을 골고루 휘둘러 주는 조리 동작을 표현한 것으로 판단된다. 양푼에 넣은 반죽이 골고루 익도록 흔들어 주거나 반죽을 뒤집어 주는 동작을 나타낸 것이다.
- 잠싼 : 잠깐 사이에. 문맥상 '살짝'으로 파악해도 자연스럽다.
- 싸ᄒᆞᄃᆡ : 썰되. 싸ᄒᆞᆯ- + -ᄃᆡ. 어미의 두음 'ㄷ' 앞에서 어간받침 'ㄹ'이 탈락된 형태.
- 편편이 : 편편(片片)이. 조각조각.
- 지어 : 만들어. '편편이 지어'는 '조각지게'의 뜻.
- 싸ᄒᆞ라 : 썰어. 싸ᄒᆞᆯ- + -아(연결어미).
- 어롬 : 얼음. 참고) 어름 爲氷<훈민 해례 25>. 열본 어르믈 하늘히 구티시니 <용가 5:9-10. 30>. 氷 어름 빙<字會-초 上 1>.
- 복가 : 볶아. '볶- + -아'. '볶-'은 15세기의 '보ᇧ-'에서 어간말의 'ㅅ'이 후행하는 연구개음 'ㄱ'에 동화된 것이다.
- 토쟝국 : 토장국. 현대어 사전과 조리어 사전(『한국의 음식용어』, 윤서석)에서 '토장국'은 된장을 풀어 넣어 끓인 국이라 설명되어 있다. 그러나 이곳의 '토쟝국'은 '된장국'이 아니다. 앞의 '토쟝법'항의 용어 해설 참고. 참고) 盤醬 된쟝<물명 3:10>.

상화법

〔1〕 원문

● 상화법

ᄀᆞ장 여문 밀흘 보리 느무ᄃᆞ시 지허 펴 ᄇᆞ리고 돌 업시 이믜 시서 조ᄒᆞᆫ 멍셕의 너러 몰뢰지 말고 알마초 몰뢰여 두 볼 지허 얼렁이 것ᄀᆞᄅᆞ 다 치 ᄎᆞ고 세 볼재부터 조ᄒᆞᆫ ᄀᆞᆯᄅᆞ로 ᄀᆞᄂᆞᆫ 체여 처 ᄀᆞᄂᆞᆫ 모시예 뇌여 두고 그 기울을 ᄀᆞᄅᆞ씌 업시 처 ᄇᆞ리고 조ᄒᆞᆫ ᄡᆞᆯ ᄒᆞᆫ 줌만 물 만히 부어 낫 업시 ᄭᅳᆯ혀 그 기울 서 되만 그ᄅᆞ싀 담고 그 죽 ᄭᅳᆯᄂᆞᆫ 거ᄉᆞᆯ 퍼부으며 막대로 저어 건 콩죽ᄀᆞ치 쑤어 ᄎᆞ게 헤여두고 조히 드뒨 누록을 칼로 갓가 다솝만 물에 ᄃᆞᆷ가 누른 물 우러나거든 그 물 돌화 ᄇᆞ리고 ᄀᆞ장 죠ᄒᆞᆫ 술 ᄒᆞᆫ 술만 그 기울죽 ᄎᆞ거든 ᄒᆞᆫ ᄃᆡ 섯거 녀허 블한블열ᄒᆞᆫ ᄃᆡ 노하 둣다가 이ᄐᆞᆫ날 ᄯᅩ 그 기울을 ᄆᆡᆼ물의 몬져ᄀᆞ치 죽 쑤어 더러 사흘만의 새배 그 술을 바타 마ᄉᆞᆯ ᄡᅳ지 아니케 느ᄌᆞ기 ᄒᆞ여 ᄀᆞᄂᆞᆫ 쥬ᄃᆡ예 다시 바타 누그시 ᄆᆞ라 비ᄌᆞ며 뵈예 분ᄀᆞᄅᆞ ᄭᆞᆯ고 노화 두면 몬져 비즌 나치 잠간 ᄐᆞᆺᄃᆞᆺᄂᆞᆫ 듯 ᄒᆞ거든 안쳐 ᄶᅵ면 마ᄌᆞ니라. 죽 소ᄐᆡ 기울을 너흐면 비지 누ᄐᆞᆯ 거시모로 그ᄅᆞ세 담고 죽을 퍼붓ᄂᆞ니라. 소ᄂᆞᆫ 외나 박이나 화치 싸흐라 무ᄅᆞ ᄉᆞᆱ고 셩이나 표고나 ᄎᆞᆷ버스시나 ᄀᆞᄂᆞ리 쓰저 ᄃᆞᆫ 지령기름의 봇가 ᄇᆡᆨᄌᆞ과 호쵸ᄀᆞᄅᆞ 약념ᄒᆞ여 귀상화ᄒᆞ고 상화

쇠 녀룸의 밧보면 거피ᄒᆞᆫ ᄑᆞᆺᄒᆞᆯ ᄡᅧ 얼겅이로 처 청밀의 ᄆᆞ라 녀코 종용히 미리 ᄒᆞ면 블근 ᄑᆞᆺ출 죽 쑤ᄂᆞᆫ ᄑᆞᆺᄀᆞ치 ᄡᅧ 뭉긔여 ᄉᆞᆺ불에 소두에롤 노하 봇가 ᄆᆞᄅᆞ거든 찌허 체로 처 청밀의 눅게 ᄆᆞ라 녀흐면 여러 날이라도 쉬지 아니ᄒᆞ고 거피ᄒᆞᆫ ᄑᆞᆺ흔 이튼날이면 쇠 쉬ᄂᆞ니라. 찌기ᄂᆞᆫ 실ᄅᆡ 테롤 ᄃᆞᆫᄃᆞᆫ이 ᄒᆞ고 드문드문 버듸다치 아니케 안쳐 밥보자로 ᄡᆞᆯ고 실ᄅᆡ 마존 소래로더퍼 깁 나ᄂᆞᆫ ᄃᆡ 업시 슈건으로 지경을 두ᄅᆞ고 ᄆᆞᄅᆞᆫ 장작을 ᄉᆞᆺ 미틔 ᄀᆞ득 녀허 불을 급히 ᄯᅡ혀 다 ᄐᆞ거든 거두어 다시 ᄐᆡ온 후 내면 잘 닉어 맛고 불을 ᄡᅳ게 녀ᄒᆞ면 ᄉᆞᆫᄉᆞᆫᄒᆞ고 너모 오래 찌면 누ᄅᆞ니라. <2a ~ 2b>

〔2〕 현대어역

● 상화법(霜花法 : 상화 만드는 법)

가장 (잘) 여문 밀을 보리 능그듯이(=대끼듯이) 찧어 (껍질은) 퍼내 버리고, 돌이 없도록 매우 씻어 깨끗한 멍석에 널어 (너무) 말리지 말고 알맞게 말려라. 두 번 찧은 후 얼렁이와 겉가루를 다 키로 치고(=까부르고), 세 벌 찧을 때부터는 깨끗한 가루를 (눈이) 가는 체에 쳐 가는 모시베에 거듭 쳐 두어라. 그 기울을 가루기 없이 쳐서 깨끗한 쌀 한 줌에 물 많이 부어 낟알 없이 끓여 그 기울 세 되만 그릇에 담고, 그 죽 끓는 것을 퍼부으며 막대로 저어 걸쭉한 콩죽같이 쑤어 차가워지도록 헤쳐 두어라.

깨끗이 디딘 누룩을 칼로 깎아 다섯 홉만 물에 담가 누런 물 우러나거든 그 물 따라 버리고 가장 좋은 술 한 숟가락만 그 기울죽이 식거든 한데 섞어 넣어라. 불한불열(不寒不熱, 차지도 뜨겁지도 않은)한 곳에 놓아두었다가, 이튿날 또 그 기울을 맹물에 먼저같이 죽 쑤었다가 덜어라. 사흘째 새벽에 그 술을 밭아 맛을 쓰지 않게 순하게 하여, 가는 명주자루에 다시 밭아 (앞의 밀가루에) 누긋하게 반죽하여 빚어라. 베에 가루를 깔고 놓아 두어 먼저 빚은 덩이가 부푸는 듯하거든 (솥에) 안쳐 찌면 알맞다. 죽 솥에 기울을 넣으면 빛이 누를 것이므로 그릇에 담고 죽을 퍼부어라.

소는, 오이나 박을 화채 썰듯이 썰어 무르게 삶고 석이나 표고나 참버섯을 가늘게 찢어 단 간장기름에 볶아 잣과 후춧가루로 양념하여 상화를 만들어라. 상화소는, 여름에 바쁘면 껍질 벗긴 팥을 쪄 어레미로 쳐 꿀에 반죽하여 넣는다. (급히 만들지 않고) 조용히 미리 하면 붉은 팥을 죽 쑤는 팥같이 쪄 으깨어 숯불에 솥뚜껑을 놓아 볶고 마르거든 찧어 체로 쳐 꿀에 눅게 말아 넣으면 여러 날이라도 쉬지 않는다. (그러나) 껍질 벗긴 팥(=껍질만 벗기고 볶지 않은 팥)을 쓰면 이튿날이면 소가 쉬느니라.

찔 때는 시루에 테를 단단히 하고, 부딪치어 닿지 않도록 드문드문 안쳐 밥보자기를 깔고, 시루에 맞는 그릇으로 덮어 김이 새나가는 곳이 없도록 수건으로 둘레를 둘러라. 마른 장작을 솥 밑에 가득 넣어 불을 급히 때어, 다 타거든 거두어 다시 태운 후에 꺼내면 잘 익어 알맞고, 불을 약하게 넣으면 끈끈하고, 너무 오래 찌면 누렇게 되느니라.

〔3〕 용어 해설

- 상화법 : 상화(만두) 만드는 법. 고문헌에서 '상화'는 '상화' 또는 '만두'라고 하여 만두와 상화를 구분하지 않는다. 참고) 만두는 상화ㅣ오<家언 10:10>, 스면과 상화(粉湯饅頭)<朴초 上 6>, 상화소에 쓰니라(饅頭餡兒裏使了)<老乞 下 35>. 그런데 이 자료의 「만두법」과 「상화법」을 비교해 보면 차이가 크다. 재료에서는 만두는 메밀가루를, 상화는 밀가루를 사용하고, 특히 만드는 방법과 첨가되는 재료에 있어서 「상화법」은 쌀로 죽을 쑤어 술을 넣어 부풀리고, 속재료로 외나 박, 화채, 팥가루를 쓰고 있다. 이에 반해 「만두법」의 만두는 오늘날의 군만두와 비슷하다. 따라서 이 책의 만두와 상화는 차이가 큰 음식이라 할 수 있다.

현대국어사전에 '상화'는 '상화떡'이라 하고 "밀가루를 누룩과 막걸리 따위로 반죽하여 부풀려 꿀팥 소를 넣고 빚어 시루에 쪄 낸 떡"(한글학회, 『우리말큰사전』)이라 풀이되어 있다. 찐만두와 비슷하다.

- 밀흘 : 밀을. 밀ㅎ〔小麥, ㅎ종성체언〕 + -을.
- 느무ᄃᆞ시 : 능그듯이 혹은 대끼듯이. 애벌 찧듯이. '느물-'(혹은 '느무-')이라는 어간이 존재하였던 듯하다. 현대어에 '느무다'는 어형은 보이지 않지만, '낟알의 껍질을 벗기려고 애벌 찧다'라는 뜻으로 '늠그다, 능그다, 늠느다(평북방언)' 등이 나타난다. '능그다'는 '낟알의 껍질을 벗기려고 물을 붓고 애벌 찧다'의 의미를 가지고 있고, '대끼다'는 '애벌 찧은 수수나 보리 따위를 물을 쳐 가면서 마지막으로 깨끗하게 씻다'의 의미를 가지고 있어서 의미상 차이가 있다. '느무ᄃᆞ시'는 전자의 뜻에 더 가깝다.
- 이ᄆᆡ : 매우. 두 번째 글자의 자형이 뚜렷하지 않지만 어형상 '이ᄆᆡ'로 읽는 것이 합당하다. 이 책에서는 '씨서', '슬혀' 등의 동사 앞에서 정도부사 'ᄆᆞ이' 또는 'ᄆᆡ이'가 많이 쓰인다. 이곳의 문맥도 이와 같은 정도부사가 들어가야 할 자리다. 필사의 오류로 'ᄆᆡ이'를 '이ᄆᆡ'로 잘못 적은 것으로 생각된다. 현대어의 부사 '이미'로 풀면 문맥상의 뜻이 어울리지 않을 뿐 아니라 근대국어 시기의 어형 '이믜'와도 합치되지 않는다. 한편 중세국어 시기에는 '이믜'가 '곧'이라는 뜻도 가지고 있었기 때문에 이런 용법으로 쓰인 것으로 생각해 볼 수도 있다. 그러나 문맥의미로 볼 때 정도부사 'ᄆᆡ이'가 더 잘 어울리는 자리이다.
- 시서 : 씻어. 이 자료에서는 어두음을 'ㅆ'으로 적기도 하며, 받침 'ㅅ'을 탈락시키고 '시어, 씨어'로 표기한 예도 빈번하다. 이러한 받침의 탈락 현상은 현대 방언에서도 나타난다. 예) 씨서라. 씨이라.
- 조흔 : 깨끗한. 조ᄒᆞ- + -ㄴ.
- 멍셕의 : 멍석에. 멍셕 + -의(처격). 멍석은 짚으로 엮은 새끼 날을 결어 만든 큰 자리〔席〕로 흔히 곡식 따위를 그 위에 널어 말릴 때 쓴다.
- 조흔 멍셕의 ~ 말고 : 문맥 의미상 '깨끗한 멍석에 널어 말리지 말고'로 해석되어 잘못이 있는 문장임을 알 수 있다. 뒤에 나오는 '알마초 믈뢰여'란 구절로 보아, '믈뢰지 말고' 앞에 정도부사 '너무'가 생략된 것으로 보인다. 참고) '하ᄆᆡ이 믈뇌디 말고 알마초 믈뢰여'(면병뉴)

- 두 ᄇᆞᆯ : 두 번. ᄇᆞᆯ>볼〔件〕. '볼'은 순음 뒤에서 원순모음화 'ㆍ>오'가 실현된 것이다. 중세문헌에는 옷, 책, 칼, 행위, 갑절의 단위를 나타내는 데, 'ᄇᆞᆯ'이 쓰였다. 참고) 옷 ᄒᆞᆫ ᄇᆞᆯ와<삼강 孝 31>. ᄯᅩ 칙 ᄒᆞᆫ ᄇᆞᆯ을 사되<老乞 下 63>. 다ᄉᆞᆺ ᄇᆞᆯ 칼을<박통-중 上 15>. 세 ᄇᆞᆯ 값도ᅀᆞᆸ고<석보 6:21>. 열 ᄇᆞᆯ이나(十倍)<胎要 31>. 그런데 현대국어에서 이 어형은 대부분 '벌'로 실현된다.
- 얼렁이 것ᄀᆞᄅᆞ : 얼렁이와 겉가루. '얼렁이'는 여기에 처음 나오는 낱말인데 껍질이나 찌끼 따위의 거친 것을 뜻하는 말로 파악된다. '쥬국방문'의 세 번째 '이화주법'에 '어럼'이 나오는데 '얼렁이'와 뜻이 같은 것으로 판단된다.
- 치 : 키. 현대어 '키'는 ㄱ구개음화에 유추된 '치'의 과도교정형이다. 참고) 舵 밋 타 國語又呼 치 亦作柁<字會-초 中 12>. 柁 치<譯語 下 21>.
- ᄎᆞ고 : 치고. '치 ᄎᆞ고'는 '키로 치고(까부르고)'의 뜻이다.
- 체여 : 체에. '체예'에서 어말의 'ㅣ'가 누락된 표기. 필사상의 오류로 생각된다.
- 기울 : 밀기울. 기울은 밀, 귀리 따위를 빻아서 가루를 내고 남은 찌꺼기이다. 현재 경상도에서 '지불'이 쓰인다.
- ᄀᆞᄅᆞᄭᅴ : 가루 기운. 'ᄀᆞᄅᆞ〔粉〕 + -ㅅ- + 긔(氣)'의 형태에서 사이시옷이 뒷음절로 가서 표기된 형태.
- 처 : 쳐. ᄎᆞ- + -어(연결어미).
- 건 콩죽ᄀᆞ치 : 걸죽한 콩죽같이. '건'은 '걸-〔濃〕 + -ㄴ(관형사형어미)'로 분석된다.
- ᄎᆞ게 : 차도록. 식도록. ᄎᆞ-〔冷〕 + -게.
- 헤여두고 : 풀어 헤쳐두고. 헤여〔散〕 # 두- + -고.
- 드듼 : 디딘. 밟은. 드듸-〔踏〕 + -ㄴ(관형사형어미).
- 누록 : 누룩〔麴〕. 누룩은 밀을 굵게 갈아 반죽하여 덩이를 만들어 띄운, 술을 발효시키기 위한 원료이다. 국얼(麴糵), 국자(麴子), 은국(銀麴), 종국(種麴), 주매(酒媒) 등으로도 불린다.
- 갓가 : 깎아. 갃-〔割〕 + -아.
- 다솝만 : 다섯 홉만. 닷 # 홉(合, 단위성 의존명사) + -만. '홉'은 한 되〔升〕의 10분의 1을 나타내는 단위성 의존명사이다. '솝'은 '닷'의 받침 'ㅅ'과 '홉'이 축약된 형태이다. '닷'은 '다ᄉᆞᆺ'이 단위명사 앞에서 축약된 것(수의적 현상)이다. 『辟瘟新方』에는 '다솝'(3)과 '다ᄉᆞᆸ'(2)이 보인다. '다ᄉᆞᆸ'은 순자음 앞에서 'ㅗ'가 'ㆍ'

로 비원순화(異化)된 것이다. 참고) 닷 되<杜詩諺解-初刊本 15:37>. 닷 홉<救急簡易方 1:14>. 닷 비<飜譯朴通事 上 51>.

- 돌화 ᄇᆞ리고 : 따라 버리고. '돌오-'와 비교할 때 유성음 사이에 'ㅎ'이 보존된 어형이다.
- 죠ᄒᆞᆫ : 좋은. 좋-(<둏-) + -ᄋᆞᆫ(관형사형어미).
- 술 ᄒᆞᆫ 술만 : 술[酒] 한 숟가락만. 술[酒] # ᄒᆞᆫ(수관형사) # 술[匙] + -만(보조사).
- 기울쥭 : 밀기울로 끓인 죽. 기울 # 쥭(粥).
- ᄎᆞ거든 : 차가워지거든. 식거든.
- 블한블열ᄒᆞᆫ ᄃᆡ : 차지도 뜨겁지도 않은 곳에. 불한불열(不寒不熱)ᄒᆞ- + -ㄴ(관형사형어미) # ᄃᆡ(장소를 나타내는 의존명사).
- 노하 둣다가 : 놓아 두었다가. 놓- + -아 # 두- + -ㅅ(존재동사 '잇-'의 이형태) + -다가(전환의 어미).
- 이튼날 : 이튿날. 이 책에는 '이튼날'과 '이ᄐᆞᆫ날'이 함께 쓰이고 있다. 이는 비어두 위치에서 일어난 ㆍ>ㅡ 변화에 기인된 것이다.
- ᄆᆡᆼ물의 : 맹물에. 중세문헌에는 'ᄆᆡᆫ믈'로 나타난다. 'ᄆᆡᆫ'은 '비다'[空]의 의미를 지닌 접두사로, 'ᄆᆡᆫ발', 'ᄆᆡᆫ손', 'ᄆᆡᆫ술' 등에 쓰였다. 'ᄆᆡᆫ물'>'ᄆᆡᆼ물'에서 'ㄴ>ㅇ' 변화는 17세기의 다른 문헌에서는 찾아볼 수 없으며, 이 변화의 원인도 분명치 않다.
- 몬져 : 먼저같이. 여기서 '몬져'는 명사로 쓰인 것이다. 참고) 聖孫將興에 嘉祥이 몬졔시니<용가 1:11-12.7>.
- 사흘 만의 : 사흘 만에. 사흘 + 만(기간 표시의 의존명사) + -의(처격).
- 마슬 : 맛을. 맛[味] + -ᄋᆞᆯ(대격). 현대어라면 '맛이'와 같이 주격조사가 올 자리다. '마슬'과 'ᄂᆞᄌᆞ기 ᄒᆞ여' 사이에 'ᄡᅳ지 아니케'가 삽입된 것으로 보면 목적격조사가 사용된 것을 자연스럽게 설명할 수 있다.
- ᄡᅳ지 : 쓰지, 쓴맛이 나지. ᄡᅳ[苦]- + -지. 참고) 차바ᄂᆞᆫ ᄲᅧ 몯 좌시며<月釋 2:25>. 둘며 ᄡᅮᄆᆞ로셔<능엄 3:10>. ᄡᅳᆯ 고(苦)<字會-초 下 14>.
- ᄂᆞᄌᆞ기 : 느직이. 쓴 맛이 없도록 순하게.
- 쥬ᄃᆡ예 : 명주자루에. 쥬ᄃᆡ(紬袋) + -예(처격). '-예'는 하향의 'ㅣ' 뒤에 오는 처격조사의 이형태이다. '명주'는 옛문헌에 '면듀', '명디'로 나온다. 참고) 초록 면

듀 한옷과<노번 下 50>. 紬 명디 듀<字會-초 中 15>.

- 누그시 : 누긋하게. 뻣뻣하지 않고 부드럽게.
- ᄆᆞ라 : 반죽하여. ᄆᆞᆯ-〔調〕 + -아.
- 노화 : 놓아. 놓- + -아. 선행 음절의 'ㅗ'가 지닌 원순성이 후행 모음에 전이된 동화 현상의 일종이다.
- 튿듣ᄂᆞᆫ : 툭툭 부푸는. 튿듣- + -ᄂᆞᆫ. 문헌에서 '튿듣다'라는 용례는 찾아볼 수 없지만 '술을 넣고 빚은 만두 낟알들이 튿듣ᄂᆞᆫ 듯할 때 솥에 넣고 찐다'라는 문맥 의미로 보면 '툭툭 부풀어 오르는'이라는 의미로 '튿듣다'라는 낱말이 사용되었음을 짐작할 수 있다.

  '튿듣-'은 다른 한편으로 'ᄎᆞᆺ듣-'과 어형상의 유사성을 가지고 있다. 'ᄎᆞᆺ듣-'은 '적'(滴, 물방울이 떨어짐)의 뜻으로 쓰여 위 문맥에 쓰인 '튿듣-'과 그 뜻이 일치하지 않는다. 예) 그 피ᄅᆞᆯ ᄎᆞᆺ듣게 ᄒᆞ며<능엄 8:93>. 또 '가지런하지 아니함'(參差)의 뜻으로 쓰인 'ᄎᆞᆺ쓰름'의 용례도 보인다. 놈ᄂᆞᄌᆞ며 ᄎᆞᆺ쓰름이 업슴을 取ᄒᆞᆷ이라(取……無低昂參差也)<家禮 1:44>). '튿듣-'은 이 'ᄎᆞᆺ쓰름'과 의미상 통하는 점이 있다. 툭툭 부풀어 오르는 모습은 가지런하지 않고 울퉁불퉁한 모습과 연결될 수 있기 때문이다.
- 거시모로 : 것이므로. '거시모로'는 기원적으로 다음과 같이 분석된다. 것(의존명사) + 이(계사)- + -ㅁ(명사형) + -ᄋᆞ로(조격). 이 자료에서 '-모로'는 원인 표현의 어미와 같이 쓰이고 있다.
- 소ᄂᆞᆫ : 속은. 만두속에 넣을 속거리는.
- 외나 : 오이나. 외〔瓜〕 + -나.
- 화치 : 화채. 오늘날 화채는 음식을 가리킨다. 그런데, 이 자료에서는 만두속으로 넣을 오이나 박을 마련하는 일을 '화치 썬다'고 표현하고 있다. 이 표현은 '화채할 때 과일을 써는 방식대로' 혹은 '화차(花釵) 모양으로'와 같은 뜻으로 파악된다.
- 무ᄅᆞ ᄊᆞᆷ고 : 무르게 삶고. 무ᄅᆞ〔軟〕(어간형부사) # ᄉᆞᆱ-〔烹〕 + -고. 'ᄊᆞᆷ-'에는 어두 경음화 및 어간말 자음군 단순화(ㄻ>ㅁ)가 적용되었다.
- 셩이 : 석이(石栮). 「만두법」의 '셩이' 용어 해설 참고. '셩이'는 송이버섯, 참버섯, 표고와 함께 널리 사용된 '석이버섯'으로 본다.
- 표괴나 : 표고버섯이나. 표고 + -ㅣ나.

- ᄎᆞᆷ버ᄉᆞ시나 : 참버섯이나. 이 문헌에서는 '진이'(眞栮)로 표현한 경우도 있다.
- ᄶᅳ저 : 찢어. ᄶᅳᆽ-〔裂〕 + -어. '찢다'는 중세문헌에서는 'ᄣᅳᆽ다'였다. 17세기 이후 ㅂ계 합용병서가 ㅅ계 합용병서에 합류하는 경향을 보인다. 이에 따라 이 문헌에서도 'ᄶᅳᆽ-'으로 표기되었다. 참고) 그 龍ᄋᆞᆯ 자바 ᄣᅳ저 머거늘<석보 6:32>.
- 빅ᄌᆞ과 : 잣과. 빅ᄌᆞ(柏子) + -과(공동격). 중세문헌에서는 어간말음이 'ㄹ'이거나 모음이면 공동격 조사 '-와'가 사용되고, 이외는 '-과'가 사용되었다. 그런데 이 자료에서는 특이하게 모음뒤에서도 '-과'가 사용된 예가 적지 않다. 이런 현상은 「곽씨언간」 등 근대국어의 여러 문헌에 나타나는데 단순한 표기상의 혼란인지 아니면 당시의 발음 현실과 관계된 것인지 문제가 된다.
- 호쵸ᄀᆞᄅᆞ : 후춧가루. 호쵸(胡椒) # ᄀᆞᄅᆞ〔粉〕.
- 귀상화ᄒᆞ고 : 귀상화는 상화(만두)의 일종이다. '귀상화'는 상화에 귀를 낸 모양을 형용한 것이다. '귀'는 약간 튀어나온 모습을 뜻한다. 「주식방문」에 만두 만들 때 '네 귀를 모도 잡아'라는 표현이 나온다(23a). 한복려(1999 : 80)에서는 '귀상화'를 한자어 '起霜花'로 보고 '반죽한 것을 부풀린다'는 뜻으로 풀이하였는데 17세기에 '起'가 '귀'로 표기될 수는 없다.
- 상화쇠 : 상화소가. 상화속 만들기가. 상화 # 소(속거리) + -이(주격). '상화쇠 녀롬의 밧보면'에서 '상화소'가 '밧보다'의 주어에 해당한다. 그런데 '상화소'는 동작주가 될 수 없으므로, 주격조사 '-이' 앞에 '만들기' 정도에 해당하는 낱말이 생략되었다고 추정한다.
- 밧보면 : 바쁘면. 밧ᄇᆞ-〔忙〕 + -면. 순음 뒤에서 원순모음화 ᆞ>ㅗ가 실현된 형태.
- ᄑᆞᆺᄒᆞᆯ : 팥을. ᄑᆞᆺㅎ + -ᄋᆞᆯ(대격). 'ᄑᆞᆺㅎ'는 'ᄑᆞᆾ'의 ㅊ을 'ㅅ + ㅎ'으로 재음소화한 표기다. 'ᄑᆞᆾ'은 나중에 ᄑᆞᇀ'으로 변하는데 이와 같은 어간재구조화는 ㅌ>ㅊ 구개음화의 영향을 받은 잘못된 교정에서 비롯된 것이다. 한편 'ᄑᆞᆾ'의 쌍형어로 'ᄑᆞᆺㄱ'이 있다. 쌍형어로 공존했던 방언적 차이를 가진 낱말이라 생각된다.
- ᄶᅧ : 쪄. 'ᄶᅵ-〔蒸〕 + -어'. 앞에서 보았던 'ᄶᅳ저'가 15세기의 'ᄣᅳ저'에서 변한 것이듯, 'ᄶᅵ-' 역시 'ᄣᅵ-'에서 ㅂ계병서가 ㅅ계 병서로 변화한 예이다.
- 얼겅이로 : 체로. 어레미로. 얼겅이 + -로(조격). '얼겅이'는 다른 문헌에 나타나지 않고, '어러미'가 나타난다. 참고) 모로미 어러미로 ᄎᆞᆫ 細沙로ᄲᅧ 섯글 디니<가례 7:24>. '얼겅이'는 현대 경북방언에 쓰이는 '얼기미', '얼거미'의 선대형

이다. 얼경이는 '얽- + -엉- + -이'로 어원이 분석될 수 있을 것이다.

- 쳥밀 : '쳥밀'은 두 가지로 풀이될 수 있는데 '꿀'을 뜻하는 '청밀'(淸蜜)과 '호밀'을 뜻하는 '淸밀'〔小麥〕이 그것이다. 이 자료의 '쳥밀'은 항상 전자를 가리키는데 쓰고 있다.
- 죵용히 : 조용히. '종용(從容) + -히(부사화접미사)'는 첫 음절과 둘째 음절에 연속된 받침 'ㅇ'이 간이화되어 첫 음절의 받침 'ㅇ'은 탈락하였다. 『첩해신어』(1676)에서 처음으로 '죠용히'가 나타난다. 참고) 오늘은 折節 天氣도 됴하 죠용히 말솜 ᄒᆞ니 깃거 ᄒᆞᄋᆞᆸᄂᆡ<첩해-초 2:4a>.
- ᄑᆞᆺᄎᆞᆯ : 팥을. ᄑᆞᆺㅊ + -ᄋᆞᆯ(대격). 'ᄑᆞᆺㅊ'은 'ᄑᆞᆾ'의 중철표기며, 이 자료에서는 'ᄑᆞᆺᄒᆞᆯ'로 표기된 경우도 존재한다.
- ᄀᆞ치 : -같이. ᄀᆞᇀ- + -이(부사파생접미사). 'ᄀᆞᇀ-'이 구개음화된 어형이다. 'ᄀᆞ치'가 '동일'을 뜻하는 조사처럼 기능하고 있다.
- 뭉긔여 : 뭉개어. 짓이겨. 뭉긔- + -어(연결어미).
- 숫불에 : 숯불에. 숡〔炭〕 # 불〔火〕 + -에(처격). '숯'의 중세국어 어형으로 '숡'도 있었다. '숡'과 '숯'은 음운론적 변화 관계로 보기는 어렵다. '숡'과 함께 '숯'이 방언적 변이형으로 존재하다가 문헌상으로는 나중에 나타난 것으로 짐작된다. 여기에 쓰인 '숫'이 '숡'의 변이형인지 '숯'의 변이형인지 분명히 드러나지 않는다. 참고) 炭ᄋᆞᆫ 숫기라<월석-중 23:92>.
- 소두에ᄅᆞᆯ : 솥뚜껑을. 솥〔釜〕 # 두에〔蓋〕 + -ᄅᆞᆯ(대격). '솥'의 받침 ㅌ이 탈락되었다. '두에'는 '뚜껑', '덮개'에 대응하는 말로, 'ᄂᆞᆾ두ᄫᅦ<몽산 2>'를 고려하면 이전의 형태는 '두ᄫᅦ'였을 것으로 추정된다. '두ᄫᅦ'는 '둡- + -에(명사화 접미사)'로 분석될 수 있다. 중세국어 시기에는 '덮다'와 함께 '둪다'도 쓰였다. 한편 현대 방언을 고려하면 '두ᄫᅦ'와 함께 '*둡게'도 존재하였을 듯하다. 현대 경북방언에는 '솥뚜애, 솥뚜개, 솥뚜깽이, 솥띠낑이, 솥뜨뱅이, 솥뗑이, 소두뱅이, 소두배, 소두방, 소띠빙이, 도대' 등으로 쓰이고 있다.
- 찌허 : 찧어. 어간 '찌-'에 ㄷ구개음화가 적용된 것이다.
- 눅게 : 부드럽고 누긋하게.
- 쇠 : 소가. 속이. '소'는 상화 안에 넣은 속을 뜻함. 소 + -ㅣ(주격). 한편 'ᄆᆞᆸ시' 또는 '甚히'의 뜻을 가진 부사 '쇠'의 용례가 있다. 예) 쇠 치운 저기며 덥고 비

오ᄂᆞᆫ 져긔도<번小 9:2>. 위 문맥의 '쇠'를 이와 같은 부사로 보면 뜻의 흐름이 자연스럽지 못하다.

- 찌기ᄂᆞᆫ : 찌는 것은. 찌-〔蒸〕 + -기(명사형어미) + -ᄂᆞᆫ(보조사). 참고) 炎天에 더위 ᄣᅵᄂᆞᆫ ᄃᆞᆺ ᄒᆞᄆᆞᆯ 避ᄒᆞ소라<두해-초 8:9>.
- 실ᄅᆡ 테ᄅᆞᆯ : 시루의 테를. 실ᄅᆞ(시르〔甑〕의 곡용형) + -ᄋᆡ(속격) # 테〔圍〕 + -ᄅᆞᆯ(대격). '시르'는 단독형과 '-와' 앞에서만 '시르'로 쓰이고, 모음으로 시작하는 조사 앞에서 '실'로 쓰인 예도 찾을 수 있다. 예) 가마와 실을 지고<內訓-初刊本 3:70>. 처격이나 속격의 '-의'와 결합하면 '실릐'와 같이 쓰인 예도 발견되는데 위의 예는 이와 같은 것이다.
- 버듸다치 : 부딪히지. 이 자료에만 나타나는 낱말이다. '버듸-'와 '다티-'가 복합된 구성이다. 버듸- # ᄃᆞᇂ- + -디(보조적 연결어미). '버듸-'는 다른 문헌에 쓰인 '부듸잇다'<무원록 3:9><한청 7:47>, '부듸치다'의 '부듸-'의 방언적 이형태로 판단된다. '다치'는 '다티-'(ᄃᆞᇂ+디. ᄃᆞᇂ다, 부딪치다)<유합 下 34>의 구개음화형이다.
- 안쳐 : 안쳐. 밥이나 떡을 솥이나 시루 등에 올려놓아.
- 밥보자로 : 밥보자 + -로(조사). 밥보시기로. 밥그릇으로. 밥보자기로. '밥보자'는 '밥'과 '보자'가 결합한 복합어이다. '보자'는 '보ᄉᆞ'의 변화형이며 '보시기'로도 쓰인다. 현재 경상 방언으로 '밥부재'가 남아 있다.
- 실ᄅᆡ : 시루에. 실ᄅᆞ('시르'의 곡용형) + -ᄋᆡ(처격)
- 소래로 : 소래뚜껑으로. 소래 + -로(구격). '소래'는 고문헌에서는 '소라'로 나타난 예가 있다. 참고) 沙羅曰戌羅 亦曰敹耶<계림유사>. 着孩兒盆子水裏放着 아기ᄅᆞᆯ 소랏므레 노하든<飜朴 上 56a>. 鑼 鈔鑼 銅器 소라 又 銅鈔 鈸也 바라<四聲通解 下 27a>. 현대 경상방언에서 '소래기'가 쓰이는데, '굽없는 접시와 비슷한 넓은 질그릇이나 독의 뚜껑으로 또는 그릇으로 쓰이는 것'을 뜻하는 말이다. 함경도에서는 '대야'를 '소래기', '소래이'로 부르고 있음을 보면, 독이나 솥을 덮는 굽이 없는 대야와 비슷한 질그릇의 일종일 것이다.
- 깁 : '김'〔蒸氣〕의 오기.
- 지경 : 둘레, 지경(地境).
- ᄯᅡ혀 : (불을) 때어. '다히-〔燒〕 + -어'가 근대국어에서 경음화된 어형. 다히->ᄯᅡ히-(어두경음화)>ᄯᅡ이-(모음간 ㅎ탈락)>ᄯᅢ-(모음축약)>.

- ᄯᅳ게 : 불땀이 약하게. 불길이 느리게. ᄯᅳ-〔熳〕 + -게(부사형어미). 참고) ᄯᅳᆫ 브레(熳火)<救簡 6:89>.
- 누ᄅᆞ니라 : 누르니라. 누렇게 된다. 이 낱말은 문맥상 두 가지로 해석될 수 있다. 색깔이 희지 못하고 '누렇게 된다'라는 뜻과 불에 너무 오래 찌면 '눋게 된다'는 뜻이 그것이다. 후자를 표현하려면 '늣ᄂᆞ니라'가 알맞으므로 전자로 해석한다.

증편법

〔1〕 원문

● 증편법

됴ᄒᆞᆫ 밋다니ᄡᆞᆯ이나 오려ᄡᆞᆯ이나 낭경ᄌᆞᄡᆞᆯ이나 축축ᄒᆞᆫ ᄡᆞᆯ로 ᄀᆞᄅᆞᆯ 보ᄃᆞ라온 체로 처 다시 뇌여 ᄒᆞ라. 증편긔쥬ᄂᆞᆫ 증편 ᄒᆞᆫ 말 ᄒᆞ려 ᄒᆞ면 조ᄒᆞᆫ ᄡᆞᆯ ᄒᆞᆫ 되 ᄆᆞ이 시어 밥을 무ᄅᆞ게 지어 ᄎᆞ거든 됴ᄒᆞᆫ 누륵 갓가 ᄃᆞᆷ갓다가 붓거든 그 물 바타 ᄇᆞ리고 주물러 거ᄅᆞ면 흰 물이 ᄒᆞᆫ 사발만 ᄒᆞ거든 그 밥애 섯거 됴ᄒᆞᆫ 술 ᄒᆞᆫ 술만 조차 녀허 괴여든ᄡᆞᆯ 서 홉만 밥무ᄅᆞ 지어 ᄎᆞ거든 그 술에 석거 괴면 이튼날 거품 셧거든 쥬ᄃᆡ예 물ᄂᆞᆺ게 바타 그 ᄀᆞᄅᆞᆯ 프ᄃᆡ ᄀᆞ장 건 콩쥭ᄀᆞ치 프러 반 동희만 ᄒᆞ게 ᄃᆞᆺ다가 칠 홉만 긔ᄒᆞ거든 안쳐 ᄶᅵᄃᆡ 상화 ᄶᅵ기ᄀᆞ치 ᄒᆞ라. <2b～3a>

〔2〕 현대어역

● 증편법(蒸餠法)

좋은 밋다니쌀이나 올벼쌀이나 낭경자쌀이나 축축한 쌀로 가루를 (내어) 부드러운 체로 치고 다시 한번 체로 쳐라.

증편을 부풀리는 술(=증편기주)은, 증편 한 말을 하려면 깨끗한 쌀 한 되를 매우 (깨끗이) 씻어 밥을 무르게 지으라. 식거든 좋은 누룩을 깎아 (물에) 담갔다가 붇거든 그 물은 밭아 버리고 주물러서 거르면 흰 물이 한 사발쯤 나온다. 그 밥에 섞어 좋은 술 한 숟가락과 함께 넣어 발효하거든 쌀 세 홉만 밥을 무르게 지어 식은 후 그 술에 섞어라. 발효하여 이튿날 거품이 일거든 명주자루에 (넣어) 물을 천천히(?) 밭아 그 가루를 풀되 아주 건 콩죽같이 풀어 반 동이만큼 되도록 두었다가 칠 홉쯤 되거든 안쳐 상화 찌기같이 하라.

〔3〕 용어 해설

- 증편법 : 증편(蒸艑) 만드는 법. 증편은 멥쌀가루에 발효재(술, 식혜 따위)로 반죽하여 채반에 펴고 소를 넣어 켜켜이 만들거나, 반죽을 편 위에 잣, 대추, 석이, 실백 등을 넣어 찐 떡의 일종이다. 尹瑞石(1991 : 340) 참고.
- 밋다니발 : 벼 품종의 하나로 판단되지만 다른 문헌(산림경제 등의 농서)에 보이지 않는 것이어서 문증이 되지 않는다.
- 오려발 : 벼 품종의 하나. '오려'는 '올벼'의 변화형으로 판단된다. 근대시조에서는 '올벼'를 '오려'라 부른 예가 있다. 참고) ᄃᆞᆰ찜 게찜 오려 點心 날 시기소<청언-원 20>. 오려 고개 숫고 열무우 술졋ᄂᆞᆫ듸<청언-원 38>. 오려 논 물 시러 두고 棉花 밧 ᄆᆡ오리라<교시조 2075-16>.
- 낭경ᄌᆞ발 : 벼 품종의 하나로 판단되지만 다른 문헌에 보이지 않는다.
- 보ᄃᆞ라온 : 부드러운. 가는〔細〕. 수식 받는 체언이 '체'이므로 '눈이 가는'으로 해석함이 적당하다.
- 증편긔쥬 : 증편을 만들 때에 쌀가루를 부풀도록 넣는 술〔蒸艑起酒〕. 증편은 술을 섞어 만드는 특징이 있다. 윤서석(1991 : 340)에 전통적 증편 세 종류가 소개되어 있다.
- 누륵 : 누룩〔麴〕. 참고) 누록(酒麯)<同文 上 60>. 조롱곳 누로기 ᄆᆡ와<樂章 青

山別曲>. 됴흔 누루글<救方 下 96>. 누룩 시른 술위롤(麴車)<두해-초 15:40>.

- 갓가 : 깎아〔削〕. 갉- + -아.
- 바타 : 체로 걸러. 밭아.
- -만 ᄒᆞ거든 : -만큼 되거든. -쯤 되거든.
- 조차 : 함께. 겸하여.
- 괴여든 : 발효하거든. 괴- + -거든. '-여든'은 'ㅣ'뒤에서 'ㄱ'이 탈락하고 히아투스 회피를 위해 반모음이 첨가된 것. '괴-'는 일반적으로 '고이다' 혹은 '액체가 우묵한 곳에 모이다'라는 뜻으로 쓰이지만 이 문맥에서는 '발효하다'의 뜻이 알맞다. 현대어의 '괴다'에 '술, 간장, 식초 따위가 뜨느라고 끓다'라는 뜻이 있다.
- ᄎᆞ거든 : 차가와지거든. 식었거든〔冷〕.
- 석거 : 섞어. 셨-〔混〕 + -어. 어간의 받침 'ㅆ'의 'ㅅ'이 'ㄱ'에 동화된 형태이다.
- 거픔 : 거품. '거품'은 '더품'으로도 쓰였다. 참고) 므렛 더품 ᄀᆞᄐᆞᆫ 모물<월석 10:15>. 믈와 더품이 일훔과 얼굴왜 다ᄅᆞ다 너기디 말라<남명 上 6>. 네 활개롤 거두디 몯ᄒᆞ며 더푸미 모ᄀᆞ로 올아<救方 上 4>. 漚 거품 구<字會-초 上 3>. 浮漚 거픔<譯輔 31>.
- 셧거든 : 일거든. 셔-〔起〕 + -ㅅ(완료의 선어말어미)- + -거든.
- 쥬디예 : 명주자루에. 쥬디(紬袋) + -예(처격).
- 프디 : 풀되. 플-〔解〕 + -디(설명형어미). 어간의 'ㄹ'이 'ㄷ' 앞에서 탈락한 형태. 중세국어에서 설명형어미는 항상 '-오(우)디'가 사용되었다. 이 자료에서는 '-오/우-'가 탈락되었음을 보여준다.
- 건 : 걸쭉한. 걸-〔濃〕 + -ㄴ.
- 동희 : 동이〔盆〕.
- 긔ᄒᆞ거든 : 일어나거든. 되거든. 한복려(1999 : 81)에서는 '긔'를 '起'로 보고 '일어나거든'으로 풀이했다. 이 문맥에서는 쌀 세 홉을 건 콩죽같이 만든 것을 두었다가 칠 홉 정도로 부풀어 오르면 상화같이 찐다는 내용이다.

석이편법

〔1〕 원문

● 셩이편법

ᄇᆡᆨ미 ᄒᆞᆫ 말이면 ᄎᆞᆸᄡᆞᆯ 두 되롤 ᄒᆞᆫᄃᆡ ᄃᆞᆷ갓다가 ᄀᆞᄅᆞ ᄆᆡᆫᄃᆞᆯ고 셩이 ᄒᆞᆫ 말을 덴 물에 조히 씨어 다ᄃᆞ마 ᄡᆞᄒᆞ라 섯거 너ᄉᆞ ᄑᆞᆺ시ᄅᆞ편 ᄀᆞ치 안치ᄃᆡ ᄇᆡᆨᄌᆞ롤 ᄡᅩ사 켜 노하 찌라. 이 편이 ᄀᆞ장ᄒᆞᆫ 별미니라. <3a>

〔2〕 현대어역

● 석이편법(石耳鯿法 : 석이버섯 떡 만드는 법)

백미가 한 말이면 찹쌀 두 되를 함께 담갔다가 가루 만들고, 석이버섯 한 말을 데운 물에 깨끗이 씻어 다듬고 썰어서 섞어 넣어라. 보통 팥시루떡 같이 안치되 잣을 으깨어 켜를 놓고 쪄라. 이 떡이 최상의 별미이다.

〔3〕 용어 해설

- 셩이편법 : 석이버섯으로 떡 만드는 법. 석이편법(石耳䭏法). '셩이'는 「만두법」의 '셩이' 용어 해설 참고.
- ᄆᆡᆫᄃᆞᆯ고 : 만들고. 중세국어에는 '만들다'에 대응하는 어휘로 'ᄆᆡᆫᄀᆞᆯ다'와 'ᄆᆡᆫᄃᆞᆯ다'가 공존했다. 이들 어형에서 'ᄆᆡᆼᄃᆞᆯ다'라는 어형이 생성되었다. 혼태의 한 예이다.
- 덴 물에 : 데운 물에.
- 다ᄃᆞ마 : 다듬어. 다ᄃᆞᆷ- + -아. 참고) 金剛ᄋᆞᆫ 玉 다ᄃᆞᆷᄂᆞᆫ 거시라<월석 2:28>. 鬼斧로 다ᄃᆞᄆᆞᆫ가<松江 1:6>. 練은 다ᄃᆞᄆᆞᆯ 씨라<월석 18:39>.
- 녀ᄉᆞ : 예사(例事). 보통의.
- ᄑᆞᆺ시ᄅᆞ편 : 팥 시루떡.
- ᄇᆡᆨᄌᆞᄅᆞᆯ : 잣〔栢子〕을.
- ᄶᅩ사 : 쪼아. 다져. ᄶᅩᆺ-〔琢〕 + -아. 'ᄶᅩᆺ-'은 ㅿ>ㅅ 및 어두경음화가 적용된 어형이다. 중세국어 어형은 '조ᇫ-'으로 나타난다. '주ᇫ->줏-', '지ᇫ->짓-'과 같은 변화를 겪은 것이다.
- 켜 : 여러 겹으로 포개어진 낱낱의 층. '켜 놓다'는 '층층 모양으로 만들어 두다'의 뜻.
- 편 : 떡〔䭏〕.
- ᄀᆞ장ᄒᆞᆫ : 최상의. 가장 좋은. 'ᄀᆞ장ᄒᆞ-'는 하나의 어간으로 사용되었다. 중세국어에서 'ᄀᆞ장ᄒᆞ-'가 형용사와 타동사로 쓰인 예가 있다. 참고) 즐거우미 ᄀᆞ장ᄒᆞᆯ식 如意ᄅᆞᆯ 자바셔 춤츠고<두해-초 8:41>. 淫亂ᄒᆞᆫ 樂을 ᄀᆞ장ᄒᆞ야<능엄 9:113>. 이 예들에서 'ᄀᆞ장ᄒᆞ-'는 漢字 '極, 劇'(심하다), '恣'(방자하다) 등에 대응되고 있다. 이 자료의 위 문맥에서 'ᄀᆞ장ᄒᆞᆫ'은 '별미가 ᄀᆞ장하다'가 관형어화된 구성으로 형용사로 쓰인 것이라 할 수 있다.

더덕법

〔1〕 원문

● 섭산솜법

더덕을 싱으로 겁질을 벗겨 째여 물의 ᄃᆞᆷ과 쓴 맛 업시 우러나거든 안반의 노코 ᄀᆞ만ᄀᆞ만 낫 업시 두드려 슈건의 물 짜 ᄇᆞ리고 ᄎᆞᆸᄡᆞᆯ ᄀᆞᆯᄅᆞ 무치면 ᄒᆞᆫᄃᆡ 엉긔거든 기롬을 글히며 지져 청밀의 장여 쓰라. <3a>

〔2〕 현대어역

● 더덕법(더덕 절임 만드는 법)

더덕을 날 것으로 껍질을 벗기고 두드려 물에 담가 쓴맛이 없이 우러나거든, 안반에 놓고 조심조심 알갱이가 없도록 (다시) 두드려 수건으로 물기를 짜 버리고, 찹쌀가루를 묻혀 함께 엉기면 끓는 기름에 지진 후 꿀에 재어 써라.

〔3〕 용어 해설

- 섭산솜법 : 더덕법. 더덕을 짓두드려 찹쌀가루를 묻힌 후 기름에 지져 꿀에 쟁여 만드는 방법을 설명하고 있다. 문헌에서 '더덕'을 삼(蔘), 산삼(山蔘), 사삼(沙蔘)이라 하고 있다. 따라서 '섭 # 산솜(山蔘) # 법'으로 분석될 수 있다. '섭'은 단독형으로 쓰인 예는 찾아 볼 수 없으나, '섭산적'에서 그 용례를 볼 수 있다. '섭산적'은 '고기를 칼로 짓이겨 주무른 다음에 갖은 양념을 치고 반대기를 지어서 구운 적'을 말한다. '산적'과의 차이는 '난도질하는 데' 있다. 따라서 '섭산솜법'은 '더덕을 짓두드려서' 만드는 방법으로 파악된다.
- 싱으로 : 날 것으로, 생(生)으로.
- 째여 : 짓두드려. 째-〔破碎〕 + -어. '째-'는 중세국어의 'ᄣᅢ-'에서 변한 것이다. 참고) 가ᄇᆡ야이 ᄣᅢ니(輕輕 劈破)<金삼 5:22>. 헤혀 ᄣᅢ아(披剝)<능엄 2:48>.
- ᄃᆞᆷ과 : 담구어. 'ᄃᆞᆷ과'의 형태 분석에는 적지 않은 문제가 있다. 이 낱말은 'ᄃᆞᄆᆞ-', 'ᄃᆞᆷ-', 'ᄃᆞᆷ그-'와 같은 몇 가지 꼴로 쓰이는데 'ᄃᆞᆷ과'는 이 어간들로부터 끌어낼 수 없는 어형이다. 'ᄃᆞᆷ과'는 일단 'ᄃᆞᆷ고-아'로 분석되는데 여기서 '고'를 어떻게 처리하는가가 문제이다. 어간 설정을 어떻게 하는가에 따라 두 가지 방법을 생각해 볼 수 있다. ① ᄃᆞᆷ그- + -오-(사동접사) + -아. ② ᄃᆞᆷ- + -고-(사동접사) + -아. '-고-'가 사동접사로 쓰인 예는 '피 ᄀᆞᆺ티 우러 虛空애 솟고고'<두해-중 14:9a>에서 찾아볼 수 있다. 사동접사 '-오-'가 '-고-'보다 상대적으로 널리 쓰인다는 점에서 ①의 분석이 더 낫다고 생각된다.
- 안반 : 반죽을 하거나, 인절미를 치거나, 큰일 때 과방에서 음식을 만들거나 하는 데에 쓰이는 두껍고 넓은 나무판.
- 낫 : 알갱이. 더덕의 짓두드려지지 않은 굵은 것.
- 장여 : 재어. 차곡차곡 포개어. 쌓아. 장이-〔蓄〕 + -어.

화전법

〔1〕 원문

● 전화법

두견홰나 쟝미홰나 츌단홰나 쳡ᄡᅡᆯ ᄀᆞᆯᄅᆡ 거피 ᄒᆞᆫ 모밀 ᄀᆞᄅᆞ 잠ᄶᅡᆫ 녀허 고졸 만이 녀허 눅게 ᄆᆞ라 기롬을 ᄭᅳᆯ히고 져젹 ᄶᅧ 노화 삭삭이 괄게 지져 한 김이 나거든 ᄭᅮᆯ 언처 ᄡᅳ라. <3a>

〔2〕 현대어역

● 화전법(花煎法)

두견화나 장미화나 출단화(목단화?)의 꽃잎에 찹쌀가루와 껍질 벗긴 메밀가루를 조금 넣고 (이때) 꽃잎을 많이 넣어 눅게 반죽하여 기름을 끓이고 조금 조금씩 떠놓고 바삭바삭하고 괄게 지져 한 김이 나면 (꺼내어) 꿀을 얹어 써라.

〔3〕 용어 해설

- 전화법 : 꽃잎으로 떡 굽는 법 즉 화전 만드는 방법. 전화법(煎花法).
- 두견홰나 : 진달래꽃이나. 두견화(杜鵑花) + -ㅣ 나(보조사).
- 쟝미홰나 : 장미꽃〔薔薇花〕이나. 쟝미화(薔薇花) + -ㅣ 나(보조사).
- 츌단홰나 : 츌단화+ㅣ 나. '츌단화'가 정확히 어떤 식물을 가리키는지 문제가 된다. '츌단화'를 '출장화'(黜墻花, 황매화)로 본 견해도 있으나 단정하기 어렵다. '황매화'의 이칭으로 '죽단화', '출장화'(黜墻花), '죽도화'가 있는데 그 음상이 '츌단화'와 정확히 일치하지 않는다. 한복려 외(1999 : 82)에서는 '출장화'(黜墻花)로 보고 '죽도화', '황매화'라 풀이해 놓았다.

  문헌의 예로 보면 '츌'은 '朮'(삽주)와 관련될 수 있고, '단'은 '丹'(목단)과 관련될 가능성이 높다. 삽주는 국화과의 여러해살이풀로 높이는 50cm 정도이며, 잎은 어긋나고 달걀 모양의 타원형이다. 7~10월에 연한 자주색을 띤 흰색 꽃이 핀다. 어린 잎은 식용하고 뿌리를 약재로 쓴다. 그런데 그 꽃이 여름에 피므로 봄놀이의 화전용으로는 어울리지 않는다. 모란〔牧丹〕은 5월에 피는 것이어서 시기적으로는 별 문제가 없다. 여기서는 목단꽃을 가리켰을 가능성이 크다. 참고) 삽됴(蒼朮菜)(訓解 用字例). 삽듀(蒼朮菜)<四解 上 69>. 삽듀 튤(朮)<類合 上 8>.
- 잠싼 : 문맥상 '조금'의 뜻으로 풀이한다.
- 만이 : 많이. 'ㅎ'이 탈락된 형태. 다른 문헌에는 '마니'로도 쓰였다. 예) 마니 드리면 마니 갑고(多償時多贖)<번박-상 68>. 문헌의 예를 기준으로 보면 '마니'가 '만이'보다 먼저 나타난다. '만히>마니>만이'라는 과정을 설정할 수 있는데 '만이'는 근대국어 시기의 분철 추세가 작용한 것으로 생각된다. 유성음 사이에 ㅎ이 탈락하는 시기에 ㄶ의 ㅎ은 모음으로 시작되는 어미가 오더라도 표기되지 않는 경향이 있다.
- 젹젹 : 조금 조금씩. '젹다'의 어간 '젹-'이 중첩된 부사로 생각된다. 여기서 '젹젹'은 '크기가 작다'의 의미가 아니라 '양 또는 정도가 적다'의 의미로 보는 것이 적절하다. 어간이 중첩되어 만들어진 부사로 '쟉쟉'도 있다. 참고) 쟉쟉 먹어 셸리 숩씨며<小解 3:24>.
- 노화 : 놓아. 놓- + -아. 제1음절의 원순모음이 가진 원순성이 연결어미 '-아'에

전이되어 원순성의 반모음 w가 첨가된 것이다. 한편 '(-어) 놓-'은 보조동사로서 선행 동사의 어간에 타동사가 분포한다. 이 자료를 기준으로 하면 보조동사 기능의 '놓-'이 17세기 중엽에 이미 그 쓰임이 확인된다고 하겠다.

- 삭삭이 : 바삭바삭하게. 참고) 삭삭기 셰몰애 별혜<樂章 鄭石>.
- 괄게 : 불을 세게. 이 문맥에서는 '누긋하지 않고 바삭바삭하게' 정도로 파악된다.
- 한 김이 : 세차게 나오는 김이. 하-〔大, 多〕 + -ㄴ # 김〔蒸氣〕 + -이(주격).
- 언처 : 얹어. '얹-'의 ㅈ이 ㅊ으로 실현된 점이 매우 특이하다. 당시의 방언적 변이형으로 '언ㅊ-'이 존재했던 것이 아닌가 여겨진다. 이 낱말은 15세기에 쓰인 '엱-'과 그 후의 변화형 '얹-'과 가까운 관계의 것임은 틀림없으나 동일어는 아닌 듯하다.

빈자법

〔1〕 원문

● 빈쟈법

녹두를 뉘 업시 거피ᄒᆞ여 되게 ᄀᆞ라 기롬 ᄌᆞ므디 아니케 부어 쓸히고 젹게 쩌 노코 거피ᄒᆞᆫ ᄑᆞᆺ ᄭᅮᆯ에 ᄆᆞ라 소 녀코 ᄯᅩ 그 우희 녹도 ᄀᆞ니로 더퍼 빗치 유지빗ᄀᆞ치 지져사 죠ᄒᆞ니라. <3a～3b>

〔2〕 현대어역

● 빈자법(빈대떡 만드는 법)

녹두를 뉘가 없도록 껍질을 벗기고 되게(=물기 없이) 갈아, 잠기지 않을 정도로 기름을 부어 끓인 후 조금 떠놓고, (그 위에) 껍질 벗긴 팥을 꿀에 반죽하여 소를 넣어라. 또 그 위에 녹두 간 것으로 덮어서 유지(油紙)빛이 나도록 구워야 좋다.

〔3〕 용어 해설

- 빈쟈법 : 빈대떡 만드는 법. '빈쟈'는 중국어 '빙쟈'(餠饀)<譯解 上 51>의 차용어로 오늘날의 '빈대떡'을 가리키는 말이다. 오늘날 빈대떡(=녹두전병)은 녹두가루에 고사리, 도라지, 고기 등을 섞어 지진 것인 데 비하여, 이 자료에서의 「빈쟈법」은 녹두가루로 전을 부치다가 그 위에 꿀로 반죽한 팥소를 얹고 그 위에 다시 녹두가루 반죽을 부은 것으로, 오늘날 호떡과 비슷한 형태로 여겨진다.
- 뉘 : 쌀이나, 밀, 녹두 등을 쓿고 난 뒤에 껍질이 남아 있는 알갱이.
- 되게 : 물기가 없이 되직하게.
- ᄌᆞ므디 : (물에) 잠기지.
- 우희 : 위에. 우ㅎ〔上〕 + -의(처격).
- ᄀᆞ니로 : 간 것으로. ᄀᆞᆯ-〔磨〕 + -ㄴ(관형사형어미) # 이(의존명사) + -로(도구격).
- 유지빗 : 유지빛〔油紙色〕. 子를 '지'로 발음하는 예(가지, 茄子)나, 방언에서 유자(柚子)를 '유지(제주)'라고 말하는 사실을 고려하면 '유지빗'을 '유자빛'〔橘色〕으로 해석할 수도 있다. 그러나 녹두가루를 덮어 지진 빈대떡이 노르스름한 유자빛이 날 리가 없으므로, 기름을 먹여 거므스레한 색깔을 띤 '유지(油紙)빛'으로 해석하는 것이 문맥상 적절하다고 판단된다. 한복려(1999 : 40)에서는 '유자빛'으로 풀이하고 있다. 참고) 유자(柚子)<훈몽 상 11><유합 상 9>
- 지져사 : 지져야. 지지-〔煎〕 + -어(연결어미) + -사(강세보조사).

수교애법

〔1〕 원문

● 슈교ᄋᆡ법

ᄎᆡ소ᄅᆞᆯ 표고 셩이 외ᄅᆞᆯ ᄀᆞᄂᆞ리 싸흐라 ᄇᆡᆨᄌᆞ 호쵸ᄀᆞᄅᆞ 약념ᄒᆞ여 밀ᄀᆞᄅᆞᆯ 깁의 노외야 국슈ᄀᆞ치 ᄆᆞᆯ아 엷게 싸 놋그ᄅᆞᆺ 굽으로 바가도렵게 버혀 그 소ᄅᆞᆯ ᄀᆞ득이 녀허 ᄆᆞ이 ᄉᆞᆯ마 기ᄅᆞᆷ 무쳐 초지령의 노하 드리라. <3b>

〔2〕 현대어역

● 수교애법(물만두 만드는 법)

채소는 표고버섯, 석이버섯, 오이를 가늘게 썰어 잣, 후춧가루로 양념하여 밀가루를 베에 쳐서 국수처럼 반죽하여 얇게 쌓아 놓고, 놋그릇 굽을 박아 도려내어 그 소를 가득 넣어 오래 삶아 (익으면) 기름을 묻혀 초간장과 함께 드려라.

〔3〕 용어 해설

- 슈교의법 : '수교애'라는 만두를 만드는 법. '슈교의'는 중국어 '수교아(水餃兒)'의 차용어로 생각된다. '수교애'는 밀가루를 반죽하여 만든 만두피에, 오이와 버섯 등의 채소에다 잣, 후춧가루로 양념한 것을 소로 넣어 만든 만두인데, 이것을 삶아 기름을 묻혀 초간장에 찍어 먹는다.
- 치소롤 : 채소(菜蔬)를. 목적어를 문장 맨 앞에 둔 구문이다. 뒤에 나오는 '외롤'과 함께 이중 목적어를 포함한 구문이다. 현대국어에서도 '전체 + 부분'을 나타내는 구문의 경우 이중 목적어가 쓰이고 있다. "토끼를 귀를 잡았다"에서처럼 본문의 구조도 '채소를(채소와 함께) 표고, 석이, 오이를 가늘게 썰어'로 되어 동일한 구조다.
- ᄀᆞᄂᆞ리 : 가늘게. 'ᄀᆞᄂᆞ리'는 'ᄀᆞᄂᆞᆯ-'에 부사화 접사 '-이'가 결합된 것이다. 이 자료에서는 '가늘게'의 뜻으로 'ᄀᆞᄂᆞ시'도 쓰인다. 이에 비추어 보면 'ᄀᆞᄂᆞ시'는 어간 'ᄀᆞᄂᆞᆺ-'에 부사화접사 '-이'가 결합한 어형으로 추정된다. 「팀치법」의 'ᄀᆞᄂᆞ시'에 대한 용어 해설 참고.
- 노외야 : 다시 쳐서.
- 엷게 : 얇게. 현대국어에서는 '엷-'과 '얇-'이 농도와 두께를 표현하는 것으로 의미 분화되어 있다. 그러나 이 자료에서는 이런 분화가 보이지 않는다. 중세국어에서 '엷-'이 농도가 옅음의 의미와 두께가 얇음의 의미를 모두 가지고 있었던 것으로 보인다. 참고) 구룺 氣運이 엷고<두해-초 7:14>. 열븐 어르믈 하늘히 구티시니<용가 5>. 이 자료에서는 '엷-', '얇-'이 별도의 어형으로 쓰이기는 하지만 의미적으로 볼 때 모두 '얇다'의 의미로 쓰이고 있다. '엷-'(2회), '얇-'(1회)로 나타난다.
- 싸 : 쌓아. ᄡᅡ-〔築〕 + -아. 이 문장은 엷게 밀어놓은 반죽을 몇 겹 포개어 쌓아 놓고, 놋그릇 굽으로 지그시 눌러 둥글게 만두피를 떠내는 조리법을 묘사한 것이다.
- 바가 : 박아. 찍어〔印〕. 밀어서 펴놓은 반죽 위에 놋그릇 굽으로 지그시 눌러서.
- 도렵게 : 동글게. 돌-〔回〕 + -엽-(형용사 파생접미사) + -게.

잡과편법

〔1〕 원문

● 잡과편법

ᄎᆞᆸᄡᆞᆯᄀᆞᆯᄅᆞᆯ 되게 ᄆᆞ라 지지ᄂᆞᆫ 조악ᄀᆞ치 사ᄒᆞ라 닉게 ᄉᆞᆱ마 ᄭᅮᆯ에 곳감 과 밤 ᄉᆞᆯ모니와 대츄 ᄇᆡᆨᄌᆞᄅᆞᆯ ᄌᆞᆺ두드려 무쳐 쓰라. <3b>

〔2〕 현대어역

● 잡과편법(雜果䭏法 : 잡과로 떡 만드는 법)

찹쌀가루를 되직하게(=조금 되게) 반죽하여 지지는 주악떡처럼 썰어 익도록 삶아 꿀에 곶감과 밤 삶은 것, 대추, 잣을 짓두드려 묻혀 쓰라.

〔3〕 용어 해설

● 잡과편법 : 잡과를 넣은 떡 만드는 법. 찹쌀가루를 되게 반죽하여 주악(웃기의 한 가지)같이 빚어, 끓는 물에 삶아 밤소를 넣고, 경단 크기로 둥글게 빚어 꿀을 바

르고 곶감, 대추, 밤, 잣을 짓두드려 묻힌 떡을 잡과편이라 하였다.

- 되게 : 물기가 적어 되직하게.
- 조악 : 주악. '조악'은 고문헌에서는 달리 용례를 찾을 수 없고 고어사전에 등재되어 있지 않은 낱말이다. 현대어의 '주악'에 해당한다. '주악'은 '웃기의 한 가지로, 찹쌀가루에 대추를 이겨 섞어서 꿀에 반죽하여 팥소나 깨소를 넣고 송편과 같게 빚어서 기름에 지진 떡'이다.
- 사ᄒᆞ라 : 썰어. 사ᄒᆞᆯ-〔割〕 + -아. 15세기 문헌에 이미 '사ᄒᆞᆯ-'과 '싸ᄒᆞᆯ-'이 공존하고 있다. 참고) 사ᄒᆞᆯ며 버히고<월석-중 21:43>. 싸ᄒᆞᆯ며 버히고<월석-중 23:78-79>. 후자는 어두 경음화를 겪은 것으로 보인다. 이 자료에서도 경음화된 '싸ᄒᆞᄃᆡ'(탁면법)가 확인된다.
- 솔모니 : 삶은 것. 솖-〔烹〕 + -오(매개모음)- + -ㄴ(관형어미) # -이(의존명사). 본문에서 어간 뒤의 '오'는 형태분석에서 두 가지로 해석될 수 있다. 하나는 중세 관형어미나 동명사형어미 앞에 결합하는 '-오/우-'로 보는 것이고, 다른 하나는 이 자료에 빈번하게 보이는 원순모음화 현상을 고려하여 어간말 순음 'ㅁ'의 영향으로 매개모음 '으'가 '오'로 원순화된 것으로 보는 것이다. 앞에서 언급하였듯 이 자료에서는 중세문헌의 '-오/우-'가 탈락한 용례가 빈번하여 이 형태가 기능을 하고 있었다고 말하기 어렵다. 순음 뒤의 '으'가 '오'로 빈번하게 동화됨을 고려하여 후자로 보는 것이 합리적이라 생각된다.

밤설기떡 만드는 법

〔1〕 원문

● 밤셜기법

밤을 만ᄒᆞ며 뎍기ᄅᆞᆯ 혜디 말고 그ᄂᆞᆯ헤 ᄆᆞᆯ뢰여 지허 체로 처 세분ᄒᆞᆫ 분을 ᄎᆞᆯᄀᆞᄅᆞᆯ 더 녀허 섯거 ᄭᅮᆯ물의 반쥭ᄒᆞ야 윤케 ᄒᆞ야 켜ᄂᆞᆫ 셩이편 켜 ᄀᆞ치 ᄒᆞ여 ᄶᅧ 쓰라. <3b>

〔2〕 현대어역

● 밤설기떡 만드는 법

밤은 많고 적음을 헤아리지 말고 그늘에 말려서 찧은 후 체로 쳐서 만든 가늘고 고운 가루에, 찹쌀가루를 (더 넣어) 섞어 꿀물에 반죽하여 윤기 나게 하여라. 켜는 석이편(석이버섯을 넣어 만든 떡)의 켜처럼 해서 쪄 쓰라.

〔3〕 용어 해설

- 밤셜기법 : 밤을 섞어 만든 설기떡. 멥쌀가루로 켜를 짓지 않고 한꺼번에 시루에 안쳐 찌는 떡을 설기떡이라 하는데, 이 자료에서는 찹쌀가루를 쓰면서 석이편처럼 켜를 넣는 것으로 되어 있다.
- 밤을 : 밤은. 이곳의 '-을'은 목적격이 아니라 주제격으로 해석하는 것이 자연스럽다. 즉 '밤은'으로 해석하면 후행하는 형용사와 잘 호응하게 된다.
- 뎍기ᄅᆞᆯ : 적음을. 뎍-〔少〕 + -기(명사형어미) + -ᄅᆞᆯ(대격). '적다'를 뜻하는 중세국어 어형은 '젹다'인데 본문에서 '뎍-'으로 표기된 것은 구개음화의 영향으로 본래의 ㅈ을 ㄷ으로 잘못 고친 과도교정의 결과이다.
- 그ᄂᆞᆯ헤 : 그늘에. 음지에. 중세국어 문헌에 'ᄀᆞᄂᆞᆶ'<월석 18>, 'ᄀᆞᄂᆞᆯ'<字會-초 上 1>, '그늘'<번박 上 21>이 보인다. 'ᄀᆞᄂᆞᆯ'은 곡용시에 'ㅎ말음'이 실현되지 않는다. '그늘'은 단독형의 용례만 있어 'ㅎ'의 실현 여부를 확인할 수 없다. 여기에 나타난 '그ᄂᆞᆯ헤'를 볼 때 '그ᄂᆞᆯ'도 ㅎ곡용어에 넣을 수 있다.
- 지허 : 찧어. 딯-〔舂〕 + -어. 참고) 나히 열닐곱인 제 어미ᄅᆞᆯ 조차 방하 디터니 <신속 孝 2:70>. ᄡᆞᆯ 디ᄒᆞ면〔舂米〕<능엄 4:13c>. 디흘 용〔舂〕<字會-초 下 6>.
- 세분ᄒᆞᆫ : 가늘고 고운. 세분(細粉)한.
- 출ᄀᆞᄅᆞᆯ : 찹쌀가루를. 찰진 가루를.
- 윤케 ᄒᆞ야 : 윤기 나게 하여, '윤케'는 '윤(潤)ᄒᆞ- + -게'의 축약형.
- 켜 : 켜. 물건을 포개어 놓은 층. '켜'는 먼지나 떡 등과 같이 '층'보다 작은 것에 쓴다.
- 셩이편 : 위의 「셩이편」항에서 설명한 바 있다.

연약과법

〔1〕 원문

● 연약과법

늣게 복근 진ᄀᆞᄅᆞ ᄒᆞᆫ 말의 쳥밀 ᄒᆞᆫ 되 다ᄉᆞᆺ ᄎᆞᆷ기름 다ᄉᆞᆺ 청주 서 홉 석거 ᄆᆡᆫᄃᆞ라 기름의 지져 식지 아니ᄒᆞ야셔 즙쳥의 너허 쓰라. <3b>

〔2〕 현대어역

● 연약과법(軟藥果法 : 부드러운 약과 만드는 법)

눋게 볶은 밀가루 한 말에 맑은 꿀 한 되 다섯 홉, 참기름 다섯 홉, 청주 세 홉을 섞어 만들어 기름에 지져서 식지 않았을 때 물엿에 넣어 쓰라.

〔3〕 용어 해설

● 연약과법 : 맛이 좋고 연한 과줄 만드는 법. 연약과법(軟藥果法). '약과'는 '과줄'이라고도 하는데, 밀가루를 기름과 꿀에 반죽하여 지진 유밀과의 한 가지다.

● 복근 : 볶은. 볶- + -은(관형사형 어미). 어간의 말음 'ㅅ'이 후행하는 'ㄱ'에 동

화된(ㅺ>ㄲ) 변화형이다. ㅺ>ㄲ 변화는 17세기 국어 자료에서부터 부분적으로 일어난 현상이다. 그러나 18세기 문헌에서도 이 변화가 일어나지 않은 어형이 여전히 쓰이기도 하였다. 참고) 엿거<석보 13:53>. 엿ᄉᆞᆯ 편<倭語 下 43>.

- 진ᄀᆞᄅᆞ : 고운 밀가루 즉 세분(細粉). 진(眞) + ᄀᆞᄅᆞ〔粉〕. 밀가루를 다시 체에 쳐서 곱게 내린 것을 가리킨다. 이 자료에서 국이나 반찬을 만드는 기본 재료로 매우 자주 나타난다. 단어형성법에 있어서 '진ᄀᆞᄅᆞ'는 파생어로 볼 수 있다. '진-'은 형태적으로 의존성분으로서 단독으로 단어를 형성하지 못하며, 의미적으로도 부차적인 의미인 '진짜의, 순정(純正)의'의 뜻으로 쓰이기 때문이다. 참고) 진기름<구방 上 80>, 진거믜<교시조 2136-16>.
- 쳥밀 : 맑은 꿀. 청밀(淸蜜).
- 다솝 : 다섯 홉. '다ᄉᆞᆺ 홉→닷 홉→다솝'이라는 일련의 축약이 일어난 것으로 보인다. 국어에서 어절 경계가 있는 경우 음절말의 ㅅ이 불파되는 것이 철칙인데(옷#안→오단), '다솝'의 경우는 종성의 ㅅ이 외파로 실현되어 매우 특이한 것이다. 일반적인 음운과정이 적용된다면 '다ᄉᆞᆺ 홉→닷 홉(닫홉)→다톱'과 같이 되어 표면에서 '다톱'(또는 근대국어식 표기라면 '닷톱')으로 실현될 것이 예상된다. 그러나 '다솝'으로 실현되어 있는데, 이것은 '홉'의 두음 ㅎ탈락 이후 음절말 ㅅ의 외파가 실현된 특이한 모습이다. 곡식의 양을 계측하는 단위로 '한 되'〔一升, 열 홉〕의 절반을 뜻하는 '다ᄉᆞᆺ홉'이 일상생활에서 매우 빈도 높게 쓰이면서 발음상의 용이성을 추구한 결과, 이와 같은 특이한 변화가 나타나게 된 것이라 판단된다. '다톱'(혹은 닷톱)보다 '다솝'이 더 쉬운 발음임에 틀림없다. 일상적으로 자주 쓰이는 낱말을 발음상 부주의하게 빨리 발음하는 경향이 있다. 이런 발음에서 '다ᄉᆞᆺ홉'의 'ㅎ'이 탈락하고 모음 사이에 놓인 'ㅅ'이 그대로 실현된 것이 '다솝'이다. 한편 문헌에는 '다ᄉᆞᆸ'도 보이는데 이는 순자음 앞에 놓인 'ㅗ'가 'ㆍ'로 이화된 어형이다. 참고) 믈 ᄒᆞᆫ 되 다ᄉᆞᆸ 브어<벽신 2>.
- 즙쳥 : 집청. 조청이라고도 하는데 오늘날 음식 재료로 많이 쓰이는 물엿에 가깝다.

다식법

〔1〕 원문

● 다식법

ᄂᆞᆺ게 복근 진ᄀᆞᄅᆞ ᄒᆞᆫ 말의 쳥밀 ᄒᆞᆫ 되 ᄎᆞᆷ기ᄅᆞᆷ 여ᄃᆞᆲ 홉을 섯거 ᄆᆡᆫᄃᆞ라 기야쟝 소옥의 몬뎌 흰 모래ᄅᆞᆯ ᄭᆞᆯ고 버거 조ᄒᆞᆫ 죠희ᄅᆞᆯ ᄭᆞᆯ고 그 우희 다식을 버려 노코 ᄯᅩ 암기와로 덥고 만화ᄅᆞᆯ 아래 우희 두면 닉ᄂᆞ니라. 쳥쥬 져기 녀허 ᄆᆡᆫᄃᆞᆯ면 심히 연ᄒᆞ니라. 만일 화솟ᄐᆡ도 이리 ᄒᆞ야 구우면 죠ᄒᆞ니라. <3b～4a>

〔2〕 현대어역

● 다식법(茶食法)

눋게 볶은 밀가루 한 말에 꿀 한 되, 참기름 여덟 홉을 섞어 만들어, 수키와 속에다가 흰 모래를 먼저 깔고 그 다음에 깨끗한 종이를 깔아라. 그 위에 다식을 벌여 놓고, 또 암키와로 덮어 약한 불을 (기왓장의) 아래위에 (놓아) 두면 익는다.

청주(淸酒)를 조금(=약간) 넣어 만들면 아주 연해진다. 만일 화솥에도 이렇게 하여 구우면 좋다.

〔3〕 용어 해설

- 다식법 : 다식(茶食) 만드는 법. '다식'은 유밀과의 한 가지. 녹말, 송화, 승검초, 황밤, 검은깨 따위의 가루를 꿀에 반죽하여 다식판에 박아 만든다.
- 기야쟝 : 기왓장. 기와의 낱장. 기야 # 쟝(張). 옛 문헌에 '기와'를 뜻하는 낱말은 여러 가지로 나타난다. 이기문(1972 : 99-200)에서 15～17C에 '디새'<역어유해>였으나, 18세기에는 '지새'<동문유해, 한청문감>, '지와'<한청문감>, '기와'<속명의록언해 1>가 보인다고 하였다. '디새'는 '딜'〔陶〕과 '새'는 띠와 억새 따위의 풀을 일컫는 말인데 이것들이 지붕을 이는 재료로 쓰였기 때문에, '디새'는 '흙을 구워(질) 지붕 이는 것'이라는 뜻을 가지게 된 것이다. '디새'에 ㄷ구개음화가 적용된 것이 '지새'이고, '지와'는 '지새'에서 고유어 '새'를 한자어 '와'(瓦)로 대치시켜 만든 신조어로 판단된다. 즉 '지새'와 '지와'는 음운변화의 결과가 아니라 조어 구성소의 차이로 달라진 것이다. '기와'는 '지와'에 ㄱ구개음화의 과도교정이 적용되어 나타난 것이라 설명할 수 있다. 『한청문감』과 『속명의록언해』에 '지와' 및 '기와'가 보이므로 중앙어에서 이러한 변화는 18세기에 일어난 것으로 파악된다.

  그러나 『음식디미방』의 '기야쟝'은 이런 설명을 적용시키기 어렵다. '기야'에 ㄱ구개음화의 과도교정이 적용된 것으로 봄은 있음직하지만 제2음절의 모음 '야'는 한자어 '瓦'와 관련지어 설명하기 어렵다. '야'와 '와'는 그 음상이 현저히 다르기 때문이다. '기와>기아(w탈락)>기야(j삽입)'라는 과정을 상정해 볼 수도 있으나 단정하기 어렵다. 디미방의 '기야쟝'은 그만큼 문제점을 안고 있는 낱말인 것이다. '기야'를 끌어내기 위해 '디새>디ᅀᅢ>디애>지애>기애>기아>기야'와 같은 다단계의 변화도 가정해 볼 수 있으나 이 과정에는 모음간 ㅅ의 유성화, ㅿ탈락, ㄷ구개음화와 ㄱ구개음화의 과도교정, 'ㅐ'의 반모음 'j' 탈락과 hiatus를 피하기 위한 반모음 'j' 삽입과 같은 복잡한 변화를 설정해야 한다는 점에 부담이 있다. 더 연구되어야 할 문제이다.

- 소옥의 : 속에. 속〔內〕 + -의(처격). 뒤에 '암키와'를 그 위에 덮는다는 구절이 있는 것으로 보아 이곳의 '기야쟝 소옥'은 수키와의 둥글게 홈이 진 부분을 가리킨다. 중세국어에서 ':속'과 ':솝'은 쌍형어로 공존하였다. '소옥'은 상성이 지닌 장음 표기가 반영된 것이다. 이 자료에서는 '소옥'만 쓰이고, '솝'은 나타나지 않으나 오늘날 경북 성주 방언의 '쏘:박'에서 '솝'의 화석형이 확인된다. '쏘:박'은 '솝+악'(파생접미사)으로 분석된다. '줌'에 '-억'이 결합하여 '주먹'이 되는 것과 같다. '쏘:박'은 필자의 어머니(晋州 姜氏)가 생전에 흔히 쓰시던 말이었다.
- 몬뎌 : 먼저. 중세국어의 어형은 '몬져'이다. '몬뎌'는 ㄷ>ㅈ 구개음화에 유추된 과도교정의 결과이다. 이 '몬뎌'는 그 어순이 '찔고' 앞에 놓여야 옳다.
- 암기와로 : 암기와 + -로(구격). 암키와는 지붕의 고랑이 되게 젖혀 놓은 바닥 기와를 가리킨다. '암'은 15세기에 ㅎ종성체언이었는데 여기서는 ㅎ의 흔적이 보이지 않는다. ㅎ이 종성에 유지되었다면 '암키와'가 되어야 한다. '암기와'로 나타난 것으로 볼 때 '암ㅎ'의 'ㅎ'이 이미 탈락된 것으로 판단된다.
- 만화롤 : 약한 불을. 만화(慢火)를. '-롤'을 '-으로'로 해석해도 무방한 문맥이다.
- 화솟틔 : 화솥에. 화솥 + -의(처격). '화솥'은 솥의 한 가지로 '배로 돌아가며 전이 달려서 얼른 보기에 갓 모양 비슷하다'고 한다. 한글학회 『우리말 큰사전』 참고. '솟틔'는 근대국어 표기에서 흔히 보이는 모음 간 유기음의 음성 실현을 반영한 일종의 중철표기이다. 앞의 「상화법」에서 '쥭 소틔'(2a)로 쓰인 예도 있다.

〔1〕 원문

● 박산법

ᄎᆞᆸᄡᆞᆯᄀᆞᄅᆞ 지허 죠ᄒᆞᆫ 쳥쥬로 반쥭ᄒᆞ야 ᄶᅧ 쥭대남그로 혀 국슈 ᄡᅳᄃᆞ시 미러 국슈ᄀᆞ치 싸 ᄀᆞᄅᆞ자ᄑᆞᆺ낫마곰 싸ᄒᆞ라 몰뢰여 들븨예 지뎌 쳥밀을 죄와 무텨 바가 싸ᄒᆞ라 ᄡᅳ라. ᄇᆡᆨ쳥이 업거든 여ᄉᆞᆯ 희게 고화 ᄭᅮᆯ 뎌기 조론 후의 노겨 바가 약과낫마곰 싸ᄒᆞ라 ᄡᅳ라. <4a>

〔2〕 현대어역

● 박산법(薄饊法 : 박산 유밀과 만드는 법)

참쌀가루를 찧어서 좋은 청주로 반죽해서 찐다. (이를) 대나무로 밀어 국수 싸듯이 밀어서 국수를 만들 때처럼 쌓고, 가루자팥 낱알 만하게 썰어 말려서 들븨에 지져 졸인 꿀을 묻혀 박고 (이것을) 썰어서 쓴다. 희고 맑은 꿀이 없으면 엿을 희게 고아서 꿀처럼 (양이) 적게 졸인 후에 녹여 박아내 약과 낱알 만하게 썰어시 쓰라.

〔3〕 용어 해설

- 박산법 : 유밀과의 한 가지. 박산법(薄饊法). 현대국어 사전에 '박산'은 두 가지로 설명되어 있다. ① 산자의 몸이나 엿을 얇고 갸름하게 잘라 잣이나 호두를 붙인 유밀과. ② 꿀이나 엿에 버무린 산자 밥풀, 튀밥, 잣, 호두를 틀에 굳혀 내어 얇게 썬 과자. 이 항목의 '박산'도 비슷한 것이기는 하나 재료와 방법에 있어 차이가 보인다. 한편 현대어에서는 흔히 쌀이나 옥수수로 뻥튀기한 것을 '박상'(薄饊, 튀밥)이라 부른다. 현대 방언에서 '박산/박상, 밥상, 밥통'으로 나타나는 지역은 경남과 경북 남부, 강원 일부이다.
- 죠ᄒᆞᆫ : 좋은. '됴ᄒᆞᆫ-'에서 ㄷ구개음화가 실현된 것이다.
- ᄶᅧ : 쪄. 'ᄶᅵ-'〔蒸〕는 '찌-'로도 표기된다. 이는 중세국어의 'ᄧᅵ-'에 소급하는 어형이다. 참고) 炎天에 더위 ᄧᅵᄂᆞᆫ 듯<두해-초 8:9>. 조ᄒᆞᆫ ᄒᆞᆰ 닷 되롤 ᄧᅧ<구간 1:80>.
- 쥭대남그로 : 대나무로. 쥭(竹) + 대〔竹〕 + 낡〔木〕 + -으로(구격). 동일한 의미의 한자어와 고유어가 중첩된 구성이다. 다른 한편으로 '삸대', '슈슛대'의 '대'와 같은 구성소가 '쥭대'에 포함되어 있다고 가정해 볼 수도 있으나 한자어에 이러한 '대'가 붙는 것이 자연스럽지 않다. '쥭'(竹)은 '듁'의 ㄷ구개음화형.
- 혀 : 당겨. 혀-(<ᅘᅧ-, 引) + -어.
- ᄡᆞ드시 : 싸듯이. ᄡᆞ-〔包〕 + -듯- + -이. 참고) 雲霞 ᄀᆞᄐᆞᆫ 기ᄇᆞ로ᄡᅧ ᄡᆞ면<두해-초 16:67>.
- 미러 : 밀어. 문맥 의미상 '홍두깨 따위로 밀어 넓게 펴서'라는 뜻을 지닌다.
- 싸 : 쌓아〔築〕. ᄊᆞ- + -아. 참고) 쇠로 셩 ᄊᆞ고<恩重 23>. 술 튝(築)<字會-초 下 17>.
- ᄀᆞᄅᆞ자ᄑᆞᆺ : 이 낱말의 정확한 분석은 쉽지 않다. 'ᄀᆞᄅᆞ'〔粉 혹은 橫〕와 'ᄑᆞᆺ'(荳)은 어렵지 않게 추출되지만 '자'의 정체가 분명치 않다. 혹시 '자'〔尺〕을 뜻하는 형태이라면, 'ᄀᆞᄅᆞ'는 '가로'〔橫〕의 의미일 것이다. 어쨌든 'ᄀᆞᄅᆞ자ᄑᆞᆺ'은 팥의 한 종류를 가리키는 낱말이며 'ᄀᆞᄅᆞ자'는 'ᄑᆞᆺ'에 접두된 낱말로 생각된다. 잠정적으로 '가루자팥'(팥의 한 품종)으로 풀이해 둔다.
- 들븨예 : 들븨 + -예(처격). '들븨'는 고어사전과 현대어 사전에 전혀 보이지 않

는 낱말이다. 바로 뒤에 동사 '지뎌'(지져)가 나오는 것으로 보아 '번철'과 같이 음식을 튀기거나 지질 때 쓰는 도구인 듯하다. 이와 달리 '지지는' 재료라고 생각하여 '들기름' 정도로 해석해 볼 여지도 있다.

- 지뎌 : 지지어. '지져'의 ㄷ구개음화에 유추된 과도교정형.
- 죄와 : 이 낱말의 뜻은 분명치 않으나 문맥상 '졸여' 정도로 파악된다. 이 자료에서 단 하나의 예만 쓰였고, 다음 항목 「잉도편법」에 같은 뜻으로 '조와'가 쓰였다. 이 낱말은 '꿀'이라는 명사에만 통합하는 타동사로 매우 특수하고 제한된 용법을 가졌음이 분명하다. 명사 '꿀'과 결합하여 '졸-'〔縮〕의 뜻을 표현한 낱말로 판단된다. 바로 뒤에 이어지는 '꿀 뎌기 조론 후의'에 보이는 '조론'(졸인)과 의미상 같은 것으로 판단된다.
- 바가 : 박아. 기름에 지진 찹쌀가루를 팥알 만하게 만들어 꿀을 졸여 묻히고 박는 과정을 표현한 것이다.
- 빅쳥 : 백청(白淸). 앞에서 '청밀'을 언급하고 있는 점으로 미루어 '맑은 꿀'을 뜻하는 '청밀'(꿀)의 한 종류로 생각된다. 현대국어에서 '백청'은 '빛깔이 희고 품질이 썩 좋은 꿀'을 가리킨다.
- 고화 : 고아. 달여. 엿을 만드는 과정을 표현한 동사이다. 고호-〔烹〕 + -아. 타 문헌에 '고오다'와 '고으다'는 보이지만 '고호-'는 확인되지 않는다. 참고) 쁠로 고온<救簡 3:99>. 고을 요(爈)<字會-초 下 13>. 한편 현대의 경상방언에 '엿을 꼬타', '엿을 꼬코' 따위가 쓰인다. 『구급간이방』과 『훈몽자회』의 '고오-'는 'ㅎ'이 없는 어형이고 '고화' 및 현대 경상방언의 '꽇-'은 'ㅎ'을 갖고 있다. 모음 사이의 'ㅎ'이 약화 탈락되는 국어의 일반적인 음운 변화를 기준으로 보면 시기적으로 더 빨리 나타난 '고오-'가 오히려 후대적 특징을 보여 준다고 할 수 있다. 그러나 근대국어 시기에 유성음과 모음 사이에 형태적으로 근거없는 'ㅎ'이 첨가되는 현상이 있음도 유의해야 한다. 예컨대, '밋티셔 저허 다 흐른 후에' (11a), '실로 동혀'(10a), '자혀~자여'(듁엽쥬) 등이 그러한 예이다. 이에 관한 해석은 앞으로의 과제가 될 것이다.
- 조론 : 졸인. 졸- + -오- + -ㄴ.

앵두편법

〔1〕 원문

● 잉도편법

반슉ᄒᆞᆫ 잉도롤 씨 ᄲᅢᆯ가 잠싼 데쳐 체예 걸러 ᄭᅮᆯ을 조와 ᄒᆞᆫᄃᆡ 교합ᄒᆞ여 어릐거든 버혀 쓰ᄂᆞ니라. <4a>

〔2〕 현대어역

● 앵두편법(櫻桃餠法 : 앵두 잼 만드는 법)

반쯤 익은 앵두를 씨를 발라내고 살짝 데쳐서 체에 걸러서 (조린) 꿀과 한데 섞어서 굳어 엉기거든 썰어 쓰라.

〔3〕 용어 해설

● 잉도편법 : 앵두잼 만드는 법. 반쯤 익힌 앵두의 씨를 발라내고 체에 걸러 꿀에 조려서 엉기면 쓰는 음식으로 오늘날 잼과 같다.

● 반슉ᄒᆞᆫ : 반쯤 익힌. 반슉(半熟) + -ᄒᆞ- + -ㄴ(관형사형 어미). 본문의 내용을 보

면 '"반숙한 앵두"를 씨를 발라내고 살짝 데쳐서' 요리를 하는 것으로 되어 있다. 따라서 '반슉ᄒᆞᆫ'은 '반쯤 익은, 너무 익지 않은' 정도의 의미를 가진 것으로 해석할 수 있다.

- ᄇᆞᆯ가 : 발라내어. 이 동사와 관련된 낱말로는 'ᄇᆞ리다'〔割, 剪〕와 'ᄇᆞᆯ아내다'〔割去〕를 찾을 수 있으나 어중에 ㄱ을 가진 어형은 타 문헌에서 찾을 수 없다. 'ᄇᆞᆯ가'를 형태 분석하면 어간 'ᄇᆞᆰ-' 또는 'ᄇᆞᆯ그-'를 재구할 수 있다. 현대 경상방언에 '씨를 발가내다'에 동일한 용법이 남아 있다. 함북방언에도 동사 '바르-'가 '발ㄱ-'형으로 유지되어 있다(최학근, 『증보 한국방언사전』, 1903, 발그다, 발쿠다, 발크다).
- 조와 : 조려. 졸-〔縮〕 + -오- +아. 참고) 縮은 졸씨라<月釋 10:123>. 釋迦 나샤미 劫의 목숨 百歲예 존 時節에<법화 1:190>.
- 어릐거든 : 엉기거든. 어리거든. 중세국어에 '얼의-'가 존재하였으며, 근대국어에 '어릐-'로 표기되기도 하였다. 참고) 글혀 얼의어든 사그르세 다마 두고<구간 1:19>. 凝 얼일 응<신합 下 60>. 凝了 어릐다<동해 上 59>.

어육류 魚肉類

어전법

〔1〕 원문

● 어육뉴

어전법

술 기픈 숭에어나 아모 고기라도 가시 업시 져며 지령기룸의 진ᄀᆞ르 자여 기룸의 지져 쓰라. <4a>

〔2〕 현대어역

● 어전법(魚煎法 : 생선전 만드는 법)

살집 많은 숭어나 아무 고기라도 가시 없게 저미고, (이를) 기름장에 밀가루를 입혀 재워서 기름에 지져서 쓰라.

〔3〕 용어 해설

● 어육뉴 : 생선과 육류를 재료로 만든 음식류. 어육류(魚肉類).

● 어전법 : 생선을 재료로 전을 만드는 법. 어전법(魚煎法).

- 술 기픈 : 살〔肉〕이 두툼한. 여기서는 생선의 살집이 많은 것을 뜻한다. 이런 의미로 쓰인 '살 깊다'는 표현이 정말 구수하고 친근한 느낌을 준다. 노년층에서 아직도 쓰이는 '눈이 굵다'(눈이 크다)라는 표현을 들었을 때의 정다운 느낌과 같은 어감을 준다. 이런 표현들을 문인들이 다시 살려 우리말 표현의 다양성을 키워 나갔으면 한다.
- 슈ᇰ에어나 : 숭어나. 슈ᇰ어 + -이-(계사) + -어나. '-어나'는 '-거나'가 계사 뒤에서 'ㄱ'이 탈락한 것이다. 참고) 므리어나 브리어나 가싀남기어나<석보 11:35>. 한편 '슈ᇰ어'의 경우, 이 자료에 '슈어'형도 함께 출현한다. 참고) 슈어만도, 슈어롤(8b). 『훈몽자회』, 『사성통해』, 『물명고』 등에는 '슈어'로, 『동의보감 탕액편』에서는 'ᄉᆔᇰ어'로 표기되어 있다. 의모(疑母, 성모가 ㆁ)인 '魚(어)'의 초성 'ㆁ'이 앞 음절의 말음으로 실현되어 '슈어>슈ᇰ어' 변화가 일어난 것이다.
- 가싀 : 가시. 생선의 가시. 참고) 가싀남기어나<석보 11:35>. 가싀 형(荊)<字會-초 上 10>.
- 져며 : 저미어. 고기살을 얇게 포를 떠. 『구급간이방』에 "비롤 데며 브티면"(用梨削貼, 구방 下 15)가 나오는데 '데며'가 '削'에 대응되고 있다. 떼어 내거나 발라 내는 것을 의미한다. '져며'는 '데며'의 후대형으로 보이지만 관련된 다른 어형은 발견되지 않는다.
- 자여 : 쟁이어. 재워. 자이- + -어.

어만두법

〔1〕 원문

● 어만도법

고기ᄅᆞᆯ ᄀᆞ장 열게 져며 소ᄅᆞᆯ 셩이 표고 숑이 싱치 ᄇᆡᆨᄌᆞ ᄒᆞᆫᄃᆡ ᄌᆞᆺ두드려 지령기롬의 복가 그 고기예 녀허 녹도ᄀᆞᆯᄅᆞ 비저 잠간 녹도ᄀᆞᄅᆞ 무쳐 만도ᄀᆞ치 ᄊᆞᆯ마 쓰ᄂᆞ니라. <4a>

〔2〕 현대어역

● 어만두법(魚饅頭法 : 생선만두 만드는 법)

고기를 매우 얇게 저민다. 소는 석이버섯, 표고버섯, 송이버섯과 생꿩고기, 잣을 한데 찧어서 간장 기름에 볶고, (이를) 저민 고기에 넣는다. 녹두가루를 빚어서 살짝 묻혀 만두같이 삶아서 쓰라.

〔3〕 용어 해설

- 어만도법 : 생선으로 만두를 만드는 법. 어만두법(魚饅頭法). 생선을 엷게 저며서 만두피로 삼고, 버섯류를 두드려 간장기름에 볶아 소로 넣고, 겉에 녹두가루를 묻혀서 삶아낸 만두.
- 열게 : 엷게. 얇게. 이 자료에서는 '엷-/얇-'이 의미를 변별하는 내적 파생의 기능을 보이지 않고 있다. 참고) 얇게 미러<10b>, 고기ᄅᆞᆯ 편을 얄게 ᄒᆞ라(9a), 포육을 얄게 쩌(9b) ; 엷게 싸(3b), 식지예 열게 너러(2b), 너븐 빈님마곰 열게 져며(11b).
- 소ᄅᆞᆯ : 소를. '소'는 만두나 송편과 같이 속에 들어가는 재료. '소ᄅᆞᆯ'의 'ᄅᆞᆯ'은 특별히 어떤 동사에 대하여, '목적어'임을 나타내는 격조사로 기능한다고 보기 어렵다. 이 경우의 '-ᄅᆞᆯ'은 설명의 대상을 나타내는 주제 표시의 기능을 한다. 그 이유는 '즛두드리-'가 의미상 '소'를 목적어로 취한다고 하기 어려우며, '볶-' 또한 '소'를 볶는다기보다는 '즛두드린 재료'를 볶는다고 해야 할 것이고, '녀허'는 '즛두드려 복근 재료'를 목적어로 취하기 때문이다. 이 재료가 '소'에 해당한다.
- 싱치 : 꿩고기. 생치(生雉).
- ᄇᆡᆨᄌᆞ : 잣〔栢子〕.
- ᄀᆞᆯᄅᆞ : 가루를. 'ᄀᆞᆯᄅᆞᆯ'에서 대격 '-ㄹ'이 누락된 표기.
- 비저 : 만들어. 현대어의 '빚다'는 가루를 반죽하여 어떤 형태로 만들거나, 술을 담거나, 어떤 일이 다른 일을 생기게 하는 것을 이른다. 그 쓰임을 보면, '도자기나 송편을 빚다', '술을 빚다', '부주의가 빚은 사고' 등에 쓰인다. 본문에서는 '녹도ᄀᆞᆯᄅᆞ 비저 잠간 녹도ᄀᆞᄅᆞ 무쳐'에 쓰이고 있는데 의역하면 '녹두가루 만들어 그 녹두가루에 살짝 묻혀' 정도로 해석된다. 따라서 '비저'는 '밍ᄀᆞᆯ-/ᄆᆞᆫᄃᆞᆯ-'에 대응하는 문맥의미를 지닌다.
- 잠간 : 살짝. 이 자료에는 '잠깐'(탹면법 2a, 전화법 3a, 슈어만도 8b, 고기 물로이고 오래 두는 법 9b 등)도 나타난다. '잠간/잠깐'은 '시간적인 기간'을 나타내기보다 '재료의 배합 정도나 익히는 정도가 짧거나 약함'을 나타내는 의미로 쓰인다.

해삼 다루는 법

〔1〕 원문

● ᄒᆡᄉᆞᆷ 달호ᄂᆞᆫ 법

ᄆᆞ른 ᄒᆡᄉᆞᆷ을 노고의 안쳐 아니 ᄊᆞᆯ마 ᄇᆡ 타 소옥을 칼로 ᄶᅬ 글거 퍼러케 씨어 고쳐 ᄊᆞᆯ마 ᄀᆞ장 무ᄅᆞ거든 ᄉᆡᆼ치 진ᄀᆞᄅᆞ 셩이 표고 진이 숑이 ᄌᆞᆺ두드려 호쵸ᄀᆞᄅᆞ 약념ᄒᆞ여 그 ᄇᆡ 소옥의 ᄀᆞᄃᆞᆨ 녀허 실로 가마 노고의 물 붓고 그 우희 그ᄅᆞᄉᆡ 담아 ᄃᆞᆰ 찌ᄃᆞ시 ᄡᅧ내여 실 프러 ᄇᆞ리고 사ᄒᆞ라 쓰라. 물에 그저 ᄊᆞᆯ마 물에 ᄃᆞᆷ가 두고 싸ᄒᆞ라 지령기ᄅᆞᆷ의 쵸ᄒᆞ야 약념ᄒᆞ여도 죠ᄒᆞ니라. 그저 싸ᄒᆞ라 초지령의 ᄎᆡᄒᆞ야 술안쥬ᄒᆞ면 죠ᄒᆞ니라. 즙 타 걸파 녀허 느름이 ᄒᆞ여도 죠ᄒᆞ니라. 함경도 다히ᄂᆞᆫ ᄒᆡᄉᆞᆷ을 ᄆᆞᆯ근 ᄌᆡᆫ물의 니겨 우리워 쓰거니와 데 우리오면 사ᄅᆞᆷ이 상ᄒᆞᄂᆞ니라. ᄂᆡᆺ집흘 싸ᄒᆞ라 ᄒᆞᆫᄃᆡ 안쳐 ᄊᆞᆯ무면 수이 무ᄅᆞᄂᆞ니라. <4a～4b>

〔2〕 현대어역

● 해삼(海蔘) 다루는 법

마른 해삼을 노구솥에 안쳐 푹 삶기지 않았을 때 꺼내어 배를 가르고 속을 칼로 죄 긁어내어 퍼렇게 되도록 씻는다. 이것을 다시 삶아 아주 무르게 되면, 생꿩고기, 밀가루, 석이버섯, 표고버섯, 진이버섯, 송이버섯을 짓두드려 후춧가루로 양념해서 그 배 속에 가득 넣고 실로 감는다. 노구솥에 물을 붓고 그 위에 그릇에 담아서 닭 찌듯이 쪄낸다. 실은 풀어 버리고 썰어서 쓰라.

물에 그냥 삶아서 물에 담가 두고(담가 두었다가) 썰어서 간장기름에 볶아서 양념해도 좋다. 그냥 삶아서 초간장에 양념해서 술안주하면 좋다. 즙을 타서 골파를 넣고 누르미를 해도 좋다. 함경도 쪽에서는 해삼을 맑은 잿물에 익혀 우려서 쓰는데, 덜 우려내면 사람을 상하게 한다. 볏짚을 썰어서 함께 안쳐서 삶으면 쉬 물러진다.

〔3〕 용어 해설

- 힉ᄉᆞᆷ : 해삼(海蔘). 바다에서 나는 극피동물. 몸은 둥근 통꼴이며 오톨도톨한 돌기가 나 있고, 몸빛은 검푸른 갈색 또는 검붉은 갈색을 띤다. 살은 날로 먹고 창자는 젓을 담는다. 사손(沙噀), 토육(土肉), 해서(海鼠)라고도 부른다. <물명고>에 '토육'에 대하여 '뮈'라고 풀이하고, 난상(欄上)에 '方言 뮈 海蔘 힉삼'이라 쓰여 있다. <물보>에도 '뮈'가 보인다. 고유어 '뮈'와 한자어 '힉ᄉᆞᆷ'이 오랫동안 공존하다가 현대국어에 와서 전자가 소멸된 것으로 보인다.
- 달호ᄂᆞᆫ : 다루다. 부리다. 여기서는 '조리하다'의 뜻. 달호- + -ᄂᆞᆫ(관형사형 어미). 참고) ᄇᆡ 달호다(使船)<박통-중 單 4>. ᄆᆞᆯ 달홀 어(馭)<類合 下 22>.
- ᄆᆞᄅᆞᆫ : 마른〔乾〕. 말린.
- 노고의 : 노구(爐口)솥에. 노고 + -의(처격). '노구솥'은 놋쇠나 구리로 만든 솥으로 자유로이 옮겨 다닐 수 있는 작은 것이다. 큰 솥과 별도로 걸고 음식을 익히는 데 쓴다.
- 아니 ᄉᆞᇝ마 : 부정사 '아니'의 위치가 특이하다. 문맥을 보면 '노구솥에 안친 후 아니 삶아 배를 탄다'고 되어 있는데 '아니 삶아'는 '푹 삶지는 아니하고'의 뜻

으로 파악된다. 뒤 이어 '고쳐 쏠마'가 나오는 것은 다시 푹 삶는다는 뜻이다. 한복려(1999 : 84)에는 이 부분을 '오래 삶아서 배를 타서'로 풀이해 놓았는데 문면의 뜻에서 멀어져 버렸다.

- ᄇᆡ 타 : 배를 타서. '타'의 기본형은 'ᄐᆞ-'이다. 'ᄐᆞ-'의 15세기 어형은 'ᄩᆞ-'이다. 참고) 그 ᄃᆞᆰ을 빠<구간 1:56a>. ᄇᆡ롤 ᄩᆞ고< 월석 23:73>. 한편 <동국신속삼강행실도>에는 'ᄩᆞ-'(ᄇᆡ롤 ᄩᆞ니라, 동국신속 烈 4:12b)와 'ᄧᆞ-'(ᄇᆡ ᄧᆞ고, 동국신속 烈 4:1b)가 모두 나타난다.
- 죄 : 모두. 고문헌에서 '죄'는 '모두', '다'의 의미로 쓰이고 있다. 현대어에서는 '모두'라는 의미로 '죄'도 쓰이지만 '죄다'라는 표현이 더 많이 쓰이고 있다. 이는 아마도 '죄'의 의미가 불명확해진 관계로 의미를 명확히 하기 위하여 '다'를 덧붙여 쓴 것으로 보인다. 참고) 죄 두 아ᅀᆞ 주고 ᄒᆞᆫ 것도 두디 아니ᄒᆞᆫ대(悉推與二弟 一無所留)<이륜-초 4>.
- 퍼러케 : 퍼렇게. 15세기에 '-고, -도다' 등이 연결되는 경우에는 '퍼러ᄒᆞ고', '퍼러ᄒᆞ도다'처럼 나타난다. 본문의 '퍼러케'는 이 형용사의 어간이 '*퍼렇-'임을 보여준다.
- 씨어 : 씻어〔洗〕.
- 고쳐 : 다시. '고치-'의 의미가 원래의 뜻에서 전이된 용법을 보여 준다.
- 무ᄅᆞ거든: 물러지거든. '무르-'의 비어두 모음 'ㅡ'는 'ㆍ'의 과도교정형이다. 이 어형은 본디 'ᄆᆞᄅᆞ-'에 원순모음화가 적용된 것이다. 참고) ᄒᆞᆰ 무르다 地酥<物名考 5 土>. 무르다 軟<동문유해 上 62>.
- 진이 : 참버섯〔眞栮〕.
- ᄀᆞ독 : 가득. 형용사 'ᄀᆞ독ᄒᆞ-'의 어근이 부사로 쓰인 어근 부사. 15세기에는 'ᄀᆞᄃᆞ기'가 부사로 쓰였다. 참고) 倉庫ㅣ ᄀᆞᄃᆞ기 넘ᄧᅵ고<석보 9:20>.
- 우희 : 위에. 우ㅎ + -의(처격).
- 사ᄒᆞ라 : 썰어. 사ᄒᆞᆯ-〔割〕 + -아(연결어미). 바로 뒷 문장에는 어두경음화가 실현된 '싸ᄒᆞᆯ-'로 나타난다.
- ᄡᅳ라 : 'ᄡᅳ라'와 '물에' 사이에는 띄어쓰기에 가까운 자간 공백이 있다. 이 공백은 단순히 문장과 문장이 나뉘는 것을 나타내면서 의미 단락(구체적으로는 조리 행위)를 구분해 주는 효과를 가지고 있다. '죠ᄒᆞ니라'와 '그저 싸ᄒᆞ라'의 사이,

그리고 '죠ᄒᆞ니라'와 '즙 타' 사이에도 이런 공백이 있는데, 이들도 동일한 기능을 하는 것으로 보인다.

- 그저 : 그냥, 그대로. '다른 조작을 가하지 않고 그냥'의 의미.
- 쵸ᄒᆞ야 : 볶아서. 초(炒)하여. 이 자료에서 '지령기룸'은 주로 재료를 볶는 데 사용되고 있다. '볶다'의 의미를 나타내는 동사는 '쵸ᄒᆞ-'이며, '식초'를 가리킬 때는 '초'가 사용되었다.
- 최ᄒᆞ야 : 채를 하여. 채로 만들어. '최'는 '여러가지 맛을 섞어 만든 요리'를 뜻한다(남광우, 『이조어사전』 p.693 참조) 참고) 최 졔(虀)<字會-초 中 21>. 『훈몽자회』의 '최' 항에 '擣辛物爲之'라 설명된 내용을 참고하면, '최ᄒᆞ-'는 '재료를 버무려 초지령에 양념하는 것'으로 해석할 수 있다. 이 해석은 '최'가 '양념'의 의미를 가지고 있다는 점도 일관되게 설명해 줄 수 있다.
- 즙 타 : 즙(汁)을 타서. '타'는 'ᄐᆞ- + -아'로 분석된다.
- 걸파 : '걸파'는 달리 문증되지 않으나 현대국어의 '골파'를 뜻하는 것으로 판단된다. '골파'는 밑동이 마늘쪽처럼 붙고 잎이 여러 갈래로 나는 파로, 양념의 재료로 쓰인다. 현대 경상방언에서 '당파' 혹은 '골파, 쪽파'로 쓰인다.
- 느름이 : 누르미. 누름적. 쇠고기 등의 육류나 어패류에 파, 도라지, 동아 등의 채소류와 버섯류, 계란, 두부 등을 버무려 꼬챙이에 꿰거나 그대로 번철에 지진 것에 누름즙을 끼얹은 것. 만드는 재료에 따라 쇠고기 누르미, 계란 누르미, 생선누르미 등이 있다. 『우리말 조리어 사전』(윤숙경) p.46 참조.
- 다히는 : 쪽에서는. 고문헌에서 '다히'는 '쪽, 편'의 의미로 사용되고 있다. 참고) 머리 녀키 크고 발다히 젹게 ᄒᆞ야<家언 5:6>. 님다히 消息을 아므려나 아쟈ᄒᆞ니<松江 16>. 남다히로 가라(南行)<胎要 10>.
- 진물의 : 잿물에. 지(灰) # ㅅ(사이시옷) # 물〔水〕. 사이시옷이 선행체언의 받침으로 되어 'ㄷ'으로 중화된 후 후행 자음 'ㅁ'에 동화되어 'ㄴ'으로 나타났다. 원전에는 '진' 字가 나중에 첨기된 것으로 보인다.
- 데 : 덜. 완전하지 않게. 참고) 孝婦ㅣ 싀어미 효양호믈 데 ᄒᆞ디 아니ᄒᆞ야<번소 9:55>. 이 예의 '데'는 부사적 기능을 한다. 현대국어에서 '데굳다', '데알다', '데되다' 등의 용례가 있고, '데'는 '일이 완전하게 잘 이루어지지 못함'을 뜻하는 부사이다. 부사 '데'가 현대국어에 이르러 접두사화한 것으로 판단된다.

- 샹ᄒᆞᄂᆞ니라 : 해로우니라. 상(傷)하게 되느니라.
- 닛집흘 : 볏짚을. 니〔米〕 + ㅅ # 집〔藁〕 + -을. '니'는 '벼'나 '쌀'을 뜻한다. 현대어 '끼니'(ᄢᅵ+니, 時食)에 그 화석형이 남아 있다. 참고) 니ᄡᆞ리 밥 지ᅀᅳ니 <두해-초 7:38>. 닛딥(稻草)<譯解 下 10>. 니ㅅ집(稻草)<同文 下 26>. 그러나 '時'를 'ᄢᅵ니/ᄣᅵ니'로 번역한 예들도 있다. 참고) 져믄 저근 언마 맛 ᄢᅵ니오(小壯幾時)<두해-중 13:13>, ᄀᆞᄅᆞᇝ 버듨 니피 ᄣᅵ니 아닌 저긔 펫고(江柳非時發)<두해-초 14:24a>. 이런 예로 보면 'ᄢᅵ니/ᄣᅵ니'가 본디 '時'의 의미를 가지고 있었을 가능성도 있다. 좀더 정밀한 논의가 필요한 부분이다.
- ᄊᆞᆯ무면 : 삶으면. 어두 ㅅ의 경음화에 따른 표기. 순자음 뒤의 원순모음화에 의해 '-으면'이 '-우면'으로 표기되었다.

대합

〔1〕 원문

● 대합

ᄭᅡ셔 국의 숫과도 죠코 ᄆᆞ이 씨어 초지령의 회도 죠ᄒᆞ니라. ᄆᆞ이 씨어 제 겁질의 ᄀᆞ득 다마 지령기롬 쳐 파 솜솜 사흐라 노화 노ᄅᆞ게 숫블의 뎍쇠 노코 지지면 ᄀᆞ장 유미ᄒᆞ니라. <4b>

〔2〕 현대어역

● 대합(大蛤 : 대합 구이)

(대합은) 까서 국에 (넣어) 끓여도 좋고 잘 씻어서 초간장에 회도 좋다. 잘 씻어서 제 껍질에 가득 담아서 간장기름을 치고 파를 송송 썰어 넣고, 숯불에 적쇠를 놓고, 노랗게 지지면 아주 맛이 좋다.

〔3〕 용어 해설

- 대합 : 대합. 부족류 백합과의 조개. 바닷가 진흙 모래 속에 산다. 껍데기는 회백갈색에 반문(斑紋)이 있고 매끄러우며, 속살은 희다. 봄에 잡히는 것이 특히 맛이 좋다. 대합조개, 무명조개라 부르기도 한다.
- 싸셔 : (대합을) 까서. 싸- + -아셔. 목적어가 바로 앞의 표제어와 같아서 생략되었다. 참고) 바뮬 삐고(剝栗)<두해-초 7:32>.
- 솟과도 : 솟구어도. 솟- + -고- + -아도. '물이 솟아오르는 모양'을 나타냄으로써, 물이 '끓음'을 표현하는 낱말이다. 참고) 바룴므를 솟고ᄂᆞ니라<법화 1:51>. 피 솟고며<救方 下 34>. 虛空애 솟고고<두해-중 14:9>.
- ᄆᆡ이 : 매우. 심하게. 잘. 정도의 많음 또는 심함을 뜻하는 정도부사. 이 자료에 빈번하게 쓰이는 부사로 역사적으로 'ᄆᆡᄫᆡ'에 소급한다. 참고) 그 각시 티ᄂᆞᆫ 사ᄅᆞᆷᄃᆞ려 닐오ᄃᆡ 엇뎨 ᄆᆡᄫᆡ 아니 티ᄂᆞᆫ다<삼강 烈 9>. 믄득 소리를 ᄆᆡ이 ᄒᆞ야(忽厲聲, 번역소학 10:27). 하시 ᄆᆡ이 ᄭᅮ짓고(河氏奮罵, 동국신속열녀 4:9). 轡走馬 ᄆᆡ이 ᄃᆞᆺᄂᆞᆫ ᄆᆞᆯ<역어유해 下 29).
- 지령기롬 쳐 : 간장기름을 쳐서. '쳐'는 '치- + -어'로 분석된다. 동사어간 '치-'는 현대국어의 '소금을 치다', '기름을 치다'의 '치-'와 같은 뜻이다. 「난탕법」의 "초 쳐 쓰라"와 「웅장법」의 "ᄀᆞᆫ 쳐" 등의 '쳐'도 이와 같다. 이 자료에서 '쳐'는 '처'와 구별되어 쓰인다. '쳐'는 어간 '치-'와 어미 '-어'의 결합형이고, '처'는 어간 'ᄎᆞ-'와 '-어'의 결합형이다. 'ᄎᆞ-'는 '체 따위로 치는' 동작을 가리킨다. 그리고 「삼히쥬」 등에 구멍떡을 만들고 여기에 가하는 조리 동사로 '쳐'가 쓰이는데 이 '쳐'는 '두들기다'는 뜻을 가져 '지령기롬 쳐'의 '쳐'와 의미가 다른 것이다.
- 솜솜 : '송송' 또는 '총총'. 파 · 마늘 · 고추 따위를 엷고 가늘게 써는 동작을 표현한 의태어. 현대국어의 '송송'은 '솜솜'의 변화형일 것이다.
- 노ᄅᆞ게 : 노랗게. '노ᄅᆞᄒᆞ게'에서 'ᄒᆞ'가 탈락된 형태로 생각된다.
- 뎍쇠 : 적쇠. 석쇠. 적을 굽는 조리 도구. 뎍(炙) # 쇠〔鐵〕. '뎍'은 '젹'의 ㄷ구개음화 과도교정형. 참고) 어미 ᄯᅩ 춤새 져글 먹고져커늘<三綱 孝 17>.
- 유미ᄒᆞ니라 : 유미(有味)하니라. 맛이 있느니라.

모시조개탕과 가막조개탕

〔1〕 원문

● 모시죠개 가막죠개

겁질재 씨어 밍물의 쏠마 버러진 재 그 물조차 써 드리ᄂᆞ니라. 일홈을 와각탕이라 ᄒᆞᄂᆞ니라. <4b>

〔2〕 현대어역

● 모시조개탕과 가막조개탕

(모시조개와 가막조개를) 껍질째 씻어서 맹물에 삶아서, 벌어진 채 그 물까지 함께 떠 드린다. 이름은 와각탕이라고 한다.

〔3〕 용어 해설

● 모시죠개 : 대합조갯과에 딸린 바다조개. 길이 5센티미터쯤 되고, 둥근 모양에 갈색빛이며 자잘한 윤맥(輪脈)이 둘려 있다. 서해의 개펄에서 많이 나며, 황합(黃蛤)이라고도 이른다.

● 가막죠개 : 가막조개. 가막조갯과에 딸린 민물조개. 모양은 세모꼴 비슷하되 배가 좀 부르고, 빛깔은 갈색·풀빛 갈색·어두운 갈색 등이며 바탕에 검정 얼룩무늬가 있기도 하다. 거죽은 전체에 가로줄이 둘리고 안은 자줏빛이다. 그런데 이 자료에서 '모시죠개'와 '가막죠개'는 동일한 사물의 이칭으로 쓰인 듯하다. <물보>에 '蜆 모시죠개, 가막죠개'로 함께 풀이되어 있다. <동의보감 탕액편>에 '가막죠개'는 진흙 속에 사는 검은 색 조개를 가리키는 것으로 나와 있다. 현대국어 사전(우리말 큰사전 등)에는 양자를 각각 별도로 기술한 항목이 있고, 두 번째의 뜻으로 모시조개가 가막조개와 같은 것으로 설명되어 있다.

● 겁질재 : 껍질째. 껍질째로. 여기서 접미사 '재'가 문제가 된다. 명사 뒤에서 접미사나 의존명사로 사용되어 '그대로', '전부'의 의미를 표현하는 '재'가 고문헌 자료에 잘 나타나지 않기 때문이다. '자히'(>재)는 서수를 만드는 경우와, 관형사형 어미 뒤에서 '어떤 상태 그대로임'을 표현하는 의존명사로 기능하는 경우가 있다. 각각의 예는 다음과 같다.

* 서수를 만드는 경우 : 세 번재 니르러<불정심경언해 10>. 사ᄒᆞᆺ날재 다시 사라<속삼강 孝 12>. 닐굽잿 미수엔<박통初 上 6>. 둘재ᄂᆞᆫ 고ᄋᆞᆳ 관원의 어딜며<번소 8:21>.

* 의존명사 : 제 모미 누ᄫᅳᆫ 자히 셔 보ᄃᆡ<석보 9:30>. 龍王堀애 안존 자히 겨샤ᄃᆡ<월석 7:52>. 술의예 ᄂᆞ려셔 환도 ᄎᆞᆫ 재 황뎨 뎐에 오르니<삼역 1:13>. 醉커든 머근 재 좀을 드러 醉ᄒᆞ고<청언-원 45>.

서수를 만드는 위의 '재'와 본 '겁질재'의 '재'는 성격이 다른 것으로 보인다. 서수를 만드는 '재'는 'ㅅ', '-ᄂᆞᆫ'과 결합한 예가 근대국어 자료에서 문증되고, 현대국어에서는 조사 '-이/가'나 '-을/를'의 후접이 가능하다. 그러나, '겁질재'와 같은 용법의 '째'(<재)에는 '-로'의 통합이 자연스럽게 느껴진다. 즉, 서수를 만드는 '재'는 조사 통합에 제약이 없는 것으로 볼 때, 명사 상당어구를 이루는 요소임을 알 수 있지만, '겁질재'의 '재'는 조사 통합에 제약이 많은 것으로 보아 부사 형성의 접미사로 파악된다.

● 재 : 채. '어떤 상태 그대로임'을 뜻하는 의존명사.

● 조차 : 함께. '조차'가 명사구에 직접 후접할 때는 현대국어의 특수조사 '-조차'와 동일하지는 않지만 비슷한 의미 기능을 한다. 다만 'ᄒᆞᆫ 술만 조차 녀허(3a)'

와 같은 예에 쓰인 '조차'는 동사 '겸하여' 혹은 부사 '아울러'와 같은 의미 기능을 한다. 이 자료에서 '조차'는 거의 대부분 전자와 같은 용법으로 쓰였다.

● 와각탕 : 조개탕. '와각탕'은 현대국어의 '와가탕'을 가리키는 것으로 판단된다. '와가탕'(-湯)은 '가막조개를 끓인 국'을 말하며, '저합탕'(紵蛤湯)이라고도 한다. 그러나 '와각(蝸角)'은 달팽이의 더듬이를 가리키는 말이다. 현대국어 '와가탕'의 의미와 표기를 기준으로 보면 이 자료의 '와각탕'은 문제가 있다. 여기에 쓰인 '와각탕'은 문맥 의미가 조개탕임은 확실하다. 그리고 이 낱말이 '와각탕'(蝸角湯)이 아닌 다른 한자어를 표기한 것이라고 보기도 어려우므로 17세기 당시에는 '와각탕'이라는 낱말이 '조개탕'을 가리킨 것이라고 볼 수밖에 없다. 현대국어의 '와가탕'은 음편(音便)에 의해 'ㄱ'이 탈락한 것으로 짐작된다.

생포 간수법

〔1〕 원문

● ᄉᆡᆼ포 간ᄉᆞᆺᄂᆞᆫ 법

ᄉᆡᆼ션ᄒᆞᆫ ᄀᆞᆫ 아니 든 ᄉᆡᆼ포ᄅᆞᆯ ᄎᆞᆷ기ᄅᆞᆷ ᄇᆞᆯ라 단지예 ᄀᆞ독이 녀코 ᄯᅩ ᄎᆞᆷ기ᄅᆞᆷ ᄒᆞᆫ 잔을 부어 두면 오래여도 ᄉᆡᆼ ᄀᆞᄐᆞ니라. <4b>

〔2〕 현대어역

● 생포〔生鰒〕 간수법(전복 보관법)

싱싱하고 간이 들지 않은 전복을 참기름을 발라 단지에 가득 넣고, 또 참기름 한 잔을 부어 두면, 오래 되어도 생것 같다.

〔3〕 용어 해설

● ᄉᆡᆼ포 : 전복〔生鰒〕. 생포(生鮑). 참고) ᄉᆡᆼ포 방(蚌). ᄉᆡᆼ포 복(鰒)<字會-초 上 20>. 참고) 石決明 ᄉᆡᆼ포 겁질<물보 介蟲>.

● 간ᄉᆞᆺᄂᆞᆫ : 보관하는. 간수(看守)하는. '간쇼ᄒᆞᄂᆞᆫ'에서 'ᄒᆞ'가 줄면서 'ㆍ'는 탈락하

고 ‘ㅎ’은 ‘ㅅ’으로 표기된 특이한 형태이다. 어형 단축이 일어나는 과정을 보여 주는 좋은 예이다. 간쇼ᄒᆞ는→간숗ᄂᆞᆫ→간숏ᄂᆞᆫ.

- 싕션ᄒᆞᆫ : 싱싱한. 한자어 ‘생선(生鮮)ᄒᆞᆫ’을 표기한 것으로 판단된다. 다만 ‘ㆍ>ㅡ’의 변화가 반영된 표기인지, 아니면 단순한 오기인지 생각해 볼 여지가 있다. 한자음에서 ‘ㆍ>ㅡ’로 되는 경우는 매우 드물기 때문이다.
- ᄀᆞᆫ : 간. 음식물에 짠맛을 내는 소금, 된장, 간장 등을 이른다.
- ᄀᆞᆫ 아니 든 : 간이 들지 않은. ‘ᄀᆞᆫ’이 동사 ‘들-’과 호응하는 점이 색다르다. 참고) 醃 ᄀᆞᆫ 저릴 엄<字會-초 下 6>. ᄀᆞᆫ 틴 외 잇ᄂᆞ니 有鹽瓜兒<노걸初 上 63>. 이 예들에서 ‘ᄀᆞᆫ’과 호응하는 동사는 ‘저리-’와 ‘티-’로 나타나 있다.
- 단지 : 단지. ‘단디’의 ㄷ구개음화형. 이 자료에는 ‘단디’와 ‘단지’가 모두 나타난다. 『훈몽자회』에 “단디 관 罐”, 『왜어유해』에 “단지 관 罐”, 『역어유해보』에 “ᄯᅳᆷㅅ단지 拔火罐”가 보인다.
- 오래여도 : 오래이어도. 오래 되어도. 오래 + 이- + -어도.
- ᄉᆡᆼ : 생(生) 것.

게젓 담는 법

〔1〕 원문

● 게젓 ᄃᆞᆷᄂᆞᆫ 법

게ᄅᆞᆯ 자바 오나ᄃᆞᆫ 이사ᄒᆞᆯ 자브니ᄅᆞᆯ 각각 단지예 녀헛다가 뫼화 ᄒᆞᆫ 단지예 녀코 소곰을 게 열헤 ᄒᆞᆫ 되식 혜여 믈에 녀허 달혀 ᄎᆡ오고 게 녀흔 단디예 믈을 부어 들흔드러 시어 ᄇᆞ리ᄃᆡ 세 볼이 시은 후에 힝혀 죽은 게 잇거든 ᄀᆞᆯ희여 ᄇᆞ리고 사니만 단디예 ᄀᆞ득 녀코 그 소곰믈을 ᄆᆡ지근ᄒᆞ거든 게 ᄌᆞ믈게 부어 그 우희 가랍닙ᄒᆞᆯ 더퍼 돌 지졸러 뒷다가 ᄀᆞᆫ이 ᄡᅳ면 열ᄒᆞᆯ만의 ᄡᅳ고 ᄀᆞᆫ이 되면 수이 닉ᄂᆞ니라. 소곰 무리 너모 더우면 게 닉어 죠치 아니 ᄒᆞ니라. <4b～5a>

〔2〕 현대어역

● 게젓 담는 법

게를 잡아 오거든 잡은 게를 이삼일 (동안) 각각의 단지에 넣었다가 모아서 한 단지에 넣어라. 게 열 마리에 소금이 한 되씩 되도록 헤아려 (소금을) 물에 넣고 달여서 식힌다. 게를 넣어 둔 단지에 물을 부어 세게 흔들어 씻어 버리되 세 번을 씻은 후에, 행여 죽은 게가 있으면 가려서 버리고 산 것으로만 단지에 가득 넣어라. 달인 소금물이 미지근해지면 게가 잠기게 부어 그 위에 가랑잎을 덮어 돌로 눌러 두었다가 간이 묽으면(=싱거우면) 열흘 만에 쓴다. 간이 되면(=농도가 진하면) 빨리 익는다. 소금물이 너무 뜨거우면 게가 익어서 좋지 않다.

〔3〕 용어 해설

- 오나둔 : 오거든. 오-〔來〕 + -나둔(조건의 어미). '오-'〔來〕 뒤에는 조건어미가 항상 '-나둔'이 선택되다가, 근대국어에서 '-거든'으로 대체되었다. 이 자료에서도 '오-'가 '-거든'과 결합하는 예가 있다. 예) 비 오거든 믈을 데여 드딕라(15a). 환경이 조금씩 다르기는 하나 '오거든'의 빈도가 약간 잦다. 『가례언해』에도 '오나둔(오나둔)'과 함께 '오거든'이 쓰이고 있고 『연병지남』에는 '오거든'만 나타난다. 언제부터 '-나둔'이 쓰이지 않게 되었는지에 대해서는 좀 더 고찰할 필요가 있다. '-나둔 > -거든'의 대체를 살핌에 있어 '-나눌 > -거늘'의 변화도 함께 살필 필요가 있다.
- 이사흘 : 이삼일. '이틀#사흘'의 축약형이다. 참고) 大便이 이사올 通티 아니혼 後에사<救急 下 23>. '사나흘'과 같은 어형이 존재하는 사실(『두창경험방』, 『가례언해』)과 함께 '이사흘'의 존재가 드물지만 문헌에서 확인된다.
- 자브니롤 : 잡은 것을. 잡- + -은 # 이(의존명사) + -롤.
- 뫼화 : 모아. 뫼호-〔集〕 + -아. 참고) 쳔량올 만히 뫼호아 두고<석보 9:12>. 몸앳 필 뫼화<月曲 4>. 이 자료에서는 '모호-, 모으-, 모도-'의 어형이 보이지 않는다.
- 열헤 : 열에. 열 마리에. 열ㅎ〔十〕 + -에(처격).
- 치오고 : 차게〔冷〕 하고. 식히고. 이 자료에서 '치오-'는 「강졍법」 등 여러 곳에 등장하는데 '充'의 뜻이 아니라 '使冷'의 뜻으로 쓰인다. 사동접사 '-이-'와 '-오-'가 중첩된 이중사동형이다. ᄎᆞ- + -이- + -오- + -고.

● 들흔드러 : 이 낱말은 두 가지로 분석 · 풀이될 수 있다. 하나는 두 개 동사 어간이 합친 합성동사로 보는 것이다. 즉 '들-[擧] # 흔들- + -어'로 분석하고 그 뜻은 '들고 흔들어'로 파악하는 것이다. 다른 하나는 '들흔들-'을 하나의 동사로 보고 '들-'을 접두사로 분석하는 것이다. 이렇게 보면 그 뜻은 '들고 흔드는 것'이 아니라 흔드는 동작을 강조하는 것 즉 '세게 흔드는' 의미를 표현한 것이 된다. 이런 용법의 '들-'은 '들티다'에서 찾아 볼 수 있다. 위 낱말이 쓰인 문맥을 보면 둘 중 어느 것으로 풀이해도 무방하다. 현대어 해석에서는 전자를 취하였다.

● 시어 : 씻어.

● 세 볼이 : 세 번이나. '볼'은 '불'에 원순모음화가 실현된 형태. 이 자료에서 '불'은 '번'(番)의 의미와 '벌'[件]의 의미로 쓰이는데 이 문맥에서는 전자의 의미가 적당하다. '볼이'의 '이'가 문제이다. 문맥상으로 보아 '이'는 대격 조사가 결합될 환경에 놓여 있다. 그러나 이 자료에서 '불' 뒤에 조사가 실현된 예는 없다. 이 '이'가 단순한 오기가 아니라면 명사 뒤에 붙는 접미사 '-이'일 가능성은 있다. 현대어 번역에서 이 요소를 무시해도 아무 문제가 없다.

● 사니만 : 산 것만. 살-[生] + -ㄴ(관형어미) # 이(의존명사) + -만(보조사).

● 믜지근ᄒᆞ거든 : 미지근해지면. 참고) 들 믜쥬근ᄒᆞ다<譯解 上 50>. 뎌리들 믜쥭근ᄒᆞ여<仁宣王后諺簡>.

● ᄌᆞ믈게 : 잠기게. ᄌᆞ믈- + -게. 이 자료에 'ᄌᆞ믈-/ᄌᆞ몰-' 어간이 쓰이고 있으며, 'ᄌᆞ몰로인'(힉삼젼복)도 보인다.

● 가랍닙흘 : 가랑닢을. 떡갈나무잎을. '가랍'이 '가랑'으로 변하였는데 이 변화를 음운론적으로 설명하기는 어렵다. '가랍' 뒤에 '닢'과 같이 비음이 결합하는 환경에서 'ㅂ'이 비음화된 것이라 할 수도 있으나 'ㅂ'이 'ㅇ'으로 비음화 되는 것은 설명할 수 없다. '가랍'과 '가랑'을 쌍형어로 처리하는 방법이 좋을 듯하다. 참고) 柞 가랍나모<四解 下 38>. 가랍나모 작(柞)<字會-초 上 10>. 가랑나모(柞木)<譯解 下 41>.

● 지졸러 : 눌러서. 타문헌에는 '지즐다', '지즐우다', '지즈리다'와 같은 이형이 쓰이는데 이 자료에서는 어중 모음이 'ㅗ'로 표기된 점이 특이하다. 어간 내부나 어간 경계에서 'ㅡ' 모음이 'ㅜ' 혹은 'ㅗ'로 실현되는 것은 이 자료에 보이는 특징적 현상의 하나이다. 『첩해신어』에도 이런 현상이 보이는데 이는 당시 경상

방언의 음운론적인 특징과 관련된 것일 가능성이 있다.

- 쓰면 : 앞 문장을 보면 소금물에 게를 담그는 것으로 되어 있다. 따라서 이 '간'은 염분 맛을 뜻한다. '간이 쓰다'와 같은 표현이 현대어에는 쓰이지 않는다. 이 문맥에서 '간이 쓰면'은 '간(소금물의 농도)이 묽으면(싱거우면)'의 뜻으로 파악된다. 소금물의 농도가 묽으면 간이 드는 속도가 느리게 될 것이므로 '간이 쓰면'은 '간이 싱거우면'이라는 뜻도 함축한다. 바로 뒤에 이어지는 '간이 되면'은 이와 반대로 '간(소금물의 농도)이 진하면'이라는 뜻을 함축한다. 한편 문헌에서도 '느리다'의 의미로 쓰인 '쓰다'의 예가 있다. 2b의 '쓰게'는 '불땀이 약하게' 혹은 '불길이 느리게'라는 뜻으로 쓰였다. 참고) 쓴 브레(熳火)<救簡 6:89>. '간이 쓰면'의 '쓰-'에도 농도가 묽으면 간이 배는 속도가 느림을 함축하고 있다.
- 더우면 : 뜨거우면. 이 문맥에서 '더우-'는 '덥-'〔暖〕의 의미가 아니라 '뜨겁-'〔熱〕의 의미이다. 이 자료에서 두 의미 모두 실현되는데 이는 중세국어의 용법이 그대로 유지되는 것이다.

〔1〕 원문

● 약게젓

게 쉰 마리만 ᄒᆞ거든 젼지령 두 되 ᄎᆞᆷ기름 ᄒᆞᆫ 되예 ᄉᆡᆼ강 호쵸 쳔쵸 교합ᄒᆞ여 ᄧᆞ게 달혀 씨기고 게ᄅᆞᆯ 조히 시어 이트리나 주우리거든 그 국의 ᄃᆞᆷ가 닉거든 쓰ᄂᆞ니라. <5a>

〔2〕 현대어역

● 약게젓

게가 쉰 마리 정도이면 진간장 두 되, 참기름 한 되에 생강, 후추, 천초를 교합(交合)하여 짜게 달여서 식히고, 게를 깨끗이 씻어 이틀 정도 굶겨서 그 국에 담가 익으면 쓴다.

〔3〕 용어 해설

● 약게젓 : 게를 이틀쯤 굶겼다가 진간장에 참기름, 생강, 후추, 천초를 넣고 달여 익힌 것.

- -만 ᄒᆞ거든 : -쯤 되거든.
- 젼지령 : 진간장. 오래 묵어서 진하게 된 간장. 줄여서 '진장'이라 부르기도 한다. 앞 항목에 나온 '젼국장'(물을 타지 않은 순 장물)과 같은 뜻으로 짐작된다.
- 교합ᄒᆞ여 : 함께 섞어. 교합(交合)하여.
- 씨기고 : 식히고. '시기-'의 어두 경음화형. '시어'〔洗〕가 '씨어'로 표기된 것과 같은 변화이다. 참고) 노올압 지예 구어 닉거든 내야 시겨(熱火灰中煨令熱出停冷) <救簡 2:13>.
- 주우리거든 : 굶주리거든. 여기서는 '굶겨서'의 뜻. 주우리-〔飢〕 + -거든. 문헌 자료에는 '·주리-', ':주으리-', '주·우리-'가 나타나는데 방점 표기에 차이가 있다. 현대국어의 운소를 고려하면 이 동사의 첫 음절에 음장이 있었음이 확실하다.

별탕

〔1〕 원문

● 별탕 쟈라ᄀᆡᆼ이라

ᄆᆞᆯ발만ᄒᆞᆫ 연ᄒᆞᆫ 쟈라 몬져 머리ᄅᆞᆯ 버혀 피ᄅᆞᆯ 내고 ᄭᅳᆯᄂᆞᆫ 물로 글그며 희여케 시어 다시 파와 전국쟝의 믈 부어 달혀 닉거든 그저야 쓰저 오미 ᄀᆞ초와 ᄉᆡᆼ강 쳔쵸 호쵸 염초쟝을 ᄒᆞᆫᄃᆡ ᄀᆞ늘게 ᄀᆞ라 ᄒᆞᆫ 시만 ᄒᆞ야 마시 들거든 ᄆᆞᆯ근 즙의 달혀 연커든 먹으라. ᄯᅩ 쟈라ᄅᆞᆯ 자바 사니로 ᄭᅳᆯᄂᆞᆫ 소ᄐᆡ 녀허 닉거든 나여 쓰저 ᄀᆞ장 조히 시어 다시 지령기ᄅᆞᆷ의 믈 부어 ᄭᅳᆯ혀 ᄉᆡᆼ강이나 건강이나 호쵸 쳔쵸 초 파 약념ᄒᆞ여 먹으라. <5a>

〔2〕 현대어역

● 별탕(鼈湯 : 자라탕 만드는 법)

말발〔馬足〕만한 연한 자라를 먼저 머리 베어 피를 내고, 끓는 물로 긁어서 허옇게 씻어라. 다시금 파와 진국장에 물 부어 달여서 익거든 그제서야 찢어 오미(五味)를 갖추어 생강 · 천초 · 후추 · 염초장을 한데 가늘게 갈아, 얼마쯤 두었다가 맛이 들면 맑은 즙에 달여 연해지거든 먹으라.

또 자라를 잡아 산 것으로 끓는 솥에 넣어 익거든 꺼내어 찢어 매우 깨끗이 씻어, 다시 간장 기름에 물 부어 끓여 생강이나 건강이나 후추, 천초, 식초, 파로 양념하여 먹으라.

〔3〕 용어 해설

- 쟈라ᄀᆡᆼ : 갱(羹)은 '나물국'이므로 「별탕」(鼈湯)은 '자라 나물국'으로 풀이할 수 있다. 그러나 나물이 들어간다는 내용이 없으므로 '자라탕'이라고 보면 되겠다.
- ᄆᆞᆯ발만ᄒᆞᆫ : 말의 발만한. ᄆᆞᆯ〔馬〕 # 발〔足〕 + -만ᄒᆞᆫ.
- 희여케 : 허옇게. 희〔白〕 + -어(연결어미) + ᄒᆞ- + -게. 이러한 분석은 양슉편에 나오는 '희여ᄒᆞ거든'에 의해 뒷받침된다.
- 젼국쟝의 : 진국장에. '젼국'은 군물을 타지 않은 순액(純液)으로 '진국'이라 부르는 것이다. '젼국쟝'은 순액의 간장물을 의미한다.
- 그저야 : 그제야. 그제사. '그저야'는 석보상절의 '그제ᅀᅡ'을 기준으로 설명될 수 있다. 그제ᅀᅡ>그제아~그저야. '그제아~그저야' 간의 교체는 '제'의 'ㅔ'가 이중모음일 때 가능한 것이다. 하향 이중모음의 활음 'j'가 음절 경계에서 뒷 음절에 유동적으로 소속되었음을 보여 주는 예이다. 이 자료에는 '그저야(10b)'만 보인다. 「두창경험방」, 「태산집요」 등에 '그제야'가 보이고, 「박통사」 상권에 '그제아'가 나타난다.
- 오미 : 다섯 가지 맛〔五味〕. 단맛, 쓴맛, 신맛, 짠맛, 매운맛.
- 염초 : 박초(朴硝)를 개어 만든 약. '박초'는 초석을 한 번 구워서 만든 약재로 오줌을 잘 내리게 한다.
- ᄒᆞᆫ 시만 ᄒᆞ야 : 한 시(時) 정도 하여. 한 때〔時〕 정도 지나서. 'ᄒᆞᆫ 시'는 자시(子時), 축시(丑時), 인시(寅時) 등의 한 단위를 가리키는 것으로 볼 수 있으므로 이 문맥에서는 2시간 정도를 뜻하는 것으로 볼 수 있다.
- 연커든 : 연해지거든. 연(軟)ᄒᆞ- + -거든.
- 사니로 : 산 것으로. 산 채로. 사- + -ㄴ # 이(의존명사) + -로.

- 나여 : 내어〔出〕. '내-'의 하향 중모음이 뒷 음절로 가서 실현된 예이다.
- 건강 : 마른 생강〔乾薑〕.

붕어찜

〔1〕 원문

● 붕어찜

붕어롤 등을 ᄐᆞ고 쳔쵸 싱강 파 기롬의 된쟝 걸러 진ᄀᆞᄅᆞ 즙ᄒᆞ야 ᄀᆞ톡 녀허 듕탕ᄒᆞ 찌면 ᄀᆞ장 유미ᄒᆞ니라. <5a～5b>

〔2〕 현대어역

● 붕어찜

붕어의 등을 가르고 천초, 생강, 파, 기름에 된장을 걸러, 밀가루에 즙하여 가득 넣고 중탕하여 찌면 아주 맛이 좋다.

〔3〕 용어 해설

- ᄐᆞ고 : 타고〔破〕. 째어서 가르고.
- ᄀᆞ톡 : 가득. 'ᄀᆞ독'의 오기로 짐작된다. 그렇지 않다면 'ᄀᆞ톡'은 'ᄀᆞ독'의 유기음화형이라 할 수 있고, 당시 방언이나 개인어의 특징을 반영한 것으로 볼 수 있

다. 참고) ᄀᆞ득(2b, 4b, 슈증계), ᄀᆞ득이(3b, 4b, 개장).

- 듕탕ᄒᆞ : 중탕(重湯)하여. 어미 '-야'가 누락된 표기. 다음 페이지로 넘어가는 곳이어서 '-야'의 표기가 빠졌다.

대구껍질 느름

〔1〕 원문

● 대구겁질 느ᄅᆞ미

대구겁질 물레 ᄃᆞᆷ가 ᄲᆞ라 비ᄂᆞᆯᄭᅴ 업시 ᄒᆞ여 약과마곰 사ᄒᆞ라 셩이 표고 진이 숑이 ᄉᆡᆼ치ᄅᆞᆯ ᄎᆡ소도곤 ᄌᆞᆯ게 ᄡᅩ아 호쵸 쳔쵸ᄀᆞᄅᆞ 약념ᄒᆞ야 겁질 싸ᄒᆞᆫ ᄃᆡ 싸 진ᄀᆞᆯᄅᆞᆯ 무레 프러 ᄀᆞ을 부쳐 물에 ᄊᆞᆱ마 ᄉᆡᆼ티즙 진ᄀᆞᄅᆞ 타 걸파 녀허 만나게 즙ᄒᆞ야 느ᄅᆞᆷ이 ᄒᆞ면 ᄀᆞ장 유미ᄒᆞ니라. <5b>

〔2〕 현대어역

● 대구껍질 느름(대구껍질 누르미)

대구껍질을 물에 담가 씻어 비늘기가 없게 하여 약과만큼 썰어 놓아라. 석이버섯, 표고버섯, 참버섯, 송이버섯, 꿩고기를 채소보다 잘게 다져 후추와 천초 가루로 양념하여 썰어 둔 대구껍질에 넣은 후, 밀가루를 물에 풀어 가장자리를 붙여서 물에 삶아 꿩고기즙과 밀가루를 타서, 골파를 넣고 맛있게 즙을 내어 느름이를 만들면 아주 맛이 좋다.

〔3〕 용어 해설

- 물레 : 물에. 어중에 'ㄹ'이 중철된 표기. 참고) 무레<대구겁질 느ᄅᆞ미, 대구겁질 ᄎᆡ, 과하쥬, 쇼쥬>.
- 이 자료에서는 '씻다'를 뜻하는 동사는 '싯다' 이외에도 '섈다'로도 표현된다. 그런데 문제는 '섈다'로 나타나는 경우 그것에 정확하게 대응되는 현대어가 없어 편의상 '씻다'로 풀이해 두었다. 그러므로 엄밀히 말해 현대어역에서 '씻다'로 했지만 '싯다'의 의미와는 구별된 것으로 보인다. 생선 껍질을 씻는 경우, 보통의 음식 재료를 씻을 때보다 씻는 강도나 세기가 더 강함을 나타내기 위해 '섈다'가 쓰인 것이다.
- 비ᄂᆞᆯ씌 : 비늘기. 비늘 기운. 비ᄂᆞᆯ + 기(氣). 비ᄂᆞᆯ#ㅅ#긔.
- ᄎᆡ소도곤 : 채소보다. ᄎᆡ소(菜蔬) + -도곤(비교의 보조사).
- ᄀᆞ을 : (둘레의) 끝을. 가장자리를. ᄀᆞᇫ〔邊〕 + -을. 'ᄀᆞ'는 어간말 자음 'ㅿ'이 탈락된 변화형.
- 싱티즙 : 꿩고기즙〔生雉汁〕.
- 만나게 : 맛나게. 맛있게. '맛'의 어말 'ㅅ'이 후행 'ㄴ'에 비음동화된 표기.

대구껍질채

〔1〕 원문

● 대구겁질ᄎᆡ

대구겁질을 비ᄂᆞᆯ 업시 ᄆᆞ이 섀라 무레 ᄉᆞᆱ마 ᄀᆞᄂᆞ리 싸흐라 셩이 바솨 ᄀᆞ치 싸흐라 ᄃᆞᆫ지령의 걸파 녀허 ᄎᆡ 메워 초 노하 쓰라.

대구겁질을 그리 섀라 ᄊᆞᆱ마 파ᄅᆞᆯ ᄒᆞᆫ 치식 싸ᄒᆞ라 그 겁질의 두로 ᄆᆞ라 초지령의 진ᄀᆞᄅᆞ 즙ᄒᆞ여 ᄭᅳᆶ혀 초 노화 ᄡᅳ라. <5b>

〔2〕 현대어역

● 대구껍질채(대구껍질 무침)

대구껍질을 비늘이 없도록 매우 씻어 물에 삶아 가늘게 썰어, 석이버섯을 부수어 넣고 함께 썰어, 단간장에 골파를 넣어 채 썰어 놓은 곳에 양념을 채워 식초를 넣어 쓰라.

대구껍질을 그렇게 씻어 삶아 파를 한 치씩 (길이로) 썰어 그 껍질에 둘러 말아 초간장에 진가루(밀가루)로 즙하여 끓여 초를 놓아 쓰라.

〔3〕 용어 해설

- 쌔라 : 빨아〔洗〕. 여기서는 '씻어'의 뜻.
- 바솨 : 부수어. 잘게 찧어. 바소- + -아. 이 '바소-'는 중세의 'ᄇᆞᅀᆞ-'의 변화형이다. 현대국어의 '부수-'는 'ᄇᆞᅀᆞᆯ다'(구급간이방)의 'ᄇᆞᅀᆞ-'와 연관되는 것으로 보인다. 현재 경상방언에서는 어두의 'ㅂ'이 경음화된 '빠솨'(~빠사)로 실현된다.
- ᄀᆞ치 : 함께. 이 자료에서는 '함께'의 의미로 '조차'도 많이 쓰인다. 이때의 '조차'는 후치사화한 경우도 있고 그렇지 않은 것으로 생각되는 예도 있다. 현대 경북방언에서는 '함께'의 의미로 '같이'가 많이 쓰이고 있다.
- 싸흐라 : 썰어서. '-라'는 연결어미로 봄이 합당하다.
- ᄃᆞᆫ지령 : 단간장(맛이 단 간장). '지령'은 간장물의 방언형.
- 칰 : 채. '칰'는 여러 가지 재료를 섞어 버무린 것을 뜻한다. (남광우, 『이조어사전』 p.693 참조) 참고) 칰 졔(齏)<字會-초 中 21>.
- 메워 : 메워. '칰 메워'의 정확한 의미는 미상이나, '메우-'는 '채우-'의 의미로 여겨진다. '칰를 메운다'는 것은 '갖은 양념으로 버무린 것을 넣어' 정도로 파악된다. 간략히 말한다면 '갖은 양념을 버무려'라 할 수 있다.
- 문단 나누기를 한 이유는 원문에도 이 부분에서 띄어쓰기가 되어 있기 때문이다. 이처럼 하나의 음식 만들기 도중에 때때로 띄어쓰기가 되어 있는 경우가 있는데, 이는 한 음식을 만드는 방법을 따로따로 제시해 둔 것으로 보인다. '대구겁질칰'의 경우에도 '대구겁질칰'를 만드는 방법은 두 가지로 하나는 이 앞에서 언급했듯이 대구껍질과 석이 버섯을 각각 썰어 놓고 거기에 걸파를 넣은 간장으로 양념을 하여 식초를 곁들인 것이고 나머지 하나는 지금 시작하는 문단에서 설명하는 방법으로 삶은 대구껍질에 파를 말아서 초간장에 곁들이는 것이다.
- 두로 ᄆᆞ라 : 두루 말아. 둘러 말아. 이 문맥에서 '두로'는 '두루'〔周〕의 뜻으로 쓰인 것이 아니다. 즉 '두루두루 만다'는 의미가 아니라 '둘러서(감아서) 만다'는 의미로 쓰였다. 한편 이 때의 '두로'는 '두루'의 변화형이며, 이 자료의 특징인 'ㅡ, ㅜ→ㅗ'가 실현된 것으로 볼 수 있다. 'ㅜ→ㅗ'의 예로 '두로 무쳐'(9a)가 있다. 또 '두르고'가 '두로고'(10b)로 실현되는 것도 같은 음운 현상이 적용된 예이다. 이 자료에서는 '두루'가 보이지 않는다.

꿩고기 김치법

〔1〕 원문

● ᄉᆡᆼ치 팀ᄎᆡ법

외 ᄀᆞᆫ 든 지히 겁질 벗겨 소옥 아사 ᄇᆞ리고 ᄀᆞᄂᆞ시 ᄒᆞᆫ 치 기릐마곰 도독〃〃ᄒᆞ게 싸ᄒᆞ라 물 우리워 두고 ᄉᆡᆼ치ᄅᆞᆯ ᄉᆞᆱ마 그 외지히ᄀᆞᆺ치 싸ᄒᆞ라 드슨 물 소곰 알마촘 녀허 나박팀ᄎᆡᄀᆞᆺ치 ᄃᆞ마 싸겨 쓰라. <5b>

〔2〕 현대어역

● 꿩고기 김치법(生雉沈菜法)

간이 든 오이지의 껍질을 벗겨 속을 제거해 버리고, 가늘게 한 치 길이 정도로 도톰도톰하게 썰어라. (오이지의 간 든) 물을 우려내 두고, 꿩고기를 삶아 그 오이지처럼 썰어서 따뜻한 물과 소금을 알맞게 넣어 나박김치처럼 담가 삭혀서 쓰라.

〔3〕 용어 해설

- 싱치 팀ᄎᆡ법 : 꿩고기를 넣은 김치 담는 법〔生雉沈菜法〕. 싱치(生雉) # 팀ᄎᆡ. ‘팀ᄎᆡ’는 ‘침채’(沈菜)의 한자음을 그대로 표기한 것이고, ‘딤ᄎᆡ’는 속음을 표기한 것이다. 현대어 ‘김치’는 다음과 같은 과정을 거친 것이다. 딤ᄎᆡ>딤츼(ㆍ>ㅡ)>짐츼(ㄷ>ㅈ구개음화)>짐치(ㅢ의 단모음화)>김치(ㄱ구개음화의 과도교정). 참고) 팀ᄎᆡ 조(葅)<倭 上 47>. 팀ᄎᆡ<小언 1:7>. 침ᄎᆡ(醃菜)<譯語補 31>. 침ᄎᆡ(醃菜)<同文 下 4>. 딤ᄎᆡ 져(葅)<類合 上 30>. 짐ᄎᆡ(菹)<痘經 13>. 김ᄎᆡ 或曰細切曰虀全物曰菹<柳物 三草>. 져리 김칠망정 업다말고 너여라<青大 p.67>.
- 지히 : 지. 짠지. ‘디히’의 구개음화형. 참고) 長安앳 겨ᅀᅳᆳ 디히는 싀오 ᄯᅩ ᄑᆞᄅᆞ고<두해-초 3:50>.
- 아사 : 제거하여. 앗-〔奪〕 + -아. ‘아ᇫ-’이 이 자료에서는 ‘아사’로만 실현된다.
- ᄀᆞᄂᆞ시 : 가늘게. 이 자료에서는 ‘ᄀᆞᄂᆞ리’도 쓰인다. ‘ᄀᆞᄂᆞ리’는 ‘ᄀᆞᄂᆞᆯ-’에 부사화접사 ‘-이’가 결합된 형태며, 이에 비추어 보면 ‘ᄀᆞᄂᆞ시’는 어간 ‘ᄀᆞᆽ-’에 부사화접사 ‘-이’가 결합한 어형으로 추정된다. ‘ᄀᆞᆽ다’는 문증되지 않으나 여기에서 파생된 것으로 보이는 ‘ᄀᆞᆽ브다’가 문헌에 나타난다. 참고) 그 ᄉᆞᄅᆞᆷ이 肥大ᄒᆞ면 뵈 幅을 조차 느르게 ᄒᆞ고 여외여 ᄀᆞᆽ브거든 幅을 조차 좁게 ᄒᆞᆯ디니<가례 1:43>.
- 도독도독ᄒᆞ게 : 조금 두껍게. 도톰도톰하게.
- 물 : 물을. ‘물’ 뒤에 대격조사 ‘-을’이 생략된 것으로 본다. 문맥 의미의 흐름으로 보아 이 ‘물’은 그냥 물이 아니라 ‘간이 든 오이즙물’이다.
- 우리워 : 우려. 물에 담가 맛 · 빛깔 · 진액 따위를 빼내다. 문맥상 ‘물 우리워’는 ‘간이 든 오이지의 소금기를 우려내서’라는 뜻이다.
- 드ᄉᆞᆫ : 따뜻한. 현대 경상방언의 ‘뜨시-’는 여기서 변화한 낱말이다. 참고) 드ᄉᆞᆫ 술의 ᄉᆞᆷᄭᅵ고<胎要 3>.
- 드ᄉᆞᆫ 물 소곰 알마촘 녀허 : 따뜻한 물과 소금을 일맞게 넣어 두고. 이 때 따뜻한 물과 소금을 넣는 곳은 삶은 생치이다. ‘물’ 뒤에 접속조사 ‘-과’가 생략된 것으로 보인다.
- 알마촘 : 알맞게. 참고) 알마초 부리다<漢淸 439c>. 갑 알맛다<譯語補 37>.

- 나박팀치 : 나박김치. 무를 네모지게 썰어서 절인 것에 고추, 파, 마늘, 생강을 넣고 국물을 부어 거의 익을 때에 미나리 따위를 썰어 넣은 김치.
- 싸겨 : 삭혀. 삭-[醱酵] + -이-(사동접사) + -어. '싸겨'는 어두경음화가 일어난 어형으로 '씨어', '씨겨' 등과 같은 것이다. 당시의 경북 북부방언에 이러한 어두경음화 현상이 활발했음을 증명해 준다.

꿩고기 잔 짠지

〔1〕 원문

● 싱치 ᄌᆞᆫ지히

외지히 겁질 벗겨 ᄀᆞᄂᆞ리 져ᄅᆞ게 사ᄒᆞ라 싱치도 그리 사ᄒᆞ라 지령 기름의 봇가 쳔쵸 호쵸 약념ᄒᆞ여 ᄡᅳᄂᆞ니라. <5b～6a>

〔2〕 현대어역

● 꿩고기 잔〔細〕 짠지

오이지의 껍질을 벗겨 가늘고 짧게 썰고, 꿩고기도 그렇게 썰어서 간장 기름에 볶아 천초와 후추로 양념하여 쓴다.

〔3〕 용어 해설

● 싱치 ᄌᆞᆫ지히 : 꿩고기를 넣은 가는 짠지. 'ᄌᆞᆫ 지히'의 'ᄌᆞᆫ'은 'ᄌᆞᆯ-'〔細〕의 관형형일 것이다. '싱치 ᄌᆞᆫ 지히'는 잘게 썬 오이지에 꿩고기를 넣어 만든 짠지이다. 그러나 이곳의 'ᄌᆞᆫ'이 '짠지'의 '짠'에 대응하는 것은 아니다. '짠지'의 '짠'은

'짜다'〔鹽〕의 관형형이다.

- 외지히 : 오이지. 오이짠지.
- 져ᄅᆞ게 : 짧게. 중세국어 '뎌ᄅᆞ-'의 ㄷ구개음화형이다. 한청문감에 '져르다'가 보인다.

꿩고기 짠지

〔1〕 원문

● 싱치지히

외지히ᄅᆞᆯ 소옥 아사 ᄇᆞ리고 겁질 벗기디 말고 ᄀᆞ장 도독〃〃 싸ᄒᆞ라 더운 믈의 쌜고 싱치 그리 외ᄀᆞ치 도렷〃〃ᄒᆞ게 사ᄒᆞ라 지령기ᄅᆞᆷ의 봇가 다마 두고 �쓰면 여러 날이라도 변치 아니ᄒᆞ여 졈〃 마시 나ᄂᆞ니라. <6a>

〔2〕 현대어역

● 꿩고기 짠지

오이지의 속을 없애 버리고 껍질을 벗기지 말고 아주 도톰도톰하게(조금 두껍게) 썰어 더운 물에 씻어라. 꿩고기도 그렇게 오이지같이 동글동글하게 썰어서 간장기름에 볶아 담아 두고 쓰면 여러 날이라도 변하지 않아 점점 맛이 난다.

〔3〕 용어 해설

- 싱치지히 : 꿩고기를 넣은 짠지.
- 소옥 : 속. 이 낱말이 가진 장음(長音)이 표기에 반영된 결과 이음절로 표기되었다. ‘솝’에서 어간말 p～k 교체가 일어난 것이다.
- 도독도독ᄒᆞ게 : 도톰하게. 약간 두껍게. 약간 볼록하게. cf. 두둑하다.
- 싸ᄒᆞ라 : 썰어서. 이 자료에는 ‘싸ᄒᆞᆯ다’와 ‘싸흘다’, ‘사ᄒᆞᆯ다’와 ‘사흘다’가 모두 보인다. 이들은 어두경음화 현상과 비어두에서 ‘ ᆞ’와 ‘ㅡ’간의 혼동으로 인한 이표기이다. 한편 다른 17세기 문헌에는 ‘써흘다’, ‘빠ᄒᆞᆯ다’, ‘뻐흘다’ 등도 나타나고 있다.
- 싱치 그리 : 생치도 그렇게.
- 도렷도렷ᄒᆞ게 : 약간 두껍게. 약간 볼록하게. 동글동글하게. 옛 문헌에서 ‘도렷-’은 ‘둥글-’〔圓〕의 뜻으로 쓰였다. 그러나 여기에서는 ‘도독도독하게 썬 외와 같이 도렷도렷하게 썬다’고 했으니, ‘도렷도렷ᄒᆞ-’와 ‘도독도독ᄒᆞ-’는 그 의미가 동일한 것으로 이 문맥에서 사용되었다고 판단된다. 이런 점을 고려하여 이 문맥의 ‘도렷도렷ᄒᆞ-’의 뜻을 ‘약간 두껍게’ 혹은 ‘약간 볼록하게’로 파악한다. 참고) ᄆᆡ햇 비체 도렷ᄒᆞ고<두해-중 3:30>. 이스릐 도려오ᄆᆞᆯ<두해-초 15:20>. 環ᄋᆞᆫ 도렫ᄒᆞᆫ 구스리오<능엄 2:87>.

〔1〕 원문

● 별미

암ᄃᆞᆰ 두 마리과 셩히 ᄆᆞ른 대구 세 마리ᄅᆞᆯ 머리ᄲᅧ지히 ᄒᆞᆫᄃᆡ 녀허 ᄆᆡᆼ믈의 고타가 젼지령 ᄒᆞᆫ 되 ᄎᆞᆷ기ᄅᆞᆷ ᄒᆞᆫ 되 ᄉᆡᆼ강 호쵸 쳔쵸 교합ᄒᆞ야 승겁게 타 다시 고ᄒᆞᄃᆡ ᄲᅧ 녹도록 고하 함담이 맛고 다 프러지거든 눅으며 되기ᄅᆞᆯ 묵 ᄒᆞᄃᆞ시 놋그ᄅᆞᄉᆡ 펴 시기면 얼의거든 술문 고기 빗ᄃᆞᆺ 열게 ᄢᅦ저 초지령의 먹ᄂᆞ니라. 믈을 만이 ᄒᆞ여 고ᄒᆞᄃᆡ 물이 업서 가거든 더 부어 극히 ᄭᅩᄒᆞ야 ᄲᅧ쳣거ᄉᆞ란 주어 ᄇᆞ리고 ᄡᅳᄃᆡ 기ᄅᆞᆷ ᄒᆞᆫ 되 너모 만ᄒᆞ니 짐쟉ᄒᆞ여 녀허 ᄒᆞ라. <6a>

〔2〕 현대어역

● 별미(닭 · 대구편)

암탉 두 마리와 온전히 마른 대구 세 마리를 머리뼈까지 한데 넣어 맹물에 고으다가 진간장 한 되, 참기름 한 되, 생강, 후추, 산초를 섞어 싱겁게 타서 다시 고으라. 뼈가 녹도록 고아서 간이 알맞고 다 풀어지거든 눅으며 되기(→반죽의 정도)를 묵 하듯이 하여 놋그릇에 퍼 식혀 엉기거든 삶은 고기를 뻬지듯 엷게 삐져 초간장을 찍어 먹는다. 물을 많이 해서 고되, 물이 줄어들면 더 부어 매우 고아 뼈와 같은 것들은 주워 내버리고 쓰라. 참기름 한 되는 너무 많으니 짐작해서 만들어라.

〔3〕 용어 해설

- 별미 : 명칭은 '별미'(別味)이지만 조리법의 내용을 보면 닭과 대구를 넣어 고아 조린 후 그것을 묵처럼 만들어 초간장에 찍어 먹는 요리이다. 한복려(1999 : 87)에는 이 요리를 '족편'이라 하였다.
- 암ᄃᆞᆰ : 암탉. '암ㅎ # ᄃᆞᆰ'의 합성어임에도 '암ᄐᆞᆰ'으로 표기되지 않았다.
- 셩히 : 온전히. 부러진 곳 없이 완전히.
- 머리ᄲᅧ지히 : 머리뼈까지. 언해문에서 '이르도록', '까지'의 뜻으로 '지히'가 쓰였는데, 한문 원문의 '至'를 번역하는 데 사용한 것으로 보아 한자 '至'에 부사화 접미사 '-히'가 결합되어 '지히'가 생성된 것으로 보인다. 참고) ᄒᆞᆫ 服애 열 다ᄉᆞᆺ 丸으로 스믈 丸지히 空心애 茅根湯을 글혀 ᄂᆞ리우라(每服十五丸至二十丸空心煎茅根湯下)<救簡 上 69>.
- 뮝믈의 : 맹물에. 뮝믈 + -의(처격). 이 자료에 'ᄆᆡᆫ믈'은 보이지 않으나 'ᄆᆡᆫ물'(9a), 'ᄆᆡᆼ물'(2b)이 나타난다. 첫음절의 말음에 'ㄴ'과 'ㅇ'이 공존하고 있는 모습을 보여 준다. '뮝믈'은 'ᄆᆡᆫ믈'<救簡 3:105>의 변화형인데 몇 가지 변화를 겪은 어형이다. 어두의 'ㆍ'가 'ㅡ'로 변한 후 원순모음화가 적용되었으며, 첫 음절의 말음 'ㄴ'이 'ㅇ'으로 변화한 것이다. 후자의 변화는 음운론적으로 설명하기 어려운 점이 있다.
- 고타가 : 고다가. '곻- + -다가'의 축약형. '곻-'은 '고ᄒᆞ-'에서 비롯된 것으로 보인다. 현대의 경북방언에도 '꽇다'가 쓰인다.
- 승겁게 : 싱겁게. 고형은 '슴겁-'이다. 슴겁->승겁-(연구개 비음동화)>싱겁-(전설고모음화).

● 함담이 : 짜고 싱거움이. 함담(鹹淡) + -이(주격).

● 눅으며 되기 : 눅거나 된 정도. 밀가루 따위의 반죽이 되어 있는 상태. ‘눅으며 되기’는 ‘높낮이’식의 척도를 표현하는 복합 구성으로 ‘반죽의 정도’를 나타낸다. ‘놉ᄂᆞ지’<신증유합 下 41> 혹은 ‘놉ᄂᆞᆽ가ᄫᆡ’<월석 2:40>와 같은 척도명사는 15, 16세기 문헌에 이미 나타나므로 그 형성의 기반이 되는 어형은 그 이전부터 있었을 것이다. 그러나 ‘*눅되-’와 같은 어형은 보이지 않는다. 이는 사용 빈도상 높이의 정도만큼 반죽의 정도를 나타낼 일이 많지 않기 때문이다. 여기서는 ‘눅으며 되기’로써 ‘반죽의 정도’라는 어휘적 의미를 획득한 것으로 보인다.

● 묵 : 도토리, 녹두, 메밀 따위를 갈아 앙금을 되게 쑤어 굳힌 음식.

● 놋그ᄅᆞ싀 : 놋그릇에. 놋그ᄅᆞᆺ + -의(처격). 참고) 놋(鍮鐵)<同文 下 23>. 靑銅놋 <柳物 五 金>.

● 얼의거든 : 엉기거든. 어리거든. 얼의-〔凝〕 + -거든. 참고) 凝은 얼읠씨라<月釋 2:21之2>.

● ᄉᆞᆯ문 : 삶은. ᄉᆞᆱ-〔烹〕 + -은(관형사형 어미). 어간의 말음 ‘ㅁ’ 아래서 매개모음 ‘ᄋᆞ’가 ‘우’로 원순모음화된 형태.

● 고기 빗ᄃᆞᆺ : 고기를 삐지듯. 바로 뒤에 나오는 ‘ᄢᅵ저’로 보아 어간을 ‘ᄢᅵᆽ-’(<빗-)으로 잡을 수 있다. 현대 국어에 ‘삐지다’라는 낱말이 있고 그 뜻은 ‘칼 따위로 물건을 얇고 비스듬히 잘라내다’(『우리말 큰사전』, 한글학회)이다. 여기서도 같은 뜻이다.

● ᄢᅵ저 : 삐져. 원문에서 ‘ᄢᅵ저’인지 ‘비저’인지 쉽게 확인하기 어렵다. 중세문헌에서 ‘빗-’은 확인되나 ‘ᄢᅵ-’가 보이지 않는다. 그러나 이 자료의 7b에 ‘ᄢᅵ저도’가 나타나므로 이와 같이 읽었다.

● ᄭᅩᄒᆞ야 : 고아서〔烹〕. 고ᄒᆞ- + -아. 바로 앞의 ‘고타가’와 달리 여기서는 어간이 ‘고ᄒᆞ-’로 분석된다.

● ᄲᅧ쳣거ᄉᆞ란 : 뼈다귀 등속의 것은. ᄲᅧ + 쳐 + ㅅ(사이시옷) # 것 + -ᄋᆞ란(주제의 보조사). ‘쳐’는 ‘톄’(등속, 따위)에 구개음화와 반모음 탈락이 적용된 변화형(톄>쳬>쳐). 참고) ᄇᆡ며 귤 톄엣 거슬(梨橘等)<瘟要 下 4>.

● 주어 : 뜻이 분명치 않다. ‘주워낸다’는 뜻으로 보인다.

● 기롬 ᄒᆞᆫ 되 너모 만ᄒᆞ니 : 앞에서 ‘ᄎᆞᆷ기롬 ᄒᆞᆫ 되’가 들어간다고 했으나 이것이 너무 많다고 생각하여 조금 줄여 쓰라는 것이다.

난탕법

〔1〕 원문

● 난탕법

돌긔알이나 올희알이나 소곰믈 끌히고 짜 녀허 프러지게 젓디 말고 소옥이 덜 니그니 내여 파 즈쳐 녀코 초 쳐 쓰라. 지령국의 진ᄀᆞᄅᆞ 녀허 즙ᄒᆞ야 걸파 녀허 그리ᄒᆞ여도 죠ᄒᆞ니라. <6a>

〔2〕 현대어역

● 난탕법(卵湯法 : 알탕법)

소금물을 끓여 달걀이나 오리알을 까 넣어 풀어지게 젓지 말고 알 속이 덜 익은 것을 꺼내어 파를 다져 넣고 초를 쳐서 쓰라. 간장국에 밀가루를 넣어 즙하고 골파를 넣거나 해도 좋으니라.

〔3〕 용어 해설

- 돌긔알 : 달걀. 돍 + -의 # 알.
- 올희알 : 오리알. 올히〔鴨〕 + -의(속격) # 알〔卵〕.
- 짜 : 까서, 깨어. 짜-〔破〕 + -아.
- 니그니 : 익은 것. 닉-〔熟〕 + -은(관형어미) # 이(의존명사).
- 즈쳐 : 마구쳐서. 다져서. 즈치- + -어. 이 동사는 다른 문헌에 '즛치다', '즛티다' 등으로 나타난다. '마구쳐 짓이기는' 동작을 표현한 낱말이다. 이 동사는 15세기 문헌에서는 보이지 않는다.

국에 타는 것

〔1〕 원문

● 국의 ᄐᆞ는 것

큰 잔치면 암돍 서너 마리나 가마의 물 만이 붓고 ᄭᅩ하 프러지거든 체예 바타 두고 온갓 음식 약념ᄒᆞ면 죠ᄒᆞ니라. <6a>

〔2〕 현대어역

● 국에 타는 것

큰 잔치를 치를 것 같으면 암탉 서너 마리 정도를 가마에 물을 많이 붓고 고아서 (닭고기가) 풀어지면 체에 밭아 두고, 온갖 음식에 양념으로 쓰면 좋으니라.

〔3〕 용어 해설

● ᄐᆞ는 : 타는〔混入〕. 이 뜻으로 쓰이는 동사 'ᄐᆞ-'는 17세기 문헌에서부터 나타난다. 그러나 그 이전의 문헌에도 존재했을 가능성이 높다. 참고) 麵茶 ᄀᆞᄅᆞ ᄐᆞᆫ

차<한청 12:43>.

- 큰 잔ᄎᆡ면 : 큰 잔치를 치룰 것이면. '잔ᄎᆡ'는 오늘날 경상방언의 일부 지역(상주 방언 등)에서 '잔차'로 쓰인다.
- 가마의 : 가마솥에. 가마〔釜〕.
- ᄭᅩ하 : 고아, '곻-'의 어두경음화형.

쇠고기 삶는 법

〔1〕 원문

● ᄡᅬ고기 ᄉᆞᆱᄂᆞᆫ 법

ᄆᆡ온 불로 달혀 ᄂᆞ솟거든 무ᄂᆞ기 녀허 만화로 달히고 두에 덥디 말라. 만일 그ᄅᆞᆺ 더프면 독이 잇ᄂᆞ니라. 늘거 질긘 고기어든 ᄲᆡᄉᆞᆫ ᄉᆞᆯ고ᄡᅵ과 ᄀᆞᆯ닙 ᄒᆞᆫ 줌을 ᄒᆞᆫᄃᆡ 녀허 ᄉᆞᆯ무면 수이 무ᄅᆞ고 연ᄒᆞ니라. <6b>

〔2〕 현대어역

● 쇠고기 삶는 법

센 불로 달여 (물이 끓어서) 솟구치면 천천히 (쇠고기를) 넣어 약한 불로 달이되 뚜껑은 덮지 마라. 만일 잘못해서 덮으면 독(毒)이 있게 된다. 늙어서 질긴 고기인 경우에는 부순 살구씨와 갈잎 한 줌을 한데 넣어 삶으면 빨리 무르고 연해지느니라.

〔3〕 용어 해설

- ᄉᆈ고기 : 쇠고기. '쇼'에 속격조사가 결합한 것이 'ᄉᆈ'이다. 속격조사 '-이'가 결합한 것으로 보기도 하고, '-의'에서 'ㅡ'가 탈락한 것으로 보기도 한다.
- 쏨ᄂᆞᆫ : 삶는〔烹〕. '솖-'에 어두경음화와 어간말자음군의 단순화(ㄻ>ㅁ)가 적용된 어형.
- ᄆᆡ온 : 매운. 여기서의 뜻은 불 기운이 센〔猛烈〕 것을 의미한다.
- ᄂᆞ솟거든 : 날아 솟아오르거든. ᄂᆞᆯ- + 솟- + -거든. 'ᄂᆞ솟다'는 2개의 동사 어간 'ᄂᆞᆯ-〔飛〕'과 '솟-'의 결합형. 'ᄂᆞᆯ-〔飛〕'이 결합한 합성동사로는 'ᄂᆞᆯ뮈다', 'ᄂᆞᆯ우치다', 'ᄂᆞᆯᄲᅳ다' 등이 있다.
- 무ᄂᆞ기 : 천천히. '무ᄂᆞ기'라는 형태는 문증되지 않지만 중세어에 '물리다, 늦추다'의 의미로 '므느다', '무느다'가 쓰였다. '무ᄂᆞ기'는 여기서 파생된 부사로 생각된다. 참고) 출하리 두ᅀᅥ 히롤 므늘 쁘니언뎡 가디 몯홀 거시라=寧遲緩數年이언뎡 不可行也ㅣ니라<번소 9:50>.
- 만화로 : 만화(慢火)로. 약한 불로.
- 질긘 : 질긴. 질긔- + -ㄴ. 참고) 질긔디 아니ᄒᆞ니라(不牢壯)<老乞 下 23>. 질긘 고기(硬肉)<譯解 上 50>.
- ᄲᆞᄉᆞᆫ : 빻은. 부순〔破碎〕. ᄲᆞᄉᆞ- + -ㄴ. 참고) 드트리 ᄃᆞ외ᄋᆡ ᄇᆞᆺ아 디거늘<석보 6:31> ᄀᆞᄂᆞ리 ᄇᆞᆺᄋᆞᆫ 旃檀沉水香둘홀 비흐며<月釋 17:29>.
- ᄉᆞᆯ고ᄡᅵ : 살구씨〔杏仁〕.
- ᄀᆞᆯ닙 : 갈대 잎. ᄀᆞᆯ〔蘆〕 # 닙〔葉〕. 'ᄀᆞᆯ'을 '갈나무'(떡갈나무)로 해석하는 방법도 있을 수 있지만 17세기 당시에 'ᄀᆞᆯ'이 떡갈나무로 쓰인 예가 없다.

양숙

〔1〕 원문

● 양슉

양을 씨어 무ᄅᆞ ᄊᆞᆱ마 ᄀᆞ장 무ᄅᆞ거든 제물이 다 제게 ᄇᆡ게 ᄊᆞᆱ마 내여 식거든 약과낫 ᄀᆞ치 ᄊᆞᄒᆞ라 지령기ᄅᆞᆷ의 쵸ᄒᆞ여 마시 알맛게 ᄒᆞ야 두고 쓸 제면 쓰리마곰 ᄯᅥ내여 다시 데여 호쵸 쳔쵸 약념ᄒᆞ여 쓰ᄂᆞ니라. <6b>

〔2〕 현대어역

● 양숙(䑋熟 : 소의 위 삶는 법)

소의 양을 씻어 무르게 삶아 충분히 무르면 제물이 다 양에 배어들도록 삶아 내어 식으면 약과 낱알같이 썰어라. 간장 기름에 볶아서 맛을 알맞게 해 두고, 쓸 때면 쓸 것만큼 떠내어 다시 데워 후추와 산초로 양념해 쓰느니라.

〔3〕 용어 해설

- 양슉 : 양을 삶는 법〔䑋熟〕. 여기서 '양'(䑋)은 소의 밥통〔胃〕을 가리킨다. 현대국어에 쓰이는 '양이 찼다'(실컷 먹어 배가 부르다)의 '양'도 '量'이 아닌 '위'〔胃〕의 의미이다.
- 제물 : '제물'은 그 구성이 '저의 물'로 분석될 수 있다. 그 지시 대상은 양〔胃〕을 삶을 때 부은 물이라 할 수 있다. 현대국어 사전에 '제물'을 '음식을 익힐 때 처음부터 부어 둔 물'(『국어대사전』, 금성사)이라 풀이한 것이 참고가 된다.
- 제면 : 때면. 제(시간 의존명사) + -면(조건의 어미).
- 쓰리마곰 : 쓸 것만큼. 쓰-〔用〕 + -ㄹ(관형어미) # 이(의존명사) + -마곰(보조사).

양숙편

〔1〕 원문

● 양슉편

양을 거피ᄒᆞᄃᆡ 물을 구븨지게 ᄆᆞ이 ᄭᅳᆯ혀 프고 양을 거긔 녀허 골
오로 잠간 두의시러 내여 칼로 피ᄌᆞᄅᆞᆯ 글그면 희여ᄒᆞ거든 ᄎᆞᆷ기ᄅᆞᆷ 젼
지령의 호쵸 쳔쵸 교합ᄒᆞ여 단지예 녀코 혹 가매거나 큰 소치어나 종
현ᄒᆞ여 물을 붓고 그 단지ᄅᆞᆯ 입을 빠 그 물 ᄠᅳ여 ᄡᆞᆯ모ᄃᆡ 나자리나ᄆᆞ
이 ᄡᆞᆯ마 ᄀᆞ장 무ᄅᆞ거든 내야 싸흐라 즙국의 ᄒᆞᆫ 소솜 ᄭᅳᆯ혀 그ᄅᆞᄉᆡ 픈
후의 혹 ᄉᆡᆼ강 호쵸 ᄀᆞᄅᆞ과 황ᄇᆡᆨ계란 부ᄎᆞᆫ 것 동골〃〃 싸ᄒᆞ라 그 고
물 노ᄒᆞ라. 즙은 ᄇᆡᆨ 가지 탕이 ᄒᆞᆫ 가지로 ᄒᆞᆯ 거시오 고물이란 말은 각
ᄉᆡᆨ 탕의 우희 논ᄂᆞᆫ 교티라. 양겁질을 벗겨 ᄀᆞ장 무ᄅᆞ ᄡᆞᆯ마 시실이이
쓰저 즙ᄒᆞ고 약념ᄒᆞ여 탕ᄒᆞ여도 죠ᄒᆞ니 잘 ᄒᆞ면 쇠 양인 줄을 모ᄅᆞᄂᆞ
니라. <6b>

〔2〕 현대어역

● 양숙편(胖熟片 : 소의 위로 만든 편)

소 위의 껍질을 벗기되 물이 굽이지도록(=끓어오르도록) 매우 끓인 후 퍼내고, 소 위를 거기에 넣고 골고루 잠깐 뒤슬러 내어서 칼로 껍질을 긁어서 허옇게 되거든 참기름, 진간장에 후추, 산초를 섞어서 단지에 넣어라. 혹 가마솥이거나 큰 솥이거나 짐작하여 물을 붓고, 그 단지의 입을 싸 봉해서 그 물에 띄워 삶되, 한나절 정도 매우 삶아 아주 무르면 꺼내어 썰어라.

(그것을) 즙국에 (넣어) 한 솟음 끓여(=물이 한 번 솟구치도록 끓여) 그릇에 퍼낸 후에 생강, 후춧가루와 달걀 지단을 동글동글하게 썰어 그 고물로 놓아라. 즙국은 백 가지 탕을 한 가지로 하는 것이다. 고물이란 말은 갖가지 탕 위에 놓는 고명이다.

소 위의 껍질을 벗겨 아주 무르게 삶아 가닥가닥(=실가닥처럼 가늘게) 찢어 즙하고 양념해서 탕을 만들어도 좋으니 잘만 하면 소 위인 줄 모른다.

〔3〕 용어 해설

- 양슉편 : 소의 양을 삶아 편으로 썬 것. 양숙편(胖熟片).
- 거피ᄒᆞᄃᆡ : 껍질을 벗기되. 거피(去皮)하되.
- 구븨지게 : (물이 많이 끓어) 굽이치게(솟구치도록).
- ᄭᅳᆯ혀 : 끓여. '긇-'의 어두경음화형. ᄭᅳᇙ- + -이- + -어.
- 두의시러 : 뒤슬러. 뒤집어. 두의싈- + -어. '뒤스르다'는 의미를 지닌 중세국어의 어형은 '두위힐호다', '두의힐후다'를 찾을 수 있다. 참고) 손바당 두위힐후미 ᄀᆞᆮᄒᆞ니(似反掌)<두해-초 16:48>. 모ᄆᆞᆯ 두의힐훠(飜轉身)<救簡 6:66>. 人生애 두위힐호ᄆᆞᆯ 보니 ᄯᅩ 더럽도다<두해-초 25:10>. 15세기 문헌의 '두위힐호-'와 여기

에 쓰인 '두의실-' 간의 형태 · 음운론적 관련성을 정확하게 설명하는 데 어려움이 있다. '두의'와 '두위'는 이화의 관계로, 'ㅎ'과 'ㅅ'의 교체는 'ㅣ' 앞의 'ㅎ' 구개음화의 결과로 설명이 가능하다. 그러나 어간말음절 '호'의 유무가 문제된다. 사동접사로서의 '-호-'를 설정할 수 있다면 설명의 가능성을 찾을 수 있다.

- 피ᄌᆞ : 껍데기〔皮子〕.
- 가매거나 : 가마(솥)이거나.
- 죵현ᄒᆞ여 : '죵현ᄒᆞ-'의 '죵현'은 한자어로 판단되지만 정확한 한자를 말하기 어렵다. 문맥상 두 가지로 풀이해 볼 수 있다. 첫째는 '가매거나 큰 소치어나 죵현ᄒᆞ여 물을 븟고'를 '가마나 큰 솥이거나 걸어서 물을 붓고'와 같이 해석하는 것이다. 둘째는 '가마나 큰 솥이거나 짐작하여 물을 붓고'와 같이 해석하는 것이다. 전자의 '걸어서'로 본다면 '죵현'의 한자어로 '從懸'을 상정해 볼 수도 있겠다. 그러나 이런 한자어가 국어사전에 등재되어 있지는 않다.
- ᄲᅡ : 싸매어. 봉하여. 'ᄡᆞ-〔包〕 + -아'.
- ᄠᅴ여 : 띄워. 'ᄠᅳ-〔浮〕 + -이-(사동접사) + -어.
- ᄊᆞᆯ모ᄃᆡ : 삶되. 17세기에는 연결어미 '-오(우)ᄃᆡ'의 '-오(우)-'는 이미 사라진 때이다. 그러나 이 자료에 'ᄊᆞᆯ모ᄃᆡ', 'ᄃᆞ모ᄃᆡ'<1b>처럼 '-오(우)-'가 여전히 남아있는 것은 과거의 관습적 사용에 영향을 받은 보수적 표기로 보인다.
- 나자리나 : 한 나절이나. 나잘 + -이나. '나잘'은 하루 낮의 대략 절반되는 동안을 세는 단위다. 참고) 病人ᄋᆞ로 그어긔 小便올 누워 나잘만 두면 小便ㅅ 가온ᄃᆡ 흐린 氣分이 얼의유ᄃᆡ<救方 下 71>.
- ᄊᆞ흐라 : 썰어. ᄊᆞ흘-〔割〕 + -아. 어두경음화형.
- 즙국의 : 즙(汁) # 국〔羹〕 + -의(처격). '즙국'이 무엇인지 이 요리 안에서는 설명이 없다. 앞에서 요리했던 '국에 타는 것', 즉 '육수'로 파악된다.
- 소솜 : 끓어서 솟음. 참고) 수우레 녀허 두세 소솜 글혀 동녁 문 향ᄒᆞ야 머고ᄃᆡ <분문 10>. 이 문맥에서는 '즙국에 넣어 한 번 솟구쳐 오르도록 끓여'의 뜻을 가지고 있다.
- 황빅 계란 부츤 것 : 황백(黃白) 계란 부친 것. 달걀 지단. 노른자위와 흰자위를 따로 하여 지단 부친 것.
- 고물 : 고명. 교태. 고믈>고물. 참고) 臨時湯泡用之 今按漢俗謂 탕슈 고믈 曰細

料物<박통사집람 上 3-4>.

- 각식 탕 : 각종 탕. 갖가지 재료로 만든 탕〔各色湯〕.
- 논는 : 놓는. '놓- + -는'.
- 시실이이 : 실실이. '시실이'는 '실실이'(실의 가닥가닥)에서 선행 'ㄹ'이 탈락한 것이다. 끝의 '이'는 오기에 의한 중복 표기로 볼 수도 있고, 지시대명사 '이'로서 그 뒤에 결합할 대격이 누락된 것으로 생각해 볼 수도 있는데 현대어역에서는 전자로 풀이해 두었다.
- 쓰저 : 찢어. 이 자료에서 'ᄧᅳᆽ-〔裂〕'은 'ᄧᅳᆽ-' 혹은 'ᄶᅳᆽ-'으로 표기되어 있다.

우족

〔1〕 원문

● 쪽탕

쇠쪽을 털재 쌀마 가족이 무너디거든 내여 더운 김의 씨ᄉᆞ면 희거든 솟틀 조히 씨어 물근 물 부어 우무ᄀᆞ치 고하 식거든 강졍낫마곰 싸ᄒᆞ라 춤무우도 그리 싸홀고 프른 외도 이신 때어든 그리 싸ᄒᆞ라 표고버슷도 그리 싸ᄒᆞ라 지령국의 싱치즙 진ᄀᆞᄅᆞ 타 걸파 녀허 ᄒᆞ면 ᄀᆞ장 유미ᄒᆞ니라. <7a>

〔2〕 현대어역

● 우족탕(牛足湯 : 쇠발 곰)

소발(牛足)을 털째로 삶아 가죽이 흐물흐물해지거든 꺼내어 더운 김에(더워진 틈에) 씻는다. (그것이) 희어지거든 솥을 깨끗이 씻어 맑은 물을 부어 우무(=한천)같이 고아 식힌 후 강정 알갱이 크기만큼 썰고 참무도 그렇게 썰며, 푸른 오이도 있으면 그리 썰고 표고버섯도 그리 썰어서, 간장국에 꿩고기 삶은 즙〔生雉汁〕과 밀가루를 타고 골파 넣으면 맛이 가장 좋으니라.

〔3〕 용어 해설

- 죡탕 : 족탕(足湯). 이 자료의 '죡탕'은 현대의 '족탕'과는 조리법이 조금 다르다. 현대의 '족탕'은 소의 족(足)과 사태를 넣고 푹 고아서 살이 연하게 물렀을 때 건져 국물을 식혀 기름을 걷어내고 건더기에 양념을 하여 국물에 끓인 것(윤서석 1991 : 92)인 데 비하여, 이 자료의 '죡탕'은 소의 족을 삶아 양념하는 외에 밀가루를 탄 꿩고기즙을 더 넣어 끓이고 있다.
- 털재 : 털이 붙은 채로. 털 # 재(>채). '-재'는 '그대로 모두'의 뜻을 가진 현대국어의 접미사 '-째'에 해당한다. 이것은 명사 뒤에만 결합한다.
- ᄲᆞᆯ마 : 삶아. ᄲᆞᆱ- + -아. ㅄ은 ㅆ과 같은 음가로 판단된다. 왜냐하면 'ᄉᆞᆱ-'에서 어두경음화하는 표기가 'ᄲᆞᆱ-'이기 때문이다. 참고) 이ᄂᆞᆫ 前生애 ᄃᆞᆯᄀᆡ알 ᄉᆞᆱᄂᆞᆫ 사ᄅᆞ미니<월석-중 23:80>. 鯉魚ᄅᆞᆯ ᄉᆞᆯ모니 내 오란 病을 묻도다<두해-초 20:8>.
- 가족 : 가죽〔皮〕. 중세문헌에서는 '갗'이 쓰였으나 17세기부터는 '가족'이 더 많이 쓰이고 있다. 17세기 초기 문헌인 『언해두창집요』와 『언해태산집요』에는 '갗'도 쓰였지만 '가족'이 더 많이 쓰였음을 보면 16세기 말에 '가족'이 등장하여 17세기 초에 '갗'을 대체한 것으로 볼 수 있을 듯하다. 참고) 엿의갗 爲狐皮 <훈민 해례 18>. 鹿皮ᄂᆞᆫ 사ᄉᆞᄆᆡ 가치라<월석 1:16>. 가조기 주리혀고 ᄉᆞᆯ히 희거든 말라<胎産 74b>. 반ᄃᆞ시 가조기 ᄃᆞᆮ거워 나디 몯ᄒᆞ여 아ᄑᆞᄂᆞ니<痘瘡 下 10b>.
- 무너디거든 : 물러지거든. 흐물흐믈해지거던. 현대어 '무너지다'〔壞〕의 선대형이지만 그 뜻이 동일하지는 않다. 중세어 'ᄆᆞᆫ허디거든'에서 비롯된 어형인데 이 문맥에서는 '질긴 가죽이 흐물흐물해지면'이라는 뜻이다.
- 더운 김의 씨ᄉᆞ면 : 더운 김에. 더워진 때를 틈타서. 현대국어에서 '김'은 '하는 김에'처럼 '어떤 기회를 타서'라는 뜻이다. 여기서도 같은 뜻으로 본다. 최전승(2014:147-153) 참고.
- ᄉᆞᆺ틀 : ᄉᆞᇀ을. 'ᄉᆞᇀ + -을(대격)'의 중철표기.
- 우무 : 우뭇가사리를 끓여서 굳혀 식힌 음식. 우무묵. 이를 '한천'(寒天)이라고도 한다.
- 싸ᄒᆞ라 : 썰어. 싸ᄒᆞᆯ- + -아(연결어미). 이어서 '싸ᄒᆞ라'가 2회 더 나오면서 계속

연결어미로 이어져 문장이 부자연스러운 점이 있다.

- 춤무우 : 참무. 17세기 당시에 어떤 무를 '참무'라고 했는지 알기 어렵다. 현대어에 '참무'라는 낱말은 없다.
- 이신 : 있는. 이시-[有] + -ㄴ(관형사형어미).
- 싱치즙 : 생치즙(生雉汁). 꿩을 삶아 익혀서 낸 물.
- 진ᄀᆞᄅᆞ : 가늘고 고운 밀가루. 참밀을 빻아 만든 가루. 진(眞) # ᄀᆞᄅᆞ.

연계찜

〔1〕 원문

● 연계찜

연계ᄅᆞᆯ 안날 져녁의 잡아 갓고로 ᄃᆞ라 ᄃᆞᆺ다가 이ᄐᆞᆫ날 아뎍의 ᄌᆞᆫ짓 업시 ᄠᅳ더 안것 내고 핏ᄭᅴ 업시 ᄆᆞ이 씨어 ᄀᆞ장 ᄃᆞᆫ 건쟝을 체예 걸러 기ᄅᆞᆷ 두운이 노코 ᄌᆞ소닙과 파 염교ᄅᆞᆯ ᄀᆞᄂᆞ리 싸ᄒᆞ라 싱강 호쵸 쳔쵸 ᄀᆞᄅᆞ 약념ᄒᆞ여 진ᄀᆞᄅᆞ 조차 ᄒᆞᆫᄃᆡ ᄀᆡ면 즙이 되거든 지령 져기 노화 ᄀᆡ야 ᄃᆞᆰ긔 소옥 녀허 밥보자로 싸ᄆᆡ야 사그ᄅᆞᄉᆡ 담아 소ᄐᆡ 물 붓고 듕탕ᄒᆞ여 ᄧᅧ ᄀᆞ장 무ᄅᆞ쎱듯게 닉거든 내여 노화 식거든 쓰라. 눅게 ᄒᆞᄂᆞᆫ 즙도 건쟝 거ᄅᆞ고 여러 가지 약념ᄒᆞ여 진진ᄀᆞᄅᆞ 즙을 눅게 ᄒᆞ여 ᄶᅵ면 ᄀᆞ장 죠ᄒᆞ니라. 즙이 눅으면 ᄃᆞᆯ기 즙소옥의 드러 ᄶᅵ이ᄂᆞ니라. <7a>

〔2〕 현대어역

● 연계찜(軟鷄찜, 영계찜)

고기가 연한 닭(=영계)를 전날 저녁에 잡아 거꾸로 달아 두었다가 이튿날 아침에 잔깃털 없이 뜯어 내장을 꺼내고 핏기가 없도록 매매 씻는다. 아주 단 걸쭉한 장(醬)을 체에 걸러 기름을 흥건히 넣고 자소(紫蘇)잎과 파, 염교를 가늘게 썰어 생강, 후추, 천초(=산초)가루를 양념하고, 밀가루를 겸하여 한데 개면 즙이 된다. 여기에 간장을 조금 넣고 개어 닭의 속에 넣어 밥보자기로 싸매어 사기그릇에 담아 솥에 물 붓고 중탕하여 쪄라. 물러서 털을 뽑을 수 있을 만큼 푹 익거든 꺼내어 식혀서 쓰라. 눅게 하는 즙은 걸쭉한 장을 거르고 여러 가지 양념하여 밀가루 즙을 눅게(=묽게) 하여 찌면 아주 좋다. 즙이 눅으면 닭이 즙 속에 잠기어 쪄진다.

〔3〕 용어 해설

- 연계찜 : 연계찜(軟鷄찜). 영계찜. 병아리보다 조금 큰 어린 닭을 잡아 만든 찜.
- 안날 : 전일〔前日〕. 하루 앞의 날.
- 갓고로 : 거꾸로. 15세기 문헌에는 '갓ᄀᆞ로'로도 쓰였다. 참고) 無知로 知 사ᄆᆞ니 이 갓ᄀᆞ로 아로미라<능엄 10:56>. 어리여 迷惑ᄒᆞ야 邪曲ᄋᆞᆯ 信ᄒᆞ야 갓고로 볼 써 橫死ᄒᆞ야<월석 9:57>.
- ᄃᆞ라 : 매달아. ᄃᆞᆯ-〔懸〕 + -아.
- ᄃᆞᆺ다가 : 두었다가. 두-〔置〕 + -ㅅ(존재동사 '잇-'의 이형태) + -다가. 한편 '두-'와 '잇-'의 결합은 '뒷-'으로도 나타난다. 예) 八百 弟子ᄅᆞᆯ 뒷더니 <석보 13:33>.
- 이ᄐᆞᆫ날 : 이튿날. 이틄날>이ᄐᆞᆺ날>이ᄐᆞᆫ날.
- 아뎍 : 아침. '아젹'의 ㄷ구개음화 과도교정형. 참고) 아젹긔 나가 나죄 도라와 <신속 孝 1:63>. 아져긔 낫다가<普勸 11>.
- 존짓 : 잔깃털. 세우(細羽).
- 안것 : 내장. 안〔內〕에 있는 것.
- 핏ᄭᅴ : 피〔血〕 # ㅅ # 긔(氣). 이때 'ᄭᅴ'는 실제의 발음을 표기에 반영한 것으로 판단된다.
- ᄃᆞᆫ : (맛이) 단. ᄃᆞᆯ-〔甘〕 + -ㄴ(관형사형어미).
- 건 쟝 : 묽지 않고 걸쭉한 된장. 걸-〔濃〕 + -ㄴ # 장(醬). 참고) ᄃᆞᆯᄀᆡ앐 ᄆᆞᆯᄀᆞᆫ 므레 걸에 ᄆᆞ라(濃調鷄子淸)<救方 下 13>.

- 두운이 : 흥건히. 타문헌에 나오지 않는 낱말이다. 문맥의미상 '흥건히' 정도로 파악된다.
- ᄌᆞ소닙 : 자소(紫蘇)잎. '소엽'이라고도 한다. '자소'는 '차조기'를 가리킨다. 차조기 잎은 땀을 내며 위장을 조화롭게 하는 건위제에 쓰인다. '차조기'는 꿀풀과에 속하는 일년생 풀이다.
- 염교 : '부추'의 옛말. 참고) 韮 염교 구<훈몽 상:7>
- 조차 : 겸(兼)하여. 좇-〔兼〕 + -아(연결어미).
- ᄀᆡ면 : 개면. 가루 모양의 것에 액체를 쳐서 으깨거나 이기면. ᄀᆡ- + -면.
- 밥보자 : 밥보자기. 현대 경상방언의 '밥부재'의 선대형이다.
- 사그ᄅᆞᄉᆡ : 사기그릇에. 사(砂) # 그릇 + -의.
- ᄶᅧ : 쪄. ᄶᅵ-〔蒸〕 + -어. 15세기 어형은 'ㅂ'계 합용병서로 된 'ᄧᅵ-'였다. '물러서 (털을) 뽑을 수 있을 만큼'의 의미로 파악된다.
- 무ᄅᆞᄲᆡᆸ듯게 : '무ᄅᆞ-'와 '뽑-'이 결합한 합성동사에 정도를 의미하는 어미 '-듯게'가 연결된 어형으로 분석된다. '물러서 (털을) 뽑을 수 있을 만큼'의 의미로 파악된다.
- 진진ᄀᆞᄅᆞ : 진가루. 밀가루. 행이 바뀌면서 앞 행의 끝에 쓴 글자를 잊고 뒤에 다시 '진'을 되풀이해 쓴 오기.
- ᄃᆞᆯ기 즙소옥의 드러 ᄶᅵ이ᄂᆞ니라 : 즙이 빽빽하지 않고 묽으면 닭이 즙 속에 푹 잠기어 쪄진다는 뜻.

웅장

〔1〕 원문

● 웅쟝

돌회ᄅᆞᆯ 녀허 글ᄂᆞᆫ 물의 터리ᄅᆞᆯ 튀ᄒᆞ여 업시코 조히 씨어 ᄀᆞᆫ 쳐 ᄒᆞᄅᆞ밤 자여 두어 소솜 ᄀᆞ장 ᄂᆞ솟게 ᄭᅳᆯ혀 불을 반만 ᄌᆞᆾ고 만화 무ᄅᆞ도록 ᄶᅩ화 ᄡᅳ라. 이거시 다 힘주리니 녀ᄂᆞ 고기텨로 ᄒᆞ면 무ᄅᆞ기 쉽지 아니ᄒᆞ니라. 웅쟝을 쇠쪽 그으리ᄃᆞ시 불을 ᄆᆞ이 다히고 그으리면 터리 다 ᄐᆞ고 바당 가족이 들ᄯᅳ거든 벗겨 ᄇᆞ리고 조히 시어 무ᄅᆞ게 고화 ᄡᅦ저도 ᄡᅳ고 발가락 ᄉᆞ이ᄅᆞᆯ 칼로 ᄶᅢ여 지령기ᄅᆞᆷ ᄇᆞᆯ라 구우면 더 죠ᄒᆞ니라. <7a～7b>

〔2〕 현대어역

● 웅장(熊掌 : 곰발바닥 요리)

석회를 넣어 끓인 물에 (곰발바닥을 잠간) 담가 털을 뽑아 없앤 후, 깨끗이 씻고 간을 쳐서 하룻밤을 재어 두어라. (이튿날 물이) 매우 솟구치도록 충분히 끓인 후 (아궁이의) 불을 반으로 줄이고 약한 불로 다시 무르도록 고아 쓰라.

곰발바닥이 다 힘줄로 된 것이니, 다른 고기와 (같이) 하면 무르게 하기가 쉽지 않다.

곰발바닥을 소발〔牛足〕 그을리듯이 불을 많이 때고 그을리면 털이 다 타고 발바닥 가죽이 들뜨게 된다. (들뜬 가죽을) 벗겨 버리고 깨끗이 씻어 무르게 고아 조각〔片〕으로 잘라서도 쓴다. 발가락 사이를 칼로 긁어 째고 간장기름을 발라 구우면 더 좋다.

〔3〕 용어 해설

- 웅쟝 : 곰발바닥 요리법. 웅장(熊掌).
- 돌회 : 석회(石灰). 돌〔石〕 # 회(灰). 곰발바닥 요리에서 석회를 넣어 함께 끓이는 것은 질긴 곰발바닥을 연하게 만들기 위함이다.
- 터리 : 털. '터리'보다 '털'이 자료상으로 먼저 나타난다(월인천강지곡). 앞의 '족탕' 부분에서 '털재'에서 '털'의 존재가 확인된다. 형태론적으로 보면 '털'의 어말에 'ㅣ'가 첨가되어 '터리'가 생긴 것으로 봄이 자연스럽다. 왜냐하면 경상방언에 이런 예가 보이기 때문이다. 참고) 벌(蜂)>버리.
- 튀ᄒᆞ여 : 튀하여. 짐승의 털을 쉽게 뽑기 위해 끓는 물에 담그거나 끼얹어.
- 업시코 : 없애고. 업시 ᄒᆞ고>업시코.
- ᄀᆞᆫ 쳐 : 간(간장 · 소금 따위)을 쳐서.
- 소ᄉᆞᆷ : 솟음. 물이 끓어 솟음. '소솜'으로 표기되기도 하는데 원순성 자질과 관련하여 'ᆞ'와 'ㅗ'간의 대립관계를 보여 준다. 현대어 사전의 '한소끔'이 표제어로 등재되어 있는데 이 '소끔'이 바로 '소ᄉᆞᆷ'의 계승자이다. 다음 항목인 '야제육'에 '소ᄉᆞᆷ소ᄉᆞᆷ'이 나오는 등 이 낱말의 쓰임을 볼 때 현대어에서도 '소끔'을 표제어로 인정해야 현대어 번역이 자연스럽게 된다.
- ᄂᆞ솟게 : 끓어 넘치게. ᄂᆞᆯ-〔飛〕 # 솟-〔湧〕 + -게. 'ㅅ' 앞에서 선행 'ㄹ'이 탈락한 것. 참고) 歡喜踊躍ᄋᆞᆫ 깃거 ᄂᆞ소ᄉᆞᆯ씨라<월석 8:48>. 굴근 고기ᄂᆞᆫ … ᄒᆞᆰ과 몰애예셔 ᄂᆞ소사 니러셜 저기 잇도다<두해-초 16:63>.

- 츠고 : 치우고. 아궁이에 타고 있던 불을 약하게 하기 위해 반으로 줄인다는 뜻이다. 참고) 미조차 ᄯᅩᆼ올 츠더니<월석 13:21>. 미조차 뎌와 ᄯᅩᆼ 츠거늘<법화 2:209>. 淘井 우믈 츠다<譯語 上 8>.
- 만화 : 약한 불〔慢火〕. 『음식디미방』의 다른 부분들에서는 모두 '만화로'로 나타나는 것으로 보아 이곳의 '만화'도 '만화로'에서 '로'가 생략된 것으로 보인다.
- 이거시 : '시'자는 처음에 빠뜨렸다가 행간에 다시 써 넣은 글자이다.
- 녀ᄂᆞ : 다른. 녀느>녀ᄂᆞ.
- 고기(텨로) : 고기처럼. 본문이 불명확하여 '기'외의 글자는 보이지 않지만 문맥에 비추어 보면 '고기처럼'에 해당하는 낱말이어서 (텨로)를 보충해 넣어 보았다.
- 그ᄋᆞ리ᄃᆞ시 : 그을이듯이. 그슬리듯이. 그ᄋᆞ리- + -ᄃᆞ시. 참고) 그ᅀᅳ려 ᄆᆞᆯ외욘 ᄆᆡ홧 여름 술 조쳐<救簡 1:3>. ᄂᆡ예 그ᅀᅳ린 ᄆᆡ실〔烏梅〕<救簡 3:72>. '그ᄋᆞ리-'에는 사동접사 '-이-'가 포함되어 있다.
- 다히고 : (불을) 때고. 다히- + -고. 참고) 붑 두드리며 블 다히게 ᄒᆞ며(打鼓燒火)<구방 上 15>.
- 바당 : 바닥. 참고) 메트릿 바당을 브레 ᄧᅬ여 ᄲᅮ츠면 즉재 됴ᄒᆞ리라(麻鞋履底炙以揩之 卽差)<救簡 6:61>. 모미 ᄆᆞᆾᄃᆞ록 是非ㅅ 바당과 喜惡ㅅ 境에 이셔<법화 1:222>.
- 들ᄯᅳ거든 : 들뜨거든. 발바닥 가죽이 그을려 들뜨거든.
- ᄢᅦ저도 : 빚어도. 이 때의 'ᄢᅦᆺ다'는 '빗다'의 경음화된 어형으로 '편(片)으로 썰다' 정도의 의미를 갖는 것으로 파악된다. 이것은 앞의 '별미'에서 나온 '빗ᄃᆞᆺ', 'ᄢᅦ저'가 보여준 의미와 동일하다.
- ᄧᅢ여 : 긁어내어. 발가내어. 'ᄧᅢ-'는 15세기의 'ᄣᅢ-'〔破〕의 변화형이다. 그러나 문맥에서의 'ᄧᅢ-'는 '깨다'〔破〕의 의미가 아니라 발가락 사이의 고기를 잘라서 '긁어내는' 의미로 쓰였다. 『능엄경언해』(2:48)에서 '剝'이 'ᄣᅢ야'로 번역되어 있는데 이 'ᄣᅢ-'와 의미가 같다.

야제육

〔1〕 원문

● 야제육

불에 그으려 터리 업시 ᄒᆞ고 칼로 글거 조케 시서 소솜소솜 ᄭᅳᆯ힌 후 만화로 무ᄅᆞ도록 고화 ᄡᅳ라. <7b>

〔2〕 현대어역

● 야제육(野猪肉 : 멧돼지고기)

(멧돼지를) 불에 그을려 털을 없애고, 칼로 긁고 깨끗하게 씻어 여러 번 솟구치도록 끓인 후 약한 불로 무르도록 고아 쓰라.

〔3〕 용어 해설

- 야제육 : 멧돼지 고기. 야저육(野猪肉). '猪'의 음이 다음 항목 '가뎨육'(家猪肉)과 달리 구개음화된 '제'로 되어 있다.
- 업시 ᄒᆞ고 : 없게 하고. 이 자료에서는 '업시 ᄒᆞ고'와 그 축약형 '업시코'가 각각

두 번씩 나타난다.

- 조케 : 깨끗하게. 이 자료에서는 모두 '조히'가 사용되고 이곳에서 단 한번 '조케'가 쓰였다.

가제육

〔1〕 원문

● 가뎨육

가졔육을 ᄃᆞᆺ거이 산젹 허리 그ᄎᆞ니마곰 져ᄅᆞ게 싸ᄒᆞ라 기ᄅᆞᆷ지령의 장여 진ᄀᆞᄅᆞ 보희게 무텨 지령기ᄅᆞᆷ 치며 닉도록 봇가 후츄ᄀᆞᄅᆞ 약념ᄒᆞ면 ᄀᆞ장 유미ᄒᆞ니라. <7b>

〔2〕 현대어역

● 가제육(家猪肉 : 집돼지고기 볶음)

집돼지고기를 두껍게 산적 허리 끊은 것만큼(→산적의 중간을 자른 것 만한 크기로) 짧게 썰어서 기름간장에 재어 밀가루를 보얗게 묻혀 간장기름을 치고 익도록 볶아 후춧가루로 양념하면 아주 맛이 좋으니라.

〔3〕 용어 해설

- 가뎨육 : 집돼지고기. 가저육(家猪肉). 다음 행의 '가졔육'은 'ㄷ>ㅈ' 구개음화를 겪은 변화형이다.
- 듯거이 : 두껍게. 두툼하게. 참고) 方便으로 구지저 ᄉᆞᆯ피게코 親히 둗거이 ᄒᆞ야 便安ᄒᆞ야 怯 업게 ᄒᆞᄂᆞ니라<법화 2:212>. ᄑᆞᆺ미틀 ᄀᆞᄂᆞ리 ᄀᆞ라 ᄲᅮ레 ᄆᆞ라 헌 ᄡᅡ해 둗거이 ᄇᆞ티면 즉재 ᄯᅳᄂᆞ니라<救方 下 29>.
- 산젹 : 산적. '산적'은 쇠고기 따위를 길쭉길쭉하게 썰어 갖은 양념을 한 후 대꼬챙이에 꿰어 구운 적.
- 그ᄎᆞ니마곰 : 끊은 것만큼. 긏-〔止〕 + -ᄋᆞᆫ # 이(의존명사) + -마곰(비교의 보조사). '산젹 허리 그ᄎᆞ니마곰'은 '산적의 허리(중간)을 자른 것만한 크기로'의 뜻이다.
- 졔ᄅᆞ게 : 짧게. 졔ᄅᆞ-〔短〕 + -게. '졔ᄅᆞ-'는 '뎌ᄅᆞ-'에 'ㄷ'구개음화가 적용된 후 'ㅕ>ㅖ'를 실현한 것이다. 『두시언해』(중간본)에 보이는 '져ᄅᆞ-'의 존재는 두 규칙의 순차적 적용을 보여 주는 예이다.
- 장여 : 재워. 쟁여.
- 보희게 : 보얗게. '부희다'(두시언해) 및 '보ᄒᆡ다'(마경초집언해)와 같은 어형이 있는데 이 문헌의 '보희-'는 후자의 변화형이다.
- 치며 : 치며. 간장기름을 쳐서. '치-'는 '打'의 뜻이 아니라 현대국어의 '소금을 치다', '양념을 치다'에 쓰인 '치-'와 같다. 이 자료에 '쳐' 혹은 '쳐서'라고 표기된 많은 예가 이 용법으로 쓰였다.
- 후츄 : 후추. 이 문헌에서는 '후쵸'가 4번, '후츄'가 3번 사용되었다. 후추는 『박통사언해』 등에 '호쵸'로도 나타나는데, '호쵸', '후쵸', '후츄'의 관계가 문제이다. 후추가 전래되면서 '후츄'와 '후쵸'는 중국의 한음(漢音)에 기반을 둔 차용어로 보이고, '호쵸'는 한국한자음에 바탕을 둔 어형으로 판단된다. 『번역박통사』에서 '胡'의 좌우음은 'ᅘᅮ : 후', '椒'의 좌우음은 '쟝 : 쟌'이다. 한국한자음을 반영한 『훈몽자회』에서 '椒'의 음은 '쵸'로 되어 있다.

개장

〔1〕 원문

● 개쟝

개ᄅᆞᆯ 자바 조히 ᄲᆡ라 어덜 ᄊᆞᆯ마 ᄲᅧ ᄇᆞᆯ라 만도소 니기ᄃᆞ시 ᄒᆞ야 후쵸 쳔쵸 싱강 ᄎᆞᆷ기롬 젼지령 ᄒᆞᆫᄃᆡ 교합ᄒᆞ여 즈지 아케 ᄒᆞ여 제 쟝ᄌᆞᄅᆞᆯ 뒤혀 죄 ᄲᆡ라 도로 뒤혀 거긔 ᄀᆞ독이 녀허 실릐 다마 ᄶᅵᄃᆡ 나자리나 만화로 ᄶᅧ내여 어슥어슥 빠ᄒᆞ라 초계ᄌᆞ ᄒᆞ여 그만 ᄀᆞ장 죠ᄒᆞ니 챵ᄌᆞ란 싱으로 ᄒᆞᄃᆡ 안날 달화 약념ᄒᆞᄃᆡ 교합ᄒᆞ여 둣다가 이ᄐᆞᆫ날 챵ᄌᆞ의 녀허 ᄶᅵ라. <7b>

〔2〕 현대어역

● 개장(犬腸 : 개순대)

개를 잡아 깨끗이 빨아 살짝 삶아 뼈를 발라내고, 만두소를 이기듯이 후추, 천초, 생강, 참기름, 진간장을 한데 섞어 (양념을) 하되 질지 않게 하여라.

개이 창자를 뒤집어 모두 빤 후 도로 뒤집어서 거기(=창자 속)에 (양념한 것을) 가득 넣어 시루에 담아 쪄라. 한나절 정도 약한 불로 쪄내어 어슥어슥 썰어 초와 겨자를 치면 (맛이) 아주 좋아 그만이다.

창자는 생것으로 하되 전날 손질하여 (두고) 양념은 섞어 두었다가 이튿날 창자에 넣어 쪄라.

〔3〕 용어 해설

- 어덜 : 대충. 약간. 살〔肉〕이 푹 무르지 않게 살짝 삶는 것을 표현하는 정도부사이다. 15세기 문헌에 '어둘'이 보이는데 '어덜'은 이 어형의 변화형일 것이다. 참고) 이는 權으로 世間엣 數헌를 브터 어둘 니ᄅᆞᆯ ᄯᆞᄅᆞ미니<석보 19:10>.
- 만도소 : 만두속. 만두피 안에 넣는 소. '도'자를 빠뜨렸다가 나중에 자간에 써넣었다.
- 니기ᄃᆞ시 : 이기듯이. 잘게 썰어 다지듯이. 이 문헌에 나오는 '니기-/닉이-'는 대부분 '익히다'의 의미로 사용되었다. '황육을 힘줄 업슨 술을 지령기롬의 니겨 …… 황육을 아니 니겨 쏘으면'(만두법) 등. 그러나 여기에서 '니기ᄃᆞ시'는 현대어 '이기다(잘게 썰어 짓찧어서 다지다)'의 의미로 파악된다. 15세기의 '니기다'는 '익게 하다', '익숙하게 하다', '이기다/다루다'와 같은 다의적 용법을 가지고 있다. 세 번째의 의미는 '니균 ᄒᆰ', 'ᄒᆰ 니겨'와 같은 용례들에서 확인된다.
- 즈지 아케 : 질지 않게. 즐- + -지 # 아니ᄒᆞ게. 본 구절만 보면 무슨 의미인지 분간할 수 없으나 본 구절이 서술어에 해당하고 개고기와 양념을 교합하는 맥락에 쓰인 것을 고려하여 그 뜻을 파악할 수 있다. 이 '아케'는 '아니ᄒᆞ게'의 축약형 '아니케' 혹은 '안케'를 적으려 하다가 잘못 쓴 것으로 판단된다.
- 제 : 저의. 잡아 놓은 개의.
- 쟝ᄌᆞ : 창자. 장자(腸子). 바로 뒷 문장에 '챵ᄌᆞ'가 2회나 나타나는 것으로 보아 '쟝ᄌᆞ'는 '챵ᄌᆞ'의 오기로 판단된다.
- 뒤혀 : 뒤집어. 드위ᅘᅧ>두위혀>뒤혀〔反〕.
- 죄 : 모두. 참고) 죄 두 아술 주고 ᄒᆞᆫ 것도 두디 아니ᄒᆞᆫ대<이륜-초 4>. 흰 믿 불휘 조차 죄 시서 믈 브어 달혀 머기라<痘瘡 下 71>.

- 실릐 : 시루에. 실ㄹ('시르'의 특수곡용형) + -의(처격).
- 찌되 : 찌되. '찌-'는 '띠-'[蒸]의 구개음화형.
- 나자리나 : 한나절쯤. 나잘[半日] + -이나. 이때의 '이나'는 정도의 의미를 갖는 것으로 '양숙편'에서도 동일한 예를 찾아볼 수 있다.
- 어슥어슥 : 어슥어슥. 어슷어슷. 여럿이 모두 한쪽으로 조금씩 삐뚤어진 모양.
- 초계ᄌᆞ : 초와 겨자. '계자'의 경우는 '계ᄌᆞ>겨ᄌᆞ'의 변화를 겪게 되는데, 이것은 앞서 언급한 '졔ᄅᆞ-'(<져ᄅᆞ)나 '졔비'(<져비)의 경우와는 달리 'ㅖ>ㅕ'의 변화를 보인다.
- 그만 : '그만'의 위치가 어색하고 문장 의미도 모호한 점이 있다. 필자가 표현하려고 마음속에 먹었던 생각이 문장을 통해 제대로 드러나지 못한 결과 이런 어색한 문장이 된 것으로 여겨진다. 문맥을 살려 그 뜻을 잡아보면 '그만'은 '그만하면' 정도로 볼 수 있다. 여기서 '-만'은 '-만큼'의 의미를 갖는다고 볼 수 있다.
- 달화 : 다루어. 손질하여. 달호- + -아. 참고) 비 달홀 사ᄅᆞ미 ᄒᆞ마 비출 술피ᄂᆞ니<두해-초 8:54>. 음식은 ……진실로 사ᄅᆞ미 달호리 업세라<노번 上 68>.
- 이튼날 : 애초에 '날'자를 빠뜨렸다가 나중에 보입하여 써 넣었다.
- 녀허 : 애초에 '허'자를 빠뜨렸다가 나중에 써 넣었다.

개장꼬치 누르미

〔1〕 원문

● 개쟝고지 느ᄅᆞᆷ이

개ᄅᆞᆯ 안날 미리 자바 닉지 아니케 어덜 ᄡᆞᆯ마 ᄲᅧ ᄇᆞᆯ라 ᄶᅬ ᄲᅢ라 물긔 업시 슈건으로 ᄧᅡ 느ᄅᆞᆷ이ᄅᆞᆯ 싸ᄒᆞ라 후츄ᄀᆞᄅᆞ ᄎᆞᆷ기ᄅᆞᆷ 젼지령 ᄒᆞᆫᄃᆡ 교합 ᄒᆞ여 ᄃᆞᆺ다가 잇ᄒᆞᆫ날 ᄢᅦ여 구으ᄃᆡ ᄐᆞ지 아니케 굽고 즙으란 건 장을 걸러 기ᄅᆞᆷ 후쵸 쳔쵸 싱강 ᄀᆞᄅᆞ체로 ᄒᆞ여 진ᄀᆞᄅᆞᆯ 뎡히 뇌여 즙을 ᄒᆞᄃᆡ 거디 아니케 ᄒᆞ고 먹을 제 구은 느ᄅᆞᆷ이ᄅᆞᆯ 더운 즙의 녀허 졉시예 담고 쳔쵸 후쵸ᄀᆞᄅᆞ 그 우희 느려 먹으ᄃᆡ 싱치즙을 ᄒᆞ면 더 죠ᄒᆞ니라. <8a>

〔2〕 현대어역

● 개장꼬치 누르미(개고기꼬치 누름적)

개를 전날 미리 잡아 (완전히) 익지 않도록 살짝 삶고, 뼈를 발라 죄다 씻고 물기 없게 수건으로 짠다. 누르미를 썰어 후춧가루, 참기름, 진간장을 함께 섞어 두었다가 이튿날 (꼬챙이에) 꿰어 굽되 타지 않게 굽는다. 즙은 걸죽한 장을 걸러 기름, 후추, 천초, 생강을 가루 내어 (고운) 밀가루를 깨끗이 다시 쳐서 즙을 만들되 걸지 않게 하라. 먹을 때는 구운 누르미를 더운 즙에 넣어 접시에 담고 천초, 후추 가루를 그 위에 뿌려서 먹되 꿩고기즙을 하면 더욱 좋다.

〔3〕 용어 해설

- 개쟝고지 느롬이 : 개장꼬치 누름적. 살짝 삶은 개고기를 저며서 꼬챙이에 꿰어 굽고, 여기에 즙액을 끼얹은 음식. 끼얹는 즙액은 생치즙에 진간장, 후추, 천초, 생강, 밀가루를 섞어 끓인 것이다. '느롬이'에 대한 설명은 「ᄒᆡᆨ숨 달호ᄂᆞᆫ 법」(4b)의 '느름이' 용어 해설 참고.
- 잇흔날 : 이튿날. '이튿날'의 ㅌ을 'ㄷ+ㅎ'으로 재음소화한 후 7종성법에 의해 종성의 'ㄷ'을 'ㅅ'으로 적은 표기. 참고) 이틄날>이틋날>이튼날.
- 구으듸 : 구ᄫ- + -으듸. 이 문헌의 '지ᄒᆞ듸'(1a), '먹으듸'(8a) 등으로 보아 어미 '-ᄋᆞ듸' 및 '-으듸'를 설정할 수 있다. '구으듸'는 '구ᄫᅳ듸>구우듸(ㅸ>w)>구으듸(ㅜㅜ>ㅜㅡ, 이화)'를 거친 것. 바로 뒤에 나오는 '구은'에서도 ㅜㅜ의 이화가 확인된다. 한편 이와 다른 해석도 가능하다. 'ㅂ불규칙 용언'의 〔w〕가 표기되지 않은 예들이 여러 문헌에 발견되는 것으로 보아 '구ᄫ-'의 ㅸ이 약화된 〔w〕가 후행 모음과 결합하지 않고 탈락해 버렸을 가능성도 있다. 참고) 누어<법화경언해 4:37>. 누으며<금강경삼가해 2:23>. 누을 와<훈몽자회-예산문고본 下 12>. 도아<법화경언해 1:14>.
- 건 : 진한. 걸쭉한. 걸-〔濃〕 + -ㄴ.
- ᄀᆞᄅᆞ체로 : 가루처럼. '-체로'는 중세국어에 나타나지 않으며, 16세기에 나타나는 '-톄로'가 구개음화 현상의 적용을 받은 형태이다. 참고) 안즘을 키톄로 말며<소학언해 3:9>. 이 '-쳬로'는 다시 단모음화를 입어 18세기에 '-쳐로'로 나타난다. 참고) ᄇᆞ람에 플쳐로 반ᄃᆞ시 누을 거시니<자휼전칙 4>. 쳔 가지 샹셰 구름쳐로 모되리니<경신록언해 10>. 이러한 과정을 거쳐 현대국어의 '-처럼'이 형성되었다. 한편 '-톄로'는 명사 '톄'와 조사 '-로'가 결합한 것으로 '톄'는 일반명사 '모

양' 및 의존명사 '따위, 체, 척' 등의 의미를 갖는 명사이다. 이 문헌의 6a에 나온 'ᄲᅧ쳣거ᄉᆞ란'의 '쳐'는 'ᄐᆟ'의 변화형이다. '쳐로'가 '처럼'이 되는 것은 '부터~부텀', '까지~까징~까장', '보다~보담'과 같이 조사의 마지막 음절에 비자음 종성이 첨가되는 현상과 그 성격이 같다. 어말에 비자음 종성이 첨가되어 형태소의 재구조화가 일어나는 이러한 변화가 어떤 음운론적 의미를 함축한 것인지 규명되어야 한다.

- 뎡히 : (덩이 없이) 깨끗이. 정(靜)히.
- 느려 : 쳐서. '느리다'는 '뿌리다' 혹은 '치다'의 뜻으로 풀 수 있다. 이 문맥의 상황은 꼬챙이에 꿰어진 느름이의 모양이 길쭉하므로 그 모양을 따라 가루를 길게 늘어놓아 뿌리는 동작을 표현하고 있다. '느리다'에는 '길게'의 의미가 함축되어 있다.

개장국 누루미

〔1〕 원문

● 개장국 느ᄅᆞᆷ이

개ᄅᆞᆯ ᄉᆞᆯ만 어덜 ᄉᆞᆯ마 ᄲᅨ ᄇᆞᆯ라 ᄆᆞ이 쎨아 새 믈에 ᄎᆞᆷᄭᆡᄅᆞᆯ ᄇᆞᆺ가 지허 녀코 지령 녀허 난만이 ᄊᆞᆯ마 나야 어슥〃〃싸ᄒᆞ라 즙을 ᄒᆞ되 진ᄀᆞᄅᆞ ᄎᆞᆷ기ᄅᆞᆷ 지령 교합ᄒᆞ야 ᄉᆞᆷ〃이 ᄒᆞ여 그 고기ᄅᆞᆯ 녀허 ᄒᆞᆫ 소ᄉᆞᆷ 글혀 대졉의 ᄯᅳ고 파ᄅᆞᆯ 쓰두두려 녀고 국을 거지 아니ᄒᆞ되 ᄉᆡᆼ강 호쵸 쳔쵸 녀허 ᄒᆞ라. <8a>

〔2〕 현대어역

● 개장국 누르미(개장국 누르미)

개를 살만 살짝 삶아 뼈를 바르고 매매 씻어라. 새 물에 참깨를 볶아 찧어 넣고 간장을 넣어 뭉크러지도록 삶아 꺼내어 어슥어슥 썬다. 즙을 하되 밀가루, 참기름, 간장을 섞어 삼삼하게 한다. 그 고기를 넣어 (물이) 한 번 솟구치도록 끓여 대접에 뜨고 파를 짓두드려 넣는다. 국은 걸지 않게 하되 생강, 후추, 천초를 넣어 만들어라.

〔3〕 용어 해설

- 개쟝국 느롬이 : 개장국 누르미. '누르미'는 버섯, 쇠고기, 어패류, 파, 도라지, 달걀, 두부 따위를 꼬챙이에 꿰거나 그냥 익힌 뒤 녹말, 달걀을 씌워 번철에서 지져내 누름즙을 끼얹는 음식이다. 1700년대 이후부터는 누름즙을 끼얹는 대신 익힌 재료를 꼬치에 꿰는 누름적으로 바뀌었다. 따라서 '개장국 누르미'는 누르미에 개장국을 끼얹는 음식일 것이다.
- 쎼 : '쎠'의 ㅕ가 ㅖ로 표기된 것. '겨집>계집'과 같은 ㅕ>ㅖ 변화로 생각된다.
- 새 믈 : 새 물. 깨끗한 물.
- 난만이 : 많이 익어 뭉크러지도록. 난만(爛漫) + -이.
- 나야 : 내어. '내야'가 되지 않고 '나야'가 된 것은 '내-'의 발음이 〔nai〕와 같이 이중모음이었기 때문이다. /nai- + -a/에서 히아투스 회피를 위해, i가 활음화된 후 뒷음절에 넘어가 실현되면 〔naja〕(나야)로 표기되고, i와 a 사이에 활음j가 첨가 되면 〔naija〕(내야)로 표기된다. 어느 발음을 선택하느냐에 따라 수의적으로 표기가 달라지는 것이다.
- 숨숨이 : 삼삼히. 음식이 좀 싱거운 듯하면서도 맛이 있게. 한편 옛 문헌에는 모음조화 쌍인 '숨숨ᄒᆞ다'<언해두창집요 下 29>와 '슴슴ᄒᆞ다'<구급간이방 3:64, 언해두창집요 下 28>가 존재했다. '숨숨ᄒᆞ다'는 'ㆍ'의 변화에 의해 '삼삼하다'로 되고, '슴슴ᄒᆞ다'는 전설모음화를 입어 '심심ᄒᆞ다'로 변하였다. 현대국어에서 '심심하다'는 '삼삼하다'보다 어감이 큰 말이다.
- 파흘 : 파를. '파'〔蔥〕는 원래 ㅎ곡용어가 아닌데 여기에서 ㅎ종성을 가진 것처럼 표기되었다. 이 낱말의 자형을 '파롤'로 볼 여지도 생각해 볼 수 있으나 이 자료에서 '롤'의 자형은 서체가 분명하다. '파흘'의 '흘'은 '롤'과 매우 다른 자형이다. ㅎ종성체언이 아닌 낱말을 잘못 적은 것으로 짐작된다.
- 쯔두두려 : 짓두드려. '두두'는 원순모음에 의한 동화 표기.
- 너고 : '녀코'(넣고)의 오기.

개장찜

〔1〕 원문

● 개쟝찜

가리와 부화와 간을 어덜 ᄉᆞᆯ마 내고 ᄎᆞᆷ깨ᄅᆞᆯ ᄇᆞᆺ가 지허 젼디령의 교합ᄒᆞ야 혹 실ᄂᆡ나 항의나 녀허 난만케 ᄶᅵᄃᆡ 기듕의 항의 녀허 부으리ᄅᆞᆯ 막대로 죵죵 막고 소ᄐᆡ 물 붓고 항을 갓고로 업허 두 ᄉᆞ이ᄅᆞᆯ 김 나지 아니케 ᄇᆞᄅᆞ고 ᄀᆞ장 오래 ᄶᅵᄃᆡ 항 우히 ᄀᆞ장 덥도록 ᄶᅧ 내야 초 계ᄌᆞ 노코 그 고기ᄅᆞᆯ ᄂᆡ복으란 어숙〃〃 사ᄒᆞᆯ고 가리란 쓰저 먹으라. 황ᄇᆡᆨ견이 ᄀᆞ장 됴ᄒᆞ니라. <8a>

〔2〕 현대어역

● 개장찜

갈비와 허파와 간을 살짝 삶아 내고 참깨를 볶아 찧어 진간장에 섞어 혹 시루나 항아리에 넣고 천천히 찐다. 그때 항아리에 넣어 수둥이를 막대로 단단히 막고, 솥에 물을 붓고 항아리를 거꾸로 엎어 두(=항아리와 솥) 사이를 김이 새지 않게 바른다. 매우 오래도록 쪄서 항아리 위쪽이 아주 뜨겁도록 찐 후 꺼낸다. 초와 겨자를 치고 그 고기를 내장(=부화나 간)은 어슥어슥 썰어 먹고, 갈비는 찢어 먹어라. 황백견(黃白犬)이 가장 좋으니라.

〔3〕 용어 해설

- 가리 : 갈비. 참고) 肋條 가리뼈<譯語 上 35>. 肋 가리쪄<한청 12:30>.
- 부화 : 허파. 참고) 肺 부화 폐 六葉兩耳位西主秋金爲五藏華 蓋主藏魄<字會-초 上 14>. 肺 金藏 부화<사해 上 17>. 肺 부화<한청 5:57>. 현대국어의 '부아'는 '부화'가 변한 것으로 '허파'의 의미와 함께 '노엽거나 분한 마음'의 뜻도 갖고 있다. 참고) 부아 나다. 부애 나다.
- 젼디령 : 진간장. '약게젓' 항에 처음 나오고 그 뒤에 여러 번 나온다. 이 자료에서 대부분 '젼지령'으로 표기되며 양념 재료 중의 하나로 많이 쓰였다. '디령'으로 표기된 것은 이것이 유일한 예인데 ㄷ구개음화 과도교정형이다.
- 실너나 항의나 : 시루에나 항아리에나. 시르(→실ㄹ) + -의 + -이나 # 항 + -의 + -이나. 현대국어 '항아리'의 원형은 중세국어 어형은 '항'<救簡 1:112, 飜朴 上 45>이다. 그런데 훈몽자회에는 '항'과 '항아리'가 모두 나타난다. 참고) 缸 항 항<자회-초 中 7a>. 罎 항아리 담<자회-초 中 7a>. '항'을 어근으로 한 '항아리'도 일찍부터 생성되어 있었던 것이다.
- 기듕의 : 그때. 한자음으로 보면 '其中의'(그 도중에, 그 가운데)를 적은 것으로 보인다. 그러나 이렇게 보면 의미상으로 '찌는 도중에'라는 뜻이 되어 자연스럽게 연결되지는 않는다. '기듕의 항아리에 녀허'라는 문맥으로 보면 어떤 특정한 항아리를 뜻한 것일 가능성도 있다.
- 부으리 : 부리. 항아리의 주둥이.
- 죵죵 : 단단히. 촘촘하게. 현대어의 '종종'은 사람이나 물건 배게 서 있거나 놓여 있는 모습을 표현하는 부사이다.
- 쪄 내야 : 쪄서 꺼내어. 찐 후 꺼내어. '내다'는 보조용언이 아닌 본용언으로 본다. '내다'를 본용언으로 보느냐 보조용언으로 보느냐에 따라 초와 겨자를 뿌리는

대상이 달라진다. 보조용언으로 보면 항아리에 초와 겨자를 넣은 것이 되지만, 본용언으로 보면 항아리에 찐 후 꺼낸 고기에 초와 겨자를 치는 것이 된다. 보통 초와 겨자를 치는 것은 독립된 요리 행위이므로 후자의 해석이 합리적이다.

- 닋복 : 내장. 내복(內腹). 뱃속 고기.
- 황빅견 : 누른 털에 흰빛이 섞인 개. 황백견(黃白犬).

누렁개 삶는 법

〔1〕 원문

● 누른개 ᄡᆞᆱᄂᆞᆫ 법

누ᄅᆞᆫ개ᄅᆞᆯ 몬뎌 황계 ᄒᆞᆫ 마리ᄅᆞᆯ 먹여 대여쇄나 지내거든 그 개ᄅᆞᆯ 자바 ᄡᅨᄅᆞᆯ ᄇᆞᆯ라 ᄇᆞ리고 고기ᄅᆞᆯ ᄀᆞ장 ᄆᆞ이 시서 청쟝 ᄒᆞᆫ 사발 ᄎᆞᆷ기름 다ᄉᆞᆸ을 타 져근 항의 녀코 항부으리ᄅᆞᆯ 김 나디 아니케 ᄡᅡ 봉ᄒᆞ야 즁탕ᄒᆞᄃᆡ 어을무로 아뎍이 되도록 ᄡᆞᆱ거나 아젹으로 나죄 되도록 ᄡᆞᆯ마 초지령 파즙 ᄒᆞ야 먹으라. <8a~8b>

〔2〕 현대어역

● 누렁개 삶는 법

누렁개에게 먼저 황계(黃鷄) 한 마리를 먹이고, 오륙일쯤 지나거든 그 개를 잡아 뼈를 발라 버리고, 고기를 잘 씻는다. 청장(淸醬) 한 사발, 참기름 다섯 홉을 타 (고기와 함께) 작은 항아리에 넣는다. 항아리 주둥이를 김이 새지 않도록 싸고 봉하여 중탕한다. 초저녁부터 (다음날) 아침이 되도록 삶거나, 아침부터 저녁까지 삶아 초간장에 파즙을 해서 먹으라.

〔3〕 용어 해설

- 몬뎌 : 먼저. '몬져'의 ㄷ구개음화 과도교정형.
- 황계 : 털빛이 누른 닭. 황계(黃鷄).
- 대여쇄나 : 대엿새나. 대엿 + 쇄 + -이나. 참고) 대엿 번<救方 上 66>. 대엿 가지<飜朴 上 27>. 여쐐<月釋 7:71, 楞嚴 6:17>. 다쐐<釋譜 9:31>. '대여쇄나'는 '대여쐐나'로 표기해야 옳다. '대엿'은 '다(←다ᄉᆞᆺ) + 엿(←여ᄉᆞᆺ)'으로 더 분석을 할 수 있다. '엿'의 반모음 j가 앞 음절로 전이되어 '대'가 되었다. 그러나 '나ᄉᆞᆺ'이 '다'로 줄어지는 현상은 설명하기 어렵다. '대엿', '예닐굽'<杜解-重 11:5> 등과 같은 현상에 함축된 의미가 무엇인지 궁구할 필요가 있다.
- 청쟝 : 맑은 간장(醬).
- 어을무로 : 어스름으로부터. '어읆'은 어두워지는 초저녁. 참고) 어스름 혼(昬) <字會-초 上 1>. 새배며 어슬메 어버싀게 문안홈을 마디 아니ᄒᆞ더니(晨昬不廢)<번소 9:22>.
- 아뎍 : 아침. '아젹'의 ㄷ구개음화 과도교정형.

개장 고는 법

〔1〕 원문

● 개쟝 곳ᄂᆞᆫ 법

개ᄅᆞᆯ 자바 가리와 안것과 ᄉᆞᆯᄒᆞᆯ ᄲᅧ ᄇᆞᆯ라 ᄇᆞ리고 ᄀᆞ장 ᄆᆞ이 ᄲᅢ라 소ᄐᆡ 녀코 지령 ᄒᆞᆫ 되 ᄎᆞᆷ기ᄅᆞᆷ ᄒᆞᆫ 죵ᄌᆞ ᄎᆞᆷᄶᆡ ᄒᆞᆫ 되 ᄇᆞᆺ가 지허 녀코 호쵸 쳔쵸 녀허 물 죠곰 븟고 소두에ᄅᆞᆯ 두의혀 덥고 물 부어 덥거든 다ᄅᆞᆫ 물 ᄀᆞᆯ기ᄅᆞᆯ 열 번이나 ᄒᆞ면 고기 ᄀᆞ장 무ᄅᆞ거든 가리란 ᄧᅳᆺ고 안거ᄉᆞ란 ᄡᅡᄒᆞ라 ᄡᅳᄂᆞ니라. <8b>

〔2〕 현대어역

● 개장 고는 법(개장국 고으는 법)

개를 잡아 갈비와 내장과 살을 뼈는 발라 버리고 매우 잘 씻어 솥에 넣는다. 간장 한 되, 참기름 한 종지, 참깨 한 되를 볶아 찧어 넣고, 후추와 천초를 넣어 물을 조금 붓는다. 솥뚜껑을 뒤집어 덮고 물을 부어 (끓여) 뜨거워지거든 다른 물로 갈기를 열 번쯤 한다. 고기가 매우 물러지거든 갈비는 찢어 (쓰고) 내장은 썰어서 쓴다.

〔3〕 용어 해설

- 개쟝 곳는 법 : 개장 고는 법. '곳는'의 '곳-'의 기본형은 '곻-'이다. 내용을 보면 개고기를 삶아 개장국을 끓이는 방법이다. '곳-'(곻-)이라는 동사가 '삶-'과 의미가 중첩되어 있었던 듯하다. 앞 항목의 「누른개 꿈는 법」의 내용과 「개쟝 곳는 법」은 조리 방법에 있어서는 별 차이가 없다.
- 안것 : 안의 것. 즉 내장을 가리킨다.
- 죵즈 : 종지. 간장이나 참기름 따위를 담아 두는 조그마한 그릇.

석류탕

〔1〕 원문

● 셕뉴탕 맛질방문

싱치나 ᄃᆞᆰ기나 기ᄅᆞᆷ진 고기ᄅᆞᆯ 빠ᄒᆞ라 두드리고 무이나 미나리나 파 조차 두부 표고 셩이 ᄒᆞᆫᄃᆡ 두드려 기ᄅᆞᆷ지령의 후쵸ᄀᆞᄅᆞ 녀허 봇가 만도ᄀᆞ치 ᄒᆞ여 진ᄀᆞᄅᆞ 졍히 노외여 믈의 ᄆᆞ라 지ᄌᆞᄃᆡ 엷게 만도 빗ᄃᆞᆺᄒᆞ여 그 고기 봇그니로 빅ᄌᆞᄀᆞᄅᆞ 조차 녀허 집기ᄅᆞᆯ 효근 셕뉴 얼굴ᄀᆞ치 둥구러게 집고 ᄆᆞᆯ근 쟝국을 안쳐 ᄀᆞ장 ᄭᅳᆯ커든 쟈로 ᄲᅥ ᄒᆞᆫ 그ᄅᆞᄉᆡ 서너 낫식 ᄲᅥ 술안쥬의 ᄡᅳ라. <8b>

〔2〕 현대어역

● 석류탕(石榴湯) 맛질방문

꿩이나 닭이나 기름진 고기는 썰어 두드리고, 무나 미나리나 파와 함께 두부, 표고, 석이버섯을 함께 두드려 기름간장에 후춧가루를 넣고 볶아 만두소처럼 만든다. 밀가루를 곱게 다시 쳐서 물에 반죽하여 지지되, 얇게 만두피를 빚듯이 한다. 그것에 고기 볶은 것과 잣가루를 함께 넣어 (손으로 떼어)

집기를 작은 석류 모양처럼 둥글게 집는다. 맑은 장국을 안쳐 매우 끓거든 국자로 뜨되 한 그릇에 서너 개씩 떠 술안주에 쓰라.

〔3〕 용어 해설

- 셕뉴탕 : 석류탕(石榴湯). 꿩고기나 닭고기를 무나 미나리 또는 파, 두부, 버섯과 짓이겨 후추를 뿌리고 기름간장에 볶아 소를 만들고, 밀가루를 반죽하여 전 부친 것을 만두피로 삶아 소에 잣가루 넣어 석류알만큼 빚어 장국에 넣어 끓인 음식. 요리 재료는 석류와 무관하다.
- 맛질방문 : '맛질방문'이란 '맛질'에서 행해지던 음식 방문이란 뜻이다. 장씨 부인이 16개 음식조리법 명칭 뒤에 각각 별도로 '맛질방문'을 구별 표기한 이유는 이 16개 방문이 맛질이란 마을로부터 얻은 방문이기 때문이었을 것이다. 장씨 부인의 친정집이나 시가 혹은 외가에서 사용했던 조리법이라면 이미 알고 있는 것이기 때문에 굳이 '맛질방문'이라고 구별 표기할 필요가 없다. 이 16개 방문에 '맛질방문'을 붙인 까닭은 이들이 장씨 부인의 생활공간에서 사용하던 것이 아니라, '맛질'이란 마을의 음식 방문을 장씨 부인이 듣거나 배웠기 때문일 것이다. '맛질방문'의 '맛질'은 여러 가지 관련 증거로 볼 때 장씨의 외가와 무관하게 예천 맛질임이 확실하다. 이 점에 대한 상세한 논의는 별도로 발표할 예정이다.
- 빠ᄒᆞ라 : 썰어서. 이 문헌에 '싸ᄒᆞᆯ다'와 '빠ᄒᆞᆯ다'가 혼기되어 나타난다. ㅂ계 합용병서와 ㅅ계 합용병서가 혼기되는 것은 근대국어 자료에 흔히 나타나는 현상이다.
- 무이나 : 무나. 무〔菁〕 + -이나.
- 파조차 : 파까지. 파도 겸하여. '-조차'는 용언적 의미가 부분적으로 살아 있다.
- 빅쟈ᄀᆞᄅᆞ : 잣가루. 백자(柏子)가루.
- 셕뉴 얼굴 : 석류 모양(형상).
- 쟈로 : 국자로. '국'자를 빠뜨린 것 같다. 참고) ᄒᆞᆫ 노긋 더운 므레 ᄒᆞᆫ 쟈 ᄎᆞᆫ 믈

ᄀᆞᆺ 브숨 ᄀᆞᆮᄒᆞ니라(如一鍋湯애 才下一杓ㅅ冷水相似ㅣ니라)<法語 5~6>. 杓 勺升 쟈 구기<物譜 주식>.

숭어 만두

〔1〕 원문

● 슈어 만도 맛질방문

ᄉᆡᆼ션ᄒᆞᆫ 슈어ᄅᆞᆯ 엷게 져며 긔쳑 잠ᄡᅡᆫ ᄒᆞ여 소ᄅᆞᆯ 기ᄅᆞᆷ지고 연ᄒᆞᆫ 고기ᄅᆞᆯ 니겨 ᄌᆞᆯ게 두드려 두부 ᄉᆡᆼ강 후츄ᄅᆞᆯ 섯거 기ᄅᆞᆷ지령의 ᄆᆞ이 ᄇᆞᆺ가 졈인 고기 ᄡᅡ ᄃᆞᆫ〃 ᄆᆞ라 허리 구부시 만도 형상으로 ᄆᆡᆫᄃᆞ라 토쟝ᄀᆞᆯᄅᆞᆯ 오온 몸의 두로 무쳐 새이젓국 담케 타 ᄆᆞ이 ᄭᅳᆯ커든 대뎝의 다엿 낫식 ᄯᅳ고 파 조차 ᄒᆞ여 잔ᄴᅣᆼ의 노ᄒᆞ라. <8b～9a>

〔2〕 현대어역

● 숭어 만두

신선한 숭어를 얇게 저며 가볍게(=살짝) 칼집을 낸다. (만두)소로는 기름지고 연한 고기를 익혀 잘게 두드려, 두부, 생강, 후추를 섞어 기름간장에 충분히 볶고, 저민 고기에 싸 단단히 말아 허리가 구부정하게 만두 모양으로 만든다. 된장 가루를 (만두의) 온 몸에 두루 묻히고 새우젓국을 싱겁게 타서, 푹 끓으면 대접에 대여섯 개씩 뜨고 파를 겸하여 잔창(?)에 놓아라.

〔3〕 용어 해설

- 슈어만도 : 숭어만두. 얇게 저민 숭어살에 두부, 생강, 후추를 짓이겨 기름장에 볶아 소를 만들어 새우젓으로 간한 국물에 넣어 삶은 음식.
- ᄉᆡᆼ션ᄒᆞᆫ : 싱싱한. 신선(新鮮)한. 생선(生鮮)ᄒᆞ- + -ㄴ.
- 슈어 : 숭어. 참고) 鯔 슈어 ᄎᆡ 俗呼 梭魚<字會-초 上 11>. 鯔 魚名 今俗呼梭魚 슈어<사해 上 14>. 鯔 슈어<물보 인충>. 鯔 身圓頭扁骨軟 喜食泥善超網 슈어 子魚, 梭魚 仝<물명 2:2>.
- 긔쳑 잠싼 ᄒᆞ여 : 기척을 살짝 하여. '긔쳑'의 뜻이 분명치 않다. 현대국어사전에 한자어 '棄擲'(던져 버림)이나 '棄'의 고음(古音)이 '기'이므로 '긔쳑'을 관련지을 수 없다. '숭어 살에 기척을 한다'는 것은 어떤 조리 동작을 표현한 말이 분명하지만 구체적인 의미를 판단하기 어렵다. 현대어 '기척', '인기척'의 '기척'과 의미적 관련을 가진 것으로 보인다. 현대국어 사전에 '기척'은 '있는 줄을 알 수 있게 하거나 알 수 있을 만한 자취나 소리'라 풀이되어 있고, '인기척'은 '사람이 있음을 알게 할 만한 소리나 짓'으로 되어 있다. 그렇다면 '생선을 얇게 저며 기척을 잠깐 한다'는 '저민 생선살에 어떤 조리 동작을 가볍게 한다'는 뜻이 된다. 그 조리 동작이 구체적으로 무엇을 뜻하는지가 문제이다. 원본을 보면 아무 이유 없이 '긔쳑' 앞에 두 글자 정도 들어갈 수 있는 공백이 있다. 무언가 써 넣어야 할 자리인데 빠진 것이다. 저민 살을 물로 살짝 씻어 내는 행위일 수도 있고, 칼로 살짝 다지는 것일 수도 있겠다. 한편 한복려(1999 : 91)는 현대어 역에서 '소금간을 살짝 하여'로 풀이하였다. 일반적으로 소에 양념을 쓰기 때문에 만두피로 쓸 생선살에 간을 한다는 풀이가 과연 타당한 것인지 의심스럽다.
- 구부시 : 구붓하게. 조금 굽게. 구붓- + -이.
- 토쟝ᄀᆞᄅᆞᆯ : 토장 가루를. '가루'가 붙은 것으로 보아 여기서의 '토쟝ᄀᆞᄅᆞ'는 메주 가루를 뜻하는 것으로 판단된다. '만두에 두루 묻힌다'는 조리 표현으로 보아 메주 가루로 봄이 합당하다.
- 오ᄋᆞᆫ : 온. 전체. 오올- + -ㄴ → 오ᄋᆞᆫ>오온. '오ᄋᆞᆫ 몸'은 만두 형상으로 만든 것의 온몸을 뜻한다. 참고) 니ᄅᆞ샤ᄃᆡ 어름 모시 오ᄋᆞᆫ ᄆᆞ린 ᄃᆞᆯ 아나<목우 10>. 오ᄋᆞᆫ 世옛 어느 사ᄅᆞ미 이 맛 아ᄂᆞ뇨<남명 下 8>.

- 새이젓국 : 새우젓국. '새이'는 '사ᄫᅵ>사이>새이'의 변화를 겪은 것이다.
- 잔ᄷᅡᆼ : 미상. 요리한 음식을 담는 그릇 이름으로 생각된다. 어두 자음이 ᄷ으로 표기된 특이한 것인데 오기일 것이다. 한복려(1999 : 91)에서는 '손님상'으로 풀이했는데 그 근거를 제시하지는 않았다.

수증계

〔1〕 원문

● 슈증계 맛질방문

슐진 암ᄃᆞᆰ을 죄 ᄠᅳ더 ᄆᆞᄃᆡ 글희고 엉치 안가ᄉᆞᆷ을 ᄆᆞ이 두드려 노긔ᄅᆞᆯ 달오고 기ᄅᆞᆷ 반 죵ᄌᆞ나 쳐 그 고기ᄅᆞᆯ 드리쳐 닉게 봇고 ᄆᆡᆫ물 ᄀᆞ둑 부어 장작 집픠여 ᄭᅳᆯ히ᄃᆡ 토란알 ᄒᆞᆫ 되 쉰무우젹 모ᄀᆞ치 싸ᄒᆞ라 ᄒᆞᆫᄃᆡ 녀허 이윽이 ᄊᆞᆯ마 그 고기 다 무ᄅᆞ거든 고기와 ᄂᆞ물을 건디고 그 물에 지령 마초 타 고기ᄅᆞᆯ 도로 녀허 ᄒᆞᆫ 소솜 ᄭᅳᆯ혀 ᄂᆞ쟝내 업슨 후 진ᄀᆞᄅᆞ두 쟈ᄭᅮᆨ마치 타 늘근 동화젹 모 기ᄅᆡ마곰 외도 길즉〃〃 싸ᄒᆞ라 녀코 ᄌᆞᆫ 파 염교 ᄒᆞᆫ 줌식 겻〃치 묵거 녀허 ᄀᆞᄅᆞᄭᅴ와 ᄂᆞ물 닉을 만ᄒᆞ거든 너른 대뎝의 잡치 버리ᄃᆞᆺ ᄂᆞ물과 고기ᄅᆞᆯ 겻〃치 노코 국 ᄯᅳ고 우희 계란 부쳐 줄게 싸ᄒᆞ라 싱강 호쵸ᄀᆞᄅᆞ조차 ᄲᅵ허 ᄡᅳ라. <9a>

〔2〕 현대어역

● 수증계(水蒸鷄 : 닭찜) 맛질방문

살진 암탉의 (털을) 모두 뜯어 (뼈)마디를 풀고, 엉치와 앙가슴을 매우 두드린다. 노구솥을 달구고 기름 반 종지쯤 쳐 고기를 넣어 익도록 볶고, 맹물을 가득 부어 장작불을 지펴 끓이되, 토란알 한 되를 순무 적(炙)의 모처럼 썰어서 한데 넣는다. 어느 정도 삶아 그 고기가 다 물러지거든 고기와 나물을 건져 낸다. 그 물에 간장을 알맞게 타서 고기를 도로 넣어 한 번 솟구치도록 끓여 내장 냄새가 없어진 후 밀가루 두 국자를 알맞게 타서 늙은 동화 적(炙)의 모 길이만큼 오이도 길쭉길쭉 썰어 넣는다.

잔 파와 부추를 한 줌씩 엳에다가 묶어 넣어 물에 다 넣은 가룻기가 걸쭉해지고 나물이 익을 만하거든 넓은 대접에 잡채 벌여 놓듯 나물과 고기를 결결이 놓는다. 국 뜨고 위에 계란 부쳐 잘게 썰어 생강과 후춧가루를 같이 뿌려 써라.

〔3〕 용어 해설

- 슈증계 : 닭을 끓는 물에 쪄서 만든 것. 닭찜. 수증계(水蒸鷄).
- 맛질방문 : 「셕뉴탕」의 용어 해설 참고.
- 죄 : 모두. 이 문헌에서 '모두'의 의미를 나타내는 어형은 '죄'와 '다'가 실현된다. 각각이 실현되는 환경을 살펴보면 '죄'는 '죄 쌔라, 죄 글거, 죄 쁘더'로 실현되며, '다'는 '다 비거든, 다 치츠고, 다 ᄐᆞ거든, 다 프러지거든, 다 비게, 다 힘주리니, 다 ᄐᆞ고, 다 무ᄅᆞ거든' 등 다수가 보인다. 우선 눈에 띄는 특징을 찾는다면 '죄'는 계사 구문과 호응하는 예가 없다는 점, 호응하는 서술어의 유형에 있어 '죄'가 더 제약된다는 점이다. 그러나 '긁다'의 경우 '죄'의 수식도 받고 '다'의 수식도 받을 수 있다. 두 부사의 통사·의미적 차이에 대한 정밀한 고찰이 필요하다.
- ᄆᆞ디 : 마디〔寸〕. 뼈마디. 'ᄆᆞ디'는 1회 출현한다. 참고) 모맷 ᄆᆞ디 굳고 칙칙ᄒᆞ시며<월석 2:56>. 節 ᄆᆞ디 절 十二月節氣 又竹節符 節節 操<字會-초 上 1>. 節 ᄆᆞ디 절<유합 上 3>. 寸 ᄆᆞ디 촌<유합 下 48>. ᄆᆞ듸<두창하 61a>.
- 글희고 : 풀고〔解〕. 찢고. 글희-〔解〕 + -고. 참고) 일 議論호미 眞實로 사ᄅᆞ미

ᄐᆞᄀᆞᆯ 글희여 즐겨 웃게 ᄒᆞᄂᆞ니(討論實解頤)<두해-초 8:4>. 하외욤 그르ᄒᆞ야 ᄐᆞᆨ 글희여 버리고 어우디 아니ᄒᆞᆫ닐 고티ᄂᆞᆫ 法은<救方 上 79>. ᄆᆞ듸ᄆᆞ듸 四支를 글흴 쩨(節節支解時)<영가 下 50>.

- 엉치 : 엉치. (닭의) 엉덩이 부분.
- ᄆᆞ이 : 매우. 정도가 심하게. 이 'ᄆᆞ이'는 'ᄆᆞᄫᅵ'에서 'ᄫ'이 탈락한 어형이다.
- 노긔 : 노구솥. 11a의 '너른 노긔예 ᄀᆞ장 ᄆᆞ이 ᄉᆞᆯ히고'에 동일한 '노긔'가 쓰였다.
- 드리쳐 : 넣어. 뜨거운 그릇이나 솥에 음식 재료를 넣는 것을 '드리치-'라 표현하고 있다. '드리쳐'는 「강정법, 외화치, ᄆᆡᄌᆞ초」에서도 쓰였다.
- 싄무우젹 모 : 순무로 부친 적(炙)의 모(모서리). 순무를 썰어서 적을 부치면 둥글둥글한 모양이 될 것이다. "토란알 한 되를 순무적 모서리 모양으로 둥글둥글하게 썰어"라는 뜻을 나타내려 한 것이다. 참고) 쉿무우(蔓菁)<老乞 下 34>.
- 건디고 : 이 문헌에서는 '건디-'의 형태로만 실현된다. 구개음화된 '건지-'는 보이지 않는다. 참고) 건디시서 「싀면법」.
- ᄂᆞ장내 : 내장(內臟) 냄새. 'ᄂᆞ쟝'는 'ᄂᆡ쟝'의 첫음절 'ㅣ'가 탈락한 어형. ᄂᆡ쟝 # 내〔臭〕.
- 쟈ᄭᅮᆨ : 다른 문헌에 보이지 않는 낱말이다. 문맥으로 보면 '국자'의 뜻이다. 따라서 '쟈ᄭᅮᆨ'은 합성어로서 '자 # ㅅ # 국'으로 분석된다. '쟈'의 용례는 『四法語』(5～6)에 보인다. '쟈ᄭᅮᆨ'은 합성어의 구성 요소가 현대어의 '국자'와 반대로 되어 있다.
- 마치 : '마치'는 현대국어의 '-만큼'과 같은, 정도 표현의 보조사 기능을 한다. 이 문헌에서 '-만큼'의 의미로 '-마치', '-만치', '-마곰'이 실현된다. '-마치'의 용례는 '증편마치'(강정법), '-만치'는 '절편반쥭만치'(빙ᄉᆞ과)의 예가 있다. 그리고 '-마곰'이 가장 많이 나타난다. 참고) 개곰낫마곰(만두법). ᄀᆞᄅᆞ자ᄭᅩᆺ낫마곰(박산법). 약과낫마곰(박산법) 등등 다수.
- 동화젹 모 : 동아(冬瓜)로 부친 적(炙)의 모(모서리). 앞에 나온 '싄무우젹 모'와 같은 구성이다. '동화젹 모'처럼 써는 대상은 '외'〔瓜〕이어서 앞의 '토란알'과 다른 점은 있다. 둘다 둥근 모양의 열매라는 점은 비슷하다. "늘근 동화젹모 기릐마곰 외도 길즉〃〃 싸ᄒᆞ라 녀코"라는 문맥으로 보아 '동화적(炙)의 모서리'로 해석하는 것이다. '동화'는 둥글고 길죽하게 생긴 것인데 이것을 썰어 적을 부치

면 애호박을 둥글게 썰어 부침개를 만든 모양과 비슷하다.

- ᄀᆞᄅᆞᄭᅴ : 가룻기. 가루를 풀어 넣은 것. ᄀᆞᄅᆞ〔粉〕 # ㅅ # 긔(氣). 이 문헌에서 '긔' 앞에서 사이 'ㅅ'이 표기된 양상을 살펴보면 다음과 같다. ㉮ 사이 'ㅅ'이 표기되지 않은 용례 : 물긔(개쟝고지 느롬이), 믈긔(동화선, 슌향쥬법, 두강쥬), 온긔(슌향쥬법), 지긔(슌향쥬법), 날믈긔(졈쥬), 눌믈긔(하향쥬). ㉯ 사이 'ㅅ'이 표기된 용례 : ᄀᆞᄅᆞᄭᅴ(상화법), 비늘ᄭᅴ(대구겁질 느ᄅᆞ미), 핏ᄭᅴ(연계찜), 물ᄭᅴ(고기 ᄆᆞᆯ로이고 오래 두는 범), 눌믈ᄭᅴ(청어 념혀법).

  '물긔/물ᄭᅴ, 눌믈긔/눌믈ᄭᅴ'의 경우에는 동일한 어형에서 사이 'ㅅ'이 나타나기도 하고 나타나지도 않기도 한다. 이 문헌에서 사이 'ㅅ'의 표기는 수의적이다. 참고) ᄒᆞᄅᆞᆺ밤(삼히쥬), ᄒᆞᄅᆞ밤(웅쟝, ᄃᆞᆰ 굽는법, 강졍법, 슌향쥬법, ᄉᆞᆷ히쥬 등등). 특히 「삼히쥬」에서는 한 문장 안에서 사이시옷이 실현된 형태와 실현되지 않은 형태가 모두 나타나기도 한다. 예) 졍월 첫 ᄒᆡ일에 ᄇᆡᆨ미 두 말 ᄇᆡᆨ셰ᄒᆞ여 ᄒᆞᄅᆞ밤 자여 셰말ᄒᆞ야…… 독의 녀허 ᄃᆞᆺ다가 둘재 ᄒᆡ일에 ᄇᆡᆨ미 서 말 ᄇᆡᆨ셰ᄒᆞ여 믈에 ᄒᆞᄅᆞᆺ밤 자여(삼히쥬).

- ᄲᅵ허 : 뿌려. ᄲᅵᇂ-〔散〕 + -어.

질긴 고기 삶는 법

〔1〕 원문

● 질긘 고기 ᄡᆞᆱᄂᆞᆫ 법

믈읫 쇠고기 늘근 ᄃᆞᆰ이나 아모 거시라도 이ᄉᆞ랏 남글 고기 ᄒᆞᆫᄃᆡ 녀코 ᄲᅩᆼ남글 다혀 ᄊᆞᆯ무면 수이 무ᄅᆞ고 믄믄ᄒᆞ니라. ᄲᅩᆼ나모닙 스무 낫과 ᄉᆞᆯ고씨ᄅᆞᆯ 겁지 벗기고 보오리 긋고 대엿낫 ᄒᆞᆫᄃᆡ 녀허 ᄡᆞᆯ무면 비록 독ᄒᆞᆫ 고기라도 해 업ᄂᆞ니라. <9a>

〔2〕 현대어역

● 질긴 고기 삶는 법 맛질방문

무릇 쇠고기나 늙은 닭이나 어느 것이라도 이스랏나무를 고기와 한데 넣고 뽕나무로 불을 때어 삶으면 쉽게 무르고 연하다. 뽕나무잎 스무 개와, 껍질을 벗기고 부리를 자른 살구씨 대여섯 개를 한데 넣어 삶으면 비록 독한 고기라도 해가 없다.

〔3〕 용어 해설

- ᄡᆞᆷᄂᆞᆫ : 삶는. 'ᄉᆞᆱ-〔烹〕'에 어두 경음화 및 어간말 자음군 단순화(ㄻ>ㅁ)가 적용된 것이 'ᄡᆞᆷ-'이다. 이 문헌에서 'ᄉᆞᆱ-'은 세 가지로 나타난다. 어두 경음화된 'ᄡᆞᆱ-'과 'ᄊᆞᆱ-' 그리고 'ᄉᆞᆱ-'.
- 쇠고기 : 쇠고기나. '쇠고기' 뒤에 '-(이)나'가 생략되었다.
- 이ᄉᆞ랏 : 이스랏. 산이스랏. 장밋과에 딸린 갈잎좀나무. 잎은 어긋맞게 나며 타원형으로 가에 톱니가 있고, 4~5월에 잎이 나기 전에 엷은 붉은 빛, 흰빛의 작은 다섯 잎 꽃이 피며 앵두와 같은 열매가 붉게 익는다. 열매는 '산이스랏'이라 하며 먹기도 하고 약으로 쓰기도 한다. 당체(棠棣), 천금등(千金藤), 욱이(郁李), 울이(鬱李), 작매(雀梅), 차하리(車下梨)로도 불린다.
- ᄡᅩᆼ남글 : 뽕나무를. **ᄡᅩᆼ낡** + -을. 'ᄲᅩᆼ'이 **'ᄡᅩᆼ'**으로 표기된 것은 오기로 여겨지만 바로 뒤에 'ᄡᅩᆼ나무닙'이 한 번 더 나오는 점이 주목된다. 참고) 뎌 蒲盧ᄂᆞᆫ 本來 ᄲᅩᆼ남긧 벌에라<능엄 7:91>. 桑 ᄲᅩᆼ나모 상 俗呼桑樹 俗作상<字會-초 上 5>. 쇠로기ᄂᆞᆫ 누른 ᄲᅩᆼ남긔셔 울오(鴟鳥鳴黃桑)<두해-중 1:4>.
- 다혀 : 때어 불을 때어. 다히-〔燒〕 + -어. 참고) 즉재 아ᅀᆞᆷ과 한 사ᄅᆞᄆᆞ로 圍遶ᄒᆞ야 붑 두드리며 블 다히게 ᄒᆞ며<救方 上 15>.
- ᄊᆞᆯ무면 : 삶으면. 'ᄉᆞᆱ-'에 어두경음화 및 원순모음화가 적용된 것이다.
- ᄆᆞᆫᄆᆞᆫᄒᆞ니라 : 연(軟)하니라. ᄆᆞᆫᄆᆞᆫᄒᆞ- + -니라. 참고) 대극 블근 엄나니롤 조 쥭운 믈에 달혀 ᄆᆞᆫᄆᆞᆫᄒᆞ거든 고기양 업시ᄒᆞ고 ᄆᆞᆯ뢰여(大戟紅芽者 漿水煮軟 去骨晒乾)<痘瘡 下 27>.
- 보오리 : 부리. 주둥이. '보오리'는 'ᄎᆞᆷ새' 항목의 "ᄎᆞᆷ새롤 정히 ᄯᅳ더 눈과 보오리과 발과 소옥을 다 내여 ᄇᆞ리고"에도 나온다. 그런데 여기서는 '새의 부리'가 아닌 '살구씨의 부리'라는 점에서 다르다. 살구씨의 한 쪽 끝에 맛이 독한 씨눈이 붙어 있는데 이것을 가리킨 것으로 판단된다. 한복려(1999 : 92)에서는 '보오리'를 'ᄇᆞ늬'(밤 따위의 속껍질)로 해석하였으나 이는 옳지 않다. '보오리' 뒤에 결합한 동사가 '벗기-'가 아니라 '긋-〔斷〕'인 점에 유의해야 할 것이다. 'ᄇᆞ늬'는 '벗기-'와 결합하는 것이지, '긋-'과 결합하기는 어렵다.

고기 말리는 법

〔1〕 원문

● 고기 ᄆᆞᆯ노이ᄂᆞᆫ 법

ᄆᆞᆯ노이ᄂᆞᆫ 고기ᄅᆞᆯ 널 우희 보ᄒᆞ로 ᄡᅡ ᄌᆞ로 ᄇᆞᆲ오면 ᄒᆞᄅᆞᆫ니예 ᄆᆞᄅᆞᄂᆞ니라. 고기ᄅᆞᆯ 편을 얄게 ᄒᆞ라. ᄯᅩ 더운 제 비 와 수이 몰로이거든 독을 돌 노코 걸고 불 다히고 포육 노ᄒᆞ로 ᄢᅦ여 독의 층층이 두로 ᄆᆡ야 ᄆᆞᆯ로이되 서로 뒤여 ᄆᆞᆯ로이고 고기 독의 혹 부ᄃᆞ티지 아니커든 ᄉᆞᆺᄎᆞ로 ᄆᆡ라. ᄯᅩ 더위예 수이 ᄆᆞᆯ뇌려 ᄒᆞ면 포육을 얄게 ᄡᅧ 믈ᄭᆞᆺ 반셕의 너러 ᄌᆞ로 ᄇᆞᆲ고 두우시러 너러 ᄆᆞᆯ로이라. <9a～9b>

〔2〕 현대어역

● 고기 말리는 법

말리려는 고기를 보자기로 싸서 판자 위에 놓고 자주 밟으면 하루 안에 마른다. 고기의 편(片)을 얇게 하여라. 또 더울 때나 비가 올 때 쉽게 말리려거든, 독(甕)을 돌 위에 걸고 불을 때고 포육(脯肉)을 노끈으로 꿰어 독에 층층이 둘러매어 말리되 서로 뒤집어서 말린다. 고기가 독에 혹 부딪히지 않도록 새끼로 매라. 또 더위에 쉽게 말리려면 포육을 얇게 떠 물가의 반석 위에 널어 자주 밟고 뒤집으며 널어서 말려라.

〔3〕 용어 해설

- ᄆᆞᆯ노이ᄂᆞᆫ : 말리는〔乾〕.
- 이 항목의 문장은 주어부와 서술부의 호응이나 어순이 혼란되어 있는 점이 적지 않다. 현대어역에서는 이 점을 고려하여 문장을 자연스럽게 바꾸었다.
- 널 : 판자. 참고) 널 爲板<훈민 해례 25>. 軒은 술위 우흿 欄干 너리니<석보 13:19>. 헌 ᄇᆡᄂᆞᆫ 온 너리 ᄠᅧ뎻고(壞舟百板坼)<두해-초 15:2>. 板 널 판<字會-초中 8>.
- ᄒᆞᄅᆞᆫᄂᆡ예 : 하루 안에. ᄒᆞᄅᆞ # -ㅅ- # ᄂᆡ〔內〕 + -예(처격). 사이시옷이 비음동화된 표기이다. '초ᄒᆞᄅᆞᆫ날'(초ᄃᆞᆷᄂᆞᆫ 법)도 이와 같은 예이다.
- 얄게 : 얇게. 어간말 자음군 'ㄼ'이 'ㄱ' 앞에서 'ㄹ'로 단순화되었다. 이 문헌에서 '얄게'(고기 ᄆᆞᆯ노이ᄂᆞᆫ 법)는 두 번 보이며, '얇게'(별착면법)도 발견된다.
- 몰로이거든 : 말리려거든. 몰뢰- + -거든. '몰'은 'ᄆᆞᆯ'에서 원순모음화 'ㆍ>ㅗ' 변화가 실현된 어형이다. 문맥의미상 의도형 어미 '-려'가 들어가야 할 환경이다. 그런데 이 문헌에서 '-려거든(려어든)'이 실현되는 용례는 없다. 의도나 의지를 나타내는 연결어미는 '-려 ᄒᆞ면'이 쓰였다. 참고) ᄒᆞ려 ᄒᆞ면(증편법, 감향쥬). ᄆᆞᆯ뇌려 ᄒᆞ면(고기 ᄆᆞᆯ노이ᄂᆞᆫ 법). 비ᄌᆞ려 ᄒᆞ면(감향쥬, 오가피쥬).
- 독 : 단지. 참고) 독 爲甕<훈민 해례 26>. '독'과 관련된 낱말로 '쟝독'(년어난), '단지'(싱포 간ᄉᆞᆺᄂᆞᆫ 법) 등이 있다. '관독'(슌향쥬법), '관단지'(감향쥬)가 문헌에 나타난다.
- 층층이 : 층이 지게. 층층(層層)이.
- ᄉᆞᆺᄎᆞ로 : 새끼로. ᄉᆞᆾ〔繩〕 + -ᄋᆞ로. 참고) 노히나 ᄡᅵ나 ᄉᆞᆺ치나 깁으로ᄡᅥ 自縊ᄒᆞᆫ 者ᄂᆞᆫ<증무원 2:14>. 그짓 쏠뷿죠ᄋᆞᆯ 맛나니 자바 구지조ᄃᆡ 네 엇데 항것 背叛ᄒᆞ야 가ᄂᆞᆫ다 ᄒᆞ고 ᄉᆞᄎᆞ로 두 소ᄂᆞᆯ ᄆᆡ야 와 長者ㅣ 손ᄃᆡ 닐어ᄂᆞᆯ<월석 8:98>.

- 믈ᄭᆞᆺ : 물가〔水邊〕. 믈 # -ㅅ- # ᄀᆞᆺ.
- 반셕의 : 넓은 바위에. 반석(磐石) + -의.

고기 말리고 오래 두는 법

〔1〕 원문

● 고기 ᄆᆞᆯ로이고 오래 두ᄂᆞᆫ 법

ᄆᆞᆯ로이ᄂᆞᆫ 고기ᄅᆞᆯ ᄲᅧᄅᆞᆯ ᄇᆞᆯ라 ᄇᆞ리고 ᄆᆡ이 시서 내과 피 업시 버혀 편을 ᄆᆡᆫᄃᆞ라 두 널 가온대 녀허 지즐워 물ᄭᅴ 업거든 소곰 ᄡᅧᆺ거1) 다시 지즐웟다가 볏티 ᄆᆞᆯ로이ᄃᆡ 반만 ᄆᆞᄅᆞ거든 다시 두 널 ᄉᆞ이예 ᄡᅧ ᄇᆞᆯ와 편케 ᄒᆞ야 ᄆᆞ이 ᄆᆞᆯ로이고 볏 업거든 실에ᄅᆞᆯ ᄆᆡ고 발 ᄶᆞᆯ고 그 우희 널고 그 아래 불 픠워 ᄆᆞᆯ로이라. ᄂᆡ ᄡᅬ히면 벌기 고기예 못 나ᄂᆞ니라. 섯ᄃᆞᆯ ᄆᆞᄅᆞᆫ 술지강이ᄅᆞᆯ 잠ᄭᅡᆫ 물 ᄲᅮ려 불에 드ᄉᆞ게 ᄒᆞ야 녀ᄅᆞᆷ날 ᄉᆞᆯ문 고기ᄅᆞᆯ 무더 두면 오래여도 석지 아니ᄒᆞᄂᆞ니라.

물읫 기ᄅᆞᆷ진 고기ᄅᆞᆯ 장애 무더 두고 쓰면 열흐라도 마시 변치 아니ᄒᆞᄂᆞ니 ᄡᆞᆯ 제 퇴렴ᄒᆞ여 써라. 고기ᄅᆞᆯ ᄆᆞ이 무ᄅᆞ게 ᄉᆞᆯ마 연육ᄒᆞ여 ᄌᆞᆯ게 싸ᄒᆞ라 ᄆᆞᆯ로여 두고 ᄡᆞᆯ 제 물의 ᄃᆞᆷ가 우리워 지령기ᄅᆞᆷ의 진ᄀᆞᄅᆞ즙 담케 ᄒᆞ여 탕ᄒᆞ여 쓰면 죠ᄒᆞᄃᆡ 녀ᄅᆞᆷ의 벌기 지기 쉬우니 ᄆᆡ온 ᄌᆡ예 무더 두고 ᄡᆞ면 벌기 못 드ᄂᆞ니라. ᄆᆞ이 우리워 ᄡᆞ라. <9b>

〔2〕 현대어역

● 고기 말리고 오래 두는 법

말리려는 고기의 뼈를 발라 버리고 매우 씻어 냄새와 피가 없도록 하여 베어서 편(片)을 만들어 두 판자 사이에 넣어 (돌로) 눌러 두어라. 물기가 없어지거든 소금을 섞어 다시 눌러 두어라. 햇볕에 말리되 반쯤 마르거든 다시 두 판자 사이에 끼워 밟아 편편하게 하여 매우 말려라. 볕이 없으면 시렁을 매고 발〔簾〕을 깔아 그 위에 (고기를) 널고 그 아래 불을 피워 말려라. 연기를 쐬면 고기에 벌레가 생기지 않는다.

섣달에 말린 술지게미에 물을 약간 뿌려 불에 따뜻하게 하여, 여름날 삶은 고기를 묻어 두면 오래 되어도 썩지 않는다. 무릇 기름진 고기를 된장에 묻어 두고 쓰면 열흘이라도 맛이 변하지 않는다. 이렇게 하여 쓸 때는 소금기를 빼고 써라. 고기를 매우 무르게 삶아 연육(軟肉)하여 잘게 썰어 말려 두고, 쓸 때 물에 담가 우려 간장기름에 밀가루즙을 싱겁게 하여 탕을 만들어 쓰면 좋다. 여름에는 벌레가 생기기 쉬우니 매운 재〔灰〕에 묻어 두고 쓰면 벌레가 못 들어간다. (재에 묻었던 것을 쓸 때는) 많이 우려내고 쓰라.

〔3〕 용어 해설

● 내과 : 냄새와. 내 + -과. 모음으로 끝난 명사 뒤에 '-과'가 결합되어 있다. 이런 결합은 이 문헌의 곳곳에 보인다. 참고) 빅ᄌᆞ과(상화법), 마리과(별미), 술고ᄢᅵ과(쇠고기 ᄉᆞᆱᄂᆞᆫ 법), 호쵸ᄀᆞᄅᆞ과(양슉편), 보오리과(ᄎᆞᆷ새). 이들은 단순한 오기(誤記)가 아니라 당시의 현실 발음을 반영한 것으로 생각된다.

● 지즐워 : 눌러서.

● 물ᄭᅴ : 물기. 물〔水〕 # ㅅ # 긔(氣).

● 씻거 : 섞어. 어두경음화가 실현된 어형. 이 문헌에서 '섞-'은 어두경음화된 '씻

거'와 경음화되지 않은 '섯거'가 공존한다. 경음화된 예는 이곳을 포함하여 2개 만 보인다(「차면법」 참조). 나머지는 모두 '섯거'로 실현된다.

- 쎠 : 끼어. 활음화가 일어난 어형이다.
- 실에 : 시렁. 참고) 실에ᄅᆞᆯ 바라 書帙을 ᄀᆞᄌᆞ기 ᄒᆞ고(惕架齊書帙)<두해-초 7:6>. 架 실에 가<유합 上 24>. 한편 현대 경상방언에는 '실경, 실겅'이 쓰인다.
- ᄂᆡ : 연기. 참고) 머리 ᄂᆡᄅᆞᆯ 보고 블 잇ᄂᆞᆫ ᄃᆞᆯ 아로미 ᄀᆞᆮᄒᆞ니<월석 9:7>. ᄯᅩ 안개 가지며 ᄂᆡ 씨여 잇ᄂᆞᆫ 프른 대와(也有帶霧披煙翠竹)<박번 上 70>.
- 벌기 : 벌레〔蟲〕. 어중 ㄱ은 경상방언의 반영으로 여겨진다. 경상방언에는 체언의 어중 'ㄱ'이 보존된 예들이 발견된다. 참고) 멀구(머루), 몰개(모래). '벌기'는 이 문헌에서 여기에만 나타난다. 근대국어 문헌에서는 '벌레'<마경 上, 마경 下>, '버레'<마경 下>, '벌에'<동의>로 나타난다.
- 나ᄂᆞ니라 : 생기느니라. 나느니라. 나-〔生〕 + -ᄂᆞ- + -니라.
- 섯ᄃᆞᆯ : 섣달. 설 # ㅅ # 달〔月〕.
- 술지강이 : 술을 걸러내고 남은 찌꺼기. 재강. 지게미.
- 쟝애 : 이 '쟝'은 문맥으로 보아 된장을 뜻하는 것으로 판단된다. 이 문헌에는 붕어찜 요리에서 된쟝이 쓰인 예가 있다.
- 열흐라도 : '열흘이라도'의 오기. 열흘이 되어도.
- 퇴렴ᄒᆞ여 : 소금기를 빼고. 퇴렴(退鹽)하여. 참고) 퇴렴ᄒᆞ고(동화ᄃᆞᆷ는법).
- 연육ᄒᆞ여 : 고기를 무르게 하여. 연육(軟肉)하여.
- 담케 : 묽게. '담(淡)ᄒᆞ게'의 축약형. 같은 예가 「슈어만도, ᄒᆡᄉᆞᆷ젼복」 항에도 보인다.
- 탕ᄒᆞ여 : 탕(湯)을 만들어. 국 끓여.
- ᄆᆡ온 지예 : 재〔灰〕가 '맵다'는 것은 재의 순도가 높아 아린 맛이 세다는 것을 의미한다.
- 드ᄂᆞ니라 : 들어오느니라. 들-〔入〕 + -ᄂᆞ- + -니라.

해삼과 전복

[1] 원문

● ᄒᆡᄉᆞᆷ 젼복

ᄒᆡᄉᆞᆷ을 칼로 타 ᄯᅩ 칼로 글그며 조히 씨어 ᄀᆞ장 무ᄅᆞ게 고화 더러 그저 ᄆᆞᆯ로이고 더러 ᄲᅡᄒᆞ라 ᄆᆞᆯ로야 두고 급ᄒᆞᆫ 제 ᄡᅳ ᄃᆡ 잇거든 물의 ᄃᆞᆷ가 그ᄌᆞ ᄆᆞᆯ로인 거ᄉᆞ란 약념ᄒᆞᄃᆡ 싱치 줄게 ᄌᆞᆺ고 호쵸 쳔쵸 진ᄀᆞᄅᆞ 녀허 실로 동혀 ᄃᆞᆰ ᄶᅵᄃᆞ시 ᄶᅧ 실 플고 싸ᄒᆞ라 ᄡᅳ고 ᄲᅡᄒᆞ라 ᄆᆞᆯ뢴 거ᄉᆞᆯ 안 지령기름의 ᄀᆞᄅᆞ 담케 타 호쵸 쳔쵸 약념ᄒᆞ여 탕ᄒᆞ여 쓰라. 젼복도 ᄀᆞ장 무ᄅᆞ게 고화 싸ᄒᆞ라 ᄆᆞᆯ노여 두고 ᄒᆡᄉᆞᆷᄀᆞ치 ᄡᅳᄃᆡ 지령기름국의 ᄡᅳ라. <9b>

[2] 현대어역

● 해삼과 전복

해삼을 칼로 타고 또 칼로 긁어 깨끗이 씻어 아주 무르게 고아 더러는 그대로 말리고, 더러는 썰어 말려 두어라. 급하게 쓸 데가 있으면 물에 담가 그저 말린 것은 양념하되, 꿩고기를 잘게 다지고 후추, 천초, 밀가루를 넣어 실로 동여매어 닭 찌듯이 쪄서 실을 풀고 썰어서 쓰라. 썰어서 말린 것은 기름장에 밀가루를 묽게 타 후추, 천초로 양념하여 탕을 만들어 쓰라.

전복도 아주 무르게 고아 썰어 말려 두고 해삼같이 쓰되 기름장국에 쓰라.

〔3〕 용어 해설

- 조히 : 깨끗이〔靜〕. 이 문헌에는 '조히'와 함께 '조케'도 나타난다. '조케'는 『야제육』에서 한 번 쓰이고 나머지는 모두 '조히'로 나타난다. '조케'가 실현되는 환경은 '조히'와 다를 바가 없으며 단지 '조히'보다 덜 생산적으로 쓰였다고 말할 수 있다.
- ᄡᅳ ᄃᆡ : 쓸 데. 'ᄡᅳᆯ ᄃᆡ'에서 첫음절의 어말 ㄹ을 빠뜨린 오기.
- 그ᄌᆞ : 그저. 바로 앞 문장에 '그저'로 표기되어 있다. 비어두 음절에서 'ㅓ'가 'ㆍ'로 표기된 것인데 여기에는 음운론적 배경이 있다. 'ㆍ'의 변화 도중에 비어두에서 'ㅓ'와 'ㆍ'가 교체된 예는 '여ᄉᆞᆺ-여섯', '여ᄃᆞᆲ-여덟'에서도 찾아 볼 수 있다.
- ᄆᆞᆯ로인 : 말린. '그ᄌᆞ ᄆᆞᆯ로인 것'은 썰지 않고 통으로 말린 해삼을 가리킨다.
- 동혀 : 동이어. 동히- + -어. 참고) 도톨 동여 두고<월석-중 23:73>. '동혀'는 'ㅎ'이 첨가된 것이다.
- 거술안 : 것은. 것일랑. 것 + -ᄋᆞ란. 이 문헌에서 '-으란/-ᄋᆞ란'이 실현되는 형태는 '-올안', '-을안', '-으란'이 있다. 참고) 싱각을안(음식디미방 필사기). 즙으란(개장고지 느롬이). ᄂᆡ복으란(개장찜). ᄲᅧ첫거ᄉᆞ란(별미). 안거ᄉᆞ란(개장곳ᄂᆞᆫ법). 물란(탹면법). 챵ᄌᆞ론(개장). 가리란(개장곳ᄂᆞᆫ법).
- 담케 : 묽게. 문맥상 '싱겁게'로 풀이하는 것보다 '묽게'가 적절하다. 담(淡)하게>담케.
- ᄆᆞᆯ노여 : 말려. 이 문헌에서 'ᄆᆞᆯ뇌-'는 'ᄆᆞᆯ뢰-'의 형태로도 실현되어 어간 내 'ㄴ'과 'ㄹ'의 교체를 보여 준다. 이런 현상은 근대국어의 많은 문헌에서 찾아 볼 수 있다.

연어알

〔1〕 원문

● 년어난

년어난을 ᄇᆡᆺᄐᆡ ᄆᆞᆯ노야 두고 ᄡᅳᆯ 제 믈에 ᄃᆞᆷ가 지령국의 달혀 ᄡᅳ고 ᄯᅩ 뎌근 단디예 녀허 쟝독의 무덧다가 ᄡᅳ고 ᄯᅩ 소곰 만이 ᄒᆞ야 ᄃᆞᆷ갓다가 ᄡᅳ라. <10a>

〔2〕 현대어역

● 연어알

연어알을 볕에 말려 두고, 쓸 때 물에 담갔다가 간장국에 달여 쓴다. 또는 작은 단지에 넣어 (된)장독에 묻었다가 쓰기도 한다. 또 소금을 많이 넣은 물에 담갔다가 쓰기도 한다.

〔3〕 용어 해설

- 년어난 : 연어알. 연어난(鰱魚卵).
- 뎌근 : 작은. 이 문헌에서 '적-'〔小〕의 의미를 나타내는 어형으로 '횩-, 젹-(뎍-)'이 있다. 참고) 져근 항(누른 개 봄는 법). 효근 약과낫(토장법), 효근 셕뉴 얼굴(셕뉴탕), 효근 두부 느르미(동화돈치), 효근 단지(산갓침치). 특히 '뎌근 단디, 효근 단지, 져근 항'처럼 '항아리'〔缸〕의 의미를 나타내는 명사에 이들이 모두 결합할 수 있다는 점에서 '횩-, 젹-(뎍-)'이 공통된 의미를 지니고 있음을 알 수 있다.
- 장독 : 장독. 바로 뒤에 '묻었다가'라는 동사가 결합하는 것으로 보아 이 '장독'은 '된장독'을 뜻하는 것이 분명하다. 음식 재료에 간맛이 배게 하거나 오래 보관할 때 된장에 묻어 두는 것이 보통이다.
- 만이 : 많이. 유성음 사이에서 'ㅎ'이 탈락된 것.
- 둠갓다가 : (물에) 담갔다가. 연어알을 소금을 많이 넣은 물에 담갔다가 쓰는 것으로 보아 '연어알 젓갈'을 만들었던 것으로 보인다.

참새

〔1〕 원문

● ᄎᆞᆷ새

ᄎᆞᆷ새ᄅᆞᆯ 정히 ᄡᅳ더 눈과 보오리과 발과 소옥을 다 내여 ᄇᆞ리고 칼등으로 두ᄃᆞ려 편케 ᄒᆞ고 굴근 죠희로 거문 피ᄅᆞᆯ ᄲᅡ ᄇᆞ리고 술로 조히 씨어 ᄆᆞᆯ로이ᄃᆡ ᄒᆞᆫ 근의 복근 소곰과 닉근 기ᄅᆞᆷ 각 ᄒᆞᆫ 냥 됴ᄒᆞᆫ 술 ᄒᆞᆫ 잔으로 버무려 두 마리식 서로 갓고라 ᄒᆞᄃᆡ 합ᄒᆞ여 그 소옥의 쳔쵸 다ᄉᆞᆺ과 파 둘식 녀허 단디예 ᄆᆡ ᄡᅡ두면 닉거든 ᄡᅳ라. 믈읫 고기젓세 돌회로 항 머리 ᄇᆞᄅᆞ면 반 ᄒᆡ나 두ᄂᆞ니라. <10a>

〔2〕 현대어역

● 참새

참새를 깨끗이 (털을) 뜯어, 눈과 부리와 발과 내장을 다 내어 버려라. 칼등으로 (참새 몸통을) 두드려 편평하게 하고, 두꺼운 종이로 검은 피를 짜 버려라. 그리고 술로 깨끗이 씻어 말려라.

참새 한 근에 소금과 익힌(=끓인) 기름 각 한 냥, 좋은 술 한 잔이 들어가도록 버무린다. 두 마리씩 서로 거꾸로 하여 한데 합해서, 그 속에 천초 다섯 개와 파 둘씩 넣어서 단지에 넣어 단단히 싸두고 익으면 쓰라. 무릇 고기젓을 넣은 항아리(의 아가리)에 석회를 바르면 반년은 간다(=저장할 수 있다).

〔3〕 용어 해설

- 춤새 : 참새. 이 참새 요리는 참새고기로 젓 담는 방법을 설명하고 있다.
- 졍히 : 깨끗이. 정(淨)히.
- 쓰더 : (털을) 뜯어. 목적어가 생략되었다.
- 보오리 : 부리. 주둥이. 이 문헌의 '보오리'는 '새의 부리', '살구씨의 가장자리(뾰족한 부분)'을 나타내는 두 가지 의미로 사용되었다. 그런데 '곳부리, 묏부리, ᄉᆞ맷부리' 등의 어형은 존재하는 반면 '*새부리~*샛부리'는 보이지 않는다.
- 소옥 : 속. 내장.
- 편케 : 편평(扁平)하게. 편(扁)케.
- 굴근 : 두꺼운. 굵- + -은. '굵은 종이'라는 표현은 현대국어와 다르다. 오늘날은 '굵다'를 둘레가 두터운 사물에 대하여 쓰고 있으나, 고문헌에서는 규모, 두께 등에도 쓰이고 있다. '깁(헝겊, 천)'에 대하여 '굵-'을 쓴 예가 이와 동일한 용법이다. 참고) 굴근 깁, 굴근 뵈<자회-초 中 15>. 옛 문헌의 '굵-'은 〔大〕의 의미를 나타내기도 한다. 참고) 勞度差ㅣ ᄯᅩ ᄒᆞᆫ 쇼ᄅᆞᆯ 지ᅀᅥ 내니 모미 ᄀᆞ장 크고 다리 굵고 ᄲᅳ리 ᄂᆞᆯ캅더니<석보 6:32>. 閣ᄋᆞᆫ 굴근 지비라<아미 8>. 현대국어에서 '눈〔眼〕이 큰 것'을 '눈이 굵다'라고 표현하는 것은 이 의미가 잔존한 것이다.
- 거문 : 검은. 순자음 'ㅁ' 뒤의 'ㅡ'가 원순모음화한 표기이다.
- 닉근 : 익은. 익힌. 닉- + -은. 어간말의 'ㄱ'이 중철된 표기이다.
- 냥 : 냥. '냥'(兩)은 중량을 나타내는 단위로서 '돈'의 열 곱, '푼'의 백 곱이다. 이 문헌에서 수량 표현은 대체로 '녹도ᄀᆞᄅᆞ 두 되'나 '대츄 실빅ᄌᆞ 각 스믈', '대구 세 마리'처럼 '계량되는 대상 + 수량사 + 단위명사'의 구성을 이루는 경우가 대부분이다.

● 버무려 : 버무려. '버므리-'에 원순모음화가 실현된 예이다. 참고) 딥 버므리ᄂᆞᆫ 막대로 ᄏᆞᆼ ᄆᆞᄅᆞᆯ 버므려 주워 머기고 밤ᄯᅩᆼ만 ᄯᅩ ᄏᆞᆼ을 버므려 주워 머기라<박통-초 上 22a>. ᄒᆞᆫ 번 버므린 딥 머거든<老乞 上 24>.

● 갓고라 : 거꾸로 하여. 갓골- + -아. 두 마리씩 서로 거꾸로 한다는 것은 참새의 머리 부분과 꽁지 부분을 서로 엇보게 하는 것을 의미한다. '갓골-'은 '갓ᄀᆞᆯ-'의 변화형인데 본문에서처럼 '(참새를) 두 마리씩 거꾸로 (해서) 한데 합하여'의 의미를 나타내려면 '갓고라'가 타동사로 기능해야 한다. 이것이 부사로 쓰일 때는 '갓고로'로 나타난다. 참고) 갓고로 다라 듯다가(연계찜 7a), 항을 갓고로 업허(개장찜 8a), ᄃᆞᆰ을 … 갓고로 ᄃᆞ라 ᄒᆞᄅᆞ밤이나 마니 지내거든(ᄃᆞᆰ 굽ᄂᆞᆫ 법 10a).

● 파 둘식 : 파 두 개씩. 접미사 '-식'은 '쳔쵸 다ᄉᆞᆺ'에도 걸린다. 파는 줄기와 뿌리를 합하여 둘을 가리킨 것으로 보인다.

● ᄆᆡ : 매우. 문맥상 '단단히'로 풀이 된다. 이 문헌에는 'ᄆᆡᆸ-'에서 파생된 부사 'ᄆᆡ이'와 'ᄆᆡ'가 모두 나타난다.

● 고기젓세 : 고기 젓갈에. '젓'의 어말 'ㅅ'이 조사 '-에'에 중철된 표기.

● 돌회 : 석회(石灰). 돌〔石〕 # 회(灰).

● 믈읫 ~ 두ᄂᆞ니라 : 이 문장은 글쓴이의 문장이 생각을 따라가지 못하여 어색하게 된 것이다. "고기젓갈을 담은 항아리의 부리를 석회로 발라 막아 놓으면 반년은 보관할 수 있다"는 뜻을 이와 같이 표현한 것이다. 석회를 발라 항아리를 완전히 밀봉시키면 오랫동안 저장해 둘 수 있음을 강조한 뜻이 나타나 있다.

청어 젓갈법

〔1〕 원문

● 청어 념혀법 맛질방문

청어ᄅᆞᆯ 믈의 ᄡᅵᄉᆞ면 ᄇᆞ리ᄂᆞ니 가져온 재 ᄌᆞ연이 쓰서 ᄇᆞ리고 ᄇᆡᆨ 마리예 소곰 두 되식 녀흐ᄃᆡ 눌믈씌 졀금ᄒᆞ고 독을 조강ᄒᆞᆫ ᄃᆡ 무ᄃᆞ면 제졀이 오도록 ᄡᅳᄂᆞ니라. 방어도 눌물 졀금ᄒᆞ고 싸흐라 이 ᄀᆞᆺ치 ᄒᆞ라. 믈읫 고기 념혀ᄅᆞᆯ 다 이리 ᄒᆞᄂᆞ니라. <10a>

〔2〕 현대어역

● 청어 젓갈법 맛질방문

청어를 물에 씻으면 못쓰게 되니, 가져온 그대로 자연스럽게 닦아버려라. 백 마리에 소금을 두 되씩 넣되, 날물기(=끓이지 않은 물기)는 절대 금하고 독을 마르고 단단한 땅〔燥强〕에 묻으면 제철이 돌아오도록 쓰느니라. 방어(魴魚)도 날물은 절대 금하고 썰어 이같이 하라. 모름지기 생선 젓갈은 다 이렇게 한다.

〔3〕 용어 해설

- 념혀법 : 소금에 절이는 법. 염장법(鹽藏法). '념혀'라는 체언은 문헌에 보이지 않는다. 문맥 의미로 보면 청어나 방어를 제철이 오도록 쓰기 위해 소금으로 염장하는 것이다. '념혀'는 한자어 '염혜'(鹽醯)를 표기한 것으로 생각된다.
- 재 : 채. 어떤 상태 그대로. 상태의 지속을 나타내는 의존명사이다.
- 쓰서 : 문지르고. 닦고. 'ᄉᆞᆺ-'의 어두경음화형. ᄉᆞᆺ- + -어. 참고) ᄌᆞ르 스서(數數拭)<救簡 6:86>. 상 스서라(抹卓兒)<老乞 上 55>. 스슬 말(抹)<字會-초 下 20>. 스슬 식(拭)<類合 下 32>.
- ᄇᆞ리고 : '쓰서 ᄇᆞ리고'의 'ᄇᆞ리-'는 보조동사로 기능한 것으로 판단된다. 본문의 어디에서도 'ᄇᆞ리-'의 대상이 될 만한 성분을 찾기 어렵기 때문이다.
- ᄂᆞᆯ믈ᄭᅴ : 날물기. 'ᄂᆞᆯ믈'은 'ᄂᆞᆯ'〔生〕과 '믈'〔水〕의 복합어이다. ᄂᆞᆯ + 믈 # ㅅ # 긔(氣). 'ᄂᆞᆯ믈'은 다른 문헌에 보이지 않고 이 문헌에 4회 나타난다. 참고) ᄂᆞᆯ믈 긔(졈쥬/하향쥬 20b). 이 용례들의 'ᄂᆞᆯ믈'은 '담아 놓은 단지나 독 안의 바깥에 있는 물'로서 '끓이지 않았거나 소금기가 없는 물'을 가리킨다. 현대어의 '날물'(바닷물이 빠지는 것 즉 썰물)과는 다른 낱말이다.
- 절금 : 절대 금하고. 절금(絶禁).
- 조강 : 땅에 물기가 없이 마르고 단단한 곳. 조강(燥强).
- 졀이 : 철이. 절(節)이. 이 문맥에서는 처음 만들었던 철이 다시 돌아올 때까지 쓸 수 있다는 뜻이다.

ᄃᆞᆰ 굽ᄂᆞᆫ 법

〔1〕 원문

● ᄃᆞᆰ 굽ᄂᆞᆫ 법 맛질방문

ᄃᆞᆰ을 자바 소옥을 ᄲᆡ고 씨ᄉᆞᆫ 후의 목을 노ᄒᆞ로 ᄌᆞᆯ라 ᄆᆡ고 소옥애 물을 ᄀᆞ득 부어 갓고로 ᄃᆞ라 ᄒᆞᄅᆞ밤이나 〃마니 지내거든 그저야 짓ᄎᆞᆯ ᄠᅳᆺ고 ᄉᆞ지 ᄡᅧ 소금 ᄇᆞᆯ라 구우ᄃᆡ 물을 여러 번 ᄇᆞᄅᆞ다가 기ᄅᆞᆷ지령 ᄇᆞᆯ라 구우면 싱치도곤 나으니라. ᄊᆞᆯ믄 ᄃᆞᆰ이라도 물을 여러 번 ᄇᆞᄅᆞ다가 기ᄅᆞᆷ지령 드려 구우면 됴ᄒᆞ니라. 싱치도 믈을 몬뎌 만이 ᄇᆞᄅᆞ고 구우면 됴ᄒᆞ니라. <10a～10b>

〔2〕 현대어역

● 닭 굽는 법 맛질방문

닭을 잡아서 내장을 빼내고 씻은 후에, 목을 노끈으로 졸라 매어라. 닭의 뱃속에 물을 가득 부어 거꾸로 달아서 하룻밤 넘게 지낸 후에, 그제야 털을 뜯고 사지(四肢)를 뜯어서 소금을 발라 구워라. 물을 여러 번 바르다가 기름장을 발라서 구우면 꿩고기보다 (맛이) 낫다. 삶은 닭이라도 물을 여러 번 바르다가 기름장을 발라 구우면 좋고, 꿩고기도 물을 먼저 많이 바르고 구우면 좋으니라.

〔3〕 용어 해설

- 노ᄒᆞ로 : 노끈으로. 노ㅎ〔繩〕 + -으로. 참고) 黃金으로 노 밍ᄀᆞ라 그 겨틔 느리며<법화 2:34>. 繩 노 승 索노 삭 繩索又音色求討也<字會-초 中 8>. 金 노ᄒᆞ로 길흘 느리고<석보 9:10-11>. 즈믄 잣 노ᄒᆞᆯ 바ᄅᆞ ᄂᆞ리 드리오니<金三 5:26>.
- ᄒᆞᄅᆞ밤이나 〃마니 : 하루밤 넘게. 하루밤 남짓. '나마니'는 '남-'〔越〕의 의미를 가지며, '나마'를 잘못 표기한 것으로 보인다. 참고) 그지업슨 큰 願을 내 ᄒᆞᆫ 劫이어나 ᄒᆞᆫ 劫이 남거나 너펴 닐올띤댄<석보 9:29>.
- 짓ᄎᆞᆯ : 깃털을. 짗〔羽〕 + -ᄋᆞᆯ.
- ᄣᅥ : 떠서. ᄣᅳ- + 어. 닭의 사지를 뜯는(찢는) 동작을 표현한 것이다.
- 드려 : 들이어. 배게 하여〔染〕. 참고) ᄒᆞᆫ 번 믈 드류매 一切 믈 드ᄂᆞ니라(一染一切染)<金三 3:46>.

양 볶는 법

〔1〕 원문

● 양 봇ᄂᆞᆫ 법 맛질방문

소두에ᄅᆞᆯ ᄆᆡ이 다로고 기ᄅᆞᆷ 두로고 브어 급히 둘러 박의 퍼 내면 ᄆᆞᆫᄆᆞᆫᄒᆞ니라. <10b>

〔2〕 현대어역

● 양(牛胃) 볶는 법 맛질방문

솥뚜껑을 매우 달구고 기름을 두른 뒤, (양을) 부어 급히 둘러서(=볶아) 바가지에 퍼 내면 연하다.

〔3〕 용어 해설

● 양 : 이 '양'이 앞의 '양숙'과 '양숙편' 항에 나온 '양'(胖, 소의 밥통)을 말하는 것인지, 아니면 '羊'을 가리킨 것인지 분명치 않다. 앞에 '참새'항이나 '닭 굽는 법'항에 뒤이어 있는 것으로 보면 이 '양'이 '羊'을 지시한 듯하다. 그러나 이

'양'이 '羊'이라면 "양고기 봇는 법"이라 했을 가능성이 높다. 또 羊은 당시에 민간에서 사육되는 짐승이 아니었던 점도 고려해야 할 것이다. 이런 점에서 필자는 이 '양'을 '䑋'으로 봄이 좋다고 생각한다.

- 봇는 : 볶는. '볶는'의 어간말 'ㅺ'이 'ㅅ'으로 줄어든 표기이다.
- 다로고 : 달구고. 뜨겁게 하고. 달- + -오- + -고.
- 박의 : 바가지에. 박(朴) + -의.
- 믄믄ᄒᆞ니라 : 연하니라. 참고) 대극 블근 엄 나니롤 조 쥭 운믈에 달혀 믄믄ᄒᆞ거든(軟)<諺痘 下 27>.

계란탕법

〔1〕 원문

● 계란탕법 　맛질방문

사이젓국이나 지령국이나 맛 마초와 기름 터 ᄆᆞ이 ᄭᅳᆯ혀 고븨질 제 알을 웃 부으리를 허러 결에 뽓고 두에 다〃 소〃 ᄭᅳᆯ혀 져근덧 ᄉᆞ이예 얼의거든 알 소옥이 채 닉지 아녀셔 엿튼 그ᄅᆞ싀 ᄀᆞ만ᄀᆞ만 ᄯᅥ 젓국이어든 초 타 ᄒᆞ고 쟝국이든 그저 노흐라. 오온 알 얼굴이 잇ᄂᆞ니라. <10b>

〔2〕 현대어역

● 계란탕법(鷄卵湯法) 　맛질방문

새우젓국이나 간장국을 맛을 맞추어 기름을 쳐서 많이 끓여라. 물이 (끓어) 굽이칠 때 달걀의 윗부분을 깨어 즉시 쏟아 넣고 뚜껑을 닫아 솟구치도록 끓여라. 잠깐 사이에 엉기거든 알 속이 채 익지 않았을 때 얕은 그릇에 가만가만 떠라. 새우젓국이면 식초를 타서 놓고, 장국이면 그냥 놓아라. 온전한 알 모습이 (그대로) 있게 된다.

〔3〕 용어 해설

- 계란탕법 : 달걀탕〔鷄卵湯〕. 새우젓국이나 간장국을 끓이다가 계란을 넣어 노른자위가 반숙될 쯤에 떠내어 새우젓국이면 초를 타고, 간장국이면 그대로 내는 탕이다.
- 사이젓국 : 새우젓국. 어중 'ᄫ'이 약화된 변화형. 「슈어만도」항(9a)에 '새이젓국'이 나타나는데 '새이'는 'ㅣ' 역행동화가 적용된 변화형이다. 사ᄫᅵ>사이〔蝦〕. 참고) 사ᄫᅵ 爲蝦<훈민 해례 25>.
- 고븨질 제 : 굽이칠 때. 물이 굽이쳐 끓을 때. 참고) ᄆᆞᆯᄀᆞᆫ ᄀᆞᄅᆞᇝ ᄒᆞᆫ 고비<두해-초 7:3>.
- 알 : 이 알은 달걀을 뜻한다.
- 부으리 : 부리. 여기서는 달걀의 둥그스름한 가장자리를 가리킨다. 참고) 나못 거프를 들우며 서근 될 디구메 부으리 무될 ᄃᆞᆺᄒᆞ니<두해-초 17:6>. 부으리와 바톱괘 도로 돗글 더레이리라<두해-초 17:13>.
- 결에 : 즉시. 그 때에 곧. 참고) 求ᄒᆞ다 결에 오며 더져 두다 엇의 가랴<海東 p.100>. 결의 니러 안자<松江 1:17>.
- 뽓고 : 쏟고〔覆〕. 참고) 그르싀 시슬 거스란 솓디 마오 그 나ᄆᆞᆫ 거스란 소돌 디니라<內訓-초 1:10-11>. 소다 爲覆物<훈민 해례 21>. 그 믈을 두 잔만 ᄲᅩ다셔<痘瘡 51>.
- 소〃 : 솟음. 이 자료에는 대부분 '소솜'(양육편 外), '소슴'(웅장 外) 따위로 표기된 어형이다. 이 '소소'가 오기가 아니라면 '솟-〔湧〕+ -오(부사화접미사)'로 분석될 수 있다.
- 져근덧 : 잠시. 잠깐. 참고) ᄒᆞᆫ 번 져근덛 ᄒᆞ고<몽산 1>. 져근덧 버믈오<두해-중1:12>.
- 쟝국 : 간장국. 이 자료의 '지령국'과 같은 것이다.
- 쟝국이든 : '쟝국이어든'에서 '어'를 빠뜨린 오기이다.
- 오온 : 온전한. 오ᄋᆞᆯ- + -ㄴ. 오ᄋᆞᆫ>오온.
- 잇ᄂᆞ니라 : 문맥상 알의 온전한 모습이 그대로 있어야 조리가 제대로 된 것이라는 의미이다.

난면법

〔1〕 원문

● 난면법　　맛질방문

계난을 뫼화 그 알 희면 ᄀᆞᆯᄅᆞᆯ ᄆᆞ라 싸흘거나 분의 누ᄅᆞ거나 샹시면 ᄀᆞ치 ᄊᆞᆯ마 내여 기ᄅᆞᆷ진 ᄉᆡᆼ치 ᄡᆞᆯ믄 국의 ᄆᆞ라 ᄡᅳ라. 교토ᄂᆞᆫ 그저 면 ᄀᆞᆺ치 ᄒᆞ라. <10b>

〔2〕 현대어역

● 난면법(卵麵法)　　맛질방문(계란국수)

흰 계란을 모아서 가루를 반죽하여 썰거나 면본에 누르거나, 보통 국수 같이 삶아 내어 기름진 꿩고기 삶은 국에 말아서 쓰라. 고명은 보통의 국수처럼 한다.

〔3〕 용어 해설

- 난면법 : 계란을 넣어 국수 만드는 법〔卵麵法〕.
- 계난 : 계란. 비어두의 'ㄹ'이 'ㄴ'으로 표기된 예. '卵'의 독음 표기는 '란'이나 '난'으로 나타난다. 참고) 계란(6b). 계란탕법(10b). 토란알(9a). 난탕법(6b). 년어난(10a).
- 계난을 뫼화 그 알 희면 : 어순과 표현이 현대어와 많이 다르다. '흰 계란을 모아서'라는 뜻을 이렇게 표현한 것이다.
- ᄆᆞ라 : 말아. 'ᄆᆞᆯ-'이 '반죽하다'의 의미로 사용되었다. 참고) 눅게 ᄆᆞ라(1b). 보ᄃᆞ라이 뇌여 ᄆᆞ라(1b).
- 분의 : 면본에. 국수틀에. 분 + -의. 참고) 면본의 눌러(1b).
- 샹시면 : 보통 국수. 일반면〔常時麵〕.

별착면법

〔1〕 원문

● 별착면법　맛질방문

진ᄀᆞᄅᆞ 정히 노오여 토쟝ᄀᆞᄅᆞ 반식 석거 물의 ᄆᆞ라 안반의 ᄀᆞ장 얇게 미러 토쟝텨로 싸ᄒᆞ라 ᄲᆞᆯ마 ᄎᆞᆫ믈의 건뎌 ᄀᆞ장 ᄎᆞ거든 쌔국의나 오미ᄌᆞᄭᅮᆨ의나 토쟝쳬로 ᄒᆞ라. <10b>

〔2〕 현대어역

● 별착면법(別着麵法)　맛질방문(밀가루국수)

밀가루를 깨끗이 쳐서, 토장가루와 반씩 섞어 물에 반죽한다. 안반에 아주 얇게 밀어서, 토장을 할 때처럼 썬다. 삶아 찬물에 건져내어 아주 차가워지거든 깻국이나 오미자국이나 토장을 할 때처럼 한다.

〔3〕 용어 해설

- 별착면법 : '착면'과는 좀 다른 별착면 만드는 법〔別着麵法〕. '챡면법'은 2a에 나온 「탹면법」을 가리킨다.
- 노오여 : 체로 가루를 곱게 다시 내어. 앞에서 '뇌여', '노외여' 등으로 표기되었던 것과 같은 낱말이다.
- 토장ᄀᆞᄅᆞ : 「토장법」항의 설명에 의하면, '녹두를 불려서 간 다음 이를 걸러서 삶아 가루를 낸 것'이 '토쟝ᄀᆞᄅᆞ'이다.
- 안반 : 반죽을 하거나, 인절미를 빚거나, 음식을 만들거나 하는 데에 쓰이는 두껍고 넓은 나무판.
- 토쟝텨로 : 토장법처럼. 토쟝 + -텨로/톄로(비교격조사). 참고) 안즘을 키톄로 말며<小諺 3:9>. ᄋᆡ샹 곡읍을 젼톄로 ᄒᆞᄋᆞᆸ시면 약녁과 됴보ᄒᆞᄋᆞᆸ신 공뷔 다 허일이 되올 거시니<친람 144>. 공ᄉᆞ 오로 ᄒᆞᆯ 제 앋가 텨로 니ᄅᆞ시고<쳡신 4:12>. ᄉᆞᆫ바당텨로 ᄯᅦ롤 ᄆᆞᄃᆞ라 더온 슈양탕으로 즘복 적셔 ᄌᆞ조 ᄀᆞ라 븟티면<두창 29>.
- ᄭᅢ국 : 깨를 풀어 넣어 끓인 국. 「탹면법」항의 설명에 의하면 '볶은 깨를 갈아 넣은 국' 정도로 이해된다.
- 토쟝쳬로 : 토장처럼. 토장법처럼.

차면법

〔1〕 원문

● 챠면법 맛질방문

모밀을 거피ᄒᆞ여 솝ᄀᆞᆯᄅᆞᆯ 깁체예 노외여 고온 진ᄀᆞᆯ리나 싀면 ᄀᆞᆯ리나 셧거 면을 ᄀᆞᄂᆞ리 싸ᄒᆞ라 오미ᄌᆞᄭᅮᆨ의 잣 교토ᄒᆞ면 녀ᄅᆞᆷ 차반이 ᄀᆞ장 됴ᄒᆞ니라. <11a>

〔2〕 현대어역

● 차면법(着麵法) 맛질방문(메밀국수)

메밀껍질을 벗기고 속가루를 비단체에 다시 곱게 쳐라. 고운 밀가루나 세면(細麵) 가루를 섞어 면을 가늘게 썬다. 오미자 국에 잣으로 고명하면 여름 음식으로 가장 좋으니라.

〔3〕 용어 해설

- 챠면법 : 착면(또는 창면) 만드는 법〔着麵法〕. 착면 만드는 법으로 바로 앞에 나온 '별챡면법'(2a)에 나온 '탹면법' 그리고 이 '챠면법' 세 가지가 기술되어 있다. 재료와 조리법이 조금씩 다르다. '챠면'은 '착면'(着麵)에서 제1음절 말음 'ㄱ'이 탈락하여 속음화한 것이다.
- ᄉᆞᆸᄀᆞᄅᆞᆯ : 속가루를. 메밀의 속가루를. 'ᄉᆞᆸᄀᆞᄅᆞ'(속가루)는 '곡물 따위를 오래 빻아 거친 겉가루를 없앤 후 맨 나중에 남는 고운 가루'를 뜻한다. 이것의 대립어가 '것ᄀᆞᄅᆞ'(겉가루)이다. '것ᄀᆞᄅᆞ'에 대해서는 「면병뉴」 참조.
- 깁체 : 비단천을 댄 체. 올이 매우 촘촘하여 고운 가루를 칠 때 쓴다.
- 진ᄀᆞᆯ리나 : 가늘고 고운 가루나. '진ᄀᆞᄅᆞ'의 곡용형이다. '진가루'는 고운 밀가루〔細粉〕를 뜻함.
- 싀면 ᄀᆞᆯ리이나 : 스면 가루나. 이 자료에서 선택의 접속어미 '-이나'는 현대국어와 달리 연속되는 체언의 마지막까지에도 '-이나'를 붙이는 것이 일반적이다. 참고) 소ᄂᆞᆫ 외나 박이나 화치 싸흐라 무ᄅᆞ ᄊᆞᆷ고 셩이나 표고나 ᄎᆞᆷ버스시나 ᄀᆞᄂᆞ리 ᄶᅳ저 ᄃᆞᆫ지령기롬의 봇가(상화법). 두견홰나 쟝미홰나 츌단홰나 ᄎᆞᆸᄡᆞᆯ ᄀᆞᆯ리 거피ᄒᆞᆫ 모밀 ᄀᆞᄅᆞ 잠싼 녀허(젼화법). 그런데 최종 명사에 처격형이 결합할 때는 다른 모습을 보인다. 참고) 모밀 ᄀᆞᄅᆞ 쟝만ᄒᆞ기롤 마치 조ᄒᆞᆫ 면 ᄀᆞᄅᆞᄀᆞ치 ᄀᆞᄂᆞᆫ 모시예나 깁의 뇌여(만두법).
- 섯거 : 섞어. 혼합하여. 어두 경음화가 실현된 것이다.
- 차반 : 음식. 참고) 그 지븨셔 차반 밍ᄀᆞᆯ쏘리 워즈런ᄒᆞ거늘<석보 6:16>.

세면법

〔1〕원문

● 싀면법　맛질방문

ᄀᆞ장 졍ᄒᆞᆫ 토쟝 ᄀᆞᆯᄅᆞᆯ〃 잠ᄶᅡᆫ 물 ᄲᅮᆷ겨 ᄃᆞᆺ다가 덩이지거든 모시예나 총체예나 노외여 징반의 담고 그 ᄀᆞᆯᄅᆞᆯ 더러 ᄲᅳᆯ수ᄃᆡ 너ᄅᆞᆫ 노긔예 ᄀᆞ장 ᄆᆞ이 ᄡᆞᆯ히고 굽 업슨 노그ᄅᆞ싀 ᄆᆞᆼ을 업시 홀홀ᄒᆞ게 타 그ᄅᆞᆺ재 ᄡᆞᆯᄅᆞᆫ 물에 ᄡᅴ워 심히 밧비 저어 고로 닉거 플 비치 노라말가ᄒᆞ야 술 들먹이면 일의 ᄀᆞᆺ거든 그 플을 ᄀᆞᆯᄅᆡ 노화 치ᄃᆡ 너므 즐면 되지 아니ᄒᆞᄂᆞ니 ᄀᆞ장 전즈려 ᄡᅧ 노흐며 손으로 이윽이 치면 ᄀᆞᆯ리 오오로 눅어뎌 추혀 들면 실ᄀᆞ치 느ᄅᆞᆫᄒᆞ여 ᄯᅳ듯지 아니커든 믈 ᄡᆞᆯ히고 박애 궁글 ᄠᅮᆯ워 그 친 거ᄉᆞᆯ 훌쳐 다마 무흔 노피 드러 박을 두드리거든 밋ᄐᆡ셔 저허 다 흐ᄅᆞᆫ 후에 건뎌내면 모시실 ᄀᆞᄐᆞ니라. 플이 되거나 ᄆᆞᆯ 제 너모 즐거나 ᄒᆞ여도 되지 아니ᄒᆞᄂᆞ니라. <11a>

〔2〕 현대어역

● 세면법(細麵法)　　맛질방문(실국수)

가장 깨끗한 토장가루에 물을 약간 뿜어 두었다가 덩이지거든, 모시에나 말총으로 만든 체에 다시 쳐서 쟁반에 담아라. 그 가루를 덜어 풀을 쑤되, 넓은 노구솥에 아주 매우 끓여라. 굽 없는 놋그릇에 망울이 없도록 훌훌하게 타서, 그릇째로 끓는 물에 띄워, 아주 바삐 저으면 고루 익어 풀의 빛이 노랗고 맑아진다.

(여기에) 숟가락으로 들먹여서(=저어서) (그 상태가 물고기 뱃속의) 이리 같아지거든 그 풀을 가루에 넣어서 쳐라. 너무 질면 안 되니, (분량을) 가장 잘 짐작하여 (그 풀을) 떠 놓고 손으로 한참 치면 가루가 온전히 누어져 추켜들면 실처럼 부드럽고 연하되 끊어져 떨어지지 않는다. 그러면 물을 끓이고 바가지에 구멍을 뚫어, 그 친 것을 훑쳐 담는다. 바가지를 아주 높이 들어 두드리고, 밑에서 저어 다 흐른 후에 건져 내면 모시실처럼 된다. 반죽할 때 풀이 너무 되거나 질거나 해서는 안 된다.

〔3〕 용어 해설

● ᄉᆡ면법 : 실국수. 세면 혹은 사면(細麵, 絲麵) 만드는 법. '토장가루로 풀을 쑤다가 다시 녹말가루를 넣어 섞어서 갈쭉하게 만든 것을 모시실처럼 가늘게 뽑아 익힌 국수'를 '세면' 혹은 '사면'이라 이른다. 고문헌에는 'ᄉᆞ면'으로도 쓰였다. 앞의 1a에 설명된 「ᄉᆡ면법」과 이름은 같으나 조리법에 상당한 차이가 있다. 참고) ᄉᆡ면(粉湯)<譯解 上 51>. 稍麥과 ᄉᆞ면 먹고(喫稍麥粉湯)<朴中 下 14>. ᄉᆞ면과 상화(粉湯饅頭)<朴초 上 6>. ᄉᆡ면(粉湯)<譯解 上 51>. 한복려(1999 : 95)에 실린 「ᄉᆡ면법」의 현대어역에는 수정할 곳이 더러 있다.

● 토쟝ᄀᆞᄅᆞᆯ〃 : 토장가루를. 토쟝 # ᄀᆞᄅᆞ + -ᄋᆞᆯ(대격) + -ᄅᆞᆯ(대격). 대격 '-ᄅᆞᆯ'이 중

복 표기된 오기이다.

- 총체 : 말총으로 맨 체.
- 쁠수디 : 풀을 쑤되. 어두에 합용병서 'ㅺ'이 쓰인 특이례이다. 'ㅍ'음이 지닌 '거센' 성질을 된소리 표기에 쓰이는 'ㅅ'으로 드러내려한 음성학적 동기가 엿보인다.
- 뭉을 : 망울. 둥글고 작게 덩이진 것. 참고) 눈망울. 『언해두창집요』, 『언해태산집요』에 '뭉올'이 나오고 『마경언해』에 '뭉을', '뭉올'이 보인다.
- 훌훌ᄒᆞ게 : 묽게. 미음 같은 것이 매우 묽은 것을 '훌훌하다'라 한다.
- 끌른 : 끓는. 어두경음화 및 'ㅎ' 탈락 후 유음화가 일어난 어형. 긇는>끓는>끌는>끌른.
- 닉거 : 익어. 'ㄱ'이 중철된 표기.
- 노라말가ᄒᆞ야 : 노르스름하고 맑아.
- 들먹이면 : 들었다 놓았다 하면. 숟가락을 넣어 저으면.
- 일의 : 이리. 물고기 수컷의 뱃속에 들어 있는 흰 정액 덩어리.
- ᄀᆞᆯ릐 : 가루에. ᄀᆞᄅᆞ〔粉〕 + -ᄋᆡ(처격). 'ᄀᆞᄅᆞ'는 처격, 대격 등 어미 앞에서 특수곡용을 한다.
- 즐면 : 질면. 질척하면.
- 전즈려 : 짐작하여. 절제하여. 전즈리- + -어. 『진언권공』 등에 '저즈리-'가 쓰였다. 이 자료와 『번역소학』에 나타난 '전즈리-'는 'ㅈ' 앞에서 'ㄴ'이 첨가된 변화형이다. 참고) 믈의 집 얼우는 …. 쳔량 ᄡᆞᆯ 이롤 존졀ᄒᆞ야 드는 것술 혜아려 내여 ᄡᅳ며 지븨 이신 것 업슨 거세 맛게 ᄒᆞ야 우와 아랫 사ᄅᆞᄆᆡ 옷과 밥과 길ᄉᆞ와 흉ᄉᆞ애 ᄡᅳᆯ 거술 죡게 호ᄃᆡ 다 전즈려 고ᄅᆞ게 ᄒᆞ고<번소 7:50>.
- 이윽이 : 잠시 동안. '이윽히'의 예는 "히 비슬 가리고 이윽히 바라보니"<思鄕曲>에서 확인된다. 그리고 '이윽ᄒᆞ여'의 용례도 보인다. 참고) 내 어미롤 니별ᄒᆞ고 ᄒᆞᆫ번 죽으려 ᄒᆞᄂᆞ이다 ᄒᆞ더니 이윽ᄒᆞ여 도적이 모든 겨집을 모라와<오륜 3:56>. '이윽ᄒᆞ-'라는 용언 어간이 존재했던 것이다. 현대국어에는 부사 '이윽고'만 쓰인다.
- 오ᄋᆞ로 : 온전히. 오ᄋᆞ로>오오로. 참고) 그 말ᄊᆞ미 工巧코 微妙ᄒᆞ야 오ᄋᆞ로 섯근 거시 업서 淸白ᄒᆞ고<석보 13:28>. 十方世界 오ᄋᆞ로 다 이 구무 업슨 쇠마

치라<금삼 2:12>.

- 느른ᄒᆞ여 : 느른하여. 힘이 없고 부드러워.
- ᄭᅳ듯지 : 끊어져 떨어지지. 긏-〔止〕 # 듣-〔落〕 + -지. '긋듯-'는 합성동사이다.
- 궁글 : 구멍을. 굼ㄱ + -을(대격). 체언의 받침 'ㅁ'이 곡용에서 나타난 'ㄱ'에 연구개동화를 입어 '궁ㄱ'으로 나타났다.
- ᄠᅳᆯ워 : 뚫어〔貫〕. '들ᄫ-'에서 'ᄫ'이 약화되고 어두경음화가 적용된 것이다.
- 홀쳐 : 훌쳐. 후리쳐. 이 자료에 '홀치-'의 용례는 이 예밖에 없고 다른 문헌에도 이 어형이 발견되지 않는다. 아마 '홀치-'는 '후리치-'의 단축형일 것이다. 그런데 그 뜻은 '후리치-'보다 어감이 약한 듯하다.
- 무흔 : 미상. 문맥상 정도부사로 생각되며 그 뜻은 '아주', '매우'로 보인다. 한자어 '무ᄒᆞᆫ'(無限)의 비어두에 'ㆍ>ㅡ' 변화가 적용된 것으로 짐작된다. 참고) 문젼 ᄒᆞᆫ 限 <신증유합 下 58b>.
- ᄆᆞᆯ 제 : 말 때. 가루를 풀에 넣어 반죽할 때.

약과법

〔1〕 원문

● 약과법 맛질방문

ᄀᆞᄅᆞ ᄒᆞᆫ 말의 ᄭᅮᆯ 두 되 기ᄅᆞᆷ 다솝 술 서 홉 ᄭᅳᆯ힌 믈 서 홉 합ᄒᆞ여 뭉그시 ᄆᆞᆯ고 즙청 ᄒᆞᆫ 되예 믈 ᄒᆞᆫ 홉 반만 타 무치라. 방미ᄌᆞ ᄒᆡᆼ인괘 다 약과ᄀᆞ치 ᄒᆞᄂᆞ니라. <11a>

〔2〕 현대어역

● 약과법(藥果法) 맛질방문

밀가루 한 말에 꿀 두 되, 기름 닷 홉, 술 서 홉과 끓인 물 서 홉을 합하여 물렁하게 반죽하고, 물엿 한 되에 물 한 홉 반만 타서 묻혀라. 방미자〔漢菓〕와 행인과(杏仁果)는 다 약과같이 만든다.

〔3〕 용어 해설

- 약과법 : 약과(藥果) 만드는 법. 밀가루를 기름과 꿀에 반죽하여 기름에 지진 유밀과의 일종으로 '과줄'이라고도 부른다.
- 다숩 : 다섯 홉〔五升〕. '닷'〔五〕에 '홉'이 결합하면서 '서'와 'ㅎ'이 탈락하고 재음절화가 일어나 어형이 크게 단축되었다. 일상어에 자주 쓰이는 낱말에 이와 같은 현상이 나타난다.
- 뭉그시 : 약간 물렁하게. 가루에 꿀, 기름, 물, 술을 섞어 반죽하는 문맥에 쓰인 말인데, 그 뜻은 '약간 물렁하게' 정도로 잡을 수 있다. 현대국어 사전에 '뭉긋하다'는 '① 약간 비스듬하다, ② 조금 휘우듬하다, ③ 뭉근하다'라는 뜻을 지닌다고 풀이되어 있으나 이 용례의 의미는 이 중 어느 것에도 합치되지 않는다.
- 몰고 : 말고. 말아서 반죽하고.
- 즙청 : 물엿. 즙청은 과줄이나 주악의 겉에 꿀을 덧바르고 그릇에 재어 두는 데 쓴다. 『우리말큰사전』(한글학회)에는 이 낱말의 뜻을 "과줄 주악 따위에 꿀을 바르고 계핏가루를 뿌려 재어두는 일"이라 풀이되어 있으니 이 자료의 용례와는 합치되지 않는다. 이 자료에서 '즙청'은 어떤 행위나 일을 가리키는 것이 아니라 사물을 지시한다.
- 방미즈 : '미즈'는 한과(漢菓)로서 유밀과의 한 가지. 밀가루를 꿀이나 설탕에 반죽하여 납작하고 네모 반듯하게 만들어서 기름에 띄워 지진 과자. 잔치나 제사에 쓴다(한복려 1999 : 95 참조). '방미즈'의 '방'은 미상. 한복려(1999 : 95)에서는 '백미자'(白味子)로 보았다. 그러나 '백'(白)과 '방'의 음상이 매우 다르다. 문면에 나타난 어형을 존중하여 '방'으로 둔다.
- 힝인괘 : 행인과(杏仁果)는. 유밀과의 한 가지. 힝인과 + -ㅣ(주격). '힝인'은 '힝인'의 1음절말음 'ㆁ'이 약화 탈락된 속음형(俗音形)이다. '피양'(<평양), '노업'(農業)에 나타나는 현상과 유사하다.

중배끼

〔1〕 원문

● 듕박겨　맛질방문

듕박겨ᄂᆞᆫ ᄀᆞᄅᆞ ᄒᆞᆫ 말의 ᄭᅮᆯ ᄒᆞᆫ 되 기ᄅᆞᆷ ᄒᆞᆫ 홉 ᄭᅳᆯ힌 믈 칠 홉 합ᄒᆞ여 ᄆᆞ지그니ᄒᆞ여 ᄆᆡᆼ글라. <11a>

〔2〕 현대어역

● 중배끼　맛질방문(유밀과)

중배끼는 가루 한 말에 꿀 한 되, 기름 한 홉, 끓인 물 칠 홉을 합하여 미지근하게 하여 만들으라.

〔3〕 용어 해설

● 듕박겨 : 중배끼〔中朴桂〕. 유밀과의 한 가지. 중배끼는 밀가루에 기름과 꿀을 넣어 질게 반죽하여 밀어서 적당한 크기의 사각형으로 썰어 기름에 지져 낸 것인데, 약과보다 꿀이나 기름을 조금 넣고 색깔도 엷게 지진다. 볶은 밀가루를 꿀

로 반죽하여 썰어 지지기도 한다<윤서석 1991 : 359>.

- 므지그니ᄒᆞ여 : 미지근하게. 더운 기운이 있는 듯하게. 고문헌에서는 '믜죽근ᄒᆞ다'와 '믜쥬근ᄒᆞ다'가 보인다. 참고) 뎌리들 믜죽근ᄒᆞ여<인선왕후언간>.

빙사과

〔1〕 원문

● 빙ᄉᆞ과 　맛질방문

빙ᄉᆞ과ᄂᆞᆫ ᄎᆞᆸᄡᆞᆯ을 ᄆᆞ이 쓸허 ᄡᆞ락이 업시 ᄒᆞ여 ᄀᆞᄅᆞ ᄶᅵ허 졍케 노외여 됴ᄒᆞᆫ 쳥쥬의 ᄭᅮᆯ 타 졀편 반쥭만치 ᄒᆞ여 잠ᄭᆞᆫ 둣다가 밥보희 ᄡᆞ 새용 두에예 ᄶᅧ ᄀᆞ장 닉거든 내여 텨 ᄆᆡᆫ돌기롤 안반의 홍도대로 미러 ᄑᆞᆺ 마곰 ᄡᆞ흐라 맛초 ᄆᆞᆯ뢰여 디져 쳥밀의 엿 죠곰 노화 ᄲᆞᆯ혀 죄와 버무려 고로 펴고 잠ᄭᆞᆫ 지줄럿다가 얼의거든 ᄡᆞ흘라 ᄭᅮᆯ을 데조리면 어우디 아니ᄒᆞᄂᆞ니라. <11b>

〔2〕 현대어역

● 빙사과 　맛질방문

빙사과는 찹쌀을 많이 쓿어 싸라기가 없도록 하여 가루를 찧어 깨끗하게 체로 다시 쳐라. 좋은 청주에 꿀을 타 절편 반죽만큼 하여 잠깐 두었다가, 밥보자기에 싸서 새옹솥 뚜껑에 쪄라.

아주(=푹) 익거든 꺼내어 쳐서 만들기를 안반에 홍두깨로 밀어 팥알 만하게 썰어, 알맞게 말려서 지져, 꿀에 엿을 조금 놓아 달여 졸이고 버무려 고루 펴고, 잠깐 (돌로) 눌러 두었다가 굳으면 썰어라. 꿀을 덜 졸이면 어우러지지 아니하느니라.

〔3〕 용어 해설

- 빙ᄉᆞ과 : 유밀과의 한 가지로서, '氷砂菓' 또는 '賓紗菓'로 표기한다. 찹쌀가루를 꿀에 탄 청주에 반죽하여 쪄서 안반에 밀어 팥알만큼 썰어 말렸다가 기름에 지지고 꿀에 버무려서 편 뒤에 모가 나게 썬 강정의 일종이다.
- 쓸허 : 쓿어. 쌀, 조, 수수 등의 알곡을 절구에 거칠게 찧은 후 다시 찧어 알곡을 곱고 깨끗하게 하다. 참고) 이 ᄡᆞᆯ이 구즈니 다시 슬흐라<朴解 中 7>.
- ᄡᅡ락이 : 싸라기. 쌀이 부서진 조각.
- ᄶᅵ허 : 찧어. ᄶᅵᇂ- + -어. '딯-'의 어두경음화형.
- 졀편 : 절편. 꽃무늬를 찍어 모양 있게 만든 흰 떡.
- 밥보희 : 밥보자기에.
- 새용 두에 : 새옹솥 뚜껑. '새용'은 작은 솥. '두에'는 뚜껑. 새옹솥은 놋쇠로 만든 작은 솥으로 바닥이 평평하고 배가 부르지 아니하며 뚜껑이 있다.
- 죄와 : 졸게 하여. 졸이어. 「박산법」의 용어 해설 참고.
- 지줄럿다가 : 눌렀다가. 지줄르- + -엇- + -다가. '지주르-'의 ㄹ반입형이다. 참고) 몸과 ᄆᆞᅀᆞᆷ과ᄅᆞᆯ 굿눌러 돌히 플 지즈름ᄀᆞ티 ᄒᆞ야<목우자수심결 25>. 지즐울 압〔壓〕<자회-초 下 11>.
- 얼의거든 : 엉기거든. 여기서는 '굳거든'의 의미이다. 얼의- + -거든. 참고) 각시 ᄯᅩ 비옌 큰 벌에 ᄀᆞᆱ쉬옌 효ᄀᆞᆫ 벌에 미티ᄂᆞᆫ 얼읜 벌에러니<월곡 70>. 글혀 얼의어든 사그르세 다마 두고<救簡 1:19>.
- 데조리면 : 덜 졸이면. '데-'는 모자라거나 부족함을 뜻하는 접두사이다. 참고) ᄉᆡ어미 효양호ᄆᆞᆯ 데ᄒᆞ디 아니ᄒᆞ야<번소 9:55>. 현대국어에서도 접두사 '데-'가 동일 의미로 사용된다. 예) 데삶다, 데익다, 데생기다.

- 어우디 : 합쳐지지. 어울- + -디. 참고) 몸이 어울오도 머리 제여고밀씨 ᄆᆞᅀᆞᆷ 머굼도 제여고미러니<월곡 134>. 믈읫 字ㅣ 모로매 어우러ᅀᅡ 소리 이ᄂᆞ니<훈민 해례 13>. 닐구비어든 남진 겨지비 ᄒᆞᆫ ᄃᆞᆺ긔 앉디 아니ᄒᆞ며 바볼 어우러 먹디 아니홀 디니라<내훈-초 3:2>.

강정법

〔1〕 원문

● 강정법 맛질방문

ᄀᆞ장 고ᄅᆞᆫ ᄎᆞᆸᄡᆞᆯ을 뫼ᄡᆞᆯ과 ᄡᆞ락이ᄅᆞᆯ ᄀᆞᆯ희여 ᄇᆞ리고 ᄃᆞᆷ가 ᄒᆞᄅᆞ밤 자여 이튼날 아젹의 ᄇᆞᄅᆞᆷ 업ᄉᆞᆫ 방의 불 덥게 다히고 ᄃᆞᆷ갓던 ᄡᆞᆯ을 셰말ᄒᆞ여 ᄀᆞ장 ᄆᆡ온 쳥쥬의 된 증편마치 프러 더운 ᄃᆡ 잠깐 노홧다가 밥보자희 ᄒᆞᆫ 졉시식 노하 노긔 두웨예 ᄃᆞ라 퉁노긔예 만화로 ᄲᅧ 안반의 노코 홍돗대 긋트로 ᄶᅬ리지게 쳐 쳥쥬ᄅᆞᆯ 술 그테 무쳐 안반의 ᄯᅥᆨ을 다 ᄭᅳᆯ거 홍돗대 그테 다 트러 감은 후에 분 ᄀᆞᄅᆞᆯ 안반의 두터이 ᄭᆞᆯ고 그 홍도대예 거ᄉᆞᆯ 술 그테 쳥쥬 무쳐 ᄭᅳᆯ거 ᄀᆞᄅᆡ 노코 ᄯᅩ ᄀᆞᄅᆞ 덥고 ᄀᆞᄅᆞᆯ 의지ᄒᆞ여 비븨여 슈단마곰 ᄡᅡ흐ᄃᆡ 납뎍납뎍 ᄡᅡ흘면 졀편 ᄀᆞᄐᆞ니 잠깐 길즉〃〃ᄒᆞ게 ᄡᅡ흐라 ᄀᆞ장 ᄆᆞ이 더운 방의 식지 ᄭᆞᆯ고 몬뎌 ᄡᅡ흐니 ᄶᅩᆨᄶᅩᆨ 어럼으로 느리 펴 노코 ᄒᆞᆫ 아히 바독 두듯 낫〃치 뒤혀 노하 쉴 ᄉᆞ이 업시 뒤시로다가 두 녁히 다 구더 붓디 아니ᄒᆞ거든 ᄆᆞ이 ᄆᆞᆯ노여 무러 보와 ᄡᅩᆨᄡᅩᆨᄒᆞ거든 거두어 죠ᄒᆞᆫ 쳥쥬에 적셔 식지예나 아모 그ᄅᆞᄉᆡ나 펴 두면 술이 들거든 밥보ᄒᆞᆯ 축여 ᄆᆞ이 ᄲᅡ ᄇᆞ리고 ᄲᅡ 단지예 녀헛다가 추디거든 이튼날 퉁노긔ᄅᆞᆯ 숫불 우희 걸고 ᄎᆞᆷ기ᄅᆞᆷ 븟고 강뎡을 여나믄 낫식 드리쳐 져로 급히 젓기ᄅᆞᆯ 그티지 말고 젓다가 보

면 써 셜 고ᄇᆡ예 존ᄎᆞ락이ᄅᆞᆯ 급히 녀허 곳 블을 씌오고 ᄆᆞᄅᆞᆫ ᄀᆞ뢰도 죠ᄒᆞ니 져로 년ᄒᆞ여 저으면 ᄃᆞᆰ으알만ᄒᆞ여지거든 지버 내면 데곳 지디여시면 지그러디ᄂᆞ니 ᄆᆞ이 디져 쟈로 건뎌 내고 쓸흔 기ᄅᆞᆷ을 냥픈의 퍼 다마 넝슈의 씌워 치오고 ᄯᅩ 곳 블을 업시ᄒᆞ고 기ᄅᆞᆷ 차신 제 도로 부어 강쟝을 몬져ᄀᆞ치 젓다가 ᄠᅳᆯ 고ᄇᆡ예 ᄯᅩ 곳 블을 몬져ᄀᆞ치 녀흐라. 그리 매 기ᄅᆞᆷ 두 되ᄅᆞᆯ 서로 치오며 디지면 기ᄅᆞᆷ이 뎍게 들고 됴흐니라. 강쟝 무치ᄂᆞᆫ ᄶᅢᄅᆞᆯ 박의 담고 흔드러 무티ᄃᆡ 박을 둘흘 가디고 서로 흔드러 ᄆᆡᆼ글라. <11b～12a>

〔2〕 현대어역

● 강정법 맛질방문

깨끗하게 고른 찹쌀과 멥쌀을 싸라기는 가려서 버리고 (물에) 담가 하룻밤 재어라. 이튿날 아침에 바람 없는(=외풍이 없는) 방에 불을 덥게 때고, 담갔던 쌀을 가루로 만들어 가장 독한 청주에 된 증편만큼 풀어, 더운 곳에 잠깐 놓아 두어라. 밥보시기에 한 접시씩 놓아, 노구솥 뚜껑에 달아 퉁노구솥에 약한 불로 쪄서, 안반에 놓고 홍두깨 끝으로 꽈리지게 쳐라. 청주를 숟가락 끝에 묻혀 안반의 떡을 다 긁어 홍두깨 끝에 다 틀어 감아라. 그 뒤에 분가루를 안반에 두껍게 깔고, 홍두깨의 것을 숟가락 끝에 청주 묻혀 긁어 가루에 놓아라. 또 가루로 덮고 가루에 의지하여 비벼 수단알만하게 썰되, 납작납작 썰면 절편 같으니 약간 길죽길죽하게 썰어라.

매우 더운 방에 식지(食紙)를 깔고 먼저 썬 것을 족족(=줄을 맞추어) 종이의 어름으로(=식지의 갓변으로) 늘여 펴 놓는다. 아이가 바둑을 두듯 낱낱이 뒤집어 놓아 쉴 사이 없이 뒤집다가, 두 쪽이 다 굳어 붙지 않도록 많이 말려라. 깨물어 보아 딱딱하거든 거두어 좋은 청주에 적셔 식지에나 아무 그릇에나 펴 두어, 술이 스며들면 밥보자기를 축여 (물기를) 많이 짜버린다. (그것을) 단지에 넣었다가 축축해지거든 이튿날 퉁노구를 숯불 위에 걸고, 참기름을 붓고 강정을 여남은 낱씩 넣어 젓가락으로 급히 젓기를 그치지 말아라. 젓다가 보면 (강정이) 떠오를 무렵에 잔나무 조각들을 급히 넣어 곧 불을 세게 하여라.

마른 'ᄀᆞ뢰'(?)도 좋으니, 젓가락으로 연이어 저어 달걀만해지거든 집어내라. 덜 지지면 찌그러지니 오래 지져 국자로 건져내고, 끓는 기름을 양푼에 퍼 담아 냉수에 띄워 식히고, 곧 불기를 없애라. 기름이 차가워졌을 때 (그것을) 도로 붓고 강정을 먼저처럼 젓다가 떠오를 무렵에 또 곧 불을 먼저처럼 넣어라.

그렇게 매번 기름 두 되를 서로 식혀가며 지지면 기름이 적게 들고 좋으니라. 강정에 묻히는 깨는 바가지에 담고 흔들어 묻히되, 바가지 두 개를 가지고 서로 흔들어서 만들어라.

〔3〕 용어 해설

- 강정법 : 강정 만드는 법. 오늘날 설날에 만드는 '강정'과 그 이름은 같으나 재료의 가공법과 조리법에서 상당한 차이를 보여 준다. 중요한 차이는 찹쌀가루를 재료로 하는 점, 청주를 적시는 점, 참기름에 넣고 튀기는 점이다. 조리 방법과 과정이 매우 세밀하게 묘사되어 있어서 그대로 따라 하면 예전과 동일한 '강정'을 만들 수 있을 듯하다.
- 고ᄅᆞᆫ : 고른. 잡것을 제거하여 깨끗한.
- 자여 : 재어. 이 자료에서 '재다, 재우다'의 의미로 쓰인 단어는 '자이-'와 '자히-', '장이-' 세 가지 형태가 있는데, 이 중 '자이-'가 자주 쓰인다. '자히-'는 사동접사 '-히-'가 결합한 형태이고, '장이-'는 '겹겹이 쌓아 놓는다'는 뜻이 있다. 참고) 기름지령의 장여 진ᄀᆞᄅᆞ 보희게 무텨(가데육). 빅미 너 말 빅셰ᄒᆞ여 좀가 자혀

므ᄅᆞ게 ᄶᅧ(듁엽쥬).

- ᄇᆞᄅᆞᆷ 업손 방의 : 외풍이 없는 방에. 바람이 들지 않는 방에.
- 셰말 : 보드라운 가루〔細末〕.
- ᄆᆡ온 : 매운. 여기서는 '독한'의 의미.
- 밥보자희 : 밥 보시기에. 밥보자ㅎ + -의. '보자'는 '보ᅀᆞ'〔碗〕의 변화형이다. 참고) ᄆᆞᆯᄀᆞᆫ 기름 ᄒᆞᆫ 보ᅀᆞᄅᆞᆯ 먹고<구간 6:32>. 현대국어의 '밥보자'(=밥보자기. 밥 담는 그릇이나 밥상을 덮는 베 헝겊)와 뜻이 다른 것이므로 유의해야 한다. 바로 아랫 단락과 「빙사과」 등에 나오는 '밥보ㅎ'가 현대국어의 '밥보자'와 같은 뜻이다.
- 노긔 두웨 : 노구솥 뚜껑. 이 자료에서 '노긔'는 「슈증계」 등에 나오는데 모두 솥을 가리킨다. '놋그릇'은 '노그ᄅᆞᆺ'으로 나타난다. 참고) 너ᄅᆞᆫ 노긔에 ᄀᆞ장 ᄆᆞ이 ᄡᅳᆯ히고 굽 업슨 노그ᄅᆞᄉᆡ ᄆᆞᆼ을 업시 홀홀ᄒᆞ게 타(슈증계). 노구솥은 놋쇠나 구리쇠로 만든 솥으로, 자유로이 옮길 수 있고, 따로 걸고 음식을 익히는 데 쓰는 것이다. '두웨'는 '뚜껑'의 고어형이다.
- 퉁노긔 : 품질이 낮은 놋쇠를 '퉁'이라 하며, '퉁쇠'로 만든 작은 솥으로 바닥이 평평하고 위아래가 출무성한(넓이가 비슷한) 솥을 '퉁노구'라 한다.
- ᄣᅧ : 쪄서. ᄣᅵ- + -어. 참고) 奇特ᄒᆞᆫ 지조와 큰 그르시 다 흘러가 몰애 ᄣᅵᄂᆞᆫ 迷惑ᄒᆞᆫ 소니며 밥 니ᄅᆞᄂᆞᆫ 주으린 아비 ᄃᆞ외놋다<능엄 1:3>. 炎天에 더위 ᄣᅵᄂᆞᆫ ᄃᆞᆺ 호ᄆᆞᆯ 避ᄒᆞ소라<두해-초 8:9>.
- 홍돗대 : 홍두깨. 이 자료에는 '홍돗대'와 '홍도대'(빙사과)의 예가 보인다. 이 외에 다른 문헌에서는 '홍독ᄀᆡ'나 '홍도ㅅ개' 등이 보인다. 참고) 趕麵棍 홍도ㅅ개 <몽어유해 下 11>.
- ᄧᅡ리지게 쳐 : 꽈리지게 쳐서. '꽈리'는 가지과에 딸린 다년생 식물로 물렁한 열매가 둥글고 붉게 익는다. 예전에는 아이들이 그 씨를 빼어 놀잇감으로 썼는데, 입으로 그 씨를 씹으면 껌 씹는 소리와 비슷한 소리가 난다. '홍두깨 끝으로 꽈리지게 친다'는 것은 재료를 칠 때 공기가 들어간 꽈리 모양처럼 둥글게 엉기도록 친다는 뜻이다. 1928년생의 이봉선 할머니(경주군 내남면 비지리 출신)의 증언에 따르면 어릴 때 인질미 등 떡을 칠 때도 '꽈리지게 친다'는 말을 썼다고 한다.
- ᄣᅥᆨ : 떡. 참고) 그 後에 ᄡᆞᆯ 마시 업고 열본 ᄯᅥᆨ ᄀᆞᄐᆞᆫ ᄡᆞᆯ 거치 나니<월석 1:42-43>. ᄯᅥᆨ 버혀 주믄 샹네 ᄉᆞ랑 ᄒᆞ논 배니라<두해-초 25:8>. 본문에서 'ᄣᅥᆨ'으로

쓰인 것은 당시 ㅄ이나 ㅼ이나 동일한 음가였기 때문에 생겨난 혼기(混記)이다.

- 분 줄롤 : 분(粉) 가루를. 같은 뜻의 낱말이 중복된 것.
- 슈단 : 수단자(水餻子). 수단은 흰떡을 젓가락만하게 비벼서 한 푼 반 길이로 썰어 마르기 전에 꿀물에 넣어 실백을 띄운 음식을 이른다. 참고) 각셔(角黍)는 추ᄣᆞᆯ로 ᄒᆞᆫ 거시니 슈단 ᄀᆞᄐᆞᆫ 거시라<家禮 1:30>.
- 싸흐니 : 썬 것. 싸흘- + -ㄴ(관형형) # 이(의존명사).
- 족족 : 족족. 작은 것을 잇달아 펴거나 벌리는 꼴.
- 어럼으로 : 갓변으로. 현대어의 '어름'은 '무엇이 맞닿은 자리'라는 뜻이다. 이 문맥은 먼저 썬 것을 깔아 놓은 식지(종이)의 갓변에 줄을 맞추어 늘여 펴 놓는 작업 과정을 묘사하고 있다. 현대어의 '어름'의 고형이 '어럼'이었던 것으로 판단된다.
- ᄒᆞᆫ아히 : 이 어형은 해석에 어려움이 있다. 두 가지 가능성이 있다. 첫째는 'ᄒᆞᆫ아ㅎ + -ㅣ'로 분석하고 그 뜻을 '하나씩'으로 보는 것이다. 이 해석에서는 'ᄒᆞᆫ아ㅎ'을 'ᄒᆞ나ㅎ'의 과도분철형으로 본다. 그러나 'ᄒᆞᆫ아히'의 말모음 'ㅣ'의 처리가 문제이다. 부사화접사 '-이'로 볼 여지가 있으나 첩어(낱낱이 등)가 아닌 체언에 결합했다는 점이 부자연스럽다. 어쨌든 이 해석으로 보면 '하나씩 바둑을 두듯 낱낱이 뒤집어 놓아'라는 문맥을 이룬다. 둘째는 'ᄒᆞᆫ 아히'로 분석하고 그 뜻을 '한 아이가'로 보는 것이다. 여기서는 '아히'의 표기가 문제이다. 올바른 표기가 되려면 '아ᄒᆡ'가 되어야 한다. 이 자료에 오기가 적지 않은 점을 고려하면 '아히'를 오기로 보는 것도 무리는 아니다. '한 아이가 바둑을 두듯 낱낱이 뒤집어 놓아'라는 문장은 일종의 비유적 표현이다. 바둑을 둘 줄 모르는 아이는 바둑판의 돌을 이리저리 뒤집어 놓기만 할 뿐이니 이런 정황에 빗대어 비유적으로 묘사한 것이라 할 수 있다. 두 해석 중 필자는 후자를 취한다.
- 뒤혀 : 뒤집어. 고문헌에는 '드위혀다'와 '두위혀다'가 사용되고 있다. 참고) 바미 고래 지여 ᄃᆞ로미 숤바당 드위혀메셔 ᄲᅧᄂᆞ니<능엄 1:16>. 가ᄉᆞ면 사ᄅᆞ미 金을 뫼 ᄀᆞ티 사햇다가 ᄒᆞᄅᆞᆺ 아ᄎᆞ미 배요ᄃᆡ 손ᄲᅡ당 두위혈 ᄉᆞᅀᅵ ᄀᆞ토ᄆᆞᆯ 내 보며<내훈-초 3:6>. '뒤혀'는 '두위혀-'의 축약으로 볼 수 있다.
- 뒤시로다가 : 뒤집다가. 엎치락뒤치락하다가. '두위힐호다'에서 변화형으로 여겨진다. 두위힐호다>뒤힐호다>뒤실호다>뒤시로다. ㅎ구개음화가 일어난 예로 간

주된다.

- ᄯᅩᆨᄯᅩᆨᄒᆞ거든 : 딱딱하거든. 현대어의 '똑똑하-'와 뜻이 다르다.
- 추디거든 : 물기가 배어 눅눅해지거든. 추지거든.
- ᄣᅧ 셜 : 떠오를. ᄠᅳ- + -어 # 셔- + -ㄹ. 바로 뒤에 나오는 'ᄠᅳᆯ 고븨예'와 같은 의미로 쓰인 것이다. 'ᄣᅧ'는 'ᄠᅳ어'이고, '셜'은 '셔-'〔立〕에 관형형어미 '-ㄹ'이 결합한 것으로 본다.
- 즌ᄎᆞ락이 : 잔부스러기. 잔찌꺼기. 여기서는 부스러기 나뭇조각을 뜻한다. 작은 부스러기 나무 조각은 불이 잘 붙기 때문에 이런 것을 불 속에 넣으면 빠르게 불길이 강해진다.
- ᄡᅴ오고 : 싸게 하고. 불기운을 세게 하고. ᄡᆞ- + -ㅣ-(사동) + -오-(사동) + -고. 사동접사 두 개가 결합한 이중사동형은 '재우다'에서도 확인된다.
- ᄀᆞ뢰 : 미상. 앞에 불을 강하게 하기 위해 잔챙이 나무조각을 넣은 것으로 보아 'ᄀᆞ뢰'도 화목(火木)으로 쓰이는 나무 이름인 듯하다.
- 년하여 : 계속하여. 연이어. 연(連)하여.
- ᄃᆞᆰ으알 : 달걀. 달걀은 ᄃᆞᆰ + -의(속격) # 알. 속격의 '-의'에서 'ㅣ'가 탈락된 것이다.
- 데곳 : 덜. 데(부사, 덜) + -곳(강세첨사).
- 지그러디ᄂᆞ니 : 찌그러지니. 형태가 부서지는 것을 나타낸다.
- 쟈로 : 국자로. 쟈 + -로(부사격).
- ᄎᆡ오고 : 차게〔冷〕 하고. 식히고. 'ᄎᆡ오-'는 앞의 'ᄡᅴ오고'와 같이 사동접사 '-이-'와 '-오-'가 중첩된 이중사동형이다. 끓는 기름을 양푼에 퍼담아 냉수에 띄워 차게 한다는 문맥에서 그 뜻이 분명히 드러난다. 한편 'ᄎᆡ오다'는 '채우다'의 뜻으로 쓰일 때도 있다.
- 곳 블을 업시ᄒᆞ고 : 즉시 불〔火〕을 없애고.
- 차신 제 : 차가와져 있을 때. ᄎᆞ-〔冷〕 + -아 + 시-('이시-'의 이형태) - ㄴ # 제〔時〕.
- ᄎᆡ오며 : 차게 하면서. 식혀 가면서. 이 어형은 바로 앞에서 쓰였던 것과 같다. 기름 두 되를 쓰는 데 있어서 한 되씩 번갈아 식혀 가면서 쓰면 기름을 절약할 수 있다는 것이다.
- 둘흘 : 두 개를. 둘ㅎ + -을(대격). 바가지 두 개를.

인절미 굽는 법

〔1〕 원문

● 인뎔미 굽는 법 맛질방문

인절미 소옥애 엿슬 ᄒᆞᆫ 치마곰 고자 녀허 두고 불에 만화로 여시 녹게 구워 아젹으로 먹으라. <12a>

〔2〕 현대어역

● 인절미 굽는 법 맛질방문

인절미 속에 엿을 한 치 길이만큼 꽂아 넣어 두고, 약한 불로 엿이 녹게 구워 아침으로 먹으라.

〔3〕 용어 해설

● 인뎔미 : 인절미. '인뎔미'는 '인절미'에 대한 ㄷ구개음화 과도교정형. 참고) 餈餻 인졀미<四解 上 13>. 인졀미(粉餈)<物譜 飮食>. 인졀미(打糕)<同文 上 59>.

● 엿슬 : 엿을. 어간말 ㅅ이 중철된 표기.

복숭아 간수하는 법

〔1〕 원문

● 복셩 간숓ᄂᆞᆫ 법

밀ᄀᆞᆯ르로 쥭을 달히고 소곰을 죠곰 녀허 새 독의 녀코 복셩을 쥭 가온대 녀 ᄆᆞ이 봉ᄒᆞ여 두면 겨을 먹거도 시졀 것 ᄀᆞᆺᄒᆞ니라. <12a>

〔2〕 현대어역

● 복숭아 간수하는 법

밀가루로 죽을 달이고, (죽에) 소금을 조금 넣어 새 독에 넣으라. 복숭아를 죽 가운데 넣어 단단히 봉해 두면 겨울에 먹어도 제철 것 같으니라(=제철 것 같이 싱싱하다).

〔3〕 용어 해설

● 간숓ᄂᆞᆫ : 간수(看守)하는. 저장하는. '간쇼ᄒᆞᄂᆞᆫ'의 단축형이다. 「ᄉᆡᆼ포 간숓ᄂᆞᆫ 법」

(4b)의 용어 해설 참고. 음절말의 'ㅎ'이 'ㅅ'으로 표기된 것은 /-hn-/의 연속이 16세기 국어에서 /-tn-/, /-nn-/, 또는 /-sn-/으로 표기되는 현상 중 세 번째의 것과 같다.

- 밀ᄀᆞᆯ르로 : 밀가루로. 'ᄀᆞᆯ르'는 'ᄀᆞᄅᆞ'가 조사 '-으로' 앞에서 특수 곡용을 한 모습이다.
- 븍셩 : 복숭아. '복셩'의 오기이다. 참고) 복샹하 나모<救方 上 21>. 복셩 남기<두해-초 15:22>. 복셩화 ᄀᆞᆮ호ᄃᆡ<南明上 26>. 복셩화 도(桃)<字會-초 上 11>.
- 가온대 : 가운대. '가ᄫᆞᆫ대'의 변화형이다. 참고) 沱水ᄂᆞᆫ 가온대 앉ᄂᆞᆫᄃᆡ 臨ᄒᆞ얏고(沱水臨中座)<두해-초 16:42>.
- 녀 : '녀허'에서 '허'를 빠뜨린 오기이다.
- 봉ᄒᆞ여 : 봉(封)하여. 'ᄆᆞ이 봉ᄒᆞ여'는 '단단히 봉하여'의 뜻이다.
- 먹거도 : 먹어도. 어간말 ㄱ이 중철된 표기이다.
- 시졀 것 : 제철의 것. 시절(時節) 음식.

동아 느ᄅᆞ미

〔1〕 원문

● 동화 느ᄅᆞ미

쉰 동화ᄅᆞᆯ 너븐 빈닙마곰 열게 져며 ᄀᆞᆫ 쳐 두고 무우 화치 무ᄅᆞ ᄉᆞᆯ마 셩이 표고 진이 ᄌᆞᆯ게 ᄡᅩ사 호쵸ᄀᆞᄅᆞ 약념ᄒᆞ여 그 동화 졈인 ᄃᆡ ᄡᅡ ᄢᅰ여 대졉의 담아 듕탕의 닉게 쪄 지령국의 기롬 진ᄀᆞᄅᆞ ᄉᆡᆼ치즙 맛 잇게 ᄒᆞ여 호쵸 쳔쵸 약념ᄒᆞ여 ᄡᅢ바 졉시예 담고 그 즙 언처 드리라. <12a>

〔2〕 현대어역

● 동아 느르미

(늙어서) 쉰 동아를 넓은 배 나뭇잎 만하게 얇게 저며 간을 쳐 둔다. 무 화채를 무르게 삶아 석이버섯, 표고버섯, 참버섯을 잘게 다져 후춧가루로 양념하여, 동아를 저민 데에 싼다. (그리고 꼬치에) 꿰어 대접에 담아 중탕에서 익게 찐다. 간장국에 기름, 밀가루, 꿩고기즙을 (넣어) 맛있게 하여, 후추, 천초로 양념하여 (꼬치에서) 뽑아 접시에 담고 그 즙을 얹어 드려라.

〔3〕 용어 해설

- 동화 : 동아〔冬瓜〕. 박과에 속한 한해살이 덩굴풀. 열매는 긴 타원형으로, 겉에 잔털이 많으며, 익으면 흰 가루가 앉고 맛이 좋다.
- 동화 느ᄅᆞ미 : 무와 버섯류를 삶아 양념하고, 동아를 저며 간한 것으로 말아, 꼬챙이에 꿰어 중탕하여 찌거나 기름에 지져, 꿩고기 즙액을 끼얹어 만든 음식이다.
- 쇤 : 늙어서 쇠어 버린. 참고) ᄆᆞᆯ이 쇠고(漿老)<痘瘡 上 34>. ᄂᆞ믈 쇠다(柴了)<譯語補 42>.
- ᄇᆡᆫ닙마곰 : 배의 잎만큼. 배의 잎만한 크기로. ᄇᆡ〔梨〕 # ㅅ # 닢. 사이시옷이 후행 'ㄴ'에 동화된 것이다.
- 열게 : 얇게. 엷- + -게. 어간말 'ㄼ'이 'ㄹ'로 줄어진 꼴이다.
- ᄡᅩ사 : 쪼아〔琢〕. 현대의 경상방언에 '쪼사'가 그대로 쓰이고 있다. 따라서 이 어형은 당시의 방언형을 반영한 것이라 할 수 있다.
- 졈인 : 저민. '져미-'의 과잉분철. 바로 앞줄에 '열게 져며'가 나오는데 그렇게 저민 것을 다시 싸고 꿰는 조리 동작이 가해지고 있다.
- ᄡᅢ바 : 뽑아. 갖은 양념을 하여 꼬치 속에 박은 동아를 뽑아내는 동작을 표현한 것이다. 한복려(1999 : 97)에서 이 동사를 '삶아서'로 의역했는데 어형에 맞는 것은 아니다.
- 언처 : 얹어. '얹-'은 15세기의 '엋-'에서 'ㅈ'앞에 'ㄴ'이 첨가된 것이다. 여기에 쓰인 '언ㅊ-'을 통해 우리는 어간 '엋-'의 존재를 확인할 수 있다. '엋-'과 함께 '엋-'이 존재하였고 여기에 'ㄴ'이 첨가되어 '언ㅊ-'이 생겼던 것으로 본다. '언처'는 뒤의 「동화젹」과 「가지 느롬이」에도 보인다.
- 드리라 : 드려라. '드리어라' 혹은 '드려라'로 적어야 옳다. 원본을 자세히 보면 '리' 밑에 'ㄴ'을 슬쩍 찍어 넣은 것 같기도 하다. '드리라'라는 어형이 어법에 맞지 않으니 '드린다'로 바꾸려 했으나 끝 음절의 '라'를 고치지 못하여 어색하게 되었다.

동아선

〔1〕 원문

● 동화선

늘근 동화 도독도독 져며 잠간 데쳐 지령의 기ᄅᆞᆷ 노화 블게 달혀 그 동화 술문 것 믈긔 업시 건져 그 지령의 ᄎᆡ 메워 ᄃᆞᆯ화 ᄇᆞ리고 그 달힌 지령 고쳐 섯거 싱강 즛두드려 너허 두고 쁠 제 초 쳐 쓰라. 사나흘 되도록 ᄲᅧ도 비치 민파 ᄀᆞᆺᄒᆞ니 죠흐니라. 동홰 물긔 만ᄒᆞ니 ᄃᆞᆯ화 ᄇᆞ리고 다시 지령 너허사 ᄒᆞ리라. <12a～12b>

〔2〕 현대어역

● 동아선

늙은 동아를 도톰도톰하게 저며 잠깐 데친다. 간장에 기름을 놓아 붉게 달인다. 동아 삶은 것을 물기를 없애고 건진다. 달인 간장에 버무려 무친 후 따라 버리고, 달인 간장을 다시 (동아와) 섞어 생강을 짓두드려 넣어 두고, 쓸 때 초를 쳐서 쓰라. 사나흘 되도록 써도 빛깔이 민파 같은 것이 좋다. 동아는 물기가 많으니 (빠진 물은) 따라 버리고 다시 간장을 넣어야 한다.

〔3〕 용어 해설

- 동화선 : 동아선〔冬瓜膳〕. 동아를 간장기름국에 삶아 간장과 생강을 섞은 것에 담아 두는 것이다. 동아절임과 비슷하다. 「시의전서」에는 서리가 내린 후의 동아를 둥글고 반듯하게 썰어서 기름에 볶아 겨자를 곁들여 먹는 것으로 되어 있다(윤서석 1991 : 197).
- 도독도독 : 약간 두껍게. 도톰하게.
- 블게 : 붉게. 어간말 ㄺ이 ㄹ로 줄어든 형태이다.
- 술문 것 : 삶은 것. ᄉᆞᆱ- + -은 # 것. 원순모음화 ㅡ>ㅜ가 형태소 경계에서 실현된 예이다.
- ᄎᆡ 메워 : 채를 메워. 양념을 섞은 것으로 무쳐. '채를 메운다'는 것은 어떤 조리 동작을 의미하는 것이 분명하다. 문맥상으로 보면 '찬거리로 쓰이는 채소 재료를 간장 따위에 섞어 무치는 것'을 뜻한다. 'ᄎᆡ'는 '여러가지 맛을 섞어 만든 요리'를 뜻한다(유창돈, 『이조어사전』 p.693 참조). 참고) ᄎᆡ 제(虀)<字會-초 中 21>. 4b의 「ᄒᆡ숨 달호ᄂᆞᆫ 법」에서는 'ᄎᆡᄒᆞ여'가 쓰였는데 거의 같은 뜻으로 파악된다.
- ᄃᆞᆯ화 : 따라. 문맥상 그 의미를 '따뤄'로 파악할 수 있다. ᄃᆞᆯ호- + -아. 그런데 옛말 사전에 'ᄃᆞᆯ호-'라는 동사는 등재되어 있지 않다.
- 민파 : 파〔葱〕의 일종으로 생각된다. 이 낱말은 옛말 사전과 현대어 사전에 실려 있지 않다. 문맥으로 보아 껍질을 벗겨낸 파의 흰 속줄기를 가리키는 것이 아닌가 여겨진다.
- ᄀᆞᆺᄒᆞ니 : 같은 것이. ᄀᆞᆺᄒᆞ- + -ㄴ(관형형) # 이(의존명사). 뒤에 오는 '죠흐니라'를 고려하여 이와 같이 분석하였다.
- 다시 지령 너허사 ᄒᆞ리라 : 다시 간장을 넣어야 하리라. 두 가지 해석의 가능성이 있는 구절이다. '사'를 'ᄒᆞ'에 붙여 '사ᄒᆞᆯ-' 즉 '썰다'의 의미로 풀어볼 수도 있으나(간장을 넣어 썰어라), 활용형 '사ᄒᆞ리라'가 매우 어색하다. '사'를 앞의 '너허'에 결합한 강세접사로 간주하고 '너허사 ᄒᆞ리라'로 보는 것이 더 자연스럽다.

동아돈채

〔1〕 원문

● 동화돈ᄎᆡ

동화ᄅᆞᆯ 효근 두부 느ᄅᆞ미마곰 싸흐라 말가케 잠간 데쳐 체예 건져 두고 지령 기름 달혀 ᄎᆡ 메워 계ᄌᆞ 초 지령 세 마시 맛게 ᄭᅢ소곰 걸러 보ᄃᆞ라온 체예 바타 그 동화의 즙 ᄀᆞ치 걸러 섯거 ᄡᅳ라. <12b>

〔2〕 현대어역

● 동아돈채

동아를 작은 두부 느르미만큼 썰어 말갛게 잠깐 데쳐 체에 건져 둔다. 기름장을 달여 무치고 겨자, 초, 간장의 세 가지 맛이 알맞도록 깨소금을 걸러 (그것을) 보드라운 체에 밭아 동아즙과 함께 걸러서 섞어 쓰라.

〔3〕 용어 해설

- 동화돈치 : 동아를 작게 썰어 데쳐 간장, 기름에 달여 겨자, 초 등을 넣고 만든 반찬. '돈치'의 뜻은 불분명하다. 현대 국어 사전에 '돈채'라는 낱말은 없으나 '나물밥'을 뜻하는 '돈채반'(頓菜飯)은 발견된다(『우리말큰사전』, 한글학회 편).
- 효근 : 작은. 횩-〔小〕 + -은.
- 치 메워 : 앞 항목 '동화선'의 동일 항목 용어 해설 참고.

동아적

〔1〕 원문

● 동화적

굴고 ᄉᆞᆯ진 동화를 싸흐라 고기 산젹 ᄢᅦᄃᆞ시 ᄢᅦ여 셜아젹 ᄢᅦᄃᆞ시 ᄒᆞ여 칼로 두 녁을 쟉〃 어히되 좀좀 어혀 젹쇠 노화 만화로 무ᄅᆞ게 구우되 지령 기름 ᄇᆞᆯ라 굽고 마ᄂᆞᆯ이나 ᄉᆡᇰ강이나 ᄌᆞᆯ게 ᄡᅩ아 어힌 ᄉᆞ이예 다 들게 녀허 초 언처 ᄡᅳ라. <12b>

〔2〕 현대어역

● 동아적(冬瓜炙)

굵고 살진 동아를 썰어 고기산적을 꿰듯이 꿰어, 설적을 꿰듯이 하여 칼로 양 쪽을 조금씩 베되 촘촘히 벤다. 석쇠에 놓고 약한 불로 무르게 굽되 기름장을 발라서 굽고, 마늘이나 생강을 잘게 다져서 (동아를) 베어 벌린 사이에 다 스며들게 넣고, 초를 얹어 쓰라.

〔3〕 용어 해설

- 동화젹 : 동아적〔冬瓜炙〕. 동아 지짐.
- 굴고 : 굵고. 어간말자음군 ㄺ이 ㄹ로 단순화된 표기이다.
- 셜아젹 : 설적. 쇠고기나 내장 따위에 고명을 하여 꼬챙이에 꿰어 구운 것이다. 『임원십육지』에 '설하멱적'(雪下覓炙)으로 되어 있다(한복려, 1999 : 98). 현대국어 사전에는 '설적'(薛炙)으로 나오며, 송도에 사는 설씨 성을 가진 사람이 처음 시작한 데서 나온 말이라 하였다.
- 쟉쟉 : 조금씩. 세세(細細)히. 참고) 쟉쟉 먹어 섈리 숨씨며 小飯而 之ᄒᆞ며<소해 3:24>.
- 어히ᄃᆡ : 베되. 여기서는 칼로 동아를 베어 틈을 벌려 두는 동작을 표현한다. 참고) 가리 어혀 내다<한청 386a>. ᄭᅩ리ᄅᆞᆯ 어히고<救簡 6:48>.
- ᄌᆞᆼᄌᆞᆼ : 자주. 빈도 높게. 촘촘히.
- 젹쇠 : 적쇠. 석쇠. 생선 따위를 굽기 위해 철사를 그물처럼 엮어 만든 것.
- 언처 : 얹어. '동화 느ᄅᆞ미' 항에서 이미 한 번 나타났다. '엊-'의 쌍형어로 '엊-'이 존재했던 것으로 판단된다. 엊->얹-. 엋->언ㅊ-.

가지 느르미

〔1〕 원문

● 가지 느ᄅᆞᆷ이

가지로 셜아젹을 ᄃᆞᆫ 지령 기ᄅᆞᆷ 진ᄀᆞᄅᆞ 언처 구워 ᄀᆞ장 ᄃᆞᆫ 지령구긔 걸파 녀허 기ᄅᆞᆷ 진ᄀᆞᄅᆞ 타 즙 만나게 ᄒᆞ여 그 가지뎍 두 져ᄀᆞ치 어슥 어슥 싸흐라 쁘ᄂᆞ니라. <12b>

〔2〕 현대어역

● 가지 느르미

가지로 설적을 (만들 듯이) 단 간장, 기름, 밀가루를 얹어 굽는다. 가장 단 간장국에 골파를 넣고, 기름과 밀가루를 타서 즙을 맛있게 하여, 그 가지적을 두 (개의) 젓가락같이 어슷어슷하게 썰어 쓴다.

〔3〕 용어 해설

- 걸파 : 파의 한 종류로 보이는데 오늘날 양념장에 넣어 쓰는 '쪽파'(혹은 당파)와 같은 것이 아닌가 짐작된다. 앞에서 정확한 의미를 파악하기 어려웠던 '민파'도 있었다.
- 두 져 : 두 개의 젓가락. '두져'를 한 낱말로 보면 뜻풀이가 불가능하다. '져'는 「강정법」(11b)에 나타난다.

가지찜 외찜

[1] 원문

● 가지짐 외짐

가지ᄅᆞᆯ 곡지녁ᄒᆞ란 갓디 말고 네 쪽의 ᄯᆞ려 물의 ᄃᆞᆷ가 ᄆᆡ온 물이 우러나거든 ᄀᆞ장 ᄃᆞᆫ 건 장 걸러 기ᄅᆞᆷ 진ᄀᆞᄅᆞ 파 싸ᄒᆞ라 호쵸 젼쵸 약념ᄒᆞ여 사발의 담아 소ᄐᆡ 듕탕ᄒᆞ여 ᄒᆞᄉᆡ게 ᄶᅧ ᄡᅳ라. 외도 이리 ᄶᅧ ᄡᅳᄂᆞ니라. <13a>

[2] 현대어역

● 가지찜 외찜

가지를 꼭지쪽은 잘라내지 말고 네 쪽으로 쪼개어라. 물에 담가 매운물(=아린 맛)이 우러나거든, 아주 달고 걸쭉한 장을 걸러 기름, 밀가루, 파를 썰어 후추, 천초로 양념하여라. 사발에 담아 솥에 중탕하여, 흐물흐물하게 쪄서 써라. 외도 이렇게 쪄서 써라.

〔3〕 용어 해설

- 가지짐 외짐 : 가지찜과 외찜. 여기에 쓰인 '짐'은 동사 '지디다'('지디여시면' 「강정법」)의 '지'와 명사형 어미가 결합한 것으로 판단된다. '찌다'〔蒸〕와 관련된 것이 아니다. '찌-'는 이 자료에서 'ᄯᅵ-'(연계찜, 개장)와, '찌-'(연계찜, 붕어찜)로 나타난다.
- 곡지 녁흐란 : 꼭지 쪽으로는. 곡지 # 녘 + -으란(보조사). '녘'의 말음 'ㅋ'을 'ㄱ'과 'ㅎ'으로 재음소화한 표기이다. 중세문헌에는 '녁'과 '녘'이 함께 보인다. 참고) 며느리녁 지블 婚이라ᄒᆞ고<석보 6:16>. ᄀᆞᄅᆞᇝ 北녀게(江北)<두해-초 7:36>. 올ᄒᆞᆫ 녁희<번小 8:21>. 일즉 西ㄴ 녁흐로 向ᄒᆞ야<小언 6:25>. ᄒᆞᆫ녁희 ᄒᆞ나식<癸丑 73>.
- 갓디 : 깎지. 베지. 가ᇧ - + -디. 자음군단순화로 'ㅺ'의 'ㄱ'이 탈락된 것. 「증편법」(3a)에 '조ᄒᆞᆫ 누륵 갓가'가 확인된다. 여기에서 '갓-'은 문맥상 '끝 부분을 자르다'의 뜻이다.
- ᄯᆞ려 : 쪼개어. 찢어. ᄯᆞ리- + -어. 'ᄣᆞ리-'는 '쪼개다'〔析〕의 의미와 '부수다'〔破〕의 의미로 쓰였다. 여기서는 '찢다, 가르다'로 파악된다. 참고) 바리 ᄣᆞ리는 쇠 거츨언마ᄅᆞᆫ ᄧᆞ비심ᄋᆞ로 구지돔 모ᄅᆞ시니<월곡 77>. 醋 ᄒᆞᆫ 홉과 ᄃᆞᆯᄀᆡ알 ᄒᆞᆫ 나출 ᄣᆞ려 섯거 골오 프러<救方 上 27>. 析 ᄣᆞ릴 셕<유합 下 59>.
- 건 쟝 : 묽지 않고 걸쭉한 장. 걸〔濃〕- + -ㄴ # 쟝〔醬〕. 참고) ᄃᆞᆯᄀᆡ앐 믈ᄀᆞᆫ 므레 걸에 ᄆᆞ라(濃調鷄子淸)<救方 下 13>. '연계찜' 용어 해설 참고.
- 흐싀게 : 흐물흐물하게.

오이화채

〔1〕 원문

● 외화ᄎᆡ

외ᄅᆞᆯ ᄀᆞᄂᆞ리 길게 빠흐라 ᄭᅳᆯᄂᆞᆫ 물의 잠간 드리쳐 건져 물 씌워 녹도ᄀᆞᄅᆞ 고로 믓쳐 ᄯᅩ ᄭᅳᆯᄂᆞᆫ 물의 데쳐 다시기ᄅᆞᆯ 세 번 ᄒᆞ여 ᄎᆞᆫ물 어서치 시서 ᄃᆞᆷ가 희게 붓거든 건져 초지령 ᄎᆡ 지어 안쥬ᄒᆞ라. 녹두ᄀᆞᄅᆞ 무치면 국슈 ᄀᆞᄐᆞ니라. <13a>

〔2〕 현대어역

● 오이화채

오이를 가늘고 길게 썰어 끓는 물에 잠깐 넣었다가 건져 물기를 뺀다. (오이에) 녹두가루를 골고루 묻혀 또 끓는 물에 데쳐 다시기를(=건져내기를) 세 번하여 찬물에 대강 씻어 (물에) 담가 둔다. (오이가) 희게 붇거든 건져, 초간장에 무쳐서 안주하라. 녹두가루를 묻히면 국수 같으니라.

〔3〕 용어 해설

- 외화치 : 오이 화채. 오이로 만든 화채. 오늘날의 화채는 계절 과일을 얇게 저며서 설탕이나 꿀에 쟁였다가 끓여 식힌 물이나 오미자즙을 부어 과일점이 동동 떠오르도록 만든 음료이다(윤서석 1991 : 382). 그러나 이 「외화치」에서 기술하고 있는 화채는 상당히 다르다. 외를 가늘고 길게 썰어 물기를 빼고 녹두가루를 묻혀 끓는 물에 데친 후 찬물에 씻어 초간장에 양념을 하여 안주로 쓰는 것이다. <시의전서>에 나오는 장미화채, 두견화채도 이와 비슷한 모습을 보여준다. 꽃잎에 녹말가루를 묻혀 끓는 물에 잠깐 데친 뒤, 냉수에 씻어 오미자국에 넣고 잣을 띄워 먹는다고 기술되어 있다.
- ᄀᆞᄂᆞ리 : 가늘게. ᄀᆞᄂᆞᆯ-〔細〕 + -이(부사파생접미사). 참고) ᄀᆞᄂᆞ리 처 粉 ᄆᆡᆼᄀᆞ라(細羅爲粉)<능엄 7:9>. 膾ᄂᆞᆫ 고기 ᄀᆞᄂᆞ리 사ᄒᆞᆯ씨라<법화 5:27>.
- 빠흐라 : 썰어. 빠흐- + -아. '사ᄒᆞᆯ다'의 어두 'ㅅ'이 경음화된 변화형이다. 이 자료에는 어두경음화 현상이 빈번하게 나타난다.
- 드리쳐 : 데쳐. 드리치- + -어.
- ᄧᅳ워 : (물기를) 빼서. (물기를) 짜서. ᄧᅳ우- + -어. 참고) ᄧᅳ오다(瀝溜)<同文 上 61><한청 388c>.
- 다시기롤 : 다시기를. 물에 헹궈 건져내는 동작을 표현한다. 현대어에는 '입맛을 다시다'와 같은 표현에만 '다시-'가 쓰이는데 17세기의 '다시-'는 위와 같은 의미도 가졌던 것이다. 참고) 입 다시다(哂嘴)<譯上 37>.
- 어서치 : 설렁. 대강. 다른 문헌에 보이지 않는 희귀어이다. 앞뒤 문맥으로 보아 '설렁' 혹은 '대강'의 의미로 파악된다. 현대어에서 '어섯'은 '완전하게 다 되지 못하는 정도'의 의미를 가진다. 현대어 '어섯'은 '어서치'에 소급됨을 확인할 수 있다.
- 치 지어 : 앞에서 자주 나온 '치 메워'와 같은 뜻을 표현한 구절로 판단된다. 문맥으로 보면 '양념을 하여' 혹은 '무쳐' 정도로 파악된다. 「동화선」 항목의 '치 메워' 용어 해설 참고.

연근채

〔1〕 원문

● 년근ᄎᆡ

년근의 새 움이 녀름과 새 ᄀᆞ을희 돗거든 쁘더 ᄆᆡ 시어 잠간 데쳐 실 아사 ᄇᆞ리고 ᄒᆞᆫ 치 기릐마곰 그처 지령기름의 ᄎᆡᄒᆞ고 초 치라. 뎍도 그리 ᄉᆞᆯ마 실 아사 ᄇᆞ리고 싸ᄒᆞ라 지령기름의 진ᄀᆞᄅᆞ 즙 타 뎍 구우면 ᄀᆞ장 죠ᄒᆞ니라. <13a>

〔2〕 현대어역

● 연근채(蓮根菜)

연뿌리의 새싹이 여름과 초가을에 돋거든 뜯어 매우 씻어라. 잠깐 데쳐 (굵은) 섬유질은 제거하고, 한 치 길이 정도로 잘라 기름장에 무치고 초를 쳐라.

연근적(炙)도 그렇게 삶아 섬유질을 제거하고 썰어라. 간장기름에 밀가루 즙을 타서 적을 구우면 매우 좋다.

〔3〕 용어 해설

- 년근ᄎᆡ : 연뿌리에서 난 새움을 데쳐 초, 기름, 간장에 무친 숙채〔蓮根菜〕.
- 새움 : 새싹. 움이 새로 튼 것.
- 새 : 초(初). 계절의 시작을 표현하는 어휘로 현대어에서는 '초가을'에 해당하는 어휘로 '새가을'이 사용되었다.
- ᄆᆡ : 매우. 많이. 'ᄆᆞ이'의 축약형. 현대 경상방언의 정도부사로 '매매'가 있는데 'ᄆᆡ'의 중복형이다.
- 실 : 섬유질. 연뿌리 속에 있는 질긴 섬유질.
- 아ᅀᆞ : 앗아. 제거해. 앗-〔奪〕 + -아. 참고) 아ᅀᆞᆯ 탈(奪)<字會-초 下 25>.
- 기릐 : 길이. 참고) 다 기릐 두ᅀᅥ자히로ᄃᆡ<능엄 9:108>. 기릐 너븨 正히 ᄀᆞ티 二千由旬이며<법화 1:85>.
- 그처 : 끊어. 잘라. 긏-〔斷〕 + -어.
- ᄎᆡᄒᆞ고 : 무치고. 'ᄎᆡ 메워' 및 'ᄎᆡ 지어'와 같은 의미를 표현한 구절이다. 「동화선」(12b)의 'ᄎᆡ 메워' 용어 해설 참고.
- 뎍도 : 적(炙)도. 부침개도. 「대합」의 '뎍쇠' 용어 해설 참고. 참고) 어미 ᄯᅩ ᄎᆞᆷ새 져글 먹고져커늘<三綱 孝 17>.

쑥탕

〔1〕 원문

● 숙탕

정이월 ᄉᆞ이 숙을 ᄠᅳ더 지령국의 달히고 ᄉᆡᆼ치 ᄌᆞᆯ게 ᄡᅩ아 ᄃᆞᆯ긔알애 기ᄅᆞᆷ 노하 ᄆᆞᄅᆞᆫ 비옷 ᄌᆞᆯ게 ᄠᅳ더 녀허 ᄭᅳᆯ히면 ᄀᆞ장 죠ᄒᆞ니라. <13a>

〔2〕 현대어역

● 쑥탕(쑥국)

정월과 이월 사이에 쑥을 뜯어 간장국에 달여라. 꿩고기를 잘게 다져 달걀에 기름을 놓고, 마른 청어를 잘게 뜯어 넣어 끓이면 매우 좋다.

〔3〕 용어 해설

- 숙탕 : 쑥탕. 쑥을 넣어 끓인 탕. '숙'은 'ᄡᅮᆨ'의 어두 ㅂ이 탈락된 것.
- 비옷 : 청어. 비웃. 참고) 鯖 비운 쳥 俗呼鯖魚<字會-초 上 11>. 현대어의 '비웃'은 '비웃 구이, 비웃알, 비웃젓, 비웃 지짐이'와 같이 청어를 재료로 한 음식 이름에 주로 쓰인다.

슌탕

〔1〕 원문

● 슌탕

ᄀᆞᆺ 돋ᄂᆞᆫ 슌을 ᄠᅳ더 잠간 데쳐 물의 ᄃᆞᆷ가 두고 쳔어ᄅᆞᆯ ᄆᆡᆼ물의 ᄆᆞ이 달혀 ᄃᆞᆫ 지령 ᄐᆞ고 슌 녀허 ᄒᆞᆫ 소솜 ᄭᅳᆯ혀 초 쳐 드리라. ᄀᆞ장 죠ᄒᆞ니라. 붕어ᄅᆞᆯ 녀허 슌ᄀᆡᆼ을 ᄒᆞ면 비위 약ᄒᆞ여 음식 ᄂᆞ리디 아니ᄒᆞᄂᆞᆫ ᄃᆡ 약이라. 슌을 ᄭᅮᆯ의 정과 ᄀᆞ장 죠ᄒᆞ니라. <13a～13b>

〔2〕 현대어역

● 순탕(순채국)

갓 돋아난 순채를 뜯어 살짝 데쳐 물에 담가 둔다. 민물고기를 맹물에 많이 달여 단간장을 타고 순채를 넣어, 한소끔(=한번 솟구치도록) 끓여 초를 쳐서 먹으면 가장 좋다.

붕어를 넣어 순채국을 하면(=끓여 먹으면) 비위가 약하여 (먹은) 음식이 내려가지 아니하는 데 약이 된다. 순채를 꿀에 정과하면 매우 좋다.

〔3〕 용어 해설

- 슌탕 : 순탕. 순채의 갓 돋은 순을 물에 데쳐 물에 담갔다가, 민물고기를 넣고 끓이는 물에 순을 넣고 끓여 초를 쳐서 내는 탕. 순채(蓴菜)는 수련과에 딸린 여러해살이 물풀. 줄기는 물 속에 잠기어 있고 잎은 길둥근 방패꼴로 물 위에 떠 있으며, 위쪽은 녹색이고 밑은 자줏빛을 띤다. 7-8월에 자줏빛 꽃이 긴 줄기 끝에 핀다. 연못에 나는데, 동남 아시아에 자라고 어린 잎은 먹는다. 참고) 蓴 슌 쓘<字會 초 上 7b>. 슌(蓴菜)<東醫湯液二 33>. 蓴 슌<柳物三草>.

  한복려(1999 : 99)에서는 '슌탕'의 '슌'을 '죽순'(筍)으로 잘못 보고 이 음식을 죽순탕이라 하였다. '슌탕'의 전후에 놓인 조리법이 모두 채소를 재료로 하는 것이어서 '슌탕'의 '슌'은 훈몽자회 등 물명 자료에 나타나 있는 '슌'(蓴)으로 봄이 옳다. 이것이 죽순이라면 '슌' 앞에 '죽'(竹)이라는 표기를 하지 않았을 리가 없다.
- 돈ᄂᆞᆫ : 돋ᄂᆞᆫ. ㄷ이 후행 비자음에 동화된 것이다.
- 쳔어 : 민물고기〔川魚〕.
- 슌ᄀᆡᆼ : 순채(蓴菜)를 넣어 끓인 국〔蓴羹〕. 참고) ᄀᆡᆼ ᄀᆡᆼ(羹)<字會-초 中 21>. ᄂᆞ몰 ᄀᆡᆼ도 먹디 아니ᄒᆞ며<續三綱 烈 14>.
- 정과 : 정과(正果), 전과. 온갖 과실, 새앙, 연근, 인삼, 도라지 따위를 꿀이나 설탕에 조린 음식을 '정과'라 이른다. 따라서 본 구절은 꿀에 순채를 넣어 만든 정과라는 뜻이다.

산갓김치

〔1〕 원문

● 산갓침치

산가ᄉᆞᆯ 다ᄃᆞ마 ᄎᆞᆫ물에 싯고 더운 물에 헤워 효근 단지예 녀코 물을 ᄃᆞᆺᄃᆞᆺ 데여 붓고 구돌이 ᄀᆞ장 덥거든 의복으로 싸 닉이고 덥디 아니ᄒᆞ거든 ᄉᆞᆺ희 듕탕ᄒᆞ여 닉이라. 너모 더워 산가시 데여도 사오납고 데 더워 닉디 아니ᄒᆞ여도 사오나니라. ᄎᆞᆫ물에만 싯고 더운 물에 아니 헤우면 마시 ᄡᅳ니라. <13b>

〔2〕 현대어역

● 산갓김치

산갓을 다듬어 찬물에 씻고, 더운 물에 헹궈 작은 단지에 넣는다. 물을 따뜻하게 데워서 붓고, 구들이 매우 뜨거우면 (단지를) 옷가지로 싸서 익히고, 뜨겁지 않거든 솥에 중탕하여 익혀라. 너무 더워서 산갓을 데워도 좋지 못하고, 덜 더워 익지 않아도 좋지 못하다. 찬물에만 씻고 더운 물에 헹구지 않으면 맛이 쓰다.

〔3〕 용어 해설

- 산갓침채 : 산갓을 넣어 만든 김치. ‘산갓’(멧갓)은 산에 절로 나 자라는 갓. ‘갓’은 겨잣과에 속하는 두해살이풀. 줄기와 잎은 식용이고, 열매는 약간 매운 맛과 쓴 맛이 있으나 향기롭다. ‘김치’는 문헌에서 ‘팀ᄎᆡ’, ‘침ᄎᆡ’로 표기되었다. ‘팀ᄎᆡ’는 ‘沈菜’의 한자음을 표기한 것이고, ‘딤ᄎᆡ’는 속음을 표기한 것이다. 현대어 ‘김치’는 다음과 같은 과정을 거친 것이다. 딤ᄎᆡ>딤츼(ㆍ>ㅡ)>짐츼(ㄷ>ㅈ구개음화)>짐치(ㅢ의 단모음화)>김치(ㄱ구개음화의 과도교정). 참고) 팀ᄎᆡ ᄌᆞ(葅)<倭 上 47>. 팀ᄎᆡ<小언 1:7>. 침ᄎᆡ(醃菜)<譯語補 31>. 침ᄎᆡ(醃菜)<同文 下 4>. 딤ᄎᆡ 져(葅)<類合 上 30>. 짐ᄎᆡ(菹)<痘經 13>. 김ᄎᆡ 或曰細切曰虀全物曰菹<柳物 三 草>. 져리 김ᄎᆡᆯ망정 업다말고 ᄂᆡ여라<青大 p.67>. 「싱치 팀ᄎᆡ법」의 용어 해설 참고.
- 헤워 : 헹구어. 씻어내.
- ᄃᆞᆺᄃᆞᆺ : 따뜻하게 ‘따뜻하게’에 해당하는 어휘로는 ‘ᄃᆞᆺᄃᆞ시’가 있다. 참고) ᄃᆞᆺᄃᆞ시 ᄒᆞ야(溫溫)<救簡 6:54>. 형용사로는 ‘ᄃᆞᆺ다’, ‘ᄃᆞᆺᄒᆞ다’가 나타난다. 참고) 그 ᄆᆞᅀᆞᄆᆞᆯ ᄃᆞᆺ게 아니코(不先溫其心)<救方 上 8>. 溫ᄋᆞᆫ ᄃᆞᆺ홀씨라<월석 2:34>. 이 자료에서는 「쇼쥬」에 ‘ᄃᆞᆺᄃᆞᆺ하거든’이 나타난다.
- 데여 : 데워.
- 데여도 : 데이어도. 산갓 잎이 열기에 데이는 것을 뜻함. ‘뜨거운 것에 닿아 살이 상하다’는 뜻의 ‘데다’는 상성으로 실현되며, 자동사이다. 예) 다리우리ᄅᆞᆯ 달오고 사ᄅᆞᄆᆞ로 둘라 ᄒᆞ니 소니 데어늘 다시 구리 기들 ᄆᆡᇰᄀᆞ라<내훈 初, 서:4>. 한편 현대어의 ‘데우다’에 해당하는 ‘데다’는 평성, 혹은 상성으로 실현되며 타동사이다. ‘더이다’로도 실현된다. 이곳의 ‘데여’는 타동사로 ‘데우다’의 의미로 쓰였다. 참고) ᄯᅩ 生地黃汁 ᄒᆞᆫ 中盞을 데여 머그라<구방 上 9>. 溫着 더이다<한청 12:55>.
- 데 : 덜. 불충분하게, 참고) 찬고) 孝婦ㅣ 싀어미 효양ᄒᆞᄆᆞᆯ 데 ᄒᆞ디 아니ᄒᆞ야 = 婦ㅣ 養姑不衰ᄒᆞ야<번소 9:55>.

잡채

〔1〕 원문

● 잡ᄎᆡ

외ᄎᆡ 무우 댓무우 진이 셩이 표고 숑이 녹도기름으란 ᄉᆡᆼ으로 ᄒᆞ고 도랏 게묵 건박 고ᄌᆞ기 나이 미나리 파 둘흡 고사리 싀엄초 동화 가지 돌 ᄉᆡᆼ티 술마 시시리 ᄧᅳ저 노흐라. ᄉᆡᆼ강 업거든 건강 초강 호쵸 ᄎᆞᆷ기름 젼지령 진ᄀᆞᄅᆞ 각식 거술 ᄀᆞ늘게 ᄒᆞᆫ 치식 사흐라 각각 기름 지령으로 복가 혹 교합ᄒᆞ고 혹 분티ᄒᆞ여 임의로 ᄒᆞ야 큰 대졉의 노코 즙을 느리ᄃᆡ 젹듕히 ᄒᆞ야 우희 쳔쵸 호쵸 ᄉᆡᆼ강을 ᄲᅵ흐라. 즙으란 ᄉᆡᆼ치 ᄡᅩ사 ᄒᆞ고 건쟝 걸러 숨숨이 ᄒᆞ고 ᄎᆞᆷ기름 진말ᄒᆞᄃᆡ 국 마시 맛거든 진말국의 타 ᄒᆞᆫ 소솜 글혀 즙을 걸게 말라. 동화도 ᄉᆡᆼ적긔 물에 잠간 ᄉᆞᆺ가 ᄒᆞᄃᆡ 빗치 우려ᄒᆞ거든 도랏과 만도라미 블근 물 드려 ᄒᆞ고 업거든 멀윈믈을 드리면 불ᄂᆞ니라. 이거시 부ᄃᆡ 각식 거술 다 ᄒᆞ란 말이 아니〃 슈소득 ᄒᆞ여 잇ᄂᆞᆫ 냥으로 ᄒᆞ라. <13b～14a>

〔2〕 현대어역

● 잡채

오이채, 무, 댓무, 참버섯, 석이버섯, 표고버섯, 송이버섯, 녹두질금(=숙주나물)은 생것으로 해라. 도라지, 거여목, 마른 박고지, 냉이, 미나리, 파, 두릅, 고사리, 시금치, 동아, 가지와 꿩고기를 삶아 가늘게 찢어 놓아라.

생강이 없거든 건강이나 초강으로 하라. 후추, 참기름, 진간장, 밀가루, 갖가지 것을 가늘게 한 치씩 썰어라. 각각 기름 간장으로 볶아, 혹 교합하고 혹은 따로 담기를 임의로 하여 큰 대접에 놓아라.

즙을 뿌리되 적당히 하고, 위에 천초, 후추, 생강을 뿌려라. 즙은 꿩고기를 다져 해라. 걸죽한 장을 걸러 삼삼하게(=담백하게) 해라. 참기름과 가는 밀가루를 넣되, 국맛이 알맞거든 진말국에 타서 한 번 솟구치도록 끓여라. 즙을 걸죽하게 하지는 말아라.

동아는 생생할 때 물에 잠간 데쳐서 한다. 빛깔을 넣으려면 도라지와 맨드라미로 붉은 물을 들이고, 없으면 머루 물을 들이면 붉어진다. 이것은 반드시 (앞에서 말한) 가지가지 것을 다 하라는(=쓰라는) 말이 아니니 구할 수 있는 것으로 있는 대로 하여라.

〔3〕 용어 해설

- 외치 : 식물명으로 '외채'는 존재하지 않는다. '오이 채'(오이로 만든 반찬 이름)으로 풀이해 둔다. '외치'의 '치'는 이 자료에 보이는 '치 메워'(지어)의 '치'와 관련된 것으로 생각된다. '나물' 혹은 '나물 무침'의 의미로 파악된다.
- 댓무우 : 무〔菁〕의 한 종류. 참고) 댓무우(蘿蔔)<老乞 下 34>.
- 녹도기룸 : 녹두질금. 녹두나물. 숙주나물. 참고) 菉豆芽 녹두기름 <역보 42>.
- 도랏 : 도라지. 참고) 도랏 길(桔) 도랏 경(茰)<字會-초 上 13>. 돌앗(桔茰)<牛馬

12>.

- 게묵 : 거여목. 콩과에 딸린 한해살이풀. 모양이 개자리와 같되 키가 30~60센티미터쯤 되며, 잎은 세 개의 작은 잎으로 된 깃꼴겹잎인데 턱잎은 가늘게 째졌다. 늦은 가을에 저절로 나서 봄에 잎겨드랑이에서 가는 꽃줄기가 나와 몇 개의 누런꽃이 피고, 꽃 진 뒤에 용수철 모양의 꼬투리가 열린다. 나물로 먹기도 하고 흔히 목초로 쓴다. 참고) 거여목(苜蓿)<物譜 菜蔬>. ᄀᆞᅀᆞᆶ 뫼해 게여모기 하도다(秋山苜蓿多)<두해초 3:23>.
- 건박 고ᄌᆞ기 : 말린 박고지. 건(乾) # 朴고ᄌᆞ기. '박고지'는 '여물지 않은 박을 길게 오려서 말린 반찬거리'이다. '고지'는 '호박이나 가지 따위를 납작하게 썰거나 길게 오려서 말린 것'을 뜻한다. '건'은 현대어에서 접두사로 많이 쓰인다. 참고) 박고지(葫蘆絲)<譯下 11>.
- 나이 : 냉이. 나ᅀᅵ>나이. 참고) ᄃᆞ로미 나ᅀᅵ ᄀᆞᆮ도다(甘如薺)<두해-초 8:18>. ᄃᆞ로미 나이 ᄀᆞ도다<두해-중 8:18>.
- 둘흡 : 두릅. 여기서는 두릅나무의 순을 뜻한다.
- 싀엄초 : 승검초. 미나릿과의 여러해살이풀. 뿌리는 한약재로 쓰이는데 당귀라 한다. '싀엄취, 숭암초, 승엄초' 따위로 쓰였다. 참고) 뫼흐로 치돌아 싀엄취라 삽쥬 고살이<海東 95>. 구리댓 불휘와 숭암촛 불휘 각 ᄒᆞᆫ 량애<구간 6:92>. 當歸 승엄초<柳物三草>.
- 가지돌 : 가지들. 가지 + -돌(복수접미사). '돌'이 붙어 오히려 부자연스럽다.
- 술마 : 원전에는 '마'가 '파'처럼 보인다. 그러나 앞 행에 이미 '파'가 들어가 있다. 문맥으로 보아 '술마'가 되어야 옳은 것으로 판단하였다.
- 시시리 : 실실이. 실같이 가늘게. '실실이'에서 'ㅅ'앞의 'ㄹ'이 탈락된 꼴.
- 초강 : 초강(醋薑). 앞에 '건강'(乾薑)이 나오는 것을 보아 생강의 한 종류로 보인다. 짐작컨대 초(醋)를 묻힌 생강으로 생각된다.
- 각식 : 가지각색〔各色〕.
- 교합ᄒᆞ고 : 교합(交合)하고, 함께 섞고.
- 분티ᄒᆞ여 : 분치(分置)하여. 따로 놓아.
- 느리ᄃᆡ : 뿌리되. 즙을 그 위에 뿌리는 동작을 의미한다.
- 젹듕히 : 알맞게. 적당히. '젹듕'은 '적중'(適中)을 표기한 것으로 생각된다.

- ᄲᅵ흐라 : 뿌려라. ᄲᅵᇦ-〔散〕 + -으라.
- 진말 : 가는 밀가루〔眞末〕. '진ᄀᆞᆯᄅᆞ'와 같은 의미이다.
- ᄉᆡᆼ적긔 : 생생할 때. '生적의'('적'은 시간 표시 의존명사, '의'는 처격조사)를 표기한 것으로 볼 수 있다. 이 때 '긔'의 'ㄱ'은 '적'의 말음 'ㄱ'이 중철된 표기이고, 그 뜻은 '생생할 때' 혹은 '신선할 때'로 볼 수 있다.
- 솟가 ᄒᆞᄃᆡ : 끓는 물에 솟구치도록 하되. '끓는 물에 넣어 한 번 솟구치도록 하여 데친다'는 뜻.
- 빗치 우려ᄒᆞ거든 : 빛을 두려 하거든. '우려' 부분에 훼손이 있어서 글자의 판독에 어려운 점이 있다. '우'의 첫 글자도 '두'처럼 보이기도 한다. 문맥으로 보면 '빛을 두려 하거든'(빛깔을 내려 하거든)의 뜻이다. 동아는 원래 색이 붉지 않은데 붉은 물을 들이는 등의 색깔을 내려할 때의 방법을 설명하고 있다.
- 도랏과 만도라미 : 도라지와 맨드라미.
- 멀읜믈 : 머루의 물. 멀 + -의(속격) # ㅅ # 믈. 사이시옷이 'ㅁ'앞에서 비음동화된 것.
- 불ᄂᆞ니라 : 붉느니라. 어간말의 'ㄺ'이 'ㄹ'로 단순화된 것.
- 각ᄉᆡᆨ 거술 : 가지가지를 온갖 것을. 각색(各色) 것을.
- 슈소득 : 손에 넣는 대로 하여. 구할 수 있는 것으로 하여. '슈소득'의 한자어는 '手所得'과 '須所得' 두 가지를 상정해 볼 수 있는데 어느 것으로 하든 뜻은 같다.
- 잇ᄂᆞ 냥으로 : 있는 양(樣)으로. 있는 그대로. '잇ᄂᆞᆫ'의 어말 'ㄴ'의 누락된 오기이다. '냥'을 '量'으로 보는 것은 문맥상 적절치 않다. 이 문맥은 분량을 뜻하는 것이 아니라 상태를 의미하려 한 것이다.

건강법

〔1〕 원문

● 건강법

싱강을 거피ᄒᆞ여 사흐라 급히 벼틔 ᄆᆞᆯ노야 두고 ᄡᅳ라. 약의 드ᄂᆞᆫ 건강과 다ᄅᆞ니라. <14a>

〔2〕 현대어역

● 건강법(乾薑法)

생강을 껍질 벗기고 썰어 급히 볕에 말려 두고 쓰라. 약에 들어가는 건강(乾薑)과는 다르다.

〔3〕 용어 해설

- 건강법 : 마른 생강을 만드는 법〔乾薑法〕.
- ᄆᆞᆯ노야 : 말려〔乾〕. ᄆᆞᆯ뢰- + -아. 모음 간의 'ㄹㄹ'이 'ㄹㄴ'으로 혼란을 보인 예이다. 이 자료에서 어간 'ᄆᆞᆯ뢰-'는 다음과 같이 6가지 형태로 나타난다. ① ᄆᆞᆯ

노이-, ② 몰뇌-, ③ 몰로이-, ④ 몰뢰-, ⑤ 몰오이-, ⑥ 몰로이-. 이곳의 '몰노야'는 '몰노이-' 또는 '몰뢰-' 형태의 어간이 연결어미 '-아'와 통합되어 어간말 i의 활음화가 일어난 것이다. 한편, 이 자료에는 '몰노야'와 '몰노여', '몰로야'와 '몰로여'가 부사형어미의 결합에 있어서 모음조화가 지켜지지 않고 있다.

수박과 동아 간수하는 법

〔1〕 원문

● 슈박 동화 가숏ᄂᆞᆫ 법

슈박과 동화ᄅᆞᆯ 깁픈 ᄂᆞᆼ의나 큰 독의나 겨ᄅᆞᆯ 녀코 거긔 무더 어디 아니ᄒᆞᄂᆞᆫ 방의 두면 석디 아니ᄒᆞᄂᆞ니라. <14a>

〔2〕 현대어역

● 수박과 동아 간수하는 법

수박과 동아를, 깊은 장롱(欌籠, 광주리)에나 큰 독에 겨를 넣고, 거기에 묻어 얼지 않는 방에 두면 썩지 않느니라.

〔3〕 용어 해설

● 가숏ᄂᆞᆫ : 간수(看守, 저장)하는. '간숏ᄂᆞᆫ'의 오기이다. '간숏ᄂᆞᆫ'은 '간쇼ᄒᆞᄂᆞᆫ → 간숗ᄂᆞᆫ → 간숏ᄂᆞᆫ'의 과정을 거친 것이다. '간쇼ᄒᆞ-'의 형태는 17세기에 등장한 어형이다. 15세기에는 '간슈ᄒᆞ-'로 나타난 것이다. 「싱포 간쇼ᄂᆞᆫ 법」의 용어 해설

참고

- 농의나 : 장롱(欌籠, 광주리 따위)에나. 농(籠) + -의나.
- 겨 : 겨. 곡식을 찧을 때 나오는 찌꺼기. 쌀겨〔糠〕나 등겨 따위.
- 어디 : 얼지. 얼-〔氷〕 + -디. 치음 앞에서 'ㄹ'이 탈락된 것이다.

동아 담는 법

〔1〕 원문

● ᄃᆞᆼ화 ᄃᆞᆷᄂᆞᆫ 법

동홰 수이 석어 겨울 디내기 어려우니 구시월 간의 겁질 벗기고 오려 소곰 만이 ᄒᆞ여 독애 녀헛다가 오ᄂᆞᆫ 봄의 퇴렴ᄒᆞ고 ᄡᅳ라. <14a>

〔2〕 현대어역

● 동아 담는 법

동아는 쉬 썩어 겨울 지내기가 어려우니, 구시월 사이에 껍질을 벗기고 오려서 소금을 많이 뿌려 독에 넣어 두어라. 다음 봄에 소금기를 빼고 쓰라.

〔3〕 용어 해설

- 동화 : 동아. 동과(冬瓜). 박과에 딸린 한해살이 덩굴풀. 줄기는 굵고 모가 졌으며, 잎은 어긋맞게 나고 염통꼴이며 암수 한 그루로 여름에 노란 꽃이 피고, 열매는 긴 타원형으로, 겉에 잔털이 많으며 익으면 흰 가루가 앉고 맛이 좋다.
- 퇴렴 : 소금기를 뺌. 퇴렴(退鹽).

가지 간수하는 법

〔1〕 원문

● 가디 간솟ᄂᆞᆫ 법

팔구월에 늙쟈닌 가지ᄅᆞᆯ 곡지재 ᄒᆞᆫ 치 남즉식 칼로 그처 밀을 녹여 그출 ᄇᆞᆯ라 한열이 젹듕ᄒᆞᆫ ᄃᆡ 두고 ᄡᅳ라. ○ ᄯᅩ 가지ᄅᆞᆯ 깁흔 광ᄌᆞ리에 ᄌᆡᄅᆞᆯ ᄒᆞᆫ ᄇᆞᆯ만 ᄭᆞᆯ고 가지 ᄒᆞᆫ ᄇᆞᆯ 녀코 ᄯᅩ ᄌᆡ ᄭᆞᆯ고 ᄯᅩ 가지 녀허 그ᄅᆞ시 ᄎᆞ거든 두터이 더퍼 ᄂᆡ 업ᄂᆞᆫ ᄃᆡ 두고 겨을헤 ᄡᅳ면 됴ᄒᆞ니라. ○ ᄯᅩ ᄲᅩᆼ나모 ᄌᆡᄅᆞᆯ 독의 녀코 가지ᄅᆞᆯ 서리 젼에 ᄯᅡ 고지ᄅᆞᆯ ᄌᆡ예 고자 반만 무드면 변치 아녀 새로 ᄯᆞᆫ ᄃᆞᆺᄒᆞ니라. <14a～14b>

〔2〕 현대어역

● 가지 간수하는 법

팔구월에 늙지 않은 가지를 꼭지째 한 치 남짓씩 칼로 잘라 밀랍을 녹여 (꼭지) 끝에 발라 기온이 적당한 곳에 두고 쓰라.

○ 또 가지를 깊은 광주리에 재를 한 겹만 깔고 가지를 한 겹 넣고 또 재를 깔고 또 가지를 넣어, 그릇이 가득 차거든 (그 위를) 두터이 덮어라. (그

것을) 연기 없는 데 두고 겨울에 쓰면 좋다.

○ 또 뽕나무 재를 독에 넣고 가지를 서리 내리기 전에 따서, 꼭지를 재에 꽂아 반만 묻으면 변하지 아니하여 새로 딴 듯하니라.

〔3〕 용어 해설

- 가디 : 가지〔茄子〕. 15세기에도 가지는 '가지'로 표기되었다. '가디'는 ㄷ구개음화에 영향을 받은 과도교정형이다.
- 간숏는 : 간수(看守)하는. 저장하는.
- 늙쟈닌 : 늙지 아니한. 늙-〔老〕 + -지 # 아니ᄒᆞ- + -ㄴ(관형사형어미). 어절 경계를 뛰어넘는 축약이 거듭 일어난 특이한 어형이다.
- 곡지재 : 꼭지째. 꼭지채로. 15세기의 '자히'는 ㅎ탈락과 모음축약에 의해 '재'로 변화한다. 이 '재'에 다시 어두경음화가 적용되어 '째'로 변하고, 유기음화가 적용되어 '채'로 변하였다. '째'와 '채'에 각각 다른 음운변화가 적용되면서 문법기능도 분화되었다. 즉 '째'는 접미사로, '채'는 의존명사로 기능하게 된 것이다. 문법화의 과정 속에서 서로 다른 음운규칙이 적용되어 형태가 달라지고 이에 따라 문법기능의 분화가 일어난 흥미로운 예이다. 여기에 쓰인 '곡지재'의 '재'는 바로 현대국어의 접미사 '-째'에 해당한다.
- 치 : 한 자의 10분의 1에 해당하는 길이 단위.
- 남즉식 : 남짓씩. 남짓하게. 남즉 + -식(個個를 뜻하는 접미사).
- 그처 : 끊어. 긏-〔割〕 + -어.
- 밀 : 밀랍(蜜蠟). 꿀을 떠낸 후에 남는 찌꺼기를 끓여서 졸인 것. 빛깔이 누렇다. 절연제, 방수제, 광택제 따위로 쓴다.
- 그출 : 끝을. 긑〔末〕 + -올. 체언의 말음 ㅌ이 ㅊ으로 재구조화되었다.
- 한열 : 차고 더움〔寒熱〕.
- 젹듕 : 알맞음. 적중(適中, 的中). '한열이 적중한' 것은 기온이 덥지도 차지도 아니하여 알맞음을 뜻한다.

- ○ : 다른 항의 설명에서는 쓰이지 않았던 ○표를 넣어 내용상의 단락을 구분하였다.
- 광ᄌᆞ리 : 광주리. 옛 문헌에 '광조리/광주리/광즈리'로 나타난다. '광ᄌᆞ리'는 '광즈리'에서 'ㆍ>ㅡ' 음운변화의 영향을 받은 역표기라 할 수 있다. 참고) 반 광조릿 디플<朴초 上 22>. 딥 다믈 광주리<老乞 上 29>. 노 씌운 광즈리<癸丑 41>.
- ᄒᆞᆫ 볼만 : 한 겹만. '볼'은 'ᄇᆞᆯ'이 원순모음화(ㆍ>ㅗ)를 겪은 변화형이다. 'ᄇᆞᆯ'은 주로 '件'의 뜻으로 쓰이나 이 문맥에서는 '겹'〔重〕의 뜻이다.
- ᄂᆡ : 연기. 참고) 머리 ᄂᆡ롤 보고 블 잇는 둘 아로미 ᄀᆞᄐᆞ니<월석 9:7>.
- 됴ᄒᆞ니라 : '됴ᄒᆞ니라'의 '니'에 먹이 묻어 보이지 않으나, '됴ᄒᆞ'와 '라' 사이에 쓰일 수 있는 것은 '니'밖에 없다.
- ᄲᅩᆼ나모 : 뽕나무〔桑〕. 고문헌에서는 'ᄲᅩᆼ나모'로만 나타난다. 참고) 桑白皮 ᄲᅩᆼ ᄲᅥᆯ희<물보 약초>. 桑 ᄲᅩᆼ나모 상<유합 上 8>.
- 고지 : 꼭지. 아미 '곡지'의 오기인 듯하다. 현대어에서 '고지'는 박이나 가지를 납작납작하고 길게 썰거나 길게 오려서 말린 것을 뜻한다. 그러나 이 문맥에 쓰인 '고지'는 가지를 썰거나 오린 것이라 볼 수 없고, 가지의 꼭지를 뜻하는 것이 분명하다. 「잡치」항의 '건박 고ᄌᆞ기'에서 보았듯이 현대어의 '고지'는 이 자료에서 '고ᄌᆞ기'로 쓰였다.
- 아녀 : 아니 하여서. '아니 # ᄒᆞ여'의 축약형. 참고) 머므디 아녀 누어 구을오<朴초 上 42>. 자시디 아녀 겨시거든<小諺 2:4>. 諫ᄒᆞ다가 듣디 아녀늘<小諺 4:26>.

고사리 담는 법

〔1〕 원문

● 고사리 ᄃᆞᆷᄂᆞᆫ 법

고사리ᄅᆞᆯ 센 ᄃᆡ란 그처 ᄇᆞ리고 연ᄒᆞᆫ ᄃᆡ만 동히 안해 ᄶᆞᆯ고 소곰ᄲᅵᄅᆞᆯ 여러 ᄇᆞᆯ을 여 동히 ᄎᆞ거든 돌흘 지줄러 이ᄐᆞᆫ날 물이 나거든 옴겨 독의 녀코 돌 지ᄌᆞ로고 다ᄅᆞᆫ 물을 범치 말라. 고사리 ᄒᆞᆫ 동히면 소곰이 닐곱 되나 드ᄂᆞ니라. <14b>

〔2〕 현대어역

● 고사리 담는 법

고사리를 억센 부분은 잘라 버리고 연한 부분만 동이 안에 깔아라. (고사리에) 소금을 여러 번 뿌려서 동이가 가득 차거든 돌을 눌러 두어라. 이튿날 물이 (빠지고) 나면 옮겨서 독에 넣고, 돌로 누르고 다른 물이 들어가지 못하게 하라. 고사리 한 동이면 소금이 일곱 되나 들어 가느니라.

〔3〕 용어 해설

- 센 ᄃᆡ란 : 억센 부분일랑. 세-〔强〕 + -ㄴ # ᄃᆡ(의존명사) + -란(보조사).
- 그처 : 끊어. 긏-〔斷〕 + -어.
- 소곰씨 : 소금. '씨'의 정체를 밝히기 어렵다. 이 조리법의 설명을 보면 고사리를 다듬어 연한 것을 동이에 깔고 그 위에 소금을 뿌리고 다시 고사리를 깔고 그 위에 소금을 뿌리는 것을 반복한 것으로 보인다. 마지막 문장에 "고사리 한 동이에 소금이 일곱 되나 들어간다"고 한 것으로 보아 이런 짐작은 확실하다. 그렇다면 '소곰씨'는 고사리를 깔고 그 위에 덮는 소금층이라 할 수 있다. 문맥상의 뜻은 이렇게 파악되지만 '씨'의 형태론적 정체는 여전히 미상이다. '소곰씨'가 복합어라면 '씨'의 ㅅ은 사이시옷일 가능성이 높다. 한편 '소곰씨'가 '소곰 씨ᄒᆞ기'의 오기일 가능성도 생각해 볼 수 있다. 이 시기에는 '씧-'〔<빟-, 散〕이라는 동사가 존재하기 때문이다.
- 여 : '여'자의 전후에 어떤 글자를 빠뜨린 오기로 보인다. '여' 오른쪽 위에 검은 모점이 찍혀 있는 것으로 보아 무언가를 써 넣으려 했던 것이 분명하다. 문맥상 'ᄒᆞ여'가 적절하다.
- 지줄러 : 눌러서. 이 자료에서 '지즐-', '지줄-'이 주로 쓰이는데 여기서는 '지줄-'로 나타나 당시의 이 방언에서 몇 가지 변이형이 공존했음을 보여 준다.
- 옴겨 : 옮겨서. 어간말 ㄻ이 ㅁ으로 줄어진 것.
- 지ᄌᆞ로고 : 눌러놓고. 어간 '지졸-'에 접사 '-오-'가 결합하여 '지ᄌᆞ로-'가 생성된 것으로 보인다. 다른 문헌에는 '지졸-', '지즐-', '지줄-'과 같이 나타난다.
- 범치 : 들어가지. 범(犯)하지. '범ᄒᆞ지'의 축약형.
- 동희면 : 동이면. 동희 + ø(계사) + -면(조건어미).

마늘 담는 법

〔1〕 원문

● 마ᄂᆞᆯ ᄃᆞᆷᄂᆞᆫ 법

첫 ᄀᆞ올희 마ᄂᆞᆯ ᄏᆡ고 새 쳔쵸 ᄯᅡ 마ᄂᆞᆯ을 ᄯᆞ고 쳔쵸 세 낫식 녀허 딤ᄎᆡ ᄃᆞᆷᄃᆞ시 소곰 섯거 ᄃᆞᆷ아 두고 기롬진 고기 먹을 제 섯거 먹그면 묘ᄒᆞ니라. <14b>

〔2〕 현대어역

● 마늘 담는 법

초가을에 마늘을 캐고, 햇천초를 따고 마늘을 까서 천초를 세 알갱이씩 넣는다. 김치를 담그듯이 소금을 섞어 담가 두고, 기름진 고기를 먹을 때 섞어 먹으면 (그 맛이) 미묘하다.

[3] 용어 해설

- ᄀᆞ올희 : 가을에. ᄀᆞ올ㅎ + -의(처격). 천초 열매를 따는 내용으로 보아 '첫 ᄀᆞ올'은 초가을을 뜻한다.
- ᄯᅳ고 : 까고. 'ᄯᅳ-'는 15세기 문헌에 'ᄩᅳ-'[剝. 摘]의 변화형이다. 이 문맥에서는 '까다'[剝]의 뜻이다.
- 팀치 : 김치. 「싱치 팀치법」의 용어 해설 참고.
- 먹그면 : 어간말 ㄱ이 어간과 어미에 중복되어 표기된 중철표기.

제철이 아닌 나물 쓰는 법

〔1〕 원문

● 비시 ᄂᆞ믈 ᄡᅳᄂᆞᆫ 법

마구 압픠 움흘 뭇고 걸흠과 흘 ᄭᆞᆯ고 싀엄초 산갓 파 마ᄂᆞᆯ 시무고 움 우희 걸흠 더퍼 두면 그 움이 더워 그 ᄂᆞ믈이 됴커든 겨을 ᄡᅳ면 됴ᄒᆞ니라. 의 가지도 그리 ᄒᆞᆫ 겨을 나ᄂᆞ니라. <14b>

〔2〕 현대어역

● 제철이 아닌 나물 쓰는 법

마굿간 앞에 움을 묻고 거름과 흙을 깔고 승검초, 산갓, 파, 마늘을 심어라. 움 위에 거름(=짚풀 따위)을 덮어 두면 움이 따뜻해져 그 나물이 좋으니, 겨울에 (꺼내) 쓰면 좋다. 오이, 가지도 그렇게 하면 겨울을 날 수 있느니라.

〔3〕 용어 해설

- 비시 ᄂᆞ믈 : 제철이 아닌 나물. 비시(非時) 나물.
- 움흘 : 움을. 구덩이를. 움ㅎ〔坑〕 + -을(대격).
- 뭇고 : 쌓고〔築〕. 설치하고〔構〕. 참고) 죠고만 말마치 움을 뭇고<고시조, 청구영언>. '움'은 땅을 파고 위를 거적 따위로 덮어서 추위나 비바람을 막아 겨울철에 채소 따위를 저장하는 곳이다. '움(을) 묻다'라는 말은 저장용의 움을 만들어 그 안에 채소를 넣는다는 뜻이다.
- 걸흠 : 거름. 걸- + ㅎ + -음. '걸다'〔濃肥〕에서 파생된 명사형으로 'ㅎ'이 개재된 형태이다. 'ㅎ'이 첨가된 원인은 알 수 없다. 이곳의 '걸흠'이 오늘날의 퇴비나 부엽토 따위의 '거름'과 같은 것이라 하기 어렵다. 무나 배추 등을 저장하는 움 안에 퇴비와 같은 '거름'을 깐다는 것이 납득할 수 없기 때문이다. 움 안에 이런 거름을 깔면 저장한 채소가 쉬 썩어 버린다. 상식적으로 생각해 볼 때 이 '걸흠'은 생짚이나 마른 소나무 잎(솔깔비)과 같은 것이었을 듯하다. 이런 재료는 찬 기운을 막을 수 있는 보온 효과가 뛰어나기 때문이다. 참고) 거로미 환 짓게 ᄃᆞ외어든(成膏)<救簡 1:95>. 건 ᄧᅡ히로다(膏腔)<두해-초 9:31>. 건 ᄧᅡᄒᆡ 빅셩이 ᄌᆡ조롭디 몯홈ᄋᆞᆫ(沃土)<小諺 4:45>.
- 흘 : 흙〔土〕. 음절말의 ㄱ탈락은 방언을 반영한 것으로 보인다. 경북방언에서는 음절말의 자음군 'ㄺ'은 휴지나 후행음절의 두음이 자음으로 시작될 때 말음 'ㄱ'이 탈락된다. 참고) 흘(흙). 달(닭).
- 싀엄쵸 : 승검초. 미나릿과에 딸린 여러해살이풀. 애당귀와 비슷한데, 높이 1미터쯤이고 잎은 마주나고 깃꼴겹잎이며 그 잔잎은 길둥글거나 알꼴이다. 8월에 흰빛 꽃이 피며, 열매는 등자나무껍질과 비슷한 냄새가 나는데, 산달의 음지에 난다. 우리나라 중부와 북부의 특산이다. 뿌리는 '당귀'라 하여 중요한 한약재로 쓰인다. 고문헌에서는 '숭암초, 승엄초, 싀엄취, 싱검초, 승거초' 등으로도 나타난다. 참고) 구리댓 불휘와 숭암촛 불휘 각 ᄒᆞᆫ 량애<救簡 6:92>. 當歸 승엄초 불휘 …… 生山野或種蒔 二月八月採根陰乾<동의 탕액 3:3>. 뫼흐로 치ᄃᆞᆯ아 싀엄취라 삽쥬 고살이 글언 묏ᄂᆞ믈과<고시조 2660-3>. 當歸 승거초<물명 3:22>.

- 산갓 : 산에서 자라는 갓. 산개(山芥)라고도 부른다. 갓은 겨잣과에 딸린 두해살이풀. 키는 겨자보다 크고, 가지와 잎도 훨씬 더 무성하다. 줄기와 잎은 먹으며, 씨는 겨자씨처럼 쓰나 매운맛이 적고 향기가 있다.
- 시무고 : 심고. 시므-〔植〕 + -고. 시므다>시무다. 참고) 여러 가짓 됴흔 根源을 시므고 後에 또 千萬億 佛을 맛나수바<석보 19:33-34>.
- 됴커든 : 좋으면. 잘 자랐으면. 둏-〔好〕 + -거든.
- 의 : 외. 원전에 이 글자는 '의'로 쓰여 있으나 '외'의 오기임이 분명하다.
- 그리흔 겨을 나느니라 : 그렇게 하면 겨울을 나느니라. 마지막 이 문장에는 문제가 적지 않다. '겨을'의 '겨'자도 '며'처럼 보이고 '나느니라'의 '나'자도 약간 뭉개져 있는데 '여'라고 썼다가 수정한 흔적이 있다. '나'라고 판독한 이 글자는 외형상 '여'에 가깝다. 그러나 '여느니라'로 보면 "외나 가지가 겨울에도 열매가 여느니라"와 같은 의미가 되어 버려 있을 수 없는 문장이 되어 버린다. 실제로 이렇게 잘못 썼다가 수정한 것이 지금과 같은 모양이 된 것이다. 끝 글자 '라'도 흐릿해져 있다. 장씨 부인의 의도는 "그렇게 하면 겨울을 나느니라"라는 문장을 쓰려 한 듯하다. 그러나 '흐면'이 아닌 '흔'의 개입으로 어색하게 되었다. 이 '흔'을 수관형사 '흔'〔一〕으로 보고 "한 겨울"〔一冬〕로 보는 방법도 가능하다. 즉 '그리 흔 겨을 나느니라'로 판독하고 "그렇게 한 겨울을 나느니라"로 해석하는 것이다. 두 가지 중 어느 것으로 해도 문장 의미 파악에 큰 차이가 없다.

주국방문
酒麴方文

술과 누룩 만드는 방문

〔1〕 원문

● 쥬국방문

누록을 뉵월 드듸면 됴코 칠월 초싱도 됴ᄒᆞ니라. 더운 제어든 말방의 두 둘에식 가혀 노코 ᄌᆞ로 서로 두의시러 노흐며 석을가 시보거든 ᄒᆞᆫ 두레식 ᄇᆞᄅᆞᆷ벽의 셰우라. 기울 닷 되예 물 ᄒᆞᆫ 되식 섯거 ᄀᆞ장 ᄆᆞ이 드듸ᄃᆡ 비 오거든 믈을 데여 드ᄃᆡ라. 날이 서늘커든 ᄇᆡ병을 ᄀᆞᆯ고 서너 두레식 가혀 노코 우희 ᄇᆡ병으로 더퍼 두고 ᄌᆞ로 두의여 석지 아니케 고로 씌오라. 씌온 후에 ᄒᆞᄅᆞ 볏 뵈여 드려 가혀 두면 다시 ᄆᆞ이 ᄯᅳ거든 밤낫 이술 마치기ᄅᆞᆯ 여러 날 ᄒᆞᄃᆡ 비 올가 시보거든 드리라. 봉샹시ᄂᆞᆫ 뉵월에 두 두레식 ᄒᆞᆫᄃᆡ ᄆᆡ여 ᄃᆞ라 씌으다가 ᄯᅩ 두 두레식 ᄃᆞ라 ᄆᆞᆯ노이ᄂᆞ라. <15a>

〔2〕 현대어역

● 술과 누룩 만드는 방문

누룩을 유월에 디디면(=밟으면) 좋고, 칠월 초순도 좋다. 더운 때이면 마루방에 두 장(=두레)씩 포개 놓고 자주 서로 뒤집어 놓으며, 썩을까 싶거든 한 두레씩 벽에 세워라. 기울 다섯 되에 물을 한 되씩 섞어 아주 많이 디디되, 비가 오면 물을 데워 디뎌라.

날이 서늘하면 짚방석을 깔고 서너 장씩 포개 놓고 위에도 짚방석을 덮어 두고 자주 뒤집어 썩지 않게 고루 띄워라. 띄운 후에 하루 (정도) 볕을 쬐인 후 (집안으로) 들여 포개 두면 다시 잘 뜬다. 이 때 밤낮으로 이슬 맞히기를 여러 날 하되, 비가 올 것 같으면 (집안으로) 들여라.

봉상시(奉常寺)에서는 유월에 두 장씩 한데 매달아 띄우다가, 또 두 장씩 달아 말린다.

〔3〕 용어 해설

- 쥬국방문 : 주국방문(酒麴方文). 술과 누룩을 만드는 방문.
- 누록 : 누룩. 술을 만들 때 사용하는 발효제. 술을 만드는 효소 곰팡이를 밀 등의 곡류에 번식시킨 것이다. 누룩곰팡이는 빛깔에 따라 황국균, 흑국균, 홍국균 등이 있다. 막걸리나 약주 담는 데는 주로 황국균이 쓰인다.
- 뉵월 : 유월(六月). 현대국어의 '유월'은 옛 문헌에 다음과 같이 다양하게 나타난다. 이 자료와 방언 성격이 있는 『동국신속삼강행실도』에 같은 예가 나오는 것으로 보아 '뉵월'은 대체로 남부방언의 특징으로 생각된다. 현대의 경상방언에서도 흔히 '육월'로 발음하고 있다.

  ① 뉵월 : 뉵월의 간관이 샹언ᄒᆞᄃᆡ(六月諫官上言)<동국신속 忠:6>.

  ② 뉴월 : 뉴월 뉵일에나(六月六日)<諺解胎產集要 16>. 뉴월 믈ᄭᆞ애 더온 몰애(六月河中熱沙)<東醫寶鑑-湯液篇 1:19>.

  ③ 류월 : 삼월와 류월와 구월와 섯ᄃᆞᆯ와 ᄒᆞ야(四季)<分門 16>.
- 드듸면 : 디디면. 밟으면. 누룩은 둥글 납작하게 빚는데 이런 모양을 만들기 위해 반죽한 것을 발로 디딘다. 참고) 능히 바ᄅᆞ 드듸디 몯ᄒᆞ더시니<小諺 4:12>. ᄒᆞᆫ ᄉᆞᄅᆞᄆᆞ로 뒤헤 ᄯᅩ리ᄅᆞᆯ 드듸라 ᄒᆞ고<능엄 9:103>.

- 초싱 : 초승〔初生〕. 음력으로 그 달 첫머리의 며칠 동안을 일컫는다.
- 제어든 : 때이면. 제〔時〕 + -어든. '-어든'은 '-거든'에서 i 뒤의 ㄱ이 탈락한 형태이다.
- 말방의 : 마루방에. '말'은 문맥의 내용으로 보아 '마루'인 것으로 추측된다. 따라서 '말방'은 마루방(구들을 놓지 않고 널을 깔아 놓은 방)의 축약형으로 본다.
- 둘에 : 두레(둥글고 하나의 켜로 되어 있는 덩어리를 세는 하나치). 이는 누룩을 헤아리는 단위명사로, 누룩의 모양이 둥근 것에 연유하여 생긴 것이다. 현대어에서 메주를 세는 단위로 '두레'보다 '장'을 쓴다. 분철된 표기 '둘에'는 이 자료에서 이곳의 한 예만 나타나고, 다른 경우에는 연철된 '두레'(「쥬국방문」 4회, 「향온쥬」 1회)로 나타난다.
- 가혀 : 겹쳐 포개다. 층층이 쌓아 두다. 이불 따위를 접어 포개는 것을 '개다'라고 하는 것도 여기서 나온 것(가히다>가이다>개다)이다. 참고) 가히다(疊起來) <譯語補 29>. 가힌 딕롤 다려(慰帖)<두해-초 25:50>.
- 두의시러 : 뒤집어. 중세 문헌에서 '두의힐다'. '두위힐후다' 등으로 표기되었는데 '두의시러'는 구개음화 ㅎ>ㅅ을 겪은 어형이다. 이 자료에는 '두의시러'와 함께 '뒤시로다가'(강경법)도 발견된다.
- 시보거든 : 싶으거든. 여기서는 '欲'의 뜻이 아니라 사태를 추정적으로 표현하는 기능을 한다. '석을가 시보거든'은 포개어 둔 누룩이 '썩을까 싶으면'(썩을까 염려되면)의 뜻이다. 한복려(1999 : 102)에서는 '석(席)에 가시가 나거든'으로 풀었는데 뜻은 어느 정도 통하게 했으나 바른 해석은 아니다.

  '시보-'는 '시브-'에서 원순모음화한 것인데, ㅡ>ㅜ가 아닌 ㅡ>ㅗ로 원순화된 특이례이다. 15세기 문헌에는 '식브다'가 널리 쓰였다. 『월인천강지곡』, 『두시언해』(초간본), 『구급간이방』 등에 '식브다'가 쓰였고, 『번역소학』, 『동국삼강행실도』 등에 '십브다'가 보인다. 후자와 함께 '시브다'(『삼강행실도』(중간본), 『첩해신어』)와 '시프다'(『첩해신어』, 『가례언해』)가 나타난다. 이 낱말의 변화 과정을 특이한 자음교체(ㄱㅂ>ㅂㅂ), 경음이 격음으로 교체(ㅃ>ㅍ) 등과 같은 음운변화로 설명할 수 있다. 식브다>십브다>시브다〔시쁘다〕>시프다〔시프다〕>싶다.
- ㅂ롬벽 : 벽. 바람벽. 'ㅂ롬'〔壁〕은 'ㅂ롬'〔風〕과 동음어인데 동음충돌을 피하기 위해 한자어 '벽'(壁)을 접미한 것이 'ㅂ롬벽'이다. 현대 경상방언에서는 '비름

박', '베름빡' 등으로 쓰이고 있다. 참고) 壁은 ᄇᆞᄅᆞ미니<석보상절 9:24>. 벌에와 비얌괘 그림 그륜 ᄇᆞᄅᆞᄆᆞᆯ 들웻고(蟲蛇穿畫壁)<두시언해-초간본 6:34>.

- 기울 : 밀, 보리, 귀리 등을 찧어 고운 가루를 쳐내고 남은 속껍질과 부수어진 알갱이를 '기울'이라 한다. 단백질과 회분이 많고 소화도 잘 된다. 영양가가 많은 편이기 때문에 가축의 사료로 쓴다.
- ᄀᆞ장 : 현대어에서의 '가장'은 정도부사로서만 쓰이지만 중세어에서는 상태부사의 성질도 공유하고 있다. 즉 현대어에서는 '가장'과 동작동사 사이에는 어떤 상태부사가 개입하지 않으면 공기(共起)관계를 형성할 수 없지만, 중세어에서는 이러한 구성이 많이 나온다. 참고) 부톄 一切衆生을 ᄀᆞ장 모도아 니ᄅᆞ샨 經이라<석보 24:30>. 너희 大衆이 ᄀᆞ장 보아<석보 23:11>. 네 ᄀᆞ장 무르라<월석 21:115>. 'ᄀᆞ장'의 뜻은 부사 '아주', '퍽' 등의 강의(强意) 부사로 해석하면 용이하지만, '최고', '제일'의 의미를 표현할 때도 많다.
- ᄆᆞ이 : 잘. 충분히. 이 자료에서는 'ᄆᆡ이', 'ᄆᆡ' 등으로 표기되어 있으며 정도를 강하게 표현하는 기능을 한다. 현대 경상방언의 '매매'(매매 씻어라)가 이 낱말의 변화형인데 동음절 중복에 의해 구성된 것이다.
- 데여 : 데워. '더ᇦ이어'의 통시적 변화형이 '데여'라 할 수 있다.
- ᄇᆡ병 : 미상. 황혜성 교수의 현대어역에서 이 낱말을 '고석'(藁席) 즉 '짚방석'으로 해석하고 있는데, 문맥으로 보아 설득력 있는 풀이다. 한복려(1999 : 102)에는 '배병'이라 하고 주에서 '고석'이라 해 놓았다. 그러나 이 낱말의 용례가 고문헌과 현대어에 전혀 보이지 않는 것이어서 문증되지는 않는다. 문맥과 내용으로 보아 'ᄇᆡ병'은 짚으로 짠 넓고 큰 멍석이 아닌가 짐작된다.
- ᄀᆞᆯ고 : 깔다. 'ᄭᆞᆯ-'로 표기되어야 옳은데 'ㅺ'의 'ㅅ'을 누락시킨 오기이다.
- 두의여 : 뒤집어. 앞에 나온 '두의시러'와 같은 뜻이다. '두의여'는 '두의혀'에서 'ㅎ'이 약화 탈락된 어형으로 판단된다. 15세기의 '드위ᅘᅧ다'에서 변화된 이형태들이 이 자료에서 다음 몇 가지로 나타난다.
  ① 뒤혀(개쟝, 강졍법), 두의혀(개쟝 곳는 법).
  ② 뒤여(고기 ᄆᆞᆯ노이는 법), 두의여(쥬국방문, 니화쥬).
- 씌오라 : 띄워라. 메주나 누룩이 곰팡이 따위 미생물의 작용으로 화학적으로 분해되게 하다.

- 봉샹시 : 봉상시(奉常寺). 조선왕조 때 제향과 시호에 관한 일을 맡아보던 관아. 갑자기 '봉샹시'라는 관아명이 나오는 것이 이상하지만 이 관아에서 제향에 쓰는 누룩을 만들기 위해 행하던 제조 방문을 여기에 인용한 것으로 이해할 수 있다.
- ᄆᆡ여 : 매어. 동여매다. 참고) 繫는 ᄆᆡᆯ씨라<월석 序 3>. 江頭에 ᄯᅩ ᄇᆡ롤 ᄆᆡ야셔 <두해-초 7:32>.
- 씌으다가 : 띄우다가. 발효시키다가. 이 자료에서는 '씌오다'(「쥬국방문」 2회) 혹은 '씌우다'(니화쥬법, 초 ᄃᆞᆷ는 법)로 쓰인다. 제2음절의 모음이 '으'로 표기된 것은 오기인 듯하다.
- ᄆᆞᆯ노이ᄂᆞ라 : 말리느니라. 'ᄆᆞᆯ노이ᄂᆞ니라'에서 '니'가 누락된 오기이다.

순향주법

〔1〕 원문

● 순향주법

술독이 ᄀᆞ장 닉고 관독이 죠코 노룬 독 ᄯᅩᄒᆞᆫ 죠ᄒᆞ니라. 독 안밧글 ᄀᆞ장 ᄆᆞ이 씨어 청속가비를 만이 녀허 소티 각고로 업퍼 쪄 시겨 녀흐라. 다룬 ᄃᆡ 쓰던 독이면 여러 날 믈 부서 우리운 후 솔 녀허 쪄 쓰라. 치운 ᄢᅢ면 집흐로 독 몸의 가마 엿거 옷 닙피고 독 미틔 두터온 널 노코 독을 노흐면 구들이 더워도 온긔 오ᄅᆞ지 못ᄒᆞ여 죠흐니 무릇 술을 다 이리 ᄒᆞ라.

ᄇᆡᆨ미 너 말 ᄇᆡᆨ셰 작말ᄒᆞ여 시ᄅᆞ덕 닉게 쪄 탕슈 너 말에 프러 쩍을 고로 ᄲᅮ어 그ᄅᆞ싀 ᄭᅩᆯ고 믈 븟고 ᄯᅩ 그리 ᄲᅦᄲᅦ 쩍과 믈을 섯거 둣다가 ᄒᆞᄅᆞ밤 쟈여 처로 츤 국말 엿 되 진말 ᄒᆞᆫ 되 여돏 홉 섯거 그 쩍에 ᄀᆞ장 고로 섯거 독의 녀허 둣다가 닷쇗 만의 ᄇᆡᆨ미 엿 말 ᄇᆡᆨ셰ᄒᆞ여 밥 쪄 그ᄅᆞ세 갈라 담고 ᄆᆡ이 글힌 탕슈 엿 말 갈라 ᄭᅵ부어 밤 자혀 ᄀᆞᄅᆞ누록 너 되 진말 ᄒᆞᆫ 되 두 홉 젼의 술을 그ᄅᆞ세 펴 두고 밤애 술 쪄코 누록 진말 주어 노화 ᄀᆞ장 고로 석거 녀헛다가 채 닉어 몰게 되거든 찹ᄡᆞᆯ 엿 되 뫼ᄡᆞᆯ 너 되 희게 쓸허 ᄇᆡᆨ셰ᄒᆞᄃᆡ 박쥭으로 드노화 시서 셰말ᄒᆞ여 놋동히로 둘 남ᄌᆞ기 둠 ᄆᆡᆫᄃᆞᄃᆡ 몬져 믈 글히고 ᄎᆞᆫ믈에 ᄀᆞᆯ를 프

러 솟틔 믈 ᄡᆞᆯ흘 부어 이윽게 저어 닉거든 솟두에 덥고 불 처 ᄃᆞᆺ다가 퍼 ᄒᆞᄅᆞ밤 자여 ᄀᆞᄅᆞ누록 ᄒᆞᆫ 되 녀허 고로 저서 그 술에 부엇다가 ᄆᆞᆯ거든 ᄡᅳ라. ᄯᅥᆨ과 밥이 설면 사오납고 ᄃᆞᆷ이 설거나 ᄂᆡᆺ내 나거나 눗거나 ᄒᆞ면 사오나오니라. ᄃᆞᆷ애 찹ᄡᆞᆯ이 만ᄒᆞ여 됴코 젹어도 됴코 업ᄉᆞ면 ᄆᆡᄡᆞᆯ만 ᄒᆞ여도 무던ᄒᆞ니라. 대강 ᄡᆞᆯ ᄒᆞᆫ 말애 누록 ᄒᆞᆫ 되 진ᄀᆞᄅᆞ 서 홉식 혀여 녀ᄒᆞᄃᆡ ᄯᅥᆨ에 밥 두 말앳 누록 진말이 미리 드러시매 밥애 두 말앳 시ᄅᆞᆯ 덜 녓ᄂᆞ니라. ᄡᆞᆯ이 만ᄒᆞ나 젹그나 이ᄅᆞᆯ 츄이ᄒᆞ여 비ᄌᆞ라. 술독을 두터온 죠희로나 유지로나 ᄡᅡᄆᆡ라. 괼 제 넘거든 실ᄅᆞᆯ 조히 시어 안ᄌᆞ노코 ᄉᆞ이ᄅᆞᆯ ᄇᆞᄅᆞ라. 다 괴거든 도로 ᄢᅦ고 사ᄆᆡ라. 쳥쥬 ᄧᅡ 녀흘 준이나 병이나 더운 믈에 시어 어펏다가 ᄆᆞᄅᆞ거든 녀코 밧브거든 더운 믈에 시ᄉᆞᆫ 후 술을 죠곰 녀허 휜돌러 솟고 그 그ᄅᆞ세 녀흐면 술 마시 변치 아니ᄒᆞᄂᆞ니라. 술 ᄠᅳ내ᄂᆞᆫ 그ᄅᆞ슬 믈긔 업시 쓰서 독의 녀허 두고 쓰면 변치 아니ᄒᆞᄂᆞ니라. ᄲᅧ 가며 독 안흘 밥보희 더운 믈 무쳐 ᄧᅡ ᄇᆞ리고 ᄡᅳ서 내면 뷘 독 내 아니 나ᄂᆞ니라. 술이 채 닉거든 즉시 ᄆᆞᆯ근 술다 깃고 흐린 술을 고ᄌᆞ의 ᄣᅡᄃᆡ 병을 고ᄌᆞ목의 다혀 밧거나 혹 단지어든 유지로 ᄡᅡᄆᆡ고 가온대 효근 궁글 ᄠᅳᆯ어 바ᄃᆞ라. 술이 김 나면 변ᄒᆞᄂᆞ니라. ᄧᅡ해 노흐면 지긔예 술마시 변ᄒᆞᄂᆞ니 상의 놉ᄌᆞ기 언저 두고 ᄌᆞ조 옴기지 아니ᄒᆞ면 변치 아니ᄒᆞᄂᆞ니라. 봄 ᄀᆞ올 겨을은 이 술이 죠코 녀름은 그ᄅᆞ니라. 이 법을 일치 아니면 필연 지쉬 되ᄂᆞ니 이 법대로 ᄒᆞ노라 ᄒᆞᄃᆡ 사오납기ᄂᆞᆫ 죵이 시술 제 데싯거나 ᄡᆞᆯ을 업시 ᄒᆞ엿ᄂᆞᆫ 거술 모ᄅᆞ고 믈을 법대로 부으매 그러ᄒᆞ니 바셔 시기기 비편ᄒᆞ거든 ᄒᆞᆫ 죵으로 내죵내 맛져 시기고 미리 경계ᄒᆞ라. <15a>

〔2〕 현대어역

● 순향주법(醇香酒酒)

(술을 담을) 술독은 가장 잘 구워진 관독이 좋고, 누런빛의 독도 또한 좋다. 독 안팎을 깨끗하게 잘 씻고 청솔개비를 많이 넣은 후 솥에 거꾸로 엎어 (놓고) 쪄서 식힌 후에 (재료를) 넣어라. 다른 용도로 쓰던 독이면 여러 날 (동안) 물을 부어 우려낸 후 솔가지를 넣어서 쪄서 쓰라. 추울 때는 짚을 독의 몸에 감아 엮어 옷을 입혀라. 독 밑에 두꺼운 널판지를 놓고 독을 놓으면 구들이 뜨거워도 온기가 올라오지 못하여 좋으니 모름지기 술은 다 이렇게 하여라.

멥쌀 네 말을 여러 번 씻어 가루를 만들어라. 시루떡을 익게 쪄 끓인 물 네 말에 풀어라. 떡을 고루 부어 그릇에 깔고 물을 붓고, 또 그렇게 켜켜이 떡과 물을 섞어 두었다가 하룻밤 재워라. 체로 친 누룩가루〔麴末〕 여섯 되, 밀가루 한 되 여덟 홉을 섞어, 그 떡에 아주 고르게 섞어 독에 넣어 두어라. 닷새 만에 멥쌀 여섯 말을 여러 번 씻어 밥을 쪄 그릇에 나누어 담아라. 충분히 끓인 물 여섯 말을 나누어 끼얹어 밤 동안 재워라. 누룩가루 네 되, 밀가루 한 되 두 홉, 전술을 그릇에 퍼 두어라. 밤에 술을 떠 놓고 누룩과 밀가루를 주물러 (반죽하여) 아주 고르게 섞어 넣어라. 다 익어 맑게 되거든, 찹쌀 여섯 되, 멥쌀 네 되를 희게 쓿어 여러 번 씻되 밥주걱으로 뒤적여 씻어라. 고운 가루를 내어 놋동이로 둘 남짓하게 술밑(=여러 재료를 섞어 물에 버무린 것)을 만들되, 먼저 물을 끓이고 찬물에 가루를 풀어 솥의 물이 끓을 때 부어라. 한참 저어 익거든 솥뚜껑을 덮고, (아궁이의) 불은 치워 두었다가 (그 물을) 퍼서 하룻밤 재운 후 누룩가루를 한 되 넣고 고루 저어 그 술에 부었다가 맑게 되거든 쓰라.

떡과 밥이 설익으면 좋지 않고 반죽덩어리가 설거나 연기 냄새가 나거나 눋거나 하면 좋지 않다. 술밑에 찹쌀이 많이 들어가도 좋고, 적어도 좋고, 없으면 멥쌀만 하여도 괜찮다. 대강 쌀 한 말에 누룩 한 되, 밀가루 세 홉씩 헤아려 넣는다. 떡에 밥 두 말의 누룩가루와 밀가루가 이미 들어갔으므로, 밥에 두 말의 것(?)을 덜 넣는다. 쌀이 많으나 적으나 이를 미루어 빚어라.

술독을 두꺼운 종이나 기름종이로 싸매라. (술이) 괼 때 넘치거든, 시루를 깨끗이 씻어 (술독 위에) 얹어 놓고 시루와 술독 사이를 봉해라. 다 괴거든 도로 떼고 싸매라. 청주를 짜 넣을 동이〔罇, 구리 그릇〕나 병을 더운 물에 씻어 엎어 두었다가 마르거든 (술을) 담가라. 바쁘면 더운 물에 씻은 후에 술을 조금 넣어 흔들어 쏟아 내고, 그 그릇에 (술을) 넣으면 술맛이 변치 아니한다. 술 떠내는 그릇을 물기 없이 씻어 독에 넣어 두고 쓰면 변치 않는다. 써 가며(=이렇게 해 가며), 독 안을, 밥보자기에 더운 물을 묻혀 짜서 훔쳐 내면 빈 독 냄새가 나지 않는다.

술이 다 익거든 즉시 맑은 술은 다 떠내고, 흐린 술을 고자틀에 (넣어) 짠다. 병을 고자틀 목에 대어 받거나 혹 단지이면 기름종이로 싸매고 가운데 작은 구멍을 뚫어 받아라. 술은 김이 빠지면 변한다. 땅에 놓으면 땅기운〔地氣〕에 술맛이 변하니, 상(床)에 높직이 얹어 두고 자주 옮기지 않으면 변하지 않는다. 봄, 가을, 겨울은 이 술이 좋고, 여름은 좋지 않다.

이 법을 잃지(=벗어나지) 않으면 반드시 맛있고 좋은 술이 된다. 이 법대로 한다고 했는데 좋지 않게 되는 경우는, 종〔婢〕이 씻을 때 덜 씻거나 쌀을 덜어 낸 것을 모르고 물을 (정해진) 법〔量〕대로 부어서 그렇게 되는 것이다. (형편을) 봐서 (종에게) 시키기가 미덥지 못하면 한 명의 종에게 (일을) 끝까지 맡겨 시키고 미리 주의를 주어라.

〔3〕 용어 해설

● 순향주법 : 순향주(醇香酒)를 만드는 법. 멥쌀, 찹쌀, 누룩, 밀가루 등을 재료로

빚는 청주의 하나. 향기가 좋은 술이라 한다.

- 술독 : 술을 빚어 담그거나 걸러 놓은 술을 담아 두는 독, 술독은 술의 재료, 즉 지에밥의 양에 따라 크고 작은 것을 결정하는데, 술독으로 사용하는 독은 높은 열에서 구워낸 것이라야 한다. 독은 물로 잘 씻어 내고, 푸른 솔가지를 꺾어서 독 안에 넣은 다음, 솥에 거꾸로 엎어두고 쪄서 식힌 다음에 사용한다. 독은 한 말들이에서 한 섬들이까지 있다. 독 밑에 두꺼운 나무판을 깔고, 독 뚜껑도 널빤지로 덮는데 술을 빚어 넣은 뒤에는 이불 같은 것으로 말아서 싸 놓는다. 겨울에는 짚으로 독을 감싸고 엮어서 옷을 입힌다. 옛날에는 짚으로 만든 두트레방석으로 뚜껑을 삼았다. 잡티가 떨어질 것을 염려하여 삼베로 덮기도 한다. 주옹(酒甕), 주항(酒缸)이라고도 한다.
- ᄀᆞ장 닉고 : 가장 잘 구워지고. 술독은 질흙으로 구워 만드는데 높은 열에서 단단하게 잘 구워진 것을 'ᄀᆞ장 닉고'로 표현하였다. "술독이 ᄀᆞ장 닉고 관독이 죠코"라는 표현은 의미상 '술독으로 쓸 것은 잘 구워진 관독이 좋고'로 이해된다. 따라서 이 문장은 비문법적이다. 이러한 된 이유는, '닉은'을 써야 할 곳에 '닉고'를 썼기 때문이다.
- 관독 : 항아리 모양의 술독. 단지. 관(罐, 鑵) # 독(甕).
- 노론 독 : 노란 독. 문맥으로 보아, 황토흙으로 빚어 유약(잿물)을 바르지 않아 흙빛이 살아 있는 독을 뜻한다.
- 안밧글 : 안팎을. 안과 밖을. '안'이 ㅎ종성체언이므로 '안팟글'로 표기되어야 정확한데 ㅎ이 표기에 나타나지 않는 것은 ㅎ이 탈락하였음을 의미한다. 그런데 이 자료에 ㅎ이 유지된 '안해'(고사리 돔는 법), '안흘'(슌향쥬법)과 같은 예도 보인다. 현대 경상도 토박이 화자들은 주로 〔안박, 안빡〕, 〔암닥, 암딱〕이라 발음하는 것을 보면 복합어 형성시 종성 'ㅎ'이 탈락하였음을 알 수 있다. 이와 달리 종성 'ㅎ'의 탈락이 아니라 이 낱말이 자음 앞 혹은 단독형으로 표기될 때 'ㅎ'이 표기되지 않는 일반적인 표기에 이끌리어 '안밧글'로 표기했다고 볼 여지도 있다. 이 자료가 나온 시기는 'ㅎ곡용어' 변화에 있어서 중세국어와 현대국어의 과도기이기 때문에 종성 'ㅎ' 탈락은 상당히 진전된 때라 할 수 있다. 한편 15세기 국어 자료에서도 드물지만 'ㅎ'이 나타나지 않는 표기가 발견된다. 참고) 여슷 하ᄂᆞ래<釋譜 6:35>.

- 씨어 : 씻어. 이 자료에서는 '시어', '씨어', '시서', '씨서' 등으로 나타난다. 어간말 ㅅ탈락이 일정치 않은 모습을 보이는데 '시어'와 같은 ㅅ탈락형은 발화속도가 빠르고 발음상 부주의한 일상 구어에서 실현된 변이형일 것이다.
- 청속가비 : 청솔개비. 청속(靑松) # 가비. '가비'는 '성냥개비', '장작개비' 등에 쓰인 '개비'(쪼갠 나무토막의 조각)의 선대형이다. '청속가비'는 베어서 아직 마르지 아니한 솔가지를 가리킨다. '청솔가비'가 '청속가비'로 바뀐 것으로 본다. 이 변화는 'ㄱ'앞에서 'ㄹ'이 폐음화된 것이며, 이러한 변화는 민중의 속음에서 일어날 수 있다고 본다. 이 낱말은 경상방언에서 지금까지 쓰였던 것이다.
- 각고로 : 거꾸로. '갓ᄀ로→갓고로(원순모음동화)>각고로'(연구개동화). 참고) 無知로 知 사ᄆ니 이 갓ᄀ로 아로미라<능엄 10:56>. 어리여 迷惑ᄒ야 邪曲올 信ᄒ야 갓고로 볼쎠 橫死ᄒ야<월석 9:57>.
- 시겨 : 식히어. 차게 하여. 현대국어에서는 어중 유기음화(ㄱ>ㅋ)가 일어나 '시켜'로 발음된다. 사동사로 기능하는 '시기-'도 동일한 변화를 겪은 낱말이다.
- 부서 : 부어서. 붓- + -어. '붓-'은 ㅅ불규칙활용의 용례인데 이 낱말은 규칙활용을 하고 있다.
- 우리운 : 우린. 우려 낸. 물 따위에 담가 맛, 빛깔, 진액 따위를 빼내는 것. 다른 용도로 쓴 독에 이미 배어 있는 냄새를 없애기 위해, 독을 물로 여러 번 우려낸 다음, 솔을 넣어 찌면 솔향으로 인해 나쁜 냄새가 나지 않는다.
- 치운 : 추운.
- 집흐로 : 짚으로.
- 엿거 : 엮어. 엵- + -어. 참고) 簫는 효ᄀᆫ 대롤 엿거 부는거시라<석보 13:53>. 엿것는 簡冊은 누를 위하야 프르렛ᄂᆞ고<두해-초 24:62>.
- 널 : 널빤지〔板〕.
- 구들 : 방구들. 온돌. '구들', '구둘', '구돌' 등으로 나타난다. 방에 고래를 켜고 구들장을 놓고 흙을 발라 바닥을 만들고 불을 때어 덥게 만드는 전통적 난방 장치이다.
- 온긔 : 따뜻한 기운〔溫氣〕.
- 무룻 : 무릇.
- 빅미 : 백미(白米). 희게 쓿은 멥쌀.

- 빅셰 : 여러 번 씻음. 깨끗이 씻음[百洗].
- 작말ᄒᆞ여 : 가루를 내어. 작말(作末)ᄒᆞ여.
- 시ᄅᆞ덕 : 시루떡. '시ᄅᆞ떡'에서 ㅅ이 누락된 오기.
- 탕슈 : 끓인 물[湯水].
- 부어 : '부'의 자형이 불분명하다. '뿌-'로 볼 수도 있겠으나 'ㅅ' 부분을 뭉개어 놓았다. 문맥을 보면 찐 떡으로 끓인 물 너 말에 풀어 넣는 설명 속에 놓여 있기 때문에 이 글자를 '부'로 봄이 옳다.
- ᄶᅧᄶᅨ : 켜켜이. 층층으로. 'ᄶᅧᄶᅧ'에서 ㅕ>ㅖ 변화가 적용된 어형이다. 'ㅺ'과 같은 표기는 유기음이 지닌 긴장성을 된시옷을 첨기하여 나타낸 것으로 일종의 음성적 표기라 할 만하다. 이러한 표기는 17, 18세기의 지방 판본에서 더러 보이는 표기 현상이다. 'ᄶᅨᄶᅨ'의 제2음절 말음 'ㅣ'는 부사파생접미사일 여지도 있으나 앞 음절의 ㅖ와 동일한 것으로 봄이 문제를 덜 복잡하게 한다. 17세기 후기는 'ㅔ'의 단모음화를 생각하기 어렵기 때문에 이 낱말의 'ㅖ'는 [je]가 아닌 [jəi]로 발음되었을 것이다.
- 쟈여 : 재워. '자여'의 오기로 판단된다.
- 처로 : '체로'의 오기로 판단된다.
- 국말 : 누룩가루[麴末]. 이 자료에 '누록ᄀᆞᄅᆞ', 'ᄀᆞᄅᆞ누록', '국말' 등로 나타나는데 모두 같은 뜻이다.
- 진말 : 밀가루[眞末]. 이 자료에 '밀ᄀᆞᄅᆞ', '진말', '진ᄀᆞᄅᆞ' 등 여러가지로 표기되었다. 현대어역에서 번역은 '밀가루'로 통일하였다.
- ᄆᆡ이 : 매우. 매매(매매 찧다. 매매 씻다).
- ᄭᅵ부어 : 끼얹어 부어. 어떠한 것의 위로 흩어지게 뿌려.
- ᄀᆞᄅᆞ누록 : 누룩가루. 이 자료에서 동일한 의미로 'ᄀᆞᄅᆞ누록', '누록ᄀᆞᄅᆞ', 한자어 '국말'(麴末) 등이 쓰였다.
- 젼의 술 : 젼(前) + -의 # 술. 물을 조금도 타지 않은 술. 전술(前술) 혹은 전내기. 이 자료에서 '젼의 술', '젼술', '밋술'(밑술), '몬져 술' 등 동일한 뜻을 다양하게 나타내고 있다. 여기서의 '젼술' '밋술' 등은 이미 만들었던 술을 가리키는데, 새 술을 담을 때 발효를 돕기 위해 이미 있던 술을 조금 섞어 넣는다. 이미 만들어 둔 술에는 발효를 도와주는 효모가 생성되어 있기 때문이다. 현대국어

사전에 '전술'의 어원적 풀이로 'ᄌᆞᆫ술'을 적시해 놓았으나 이 자료에 나타난 용례를 볼 때 이것은 잘못된 풀이라 생각한다.

- ᄠᅥ코 : 떠 놓고. 'ᄠᅥ 노코'에서 '노'를 빠뜨린 오기로 판단한다.
- 주여 노화 : 쥐어놓아. 손으로 쥐락 놓으락하며 반죽하여. 참고) 손바리 거두 주여<救簡 1:39>. 다ᄉᆞᆺ 輪指ㅅ 그틀 구펴 주여<능엄 1:98>.
- 채 : 다. 완전히. 현대어에서 '채'는 '일정한 정도에 아직 이르지 못한 상태'를 나타내는 부사이나, 중세어에서는 '완전히' '모두' 등의 의미로도 쓰였다. 참고) 黃金을 채 ᄭᆞ로려 ᄒᆞ니<月曲 153>. 채 소복기ᄅᆞᆯ 기둘러(完復之後)<痘經 69>.
- ᄆᆞᆯ게 : 맑게. 말갛게. 자음군 단순화 ㄺ→ㄹ이 실현된 것. 이 변화가 어간의 재구조화로 귀착된 것은 아니다. 참고) 人間애 ᄃᆞᆯ 그르메 ᄆᆞᆯ도다<두해-중 12:1>. 새려 엿와 ᄆᆞᆯ도다<두해-중 12:2>.
- ᄡᅳᆯ허 : 쓿다. 쌀, 조, 수수 등의 알곡을 절구에 넣고 찧어 속꺼풀을 벗겨 깨끗하게 하다. 참고) 이 ᄡᆞᆯ이 구즈니 다시 ᄡᅳᆯ흐라<朴解 中 7>.
- 박쥭 : 밥주걱. '밥쥭'이 일상 구어에서 실현된 어형일 것이다. '밥죽'은 '밥주걱'의 의미로 전남, 경북, 강원 방언에서 고루 사용한다. 현대 경상방언 북부 지역에 쓰이는 '빡죽'은 '박쥭'의 변화형이다.
- 드노화 : 들었다가 놓아. 뒤적여. 동사 어간 '들-'과 '놓-'이 결합된 복합동사로 판단된다. 참고) 健壯ᄒᆞᆫ ᄒᆞᆫ 男兒ㅣ 블근 旗의를 드노하 노ᄅᆞᆺᄒᆞᄂᆞ니<두해-중 1:40>.
- 셰말ᄒᆞ여 : 고운 가루로 만들어. 세말(細末)하여.
- 놋동희로 : 놋동이로. 참고) 동희 분(盆)<유합 上 27>. 블 동희 이엿거든<은중 23>. 동희로 둡고<救簡 1:112>.
- ᄃᆞᆷ : 이 낱말은 고어 사전과 현대어 사전에 쓰이지 않는 것이다. 'ᄃᆞᆷ'이 쓰인 문맥으로 보아 '술을 만들기 위해 곡물의 가루와 누룩 가루 등을 물에 넣어 섞어 묽은 죽이나 물렁한 반죽처럼 만든 것'을 뜻한다. 한복려(1999 : 103)에는 '담'이라 하고 '술거리'로 풀어 놓았는데 문맥 의미에 의거한 것으로 보인다. 그린데 '술기리'라는 낱말은 사전에 없다. '술거리'보다 술을 만드는 데 바탕 재료가 된다는 점에서 '술밑'이라고 이름 붙이는 것이 더 낫겠다. '술밑'은 '주모'(酒母) 혹은 '술어미'라고 부르기도 한다.

- 빈ᄃᆞ더 : 만들되. 참고) 내 袈裟를 ᄆᆡᆫᄃᆞ노라<박통-중 中 49>. ᄡᆞᆯ을 ᄶᅵ허 ᄀᆞᆯ롤 ᄆᆡᆫᄃᆞ라<태평 1:11>.
- ᄀᆞᆯ를 : 가루를. 'ᄀᆞᄅᆞ'는 특수곡용어로 대격조사 앞에서 'ᄀᆞᆯㄹ'가 된다.
- ᄭᅳᆯ흘 : 끓을. 문맥상 '끓을 때'로 되어야 하나 뒤의 '때'에 해당하는 명사가 누락되었다.
- 이슥게 : 이슥하게. 오늘날 '이슥다'라는 용언이 존재하지 않지만 중세국어에서는 '이슥다', '이슥ᄒᆞ다'가 있었다. 한편 '이슥다'의 활용형에서 비롯된 '이슥고'라는 부사도 존재했다. 현대국어의 '이윽고'는 이 '이슥고'의 변화형이다. 중세국어 '이슥ᄒᆞ다'의 변화형인 '이윽하다'는 이해조의 신소설 작품 「모란병」(1910)에서도 발견되지만 현재는 사용되지 않고 대신 '이슥하다'가 사용되고 있다. 같은 뿌리를 가졌으면서도 부사와 용언이 어근이 각각 다른 모습을 보이는 것은 이들의 문법기능에 차이가 있었고 또 의미에 차이가 생겨나면서 각각 독립적으로 발전하였기 때문이다. 참고) ᄆᆡ양 밥 먹고 이슥거든 무러 닐오ᄃᆡ(每食少頃則問曰)<飜小 9:79>. 이슥ᄒᆞ야 살리라(不過良久卽活)<救簡 1:46>.
- 솟두에 : 솥뚜껑. 솟〔釜〕 # 두에. 참고) 모난 ᄆᆡᆫ틔 두렫ᄒᆞᆫ 두에 ᄀᆞᆮᄐᆞ니라<小諺 5:72>. 가마두에 덥고<老乞 上 19>.
- 처 : 치워. ᄎᆞ- + -어. 아궁이에 불을 없애는 것을 표현한 말이다.
- 저서 : 저어. '젓-'이 규칙활용을 하는 모습을 보여 준다. 이 자료에는 '저서'와 '저어'가 공존하는데 이는 '시서'와 '시어'가 공존하는 것과 동일한 현상이다.
- 설면 : 설면. 덜 익으면.
- 사오납고 : 나쁘고. 좋지 못하고. 참고) 劣은 사오나ᄫᆞᆯ씨라<月釋 17:57>. 현대국어에서 '사납다'의 주 의미는 중세국어와는 다르게 바뀐 것이다. 그러나 현대국어의 '볼썽사납다, 보기 사납다, 꼴사납다'와 같은 용례에서는 중세국어의 의미가 간직되어 있다.
- 닛내 : 연기 냄새. ᄂᆡ〔煙氣〕 # ㅅ # 내〔臭〕. 참고) 머리 ᄂᆡ(煙氣)를 보고 블 잇ᄂᆞᆫ돌 아로미 ᄀᆞᄐᆞ니<月釋 9:7>. 香내(臭) 머리 나ᄂᆞ니<석보 6:44>.
- 만ᄒᆞ여 : 많아도. 문맥상 뒤에 조사 '-도'를 덧붙여 해석해야 한다. 글쓴이가 문장을 만드는 과정에서 어미 '-도'를 빠뜨린 오기이다.
- ᄆᆡᄡᆞᆯ : 멥쌀. 이 자료에 '뫼ᄡᆞᆯ'로 쓰인 것인데 여기서는 'ᄆᆡᄡᆞᆯ'로 나타난다. 'ㅁ'

뒤의 'ㅗ'가 'ㆍ'로 비원순화된 것이다.

- 무던ᄒᆞ니라 : 무던하니라. 정도가 어떤 기준에 거의 가까운 것을 뜻한다.
- 혀여 : 헤아려. '혜여'의 이표기(異表記). 참고) 혀여 어루 알리라<영가 下 16>. 『이조어사전』에서 이 용례를 '허여'로 파악하고 있으나 원전에는 '혀여'로 되어 있다.
- 시롤 : '시'의 뜻이 문제이다. 문맥으로 보면 의존명사 '것'에 대응시켜 '두 말엣 누룩을' 정도로 풀이해 볼 수 있다. 중국 진(晉)나라 장화(張華)의 『박물지(博物志)』에 '염시'(鹽豉)를 설명하면서 '시'를 중국이 아닌 다른 나라에서 온 것이라 하였다. 『고려사 문종 6년에 개경의 굶주리는 백성에게 쌀・조・를 내렸다는 기록이 있다(주영하, 『음식전쟁 문화전쟁』 p.84, 2000년, 사계절). 이때의 '시'를 주영하는 '메주'로 추정하였다. 위 문맥에 쓰인 '시'도 한국한자어 '豉'를 표기한 것으로 생각된다. 그러나 문맥상의 뜻은 '누룩'이기 때문에 '메주'와 거리가 있다. 메주 가루와 누룩은 그 형상이 비슷하다. '豉'의 뜻이 좀더 넓게 쓰였던 듯하다.
- 츄이ᄒᆞ여 : 때에 따라서. 변통하여. 추이(推移)하여.
- 괼 : 괼. 술이 어느 정도 익어 발효할 때 거품이 일어나고 술 액이 고이기 시작하는 모습을 표현한 말이다. 이 때 술독의 술이 넘치기도 한다.
- 실롤 : 시루를. 시르 + -올. 'ᄀᆞᄅᆞ + -올'이 'ᄀᆞᆯ롤'이 되는 것과 동일한 곡용 현상.
- 시어 : 씻어.
- 안ᄌᆞ 노코 : 얹어 놓고. 그러나 이 해석에는 문제가 남아 있다. 이 문장이 묘사하고 있는 것은 술독에 담아 놓은 술이 괴면서 넘치는 경우의 조치 방법이다. 술독에 담아 놓은 술이 익으면서 거품이 일고 넘치기도 하는데 이 때 술독의 것을 다른 독에 나누어 담지 않고 그 독 위에 시루를 겹쳐 얹고 독과 시루 사이를 발라 넘치지 않도록 하라는 것이다. 시루 바닥에는 보통 예닐곱 개의 구멍이 나 있어서 그 구멍을 통해 부글부글 솟구치는 술이 넘치지 않고 시루에 모일 수 있다. 이런 상황에서 '안ᄌᆞ 노코'가 쓰였으니 그 의미는 술독 위에 시루를 '앉어 놓고'로 풀이함은 매우 자연스럽다. 그러나 '안ᄌᆞ'의 어형이 문제이다. '얹어'로 적혔으면 문제가 없다. 모음 표기에 현격한 차이가 있어서 '안ᄌᆞ'를 '얹어'로 연결짓기 어려운 것이다.

다른 방안으로 '안ᄌᆞ'를 동사 '얹어'와 연결짓지 않고 '안ᄌᆞ 놓다'를 당시에 통용된 관용 표현의 하나로 보는 방법이 있다. '안ᄌᆞ'를 '鞍子'(안장)의 표기로 보는 것이다. 안장은 항상 말 등에 얹히는 것이니 '안ᄌᆞ 놓다'와 같은 구성이 자주 쓰이면서 관용표현으로 굳어져 어떤 물건을 '얹어 놓는'다는 의미를 지니게 될 수 있다고 본다. 참고) 鞍座子 안ᄌᆞ<漢淸文鑑 5:24>.

- ᄇᆞᄅᆞ라 : 바르라. 발라라. 시루의 틈새를 봉하여라. 참고) ᄀᆞᆯᄋᆞ로 ᄇᆞᄅᆞ고<석보 6:38>. ᄇᆞᄅᆞᆷ ᄇᆞᄅᆞ다<譯解 上 18>.
- 사ᄆᆡ라 : 싸매어라. 참고) 니프로 ᄡᅡᄆᆡ라<救簡 6:22>.
- 준 : 질흙으로 만든 작은 술동이 또는 술잔. 준(罇). 또 다른 뜻으로 '제향 때 술을 담는 긴 항아리 모양의 구리 그릇'을 가리키기도 한다.
- 밧브거든 : 급하거든. 시간이 없어서 빨리 해야 되면. 참고) 밧븐 제 가져오라<內重 2:35>. 므스 일이 밧븐 後를 因ᄒᆞ야셔<小諺 6:49>.
- 휜돌러 : 흔들어. 휘둘러. 이 문맥은 청주를 담을 동이나 병을 더운 물로 씻고 다시 술을 조금 부어 동이를 흔들어 가셔 내는 동작을 표현한 대목이다. 술 담을 그릇을 미리 술로 행궈내고 담아야 맛이 변치 않기 때문에 이런 설명을 하고 있다. 이 낱말은 중세국어 어형은 '횟도ᄅᆞ다'이다. 이 '횟-'은 접두사일 것이다. 이 자료의 '휜'은 달리 용례가 없는 특이한 것이다. '횟-'의 종성 'ㅅ'을 'ㄴ'으로 잘못 표기한 것일 가능성이 높다.
- 솟고 : 쏟고. 그릇에 담아 휘둘렀던 술을 쏟아 내고.
- 쓰내는 : 떠 내는. '쓰내는'은 본용언과 보조용언의 결합으로 보인다. 어간 두 개가 직접 결합한 비통사적 합성어이다. 이 자료에는 'ᄡᅥ내여'<양슉>가 나타나는데 이것이 올바른 표기이다. '쓰내-'와 같은 어형은 매우 어색한 것이다. 'ᄡᅥ 내는'의 오기로 짐작된다.
- 쓰서 : 훔쳐. 닦아내어. 참고) 눈물 쓰스니<삼역 1:6>. 크게 웃고 나 씃다<삼역 5:1>. 15세기 문헌에 이 어형은 '슺-'으로 나타난다. 어간말 자음 'ㅈ'이 'ㅅ'과 교체된 특이례이다. '슺-'은 그 의미와 형태가 유사한 '씻-'에게 그 역할을 물려주고 소멸하였다.
- 밥보희 : 밥보에. 밥보자기에. 보는 물건을 싸거나 씌워 덮는 피륙이다.
- ᄡᅳ서 : 훔쳐서. 닦아서.

● 채 : 다. 문맥상 부사 '다, 모두'의 의미를 표현한다. 월인천강지곡에 이와 같은 용법의 '채'가 보인다. 참고) 동산애 황금을 채 ᄭᆞ로려 ᄒᆞ니<월곡 153>.

● 깃고 : 긷고. 길러내고.

● 흐린 : '흐린'의 오기.

● 고ᄌᆞ : 물기나 액체 성분이 있는 것을 넣어 그 액체를 짜 내는 틀. 예컨대 참깨 따위를 짜내는 기름틀이 그것이다. 참고) 기름 ᄧᆞᄂᆞᆫ 고ᄌᆞ(油搾)<譯解 下 14>.

● 다혀 : 대어. 참고) 소눌 가ᄉᆞ매 다혀 겨샤ᄃᆡ<月釋 10:15>. 올ᄒᆞᆫ 무룹 ᄯᅡ해 다혀<능엄 1:76>.

● 유지 : 기름종이. 유지(油紙).

● 효근 : 작은. 현대어 '작다'라는 뜻으로 중세어에서는 '횩다', '혁다', '쟉다', '젹다'가 유의어로 쓰였다. 참고) 骨髓옌 효ᄀᆞᆫ 벌에<月曲 70>. 혀근 선비롤 보시고<용가 82>. 가븨야오며 쟈가<영가 上 20>. 가븨야오며 져군디 아니니<능엄 2:56>.

● 궁글 : 구멍을. 굶〔穴〕 + -을. '궁글'은 '굼글'에서 연구개음 동화가 일어나 'ㅁ'이 'ㅇ'으로 바뀐 것이다.

● ᄯᅳ러 : 뚫어. ᄯᅮᇙ- + -어. 'ᄯᅳ러'는 'ㅎ'이 유성음간에서 탈락한 것.

● 바ᄃᆞ라 : 받아라. 병을 기름틀 목에 대어 받거나 단지인 경우에 작은 구멍을 뚫고 거기에 병을 대어 술을 받으라는 설명이다.

● 김 나면 : 술의 기운이 빠져버리면.

● 지긔예 : 땅기운에. 지기(地氣)에.

● 놉ᄌᆞ기 : 높직이. 놉즉- + 이(부사파생접미사)>놉즈기>높직이. 참고) 놉즈기 ᄡᅩ고 <老乞 下 33>.

● 그ᄅᆞ니라 : 그르니라. 참고) 소견이 그ᄅᆞ디 아니 ᄒᆞ더니<태평 1:6>. 그ᄅᆞᆫ 이리 업게 ᄒᆞ고<신속 孝 2:40>.

● 지쥐 : 지주(旨酒)는 맛있고 좋은 술이다. '지쥐'는 '지주'에 주격 '-ㅣ'가 결합한 것.

● 사오납기는 : 나쁜 것으로는.

● 데싯기나 : 덜 씻거나. '데-'는 완전하지 못함을 뜻하는 접두사. '데-'가 접두사로 사용된 어휘로는 '데삶다, 데생기다, 데익다' 등이 있다.

● ᄲᆞᆯ을 업시ᄒᆞ엿ᄂᆞᆫ 거술 모ᄅᆞ고 : 이 구절은 다음과 같이 풀이된다. 술 담는 과정

에서 종들에게 일을 맡겼는데 종들이 쌀을 덜어낸 것을 모르고.

- 바셔 : 봐서. '보아서'의 축약형인 '봐서'가 자음 뒤 활음 탈락으로 'ㅂ' 뒤의 'w'가 탈락된 어형으로 판단한다. 활음 탈락의 예로는 시기적으로 빠른 것이다. 한편 번역노걸대와 번역박통사에 같은 예가 나타난다. 참고) 이바(你來)<번역노걸대 하 22b, 번역박통사 상 10a 외 다수>. 이 '이바'는 현대국어에서 상대방을 부를 때 사용하는 '이봐'에 해당하는데 역시 활음 탈락을 보이고 있다. 이 문헌들의 추정 연대는 1517년 이전이므로 일찍부터 '봐'의 활음 탈락 현상이 존재했던 것이다.
- 시기기 : 시키기. 참고) ᄂᆞᄆᆞᆯ 시겨 ᄒᆞ야도<석보 13:52>. 글 지조로ᄡᅥ 그 子弟ᄅᆞᆯ 시기고<小諺 5:103>.
- 비편 : 편하지 않거든. 미덥지 않거든. 비편(非便). '불'(不)이 아닌 '비'(非)가 쓰인 점이 현대국어와 다르다. 문세광의 「조선어사전」(1938)에는 '불편하다'와 '비편하다'가 모두 표제어로 등록되어 있다. 이 문맥에서 '비편ᄒᆞ-'는 현대국어의 '불편하-'의 뜻이라기보다 종에게 일을 맡기는 것이 '마음에 미덥지 않거든'과 같은 의미를 표현한다.
- 내죵내 : 처음에서 나중까지. 끝까지. 참고) 내죵내 믈러듀미 업수려<능엄 3:117>.
- 맛져 : 맡겨. '맛뎌'의 ㄷ구개음화형. 참고) 군국 듕ᄉᆞᄅᆞᆯ 다 맛지오시니<한중 p.50>. 님자 잇ᄂᆞᆫ 쟈란 두루 ᄒᆞ자 맛질 도리와<字恤 31>. 맛지기 몯고<삼역 9:18>.
- 경계ᄒᆞ라 : 조심을 시켜라. 여기서는 '종에게 주의를 주어라'라는 뜻으로 파악된다.

삼해주 스무 말 빚기

[1] 원문

● 삼ᄒᆡ쥬 스무 말 비지

정월 첫 ᄒᆡ일에 ᄇᆡᆨ미 서 말 ᄇᆡᆨ셰 작말ᄒᆞ야 글힌 믈 아홉 사발로 쥭을 ᄆᆡᆫᄃᆞ라 채 식거든 죠ᄒᆞᆫ 누록 닐곱 되 진ᄀᆞᄅᆞ 서 되 섯거 독의 녀허 두고 둘재 ᄒᆡ일에 ᄇᆡᆨ미 너 말 ᄇᆡᆨ셰 작말ᄒᆞ여 글힌 믈 열 두 사발로 쥭 ᄆᆡᆫᄃᆞ라 채 식거든 그 독의 녀코 세재 ᄒᆡ일에 ᄇᆡᆨ미 열서 말 ᄇᆡᆨ셰ᄒᆞ야 오로 ᄶᅵᄃᆡ ᄀᆞ장 유계 ᄧᅧ 채 식거든 젼에 ᄒᆞᆫ 술에 섯거 녀허 ᄃᆞᆺ다가 닉거든 ᄡᅳ라. <16a>

[2] 현대어역

● 삼해주(三亥酒) 스무 말 빚기

정월 첫 해일(亥日)에 멥쌀 서 말을 깨끗이 씻어 가루를 낸다. (그것을) 끓인 물 아홉 사발로 죽을 만들어라. (죽이) 다 식거든 좋은 누룩 일곱 되, 밀가루 서 되를 섞어 독에 넣어 두어라.

둘째 해일(亥日)에 멥쌀 너 말을 깨끗이 씻어 가루를 낸다. (그것을) 끓인 물 열두 사발로 죽을 만들어 다 식거든 그 독에 넣어라. 셋째 해일에 멥쌀 열세 말을 깨끗이 씻어 온전히 찌되 매우 무르게 쪄라. 다 식으면 전에 만든 술을 섞어 넣어 두었다가 익거든 쓰라.

〔3〕 용어 해설

- 삼ᄒᆡ주 : 삼해주(三亥酒). 정월의 해일(亥日) 세 번에 담가 익힌 술. 멥쌀 또는 찹쌀 가루를 주원료로 하여 누룩과 밀가루를 섞어 끓인 후 죽 같이 만든 후 술독에 넣어 익힌다. 상해일(上亥日)과 중해일(中亥日)과 하해일(下亥日)에 각각 만드는데 이것을 춘주(春酒)라고도 한다. 여기에는 네 가지의 삼해주 방문이 각각 서술되어 있는데 만드는 양의 차이와 제조 방법에 약간의 차이만 있다.
- 스무 말 비지 : 스물 말 빚기 또는 스무 말 빚는 법. '빚- + -이(명사파생접미사)' 술을 빚는 양에 따라 재료가 다르게 들기 때문에 빚는 규모에 따라 방문을 나눈 것이다.
- ᄒᆡ일 : 돼짓날〔亥日〕. 동양에서는 옛부터 간지(干支)를 시간 표시 척도로 사용해 왔다. 연간(年干), 일간(日干), 시간(時干)에 각각 동일한 명칭이 쓰였다. 해(亥)가 들어가는 날은 12일마다 돌아온다.
- 빅셰 작말ᄒᆞ야 : 여러 번 씻은 후〔百洗〕 가루를 내어〔作末〕. 이 자료에 상투적으로 등장하는 조리 동작 표현구이다.
- 채 : 완전히. 아주. 「슌향쥬」의 '채'에 대한 용어 해설 참고.
- 채 식거든 : '다 식거든'이라는 뜻인데 여기에는 '식자마자'와 같은 의미도 함축되어 있는 듯하다.
- 둘재 : 둘째. '재'의 초성이 경음화되지 않은 단계를 보여 준다.
- 오로 : 온전히. '오ᄋᆞ로'의 단축형. 참고) 오직 오로 體ᄒᆞ야 뮈워 쁠 ᄯᆞᄅᆞ미라 <月釋 18:14>. 그 마ᄅᆞᆯ 오로 牒ᄒᆞ샤<능엄 4:32>.
- 유켸 : 무르게. 유(柔)하게. '켸'는 '케'의 오기이다.
- 전에 ᄒᆞᆫ 술 : 전(前)에 만들어 둔 술. 같은 표현으로 이 자료에 '밋술, 몬져 술, 젼의 술' 등이 나타난다.

삼해주 열 말 빚기

[1] 원문

● 삼히쥬 열 말 비지

정월 첫 히일에 빅미 두 말 빅셰ᄒᆞ여 ᄒᆞᄅᆞ밤 자여 셰말ᄒᆞ야 탕슈 서 말애 둠 기야 시겨 누록 서 되 진말 ᄒᆞᆫ 되 다솝 섯거 독의 녀허 둣다가 둘재 히일에 빅미 서 말 빅셰ᄒᆞ여 믈에 ᄒᆞᄅᆞᆺ밤 자여 작말ᄒᆞ여 탕슈 너 말 닷 되예 기야 시겨 독의 녀허 둣다가 셋재 히일에 빅미 닷 말 빅셰ᄒᆞ여 자여 오오로 쪄 탕슈 닐곱 말 닷 되 골라 몬져 술에 섯거 둣다가 닉거든 ᄡᅳ라. <16a>

[2] 현대어역

● 삼해주(三亥酒) 열 말 빚기

정월 첫 해일(亥日)에 멥쌀 두 말을 깨끗이 씻어 하룻밤 재워 가루를 곱게 빻아, 끓인 물 서 말로 담(반죽)을 개어라. 식힌 후, 누룩 서 되 밀가루 한 되 다섯 홉을 섞어 독에 넣어 누어라.

둘째 해일에 멥쌀 서 말을 깨끗이 씻어, 물에 하룻밤 재워라. (그것을) 가루 내어 끓인 물 너 말 다섯 되에 개어 식혀서 독에 넣어 두어라.

셋째 해일에 멥쌀 다섯 말을 깨끗이 씻어 재워라. 그 뒤 온전하게 쪄서 끓인 물 일곱 말 다섯 되에 고루 섞고 밑술을 섞어 두었다가 익거든 써라.

〔3〕 용어 해설

- 셰말ᄒᆞ야 : 가루를 곱게 빻아. 세말(細末)하여.
- 탕슈 : 끓인 물. 탕수(湯水).
- 돕 기야 : 술밑을 개어. '돕'은 앞 항의 「슌향주법」에 3회 나온 낱말이다. 앞에서 분석했듯이 이 '돕'은 술을 담기 위해 쌀가루 등의 재료를 물에 버무린 반죽 같은 것을 의미한다. 「슌향쥬법」의 용어 해설 참고.
- 시겨 : 식혀. 식- + -이-(사동접사) -어. 참고) 닉거든 내야 시겨(熟出停冷)<救簡 2:13> 쓸흔 차 식이다(揚茶)<한청문감 12:55>.
- 다솝 : 다섯홉. '다섯 + 홉'(단위명사)의 준말. '여섯 홉'의 준말 '여솝'도 쓰인다.
- ᄒᆞᄅᆞᆺ밤 : 하룻밤. 이 항목의 첫 행에는 'ᄒᆞᄅᆞ밤'으로 표기되었던 것이다. 사이시옷 표기는 매우 수의적이다.
- 기야 : 개어. 가루나 덩이진 것을 물이나 기름으로 이겨 풀어지게 하다.
- 오오로 : 온전히. 앞의 '스무 말 비지'항에 쓰인 '오로'와 같은 것이다. 첫 음절의 장음이 표기에 반영된 것이 '오오로'이다.
- 쪄 : 쪄. 술 만들기 부분에서는 거의 '오오로 쪄'가 관용구처럼 쓰인다.
- 골라 : 조합(調合)하여. 두 재료의 정도를 서로 맞추어. 한데 섞어 고르게 하여. 이 자료의 '골라'는 '고ᄅᆞ-〔調〕 + -아'의 활용형으로(고ᄅᆞ아>골아>골라), 두 가지 재료를 '조합하여', '섞어서 조정하여'와 같은 뜻을 표현한다. '탕슈 닐곱 말 닷 되'에 백미를 서로 섞어 두 재료를 조화시키고 고르는 것을 '골라'라고 한 것이다. 현대어의 '고르다'는 동음어로 몇 가지 뜻을 가진다. 그 중 '더하거나 덜함이 없이 한결같다', '균등하다'와 이 자료의 '골라'의 뜻이 가장 유사하다.
- 몬져 술 : 이미 만들어 놓은 술. 발효 속도를 빠르게 하기 위해 넣는다.

삼해주

〔1〕 원문

● 삼ᄒᆡ쥬

정월 첫 ᄒᆡ일에 ᄎᆞᆸᄡᆞᆯ 서 되 ᄇᆡᆨ셰 작말ᄒᆞ여 플 쉬 식거든 누록 ᄒᆞᆫ 되 섯거 ᄃᆞᆺ다가 둘재 ᄒᆡ일에 ᄇᆡᆨ미 서 말 ᄇᆡᆨ셰 작말ᄒᆞ여 구무ᄯᅥᆨ ᄒᆞ야 ᄆᆡ근ᄒᆞᆫ 제 ᄆᆞᆼ을 업시 쳐 ᄎᆞ거든 몬져 ᄒᆞᆫ 미틔 섯거 녓코 셋재 ᄒᆡ일에 ᄯᅩ 그리ᄒᆞ라. 술 ᄂᆡ여 ᄡᅳ고져 ᄒᆞ거든 구월이 되도록 이리ᄒᆞ면 ᄒᆞᆫ ᄒᆡ 돗날이 다ᄒᆞ도록 이리ᄒᆞ여도 죠ᄒᆞ니라. <16a>

〔2〕 현대어역

● 삼해주(三亥酒)

정월 첫 해일에 찹쌀 서 되를 깨끗이 씻어 가루를 내어라. (그것으로) 풀을 쑤어 식거든 누룩 한 되를 섞어 두어라. 둘째 해일에 멥쌀 서 말을 깨끗이 씻어 가루를 내어라. (그것으로) 구멍떡을 만들어 미지근할 때 망울이 없게 쳐라. 차게 식거든 먼저 한 것의 밑(=첫해일에 해 놓은 것의 밑)에 섞어 넣어라. 셋째 해일에 또 그렇게 하여라.

술을 이어서 (계속) 쓰고자 할 때는 구월이 되도록 이렇게 하면, 한 해의 해일(亥日)이 다하도록 이렇게 해도 좋으니라.

〔3〕 용어 해설

- 플 숴 : 풀을 쑤어. 수- + -어.
- 구무ᄯᅥᆨ : 구무떡. 구멍떡. 물송편. 반죽한 떡가루를 꽉꽉 주물러 떼내어 끓는 물에 삶아 내서 바로 찬물에 담갔다가 건져 낸 떡. 물에 삶을 때 잘 익도록 하기 위해 둥글게 빚은 반죽 가운데 구멍을 뚫는다. 한편 꿀소를 넣고 송편같이 빚어서 녹말을 묻혀 삶아 낸 떡을 구멍떡이라고 일컫기도 한다.
- ᄆᆡ근ᄒᆞᆫ : 미지근한. 문헌에는 'ᄆᆡ죽근ᄒᆞ다', 'ᄆᆡᆼ근ᄒᆞ다' 등이 나타난다. 참고) ᄆᆡᆼ근ᄒᆞ다<동문 上 61><한청 384b>.
- ᄆᆞᆼ을 : 망울. 반죽이 제대로 안 되어 엉기어 뭉쳐진 작은 덩이. ᄆᆞᆼ올>ᄆᆞᆼ을>망울. 참고) 져제 ᄆᆞᆼ올이 이시면<胎要 11>. ᄆᆞᆼ올히 나 보도롯<痘經 下 61>.
- 쳐 : 쳐서. 두들겨서. "구멍떡을 해서 미지근할 때 망울(작은 덩이) 없이 쳐"라는 문맥 속에 쓰인 '쳐'는 '티-'(打)의 변화형 '치-'에 어미 '-어'가 결합한 것으로 보아야 한다. 뒤이어 나오는 여러 양조법에 구멍떡을 만들어 여기에 가해지는 조리 동작의 표현에 '쳐'가 빈번하게 쓰인다. 이와 같은 '쳐'는 '손바닥 따위로 구멍떡을 두들기는' 동작을 의미한다. 「니화쥬법」에 "두 손으로 ᄆᆞ이 쳐" 또는 "덥기 손 다힐 만ᄒᆞ거든 쳐"에서 구체적 증거를 찾을 수 있다. 우리가 앞의 「대합」 항에서 보았던 "지령기롬 쳐" 혹은 「난탕법」의 "초 쳐 쓰라"의 '쳐'와 이곳 「삼ᄒᆡ쥬」의 '쳐'는 뜻이 다르다.
- 몬져 ᄒᆞᆫ 미틔 : 첫 해일에 만들어 놓은 것 밑에. 밑 + -의.
- 녓코 : 넣고. 유기음 앞에 'ㅅ'을 받쳐 적은 표기.
- 그리ᄒᆞ라 : 그렇게 하여라. 둘째 해일에 했던 방법과 같이 셋째 해일에도 그렇게 하라는 뜻이다. 바로 앞에 나온 "ᄇᆡᆨ미 서 말 ᄇᆡᆨ셰 작말ᄒᆞ여 구무ᄯᅥᆨ ᄒᆞ야 ᄆᆡ근ᄒᆞᆫ 제 ᄆᆞᆼ을 업시 쳐 ᄎᆞ거든 몬져 ᄒᆞᆫ 미틔 섯거 녓코" 전체의 대용어이다.

- 술 니어 쁘고져 ᄒᆞ거든 : 술을 이어서 쓰고자 하거든. 술이 떨어지지 않도록 계속 해서 쓰고자 하면. 삼해주를 계속 쓰고자 하면 둘째 해일에 했던 방법을 이어지는 해일마다 계속 반복하여 일년 내내 해도 좋다는 뜻이다.
- 돗날 : 돼짓날. 돝날. 해일(亥日).

삼해주

〔1〕 원문

● 삼ᄒᆡ쥬

ᄇᆡᆨ미 두 되 ᄇᆡᆨ셰ᄒᆞ여 믈 닐곱 듀발의 흰쥭 수어 ᄎᆞ거든 누록 두 되 진ᄀᆞᄅᆞ ᄒᆞᆫ 되 섯거 녀헛다가 둘재 ᄒᆡ일에 ᄇᆡᆨ미 두 말 닷 되 ᄇᆡᆨ셰 작말ᄒᆞ여 구무ᄯᅥᆨᄒᆞ여 ᄎᆞ거든 밋술에 석거 둣다가 셋재 ᄒᆡ일에 ᄇᆡᆨ미 ᄒᆞᆫ 말 두 되 다솝 ᄇᆡᆨ셰ᄒᆞ여 닉게 ᄧᅧ 고로 ᄎᆞ거든 밋술에 섯거 녀흐라. <16b>

〔2〕 현대어역

● 삼해주(三亥酒)

멥쌀 두 되를 깨끗이 씻어, 물 일곱 주발로 흰죽을 쑤어라. (죽이) 식거든 누룩 두 되, 밀가루 한 되를 섞어 넣어 두어라. 둘째 해일에 멥쌀 두 말 닷 되를 깨끗이 씻어 가루를 내어 구멍떡 만들어라. 차게 식거든 밑술(=묵은 술)을 섞어 두어라. 셋째 해일에 멥쌀 한 말 두 되 다섯 홉을 깨끗이 씻어 익도록 쪄, 고루 식거든 밑술을 섞어 넣어라.

〔3〕 용어 해설

- 듕발 : 중발(中鉢). 자그마한 주발. 보시기.
- 믿술 : 밑술. 술을 빚을 때 빨리 발효되도록 누룩 · 밥과 함께 조금 넣는 묵은 술. 이 자료에서 '젼의 술', '몬져 술', '믿술' 등 몇 가지 다른 표현으로 쓰였으나 그 뜻은 모두 같다.
- 다솝 : 다섯 홉〔五升〕.
- 고로 : 고루. 참고) 그 지믈을 고로 논홀식<小諺 6:20>. 四海예 고로 논화<송강 1:10>.

삼오주

〔1〕 원문

● 삼오쥬

정월 첫 오일에 관독을 덥도 아니코 칩도 아니ᄒᆞᆫ ᄃᆡ 노코 진ᄀᆞᄅᆞ와 죠ᄒᆞᆫ 누록 각 닐곱 되ᄅᆞᆯ ᄂᆡᆼ슈 네 동ᄒᆡ예 섯거 독의 녀코 둘재 오일에 ᄇᆡᆨ미 닷 말 ᄇᆡᆨ셰ᄒᆞ여 ᄒᆞᄅᆞ밤 자여 오오로 ᄶᅧ 긔운을 혈치 아니ᄒᆞ여 독의 녀허 구지 봉ᄒᆞ고 셋재 오일에 ᄇᆡᆨ미 닷 말 ᄇᆡᆨ셰ᄒᆞ여 오오로 ᄶᅧ 긔운을 혈치 아니ᄒᆞ야 독의 녀코 넷재 오일에 ᄇᆡᆨ미 닷 말 ᄇᆡᆨ셰ᄒᆞ여 독의 녀허 둣다가 단오애 ᄡᅳ라. <16b>

〔2〕 현대어역

● 삼오주(三午酒)

정월 첫 오일(午日)에 독을 덥지도 않고 춥지도 않은 곳에 놓아라. 밀가루와 좋은 누룩 각 일곱 되를 찬 물 네 동이에 섞어 독에 넣어라. 둘째 오일에 멥쌀 닷 말을 깨끗이 씻어 하룻밤 재워라. (그것을) 온전히 쪄 더운 기가 없어지기 전에 독에 넣어 굳게 봉하여라. 셋째 오일에 멥쌀 닷 말을 깨끗이 씻어 온전히 쪄, 더운 기가 없어지기 전에 독에 넣어라. 넷째 오일에 멥쌀 다섯 말을 깨끗이 씻어 독에 넣어 두었다가 단오에 써라.

〔3〕 용어 해설

- 삼오쥬 : 오일(午日)을 세 번 거치면서 36일 간에 걸쳐 만드는 술이어서 '삼오주'(三午酒)라 한다.
- 오일에 : 오일(午日). 일간으로 쳐서 말날.
- 관독 : 항아리 모양의 술독. 단지. 관(罐, 鑵) # 독(甕).
- 덥도 : 덥지도. 뒤의 '칩도'와 함께 어간에 '-도'가 직접 통합한 특이한 구성이다. 이러한 쓰임은 현대국어 표준어에 '듣도 보도 못했다'와 같은 예이나 몇몇 방언에서도 관찰된다. 용언 어간에 직접 통합한 '-도'는 조사라기보다 연결어미로 보인다.
- 칩도 : 춥지도. 중세국어와 근대국어에 걸쳐 '칩-'이 꾸준히 쓰였었다. 어간 '춥-'이 처음 나타난 문헌이 확인되지 않았지만 20세기 이후의 것으로 짐작된다. 참고) 어미 이시면 ᄒᆞᆫ 아ᄃᆞ리 치ᄫᆞ려니와 없스면 세 아ᄃᆞ리 치ᄫᆞ리이다<삼강 孝 1>. 치ᄫᅥ ᄆᆞ리 어렛다가 더ᄫᅳ면 노가<月釋 9:23>.
- 닝슈 : 찬물. 냉수(冷水).
- 동ᄒᆡ예 동이에. 동ᄒᆡ + -예.
- 헐치 : 없어지지. '헐(歇)ᄒᆞ지'의 준말. '긔운을 헐치 아니ᄒᆞ여'는 '더운 기운이 없어지지 아니한 때'라고 풀이된다.
- 구지 : 굳이. 굳게. 구디>구지. 부사화접미사 '-이'는 현대어로 해석할 때 '-게'로 하는 것이 알맞다. 참고) 구디 줌겨 뒷더시니<석보 6:2>. 寂寂重門 구지 닷다 <萬言詞>.
- ᄶᅧ : 쪄. ᄶᅵ-〔蒸〕 + -어.
- 단오애 : 단오(端午) + -애(처격). 단오는 한국, 중국, 일본 등에서 지키는 명절. 음력 5월 5일. 수릿날, 천중절(天中節)이라고도 한다. 단오는 초오(初午)의 뜻으로 오월의 첫째 말〔午〕의 날을 말한다. 음력으로 5월은 오월(午月)에 해당하며 홀수

의 달과 날이 같은 수로 겹치는 것을 중시하여 명절날로 삼았다. 중국에서는 이날을 중오(重午), 단양(端陽), 오월절 따위로 부르기도 한다.

삼오주

〔1〕 원문

● 삼오쥬

정월 첫 오일에 새배 정화슈 여ᄃᆞᆲ 동ᄒᆡ 기러 독의 붓고 국말 닷 되 진말 서 되 풀고 ᄇᆡᆨ미 닷 말 ᄇᆡᆨ셰 작말ᄒᆞ여 ᄂᆡᆨ게 ᄧᅧ 시겨 녀코 둘재 오일에 ᄇᆡᆨ미 닷 말 ᄇᆡᆨ셰 작말ᄒᆞ여 ᄂᆡᆨ게 ᄧᅧ 시겨 녀코 셋재 오일에 ᄇᆡᆨ미 닷 말 ᄇᆡᆨ셰ᄒᆞ여 아이 이듬 ᄧᅧ 시겨 녀헛다가 ᄂᆡᆨ거든 ᄡᅳ라.

대범 술 죠기ᄂᆞᆫ ᄡᆞᆯ을 희게 슬코 싯기ᄅᆞᆯ 부ᄃᆡ ᄇᆡᆨ셰ᄒᆞ고 ᄧᅵᆫ 후에 밤 자여 더운 긔운이 업게 ᄒᆞ야 녀코 독 미틔 두터온 널을 바쳐 노흐라. 믈 마초 녀코 누록 죠ᄒᆞ면 술이 그릇될 적이 업고 이 법을 샹반ᄒᆞ면 죠흘 리 업ᄂᆞ니라. <16b>

〔2〕 현대어역

● 삼오주(三午酒)

정월 첫 오일(午日)에 새벽 정화수를 여덟 동이 길러 독에 부어라. (정화수에) 누룩가루 다섯 되 밀가루 서 되를 풀고, 멥쌀 다섯 말을 깨끗이 씻어 가루

내어 익도록 쪄서 식혀 넣어라. 둘째 오일에 멥쌀 다섯 말을 깨끗이 씻어 가루를 내어 익도록 쪄서 식혀 넣어라. 셋째 오일에 멥쌀 다섯 말을 깨끗이 씻어 아시로 한 번 쪘다가 다시 찐 후 식혀서 넣었다가 (술이) 익거든 써라.

무릇 술이 좋기는(=술맛을 좋게 하려면), 쌀을 희게 쓿고 씻기를 부디 여러 번 하여 깨끗이 하고 찐 후에, 밤 동안 재워 더운 기운이 없게 하여 넣고, 독 밑에 두터운 나무판을 받쳐 놓아라. 물을 알맞게 넣고 누룩이 좋으면 술이 잘못되는 때가 없고, 이 법을 어기면 (술맛이) 좋을 리가 없다.

〔3〕 용어 해설

- 삼오쥬 : 삼오주(三午酒). 정월 첫오일에 빚기 시작하여 세 번의 오일(午日)을 거치면서 담는 술.
- 새배 : 새벽에. 시간 위치를 표시하는 처격조사 '-에'는 생략되었다. 참고) ᄆᆞᆯᄀᆞᆫ 새배 그 ᄢᅴ예 밥 머겨<두해-초 25:2>. 새배 신(晨). 새배 효(曉)<字會-초 上 1>. 한편 옛 문헌에서 '새벽'을 가리키는 낱말로 '새박, 새배, 새벽, 새베, 새ᄇᆡ' 등이 쓰였다. 이들은 격조사가 결합하는 양상에 따라 '새배, 새ᄇᆡ, 새베'와 '새박, 새벽'으로 나눌 수 있다. 전자는 부사격 조사의 결합 없이도 '새벽에'의 의미를 지니고, 후자는 주로 부사격 조사가 결합해야 부사어로 사용될 수 있다. 참고) 中門 뒤희 가 새바긔 省ᄒᆞ더라<宣小 6:95>. 새박의 집으로 나오셔<閑中錄 276>. 암ᄃᆞᆰ이 새배 울어<宣小 5:68>. 이른 새베 니러<노걸 上 2>.
- 정화슈 : 정화수. 첫새벽에 처음 긷는 샘물.
- 국말 : 누룩 가루. 국말(麴末).
- 진말 : 밀가루. '진ᄀᆞᄅᆞ'로 많이 표기된 낱말이다.
- 아이 이듬 : 첫 번째와 두 번째. '아이'는 '아ᅀᅵ'의 변화형이며, '아이'는 축약되어 현대국어에서 접두사 '애'에 그 흔적이 남아 있다. 예) 애벌. 애갈이. '아ᅀᅵ/아이'의 뜻은 현대국어의 '애벌'과 같다. 한편 '아ᅀᅵ'는 '아시'로도 변했는데, 현대국어의 '아시빨래'(애벌빨래), '아시갈이'(애벌갈이), '아시글'(초고) 등에 그 용례가

있다. 이 문맥에서 '아이'는 '임시로 먼저 간단하게 행하는 첫 번째 조치'이다.

『삼강행실도』, 『번역소학』 등의 문헌에 '이듬희'가 보이지만 '이듬'이 단독형으로 쓰인 예는 위의 '이듬'이 최초의 것이다. 중세국어에서 '이듬'은 이미 합성어 '이듬희'에만 남아 있는 화석형이었던 것이다. 그런 점에서 『음식디미방』의 '이듬'은 적지 않은 가치가 있다. 그 뜻은 '다음' 혹은 '두 번째' 정도로 잡을 수 있다. '아이 이듬 ᄶᅧ'는 쌀을 '우선 한번 설게 찌고 나서 다시 찌는' 과정을 표현한 것이다. 참고) 아ᅀᅵ ᄢᅵᆯ 분(饙)<字會-초 下 12>.

- 대범 : 무릇. 대범(大凡). 참고) 大凡 ᄒᆞᆫ디 行脚ᄒᆞᆯ뎬<법어 6>.
- 술 죠기ᄂᆞᆫ : 술 좋기는. 술 맛을 좋게 하려면. '죠기ᄂᆞᆫ'은 '죠키ᄂᆞᆫ'의 오기이다.
- 슬코 : 쓿고. 쌀, 조, 수수 등을 절구에 넣고 찧어 속꺼풀을 벗기고 깨끗하게 하는 일. 슳- + -고. 참고) ᄡᆞᆯ 슬타<譯解 上 48>. 슬흘 벌(臼市)<字會-초 下 6>.
- 부ᄃᆡ : 부디. 반드시. 참고) 부ᄃᆡ 병개 아라 ᄒᆞᆯ ᄡᅥ시니라<痘經 10>. 내 부ᄃᆡ 대군을 업시 ᄒᆞ고<계축 35>.
- 마초 : 맞추어. 알맞게. 참고) 時節에 마초 ᄒᆞ야<석보 9:34>. 根源을 마초 아디 몯ᄒᆞ야<圓覺 序 64>.
- 샹반ᄒᆞ면 : 서로 어긋나면. 상반(相反)하면.

이화주 누룩법

[1] 원문

● 니화쥬 누록법

ᄇᆡᆨ미 서 말을 ᄇᆡᆨ셰ᄒᆞ여 믈에 ᄒᆞᄅᆞ밤 자여 고쳐 시서 셰말ᄒᆞ여 주먹마곰 ᄆᆞᆼ그라 집흐로 ᄡᆞ고 공셕으로 담마 더운 구돌에 두고 ᄌᆞ로 두의여 누러케 ᄯᅳ면 죠ᄒᆞ니라. ᄡᅳᆯ 제 겁질 벗기고 작말ᄒᆞ라. 처엄의 ᄆᆡᆫ들 제 믈을 만이 ᄒᆞ면 석어 죠치 아니ᄒᆞ니라. <17a>

[2] 현대어역

● 이화주(梨花酒) 누룩법

백미 서 말을 깨끗이 씻어 물에 하룻밤 재워 다시 씻어라. 곱게 가루를 내어 주먹만큼 만들어 짚으로 싸고, 빈 돗자리[空席]에 담아 더운 방구들에 두고, 자주 뒤적여 누렇게 뜨면 좋다. 쓸 때에는 껍질을 벗기고 가루를 내어라. 처음에 만들 때 물을 많이 하면 썩어서 좋지 않다.

〔3〕 용어 해설

- 니화쥬 : 배꽃술. 이화주(梨花酒). 배꽃을 넣어 담거나 배꽃이 핀 후에 담는 술을 이화주라 한다. 백운향(白雲香)이라 부르기도 한다. 이 책에 이화주에 관한 방문은 모두 다섯 가지가 서술되어 있다. 이화주에 드는 누룩 제조법의 차이와 함께 빚는 술의 양에 따라 한 말 빚을 때, 닷 말 빚을 때, 두 말 빚을 때에 항을 달리 하여 제조법을 설명하였다.
- 누록법 : 누룩 만드는 법. 여기서는 이화주에 들어가는 누룩 제조법을 의미한다. 이 자료에서 '누룩'은 「과하쥬」, 「졈쥬」에서 한 번씩 나오며 나머지는 모두 '누록'으로 표기되어 있다.
- 고쳐 : 다시. 이 문맥에서는 '다시'의 의미로 해석해야 한다. '更'이 '다시'와 '고치다'의 의미를 동시에 갖는 한자임을 감안한다면 양자의 연관성을 이해할 수 있다. 이 자료에서 '고쳐'와 '다시'는 같은 환경에 통용되어 있다. 참고) 흰숨을……고쳐 ᄊᆞᆯ마(흰숨 ᄃᆞᆯ호ᄂᆞᆫ 법). 지령 고쳐 섯거(동화선). 탕슈 고쳐 데고(졀쥬). // 녹도ᄅᆞᆯ…… 다시 바타 두면(탹면법). ᄀᆞᄅᆞᆯ……다시 지허(탹면법). 술을……다시 바타(상화법) 등등.
- 마곰 : 주먹만큼. '-마곰'은 '-만큼'에 해당하는 비교격조사. 참고) 환 ᄆᆡᆼᄀᆞ로ᄃᆡ 머귀 여름마곰 ᄒᆞ야<救簡 1:9>. 호나을 녹두마곰 ᄆᆡᆼᄀᆞ라(痘方 上 5>.
- ᄆᆞᆼ그라 : 만들어. 'ᄆᆡᆼᄀᆞᆯ->ᄆᆡᆼ글-(ㆍ>ㅡ)>ᄆᆞᆼ글-(ㅣ탈락)' 과정을 거친 변화형이다. 현대 경상방언 등에 '망글-'이 쓰이고 있다. 이 자료에는 'ᄆᆡᆼᄀᆞᆯ-'이나 'ᄆᆡᆼ글-'은 보이지 않고 대부분 'ᄆᆡᆫᄃᆞᆯ-'로 쓰였다. 지방에서 간행된 것으로 보이는 『십구사략언해』의 이본에 'ᄆᆞᆼ글-'이 나타난다.
- 공셕으로 : 빈 돗자리로. 공석(空席)으로.
- 담마 : 담아. 어간 말 'ㅁ'이 중철된 것. '다마'나 '담아'로 표기해야 할 것을 연철과 분철이 동시에 작용하여 '담마'라는 중철표기가 나타난다.
- 구돌 : 구들. 방구들. 참고) 구ᄃᆞᆯ 이럿목<譯語補 13>. 이 자료에서는 지금의 '구들'에 해당하는 어휘가 '구ᄃᆞᆯ'(산갓침치), '구들'(슌향쥬법), 그리고 이곳의 '구돌'로 표기되어 있다. '구돌'은 'ㆍ>ㅗ'를 실현한 것인데 모음동화 현상의 하나이다.
- 만이 : 많이. 유성음 사이에서 ㅎ이 탈락하였다.

이화주법 한 말 빚기

〔1〕 원문

● 니화쥬법 ᄒᆞᆫ 말 비지

ᄇᆡᆨ미 ᄒᆞᆫ 말 ᄇᆡᆨ셰 셰말ᄒᆞ여 구무떡 ᄆᆡᆫᄃᆞ라 닉게 ᄉᆞᆱ마 ᄎᆞ거든 ᄌᆞᆯ게 ᄃᆞᆺ고 누록ᄀᆞᄅᆞ 서 되ᄅᆞᆯ 오오로 섯거 두 손으로 ᄆᆞ이 쳐 녀허 두면 서너 날 후의 ᄡᅳᄂᆞ니라. 니그면 건 쥭 ᄀᆞᆽ고 비치 희니 믈 타 먹그라. <17a>

〔2〕 현대어역

● 이화주법 한 말 빚기

백미 한 말을 깨끗이 씻어 곱게 빻아 구멍떡을 만들어 익도록 삶아라. 차게 식거든 잘게 뜯어, 누룩가루 서 되를 온전히 섞어라. 두 손으로 매우 쳐서(=두드린 후) 넣어 두면 서너 날 후에 쓸 수 있다. 익으면 걸죽한 죽 같고 빛이 희니 물을 타서 먹어라.

〔3〕 용어 해설

- 셰말ᄒᆞ여 : 가는 가루가 되도록 썩 곱게 빻아. 세말(細末)하여.
- 구무쩍 : 구멍떡. 「삼힉쥬 열말 비지」 다음에 나오는 「삼힉쥬」 항의 '구무쩍' 용어 해설 참고.
- 듯고 : 뜯고. '뜻고'의 오기.
- 오오로 : 온전히. '오로', '오ᄋᆞ로', '오오로'와 같이 다양한 이표기가 이 자료에 나타난다.
- 쳐 : 쳐. 두들겨. 두 손으로 매우 두들기는 동작을 표현하는 데 '쳐'가 쓰인 예이다.
- 건 : 걸다. 액체가 묽지 않고 진하다. 걸- + -ㄴ(관형형어미).

이화주법 닷 말 빗기

〔1〕 원문

● 니화쥬법 닷 말 비지

ᄇᆡ곳 셩히 필 ᄣᆡ예 ᄇᆡᆨ미 닷 말 ᄇᆡᆨ셰 셰말ᄒᆞ여 깁체로 처 구무떡 ᄆᆡᆫᄃᆞ라 ᄲᆞᆯ마 ᄃᆞᄉᆞᄒᆞᆫ 제 두 손으로 극히 ᄆᆞ이 쳐 덩이 업게 ᄒᆞ고 누록ᄀᆞᄅᆞ ᄒᆞᆫ 말 섯거 녀헛다가 닉거든 ᄡᅳ라. <17a>

〔2〕 현대어역

● 이화주법 닷 말 빚기

배꽃이 한창 필 때 백미 다섯 말을 깨끗이 씻어 곱게 빻아라. 비단을 댄 체로 쳐서 구멍떡을 만들어 삶아라. 따뜻할 때 두 손으로 매우 매우 쳐서 덩어리가 없게 한다. 누룩가루 한 말을 섞어 넣었다가 익거든 쓰라.

〔3〕 용어 해설

- ᄇᆡ곳 : 배꽃〔梨花〕.
- 셩히 : 성히. 한창. 성-(盛) + 히(부사화접미사).
- 깁체 : 깁으로 천을 대어 만든 체. 견사(絹篩).
- ᄃᆞᄉᆞᄒᆞᆫ : 따스한. 따뜻한. 참고) 니블을 ᄃᆞᄉᆞᄒᆞ게 ᄒᆞ니<오륜 1:15>. 공순ᄒᆞ고 ᄃᆞᄉᆞᄒᆞ니<한중 p.50>.

이화주법

〔1〕 원문

● 니화쥬법

녀름의 ᄇᆡᆨ미 두 말 ᄇᆡᆨ셰 셰말ᄒᆞ여 구무ᄯᅥᆨᄒᆞ여 ᄊᆞᆯ마 덥기 손 다힐 만ᄒᆞ거든 쳐 ᄀᆞᄅᆞ 누록 모시예 처 ᄒᆞᆫ 되 골오 다 쳐 어럼 업시 녀코 듕탕ᄒᆞ라. <17a>

〔2〕 현대어역

● 이화주법

여름에 백미 두 말을 깨끗이 씻어 곱게 빻아 구멍떡을 만들어 삶아라. (구멍떡의) 뜨겁기가 손을 댈만 하거든 두드려 치고 누룩가루를 모시 체에 쳐라. 한 되를 고루 다 두들겨서 굵은 알갱이가 없도록 해서 넣고 중탕하여라.

〔3〕 용어 해설

- 니화쥬법 : 이름은 앞의 것과 같이 '이화주'인데 본문을 보면 여름철에 담는 것이 다른 점이다.
- 녀룸의 : 여름에. 녀룸〔夏〕 + -의. 여름에. 참고) 黃香이 녀룸에 어버의 벼개롤 붓더니라<小諺 5:5>.
- 덥기 : 따뜻하기. 뜨겁기. 뒤에 주격조사가 생략되었다.
- 다힐 만ᄒᆞ거든 : 댈만 하거든. 뜨거움의 정도가 손을 댈 만하거든. 손을 대어도 데이지 않을 정도가 되거든. 참고) 소놀 가ᄉᆞ매 다혀 겨샤ᄃᆡ<月釋 10:15>. 올ᄒᆞᆫ 무룹 짜해 다혀<능엄 1:76>.
- 쳐 : 쳐. 두들겨. 치-〔打〕 + -어. 바로 뒤에 나오는 '처'와 다른 어간으로 보아야 한다.
- 처 : 쳐. 츠- + -어.
- 어럼 : 누룩가루에 섞인 거칠고 굵은 알맹이나 껍질 따위. 「상화법」의 '얼렁이 것ᄀᆞᄅᆞ 다 치츠고'에 쓰인 '얼렁이'와 같은 뜻이다.

이화주법

〔1〕 원문

● 니화쥬법

복셩곳 필 ᄣᅢ예 ᄡᆞᆯ 틔워 작말ᄒᆞ야 누록 ᄒᆞ여 소삽애 띄워 둣다가 녀름의 ᄇᆡᆨ미 ᄇᆡᆨ셰 셰말ᄒᆞ야 구무ᄯᅥᆨ ᄒᆞ여 닉게 ᄡᆞᆯ마 쳐 식거든 ᄡᆞᆯ ᄒᆞᆫ 말애 누록 서 되 혹 두 되식 녀흐ᄃᆡ ᄀᆞ장 두 서너 볼이나 노외여사 보ᄃᆞ라오니라. 서 되곳 녀흐면 오래 이셔도 외지 아니ᄒᆞ고 두 되 들면 오래 못 두ᄂᆞ니라. ᄎᆞᆫ 무거리조차 녀 치ᄂᆞ니라. <17a～17b>

〔2〕 현대어역

● 이화주법

복숭아꽃이 필 때 쌀을 튀겨 가루를 내어라. (그 가루로) 누룩을 하여 서늘한 곳에 띄워 두어라. 여름에 멥쌀을 깨끗이 씻어 곱게 빻아 구멍떡을 만들어 익도록 삶아 두들겨라. (구멍떡이) 식거든 쌀 한 말에 누룩 서 되 혹은 두 되씩 넣어라. (그 누룩은) 두서너 번 정도 충분히 체에 쳐야 부드럽다. 서 되를 넣으면 오래 있어도 잘못되지(=상하지) 않고, 두 되를 넣으면 오래 못

둔다. 친 무거리(=체로 쳐서 나온 찌끼)조차 넣어 두들겨라.

〔3〕 용어 해설

- 니화쥬법 : 이름은 '이화주'로 되어 있으나 본문을 보면 복숭아꽃이 필 때 담는 것으로 되어 있다. 그러나 복숭아꽃과 배꽃은 피는 시기가 거의 비슷하므로 문제가 되지는 않는다.
- 복셩곶 : 복숭아꽃. 복셩 # 곶. 참고) 복셩 남기<두해-초 15:22>. 복셩을 심구니 불구미 爛漫ᄒᆞ도다<두해-중 10:14>.
- 틔워 : 튀겨. 틔-(어간) + -우-(사동) + -어(어미). 마른 낟알 따위에 열을 가해서 부풀게 하는 것. 현대어로 해석을 하자면 '튀기다'에 해당이 되지만, 여기서는 뻥튀기(쌀, 옥수수 등을 밀폐된 용기 속에서 가열하여 튀기는 일)를 가리키는 것이 아니라, 뜨거운 데 가열하여 부풀게 하는 것을 의미한다.
- 소삽애 : 서늘한 데. 소삽(蕭颯) + -애(처소격조사). 문맥상 한자어 '蕭颯'으로 보고 '서늘한 데'로 풀이한다.
- 쳐 : 두들겨서. 쳐서. 앞의 「이화주법 닷 말 빚기」에서 구멍떡을 만들어 삶고 이것이 따뜻할 때 손으로 매우 '쳐'라는 조리 과정이 묘사된 적이 있었다. 여기서도 이와 같은 의미로 파악된다.
- 녀흐ᄃᆡ : 넣되. 참고) 五色 ᄂᆞᄆᆞ채 녀허<석보 9:21>.
- ᄇᆞᆯ : 벌. 원순모음화 ᆞ>ㅗ가 실현된 것. ᄇᆞᆯ>볼. 참고) 세 ᄇᆞᆯ 값도ᅀᆞᆸ고<석보 6:21>. 孝經 ᄒᆞᆫ ᄇᆞᆯ 닑고ᅀᅡ<삼강孝 27>.
- 노외여사 : 쳐서. 가루를 곱게 쳐. 노외여 + -사(강세접미사). '만두법'의 '뇌여' 주를 참고. 이 당시에는 이미 '-어사'가 '-어ᅣ'의 의미로 하나의 문법 단위로 실현되었다고 볼 여지도 있다.
- ᄀᆞ장 두 서너 ᄇᆞᆯ이나 노외여사 보ᄃᆞ라오니라 : 'ᄀᆞ장'의 위치는 '노외여사' 앞이나 '보ᄃᆞ라오니라' 앞에 놓여야 더 자연스럽다. 이 문장은 두 가지로 풀이될 수 있다. ① 두서너 번이나 아주 많이 쳐야 부드러우니라. ② 두서너 번이나 쳐야

아주 부드러우니라. 문맥으로 봐서는 ①로 해석하는 것이 나을 것 같다.

- 서 되곶 : 서되를. 서되만. '곶'은 강세첨사. 참고) 두분곶 아니면<청 p13>. 密因곶 아니면 나타나디 아니ᄒᆞ리며<능엄 1:80>.
- 외지 : 그르지. 잘못되지. 참고)제 올호라 ᄒᆞ고 ᄂᆞᄆᆞᆯ 외다 ᄒᆞ야<월석 9:31>.
- 무거리 : 곡식 따위를 빻은 것을 체에 쳐서 가루는 빠지고 남은 찌끼. 앞에 나온 '어럼' 및 '얼렁이'와 통하는 점이 있다.
- 녀 치ᄂᆞ니라 : 넣어 치느니라(두들기느니라). '녀' 다음에 '허'가 누락된 오기이다. 이화주법에 '치-'라는 조리동작 표현이 많이 쓰인 것으로 보아 이곳의 '치-'도 '打'의 의미로 본다. '체로 치는' 행위의 표현에는 'ᄎᆞ-' 혹은 '뇌여'('노외여')가 사용되었다.

점감청주

〔1〕 원문

● 졈감쳥쥬

ᄎᆞᆸ발 ᄒᆞᆫ 말을 ᄇᆡᆨ셰ᄒᆞ여 쥭 수어 ᄎᆞ지 아니ᄒᆞ여셔 죠흔 누록 두 되ᄅᆞᆯ 닝슈에 섯거 ᄯᅩ 쥭에 프러 핫거ᄉᆞ로 두터이 싸 ᄒᆞᄅᆞ밤 자여 닉거ᄃᆞᆫ 짜 ᄡᅳ라. <17b>

〔2〕 현대어역

● 점감청주(粘甘淸酒)

찹쌀 한 말을 깨끗이 씻어 죽을 쑤어라. (죽이) 식지 아니했을 때 좋은 누룩 두 되를 찬물에 섞어 다시 죽에 풀어라. 솜옷이나 솜이불로 술독을 두터이 싸서 하룻밤 재워 익거든 짜서 쓰라.

〔3〕 용어 해설

- 졈감쳥쥬 : 점감청주(粘甘淸酒). 찹쌀로 빚은 달고 맑은 청주.
- 핫거스로 : 솜옷이나 솜이불. 핫것 + -으로. '핫것'은 솜을 두어 두툼하게 만든 옷이나 이불을 총칭한다. 참고) 핫바지. 핫옷.

감향주

〔1〕 원문

● 감향쥬

ᄆᆡᆸᄡᆞᆯ ᄒᆞᆫ 되ᄅᆞᆯ ᄇᆡᆨ셔 작말ᄒᆞ여 구멍ᄯᅥᆨ ᄆᆡᆫᄃᆞ라 닉게 ᄉᆞᆱ마 시기고 ᄉᆞᆱ던 믈 ᄒᆞᆫ 사발애 국말 ᄒᆞᆫ 되 구무ᄯᅥᆨ ᄒᆞᆫᄃᆡ 석거 쳐 ᄀᆞ장 관단지예 녀코 ᄎᆞᆸᄡᆞᆯ ᄒᆞᆫ 말 ᄇᆡᆨ세ᄒᆞ여 ᄆᆡᆺ술 ᄒᆞᄂᆞᆫ 날 ᄃᆞᆷ갓다가 사흘 만애 닉게 ᄶᅧ 식지 아나셔 ᄆᆡᆺ술 내여 섯거 항의 녀코 더운 방의 항 밧긔 ᄆᆞ이 싸 둣다가 닉거든 ᄡᅳ라. ᄡᅳᆫ 마시 잇게 ᄒᆞ려 ᄒᆞ면 항을 ᄡᅥ지 말고 서늘ᄒᆞᆫ ᄃᆡ 두라. 만이 비ᄌᆞ려 ᄒᆞ면 이 법을 츄이ᄒᆞ여 비ᄌᆞ라. <17b>

〔2〕 현대어역

● 감향주(甘香酒)

멥쌀 한 되를 깨끗이 씻어 가루를 내어라. (그 가루로) 구멍떡을 만들어 익도록 삶은 후 식혀라. (구멍떡을) 삶던 물 한 사발에 누룩가루 한 되를 구멍떡에 함께 섞어 쳐서(=두드려) 충분하게 단지에 넣어라. 찹쌀 한 말을 깨끗이 씻어 밑술을 하는 날 담갔다가 사흘 후에 익도록 쪄라. 식지 않았을 때 밑술을 퍼내어 섞어 항아리에 넣는다. 더운 방에서 항아리 밖을 (이불 따위로) 많이 싸 두었다가 익거든 쓰라.

쓴 맛이 있게 하려면 항아리를 싸지 말고 서늘한 데 두어라. (양을) 많이 빚으려 하면 이 법을 미루어 적용해 빚어라.

〔3〕 용어 해설

- 감향쥬 : 감향주(甘香酒). 단맛과 향기가 있는 약재를 넣어 빚은 술.
- 뫼ᄡᆞᆯ : 멥쌀. 참고) 뫼ᄡᆞᆯ 경(米更)<字會-초 上 12>.
- ᄇᆡᆨ셔 : 'ᄇᆡᆨ셰'(百洗)의 오기. 여러 번 씻어. 깨끗이 씻어.
- 구멍ᄯᅥᆨ : '구무ᄯᅥᆨ'과 같은 낱말. '구멍'과 '구무'가 동음어로 공존했음을 보여 준다. 「삼ᄒᆡ쥬 열말 비지」 다음에 나오는 「삼ᄒᆡ쥬」 항의 '구무ᄯᅥᆨ' 용어 해설 참고.
- 시기고 : 식히고. 뜨겁지 않게 하고. 참고) ᄉᆞᆯᄒᆞᆫ 차 식이다<한청 385a>.
- ᄊᆞᆷ던 : 삶던. 'ᄉᆞᆱ-'에서 어두경음화 및 자음군 단순화(ㄻ>ㅁ)가 적용된 것.
- ᄒᆞᆫᄃᆡ : 함께. 참고) 팔천인과 ᄒᆞᆫᄃᆡ 잇더시니<석보 9:1>. 兩分이 ᄒᆞᆫᄃᆡ 안잣거든<박통-초 上 42>.
- 관단지 : 술독. 술항아리. 앞에 여러 번 나온 '관독'과 같은 뜻의 낱말이다. 명사 앞에 'ᄀᆞ장'이 와서 현대국어를 기준으로 보면 어색한 구성이 되어 있다. 그러나 옛 문법에서 'ᄀᆞ장'은 동사도 수식할 수 있으므로 이곳의 'ᄀᆞ장'은 뒤에 나오는 '녀코'를 수식한다고 볼 수 있다. 이때의 의미는 '충분히 많이 단지에 넣고' 정도가 될 것이다. 현대국어 문법의 관점에서 볼 때는 'ᄀᆞ장' 뒤에 '죠ᄒᆞᆫ'(깨끗한) 정도의 낱말이 누락된 것이라 할 수 있다.
- 아냐셔 : 아니하여서. 아니- + -아서. '아니-'가 'ᄒᆞ-'의 통합 없이 용언 어간처럼 활용어미를 취한 예이다.
- 만이 비ᄌᆞ려 ᄒᆞ면 이 법을 츄이ᄒᆞ여 비ᄌᆞ라 : 더 많은 양을 빚으려 하면 여기에 설명한 방을 미루어 적용하여(짐작하여) 빚어라. '츄이'는 '추이'(推移)일 것이다.

송화주

[1] 원문

● 숑화쥬

숑화ᄅᆞᆯ ᄯᅡ 볏ᄐᆡ ᄆᆞᆯ로이고 ᄎᆞᆸᄡᆞᆯ 닷 말 ᄇᆡᆨ셰 셰말ᄒᆞ여 숑화 닷 되ᄅᆞᆯ 믈 서 말애 ᄆᆞ이 달혀 섯거 쥭 ᄡᅱ ᄎᆞ거든 국말 닐곱 되 섯거 녀헛다가 닷쇄 후에 ᄇᆡᆨ미 열 말 ᄇᆡᆨ셰ᄒᆞ여 닉게 ᄶᅧ 숑화 ᄒᆞᆫ 말을 믈 닷 말애 ᄆᆞ이 달혀 석거 ᄎᆞ거든 누록 서 되 섯거 녀헛다가 이칠일 후에 ᄡᅳ라. <17b>

[2] 현대어역

● 송화주(松花酒)

송화를 따서 볕에 말리고, 찹쌀 다섯 말을 깨끗이 씻어 가루를 내어라. 물 서 말을 매우 달인 후 송화 다섯 되를 섞어 죽을 쑤어라. 식거든 누룩가루 일곱 되를 섞어 넣었다가, 닷새 후에 멥쌀 열 말을 깨끗이 씻어 익도록 쪄라. 물 다섯 말을 매우 달인 후 송화 한 말을 섞는다. 식거든 누룩 서 되를 섞어 넣었다가 이칠일(=14일) 후에 쓰라.

〔3〕 용어 해설

- 숑화쥬 : 송화주(松花酒). 솔꽃을 이용하여 만든 술.
- 숑화 : 소나무꽃. 송화(松花). 참고) 연 숑화싀 짓튼 숑화싀<譯語補 40>.
- 볏티 : 볕에. '솟틔'로 표기된 것과 같은 유기음 표기의 한 방식이다.
- 석거 : 섞어. '섯거'와 '석거'가 한 단락에서 혼용되고 있다. 어간말에서 ㅺ>ㄲ 변화가 당시에 수의적으로 실현되었음을 반영하는 형태이다. 참고) 석기롤 고로게 ᄒᆞ여<박중 中 49>.
- 이칠일 : 14일. 이 자료에서는 14일을 이칠일로 표현하고 있다. 이 표현은 「벽향쥬」에도 나타난다.

죽엽주

〔1〕 원문

● 듁엽쥬

ᄇᆡᆨ미 너 말 ᄇᆡᆨ셰ᄒᆞ여 ᄌᆞᆷ가 자혀 므ᄅᆞ게 ᄶᅧ 식거든 ᄭᅳᆯ혀 식은 믈 아홉 사발애 국말 닐곱 되 섯거 독의 녀허 서늘ᄒᆞᆫ ᄃᆡ 둣다가 스므날 만애 ᄎᆞᆸᄡᆞᆯ 닷 되 므ᄅᆞ게 ᄶᅧ 식거든 진말 ᄒᆞᆫ 되 섯거 녀허 닐웬 만이면 비치 대닙 ᄀᆞᆺ고 마시 향긔로오니라. <18a>

〔2〕 현대어역

● 죽엽주(竹葉酒)

멥쌀 너 말을 깨끗이 씻어 물에 담가 재워라. (다음날) 무르게 쪄서 식거든 (물을) 끓여 식은 물 아홉 사발에 누룩가루 일곱 되를 섞어서 독에 넣어 서늘한 데 두어라. 스무 날 만에 찹쌀 다섯 되를 무르게 쪄서 식거든 밀가루 한 되를 섞어 넣어라. 칠일 만이면 술 빛이 대나무 잎 같고 맛이 향기로우니라.

〔3〕 용어 해설

- 듁엽쥬 : 죽엽주(竹葉酒). 죽엽주는 대나무 잎이 재료로 들어가지는 않지만 빛이 댓잎과 같아서 붙여진 이름이다. 현대 국어 사전에는 죽엽주가 "댓잎을 삶은 물로 빚은 술"이라 잘못 풀이되어 있다. 한편 「곽씨언간」에 나오는 「듀엽쥬법」도 '죽엽주'를 가리키는데 제조법이 이 자료의 것과 달리 '여뀌'를 빻아 짜낸 물이 들어가는 것으로 되어 있다.
- 자혀 : 재워. 이 자료에는 '자여'로도 쓰였는데, '자혀'는 어간 '자-'에 사동접사 '-히-'가 결합한 것이고, '자여'는 사동접사 '-이-'가 결합한 것이다.
- 므ᄅᆞ게 : 무르게. 연(軟)하게.
- 닐웬 만 : 이렛 만에. '닐웻만'의 '만'은 기간을 나타내는 의존명사. '웬'의 말음 'ㄴ'은 사이ㅅ이 개입되어 비음동화 현상이 일어난 것이다. 참고) 닐웨롤 숨엣 더시니<月曲 108>. 엿새 닐웨 만에<痘經 21>.
- 대닙 : 대나뭇닢. 댓잎. 사이시옷이 개입되지 않았다.

유화주

〔1〕 원문

● 뉴화쥬

ᄇᆡᆨ미 두 말 닷 되 ᄇᆡᆨ셰ᄒᆞ여 ᄒᆞᄅᆞ밤 자여 셰말ᄒᆞ여 믈 두 말 닷 되로 반만 닉겨 시기고 국말 두 되 다ᄉᆞᆸ 진말 ᄒᆞᆫ 되 고로 섯거 독의 녀헛다가 열흘 만애 ᄇᆡᆨ미 닷 말 ᄇᆡᆨ셰ᄒᆞ여 ᄒᆞᄅᆞ밤 자여 닉게 쪄 식거든 탕슈 닷 말을 ᄆᆞ이 시겨 밋술에 섯거 녀헛다가 보롬 후 쓰라. <18a>

〔2〕 현대어역

● 유화주

멥쌀 두 말 다섯 되를 깨끗이 씻어 하룻밤 재워 곱게 빻아라. 물 두 말 다섯 되로 (그 가루를) 반만 익혀라. 식혀서 누룩가루 두 되 다섯 홉과 밀가루 한 되를 고루 섞어 독에 넣어라. 열흘 만에 멥쌀 다섯 말을 깨끗이 씻어서 하룻밤 재워 익도록 쪄라. 식거든 끓인 물 다섯 말을 충분히 식혀 밑술에 섞어 넣었다가 보름 후에 쓰라.

〔3〕 용어 해설

- 뉴화쥬 : 이 낱말에 정확히 대응하는 술 이름은 없고, 음상(音相)이 비슷한 것으로 '유하주'(流霞酒, 신선이 먹는다는 좋은 술)가 있다. 윤서석(1991 : 414)에 '유하주' 제조법이 등재되어 있고, 한복려(1999 : 107)에서도 '流霞酒'로 한자를 달아 놓았다. 그러나 이곳의 '뉴화쥬'가 '流霞酒'와 같은 것인지 단정하기는 어렵다. '화'가 '하'를 적은 것인지 확실치 않기 때문이다. 만약 이것이 '유하주'라면 '뉴화쥬'는 당시의 속음화된 어형이었을 것이다.
- 닉겨 : 익혀. '니겨'의 중철 표기.
- 국말 : 누룩가루. 국말(麴末).
- 진말 : 곱고 가는 밀가루. 진말(眞末).
- 자여 : 재워.
- ᄆᆞ이 : 여기서는 '아주'의 뜻. ᄆᆡᇦ>ᄆᆡ이>ᄆᆞ이.
- 보롬 : 보름. 옛 문헌에 '보롬', '보름', '보룸' 등으로 나타난다. 참고) 밦 중에 보롬ᄃᆞᆯ 대ᄒᆞ야둔<칠대 4>.

〔1〕 원문

● 향온쥬

누록 ᄆᆡᆫᄃᆞᆯ 밀ᄒᆞᆯ ᄀᆞ라 ᄀᆞᄅᆞᆯ ᄎᆞ디 말고 ᄆᆞ양 ᄒᆞᆫ 두레예 ᄒᆞᆫ 말식 녀코 ᄲᆞᄋᆞᆫ 녹두 ᄒᆞᆫ 홉식 석거 ᄆᆞᆫᄃᆞᄂᆞ니라. ᄇᆡᆨ미 열 말 ᄎᆞᆸᄡᆞᆯ ᄒᆞᆫ 말 ᄇᆡᆨ셰ᄒᆞ여 ᄶᅧ 던운 ᄆᆞᆯ 열다ᄉᆞᆺ 병을 섯거 그 ᄆᆞᆯ이 다 밥애 들거든 ᄉᆞᆺ 우희 너러 ᄎᆞ기 오래거든 누록 ᄒᆞᆫ 말 닷 되 서김 ᄒᆞᆫ 병 섯거 빗ᄂᆞ니라. <18a>

〔2〕 현대어역

● 향온쥬(香醞酒)

누룩을 만들 밀을 갈아 가루를 체로 치지 말아라. 똑같이 (누룩) 한 장에 (밀을) 한 말씩 넣고, 빻은 녹두를 한 홉씩 섞어 만들어라. 멥쌀 열 말, 찹쌀 한 말을 깨끗이 씻어 쪄서 더운 물 열다섯 병을 넣어 섞어라. 그 물이 다 밥에 스며들거든 삿자리 위에 널어라. 식은 지 오래 되거든 누룩 한 말 닷 되에 석임(→발효액) 한 병을 섞어 빚으라.

〔3〕 용어 해설

- 향온쥬 : 향온주(香醞酒). 보리와 녹두로 만든 누룩으로 멥쌀과 찹쌀 찐 것으로 담근 술. 내국법온(內國法醞)이라 부르기도 한다. 알콜 도수가 40도에 이르는 독주(毒酒)이며 해독작용이 뛰어나고 향기가 매우 좋다.
- 츠디 : 치지. 체로 체질한다는 뜻. 기본형이 '츠-'이다.
- ᄆᆞ양 : 매양. 여기서는 '언제나 똑같이'의 뜻. 참고) ᄆᆞ양 우ᄂᆞᆫ 아ᄒᆡ ᄀᆞᆯ와 이 누고 더 누고 ᄒᆞ면 얼운 답디 아녜라<송강 2:13>.
- ᄲᅢᄋᆞᆫ : 빻은〔破碎〕. 「쇠고기 ᄊᆞᆷᄂᆞᆫ 법」에 'ᄲᅢᄉᆞᆫ(빻은. 부순. ᄲᅢᄉᆞ- + -ㄴ)'이 동일한 뜻으로 쓰인 적이 있다. 이 어형들의 관계는 좀더 궁구해 볼 필요가 있다.
- 던운 : '더운'의 오기이다. 「별쥬」에도 '던운 결에'가 나오는데 이도 또한 '더운'의 오기이다. '더운'의 둘째 음절의 받침 'ㄴ'에 이끌려 첫음절 말에도 'ㄴ'을 받쳐 쓴 오기이다.
- 삿 : 삿자리. 갈대를 엮어서 만든 자리.
- 너러 : 널어. 참고) 모래 우희 금을 널고<해동 p.68>.
- 서김 : 석임〔酒酵〕. 발효제. 술을 발효시키기 위해 넣는 효모의 구실을 하는 것이다. 일반 가정에서는 효모를 만들기 힘들어서 보통 술을 담그고 얼마 지나면 부글부글 거품이 이는데 여기에 효모가 섞여 있기 때문에 이 물을 떠 술 담글 때 효모 대용으로 쓴다.

하절삼일주

〔1〕 원문

● 하절삼일쥬

니근 믈 ᄒᆞᆫ 말 누록 두 되 섯거 도긔 녀허 ᄒᆞᄅᆞ밤 자여 ᄀᆞᄂᆞᆫ 쥬ᄃᆡ예 ᄧᅡ ᄌᆞ싀란 ᄇᆞ리고 ᄇᆡᆨ미 ᄒᆞᆫ 말 ᄇᆡᆨ셰 작말ᄒᆞ여 ᄆᆞᄅᆞ니로 ᄶᅧ 시겨 누록 믈에 섯것다가 사흘 만애 ᄡᅳ라.

ᄯᅩ 겨을이어든 정화슈 ᄀᆞᆺ 기ᄅᆞ니로 ᄒᆞ고 녀ᄅᆞᆷ이어든 더운 믈을 시겨 몬져 그 믈 두 말애 국말 두 되 프러 항의 녀코 이튼날 ᄇᆡᆨ미 두 말 ᄇᆡᆨ셰 작말ᄒᆞ여 쥭 수어 식거든 항의 붓고 골오로 저어 둣다가 사흘 만애 ᄡᅳ라. <18a～18b>

〔2〕 현대어역

● 하절삼일주(夏節三日酒)

끓인 물 한 말에 누룩 두 되를 섞어 독에 넣어 하룻밤 재워라. (올이) 가는 명주 자루〔紬袋〕에 넣고 짜서 찌꺼기는 버려라. 멥쌀 한 말을 깨끗이 씻어 가루를 내어 말린 후 쪄서, 식혀 누룩 물에 섞어 두었다가 사흘 만에 쓰라.

또 겨울이면 정화수를 갓 길은 것으로 해라. 여름이면 더운 물을 식혀 먼저 그 물 두 말에 누룩가루 두 되를 풀어 항아리에 넣어 두어라. 이튿날 멥쌀 두 말을 깨끗이 씻어 가루를 내어 죽을 쑤어, 식거든 항아리에 붓고 골고루 저어 두었다가 사흘 만에 쓰라.

〔3〕 용어 해설

- 하졀삼일쥬 : 하절삼일주(夏節三日酒). 여름철에 삼일 만에 빚는 술.
- 쥬ᄃᆡ : 명주로 만든 포대. 주대(紬袋). 'ᄀᆞᄂᆞᆫ 쥬ᄃᆡ'는 올이 가느다란 실로 짠 명주 포대를 말한다.
- 즈싀란 : 찌꺼기는. 즈싀 + -란(주제의 보조사). '즈싀'는 여기에 처음 나온다. 이 자료에는 '즈의'가 주로 쓰였다. 참고) 다 즛의 흐린 거시<법화 4:19>. 즛의 밥과 즛의 ᄂᆞ물와<남명 下 8>.
- ᄆᆞᄅᆞ니로 : 마른 것으로. ᄆᆞᄅᆞ- + -ㄴ(관형형어미) # 이(의존명사) + -로.
- 기ᄅᆞ니로 : 기른 것으로. 기ᄅᆞ- + -ㄴ(관형형어미) # 이(의존명사) + -로.
- 골오로 : 골고루. 참고) 편안홈ᄋᆞᆯ 골오로 ᄒᆞ야<內訓重 2:13>.

사시주

〔1〕 원문

● ᄉᆞ시쥬

ᄇᆡᆨ미 ᄒᆞᆫ 말 작말ᄒᆞ여 더운 믈 서 말로 쥭 수어 식거든 누록 ᄒᆞᆫ 되 다ᄉᆞᆺ 섯거 녀헛다가 사흘 지내거든 ᄇᆡᆨ미 두 말 밥 ᄶᅧ 식거든 진말 서 홉 몬져 녀허 젓고 ᄶᅵᆫ 밥을 미처 녀허 젓고 봉ᄒᆞ엿다가 칠일 휘면 ᄆᆡᆸ고 죠ᄒᆞ니라. <18b>

〔2〕 현대어역

● 사시주(四時酒)

멥쌀 한 말을 가루를 내어라. 더운 물 서 말로 죽을 쑤어 식거든, 누룩 한 되 다섯 홉을 섞어 넣어라. 사흘이 지나거든 멥쌀 두 말로 밥을 쪄라. (밥이) 식거든 밀가루 서 홉을 먼저 넣어 젓고, 찐 밥을 뒤이어 넣어 저은 후 봉해 두어라. 이레가 지나면 독하고 좋으니라.

〔3〕 용어 해설

- ᄉᆞ시쥬 : 사철에 두루 빚는 술. 사시주(四時酒).
- 미처 : 이어서. 뒤이어. 및〔及〕- + -어.
- 휘면 : 후(後)이면.
- ᄆᆡᆸ고 : 맵고. 독하고. 맹렬하고. 술맛이 독한 것을 표현한 말이다. 참고) 酒醶 술 ᄆᆡᆸ다<四解 下 81>.

소곡주

〔1〕 원문

● 쇼곡쥬

빅미 닐곱 말 닷 되 빅셰ᄒᆞ여 물 불워 작말ᄒᆞ여 더운 믈 쥭 쉬 식거든 국말 닐곱 되 진말 닷 되 섯거 비저 닉거든 빅미 닐곱 말 닐곱 되 빅셰ᄒᆞ여 쌥 져 식거든 국말 서 되에 밋술 다 내여 석그면 죠ᄒᆞ니라. <18b>

〔2〕 현대어역

● 소곡주(小麯酒)

멥쌀 일곱 말 다섯 되를 깨끗이 씻어 물에 불려 가루를 내어, 더운 물로 죽을 쑤어라. 식거든 누룩가루 일곱 되와 밀가루 다섯 되를 섞어 빚으라. 익거든 멥쌀 일곱 말 일곱 되를 깨끗이 씻어 밥을 쪄라. 식거든 누룩가루 서 되에 밑술을 다 내어 섞으면 좋으니라.

〔3〕 용어 해설

- 쇼곡쥬 : 소곡주〔小麯酒〕. 한자어로는 ‘소국주’(小麯酒)이며 ‘국’(麯)은 누룩을 뜻한다. ㅗ~ㅜ 간의 교체는 국어음운사에서 흔히 보이는 현상이다.
- 불워 : 불려. 불게 하여. ‘불-’은 ‘붇-’의 ㄷ불규칙 활용형. 참고) 물에 ᄃᆞᆷ가 붇거든 뫼화<구간 6:10>. 믈에 불워<救簡 6:43>. 졋 汁에 불워<救方 下 40>.
- 쌉 져 : ‘밥 쪄’의 오기. ‘쪄’의 초성에 써야 할 ㅅ을 ‘밥’의 초성에 잘못 적은 것. 매우 특이한 오기이다.

일일주

〔1〕 원문

● 일일쥬

죠ᄒᆞᆫ 누록 두 되 죠ᄒᆞᆫ 술 ᄒᆞᆫ 사발 믈 서 말애 섯거 녀코 ᄇᆡᆨ미 ᄒᆞᆫ 말 셰졍ᄒᆞ여 닉게 ᄶᅧ 김 내지 말고 다마 ᄒᆞᄐᆞ디 말고 더운 ᄃᆡ 두면 아ᄎᆞᆷ의 비저 나죄 ᄡᅳ고 나죄 비저 아뎍의 ᄡᅳᄂᆞ니라. <18b>

〔2〕 현대어역

● 일일주(一日酒)

좋은 누룩 두 되와 좋은 술 한 사발을 물 서 말에 섞어 넣고, 멥쌀 한 말을 깨끗이 씻어 익도록 쪄라. 김을 내지 말고 담되, 흩뜨리지 말고 더운 곳에 두어라. 아침에 빚어 저녁에 쓰고, 저녁에 빚어 아침에 쓰느니라.

〔3〕 용어 해설

- 일일쥬 : 일일주(一日酒). 그 날 담아 그 날 먹는 술.
- 셰졍ᄒᆞ여 : 깨끗하게 씻어. 세정(洗淨)하여.
- 흐ᄐᆞ디 : 흩뜨리지. '흐ᄐᆞ디 말고'는 '흩어지게 하지 말고'의 뜻이다.
- 나죄 : 저녁에. 현대어의 어형으로 본다면 이는 '낮'과 대응이 되지만 중세어에서는 저녁의 뜻으로 쓰였다. 참고) 나조ᄒᆡ 鬼神 위ᄒᆞ야 說法ᄒᆞ시고<월석 2:26>. 뷘 수프레 나죗 ᄒᆡᆺ비치 돌옛도다<두해-초 7:4>. 나죗ᄒᆡ옌 ᄀᆞᄂᆞᆫ 프리 웃긋ᄒᆞ고<두해-중 12:36>.
- 아뎍의 : 아침에. 아뎍 + -의. '아뎍'은 '아젹'의 ㄷ구개음화 과도교정형. 참고) 아젹긔 나가 나죄 도라와<신속 孝 1:63>.

백화주

〔1〕 원문

● ᄇᆡᆨ화쥬

ᄇᆡᆨ미 두 말 ᄇᆡᆨ셰 작말ᄒᆞ여 믈 두 말 글혀 ᄃᆞᆷ ᄀᆡ여 국말 두 되 진말 ᄒᆞᆫ 되 녀허 둣다가 닐웨 지내거든 ᄡᆞᆯ 너 말 ᄇᆡᆨ셰ᄒᆞ여 ᄂᆡᆨ게 ᄶᅧ 밥애 믈이 ᄌᆞᆯ분ᄌᆞᆯ분ᄒᆞᆯ 만 골라 국말 ᄒᆞᆫ 되 섯거 녀허 ᄉᆞ무 날 후 ᄡᅳᄂᆞ니라. <18b>

〔2〕 현대어역

● 백화주(百花酒)

멥쌀 두 말을 깨끗이 씻어 가루를 내고 물 두 말을 끓여 술밑을 개어, 누룩가루 두 되 밀가루 한 되를 넣어 두어라. 이레가 지나거든 쌀 너 말을 깨끗이 씻어 익도록 쪄, 밥에 물이 질벅질벅할 만큼 골고루 섞어 누룩가루 한 되를 섞어 넣어라. 스무 날 후에 쓰느니라.

〔3〕 용어 해설

- 빅화쥬 : 백화주(百花酒). 현대국어 사전에 '백화주'를 '여러 가지 꽃을 넣어서 빚은 술'이라 풀이해 놓았으나, 본문의 제조법에 꽃에 대한 언급은 전혀 없다.
- 둠 기여 : 술밑으로 쓸 반죽을 개어(이겨). '둠'은 술을 빚기 위해 가루와 물 등 여러 재료를 섞어 이긴 반죽 같은 것을 뜻한다. 「슌향쥬법」의 '둠' 용어 해설 참고.
- 즐분즐분홀 만 : 질벅질벅할 만큼. '즐분즐분'은 밥물이 약간 질벅거리는 모습을 형용한 의태어로 현대어의 '질벅질벅'에 가까운 표현이다. 문맥으로 보면 백미와 누룩가루, 밀가루를 섞어 쪘을 때 밥물이 약간 질벅거리는 상태를 뜻한다. 이 자료에만 나타나는 특이어이다. '만'은 정도를 의미하는 의존명사.
- 골라 : 조합(調合)하여. 맞추어. 두 재료의 정도를 서로 맞추어. '즐분즐분홀만 골라'는 '물이 질벅질벅할 정도로 조합하여(맞추어)'의 뜻이다. 고르-〔調〕 + -어. 「삼히쥬 열 말 비지」의 '골라' 용어 해설 참고.

동양주

〔1〕 원문

● 동양쥬

ᄇᆡᆨ미 두 되 작말ᄒᆞ여 구무ᄯᅥᆨ 눅게 ᄆᆡᆫᄃᆞ라 ᄉᆞᆱ마 식거든 국말 두 되 섯거 ᄃᆞᆺ다가 사ᄒᆞᆯ 만애 ᄎᆞᆸᄡᆞᆯ 두말 ᄀᆞ장 ᄆᆞ이 시어 믈 ᄲᅳ려 닉게 ᄶᅧ 식지 아닌 적의 몬져 ᄆᆡᆺ티 섯거 녀허 녀ᄅᆞᆷ이어든 즁탕ᄒᆞ라. <18b～19a>

〔2〕 현대어역

● 동양주(冬陽酒)

멥쌀 두 되를 가루를 내어 구멍떡을 눅게 만들어 삶아라. 식거든 누룩가루 두 되를 섞어 두어라. 사흘 만에 찹쌀 두 말을 많이 씻어 물을 뿌려 익도록 쪄라. 식지 않았을 적에 먼저의 밑술에 섞어 넣되, (때가) 여름이거든 중탕해라.

〔3〕 용어 해설

- 동양쥬 : 동양주(冬陽酒). 본문의 설명을 보면 찹쌀을 주로 하고 멥쌀에 누룩을 섞어 빚는 술로 되어 있다.
- 눅게 : 눅게. 반죽 따위가 무르게. 참고) 무레 프로디 누근 플 ᄀᆞ티 ᄒᆞ야<구간 上 59>.
- 몬져 밋티 : 먼저 만들었던 술에(밑술에). '몬져 술' 혹은 '밋술'로 나타나야 할 환경인데, 두 요소가 다 함축되어 있다.

절주

〔1〕 원문

● 절쥬

ᄎᆞᆸᄡᆞᆯ 닷 되어나 너 되나 즁에 ᄡᅳᆯ허 시서 작말ᄒᆞ여 구무ᄯᅥᆨ ᄒᆞ여 식거든 누록 섯거 독 밋히 ᄯᅡᆨ닙 ᄭᆞᆯ고 녀코 ᄯᅡᆨ닙 더퍼 사흘 만애 ᄇᆡᆨ미 ᄒᆞᆫ 말 ᄶᅧ 시ᄅᆞ재 서ᄂᆞᆯ케 믈 바타 밋ᄒᆞ고 누록 반 되 섯거 녀흐라. <19a>

〔2〕 현대어역

● 절주(節酒)

찹쌀 다섯 되나 너 되를 적당히 쓿어 씻어 가루를 내어 구멍떡을 만들어라. 식거든 누룩을 섞어 독 밑에 닥나무잎을 깔고 구멍떡과 누룩 섞은 것을 넣고 닥나무잎을 덮는다.

사흘이 되거든 멥쌀 한 말을 쪄서, 시루째 서늘하게 물을 받아 밑술과 누룩 반 되를 섞어 넣어라.

〔3〕 용어 해설

- 절쥬 : 절주(節酒). '시절가주'(時節佳酒, 시절에 따라 알맞은 좋은 술)의 준말로 생각된다. 윤서석(1991 : 202)에 '청주의 일종'이라 하고, 절주의 제조법 두 가지를 소개해 놓았다. 그 중 하나는 『양주방』의 것을 인용하였는데 이 자료에 기술된 것과는 다르다.
- 즁에 ᄡᆞᆯ허 : 'ᄡᆞᆯ허'는 곡식 낱알을 문지르고 쳐서 정제하는 것을 뜻한다. 쓸허. '즁에'는 앞뒤 문맥으로 보아 '중간 정도로(=적당히) 쓿어'의 뜻을 표현하려 한 듯하다. 즉 아주 깨끗하게 쓿지 않고 적당히 정백(精白)한다는 의미를 찾을 수 있다.
- ᄯᅡᆨ닙 : 닥나무 잎. 어두경음화가 실현된 것. 참고) 닥 닢(楮葉)<救簡 6:56>. 닥 뎌(楮)<자회 上 10>. 거풀 벗긴 닥나모<救簡 6:4>.
- ᄯᅡᆨ닙 ᄭᆞᆯ고 녀코 : 닥나무잎을 깔고 그 위에 찹쌀로 만든 구멍떡과 누룩을 섞은 재료를 넣고.
- 바타 : 밭아. 걸러. 건더기가 섞인 액체를 체 따위로 걸러 국물만 받아내는 동작을 의미한다. 참고) 바ᄐᆞᆯ ᄌᆞ(泲)<字會-초 下 14>.
- 밋ᄒᆞ고 : 밑술하고. '밋'은 '몬져 술' 혹은 '밋술'과 같은 표현이다. '-ᄒᆞ고'는 공동격조사로 '-과'와 같은 기능을 한다.

벽향주

〔1〕 원문

● 벽향쥬

ᄇᆡᆨ미 서 말 닷 되 작말ᄒᆞ여 물 두 동히로 ᄃᆞᆷ ᄀᆡ야 누룩 두 되 여숩 진말 두 되 여숩 녀코 미치 ᄌᆞᄅᆞᄌᆞᄅᆞᄒᆞ거든 ᄇᆡᆨ미 서 말 닷 되 ᄇᆡᆨ셰ᄒᆞ여 ᄶᅧ 믈 ᄒᆞᆫ 동히 가옷 골라 녀헛다 두 ᄃᆞᆯ 만 ᄡᅳ라. <19a>

〔2〕 현대어역

● 벽향주(碧香酒)

멥쌀 서 말 다섯 되를 가루를 내어 물 두 동이로 술밑을 개어라. (술밑에) 누룩 두 되 여섯 홉과 밀가루 두 되 여섯 홉을 넣어라. (동이) 밑의 물을 찰랑찰랑하게 해서, 멥쌀 서 말 다섯 되를 깨끗이 씻어 찐 것을 물 한 동이 반에 골고루 섞어 넣었다가 두 달 후에 쓰라.

〔3〕 용어 해설

- 벽향쥬 : 벽향주(碧香酒). 매우 맑고 향기가 좋은 술. 19b에도 이름이 같은 '벽향쥬' 항이 나와 있는데 제조법이 많이 다르다. 이 술은 『산림경제』에도 등재되어 있는 평안도 명주이다(윤서석 1991 : 401). 벽향주는 맑게 빚는 청주의 일종으로, 특히 평안도 벽향주가 유명하였으며 푸르고 향기로운 술이란 뜻에서 벽향주라 하였다. 조선 초기부터 말기에 이르기까지 이름이 나 있던 술인데 지방에 따라 약간의 차이가 있다.
- 여솝 : '여섯 홉'의 준말.
- 미치 : 밑이. 문맥상 '동이의 밑'을 뜻한다.
- ᄌᆞᄅᆞᄌᆞᄅᆞᄒᆞ거든 : 자란자란하거든. 현대어에서는 '샘이나 동이 안의 물이 가장자리에서 넘칠락 말락하는 모양'의 형용한 의태어로 되어 있으나, 위의 문맥에서는 '동이의 밑바닥에 물을 약간 넣어서 찰랑찰랑하게 되거든'의 뜻으로 해석된다. 현대국어의 '자란자란'은 다음 두 가지 뜻으로 쓰인다. ① 액체가 가장자리에서 넘칠락 말락하는 모양. ② 물건의 한 끝이 다른 물건에 스칠락 말락하는 모양. 여기서는 ①의 의미에 가깝다.
- 가옷 : 가웃. 되, 말, 자 따위로 되거나 잴 때, 그 단위의 절반 가량에 해당하는 분량을 이르는 말. 참고) ᄒᆞᆫ 되 가옷<胎要 40>.
- 골라 : 고르게 조합하여. 골고루 섞어.
- 두 달 만 : 두 달 만에. 두 달 후.

남성주

〔1〕 원문

● 남셩쥬

ᄇᆡᆨ미 서 말 닷 되 ᄇᆡᆨ셰ᄒᆞ여 밤 자여 작말ᄒᆞ여 더운 믈 두 말 닷 되 ᄭᅳᆯ혀 반 만 닉게 ᄃᆞᆷ ᄀᆡ야 식여 국말 두 되 다ᄉᆞᆸ 진말 ᄒᆞᆫ 되 섯거 녀허 닐웻 만애 ᄇᆡᆨ미 서 말 닷 되 ᄇᆡᆨ셰ᄒᆞ여 밤 자여 닉게 ᄶᅧ 물 두 말 골라 식거든 녀허 칠일 후 ᄡᅳ라. <19a>

〔2〕 현대어역

● 남성주

멥쌀 서 말 다섯 되를 깨끗이 씻어 하룻밤을 재워라. (그것으로) 가루를 내어 더운 물 두 말 다섯 되를 끓여 반쯤 익도록 담을 개어 식힌 후, 누룩가루 두 되 다섯 홉과 밀가루 한 되를 섞어 넣어라. 이레 만에 멥쌀 서 말 다섯 되를 깨끗이 씻어 하룻밤을 재워라. (그것을) 익도록 쪄서 물 두 말에 골고루 섞어 식거든 (술독에) 넣어 이레 뒤에 쓰라.

〔3〕 용어 해설

- 남셩쥬 : '남셩쥬'는 다른 참고 자료에서 찾지 못하였다. 『수운잡방』에 나오는 '남경주'(南京酒)(윤숙경 1986 : 96)와 같은 것인 듯하다. '경'을 '셩'으로 잘못 적은 것으로 보인다.
- 반 만 : 반 정도. 여기서의 '만'은 '유일'(only)의 뜻을 지닌 조사가 아니라 정도를 뜻하는 의존명사로 봄이 좋다. 이 자료에서 '만'은 이런 용법으로 많이 쓰이기 때문이다.
- 골라 : 조합하여. 문맥으로 보면 백미와 누룩가루, 밀가루에 물을 섞어 골고루 조합함을 뜻한다.

녹파주

〔1〕 원문

● 녹파쥬

ᄇᆡᆨ미 두 말 ᄇᆡᆨ셰 작말ᄒᆞ여 탕슈 열 다ᄉᆞᆺ 대야 ᄀᆞ장 ᄭᅳᆯ혀 ᄃᆞᆷ ᄀᆡ야 닉거든 국말 ᄒᆞᆫ 되 다ᄉᆞᆸ 섯거 녀코 사흘 만ᄒᆞ거든 ᄎᆞᆸᄡᆞᆯ 두 말 밥 ᄧᅧ 식거든 몬져 술에 석거 녀허 둣다가 스므 날 후 ᄡᅳ라. <19a>

〔2〕 현대어역

● 녹파주(綠波酒)

멥쌀 두 말을 깨끗이 씻어 가루를 내어, 끓인 물 열다섯 대야를 아주 많이 끓여 담을 개어라. 익거든 누룩가루 한 되 다섯 홉을 섞어 넣고, 사흘 정도 지나거든 찹쌀 두 말로 밥을 쪄서 (그 밥이) 식으면 먼저 술(밑술)에 섞어 넣어 두었다가 스무 날 후에 쓰라.

〔3〕 용어 해설

- 녹파쥬 : 녹파주(綠波酒). 멥쌀, 찹쌀로 술밑을 만든 것. 술이 거울처럼 맑다 하여 경면녹파주(鏡面綠波酒)라 부르기도 한다. 『산림경제』에서 인용한 『사시찬요보』에는 "백미(白米) 한 말을 가루로 하여 뜨거운 물로 죽처럼 하여 식힌 후 누룩 가루 두 되와 섞어 술밑으로 하고, 이것이 익으면 찹쌀 두 되를 쪄서 덧술하여 익히는 것"이라 하였다. (http://hestia.interpia98.net/~haidia/j2/j2main.html 참고)
- 탕슈 : 끓인 물. '탕슈 열다ᄉᆞᆺ 대야 ᄀᆞ장 ᄭᅳᆯ혀'를 글자대로 해석하면 '끓인 물'을 '끓인다'는 것이 된다. '탕슈'를 관용적으로 사용하여 잉여적 표현이 된 것이다.
- 대야 : 대야. 「밀쇼쥬」의 '대야' 용어 해설 참고. '대야'는 물을 담아서 낯이나 손발을 씻는 데 쓰는 둥글넓적한 그릇이다. 한편 술 되는 그릇이라는 뜻도 있는데, "五盞謂之一饍 方言謂之大也"<雅言 2>에서 그러한 용법을 찾을 수 있다.
- 사흘 만ᄒᆞ거든 : 사흘 정도(쯤) 되거든. '만ᄒᆞ-'는 정도를 표현한다.

칠일주

〔1〕 원문

● 칠일쥬

ᄇᆡᆨ미 서 되 작말ᄒᆞ여 믈 반 동ᄒᆡ만 글혀 반 동ᄒᆡ예란 ᄀᆞᄅᆞ 프러 쥭 쒀 ᄀᆞ장 서늘케 시겨 누록 ᄒᆞᆫ 되 칠 홉 섯거 둣다가 사흘 만애 ᄎᆞᆸᄡᆞᆯ 두 말 ᄧᅧ 몬져 미ᄐᆡ 섯거 둣다가 닐웬 만애 ᄡᅳ라. <19a～19b>

〔3〕 현대어역

● 칠일주(七日酒)

멥쌀 서 되를 가루를 내어, 물 반 동이만 끓여 반 동이에는 가루를 풀어 죽을 쑤어라. 아주 서늘하게 식혀서 누룩 한 되 칠 홉을 섞어 두어라. 사흘 만에 찹쌀 두 말을 쪄 먼저의 밑술에 섞어 두었다가 이레 만에 쓰라.

〔3〕 용어 해설

- 칠일쥬 : 칠일주(七日酒). 담근 지 이레 만에 먹는 술. 21a에도 이름이 같은 「칠일쥬」가 나오는데 제조법이 약간 다르다.
- 몬져 미틱 : 먼저 술. 밑술. 발효제로 이미 만든 술을 조금 이용하는데 이것을 '몬져 술', '밑', '밋술' 등으로 표현하였다.

〔1〕 원문

● 벽향쥬

ᄇᆡᆨ미 두 말 닷 되 ᄇᆡᆨ셰 작말ᄒᆞ여 더운 믈 서 말로 쥭 수어 ᄎᆞ거든 누록 너 되 진말 두 되 섯거 녀허 나흘 댓쇄 만애 ᄇᆡᆨ미 서 말 닷 되 ᄇᆡᆨ셰ᄒᆞ여 믈에 ᄃᆞᆷ가 ᄒᆞᄅᆞ밤 자여 닉게 ᄶᅧ 믈 서 말애 골라 ᄎᆞ거든 누록 두 되 몬져 밋술에 섯거 녀허 둣다가 이칠일 만애 ᄡᅳ라. <19b>

〔2〕 현대어역

● 벽향주(碧香酒)

멥쌀 두 말 다섯 되를 깨끗이 씻어 가루를 내어, 더운 물 서 말로 죽을 쑤어라. (죽이) 식거든 누룩 너 되 밀가루 두 되를 섞어 넣어라. 나흘이나 닷새 만에 멥쌀 서 말 다섯 되를 깨끗이 씻어 물에 담가 하룻밤을 재워 익게 쪄라. 물 서 말을 골고루 섞어 식거든 누룩 두 되를 번저의 밑술에 섞어 넣어 두었다가 14일 만에 써라.

〔3〕 용어 해설

- 벽향쥬 : 벽향주(碧香酒). 이 벽향주는 19a의 「벽향쥬」와 제조법이 약간 다르다.
- 댓쇄 : 이 자료에서는 '닷쇄'로 실현되며 '댓쇄'는 이것이 유일한 예이다. 참고) 닷쇄 후에(송화쥬). 닷쇄 지내거든(두강쥬). 닷쇄 동졀이어든(황금쥬). 닷쇄 만애(밀쇼쥬).
- 이칠일 만애 : 14일 만에.

두강주

〔1〕 원문

● 두강쥬

ᄇᆡᆨ미 서 말 ᄇᆡᆨ셰 작말ᄒᆞ여 믈 서 말 닷 되로 쥭 수어 누록 닷 되 너 홉 섯거 시겨 독의 녀코 닷쇄 지내거든 ᄎᆞᆸᄡᆞᆯ 서 말 ᄇᆡᆨ셰ᄒᆞ여 닉게 ᄶᅧ 믈긔 업고 더운 긔운이 져기 잇게 ᄒᆞ여 녀헛다가 ᄡᅳ라. <19b>

〔2〕 현대어역

● 두강주(杜康酒)

멥쌀 서 말을 깨끗이 씻어 가루를 내어 물 서 말 다섯 되로 죽을 쑤어라. (죽에) 누룩 다섯 되 너 홉을 섞어 식혀 독에 넣어라. 닷새가 지나거든 찹쌀 서 말을 깨끗이 씻어 익도록 쪄서, 물기가 없고 더운 기운은 조금 있게 하여 (밑술을 섞어 독에) 넣어 두었다가 쓰라.

〔3〕 용어 해설

- 두강쥬 : 두강주(杜康酒). 중국의 두강(杜康)이란 사람이 빚던 방법으로 만든 술이라 한다.
- 믈긔 : 물기. 수분(水分). 믈 # 긔(氣).

절주

〔1〕 원문

● 절쥬

ᄎᆞᆸᄡᆞᆯ 서 말 빅세ᄒᆞ여 탕슈 두 동희예 ᄃᆞᆷ가 사흘 만애 닉게 져 그 탕슈 고쳐 데고 밥 섯거 ᄎᆞ거든 누록 엿 되 섯거 비저 가야미 ᄯᅳ거든 ᄡᅳ라. 무근 누록을 싸 ᄃᆞᆷ가 두면 오라도 변치 아니ᄒᆞᄂᆞ니라. <19b>

〔2〕 현대어역

● 절주(節酒)

찹쌀 서 말을 깨끗이 씻어 끓인 물 두 동이에 담가 사흘 만에 익게 쪄라. 그 끓인 물을 다시 데우고 밥을 섞어라. (그것이) 식으면 누룩 여섯 되를 섞어 빚어 밥알이 동동 뜨면 쓰라. 묵은 누룩을 싸서 (그 술에) 담가 두면 오래 되어도 변치 아니한다.

〔3〕 용어 해설

- 절쥬 : 절주(節酒). 앞에 이미 나온 술 이름인데, 제조 방법에 서로 차이가 있다.
- 져 : 쪄서. '쪄'의 오기.
- 데고 : 데우고.
- 가야미 : 개미. 여기서는 담거나 걸러 둔 술 위에 동동 뜨는 밥알을 뜻한다. 뒤의 '부의주' 항에 나오는 '귀덕이'와 뜻이 같은 말이다. 한자어로는 '녹의'(綠蟻), '부의'(浮蟻), '주의'(酒蟻)라고 부른다. 술에 뜨는 밥알을 이렇게 부르게 된 것은 그 모양이 개미와 비슷하게 동글동글하기 때문이다. 비유에 의한 일종의 전의(轉義) 현상이다.
- 오라도 : 오래어도. 오래 되어도. 오라- + -아도. 참고) ᄒᆡ 오라거ᄂᆞᆯ ᄒᆞᆫ갓 불휘 기펫도다<두해-초 16:4>. 오라거늘 니러 西ㅅ녁 向ᄒᆞ야 合掌ᄒᆞ야 눉믈 ᄡᅳ리고<月釋 8:102>.

〔1〕 원문

● 별쥬

ᄇᆡᆨ미 ᄒᆞᆫ 말 작말ᄒᆞ여 구무ᄯᅥᆨ ᄒᆞ야 누록 ᄒᆞᆫ 되 진말 ᄒᆞᆫ 홉 ᄭᅳᆯ힌 믈 ᄒᆞᆫ 말 섯그ᄃᆡ 누록 ᄒᆞᆫ 홉만 몬져 믈에 플고 ᄒᆞᆫᄃᆡ 쳐 너허 사흘 만애 ᄡᆞᆯ 두 말 밥 ᄧᅧ 믈 너 말 ᄭᅳᆯ혀 더운 결에 하 ᄀᆞ장 식거든 밋술 퍼 누록 두 되 진말 ᄒᆞᆫ 홉 ᄒᆞᆫᄃᆡ 섯거 너헛다가 열흘 만애 ᄡᅳᄃᆡ 쳥쥬 두 동희 도오ᄂᆞ니라. <19b>

〔2〕 현대어역

● 별주(別酒)

멥쌀 한 말을 가루를 내어 구멍떡을 만들어라. 누룩 한 되 밀가루 한 홉을 끓인 물 한 말에 섞되 누룩 한 홉만 먼저 물에 풀고 함께 쳐서 넣어라. 사흘 만에 쌀 두 말로 밥을 찌고 물 너 말을 넣어 끓어라. 더운 기가 있는 것이 완전히 식거든, 밑술을 퍼서 누룩 두 되, 밀가루 한 홉을 함께 섞어 넣었다가 열흘 만에 쓴다. 청주로 두 동이가 되느니라(=나오느니라).

〔3〕 용어 해설

- 별쥬 : 별주(別酒). 일반적인 방법이 아니라 색다른 방법으로 빚은 술을 통틀어 일컫는 말(『증보산림경제』). 윤서석(1991 : 401) 참조.
- 구무ᄯᅧᆨ ᄒᆞ야 : 구멍떡을 만들어. ‘ᄒᆞ야’는 대동사.
- 섯그ᄃᆡ : 섞되. 섥-〔交〕 + 으ᄃᆡ.
- 던운 결에 : 더운 결에. 던우- + -ㄴ # 결 + -에(조사). ‘던운’은 ‘향온쥬’ 항에서도 나온 것인데 ‘더운’의 오기이다. ‘결’은 ‘슬쩍 지나가는 겨를’, ‘그 때’, ‘하는 김에’ 등의 뜻을 가진다. 주로 ‘결에’로 쓰이며 ‘때’, ‘사이’의 뜻을 나타내는 경우가 많다. 따라서 ‘던운 결에’는 ‘더운기가 있을 때’, ‘더운기가 있는 것’ 정도로 해석할 수 있다.
- 도오ᄂᆞ니라 : 이 구절의 해석은 두 가지로 볼 수 있다. 첫째, 문맥의 의미를 ‘청주 두 되가 나온다’고 보고 ‘나오ᄂᆞ니라’의 오기라고 보는 것이다. 둘째는 ‘도오’를 ‘ᄃᆞ외-’ 혹은 ‘되-’와 관련된 표기로 보는 것이다. ‘도오-’의 예는 문헌에 보인다. 참고) 이제 가난ᄒᆞ고 모미 ᄯᅩ ᄂᆞᄆᆡ 죵이 도오려 ᄒᆞ니 엇디 구ᄐᆡ여 부인ᄂᆞᆯ 겨집 사ᄆᆞ료 ᄒᆞᆫ대(今貧若是 身復爲奴 何敢屈夫人爲妻)<삼강-重 孝:11>. 문면에 나타난 어형을 존중하여 두 번째의 해석을 취한다. 뜻은 첫 번째의 해석과 같다. 참고) ᄂᆞᄆᆡ 겨집 ᄃᆞ외노니 출히 뎌 고마 ᄃᆞ외아지라 ᄒᆞ리 열히로ᄃᆡ<법화 2:28>.

행화춘주

〔1〕 원문

● ᄒᆡᆼ화츈쥬

ᄇᆡᆨ미 너 말 ᄇᆡᆨ셰 작말ᄒᆞ여 ᄭᅳᆯ힌 믈 엿 말애 ᄃᆞᆷ ᄀᆡ야 식거든 국말 엿 되 섯거 큰 독의 녀헛다가 나흘 만애 ᄎᆞᆸᄡᆞᆯ ᄒᆞᆫ 말 ᄇᆡᆨ셰ᄒᆞ여 ᄶᅧ 식거든 진말 다ᄉᆞᆸ 몬져 술과 석거 녀헛다가 닐웨 후에 드리후라. 잘 넙ᄂᆞᆫ 수리니 너 말곳 빗거든 엿 말 비지 독의나 비ᄌᆞ라. <19b～20a>

〔2〕 현대어역

● 행화춘주(杏花春酒)

멥쌀 너 말을 깨끗이 씻어 가루를 내어, 끓인 물 여섯 말에 술밑으로 쓸 반죽을 개어라. 식으면 누룩가루 여섯 되를 섞어 큰 독에 넣어라. 나흘 만에 찹쌀 한 말을 깨끗이 씻어 쪄서 식거든 밀가루 다섯 홉을 먼저 술(=전술, 밑술)과 섞어 넣었다가 이레 후에 뒤집어 섞어라. 잘 넘치는 술이니 너 말을 빚을 때는 여섯 말 빚이 (여섯 말이 들어가는) 독에다가 빚어라.

〔3〕 용어 해설

- 힝화츈쥬 : 행화춘주(杏花春酒). 살구꽃 피는 봄에 담는 술.
- 드리후라 : 뒤집어 섞어라. 이 문맥에서는 술이 익는 도중 술독 안의 아래윗것을 뒤섞어 주는 것을 말한다. 15세기 문헌에서 '뒤집다'의 뜻으로 쓰인 '드위혀다', '드위힐후다'의 변화형으로 생각된다. 참고) 네 이ᄅᆞᆯ 드위혀ᄂᆞ니<內訓 3:27>. 드위힐후ᄂᆞᆫ 어즈러운 想(飜覆亂想)<능엄 7:81>.
- 넙ᄂᆞᆫ : '넘ᄂᆞᆫ'〔過〕의 오기. 넘치는. 술이 발효하면서 넘치기 쉬운.
- 너 말곳 : 너 말ᄋᆞᆯ. '-곳'은 강세첨사.

〔1〕 원문

● 하졀쥬

ᄭᅳᆯ혀 시근 믈 ᄒᆞᆫ 말의 국말 두 되 프러 밤 자여 ᄀᆞ장 ᄀᆞᄂᆞᆫ 뵈거싀 바타 즈의 ᄇᆞ리고 ᄇᆡᆨ미 ᄒᆞᆫ 말 ᄇᆡᆨ셰ᄒᆞ여 작말ᄒᆞ여 ᄆᆞᄅᆞ게 ᄶᅧ 식거든 그 누록 무레 석거 녀헛다가 삼일 ᄂᆡ 쁘라. <20a>

〔2〕 현대어역

● 하절주(夏節酒)

끓여서 식은 물 한 말에 누룩가루 두 되를 풀어 하룻밤 동안 재워라. (그것을) 아주 가는 베에다 밭아(=걸러) 찌꺼기는 버려라. 멥쌀 한 말을 깨끗이 씻어 가루를 내어 마르게 쪄서 식거든, 그 누룩 물에 섞어 넣었다가 삼일 내에 쓰라.

〔3〕 용어 해설

- 하졀쥬 : 하절주(夏節酒). 여름철에 빚어 먹는 술.
- 뵈거싀 : 베로 된 것에. 베 옷감에. 뵈것 + -의.
- 바타 : 밭아. 밭- + -아. 성긴 천이나 촘촘한 체로 액체는 내리고 찌끼는 걸러내는 일을 '밭다'라 한다.
- ᄆᆞᄅᆞ게 : 마르게〔乾〕. 축축하거나 질지 않고 마른 상태로 찌라는 의미를 표현한다. 이 부분은 「하졀삼일쥬」의 "ᄇᆡᆨ미 ᄒᆞᆫ 말 ᄇᆡᆨ셰 작말ᄒᆞ여 ᄆᆞᄅᆞ니로 ᄶᅧ 시겨 누록 믈에 섯것다가 사흘만애 ᄡᅳ라"와 거의 동일한 조리법을 보여준다.

시급주

〔1〕 원문

● 시급쥬

죠ᄒᆞᆫ 탁쥬ᄅᆞᆯ ᄎᆞᆫ믈에 졍히 걸러 항의 녀코 ᄎᆞᆸᄡᆞᆯ 닷 되ᄅᆞᆯ 밥 무ᄅᆞ게 지어 씨기고 진말 다ᄉᆞᆸ 누록 다ᄉᆞᆸ 섯거 녀허 두면 사ᄒᆞᆯ 만 쳥쥐 세 병이 나ᄂᆞ니라. <20a>

〔2〕 현대어역

● 시급주(時急酒)

좋은 탁주를 찬물에 깨끗이 걸러 항아리에 넣어라. 찹쌀 다섯 되로 밥을 무르게 지어 식히고, 밀가루 다섯 홉과 누룩 다섯 홉을 섞어 넣어 두면 사흘 만에 청주 세 병이 나온다.

〔3〕 용어 해설

- 시급쥬 : 시급주(時急酒). 급할 때 빨리 담아 먹는 술이어서 이런 이름을 붙였다. 『양주방』에서는 '벼락술'이라 하는데 제조 방법은 같다(윤서석 1991 : 409).
- 탁쥬 : 탁주(濁酒). 농주(農酒)라 하기도 한다.
- 씨기고 : 식히고. '씨기고'는 '시기고'의 어두경음화형.

과하주

[1] 원문

● 과하쥬

누록 두 되ᄅᆞᆯ 탕슈 ᄒᆞᆫ 병을 시겨 부어 ᄒᆞᄅᆞ밤 자여 두엇다가 우흘 잇근 ᄯᅩ로 주믈러 체예 바트ᄃᆡ 시긴 믈 더 브어 걸러 즈의란 ᄇᆞ리고 ᄎᆞᆸ발 ᄒᆞᆫ 말 ᄇᆡᆨ셰ᄒᆞ여 ᄀᆞ장 닉게 ᄶᅧ 식거든 그 누룩 무레 섯거 녀헛다가 사흘 만ᄒᆞ거든 됴ᄒᆞᆫ 쇼쥬ᄅᆞᆯ 열헤 복ᄌᆞᄅᆞᆯ 부어 두면 ᄆᆡᆸ고 ᄃᆞ니라. 칠일 후 ᄡᅳ라. <20a>

[2] 현대어역

● 과하주(過夏酒)

누룩 두 되에 끓인 물 한 병을 식혀 부어서 하룻밤 동안 재워 두어라. (그) 위에 뜬 찌꺼기는 따로 주물러 체에 거르되, 식힌 물을 더 부어 걸러 찌꺼기는 버려라. 찹쌀 한 말을 깨끗이 씻어 잘 익게 쪄라. (찐 찹쌀이) 식거든 그 누룩 물에 섞어 넣었다가 사흘쯤 되면, 좋은 소주 열 복자를 부어 두면 (맛이) 독하고 달다. 칠일 후에 쓰라.

〔3〕 용어 해설

- 과하쥬 : 과하주(過夏酒). 술맛이 시원하고 좋아서 여름철 더위를 이기며 지내는 데 적합한 술이라 한다.
- 우ᄒᆞᆯ 잇근 : 위의 찌기는. 이 자료에 처음 나타나는 표현이다. 문맥으로 보면 누룩을 끓인 물에 하룻밤 재운 후 하는 작업에 관한 것이어서 '물 위에 뜬 누룩 찌꺼기'를 의미하는 것으로 보인다. 우ㅎ〔上〕 + -을(조사) # 잇 + -은(조사). 뜻은 대체로 '위에 있는 찌꺼기' 정도로 파악된다. '잇'은 15세기 문헌의 '잇'(이끼)와 어형이 같다. 물 위에 떠 있는 누룩찌꺼기를 '이끼'에 비유한 것으로 볼 수 있다. '우ᄒᆞᆯ'은 '우희'의 오기인 듯하다.
- 바트ᄃᆡ : 밭으되. 체에 거르되.
- 열헤 복ᄌᆞ : 열 복자. 복자 열 개에 들어갈 분량. '복ᄌᆞ'는 간장이나 참기름 따위를 아구리가 좁은 병에 부을 때 쓰는 귀가 달린 작은 그릇. 「면병뉴」의 '복ᄌᆞ' 용어 해설 참고. 바람. '죠ᄒᆞᆫ 쇼쥬ᄅᆞᆯ 열헤 복ᄌᆞᄅᆞᆯ 부어'라는 문장 구성은 어색한 표현이다. 표현하려고 머릿속에 생각했던 내용과 만들어진 문장이 불일치하여 이런 어색한 표현이 결과된 것으로 생각된다. 이 구절은 '좋은 소주 열 복자를 부어'라는 뜻이다.
- ᄃᆞ니라 : 다니라〔甘〕. 달다. 참고) ᄃᆞ녀 ᄡᅳ녀<능엄 3:49>. 마시 ᄯᅩ ᄃᆞ더니<月釋 1:43>.

〔1〕 원문

● 졈쥬

ᄇᆡᆨ미 ᄒᆞᆫ 되 ᄇᆡᆨ셰ᄒᆞ여 밤 자여 작말ᄒᆞ여 구무ᄯᅥᆨ ᄆᆡᄃᆞ라 ᄂᆡᆨ게 ᄉᆞᆱ마 제 ᄆᆞᆯ에 쳐 밤 자여 ᄀᆞᄅᆞ 누룩 ᄒᆞᆫ 되ᄅᆞᆯ ᄒᆞᆫᄃᆡ 쳐 녀헛다가 사흘만 아젹의 ᄎᆞᆸᄡᆞᆯ ᄒᆞᆫ 말 ᄇᆡᆨ셰ᄒᆞ여 ᄃᆞᆷ갓다가 나죄 ᄶᅵᄃᆡ ᄆᆞᆯ ᄲᅳ려 ᄂᆡᆨ게 ᄶᅧ 눌ᄆᆞᆯ긔 업시코 고리예 펴 덥고 ᄭᅳᆯ힌 ᄆᆞᆯ ᄒᆞᆫ 말 눌ᄆᆞᆯ긔 업시 밤 자여 그 ᄆᆞᆯ에 밋술을 프러 녀흘 항을 ᄭᅳᆯ힌 ᄆᆞᆯ에 부싀여 체로 바타 밥의 섯거 서운서운 덩이ᄅᆞᆯ 플고 밥 몸이 ᄆᆞᄅᆞ게 말라 밥 섯근 거시 슈판 ᄆᆞ리 ᄀᆞᄐᆞ니 칠 일 후 ᄡᅳᄂᆞ니라. <20a ~ 20b>

〔2〕 현대어역

● 점주(粘酒)

멥쌀 한 되를 깨끗이 씻어 밤새 재워라. (멥쌀을) 가루를 내어서 구멍떡을 만들어 익도록 삶아 제 물(=끓여낸 그 물)에 적셔 두들기고 밤새 재워, 누룩가루 한 되를 함께 쳐서 넣어라. 사흘 되는 아침에 찹쌀 한 말을 깨끗이 씻어 담갔다가 저녁에 찌되, 물을 뿌려 익도록 쪄 날물기〔生水氣〕 없이 하여 고리에 퍼 덮어라.

끓인 물 한 말을 날물기 없이(=끓이지 않은 물이 들어가지 않도록 하여) 하룻밤 재워라. 그 물에 밑술을 풀고, (그것을) 넣을 항아리를 끓인 물로 부셔서, 체로 걸러 밥에 섞어 슬슬 덩어리를 풀어라. 밥알은 무르게 하지 말아라. 밥을 섞은 것이 수반(水飯) 만 것과 같다. 칠일 후에 쓰라.

〔3〕 용어 해설

- 졈쥬 : 점주(粘酒). 찹쌀로 빚은 술.
- ᄆᆡᄃᆞ라 : 만들어. 'ᄆᆡᆫᄃᆞ라'의 오기이다.
- 제 믈에 쳐 : 제 물에 두들겨서. 여기의 '제 믈'은 구멍떡을 삶은 물을 가리킨다. 「니화쥬법 ᄒᆞᆫ 말 비지」에 "두 손으로 ᄆᆞ이 쳐 녀허 두면"가 있다. 밑줄친 '쳐'는 '打'의 뜻이 분명하다. '제 믈에 쳐'의 '쳐'도 이와 같은 뜻으로 파악할 수 있다. 앞의 여러 방문에서 나왔듯이 구멍떡을 만든 후에 여기에 가해지는 조리 동작의 표현에 '쳐'라는 동사가 쓰였다. 여기서도 '쳐'는 구멍떡에 가해지는 조리 동작인데 '손바닥으로 구멍떡을 치는' 것을 뜻한다.
- 쳐 : 투입해. 이 '쳐'는 "지령기룸 쳐", "초 쳐"의 '쳐'와 같은 뜻이다.
- ᄂᆞᆯ믈긔 : 날〔生〕물기. 끓이지 않은 물. 생수(生水) 기운. 'ᄂᆞᆯ'은 '생'〔生〕의 뜻을 지닌다. 참고) 床애 올이니 半만 ᄂᆞᆯ와 니그니왜로소니<두해-초 16:71>.
- 업시코 : 없게 하고. '업시ᄒᆞ고'의 준말.
- 고리예 : 고리에. 고리 + -예(처소격). '고리'는 고리버들의 가지나 대오리 따위로 엮어서 만든 상자 같은 물건을 말한다. 고리버들은 버드나뭇과에 딸린 갈잎좀나무. 잎은 가는 바소꼴로 가에 톱니가 있으며 어긋맞게 난다. 들이나 냇가에 나는데 가지는 껍질을 벗기어 버들고리, 키같은 것을 만든다.
- 부쉬여 : 부시어〔洗〕. 행궈 씻어. 근대국어에서 '부쇠다'와 '부싀다'가 나타난다. 참고) 부쇠기ᄅᆞᆯ 乾淨히 ᄒᆞ야<박중 中 30>. 가마 부싀난 구기<한청 346c>. 그

릇 부싀다<동문 下 16>.

- 서운서운 : 슬슬. 가볍게. 참고) 소곰을 ᄇᆞᄅᆞ고 서운서운 미러 들이라<胎要 24>.
- 밥 몸 : 다른 문헌에서 찾아볼 수 없는 특이 어형이다. 문맥으로 보아 '밥알', '밥덩이'를 표현한 것으로 판단된다.
- 슈판 ᄆᆞ리 : 문맥으로 봐서 이는 '수반말이'를 뜻하는 듯하다. 이는 '수반'(水飯), 혹은 '물말이'로도 쓰이는데 일종의 혼태형으로 '수반 말이'가 생성된 것으로 보인다. '수반'(물말이)은 '물에 말아서 풀어 놓은 밥'을 뜻한다.

점감주

〔1〕 원문

● 점감쥬

ᄎᆞᆸᄡᆞᆯ 두 되를 밥 무ᄅᆞ게 지어 무근 누록 ᄀᆞᄂᆞ리 처 서너 홉 섯거 더운 ᄃᆡ ᄡᅳ려 두고 ᄌᆞ로 보와 거품이 셔거든 내여 시기면 ᄭᅮᆯ ᄀᆞᄐᆞ니라. <20b>

〔2〕 현대어역

● 점감주(粘甘酒)

찹쌀 두 되로 밥을 무르게 지어, 묵은 누룩을 곱게 쳐서 서너 홉을 섞어라. (그것을) 더운 곳에 감싸서 두고 자주 보아서 거품이 삭거든 내어서 식히면 꿀 같다.

〔3〕 용어 해설

- 졈감쥬 : 점감주(粘甘酒). 찹쌀로 빚은 단 술.
- ᄀᆞᄂᆞ리 : 곱게. 가늘게. ᄀᆞᄂᆞᆯ- + -이(부사화 접미사).
- ᄯᅳ려 : 꾸려. 감싸. 현대어 '꾸리다'가 여기서 변화한 말인데 의미상 차이가 있다. 'ᄯᅳ리-'라는 동사는 고어사전에 등재되어 있지 않다.
- 셔거든 : 셕-(어간) + 어든. 셕다>석다. 삭다. 빚어 담근 술이나 식혜 같은 것이 익을 때에 괴는 물방울이 속으로 사라지다.

하향주

〔1〕 원문

● 하향쥬

빅미 ᄒᆞᆫ 되 작말ᄒᆞ여 구무떡 ᄆᆞᆫᄃᆞ라 닉게 ᄉᆞᆯ마 시겨 누록 다ᄉᆞᆸ 섯거 골라 그ᄅᆞ세 담아 사흘만 ᄒᆞ거든 ᄎᆞᆸᄡᆞᆯ ᄒᆞᆫ 말 믈 ᄲᅮ려 닉게 ᄶᅧ 오래 시겨 밋수리 섯거 독의 녀코 ᄂᆞᆯ믈긔 금ᄒᆞ면 삼일 후 ᄡᅳᄂᆞ니라. <20b>

〔2〕 현대어역

● 하향주(荷香酒)

멥쌀 한 되를 가루를 내어 구멍떡을 만들어 익도록 삶아 식혀라. 누룩 다섯 홉을 (구멍떡 만든 것에) 조합(調合)하여 그릇에 담아 두어라. 사흘쯤 되거든(=지나거든) 찹쌀 한 말에 물을 뿌려 익도록 쪄라. 오래 식혔다가 밑술에 섞어 독에 넣고 날물기를 금하면(=끓이지 않은 생수가 들어가지 않도록 하면) 삼일 후에 쓸 수 있다.

〔3〕 용어 해설

- 하향쥬 : 하향주(荷香酒). 청주의 일종. 『양주방』에도 나온다.
- ᄃᆡ : '되'〔升〕의 오기.
- ᄆᆞᆫᄃᆞ라 : 맨들어. 'ᄆᆡᆫᄃᆞᆯ-'의 첫음절에 있는 'ㅣ'가 탈락한 것.
- 누록 : 누룩. 비어두에서 'ㅜ'가 'ㅗ'로 표기된 예이다.
- 골라 : 조합(調合)하여. 이 낱말의 풀이는 「삼ᄒᆡ쥬 열 말 비지」의 '골라'에 대한 용어 해설 참고.
- ᄂᆞᆯ믈긔 : 끓이지 않은 물기〔生水氣〕.

부의주

〔1〕 원문

● 부의쥬

ᄎᆞᆸᄡᆞᆯ ᄒᆞᆫ 말 ᄇᆡᆨ셰ᄒᆞ여 닉게 ᄧᅧ 그ᄅᆞᄉᆡ 담아 ᄎᆡ오고 믈 세 병 ᄭᅳᆯ혀 ᄎᆡ와 국말 ᄒᆞᆫ 되 몬져 믈에 프러 독의 녀허 사흘만이면 닉어 ᄆᆞᆯ가 귀덕이 ᄯᅳ고 마시 ᄆᆡᆸ고 ᄃᆞᆯ고 하졀의 ᄡᅳ기 죠ᄒᆞ니라. <20b>

〔2〕 현대어역

● 부의주(浮蟻酒)

찹쌀 한 말을 깨끗이 씻어 익도록 쪄서 그릇에 담아 식혀라. 물 세 병을 끓여 식혀 누룩가루 한 되를 먼저 물에 풀어 독에 넣어라. 사흘쯤이면 익어서 맑아 술구더기(=술에 동동 뜨는 밥알)가 뜨는데, 맛이 독하고 달아 여름철에 쓰기 좋다.

〔3〕 용어 해설

- 부의쥬 : 술을 빚을 때, 개미처럼 생긴 밥알이 동동 뜨도록 한다고 붙여진 이름. 부의주(浮蟻酒).
- 치오고 : 차게〔冷〕 하고. 「게젓 둠는 법」의 '치오고' 용어 해설 참고.
- 몬져 믈 : 먼저 물. 이 '몬져 믈'은 바로 앞에서 끓인 세 병의 물을 가리킨다.
- 귀덕이 : 담거나 걸러 둔 술 위에 동동 뜨는 밥알. 앞에서 나온 '가야미'와 같은 뜻으로 쓰였다. 한자어로는 '녹의'(綠蟻), '부의'(浮蟻), '주의'(酒蟻)라고 부른다. 이러한 용법의 '귀덕이'는 곤충의 하나로써 파리의 알에서 까 나온 벌레(된장 따위에 생김)와 생김새가 비슷하여 일어난 일종의 전의법(轉義法)이라 판단된다.
- 마시 됩고 : 맛이 독하고. 맹렬하고.
- 하졀의 : 여름철에. 하절(夏節)에.

약산춘

〔1〕원문

● 약산춘

정월 첫 히일의 빅미 닷 말 빅세ᄒᆞ여 믈의 ᄃᆞᆷ으고 됴히 누록 추히 ᄶᅵ허 닷 되롤 닷숫 병의 ᄃᆞᆷ으고 이튼날 ᄃᆞᆷ은 ᄡᆞᆯ 작말ᄒᆞ여 ᄯᅥᆨ ᄆᆡᆫ들고 ᄃᆞᆷ은 누록을 체로 바타 즈의란 ᄇᆞ리고 젼 믈과 새 믈 기러 합ᄒᆞ여 스므 병을 ᄆᆡᆼᄃᆞ라 ᄯᅥᆨ 섯거 독의 녀코 동으로 버든 ᄇᆡᆨ셩나모 기지로 서너 번 저어 유지로 ᄊᆞ고 뵈보흐로 더퍼 쳥의 두고 오랜 후에 거픔이 잇거든 ᄆᆞ일 거더 ᄇᆞ리고 이월 그믐ᄭᅴ 빅미 닷 말 젼ᄀᆞ치 시서 밥 ᄶᅧ 덧터 듯다가 ᄉᆞ월 초싱의 ᄡᅳ면 마시 ᄀᆞ장 훈녈ᄒᆞᄃᆡ ᄯᅳ낼 제 놀믈 긔운을 금ᄒᆞ라. 이거시 열 말 비디니라. 쇼ᄂᆞᆫ 츄이ᄒᆞ여 ᄒᆞ라. 정월 첫 히일이 덥거든 ᄯᅥᆨ과 밥을 ᄆᆞ이 ᄎᆞ게 ᄒᆞ고 ᄆᆞ이 칩거든 히일이 아니라도 온화ᄒᆞᆫ 날 ᄒᆞ기 무방ᄒᆞ니라. 오래 두고져 ᄒᆞ거든 드리훠 항의 녀허 볏ᄎᆞᆯ 뵈지 아니ᄒᆞ면 녀룸을 지내도 변치 아닌ᄂᆞ니라. <20b～21a>

〔2〕 현대어역

● 약산춘(藥山春)

정월 첫 해일(亥日)에 멥쌀 다섯 말을 깨끗이 씻어 물에 담그고, 좋은 누룩을 거칠게 찧어 다섯 되를 다섯 병에 담아라. 이튿날 담근 쌀을 가루를 내어 떡을 만들어라. 담은 누룩을 체로 걸러 찌꺼기는 버리고, 이전의 물과 새 물을 길어 합하여 스무 병을 만들어라. 떡을 섞어 독에 넣고, 동으로 뻗은 복숭아나무 가지로 서너 번 저어라. (그것을) 유지(油紙)로 싸고, 베로 만든 보로 덮어 청마루에 두어라.

오랜 후에 거품이 나거든 날마다 (그 거품을) 걷어 버려라. 이월 그믐께 멥쌀 다섯 말을 전처럼 씻어 밥을 쪄 섞어 두었다가, 사월 초순에 쓰면 맛이 가장 향기롭고 맵다. (술을) 떠 낼 때 날물기〔生水氣〕를 금하라. 이것이 (약산춘) 열 말을 빚는 방법이니라. 적게 하려면(=양을 적게 빚으려면) 미루어 짐작하여 하라.

정월 첫 해일이 덥거든 떡과 밥을 매우 차게 하고, 매우 춥거든 해일이 아니라도 온화한 날 하는 것이 무방하다. (술을) 오래 두고자 하거든 (술을) 뒤집어(=흔들어) 항아리에 넣어, 햇볕을 쬐지 않으면 여름을 지내도 변하지 않는다.

〔3〕 용어 해설

● 약산츈 : 약산춘(藥山春). 맑고 향기로와 맛이 좋은 고급 청주.

● 히일의 : 해일(亥日)에 돼짓날에.

● 둠으고 : 담그고

● 됴히 : 문맥상 관형어 '됴흔'이 와야 할 자리이다. 부사로서의 '됴히'는 매우 어

울리지 않는다.

- 추히 : 거칠게. '정밀하지 못하고 거칠다'의 뜻을 가진 '추(麤)하다'가 현대국어 사전에 등재되어 있다.
- 닷ᄉᆞᆺ : 다섯. '다ᄉᆞᆺ'의 오기이다. 뒷 음절말의 'ㅅ'에 영향을 받아 앞 음절말에 'ㅅ'을 잘못 표기한 것. 수관형사인 '닷'에 유추된 것일 가능성도 있다.
- 젼 믈 : 앞에서 사용한 물. 즉 앞부분 "ᄇᆡᆨ미 닷 말 ᄇᆡᆨ셰ᄒᆞ여 믈의 ᄃᆞᆷ으고"에서 언급된 그 '믈'을 가리킨다. 「부의쥬」 항에서는 '몬져 믈'로 쓰인 것과 같다.
- ᄆᆡᆼᄃᆞ라 : 만들어. 이 낱말은 'ᄆᆡᆼᄀᆞᆯ-'과 '만ᄃᆞᆯ-'의 혼효형일 것이다.
- 버든 : 뻗은. 참고) 동남녁으로 버든 가짓<救簡 6:36>.
- ᄇᆞᆨ셩나모 : 복숭아 나무. 도화목(桃花木).
- 기지 : '가지'의 오기.
- 유지 : 기름을 먹인 종이. 기름종이. 유지(油紙).
- 뵈보ᄒᆞ로 : 베 보자기로. 뵈 # 보ㅎ + -ᄋᆞ로
- 쳥의 : 청에. 대청 마루에. 청(廳) + -의.
- ᄆᆞ일 : 매일. 'ᄆᆡ'의 'ㅣ'가 탈락한 것.
- 덧터 : 섞어서 더해. 덧트- + -어.
- ᄉᆞ월 초ᄉᆡᆼ의 : 사월 초순에. 사월 초생에. 참고) 칠월초ᄉᆡᆼ(쥬국방문).
- 훈녈ᄒᆞᄃᆡ : 향기롭고 맵되(독하되). '훈열(薰熱)하다'는 현대국어에서 '뜨거운 연기나 김으로 찌'는 것을 의미하지만, 이 자료에서는 술맛을 표현하는 형용사로 쓰였다.
- 쇼ᄂᆞᆫ : 작은 것은. 소(少)는. 술의 양을 적게 빚을 때는.
- 츄이ᄒᆞ여 : 미루어 짐작하여. 추이(推移)ᄒᆞ여.
- 드리훠 : 뒤집어. 「ᄒᆡᆼ화츈쥬」에 나왔던 '드리후-'에 대한 용어 해설 참고 참고) 몬져 술과 석거 녀헛다가 닐웨 후에 드리후라.
- 아닌ᄂᆞ니라 : 아니하느니라. '아니ᄒᆞᄂᆞ니라'의 단축형. 아니ᄒᆞᄂᆞ니라>아닣ᄂᆞ니라('ᄒᆞ'의 ㆍ탈락)>아닛ᄂᆞ니라(받침법칙 적용)>아닌ᄂᆞ니라(자음동화).

황금주

〔1〕 원문

● 황금쥬

ᄇᆡᆨ미 두 되 ᄇᆡᆨ셰ᄒᆞ여 믈에 ᄃᆞᆷ가 밤 자여 작말ᄒᆞ여 탕슈 ᄒᆞᆫ 말애 죽 수워 ᄎᆞ거든 국말 ᄒᆞᆫ 되 섯거 녀헛다가 녀름이어든 사흘 츈츄어든 닷쇄 동졀이어든 닐웬 만애 ᄎᆞᆸᄡᆞᆯ ᄒᆞᆫ 말 ᄇᆡᆨ셰ᄒᆞ여 ᄶᅧ 식거든 섯거 녀헛다가 칠 일 후 ᄡᅳ라. <21a>

〔2〕 현대어역

● 황금주(黃金酒)

멥쌀 두 되를 깨끗이 씻어 물에 담가 하룻밤을 재워라. (멥쌀을) 가루를 내고 끓인 물 한 말에 죽을 쑤어 차게 되거든 누룩가루 한 되를 섞어 넣어라. 여름이면 사흘, 봄이나 가을이면 닷새, 겨울이면 이레 만에 찹쌀 한 말을 깨끗이 씻어 쪄라. (찹쌀이) 식거든 섞어 넣었다가 칠일 후에 쓰라.

〔3〕 용어 해설

- 황금쥬 : 황금주(黃金酒). 이 황금주는 『양주방』에 실린 '황감주'(윤서석 1991 : 428)와 같은 것이 아닌가 짐작된다.
- 츈ᄎᆔ어든 : 봄가을이거든. 츈츄(春秋) + -이어든. '-이어든'은 '-이거든'에서 계사 뒤의 'ㄱ'이 탈락한 것.
- 동졀 : 겨울철. 동절(冬節). 계절을 의미하는 현대국어의 '철'은 '節'의 음이 변용된 것이다. 참고) 시방 ᄀᆞ올졀이 다ᄃᆞ라시니(當于飛之秋)<태평광기언해 1:36>. 梅花 녯 등걸에 봄졀이 도라오니<청구영언 35>. 샹한ㅅ병 즁이 ᄉᆞ져리 ᄒᆞᆫ가지 아닐ᄉᆡ(傷寒爲證四時不同)<救簡 1:100>. 이러ᄐᆞ시 ᄉᆞ졀 조초 옷ᄃᆞᆯ 닙더라(這般按四時穿衣裳)<飜老 下 51>.

칠일주

〔1〕 원문

● 칠일쥬

ᄇᆡᆨ미 ᄒᆞᆫ 말 ᄇᆡᆨ셰ᄒᆞ여 작말ᄒᆞ여 탕슈 ᄒᆞᆫ 말의 쥭 수어 죠ᄒᆞᆫ 누록 ᄒᆞᆫ 되 섯거 녀헛다가 삼일 후에 ᄇᆡᆨ미 두 말 ᄇᆡᆨ셰 작말 탕슈 엿 말의 쥭 수워 ᄎᆞ거든 누록 두 되 젼술의 섯거 녀흐라. <21a>

〔2〕 현대어역

● 칠일주(七日酒)

멥쌀 한 말을 깨끗이 씻어 가루를 내고 끓인 물 한 말에 죽을 쑤어 좋은 누룩 한 되를 섞어 넣어라. 삼일 후에 멥쌀 두 말을 깨끗이 씻어 가루를 내고 끓인 물 여섯 말에 죽을 쑤어 차게 되거든 누룩 두 되를 이전 술(=밑술)에 섞어 넣어라.

〔3〕 용어 해설

- 칠일쥬 : 칠일주(七日酒). 앞에 나온 술 이름인데 제조 방법이 서로 약간 다르다.
- 젼술 : 전(前)술. 이미 만들었던 술. 밑술. 술을 담을 때 발효를 돕기 위해 이미 있던 술을 조금 섞어 넣는다.

오가피주

[1] 원문

● 오가피쥬

오가피ᄅᆞᆯ 무임 돌 제 만히 벗겨 웃겁질 벗기고 협도로 싸흐라 볏ᄐᆡ ᄆᆞᆯ로여 술 비ᄌᆞᆯ 제 닷 말 비ᄌᆞ려 ᄒᆞ면 오가피 사ᄒᆞᆫ 것 ᄒᆞᆫ 말 주머니예 녀허 독 미ᄐᆡ 노코 ᄇᆡᆨ미 닷 말 ᄇᆡᆨ셰 작말ᄒᆞ여 쥭 수어 식거든 누록 닷 되 섯거 독의 녀허 ᄃᆞᆺ다가 괴거든 공심의 먹그면 풍증과 ᄉᆡ저려 블인 ᄒᆞᆫ 증을 고칠 분 아니라 녯 사ᄅᆞᆷ 이유공 도밍쟉이란 사ᄅᆞᆷ이 평ᄉᆡᆼ을 쟝복ᄒᆞ니 나흘 삼ᄇᆡᆨ을 살고 아들 셜흔을 나흐니 이제 사ᄅᆞᆷ 병 잇고 단명ᄒᆞ니 ᄇᆡᆨᄉᆞ 다 ᄇᆞ리ᄒᆞ여 먹으라. <21a～21b>

[2] 현대어역

● 오가피주(五加皮酒)

오가피를 물이 올랐을 때 많이 벗겨 웃껍질을 벗기고 협도로 썰어 볕에 말려라. 술을 빚을 때 다섯 말을 빚으려 하면, 오가피 썬 것 한 말을 주머니에 넣어 독 밑에 깔아라. 멥쌀 다섯 말을 깨끗이 씻고 가루를 내어 죽을 쑤어라. (죽이) 식거든 누룩 다섯 되를 섞어 독에 넣어 두어라.

술이 익거든 공복(空腹)에 먹으면, 풍병(風病)과 (뼈마디가) 시끈거리고 저리며 참기 어려운 증세를 고친다. 그뿐 아니라 옛 사람 이유공과 도맹작이란 사람이 평생을 장복하여 나이 삼백을 살았고 아들 설흔을 낳았다. 지금 사람들은 병이 있고 명(命)이 짧으니 모든 일을 다 버리고(=만사 제쳐 두고) 먹으라.

〔3〕 용어 해설

- 오가피쥬 : 오갈피 나무의 껍질, 줄기, 뿌리를 이용해 담근 술. 빛이 붉고 향기가 있다.
- 오가피 : 두릅나무과에 속하는 갈잎좀나무. 8~9월에 황록색 꽃이 가지 끝에서 피고 길쭉동글한 물열매가 까맣게 익는다. 뿌리 껍질이나 줄기 껍질은 '오갈피'라 하여 약재로 쓴다. 나무 이름과 약재 명칭에 '오갈피'(또는 '오가피')를 두루 쓴다. 한자로는 '五加皮'라 쓴다.

  그런데 『동의보감』 탕액편에는 오가피를 '짯둘훕'(3:29a)이라 하였다. 그리고 '獨活'도 '짯둘훕'(3:29a)이라 해 놓았다. 이 '짯둘훕'은 현대국어의 '땅두릅'이다. 『물명고』에서는 '土當歸'를 '짱두룹'(4:9)이라 해 놓았다. 그러나 '오갈피'는 나무이지 풀이 아니다. 따라서 '땅두릅'과 '오갈피'는 같은 것이 될 수 없다. 현대국어 사전에 나무인 '땅두릅나무'와 풀로서의 '땅두릅'이 각각 표제항으로 분립되어 있다. 양자 간의 혼동을 피하기 위한 조치로 여겨지나 동일 명사 '땅두릅'이 서로 다른 식물 명칭에 공유되어 있어서 오해의 소지는 여전히 남아 있다. '오갈피'를 '땅두릅'이라 주석한 『동의보감』의 기록이 이러한 혼란을 일으킨 단초로 생각된다.
- 무임 돌 제 : 무임이 돌 때. '무임'은 어떤 사전에도 나오지 않는 말이다. 문맥으로 보아서 초봄에 나무가 겨울잠에서 깨어나 물을 빨아들여 가지에 푸른 기가 감돌 때(움이 돋을 때)를 '무임 돌 제'라고 표현한 것이라 생각된다. 그러나 '무

임'을 '움'(=봄에 초목에 돋는 새 싹)으로 가정할 때 이것이 동사 '돌-'과 결합하는 것이 어울리지 않는다. '나뭇가지에 푸른 기운이 감돌 때'로 풀이하는 것이 무방해 보인다. 문맥상의 뜻은 이렇게 파악되지만 '무임'의 정확한 뜻은 미상이다.

- 협도 : 약재를 썰 때 쓰는 칼. 협도(鋏刀).
- 괴거든 : '괴다'는 '술, 간장, 식초 따위의 담은 것이 발효하여 숙성한 액체가 고이다'라는 뜻이다. 문맥상 자연스럽고 간결하게 표현하면 담은 술이 '익거든'이 된다.
- 공심 : 빈 속. 음식 먹은 지가 오래되어 속이 빈 배. 공심(空心). '점심'(點心)에서도 '심(心)'이 '배'〔腹〕의 의미로 사용된 것을 볼 수 있다.
- 먹그면 : 먹으면. '먹-'의 어간말 ㄱ이 중철된 것.
- 풍증 : 신경의 탈로 생기는 온갖 병. 바람 맞은 병. 풍병(風病). 풍증(風症).
- 싀저려 : 뼈 마디가 시끈거리고 저려. '싀저리-'는 '싀다'(시큰시큰하다)와 '저리다'(쑤시고 아프다)의 복합 동사로 간주된다. 이 낱말은 어떤 사전에도 나오지 않는다.
- 블인ᄒᆞᆫ : 참을 수 없는. 참기 어려운. 불인(不忍) + ᄒᆞ- + -ㄴ(관형사형어미).
- 증 : 증세. 증(症). '싀저려 블인ᄒᆞᆫ 증'은 '뼈마디가 시끈거리고 저리며 아파 참기 어려운 증세'를 뜻한다.
- 이유공 도ᄆᆡᆼ쟉 : 사람 이름. 이유공과 도맹작. 이 사람들의 출전을 찾지 못하였다.
- 쟝복ᄒᆞ니 : 오래 먹으니. 장복(長服)하니.
- 나흘 : 나이를. 나ㅎ〔年〕 + -을.
- 이제 사ᄅᆞᆷ : 지금의 사람. 당시 사람. '이제 사ᄅᆞᆷ'은 앞의 '녯 사ᄅᆞᆷ'과 대응되는 말이다. 이 때의 '이제'는 부사가 아니라 명사로서 'ᄉᆞᄅᆞᆷ'을 수식하므로 '녯 사ᄅᆞᆷ'과 같이 'ㅅ'이 들어가 '이젯 사ᄅᆞᆷ'으로 표기되어야 옳다. 그러나 일반적으로 옛 문헌에서 사이시옷 표기는 수의적인 것이어서 이 경우에도 'ㅅ'이 표기되지 않았다.
- 단명ᄒᆞ니 : 단명하니. 단명(短命)ᄒᆞ- + -니.
- ᄇᆡᆨᄉᆞ : 모든 일. 백사(百事).
- ᄇᆞ리ᄒᆞ여 : 버리고. 어간 'ᄇᆞ리-'에 동사 'ᄒᆞ-'가 결합한 특이한 구성이다. 'ᄇᆞ리'

를 마치 체언처럼 간주한 것인데 이러한 예는 고문헌에서 달리 찾아 볼 수 없다. 'ᄇᆞ리둣 ᄒᆞ여'의 오기일 가능성도 생각해 볼 수 있으나 뒤에 오는 서술어 '먹으라'와 호응 관계가 매끄럽지 못하다.

차주법

〔1〕 원문

● 챠쥬법

ᄆᆞᆯ근 죠ᄒᆞᆫ 술 ᄒᆞᆫ 병의 대츄, 실ᄇᆡᆨᄌᆞ 각 스믈, 호쵸 셜흔 작말ᄒᆞ여 주머니예 녀코 밀 ᄒᆞᆫ 돈, 계피ᄂᆞᆫ 다쇼 간애 녀허 병재 가마의 녀코 믈 부어 ᄭᅩᄒᆞ되 아젹의 안치면 오후의 내되 맛 보면 ᄃᆞᆯ고 〃ᄉᆞ고 술 마시 젹거든 내라. <21b>

〔2〕 현대어역

● 차주법(茶酒法)

맑고 좋은 술 한 병에 대추와 실백자를 각각 스무 개, 후추 서른 개를 가루를 내어 주머니에 넣어라. 밀(=밀랍)한 돈(을 넣고), 계피는 많고 적고 간에 넣어, 병째 가마에 넣고 물을 부어 고아라. 아침에 안치면 오후에 (가마에서) 내되, 맛을 보아 달고 향기롭고 술맛(=알코올기가)이 적어지거든 꺼내라.

〔3〕 용어 해설

- 챠쥬법 : '챠쥬'라는 술은 다른 문헌에 나타나지 않는 것이어서 정확히 어떤 술인지 풀이되어 있지 않다. 사용되는 재료로 보아 '챠쥬'는 '茶酒'를 가리킨 것인 듯하다. '茶酒'라는 술은 사전 등에서 관련 자료를 찾아 볼 수가 없지만 이 자료에서 그 재료로 대추, 잣, 계피 등 전통차에 쓴다고 한 것으로 보아 '茶酒'라 추정할 수 있다. '茶'의 音이 옛문헌에 '다'로 쓰였으나(茶 차 다, 類合 上 30b), 현대어와 같이 '차'라는 음도 있었을 것이다. '차'가 '챠'로 적힌 점은 ㅈ구개음화 이후 ㅈ뒤의 이중모음과 단모음 표기에 혼기가 있었음으로 큰 문제가 되는 것은 아니다.
- 실ᄇᆡᆨᄌᆞ : 실백자(實柏子). 실백잣. 껍데기를 까버린 잣의 알맹이.
- 호쵸 : 호초(胡椒). 후추. 후추나무 열매의 껍질. 양념 재료와 약재로 쓰인다.
- 밀 : 꿀 찌끼를 끓여서 짜 낸 물질. 빛깔이 누르고 단단하다. 이 '밀'이 한자어 '蜜'의 음을 표기한 것으로 본다면 그 뜻은 '꿀'이 된다. 그러나 '밀' 뒤에 무게 단위 명사 '돈'이 나오는 것으로 보아 이 '밀'을 꿀로 보는 것은 옳지 않다. 이 '밀'이 꿀이라면 양적(量的) 단위로 표현하여 'ᄭᅮᆯ ᄒᆞᆫ 죵ᄌᆞ'로 나타났을 것이다. 참고) ᄎᆞᆷ기름ᄒᆞᆫ 죵ᄌᆞ(개쟝 곳는 법). ᄭᅮᆯ 두 되(약과법). 밀爲蠟<훈민 해례 25>. 蠟 밀 랍 俗呼黃蠟<字會-초 中 6>.
- ᄭᅩᄒᆞ듸 : 고으되. ᄭᅩᇂ- + -으되. 현대 방언에도 '꽇-'(엿을 꽇다)이 쓰이고 있다.
- 고ᄉᆞ고 : 향기롭고. 고ᄉᆞ- + -고. 바로 앞에 '고'가 있기 때문에 원전에는 '고ᄉᆞ고'의 '고'를 〃로 표시하였다. '고ᄉᆞ고'에서 어간 '고ᄉᆞ-'를 분석해 낼 수 있다. 그 뜻은 현대국어의 '고소하다'와 완전히 같지는 않다. '고ᄉᆞ고'는 현대국어의 '고소하다'가 '고ᄉᆞ-'에서 생성된 것임을 알려 준다. 중세국어에 '고ᄉᆞ다'와 거의 같은 의미로 '옷곳ᄒᆞ다'가 존재했는데, '고소하다'는 '고ᄉᆞ다'와 '옷곳ᄒᆞ다'의 혼효에 의해 만들어졌을 가능성이 있다. 기본적으로 '고ᄉᆞ다'의 어간 '고ᄉᆞ-'를 유지한 상태에서 '옷곳ᄒᆞ다'의 '-ᄒᆞ-' 부분에 이끌리어 '고소하다'가 생성된 것으로 짐작해 볼 수 있다. '고소하다'는 형용사이므로 형용사 '고ᄉᆞ다'에 다시 접미사 '하-'가 붙어 형용사를 파생시킨다는 것이 매우 어색하므로 위와 같은 가능성을 짐작해 본 것이다. 참고) 고ᄉᆞᆫ 수리 ᄣᅮᆯ ᄀᆞ티 ᄃᆞ닐 노티 아니호리라(不放香醪如蜜

聒)<두해-초 10:9>.

- 술 마시 젹거든 : 술의 지닌 알콜기가 적어지면. '젹'을 한자어 '適'(마땅하다)로 풀이하는 것도 생각해 볼 수 있으나 조어법상 '젹ᄒᆞ거든'이나 '젹커든'으로 실현되어야 하므로 적절치 못하다. '젹(適)ᄒᆞ거든'과 같은 조어는 국어답지 못하여 부자연스럽다. '차쥬'는 위 방문에 나오듯이 이미 담아 놓은 술에다가 대추, 잣 등을 넣어 술을 차〔茶〕처럼 만들어 먹는 것이므로 맛이 독하고 알코올기가 높아서는 아니 될 것이다.

소주

〔1〕 원문

● 쇼쥬

ᄡᆞᆯ ᄒᆞᆫ 말을 ᄇᆡᆨ셰ᄒᆞ여 ᄀᆞ장 닉게 ᄶᅧ 글힌 믈 두 말애 ᄃᆞᆷ가 ᄎᆞ거든 누록 닷 되 섯거 녀헛다가 닐웨 지내거든 고ᄒᆞᄃᆡ 믈 두 사발을 몬져 ᄭᅳᆯ힌 후에 술 세 사발을 그 믈에 부어 고로고로 저으라. 불이 셩ᄒᆞ면 술이 만이 나ᄃᆡ ᄂᆡ 긔운이 구무 가온드로 나ᄂᆞᆫ ᄃᆞᆺᄒᆞ고 불이 ᄯᅳ면 술이 듯듯고 블이 듕ᄒᆞ면 노 ᄌᆞᆺᄒᆞ여 긋디 아니ᄒᆞ면 마시 심히 덜ᄒᆞ고 ᄯᅩ 우희 믈을 ᄌᆞ로 ᄀᆞ라 이 법을 일치 아니ᄒᆞ면 ᄆᆡ온 술이 세 병 나ᄂᆞ니라. <21b>

〔2〕 현대어역

● 소주(燒酒)

쌀 한 말을 깨끗이 씻어 잘 익게 쪄서, 끓인 물 두 말에 담가라. (그것이) 차게 식거든 누룩 다섯 되를 섞어 넣었다가 이레가 지나거든 고아라. 물 두 사발을 먼저 끓인 후에 술 세 사발을 그 물에 부어 고루고루 저어라. 불이성(盛)하면 술이 많이 나되 연기 기운이 구멍 가운데로 나는 듯하다. 불이 약하면 술이 (한 방울씩 똑똑) 떨어지고(=양이 적어지고), 불이 중(重)하여 (떨어지는 술 액이) 노끈 같이 이어져 끊어지지 아니하면 술맛이 심히 떨어진다. 또 (소줏고리) 윗 단지의 물을 자주 갈고 여기 적은 방법대로 하면 독한 술 세 병이 나온다.

〔3〕 용어 해설

- 쇼쥬 : 소주(燒酒). 술 빚을 재료를 소주고리에 넣고 끓여 알콜 성분을 증발시켜 그 김이 서리면서 흘러내리게 하여 만든 술이다. 소주고리는 상하에 두 개의 단지가 결합된 형상을 띠고 있는데 아래에 불을 때면 위에 부은 물도 덩달아 더워지므로 윗 단지의 물을 자주 갈아야 한다. 윗 단지의 물이 더워지면 증발된 알콜 성분의 김이 액체로 서리지 않기 때문이다.
- 셩ᄒᆞ면 : 성하면. 불기운이 세면. '불이 성하다'는 것은 나무를 많이 때어 불이 확 올라오는 상태를 말한다.
- 만이 : 많이. ㅎ이 유성음 사이에서 탈락한 것.
- ᄂᆡ 긔운 : 연기의 기운.
- 가온ᄃᆞ로 : 가운데로. 'ᄃᆡ'가 'ᄃᆞ'로 표기된 것이 매우 특이하다. 당시의 방언에 존재하였던 형태로 추측된다.
- ᄯᅳ면 : 약하면. 불기운이 세지 않으면. 참고) ᄯᅳᆫ 브레(慢火)<救簡 6:89>.
- 듯듯고 : 떨어지고. 소주 제조 과정에서 증류할 때 서린 주정이 물방울이 되어 '끊어지며 똑똑 떨어지는' 것을 표현한 낱말이다. 뒤의 내용으로 보아 술의 양이 적게 나오는 것을 표현한 말이다. 이 낱말은 고문헌에 '듯듯다', '듯듣다', 'ᄯᅳᆺᄯᅳᆺ다', 'ᄠᅳᆺ듣다' 등으로 나타난다. 참고) 東風 細雨에 듯듯ᄂᆞ니 桃花로다<青大 p.75>. 비 듯다(雨點)<同文 上 2>. 비 ᄯᅳᆺᄯᅳᆺ다(疎雨點點)<한청 13b>. 한편 '듯듯다'의 중세국어형으로 '츳듣다'가 존재한다. 漉ᄋᆞᆫ 츳드를 씨오<楞嚴經諺解 8:93>. 「상화법」의 '틋듯ᄂᆞᆫ' 용어 해설 참고.

- 듕ᄒᆞ면 : 중(重)하면. 이는 앞의 내용으로 봐서 센 불을 오랫동안 때는 것을 표현한 말로 생각된다. 앞 귀절의 '불이 쓰면'과 반대되는 표현이다.
- 노 ᄀᆞᆺᄒᆞ여 : 노끈(줄)과 같아서. 이 어절은 앞의 '듯듯고'와 대조적으로, 주정이 '노끈처럼 줄줄 이어져' 너무 많이 떨어지는 모습을 묘사한 것이다. 불을 너무 세게 하면 증류가 너무 과다하게 되어 소주 맛이 심히 못해진다는 점을 말하고 있다.
- 긋디 : 끊어지지. 문맥상 '소줏고리로 떨어지는 주정이 노끈처럼 줄줄 이어져 그치지 않고 흘러드는' 모습을 그린 것이다. 참고) 사괴ᄂᆞᆫ 정셩이 쇠ᄅᆞᆯ 긋드시 ᄒᆞ며<小諺 5:23>.
- 우희 믈을 : 위의 물을. 소주고리는 아래 위에 두 개의 단지가 놓인 모양인데 각각에 물을 부어 불을 땐다.

밀소주

〔1〕 원문

● 밀쇼쥬

밀 ᄒᆞᆫ 말을 조히 시어 므ᄅᆞ쪄 누록 닷 되를 ᄒᆞᆫᄃᆡ 섯거 찌허 닝슈 ᄒᆞᆫ 동ᄒᆡ 브어 저서 둣다가 닷쇄 만애 고ᄒᆞ면 네 대야 나ᄂᆞ니라. <21b>

〔2〕 현대어역

● 밀소주(밀燒酒)

밀 한 말을 깨끗히 씻어 무르게 찌고 누룩 다섯 되를 함께 섞어 찧어라. 냉수를 한 동이 부어서 저어 두었다가 닷새 만에 고면 (술이) 네 대야가 나온다.

〔3〕 용어 해설

● 밀쇼쥬 : 밀을 재료로 만든 소주.

● 므ᄅᆞ쪄 : 무르게 쪄. '므ᄅᆞ'의 결합 환경이 제한되어 있으므로 '므ᄅᆞ'를 어간형

부사로 보기보다는 전체를 합성동사로 보는 것이 나을 듯하다.

- 대야 : 대야. '대야'는 물을 담아서 낯이나 손발을 씻는 데 쓰는 둥글넓적한 그릇이다. 한편 술 되는 그릇이라는 뜻도 있다. 참고) 今郡縣饋贈以酒五盞 謂之一鐥中國無此字 方言謂之大也<雅言覺非 2>.

찹쌀소주

〔1〕 원문

● ᄎᆞᆸᄡᆞᆯ쇼쥬

ᄎᆞᆸᄡᆞᆯ ᄒᆞᆫ 되 뫼ᄡᆞᆯ ᄒᆞᆫ 되 작말ᄒᆞ여 정화슈 마은 복ᄌᆞ의 그롤 프러 ᄆᆞ이 ᄭᅳᆯ혀 도로 시거 ᄃᆞ술 만ᄒᆞ거든 누록 너 되 녀허 하 ᄎᆞ지 아니ᄒᆞᆫ ᄃᆡ 둣다가 이튼날 ᄎᆞᆸᄡᆞᆯ ᄒᆞᆫ 말 닉게 ᄶᅧ ᄆᆞ이 ᄎᆞ거든 밋술 석거 녀허 칠일 지나거든 고흐라. ᄀᆞ장 죠ᄒᆞ면 열여ᄃᆞᆲ 복ᄌᆞ 나고 위연ᄒᆞ면 열여ᄉᆞᆺ 복지 나ᄂᆞ니라. 더틀 제 짐쟉ᄒᆞ여 누록을 더 녀흐라. <22a>

〔2〕 현대어역

● 찹쌀소주

찹쌀 한 되 멥쌀 한 되를 가루를 내어, 정화수 마흔 복자에 그것을 풀어라. (그것을) 많이 끓여 도로 식어 따뜻할 정도면 누룩 너 되를 넣어, 많이 차지 않은 곳에 두어라. 이튿날 찹쌀 한 말을 익도록 쪄 완전히 식거든, 밑술을 섞어 넣어 이레가 지나면 고아라. 가장 좋으면 열여덟 복자가 나고 어지간하면(=웬만하면) 열여섯 복자가 난다. 섞을 때 짐작하여 누룩을 더 넣어라.

〔3〕 용어 해설

- ᄎᆞᆸᄡᆞᆯ쇼쥬 : 찹쌀을 재료로 만든 소주(燒酒).
- 마은 : 마흔. 마ᅀᆞᆫ>마ᄋᆞᆫ(ᅀ 탈락)>마은(ᆞ>ㅡ)의 변화를 겪은 것이다. '마흔'은 '셜흔' 등에 유추되어 ㅎ이 첨가된 것으로 추정하고 있다. 참고) 마ᅀᆞ낸 내 成佛ᄒᆞ야<월석 8:65>. 마ᄋᆞᆫ애 感디 아니ᄒᆞ고 = 四十而不感ᄒᆞ고<논해 1:10>. 내 쇼히로니 올히 마은이오(我是屬牛兒的 今年四十也)<노걸-초 下 64>.
- 복ᄌᆞ : 간장이나 참기름 따위를 아구리가 좁은 병에 부을 때 쓰는 귀가 달린 작은 그릇. 「면병뉴」의 '복ᄌᆞ' 용어 해설 참고.
- 섞어서 더하여. 덧트- + -어.
- ᄃᆞ술만 ᄒᆞ거든 : 따스할 만하거든.
- 하 : 많이. 여기서는 '너무' 혹은 '매우'의 뜻으로 풀이하는 것이 알맞다.
- 위연ᄒᆞ면 : 어지간하면. 그럭저럭하면. '위연ᄒᆞ-'는 '우연ᄒᆞ-'의 ㅣ 역행동화형. 고어의 '우연ᄒᆞ-'는 '상태가 좋아지다, 병이 낫다' 등의 뜻을 가지는 것으로 현대어의 '우연하-'(偶然)과 그 뜻이 아주 다르다. 현대국어의 '우연만하-'와 같은 의미로 파악된다. 이 말의 준말이 '웬만하-'이다. 현대국어에서 그 뜻은 '그저 그만하다. 또는 그리 대단하지 않다'이며, '어지간하다'와 같은 뜻이다. 따라서 '위연ᄒᆞ면'의 뜻을 '어지간하면, 그럭저럭하면'으로 보는 것이 알맞다.
- 더틀 제 : 섞을 때.

소주

〔1〕 원문

● 쇼쥬

ᄡᆞᆯ ᄒᆞᆫ 말 ᄇᆡᆨ세ᄒᆞ여 닉게 ᄡᅧ 탕슈 두 말애 골라 무근 누록 닷 되 섯거 엿쇈만애 고ᄒᆞᄃᆡ 믈 두 사발 몬져 솟틔 부어 글히고 술 세 사발 그 무레 부어 고로 젓고 ᄲᅩᆼ나모 밤나모 블을 알마초 대혀 우희 무리 ᄃᆞᆺᄃᆞᆺᄒᆞ거든 ᄌᆞ로 ᄀᆞᄃᆡ ᄒᆞᆫ 소태 새 믈 ᄡᅥ 드럿다가 프며 즉시 브으면 쇼쥐 ᄀᆞ장 만이 나고 죠ᄒᆞ니라. <22a>

〔2〕 현대어역

● 소주(燒酒)

쌀 한 말을 깨끗이 씻어 익도록 쪄, 끓인 물 두 말에 조합(調合)하여라. 묵은 누룩 다섯 되를 섞어 엿새 만에 고되, 물 두 사발을 먼저 솥에 부어 끓이고, 술 세 사발을 그 물에 부어 고루 저으라. 뽕나무나 밤나무로 불을 알맞게 때어 윗물이 따뜻하거든 자주 갈되, 한 솥에 새 물을 떠 놓았다가 (더워진 소줏고리의 물을) 푸면서 즉시 새 물(=찬물)을 부으면 소주가 가장 많이 나고 좋다.

〔3〕 용어 해설

- 대혀 : 때다. 고문헌에는 '다히-' 혹은 'ᄣᅡ히-'로 많이 쓰였다. ㅣ역행동화 실현형. 이 자료에서도 '다히-' 어간형이 많이 쓰였고, '대히-'는 여기에만 보인다. 참고) 손조 블 대혀<신속 孝 3:45>.
- 우희 무리 : 위의 물이. 소줏고리는 아래 위에 두 개의 단지가 결합된 모양인데 각각 물을 부어 불을 땐다.
- ᄃᆞᆺᄃᆞᆺᄒᆞ거든 : 따뜻하거든. 중세어에서도 'ᄃᆞᆺᄃᆞ시'가 나타나고, 'ᄯᆞᆺᄯᆞᆺᄒᆞ다'도 나타난다. 참고) ᄃᆞᆺᄃᆞ시 ᄒᆞ야<救簡 6:54>. ᄯᆞᆺᄯᆞᆺᄒᆞ다<동문 上 61>.
- ᄀᆞ되 : 갈되〔換〕. 'ᄀᆞᆯ되'에서 ㄹ이 탈락한 형태. ᄆᆞᆯ ᄀᆞ다<박통-중 單 2>.
- 드럿다가 : 어형이 문맥에 맞지 않다. '두엇다가'로 적어야 옳은 것이다. 이 낱말을 '들었다'로 보고 그 뜻을 '들고 있다가'라 할 수 있으나 솥에 물을 떠서 들고 있다는 것이 매우 어색하다.

식초 담는법

초 담는 법

[1] 원문

● 초 ᄃᆞᆷᄂᆞᆫ 법

밀 너 되롤 뉴둔날 허여지게 ᄶᅧ ᄯᅡᆨ닙 더퍼 ᄀᆞ장 파라케 ᄠᅴ워 ᄆᆞᆯ오야 ᄀᆞ장 바타 칠월 초ᄒᆞᄅᆞᆫ날 샹ᄡᆞᆯ ᄒᆞᆫ 말 불워 물 ᄂᆞᆷ 아니 본 제 새바 가 ᄒᆞᆫ 동ᄒᆡ 기러 그림에 보지 말고 더퍼 ᄃᆞᆺ다가 낫 만 ᄒᆞ거든 밥 ᄶᅧ 사ᄅᆞᆷ(빈 칸)거든 록 ᄒᆞᆫ 되 미틔 녀코 밀 서 되 녀코 밥 더우니 녀코 ᄆᆞᆯ ᄒᆞᆫ 동ᄒᆡ 붓고 쳥헝것 더퍼 ᄉᆡᆼ삼 세닐곱 ᄆᆡ자 사ᄆᆡ고 다붓 더펏다가 닐웬 만애 동ᄋᆞ로 버든 복셩나모 가지 것거다 두의텨 ᄃᆞᆺ다가 ᄡᅳ라. <22a>

[2] 현대어역

● 초 담는 법

밀 너 되를 유두날[流頭日] 뭉그러지도록 쪄서, 닥나무 잎을 덮어 아주 파랗게 띄워 말려라. (그것을) 아주 잘 걸러 칠월 초하룻날 좋은 쌀[上品米] 한 말을 불려라. 샘물을 남이 길러 가지 아니한 새벽에 가서 한 동이 길러서 (동이 물에) 그림자가 비치지 않도록 (뚜껑을) 덮어 두었다가, 낮쯤 되거든 밥을 쪄라. (밥이) 사람이 (손 댈 만큼 식)으면 누룩 한 되를 밑에 넣고, 밀 서 되를 넣고, 더운 밥을 넣고, 물 한 동이를 붓고, 푸른 헝겊을 덮어, 생삼 스물한 가닥를 맺어〔結〕 싸매라. (그것을) 다북쑥으로 덮었다가, 이레 후에 동으로 뻗은 복숭아 나뭇가지를 꺾어다가 뒤집어 두었다가 쓰라.

〔3〕 용어 해설

- 초 둠ᄂᆞᆫ 법 : 식초 담는 법. 위 항목 「쇼쥬」를 끝으로 「쥬국방문」(누룩과 술 만드는 법)이 마무리되고, 여기서부터는 초(醋) 담는 법 세 가지가 서술되어 있다.
- 뉴둔날 : 유두(流頭)날. 음력 유월 보름날. 전통 풍속에 이 날 나쁜 일을 떨쳐 버리기 위해 동쪽으로 흐르는 물에 머리를 씻었다 한다. 최근까지도 수단(水團, 흰 떡을 젓가락만큼씩 빚어 한 푼 반 길이로 썰어서 마르기 전에 꿀물에 넣고 실백을 띄운 음식), 수교위(반죽한 밀가루를 얇게 빚어서, 그 속에 잘게 쓴 쇠고기, 오이 같은 것으로 소를 넣고 만두 모양으로 찐 음식) 같은 음식을 만들어 먹고, 농촌에서는 논에 가서 농사가 잘 되라고 용신제(龍神祭)를 지냈으나 지금은 그러한 풍속이 거의 사라져 버렸다.
- 허여지게 : 터지고 갈라지게. 뭉그러지게. 푹 쪄서 밀 알맹이가 불어 터지도록 찌라는 뜻. 참고) 버들닙과 쇠 놀 졋과 ᄒᆞᆫᄃᆡ 섯거 허여디게 디허(柳葉生牛乳 同搗令爛)<우마 4>.
- ᄧᅡᆨ닙 : 닥나무 잎. '닥'의 어두경음화형.
- 파라케 : 파랗게. '파라ᄒᆞ게'의 축약형. 참고) 臉靑了 ᄂᆞᆾ 퍼러ᄒᆞ다<한청 6:10>.
- ᄆᆞᆯ오야 : 말리어. 이 자료에 'ᄆᆞᆯ뢰여'로 표기된 예가 많이 나온다.
- ᄀᆞ장 바타 : 아주 깨끗하게 밭아(걸러).
- 샹ᄡᆞᆯ : 상(上)쌀. 품질이 좋은 쌀. 상미(上米). 혹 '常쌀'(멥쌀이 아닌 보통 쌀)로 생각해 볼 수도 있으나 '보통 쌀'을 이렇게 부른 예가 없다.
- 불워 : 불려. 쌀을 물에 담가 불리는 것을 뜻한다. 참고) 술고씨 솝 반 량 더운 므레 불워<구간 6:43>.

- 물 ᄂᆞᆷ 아니 본 제 : 물을 남이 길러가지 아니한 때.
- 새바 가 : 새벽에 가서. '새바' 뒤에 처격조사가 생략되었다. '새바'는 '새박'에서 말음 ㄱ이 탈락한 것으로 당시 경북 북부 방언권에 존재했던 방언형으로 짐작된다. 현대 방언에서도 어말에 ㄱ을 가진 체언에 처격조사가 결합하면 ㄱ이 탈락하고 처격조사도 생략되는 예가 존재한다(예: 주막에→주마아. 방바닥에→방바다아). '새벽'을 뜻하는 옛말에는 '새박', '새배', '새베' 등의 어형이 존재한다. 참고) ᄆᆞᆫ득 새바ᄀᆡ 거우루로 ᄂᆞ출 비취오<圓覺 序 46>.
- 그림에 : 그림자. 참고) 六塵의 그리메 像ᄇᆞ투믈 아라<月釋 9:22>. 分別은 그리메 ᄀᆞᆮᄒᆞ니라<능엄 1:90>.
- 그림에 보지 말고 : 그림자가 비치지 않도록. 물동이에 담아 놓은 물에 그림자가 비치지 않도록 두껑을 덮어 두라는 말이다.
- 무슨 말을 빠뜨리고는 다시 써넣기 위해 두 글자 정도 들어갈 빈칸을 두었다. 앞에 나온 문맥으로 보아 밥을 쪄서 일정히 식으면 누룩을 넣고 있는데, 여기서도 '찐 밥이 사람이 손을 댈 만큼 식거든' 정도의 의미로 풀 수 있다.
- 사ᄅᆞᆷ (빈 칸) 거든 : 중간에 글자가 없어 분명하지 않지만, 내용으로 본다면 '손 다힐만 ᄒᆞ'가 빠진 것이 아닌가 추측된다.
- 록 : '록'자 앞에 '누'를 빠뜨리고 적은 것이 확실하다. 누룩.
- 더우니 : 더운 것. 더우- + ㄴ # 이(의존명사).
- 쳥 헝것 : 푸른 헝겊. 쳥(青) # 헝것. 참고) 헝것 완(帵)<字會-초 中 17>.
- ᄉᆡᆼ삼 : 생(生)삼. 삶지 아니한 삼〔麻〕.
- 세닐곱 : 스물한 개. 이 자료에서는 두 숫자의 연속으로써 그 숫자들을 곱한 수를 나타낸 예가 더러 있다. '두셋', '예닐곱', '대여섯' 등에서 보듯이 가까운 수를 서로 결합하여 복합 수관형사를 만드는 예는 일반적이나 '세닐곱'처럼 차이가 큰 수를 복합 수관형사로 만든 예는 국어에서 찾아볼 수 없으므로 이 '세닐곱'은 '스물하나'를 뜻하는 것으로 본다. 참고) 이팔청춘. 삼칠일.
- ᄆᆡ자 : 묶어. 매어〔結束〕. 생삼 스물 한 가닥을 매어. ᄆᆡᆽ-〔結〕 + -아.
- 사ᄆᆡ고 : 싸매고. '사-'는 동사 '싸-'의 'ㅂ'이 탈락된 것.
- 다붓 : 다북쑥. 참고) 제여곰 닐오ᄃᆡ 올마 ᄃᆞ니는 다붓 ᄀᆞ토ᄆᆞᆯ 아쳗노라 ᄒᆞ다소라<두해-중 19:44>.

- 것거다 : 꺾어다가.
- 두의텨 : 뒤집어. 고문헌의 '두위티다', '두위혀다', '두위치다', '두위잇다' 등과 같은 어휘들이 모두 같은 뜻을 나타낸 낱말들이다.

초법

〔1〕 원문

● 초법

밀을 사흘 ᄃᆞᆷ갓다가 건져 ᄆᆞᆯ노야 닉게 ᄶᅧ 더운 ᄃᆡ 허혀 ᄀᆞᆯ로 ᄒᆞᆫ 돗 우희 닥닙흐로 더퍼 두면 세다ᄉᆞᆺ 날애 누ᄅᆞᆫ 오시 오ᄅᆞ거든 닙흘 벗기고 볏ᄒᆡ ᄆᆞᆯ노여 퍼 ᄇᆞ리고 항의 녀허 ᄆᆞᆯ 부서 ᄡᆞ미기를 마은 날 ᄒᆞ면 닉ᄂᆞ니라. <22b>

〔2〕 현대어역

● 초법(醋法)

밀을 사흘 동안 담갔다가 건져 말리어 익도록 쪄서 더운 데 헤쳐 두고, 갈대로 만든 돗자리 위에 닥나무 잎으로 덮어 두어라. 15일 만에 누른 옻이 오르거든 (덮어 둔) 닥잎을 벗겨내고 볕에 말리어 퍼 버리고, 항아리에 넣어 물을 부은 후 싸매어 놓기를 사십 일 동안 하면 익느니라.

〔3〕 용어 해설

- 초법 : 초 담는 법. 초법(醋法).
- 허혀 : 헤쳐. 허히- + -어. 참고) 雲霧 허혀고 하ᄂᆞᆯ 봄 ᄀᆞᆮᄒᆞ니라<두해-초 20:50>. 옛 문헌에는 이밖에도 '헤혀다', '헤ᅘᅧ다', '헤티다', '헤치다', '헤완다', '헤잇다', '헤ᄎᆞ다' 등의 유의어가 다양하게 쓰였다.
- ᄀᆞᆯ로 : 갈대로. ᄀᆞᆯ〔蘆〕 + -로(도구격).
- 돗 : 자리. 돗자리. 여기서는 갈대로 만든 돗자리를 뜻한다. 도ᇧ>돗(어간말자음군 단순화).
- 세다ᄉᆞᆺ 날에 : 보름만에.
- 부서 : 부어. '븟-'의 규칙활용을 한 예이다. 이 자료에서는 '부어'가 더 널리 나타난다.
- 빠ᄆᆡ기ᄅᆞᆯ : 싸매기를. 싸매어 놓기를.

매실초

〔1〕 원문

● ᄆᆡᄌᆞ초

오ᄆᆡᄅᆞᆯ 씨 ᄇᆞᆯ라 ᄇᆞ리고 ᄒᆞᆫ 되예 ᄀᆞ장 엄초 닷 되로 ᄌᆞᆷ가 볏ᄐᆡ ᄆᆞᆯ노여 ᄀᆞᆯᄅᆞᆯ ᄒᆞ야 두고 ᄡᆞᆯ ᄣᆡ예 죠곰 믈에 드리쳐 초흘 ᄆᆡᆫᄃᆞ라 쓰면 ᄀᆞ장 죠ᄒᆞ니라. <22b>

〔2〕 현대어역

● 매실초(梅實醋)

오매(烏梅)를 씨를 발라 버리고, (오매) 한 되를 아주 독한 초 다섯 되에 담갔다가 볕에 말리어 가루를 만들어 두어라. 쓸 때에 (오매 가루를) 조금 물에 타서 초를 만들어 쓰면 가장 좋으니라.

〔3〕 용어 해설

- 미ᄌᆞ초 : 매실을 재료로 만든 초. 매자초(梅子醋).
- 오ᄆᆡ : 오매(烏梅). 껍질을 벗기고 짚불 연기에 그을려서 말린 매실(梅實). 열을 내리고 이질 등을 다스리는 약재로도 쓰인다.
- ᄇᆞᆯ라 : 발구다. 바르다(속에 있는 알맹이를 꺼내려고 겉을 쪼개어 헤치다).
- 엄초 : 농도가 높은 초. 독한 초. 엄초(嚴醋).
- ᄌᆞᆷ가 : 잠가. 담가. ᄌᆞᆷ그- + -아.
- ᄀᆞᆯ롤 ᄒᆞ야 두고 : 가루를 만들어 두고.
- 드리쳐 : 들이쳐서. '들이치다'는 '비나 눈 같은 것이 바람에 의해서 안쪽으로 마구 세차게 뿌리는' 것을 뜻하지만, 이 문맥에서는 '물에 타다(넣다)'의 의미로 해석된다.

장씨 부인이 딸들에게 이르는 말

장씨 부인이 딸들에게 이르는 말

〔1〕 원문

이 ᄎᆡᆨ을 이리 눈 어두온ᄃᆡ 간신히 써시니 이 ᄯᅳᄌᆞᆯ 아라 이ᄣᅢ로 시ᄒᆡᆼᄒᆞ고 ᄯᆞᆯᄌᆞ식들은 각각 벗겨 가오ᄃᆡ, 이 ᄎᆡᆨ 가뎌 갈 ᄉᆡᆼ각을안 ᄉᆡᆼ심 말며 부ᄃᆡ 샹치 말게 간쇼ᄒᆞ야 수이 ᄠᅥ러 ᄇᆞ리다 말라. <끝 장>

〔2〕 현대어역

● 장씨 부인이 딸들에게 이르는 말

이 책을 이렇게 눈이 어두운데 간신히 썼으니, 이 뜻을 알아 이대로 시행하여라. 딸자식들은 각각 베껴 가되 이 책을 가져 갈 생각일랑 절대로 내지 말아라. 부디 상하지 않게 간수하여 빨리 떨어져 버리게 하지 말아라.

〔3〕 용어 해설

● 이리 : 이렇게. 참고) 六師ㅣ 이리 니르ᄂᆞ니 그듸 沙門弟子ᄃᆞ려<석보 6:26>. 神力이 이리 세실씨<월곡 40>.

- 써시니 : 썼으니. 쓰- + 어 # 시-('이시-'의 이형태) + -니.
- ᄯᅳ졀 : 뜻을. 어간 'ᄯᅳᆮ'이 'ᄯᅳᆽ'으로 나타난 점이 특이하다. 'ᄯᅳᆮ'이 조사 '-이' 앞에서 구개음화되어 'ᄯᅳ지(라)'와 같이 많이 쓰이게 되자 어간이 재구조화되어 다른 조사 앞에서도 'ᄯᅳᆽ'이 일반화된 것으로 본다. 그 결과 옛 문헌에 'ᄯᅳ제', 'ᄯᅳ즐'과 같은 어형이 나타난 것이다.
- 이ᄣᅢ로 : '이대로'의 오기이다.
- 시힝ᄒᆞ고 : 시행(施行)하고.
- 벗겨 : 베껴. 등사(謄寫)하여. 참고) 文書 벗기다<譯解 上 10>. 글 벗기다<漢淸 98c>.
- 가오ᄃᆡ : 가되. 가- + -오ᄃᆡ.
- ᄉᆡᆼ각을안 : 생각일랑. ᄉᆡᆼ각 + -을안(보조사). '-을안'은 '-으란', '-을란' 등으로 쓰이기도 한다.
- ᄉᆡᆼ심 : 생심. 무엇을 하려는 마음을 냄. 마음먹음. '생의'(生意)와 동의. 'ᄉᆡᆼ심'은 흔히 조사 '-도'가 결합하여 'ᄉᆡᆼ심도'와 같이 많이 쓰인다. 부사로 기능하여 '아예', '애당초', '절대로'와 같은 강조적 의미를 표현한다.
- 샹치 : 상(傷)하지. 샹ᄒᆞ- + -지.
- 간쇼ᄒᆞ야 : 간수하여. 간직하여.
- ᄧᅥ러 : 떨어. 'ᄧᅧᆯ-'은 '훼손하다', '헐거나 깨뜨리어 못쓰게 하다'의 뜻을 가진다.
- ᄇᆞ리다 : 'ᄇᆞ리디'(버리지)를 잘못 적은 것.

뒤 표지

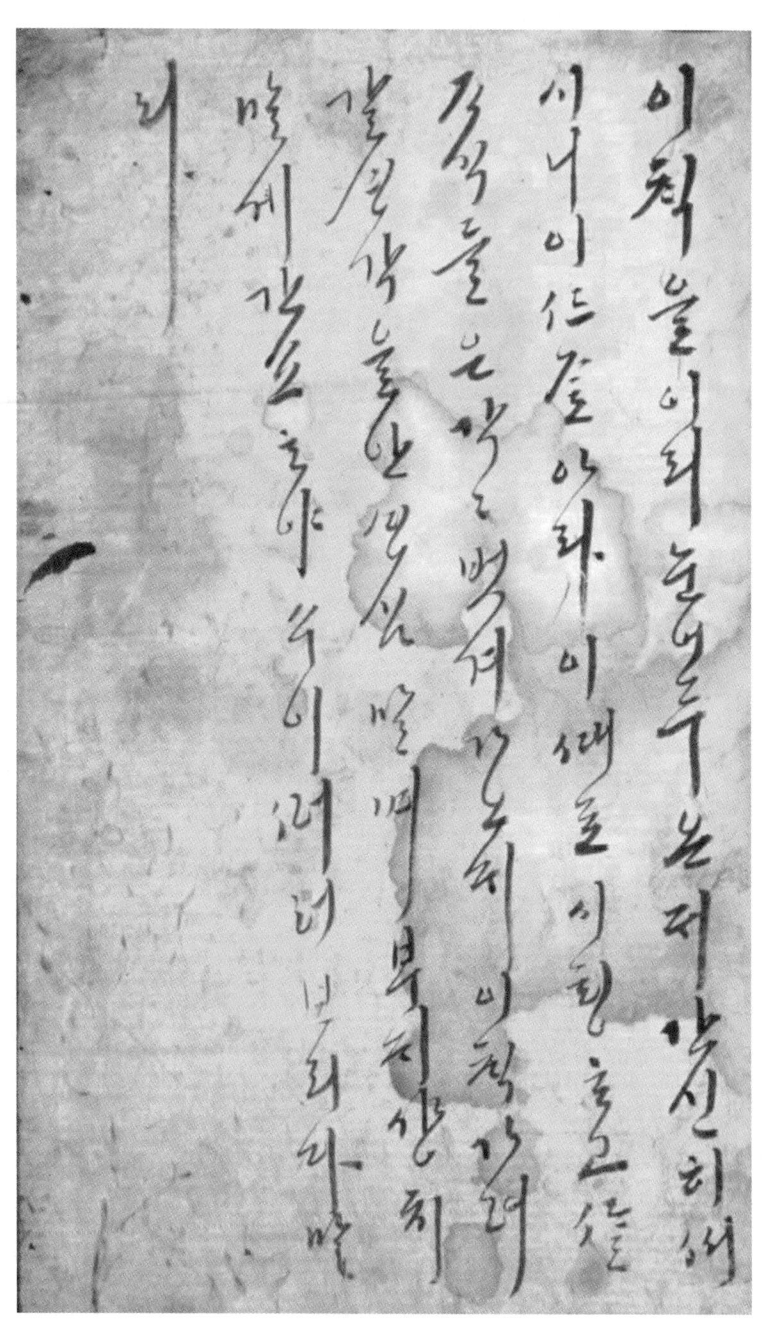

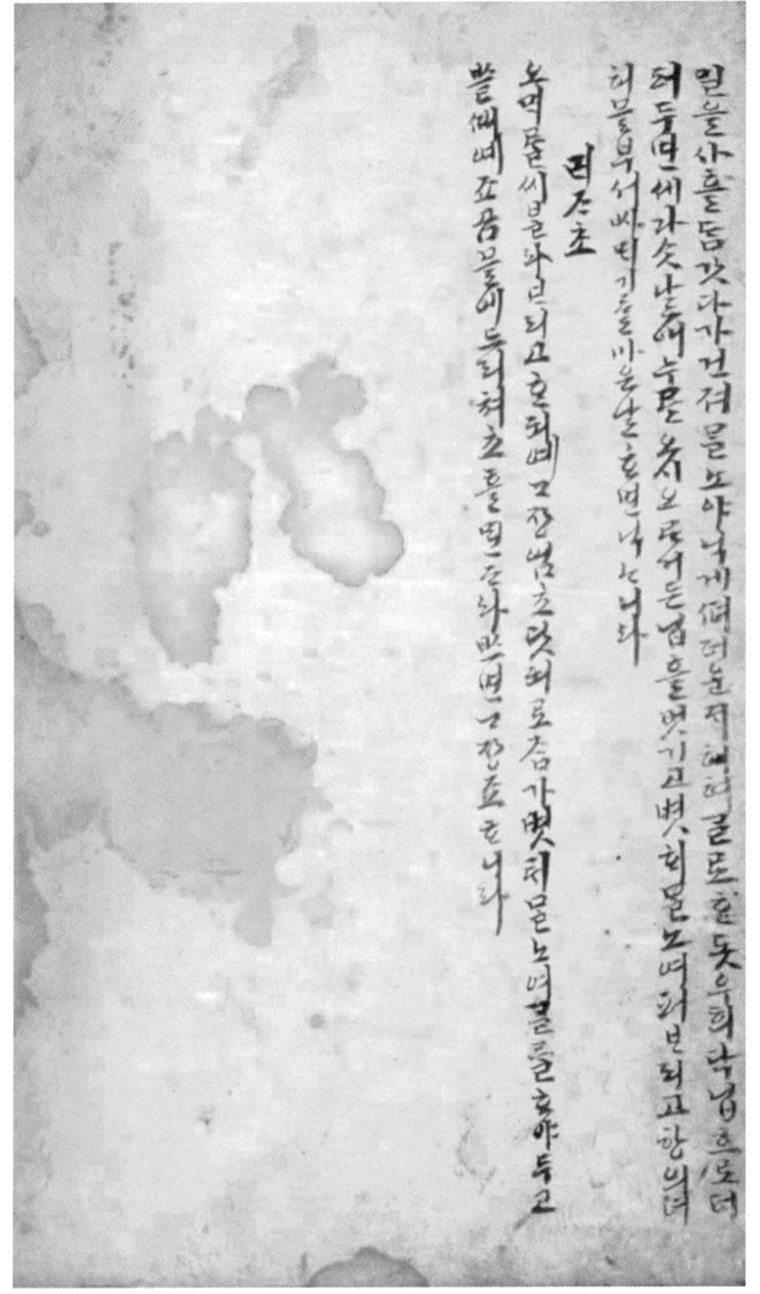

22b

ᄎᆞᆸᄡᆞᆯ ᄒᆞᆫ 되 ᄆᆡᄡᆞᆯ ᄒᆞᆫ 되 작말ᄒᆞ여 졍화슈 마ᄂᆞᆫ 복ᄌᆞ의 그ᄅᆞᆯ 모러 ᄆᆞ이 ᄭᆞᆯ혀 도로 식거
ᄃᆞᄉᆞᆫ만 ᄒᆞ거든 누록 너 되 너허 하 ᄎᆞ지 아니ᄒᆞ지 ᄃᆞᆺ다가 이튼날 ᄎᆞᆸᄡᆞᆯ ᄒᆞᆫ 말 ᄂᆞᆨ게 ᄶᅵ여
ᄆᆞᆺ이 ᄎᆞ거든 밋술 섯거 너허 칠일 지나거든 고ᄌᆞ라 ᄀᆞᆫ ᄎᆞ ᄒᆞ며 열ᄂᆞ여 ᄃᆡ 복ᄌᆞ 박고 위
여 ᄒᆞ면 열여ᄃᆞᆺ 복ᄌᆞ 나ᄂᆞ니라 더틀 ᄶᅵ 짐작ᄒᆞ여 누록을 더 너흐라

쇼쥬

ᄡᆞᆯ ᄒᆞᆫ 말 ᄇᆡᆨ셰ᄒᆞ여 ᄂᆞᆨ게 ᄶᅵ여 탕슈 두 말애 ᄀᆞᆯ다 ᄆᆞᆫ 누록 ᄃᆞᆺ 되 섯거 엿쇄 만애 고ᄂᆞᆫ ᄃᆡ ᄆᆞᆯ 두
사발 믈 쳐 솟ᄃᆡ 부어 ᄀᆞᆯ히고 술 세 사발 ᄀᆞ무ᄃᆡ 부어 고로 젓고 ᄉᆞᆺ나모 ᄲᅡᆫ나모 불을 ᄯᅢ ᄆᆞᆯ마ᄎᆞᄃᆡ
혀 우희 무ᄅᆡ 돗ᄀᆞ ᄒᆞ거든 ᄎᆞᆫ로 그처 ᄒᆞᄅᆞ 소ᄃᆡ 새 믈 ᄭᅵ여 ᄃᆞᄂᆞᆺ다가 ᄆᆞ므ᄅᆞᆫ 즉시 브으며 쇼쥬 ᄀᆞ장 만
이 나고 됴ᄒᆞ니라

ᄎᆞ 듬ᄂᆞᆫ 법

믹 너 되를 뉴든 날 ᄒᆡ여 지게 ᄶᅵ여 약념 더퍼 ᄀᆞ장 ᄑᆞ파다 께 ᄭᅥ 물 ᄂᆞᄒᆞ 장 바다 쳔쳔ᄒᆞᆫ 토ᄂᆞᆯ
산ᄡᆞᆯ ᄒᆞᆫ 말 불 ᄭᅴ 물 놈아 너븐 제 새 바가 ᄒᆞᆫ 동희 ᄀᆞ허 그림 ᄭᅴ 보지 말고 더퍼 듯다가 ᄀᆞᆺ 만ᄎᆞ거
든 밥 ᄶᅵ여 사ᄒᆞᆷ 　거든 룩 ᄒᆞᆫ 되 미티 너코 밀 서 되 너코 밥 더 ᄒᆞ니 ᄲᅧ코 믈 ᄒᆞᆫ 동희 븟고 쳔쳔
ᄒᆡ 더퍼 ●셩 삼ᄭᅦ 날 ᄇᆡ 미자 삼ᄭᅦ고 다 붓 더퍼ᄃᆞᆺ다가 날 ᄡᆡᆫ 만애 동으로 버든 복셩나모 가지 것거
다 두ᄋᆡ혀 ᄃᆞᆺ다가 ᄡᅳ라

ᄎᆞ 법

을고칠ᄲᅮᆫ아니라녯사ᄅᆞᆷ이유공도밍쟈이란사ᄅᆞᆷ이졍셩을쟝복ᄒᆞ니나흘삼ᄇᆡᆨ을
살고아ᄃᆞᆯ셜흔을나ᄒᆞ니이제사ᄅᆞᆷ병잇고다ᄆᆞᆫᄒᆞ니ᄇᆞᆨᄉᆞ앏ᄃᆡ로ᄒᆞ며머으다

챠쥬법

믈근쇼ᄌᆔᄒᆞᆫ슈ᄅᆞᆯᄒᆞᆫ병의대츄삼ᄇᆡᆨᄎᆞ각ᄉᆞᄅᆞᆯ호쵸셜흔낫ᄌᆞᆫ말ᄒᆞ야주머니에녀코밀ᄒᆞᆫ돈계
피ᄯᅩ사쇼간ᄋᆡ녀허병재가마의녀코믈부어ᄲᅥ트지아니ᄒᆡ안치면오후의내여맛보면ᄃᆞᆯ
고ᄉᆞ고술맛시젹거든내라

쇼쥬

ᄡᆞᆯᄒᆞᆫ말을ᄇᆡᆨ셰ᄒᆞ여구장닉게ᄶᅵ며흰믈두말ᄆᆡ즈ᄒᆞ가ᄎᆞ거든누룩ᄀᆞᆺ되섯거ᄃᆞ니혜다가
날새지내거든고ᄒᆞᄃᆡ믈두사발을몬져솟ᄒᆞᆫ후에술세사발을그믈에부어고로ᄂᆞ저으
라블이셩ᄒᆞ면술이ᄆᆞ이나져서ᄀᆞ울이구무가온ᄃᆞ로나[illegible]난ᄃᆞᆺᄒᆞ고블이ᄯᅳ면술이ᄃᆞᆺᄃᆞᆺ
고블이ᄯᅳᆫᄯᅳᆫᄒᆞ면ᄂᆞ솟ᄒᆞ여ᄎᆞ지아니ᄒᆞ면ᄆᆞᆺ시삼히년ᄒᆞ고ᄯᅩ우희믈을ᄌᆞ로ᄀᆞ다이법을
일치아니ᄒᆞ면되온술이세병나ᄂᆞ니라

밀쇼쥬

밀ᄒᆞᆫ말을ᄌᆞᄅᆞ시어브르ᄶᅵ며누룩ᄀᆞᆺ되ᄅᆞᆯᄒᆞᆫᄃᆡ섯거ᄶᅵ허넝슈ᄒᆞᆫ동희브어저서ᄃᆞᆺᄃᆞᆺ
ᄒᆡ만애고ᄒᆞ면네ᄇᆡ야나ᄂᆞ니라

챱ᄡᆞᆯ쇼쥬

21b

번쳐어유지로ᄡᆞ고뵈보ᄒᆞ로더퍼쳥의두고오ᄅᆡᆫ후ᄢᅴ거품이잇거든므을거더ᄇᆞ리고이쳥
그ᄅᆞᆷ여빅미닷말젼ᄆᆞ치시서밥ᄶᅵ고더러둣다가ᄉᆞ월초성의쓰면마시ᄀᆞ잔ᄒᆞᆫ널ᄂᆞᆫ처ᄉᆞᆫ녇
제ᄂᆞᆫ믈겸운을ᄌᆞᆷᄒᆞᆯᄃᆡ이거시열말이다나ᄃᆞᆺᄒᆞ오ᄂᆞᆫ쥬이ᄅᆞᆯᄒᆞ여ᄒᆞ라셩쳘쳣ᄒᆡ일이ᄀᆞᆸ거
든ᄯᅥᆨ과밥을ᄆᆞ이ᄎᆡ셰ᄒᆞ고ᄆᆞᄋᆞᆷ이칩거든회일이아니라도온화ᄒᆞᆫ날ᄒᆞᆫ이ᄅᆡ방ᄒᆞ나다
오래두고져ᄒᆞ거든드리휘ᄒᆞᆫ의ᄂᆡ허변출뵈지아니ᄒᆞ여ᄂᆡᄎᆞᆷ눈지내도변치아닌ᄂᆞ니라

환츔쥬

빅미두되ᄇᆡᆨ셰ᄒᆞ여ᄆᆞᆯ게ᄃᆞᆷ가밤자여(작말ᄒᆞ여)당슈ᄒᆞᆫ말에쥭ᄉᆞ워ᄎᆞ거든국말ᄒᆞᆫ되섯거너허
다가더ᄎᆞᆷ이어든사흘ᄒᆞ효ᄎᆔ여든ᄃᆞᆺ채ᄂᆞᆼ셜이어든ᄂᆞᆯ쎈ᄇᆞᆫ애ᄎᆞᆷᄡᆞᆯᄒᆞᆫ말ᄇᆡᆨ셰ᄒᆞ여ᄶᅧ
식거든섯거너허ᄃᆞ다가칠일후ᄡᅳ라

칠일쥬

빅미ᄒᆞᆫ말ᄇᆡᆨ셰ᄒᆞ여작말ᄒᆞ여당슈ᄒᆞᆫ말의쥭ᄉᆞ워ᄎᆞᆫ누록ᄒᆞᆫ되섯거너허ᄃᆞ다가사흘만
후ᄢᅴ빅미두말ᄇᆡᆨ셰작말당슈엿말의쥭ᄉᆞ워ᄎᆞ거든누록두되졋술의섯거너흐라

오가피쥬

오가피ᄲᅮ리무ᄋᆞᆷ돌제만히ᄭᅢ여웃겁질벗기고뼘도토ᄡᅡᄒᆞ다ᄲᅡ셔ᄎᆞ물도ᄅᆡ숨비ᄌᆞᆷ재ᄃᆞ흔
비ᄎᆞᄒᆞᆯ모오가피사ᄒᆞᆯᄒᆞᆫ말주머니에너허독미ᄐᆡ노코빅미닷말ᄇᆡᆨ셰작말ᄒᆞ여쥭ᄉᆞ워
식거든누록ᄒᆞᆫ되섯거독의너허ᄃᆞᆺ다가괴거든ᄆᆞᆯᄀᆞᆫ의ᄯᅥ그ᄆᆞᆯ무ᄌᆞᆫ라ᄯᅳ쥬ᄒᆞ분이ᄒᆞ즁

21a

ᄯᅥ 눌ᄋᆞᆯ 거엽시 고고리에 ᄭᅥ 덥고 ᄉᆞᆯ 진ᄆᆞᆯ ᄒᆞᆫ 말 눌ᄋᆞᆯ 거엽시 밤 자여 그ᄅᆞᆺ세 ᄀᆞᆺ 술을 고러
녀흘 ᄒᆞᆫ 믈 ᄉᆞᆯ ᄒᆞᆫ 몰ᄂᆡ 무수ᄒᆞ여 체로 바타 밥의 섯거 서늘ᄒᆞᆫ ᄃᆡ 이ᄅᆞᆫ 플고 밥 ᄆᆞᆷ이 므르게 ᄆᆞᆫ
라 밥 섯근 거시 슈판 ᄆᆞ리 ᄀᆞᄐᆞ니 칠일 후 ᄡᅳᄂᆞ니라

졈감쥬

찹ᄡᆞᆯ 두 되ᄅᆞᆯ 밥 무르게 지어 무근 누록ᄀᆞᄅᆞ 서 홉 섯거 더운 ᄃᆡ 두고 ᄌᆞ조 보와 거
품이 서거든 내여 시기면 ᄃᆞᆯ고 ᄃᆞ니라

하향쥬

ᄇᆡᆨ미 ᄒᆞᆫ 셔 작말ᄒᆞ여 구무ᄯᅥᆨ ᄆᆞᆫ ᄉᆞ 다 ᄂᆡᆼ게 ᄉᆞᆯ다 시겨 누룩 ᄃᆞ 솝 섯거 골라 고로 세 담아 사흘 만ᄒᆡ
거든 찹ᄡᆞᆯ ᄒᆞᆫ 말 믈ᄡᆞᆺ거 ᄂᆡᆼ게 ᄯᅥᆨ 노ᄒᆡ 시겨 ᄆᆞᆺᄉᆞ려 섯거 독의 녀코 ᄉᆞᆯ믈을 거금ᄒᆞ면 삼칠일 후 ᄡᅳᄂᆞ니라

부의쥬

찹ᄡᆞᆯ ᄒᆞᆫ 말 ᄇᆡᆨ셰ᄒᆞ여 ᄂᆡᆼ게 ᄶᅥ 그ᄅᆞᆺ시 담아 ᄎᆡ오고 믈 서 병을 ᄭᅳᆯ혀 ᄎᆞ거든 국말 ᄒᆞᆫ 되 본 ᄌᆞᆸᄉᆞᆯ에 므러
독의 녀허 사흘 만의 면 ᄂᆞᆨ어 믈 가ᄂᆞ니 이스고 마시랍고 ᄃᆞᆯ고 하 절의 ᄡᅳ기 조ᄒᆞ니라

약산츈

졍월 첫 ᄒᆡ일의 ᄇᆡᆨ미 닷 말 ᄇᆡᆨ셰ᄒᆞ여 믈의 ᄃᆞᆷ으고 됴ᄒᆞᆫ 누록 주 ᄒᆡ ᄉᆡ여 맛 되 ᄀᆞ른 닷 ᄉᆞ 병의
ᄃᆞᆷ으고 이튼날 ᄃᆞᆷ은 ᄡᆞᆯ 작말ᄒᆞ여 ᄯᅥᆨ 졘 드ᄅᆞ고 ᄃᆞᆷ은 누룩을 체로 바하 ᄌᆞ의 ᄀᆞᆫ 브러고 젼을
■과 새믈 기러 참ᄒᆞ여 스므 병을 ᄆᆡᆼ 두 나 ᄯᅥᆨ 섯거 독의 녀코 ᄃᆞᆫ으로 버드 븍셩나 ᄯᅩ 기지 도서녀

20b

빅미너말빅셰작말ᄒᆞ여ᄡᆞᆯ힌믈엿말애ᄃᆞ마야시거든국말엿되섯거큰독의너헛다가
나흘만애ᄎᆞᆸᄡᆞᆯ호말빅셰ᄒᆞ여ᄶᅧ식거든진말닷홉몬져술과섯거너헛다가닐웨후에드러
후라잘닙ᄂᆞ수러니너말곳빗거든엿말비지독의나비ᄎᆞ라

하졀쥬

살혀시근믈ᄒᆞᆫ말의국말두되고ᄅᆞ터밤자여ᄀᆞ장ᄀᆞᄂᆞᆫ뵈거서바ᄒᆞ죠의브ᄅᆡ고빅미ᄒᆞᆫ말빅셰
ᄒᆞ여작말ᄒᆞ여ᄆᆞᄅᆞ게ᄶᅧ식거든ᄀᆞ누룩두되섯거ᄒᆞᆫᄃᆡ헛다가삼일너ᄡᅳ라

시급쥬

죠ᄒᆞᆫ약쥬ᄅᆞᆯᄎᆞᆫ믈에졍히걸러항의너코ᄎᆞᆸᄡᆞᆯ닷되ᄅᆞᆯ밥무르게지어ᄡᅵ고진말닷홉누룩
닷홉섯거너허두면사흘만쳥쥐셰병이나ᄂᆞ니라

마하쥬

누룩두되ᄅᆞᆯ탕슈ᄒᆞᆫ병을시거부어ᄒᆞᄅᆞᆺ밤자여두엇다가누흘잇ᄀᆞᆫ쌰로주믈러쳬여바트
져시근믈ᄃᆡ브어걸러즈의ᄅᆞᆫ브ᄅᆡ고ᄎᆞᆸᄡᆞᆯᄒᆞᆫ말빅셰ᄒᆞ여ᄀᆞ장ᄂᆞ거ᄶᅧ식거든ᄀᆞ누룩무ᄃᆡ섯거너
헛다가사흘만ᄒᆞ거든죠ᄒᆞᆫ소주ᄅᆞᆯ열ᄃᆡ복ᄌᆞᄅᆞᆯ부어두면ᄆᆞᆸ고드니라칠일후ᄡᅳ라

졈쥬

빅미ᄒᆞᆫ되빅셰ᄒᆞ여밤자여작말ᄒᆞ여구무ᄯᅥᆨᄆᆡᆼᄀᆞ라닉게ᄉᆞᆱ마제믈에쳐밤자여ᄀᆞᄂᆞᆫ누룩ᄒᆞᆫ
되ᄅᆞᆯᄒᆞᆫᄃᆡ쳐너헛다가사흘만아젹의ᄎᆞᆸᄡᆞᆯᄒᆞᆫ말빅셰ᄒᆞ여ᄶᅵᆺ다가나죄ᄯᅵ저믈브러닉게

ᄎᆞᆫ흡섯거둣다가사흘만애ᄎᆞᆸᄡᆞᆯ두말ᄶᅧ몬져미ᄂᆞᆫ섯거둣다가닐웬만애ᄡᅳ라

벽향쥬

ᄇᆡᆨ미두말닷되ᄇᆡᆨ셰작말ᄒᆞ여더운믈서말로쥭수어ᄎᆞ거든누룩너되진말두되섯거더허나
ᄒᆞᆯ닷쇄만애ᄇᆡᆨ미서말닷되ᄇᆡᆨ셰ᄒᆞ여믈에ᄃᆞᆷ가ᄒᆞᄅᆞᆺ밤자여ᄂᆞᆨ게ᄶᅧ믈서말애ᄭᅳᆯ라ᄎᆞ거든누룩
두되몬져밋술에섯거더허둣다가이칠일만애ᄡᅳ라

두강쥬

ᄇᆡᆨ미서말ᄇᆡᆨ셰작말ᄒᆞ여믈서말닷되로쥭수어누룩닷되너흡섯거시겨독의녀코ᄎᆞᆺ쇄지내거든
ᄎᆞᆸᄡᆞᆯ서말ᄇᆡᆨ셰ᄒᆞ여나게ᄶᅧ믈ᄭᅳ업고더운김이져기잇게ᄒᆞ여너헛다가ᄡᅳ라

졀쥬

ᄎᆞᆸᄡᆞᆯ서말ᄇᆡᆨ셰ᄒᆞ여탕슈두동ᄒᆡ예ᄃᆞᆷ가사흘만애나게ᄶᅧ그탕슈ᄀᆞ쳐ᄃᆡ고밥섯거ᄎᆞ거든누
룩엿되섯거비저가야미ᄠᅳ거든ᄡᅳ라무근누룩을ᄡᅡᄃᆞᆷ가두면오라도변치아니ᄒᆞᄂᆞ니라

별쥬

ᄇᆡᆨ미ᄒᆞᆫ말작말ᄒᆞ여구무ᄯᅥᆨᄒᆞ야누룩ᄒᆞᆫ되진말ᄒᆞᆫ홉ᄀᆞᄅᆞ흰믈ᄒᆞᆫ말섯그되누룩ᄒᆞᆫ홉만
몬져믈에ᄭᅳᆯ코ᄒᆞᆫ되ᄎᆡ려너허사흘만애ᄡᆞᆯ두말밥ᄶᅧ믈너말ᄭᅳᆯ혀더운김에ᄒᆞᆫ장식거든밋술
퍼누룩두되진말ᄒᆞᆫ홉ᄒᆞᆫ져섯거너헛다가열흘만애ᄡᅳ죽쳥쥬두동희도오ᄂᆞ니라

칭화츈쥬

19b

말ᄀᆞ장모ᄋᆞ이시어믈ᄲᅧ너게ᄲᅥ시지아니ᄒᆞᆫ적의ᄆᆞᆫ져ᄆᆡᆺ쳐섯ᄉᆞ거든허녀흠이어든쥬ᄅᆞᆯ당ᄒᆞᄂᆞ라

졀쥬

ᄎᆞᆸᄊᆞᆯ닷되여나ᄂᆞ되나즁에ᄲᅳᆯ허시서작말ᄒᆞ여구무ᄯᅥᆨᄒᆞ여ᄉᆞᆱ거든누록섯거독ᄆᆡᆺ쳐약념ᄒᆞ고ᄂᆞ려약념더러사흘만에ᄇᆡᆨ미ᄒᆞᆫ말ᄲᅥ시ᄅᆞ재서ᄉᆞᆯ게믈바다ᄆᆡᆺᄎᆞ고누록반되섯거ᄃᆞ라흐

벽향쥬

ᄇᆡᆨ미서말ᄆᆡᆺ되작말ᄒᆞ여믈두동희로ᄃᆞᆷ가야누록두되여ᄉᆞᆸ진말두되ᄆᆡᆨ솝ᄂᆞ고미치ᄌᆞᄅᆞᄌᆞᆫᄒᆞ거든ᄇᆡᆨ미서말닷되ᄇᆡᆨ셰ᄒᆞ여ᄲᅧ흠ᄒᆞᆫ동희가ᄌᆞᆺ고ᄅᆞ라너헛다두ᄃᆞᆯ만ᄡᅳ라

남셩쥬

ᄇᆡᆨ미서말닷되ᄇᆡᆨ셰ᄒᆞ여밤자여작말ᄒᆞ여더운믈두말다ᄆᆡᆺ되ᄋᆞᆯ허반만너게ᄃᆞᆷ가야서녀국말두되나솝진말ᄒᆞᆫ되섯거너허넛ᄉᆡᆺ만에ᄇᆡᆨ미서말닷되ᄇᆡᆨ셰ᄒᆞ여밤자며너게ᄲᅥ몰두말ᄋᆞᆯ나삭거든너허칠일후ᄡᅳ라

녹파쥬

ᄇᆡᆨ미두말ᄇᆡᆨ셰작말ᄒᆞ여탕슈열다ᄉᆞᆺ대야ᄀᆞ장ᄭᅳᆯ혀ᄃᆞᆷ가야너거든국말ᄒᆞᆫ되나솝섯거ᄃᆞᆷ고사흘만ᄒᆞ거든찹ᄊᆞᆯ두말밥ᄲᅥ식거든믄져ᄉᆞᆯ에섯거너허둣다가스므날후ᄡᅳ라

쳔일쥬

ᄇᆡᆨ미서되작말ᄒᆞ여믈반동희만ᄭᅳᆯ혀반동희ᄯᅡ란ᄀᆞᄅᆞ므러쥭쉬ᄀᆞ장서ᄂᆞᆯ게시겨누룩ᄒᆞᆫ되

19a

두 되 므ᄅᆞ녀 항의 녀코 이튼날 ᄇᆡᆨ미 두 말 ᄇᆡᆨ셰 작말ᄒᆞ여 쥭 수어 식거든 항의 붓고 골오로 저어 두엇다가
가사ᄅᆞᆯ 마애 ᄡᅳ라

ᄉᆞ시쥬

ᄇᆡᆨ미 ᄒᆞᆫ 말 작말ᄒᆞ여 더운 [믈] 서 말로 쥭 수어 식거든 누록 ᄒᆞᆫ 되 다ᄉᆞᆺ 홉 섯거 녀헛다가 사ᄒᆞᆯ 지내거든 ᄇᆡᆨ미
두 말 밥ᄶᅵ셔 식거든 진ᄀᆞᄅᆞ 서 홉 몬져 녀허 젓고 진밥을 미처 녀허 젓고 봉ᄒᆞ엿다가 칠일 ᄒᆞ면 ᄆᆞᆰ고 됴ᄒᆞ니라

ᄉᆞ곡쥬

ᄇᆡᆨ미 닐곱 말 닷 되 ᄇᆡᆨ셰ᄒᆞ여 믈 붓ᄭᅥ 작말ᄒᆞ여 더운 믈 ᄒᆞᆫ 쉬 서 식거든 국말 닐곱 되 진말 닷 되 섯거
비저 넉거든 ᄇᆡᆨ미 닐곱 말 닐곱 되 ᄇᆡᆨ셰ᄒᆞ여 ᄶᅵᆫ 밥 저 식거든 국말 서 되예 밋술 다 녀허 섯그면 됴ᄒᆞ니라

실일쥬

됴ᄒᆞᆫ 누록 두 되 됴ᄒᆞᆫ 술 ᄒᆞᆫ 사발 믈 서 말애 섯거 녀코 ᄇᆡᆨ미 ᄒᆞᆫ 말 ᄇᆡᆨ셰ᄒᆞ여 닉게 ᄶᅵ셔 김 내지 말고 나
마 ᄒᆞᆫ 디 말고 더운 디 두면 아ᄎᆞᆷ의 비저 나죄 ᄡᅳ고 나죄 비저 아ᄎᆞᆷ의 ᄡᅳᄂᆞ니라

ᄇᆡᆨ화쥬

ᄇᆡᆨ미 두 말 ᄇᆡᆨ셰 작말ᄒᆞ여 믈 두 말 글혀 ᄃᆞᆷ가 국말 두 되 진말 ᄒᆞᆫ 되 녀허 두엇다가 닐웨 지내거든 ᄇᆡᆨ미
너 말 ᄇᆡᆨ셰ᄒᆞ여 닉게 ᄶᅵ셔 밥애 믈이 즐분즐분ᄒᆞᆯ 만 골라 국말 ᄒᆞᆫ 되 섯거 녀허 스므날 후 ᄡᅳᄂᆞ니라

동양쥬

ᄇᆡᆨ미 두 되 작말ᄒᆞ여 구무떡 ᄂᆞᆨ게 ᄉᆞᆯ마 식거든 국말 두 되 섯거 두엇다가 사흘 만애 ᄎᆞᆸᄡᆞᆯ 두

18b

듁엽쥬

빅미너말빅셰ᄒᆞ여ᄌᆞᆷ가자혀므ᄅᆞᆫ게ᄲᅧ시거든글혀사온믈아홉사발애국말닷곱되섯거독
의너허서ᄂᆞᆯᄒᆞᆫᄃᆡ둣다가스므날만애ᄎᆞᆸᄡᆞᆯ닷되므ᄅᆞᆫ게ᄲᅧ시거든진말ᄒᆞᆫ되섯거너허닐웨
만이면비치대닙ᄀᆞᆺ고마시향긔로오니라

뉴화쥬

빅미두말닷되빅셰ᄒᆞ여ᄌᆞᄅᆞᆫ밤자여셰말ᄒᆞ여믈두말닷되로반만녀겨시기고국말두되닷홉
진말ᄒᆞᆫ되고로섯거독의너헛다가열흘만애빅미닷말빅셰ᄒᆞ여ᄒᆞᄅᆞ밤자여ᄂᆞᆺ게ᄲᅧ시거
든탕쥬닷말을ᄆᆞ이시겨밋술에섯거너헛다가보롬후ᄡᅳ라

향온쥬

누록ᄆᆡᆫ든밀흘ᄀᆞ라ᄀᆞᄂᆞᆫ톨ᄎᆞ디말고ᄆᆞ양ᄒᆞᆫ두레예ᄒᆞᆫ말식너코새ᄂᆞᆫ녹두ᄒᆞᆫ홉식섯거ᄃᆞ
디ᄂᆞ니라빅미열말ᄎᆞᆸᄡᆞᆯᄒᆞᆫ말빅셰ᄒᆞ여ᄶᅧ더운믈열다ᄉᆞᆺ병을섯거그믈이다밥애든거
든삳우회너러ᄎᆞ기오래거든누록ᄒᆞᆫ말닷되섯거김ᄒᆞᆫ병섯거빗ᄂᆞ니라

하졀삼일쥬

니근믈ᄒᆞᆫ말누록두되섯거도긔너허ᄒᆞᄅᆞ밤자여ᄆᆞᄂᆞᆫ쥬뎨예ᄶᅡᄌᆞ서란ᄇᆞ리고빅미ᄒᆞᆫ말빅셰
작말ᄒᆞ여므ᄅᆞᆫ너로ᄡᅥ시더누록믈에섯것다가사흘만애ᄡᅳ라
ᄯᅩ겨을이어든청화쥬ᄀᆞᆺ기ᄒᆞᆫ니로ᄒᆞ고녀ᄅᆞᆷ이어든더운믈을시겨온젼고믈[illegible]두말애국말

18a

야ᄒᆞᆫ 구무ᄯᅥᆨ ᄒᆞ여 닉게 ᄉᆞᆱ마 ᄎᆡ와 식거든 ᄡᆞᆯ ᄒᆞᆫ 말애 누룩 서 되 ᄒᆞᆫ듸 ᄒᆞ두되식 너흐되 ᄀᆞ장 두서너 ᄇᆞᆫ이나
노되여 사보ᄂᆞ라 오나라 서 되 ᄭᅩᆺ 녀ᄒᆞ면 오래 이셔도 외지 아니ᄒᆞ고 두 되 들면 오래 못 두ᄂᆞ니라 ᄎᆞ누
거러 ᄯᅩ 차 너치ᄂᆞ니라

점감쳥쥬

ᄎᆞᆸᄡᆞᆯ ᄒᆞᆫ 말을 ᄇᆡᆨ셰ᄒᆞ여 쥭 수어 ᄎᆞ지 아니ᄒᆞ여셔 죠흔 누룩 두 되ᄅᆞᆯ 넝슈ᄢᅴ 섯거 ᄯᅩ 쥭
세ᄆᆞ러 항ᄋᆡ 너ᄒᆞ 두어 이ᄡᆞ ᄎᆞᄅᆞ 밤자며 닉거든 ᄯᅡ 쓰라

감향쥬

뫼ᄡᆞᆯ ᄒᆞᆫ 되ᄅᆞᆯ ᄇᆡᆨ셰 작말ᄒᆞ여 구멍ᄯᅥᆨ ᄆᆡᆫᄃᆞ라 닉게 ᄉᆞᆱ마 시기고 ᄉᆞᆷ던 믈은 ᄒᆞᆫ 사발애 국말
ᄒᆞᆫ 되 구무ᄯᅥᆨ ᄒᆞᆫᄃᆡ 섯거 ᄎᆡ ᄀᆞ장 ᄆᆞᆫ지 ᄆᆡ너코 ᄎᆞᆸᄡᆞᆯ ᄒᆞᆫ 말 ᄇᆡᆨ셰ᄒᆞ여 밋술 ᄒᆞ면 ᄯᅩ 날술 맛다
가 사흘 만ᄋᆡ 닉게 ᄶᅧ 식지 아니ᄒᆞ여 밋술 내여 섯거 항의 너코 더운 방의 항 밧긔 모이 ᄡᆞ 두다가 닉거
든 ᄡᅳ라 ᄡᅳᆫ 마시 잇게 ᄒᆞ려 ᄒᆞ면 항을 ᄡᅵ지 말고 서늘ᄒᆞᆫ ᄃᆡ 두라 만이 ᄆᆡᆫᄃᆞ려 ᄒᆞ면 이 법을 ᄎᆞ쥬이
ᄒᆞ여 비ᄌᆞ라

송화쥬

송화ᄅᆞᆯ 사ᄆᆡᆺ 디ᄂᆞᆫ 도리고 ᄎᆞᆸᄡᆞᆯ ᄃᆞᆺ 말 ᄇᆡᆨ셰 세말ᄒᆞ여 송화 ᄃᆞᆺ 되ᄅᆞᆯ 믈 서 말애 모이 달혀 섯
섯거 쥭 쒸 ᄎᆞ거든 국말 닐곱 되 섯거 녀헛다가 닷쇄 후에 ᄇᆡᆨ미 열 말 ᄇᆡᆨ셰ᄒᆞ여 닉게 ᄶᅵ여 송화
ᄒᆞᆫ 말을 믈 닷 말애 모이 달혀 섯거 ᄎᆞ거든 누룩 서 되 섯거 녀헛다가 이칠일 후에 ᄡᅳ라

17b

볍블상반ᄒᆞᆫ면쇼흘리엽ᄂᆞ니라

나화츄누록법

빅미서말을빅셰ᄒᆞ여ᄆᆞᆯ에ᄒᆞᆫᄂᆞᆯ잠자여고쳐시서셰말ᄒᆞ여주먹마곰ᄆᆞᆫ그나집흐로ᄡᆞ고풍셕으로담아더운구들에두고ᄌᆞ로두의여누뢰게ᄃᆞ면쇼ᄂᆞᆫ니라ᄲᆞᆯ제겁질벗기고자말ᄒᆞ라처엄의면ᄂᆞᆫ제ᄆᆞᆯ을ᄡᆞᆼ이ᄒᆞᆫ면섯어쇼지아니ᄒᆞᄂᆞ니라

나화츄법　ᄒᆞᆫ말 비지

빅미ᄒᆞᆫ말빅셰셰말ᄒᆞ여구무떡ᄆᆡᆫᄃᆞ라닉게ᄉᆞᆱ아ᄎᆞ거든ᄎᆞᆫ게ᄃᆞᆺ고누룩ᄀᆞᆺ서되ᄅᆞᆯ노오로섯거두ᄌᆞᆫ으로ᄆᆞᆺ이쳐더러두면서너날후의ᄡᅳᄂᆞ니라너그면뎐ᄌᆞᆨ기고비치희나ᄆᆞ를타ᄞᅥᆨ고라

나화츄법　ᄐᆞᆺ말 비지

벼ᄆᆞᆺ셩히ᄭᅳᆯᄲᅢ여빅미ᄐᆞᆺ말빅셰셰말ᄒᆞ여겁쳐로쳐구무떡ᄆᆡᆫᄃᆞ라ᄉᆞᆱ아ᄃᆞᄉᆞᆫ제두ᄂᆞᆫ오로ᄀᆞᆨ히ᄆᆞᆺ이쳐뎌이넘게ᄒᆞ고누룩ᄀᆞᄅᆞᆫᄒᆞᆫ말섯거녀헛다가닉거든ᄡᅳ라

나화츄법

녀름의빅미두말빅셰셰말ᄒᆞ여구무떡ᄒᆞ여ᄉᆞᆱ아더ᄭᅵ쏘다ᄎᆞᆫᄒᆞ거든쳐ᄆᆞᆫ누룩ᄆᆞᆺ시여쳐ᄒᆞᆫ되ᄭᅮᆯ노다쳐버려넙시더고둉찬ᄎᆞ다

나화츄법

복셩ᄭᅩᆺᄑᆞᆯᄲᆡ여ᄡᆞᆯ되의ᄭᅧ작말ᄒᆞ야누룩ᄒᆞ여쇼삼애ᄃᆡ되ᄃᆞᆺ다가녀ᄅᆞᆷ의빅미빅셰셰말ᄒᆞ

17a

이리ᄒᆞ여도죠ᄒᆞ니라

삼ᄒᆡ쥬

ᄇᆡᆨ미두되ᄇᆡᆨ셰ᄒᆞ여믈닐곱듕발의흰쥭ᄊᆞ어ᄎᆞ거든누록두되진ᄀᆞᄅᆞᄒᆞᆫ되섯거너헛다
가둘재ᄒᆡ일에ᄇᆡᆨ미두말닷되ᄇᆡᆨ셰작말ᄒᆞ여구무떡ᄒᆞ여ᄎᆞ거든밋술에섯거둣다가셋재ᄒᆡ
일에ᄇᆡᆨ미ᄒᆞᆫ말두되다ᄉᆞᆺᄇᆡᆨ셰ᄒᆞ여닉게ᄶᅵ고로ᄎᆞ거든밋술에섯거녀흐라

삼오쥬

졍월첫오일에관독을덥도아니코첨도아니ᄒᆞᆫ더노코진ᄀᆞᄅᆞ와죠ᄒᆞᆫ누록각닐곱되ᄅᆞᆯ션
슈에몽희여섯거독의녀코둘재오일에ᄇᆡᆨ미닷말ᄇᆡᆨ셰ᄒᆞ여ᄒᆞᆫ밤자여오오로ᄶᅵ여거운을헐
치아니ᄒᆞ여독의녀허구지봉ᄒᆞ고셋재오일에ᄇᆡᆨ미닷말ᄇᆡᆨ셰ᄒᆞ여오오로ᄶᅵ여거운을헐치아니ᄒᆞᆫ
야독의녀코넷재오일에ᄇᆡᆨ미닷말ᄇᆡᆨ셰ᄒᆞ여독의너허둣다가단오애ᄡᅳ라

삼오쥬

졍월첫오일에새배졍화슈여ᄃᆞᆲ동희기러독의독의븟고국말닷되진말서되플고ᄇᆡᆨ미닷
말ᄇᆡᆨ셰작말ᄒᆞ여닉게ᄶᅵ시겨녀코둘재오일에ᄇᆡᆨ미닷말ᄇᆡᆨ셰작말ᄒᆞ여닉게ᄶᅵ시겨녀코셋
재오일에ᄇᆡᆨ미닷말ᄇᆡᆨ셰ᄒᆞ여아이이듬ᄶᅵ시겨녀헛다가ᄭᆡ거든ᄡᅳ라
ᄃᆡ법술죠키ᄂᆞᆫᄡᆞᆯ을희게슬코ᄊᆞᆺ기ᄅᆞᆯ무슈히ᄇᆡᆨ셰ᄒᆞ고션후ᄭᅴ밤자여더운긔운이업게ᄒᆞ야
녀코독이ᄎᆞ도록더운뎐을바쳐노코라ᄅᆞᆯ마초녀코누록죠ᄒᆞ면술이그ᄅᆞᆺ될적이업고이

16b

로ᄒᆞ오라ᄒᆞ쳐사오납기ᄂᆞᆫ죠이시던제데싯거나䓀을엳시ᄒᆞ엿ᄂᆞᆫ거ᄉᆞᆯ므ᄅᆞ고고믈ᄉᆞᆫ며
대로부ᄋᆞ매그려ᄒᆞ나바셔시기기비편ᄒᆞ야서ᄂᆞᆫᄒᆞᆫ죠ᄂᆞᆫ으로내죠ᄂᆞᆫ맛쳐시기고미리경계ᄒᆞ라

삼히쥬　ᄉᆞ무말비지

졍월첫ᄒᆡ일에ᄇᆡᆨ미서말ᄇᆡᆨ세작말ᄒᆞ야ᄒᆞᆫ힌믈아홉사발로죽을ᄆᆡᆫᄃᆞ라ᄎᆡ서거든죠
ᄒᆞᆫ누록닐곱되진ᄀᆞᄅᆞ서되섯거독의녀허두고둘재ᄒᆡ일에ᄇᆡᆨ미너말ᄇᆡᆨ세작말ᄒᆞ여ᄀᆞᄅᆞᆫ힌
믈열두사발로죽ᄆᆡᆫᄃᆞ라ᄎᆡ서거든그독의녀코세재ᄒᆡ일에ᄇᆡᆨ미열서말ᄇᆡᆨ세ᄒᆞ야ᄂᆞ로ᄶᅵ
져ᄆᆞ장유케ᄶᅵ여채서거든젼에ᄒᆞᆫ술에섯거녀허둣다가닉거든ᄡᅳ라

삼히쥬　열말비지

졍월첫ᄒᆡ일에ᄇᆡᆨ미두말ᄇᆡᆨ셰ᄒᆞ여ᄒᆞᄅᆞᆺ밤자여셰말ᄒᆞ야탕슈서말애ᄃᆞᆷ기야시겨누룩
누룩서되진말ᄒᆞᆫ되ᄃᆞ섯거독의녀허둣다가둘재ᄒᆡ일에ᄇᆡᆨ미서말ᄇᆡᆨ셰ᄒᆞ여믈에ᄃᆞᆷ갓
밤자여작말ᄒᆞ여탕슈너말닷되예ᄀᆡ야시겨독의녀허둣다가섯재ᄒᆡ일에ᄇᆡᆨ미닷말ᄇᆡᆨ셰ᄒᆞ
여자여오ᄂᆞ로ᄶᅵ여탕슈닐곱말닷되ᄀᆞ다몬져술에섯거둣다가닉거든ᄡᅳ라

삼히쥬

졍월첫ᄒᆡ일에ᄎᆞᆷᄊᆞᆯ서되ᄇᆡᆨ셰작말ᄒᆞ여믈쉬서거든누룩ᄒᆞᆫ되섯거둣다가둘재ᄒᆡ일
에ᄇᆡᆨ미서말ᄇᆡᆨ셰작말ᄒᆞ여구무ᄯᅥᆨᄒᆞ야ᄀᆡᄀᆞᆫᄒᆞᆫ제몽올업시쳐ᄎᆞ거ᄃᆞᆫ몬져ᄒᆞᆫ의ᄒᆞ섯거녀코
섯재ᄒᆡ일에ᄯᅩ그리ᄒᆞ다술녀어ᄡᅳ고져ᄒᆞ거든구월이되도록이리ᄒᆞ면ᄒᆞᆫ힌돗날이다ᄒᆞᄂᆞ도록

16a

그ᄅᆞᆺ시 퍼 두고 밤애 술 ᄃᆞᆷ고 누룩 진말 ᄌᆞ여 노화 ᄀᆞᆺ찬 고ᄅᆞ 섯거 너혓다가 ᄌᆡ 낙여 물게 되거든
ᄎᆞᆸᄡᆞᆯ 엿 되 뫼ᄡᆞᆯ 너 되 희게 ᄡᅳᆯ허 빅셰ᄒᆞᆫ 치박 죽으로 ᄂᆞ노화 시서 셰말ᄒᆞ여 ᄀᆞᆺ 흘히고 ᄯᅩ 물
밤ᄌᆞ기 ᄃᆞᆷ미ᄂᆞᆫ 다 믄 쳐 믈 글히고 ᄎᆞ 믈에 그ᄅᆞᆯ 므쳐 ᄭᅳᆺ 뢰 믈을 흘 브어 이 복셰 저어 ᄂᆡ거든
ᄭᅳᆺ 누에 덥고 믈 처 즛다가 퍼 ᄎᆞᆫ 밤 자여 그ᄅᆞᆫ 누룩 ᄒᆞ 되 너허 고로 저서 그 술에 부엇다가 사 믈거든 ᄡᅳ
라 ᄯᅥᆨ과 밥이 설면 사오납고 ᄃᆞᆷ이 설 거나 섯 ᄡᅥ나 거나 늣거나 ᄒᆞ면 사오나오니라 ᄃᆞᆷ애 ᄎᆞᆸᄡᆞᆯ이 만ᄒᆞ여
ᄯᅩ고 젹어도 ᄯᅩ고 ᄇᆡᆸᄉᆞ면 미ᄡᆞᆯ 만ᄒᆞ여 ᄯᅩ 무뎐ᄒᆞᆫ니라 대강 ᄡᆞᆯ ᄒᆞᆫ 말애 누룩 ᄒᆞᆫ 되 진ᄀᆞᄅᆞ 서 홉
서 여 여 ᄒᆞᆫ 치 ᄯᅥᆨ에 밥 두 말 엿 누룩 진말이 미 다 드러시매 밥애 두 말 엿 시ᄅᆞᆯ 덜 넛ᄂᆞ니라 ᄡᆞᆯ
이 만ᄒᆞ나 젹거나 이ᄅᆞᆯ 츄이ᄒᆞ여 비ᄎᆞ라 술 독을 두터온 죠희로 나 ᄡᅡ 미라 괼 제 넘거든 샨
ᄅᆞᆯ 조히 시서 안ᄌᆞ 노코 ᄉᆞ이 ᄅᆞᆯ 보ᄅᆞ라 다 괴거든 도로 ᄡᅦ고 사미라 쳔쥬 ᄯᅡ 여 흘 ᄌᆞᆷ이나 병이나 더
운 믈에 시어 엇다가 ᄆᆞᄅᆞᆫ 거든 너고 ᄡᅢ보거든 ᄭᅵ운 믈에 시ᄉᆞ 투 술을 조금 너허 휜 ᄌᆞᆯ 더 ᄉᆞᆯ
그그ᄂᆞᆫ 서너 ᄅᆞ면 술 마시면 치 아니ᄒᆞᆫᄂᆞ니라 술 ᄯᅥᆫ 녜ᄂᆞᆫ 그ᄅᆞᆺ 술 믈 거엿시 ᄡᅳ서 독의 더허 주고 ᄡᅳᆸ여
변치 아녀ᄒᆞᆫᄂᆞ니라 ᄡᅥ 가며 독 안ᄒᆞᆯ 밥 보 희 더운 믈 무쳐 ᄡᅢ보리고 ᄡᅳ서 내면 휜 독 ᄇᆡ 아니ᄂᆞ니
라 술이 채 넉거든 즉시 믈 근 술 다 깃고 흐린 술을 고 ᄌᆞᆼ의 ᄇᆞᆺ저 병을 고 ᄌᆞ복의 다 혀 밧거나
혹 단지어든 유지로 ᄡᅡ 미고 가ᄂᆞᆫ 대 효근 궁글 ᄯᅳᆯ어 바ᄃᆞ라 술이 김 나면 변ᄒᆞᆫᄂᆞ니라 ᄯᅢ 해 노흐
면 지 거에 술 마시면 ᄒᆞᆫᄂᆞ니 산의 넙ᄌᆞ기 언저 두고 ᄌᆞ조 옴기지 아녀ᄒᆞᆫ 면 변치 아녀ᄒᆞᆫᄂᆞ니라 봄
ᄀᆞ을 겨을은 이 술이 조고 여ᄅᆞᆷ은 그ᄅᆞᆫ 니라 이 법을 알 치 아녀 면 괼 연 지 쥐 되ᄂᆞ니 이 법 대

15b

쥬국방문

누록을뉵월드되면죠코칠월초셩도죠ᄒᆞ니라더운제어든말방의두둘에시가혀노코
조로서로두의시러노ᄒᆞ며셕을가시보거든ᄒᆞᆫ두레식보롬박의셔유라기울닷되예물ᄒᆞᆫ
되식섯거ᄆᆞ장모이드되쥐비오거든믈을데여드되라날이서늘커든더병을굴고서너두레
식가혀노코우희빈병으로더퍼두고조로두의여셔지아니케ᄒᆞ고로ᄯᅥ노라ᄯᅥ온후에ᄌᆞᄅᆞᆫ벼ᄲᅵ여드
려가혀두면다시몽이ᄂᆞ거든밤낫이ᄉᆞᆯ마치기ᄅᆞᆯ여러날ᄒᆞ쳐비올가시보거든드러라봉상시산
뉵월에두두데셔ᄒᆞ쳐ᄆᆞ여ᄃᆞ라ᄯᅥᄂᆞ다가ᄯᅩ두두데셔ᄃᆞ라ᄆᆞᆯ소이ᄂᆞ니라

쇼향쥬법

ᄉᆞᆯ독이ᄆᆞ장닉고관독이죠코노ᄅᆞᆫ독ᄯᅩᄌᆞᆫ죠ᄒᆞᆫ니라독안밧글ᄆᆞ장뭇이씨ᄉᆞ여쳥ᄉᆞᆨ가비ᄌᆞᆯ만
이더허소ᄡᅥ가고로엄뎌ᄲᅥ시ᄯᅥ너흐라다ᄅᆞᆫ저ᄡᅳ던독이면여더날믈부서우리운후ᄉᆞᆯ더허
ᄲᅧᄡᅳ라치윤ᄲᅢ연접ᄒᆞ로독몸의가마ᄲᅥ거●옷넙괴고복미처두더온넙노코독을노ᄒᆞ면ᄀᆞ
들이더뵈도온긔오ᄂᆞᆫ지못ᄒᆞ여죠ᄒᆞ니무릇ᄉᆞᆯ을다이ᄐᆡᄒᆞ라
ᄇᆡᆨ미너말ᄇᆡᆨ셰작말ᄒᆞ여시ᄅᆞᆫ더닉게ᄲᅧ탕슈너말에ᄆᆞ퍼ᄯᅥᆨ을ᄆᆞᆫ로ᄲᅮ어그ᄅᆞᆫ의ᄉᆞᆯ고ᄆᆞᆯ붓
고ᄯᅩ그리ᄲᅢᄲᅧᆨ과믈을섯●거듯다가ᄎᆞᆫ밤자며처로ᄎᆞᆫ국말엿되진말ᄒᆞᆫ되ᄯᅳᄒᆞᆸ
섯거그ᄲᅧᆨ에ᄆᆞ잔고로섯거독의너허둣다가ᄉᆞᆺ쇗만의ᄆᆡᄲᆡ엿말ᄇᆡᆨ셰ᄒᆞ여밥ᄶᅵ여그ᄅᆞᆫ세갈라
ᄎᆞᆷ고ᄆᆡ이글힌탕슈엿말갈라시부어밤자혀ᄆᆞᄅᆞᆫ누록너되진말ᄒᆞᆫ되두홉쳔의술을

15a

ᄑᆞᆯ구월에ᄂᆞᆯ쟈닌가지ᄅᆞᆯ곡지재ᄒᆞᆫ치남즉시갈모그처밀은녹여그ᄎᆞᆷ불라ᄒᆞᆫ열이
젹든ᄒᆞᆫ뎌두고ᄡᅳᄂᆞ니라○ᄯᅩ가지ᄅᆞᆯ깁흔광ᄌᆞ리ᄯᅴ저ᄅᆞᆯᄒᆞᆫ불만ᄭᆞᆯ고가지ᄒᆞᆫ불녀코ᄯᅩ져
ᄭᆞᆯ고ᄯᅩ가지녀허그릇시ᄎᆞ거든두터이더퍼서ᄡᅥᆷᄉᆞᆫ뎌두고겨을헤ᄡᅳ면됴ᄒᆞ니라○ᄯᅩ
ᄉᆡᆼ나모져ᄅᆞᆯ독의녀코가지ᄅᆞᆯ서리젼에ᄯᅡ고지ᄅᆞᆫ진예고자반ᄆᆞᆯ무ᄅᆞᄇᆞ면치아니새로
ᄯᅡᆫᄃᆞᆺᄒᆞ니라

고사리ᄃᆞᆷᄂᆞᆫ법

고사리ᄅᆞᆯ센뎌란그처ᄇᆞ리고연ᄒᆞᆫ저만ᄃᆞᆼ희안해ᄭᆞᆯ고소곰ᄲᅵᄅᆞᆯᄯᅥ뎌ᄇᆞᆯ을ᄯᅧᄃᆞᆼ희
ᄎᆞ거든ᄃᆞᆯ흘지줄너이ᄐᆞᆫ날믈이나거든옴겨독의녀코ᄃᆞᆯ지즈로고다ᄒᆞᆫ믈을ᄇᆞᆷ
치말라고사리ᄒᆞᆫᄃᆞᆼ희면소곰이ᄇᆞᆫ곱되ᄂᆞᄂᆞ니라

마ᄂᆞᆯᄃᆞᆷᄂᆞᆫ법

쳣ᄀᆞᄋᆞᆯ희마ᄂᆞᆯᄏᆡ고새쳔쵸ᄯᅡ마ᄂᆞᆯ을ᄯᅳ고쳔쵸세낫식너허팀채ᄃᆞᆷ듯시소곰섯거
ᄃᆞᆷ아두고기름진고기먹을제섯거먹그면됴ᄒᆞ니라

비시ᄂᆞ믈ᄡᅳᄂᆞᆫ법

마구압희움흘뭇고ᄂᆞᆯ흠과흘ᄭᆞᆯ고싀엄초산갓파마ᄂᆞᆯ시무고움우희ᄂᆞᆯ흠더퍼
두면그움이더워그ᄂᆞ믈이도커든ᄯᅢ을ᄡᅳ면됴ᄒᆞ니라외가지도그리ᄒᆞ면ᄯᅢ을ᄲᅡᄂᆞ니라

14b

회텬ᄒᆞ효ᄒᆞ 셩강 술ᄭᅴ ᄒᆞ라 즙으란 셩치 ᄲᅡ 사ᄒᆞ고 건쟝 걸러 ᄂᆞᆷᄂᆞᆷ이 ᄒᆞ고
ᄎᆞ시 즘 질ᄡᆞᆯ ᄒᆞ 져 국 ᄀᆞᆺ시 ᄆᆞᆺ거든 시ᄯᅡᆯ 국의 ᄒᆞ라 ᄒᆞᆫ 소금 ᄀᆞᆫ ᄒᆞ여 즙을 부게
ᄯᅳᆯ과 동화ᄂᆞᆫ 셩ᄒᆞᆫ 거ᄉᆞᆯ 물에 쟝산ᄒᆞᆯ ᄉᆞ 지 노 ᄆᆞᆺ치 누치 ᄒᆞ셔ᄂᆞᆫ 도ᄅᆞᆺ과 ᄀᆞᆺᄂᆞ니
다미 블근 ᄭᅮᆯ 드혀 ᄒᆞ고 넘어든 ᄇᆞᆯ워ᄂᆞᆫ 물을 드리면 물 ᄂᆞᆫ니라 이ᄊᆞ시 부치
ᄀᆞᆨ셕 거ᄉᆞᆯ 다 ᄒᆞ라 ᄆᆞᆯ이 아니 ᄂᆞᄂᆞ 슈소득 ᄒᆞ여 잇ᄂᆞ 냥으로 ᄒᆞ라

건강법

ᄉᆡᆼ강을 서리 ᄒᆞ여 사흐나 급히 벼 처 물 노야 두고 ᄡᅳ나 약의 드ᄂᆞᆫ 건강과 다ᄅᆞᆫ
니라

슈박 동화 ᄀᆞᆺ 노ᄂᆞᆫ 법

슈박과 동화ᄅᆞᆯ 김 풍 ᄂᆞᆫ 뇌나 큰 독의 나 겨ᄅᆞᆯ 녀코 거ᄉᆞ 수려 여러 앙ᄒᆞᆫ
동방의 두면 석ᄃᆞ 아녀 ᄒᆞᄂᆞ니라

동화 ᄃᆞᆷᄂᆞᆫ 법

동화 ᄉᆞᆫ 셕어 ᄃᆡ을 거ᄡᅵ 에뎌 누너 ᄀᆞ시 ᄇᆞᆯ ᄉᆞ의 ᄇᆞᆸ셜 벗시고 노더 소금
ᄆᆞᆫ이 ᄒᆞ녀 독애 녀 ᄒᆞᆺ 닷ᄉᆞ 노 나ᄂᆞᆫ 븐의 되 ᄃᆞᆷᄒᆞ고 ᄡᅳ라

가디 간ᄀᆞᆺ ᄂᆞᄂᆞᆫ 법

14a

ᄀᆞᆺ 돋ᄂᆞᆫ 숑을 ᄯᅳᆮ러 잠간 데쳐 물의 ᄃᆞᆷ가 두고 쳔쵸 ᄀᆞᄅᆞ도 ᄆᆞᆫ 물의 ᄂᆞᆨ여
ᄡᆞᆯ혀 도 지령 ᄃᆞᆫ고 숑 너허 ᄒᆞᆫ 소ᄉᆞᆷ 살혀 쵸쳐 ᄃᆞ타라 장쵸ᄒᆞᄂᆞ니라 봉
여 ᄃᆞᆯ여 쳐 숑 괴ᄅᆞᆯ 늘 ᄂᆞᆫ 면 비뷔 약ᄒᆞ여 늠ᄉᆞ 누리다 아녀 ᄒᆞᆫ 노ᄎᆡ 약이라
숑을 ᄉᆞᆯᄆᆞᆫ 쳥과ᄂᆞᆫ 장쵸ᄒᆞᄂᆞ니라

산ᄀᆞᆺ침채

산ᄀᆞᆺ ᄉᆞᆫ 다 ᄃᆞᆷ마 ᄎᆞᆫ 물에 싯고 더온 물에 헤워 ᄒᆞ근 단지에 너코 물을 ᄃᆞᆺᄂᆞᆫ
데여 붓고 구들이ᄂᆞᆫ 졍 덥ᄂᆞ든 의복으로 ᄡᆞ 녀허 ᄀᆞᆫ 덥게 아녀 ᄒᆞ셔든 ᄊᆞᆺ희
ᄃᆞᆫ탕 ᄒᆞ여 ᄂᆞᆨ여 이라 너모 더워 산ᄀᆞᆺ시 데여 ᄃᆞᄉᆞ 보ᄉᆞᆸ고 ᄃᆞ더 ᄃᆞ 나 아녀 ᄒᆞ여
ᄃᆞᄉᆞᆷ ᄂᆞᆫ 누니라 ᄎᆞᆫ 물에 ᄲᅡ 싯고 더온 물에 아녀 헤워 ᄆᆞᆫ ᄲᆞ시 ᄡᅳᄂᆞ니라

잡채

외ᄎᆡ 무우 댓무우 ᄎᆞᆷ버ᄉᆞᆺ 셕이 표고 숑이 녹도기ᄅᆞᆷ우 ᄂᆞᆫ 셩으로 ᄒᆞ고 도랏
게목 건박고조기 ᄂᆞ이 ᄆᆡ나리 파 ᄃᆞᆯ흡 고ᄉᆞ리 싀엄쵸 동화 가지 ᄆᆞᆯ ᄭᅮᆼ
더ᄉᆞᆫ 다시 ᄒᆡ ᄠᅳ저 노ᄅᆞ타 ᄉᆡᆼ강 업거든 건강 ᄒᆞ쵸 ᄎᆞᆷ기ᄅᆞᆷ 진지령
졀 ᄀᆞᄅᆞ 다셧ᄀᆞ뎌 ᄀᆞᄂᆞᆯ게 ᄒᆞᆫ 쳐 ᄉᆞᆯ ᄉᆞᄒᆞ라 각각 기ᄅᆞᆷ 지령으로 복가 ᄒᆞᆨ고 ᄒᆞᆷ
ᄒᆞ고 ᄒᆞᆨ분 ᄃᆞ ᄒᆞ여 ᄀᆞᆷ으로 ᄒᆞᆫ 사 ᄒᆞᆫ ᄃᆡ 졉시의 노코 즙을 ᄂᆞ리워 젹ᄒᆞᆫ히 ᄒᆞᄋᆞᆼ우

13b

가지 짐의 짐

가지ᄅᆞᆯ 꼭지ᄯᅦ ᄒᆞ단 ᄀᆞᆺ드ᄅᆡ ᄲᅡᆯ고 네 쪽의 ᄯᅥ러 물의 ᄃᆞᆷ가며 온물이 노러나거든 ᄀᆞ장 됴ᄒᆞᆫ 진장 달희기 ᄀᆞᄅᆞᆷ 진 ᄀᆞ초와 ᄡᆞᄒᆞ다 호쵸 쳔쵸 약념ᄒᆞ여 사발의 ᄂᆞᆯ아 ᄉᆞ져든 항ᄒᆞ여 흐억게 ᄡᅥ ᄡᅳ나 외도 이ᄅᆡ ᄡᅥ ᄡᅳᄂᆞ니라

외화ᄎᆡ

외ᄅᆞᆯ ᄀᆞᄂᆞᆯ고 길게 ᄲᅡ ᄒᆞ다 ᄭᅳᆯᄂᆞᆫ 물의 잠간 드리쳐 건져 물 ᄢᅡ쳐 녹도 ᄀᆞᄅᆞ고 로못쳐 ᄯᅡ 쓸ᄂᆞᆫ 물의 데쳐 다시 기ᄅᆞᆷ 세 번 ᄒᆞ여 ᄎᆞᆫ물에 거쳐 시서 ᄒᆞ사 희게 뵈거든 건져 ᄎᆞ지령 쳐 치어 안쥬ᄒᆞ다 녹두 ᄀᆞᄅᆞ 무치면 죠ᄒᆞᄂᆞ니라

년근ᄎᆡ

년근의 새 움이 녀ᄅᆞᆷ과 새 ᄋᆞᆯ 회 돗거든 ᄲᅡ혀 던 시어 잠간 데쳐 싱ᄀᆞ사 보ᄃᆡ고 ᄎᆞ치이 되 ᄭᆡ ᄀᆞᆷ 구혀 지령 기ᄅᆞᆷ의 쳐ᄒᆞ고 ᄎᆞ쳐라 떡도 굽되 ᄉᆞᄀᆡ마 실 아사 보ᄃᆡ고 ᄊᆞ흐라 지령 기ᄅᆞᆷ의 진 ᄀᆞᄅᆞ 즙 타 떡 굽우면 ᄀᆞ장 조ᄒᆞᄂᆞ니라

슉탕

졍이월 슉이 슉을 ᄯᅳ더 지령국의 달히고 셩치 ᄃᆞ 세 ᄇᆞᆺ아 ᄂᆞᆯᄭᅡ ᄯᅢ기ᄅᆞᆷ 노하 모ᄅᆞᆫ 비ᄉᆞᆺ ᄉᆞᆯ 세 ᄯᅳ더 ᄂᆡ허 쓸히면 ᄀᆞ장 ᄆᆞᆺ 조ᄒᆞᄂᆞ니라

슌탕

13a

믈의ᄉᆞᆱ시건져그지뎐의쳐메워ᄃᆞᆯ화ᄇᆞ되고그ᄃᆞᆫ혼지령고쳐삿서셜강즛두드녀
더허두고ᄡᅳᆯ제ᄒᆞ쳐ᄡᅳ나사나흘되도록ᄲᅥ도비치민화ᄌᆞᆺᄒᆞ니됴ᄒᆞ니라돈해ᄒᆞᆯ거
ᄲᅡᄒᆞ니ᄃᆞᆯ화ᄇᆞ되고다시지령너허사ᄒᆞᄂᆞ니라

동화돈채

동화ᄅᆞᆯ효근두부느르미마곰싸ᄒᆞ라말가케잠간데쳐ᄎᆡ예건져두고지령기ᄅᆞᆷ단
혀쳐메워게ᄌᆞᆺᄒᆞ지령세마시맛게새ᄉᆞ곰걸러보다나온체예바타그동화의즙
ᄀᆞ치걸러섯거ᄡᅳ라

동화적

굵고ᄉᆞᆫ진동화ᄅᆞᆯ싸ᄒᆞ라고기산적ᄢᅦ드시ᄢᅦ여설아적ᄢᅦ드시ᄒᆞ여갈로
두뎌을쟉쟉어히져둏ᄂᆞ녀허적쇠노화만화로무트게구우쉬지령기
ᄅᆞᆷᄇᆞᆯ라굽고마ᄂᆞᆯ이나ᄉᆡᆼ강이나즐게ᄡᅡ아녀헌ᄉᆞ이메다들게녀허ᄒᆞ면
쳐ᄡᅳ라

가지느ᄅᆞᆷ이

가지ᄅᆞᆯ셔ᄒᆞ야적을ᄒᆞ논지령기ᄅᆞᆷ진ᄀᆞᄅᆞ연쳐구워ᄀᆞ장됴ᄒᆞᆫ지령국거걸파녀
허기ᄅᆞᆷ진ᄀᆞ도ᄐᆞ라즙ᄆᆞᆫᄃᆞ게ᄒᆞ여그가지젹두쳐ᄀᆞ치며슥슥싸ᄒᆞ라ᄡᅳᄂᆞ니라

12b

으면ᄃᆞᆰ의살만ᄒᆞ야지거든지버내면네곳지어여시면지그되거나너모이더져자로건져내고셜흔기
ᄅᆞᆷ을날ᄃᆞᆯ의퍼나마납슈의ᄯᅥ워쳐보고ᄯᅩ곳블을업시ᄒᆞ고기ᄅᆞᆷ차신제모로부어간쟝을몬져
ᄀᆞ치져다가ᄠᅳᆯ고의예ᄯᅩ곳블을존쳐ᄀᆞ치며ᄒᆞ다그니매기ᄎᆞᆷ두되ᄂᆞᆫ셔료치오며더지면기ᄅᆞᆷ이ᄂᆞ게
들고요로너라간쟝무치ᄂᆞᆫ새ᄭᅩᆯ박의담고흔드러무리쳐박을들을가더고셔료흔드러먹ᄂᆞ니라

인졀미ᄎᆞᆷᄂᆞᆫ법 맛질방문

인졀미소복애엿슬흔치마곰고자더허두고블에만화로여시녹게구워아젹으로먹으라

복셩화ᄉᆞᆺᄂᆞᆫ법

밀굴르로쥭을ᄡᅳᆯ히고소곰을ᄌᆞ곰더허새독의더고복셩을ᄌᆞ가ᄂᆞᆫ대더모이봉ᄒᆞ여두
면녀ᄅᆞᆷ을먹거도시졀것ᄀᆞᆺᄒᆞᄂᆞ니라

동화ᄂᆞ롬미

쇤동화ᄅᆞᆯ너븐빈넙마곰엿게져며ᄀᆞᆫ쳐두고두우화치무ᄅᆞᆫ손마셩이요고진
이ᄎᆞᆷ기ᄠᅩ사ᄒᆞ쵸ᄀᆞᄐᆞᆫ약념ᄒᆞ여그동화젼인져ᄡᅡ쎄여대졉의담아ᄃᆞᆫ댱의
낙게ᄧᅧ지텽국의기ᄅᆞᆷ진ᄀᆞᄅᆞᆫ셩치즙맛이시ᄒᆞ여호쵸쳔쵸약념ᄒᆞ여싸ᄇᆞ
졉시예담고그즙언쳐드리라

동화션

늘근동화도독도독ᄡᅥ러잠간데쳐지텽의기ᄅᆞᆷ노화블에ᄀᆞᆺ혀그동화ᄅᆞᆯ본ᄂᆞᆺ

빙ᄉᆞ과ᄂᆞᆫ ᄎᆞᆸᄡᆞᆯ을 ᄆᆞ이 ᄡᅳᆯ허 ᄡᆞ라기 업시 ᄒᆞ여 ᄀᆞᄂᆞᆫ 체 처 쳬 노ᄒᆞ여 됴ᄒᆞᆫ 쳥쥬의 ᄀᆞ라 ᄀᆞᆯ고
반쥭 만치 ᄒᆞ여 잠ᄭᅡᆫ 둣다가 밥보ᄋᆡ ᄡᅡ 새옹 두에 ᄲᅧ ᄀᆞ장 닉거ᄃᆞᆫ 내여 더 딘 ᄀᆞᆺ티 ᄆᆞᆯ산 ᄇᆞᆫ의 홍
오ᄃᆡ로 미러 ᄭᅩᆺ마곰 ᄡᅡ흐라 ᄆᆞᆺ초 ᄆᆞᆯ뢰여 디져 쳥밀의 엿 조곰 노화 ᄲᆞᆯ 혀 ᄡᅥ 버무려 고로 펴고
잠ᄭᅡᆫ 지즐럿다가 엉의거ᄃᆞᆫ ᄡᅡ흘라 ᄡᅥᆯ을 ᄢᅦ조ᄒᆞ려면 어우러 아니ᄒᆞᄂᆞ니라

강졍법

맛질방문

ᄀᆞ장 됴ᄒᆞᆫ ᄎᆞᆸᄡᆞᆯ을 ᄯᅬᄡᆞᆯ과 ᄡᆞ라기 이ᄅᆞᆯ 골희여 ᄇᆞ리고 ᄃᆞᆷ가 ᄒᆞᄅᆞᆫ 밤 자여 이튼날 아ᄎᆞᆷ의 ᄇᆞᄅᆞᆷ 업ᄉᆞᆫ 방의 ᄇᆞᆯ
덥게 다히고 ᄃᆞᆷ갓던 ᄡᆞᆯ을 ᄭᆡ 말ᄒᆞ여 ᄀᆞ장 ᄂᆡ온 쳥쥬의 된 즌편 ᄀᆞ치 므러 더운 ᄌᆡ 잠ᄭᅡᆫ 노화ᄯᅡ가 밥보자
희ᄒᆞᆫ 졋시 ᄉᆞᆨ노하 노코 두ᄭᅦ예 ᄃᆞ다ᄅᆞᆯ 노ᄒᆡ며 만화로 ᄲᅧ 안 방의 노코 홍 ᄆᆞᆺ대 ᄭᅳᆺ트로 ᄲᅡ려 지게처 쳥쥬
ᄆᆞᆯ 술 그ᄅᆞᆺ 무쳐 안 방의 ᄯᅥᆨ 붇다셔 거 홍 ᄆᆞᆺ대 그려 다 트러 감ᄂᆞᆫ 후에 분 ᄆᆞᆯ 졋안 방의 두ᄭᅥ이 셔고 그 ᄒᆞᆯ
대예 거ᄉᆞᆯ 술 그릇 쳥쥬 무쳐 셜거 그ᄅᆞᆺ 티노코 ᄯᅩ ᄀᆞᄂᆞᆫ 덥고 ᄀᆞᄅᆞᆯ 의지ᄒᆞ여 비븨여 슈ᄉᆞᆫ 마곰 ᄡᅡ흐되 납
여납여 ᄡᅡ흘면 쳘 현 ᄀᆞᄂᆞ니 잠ᄭᅡᆫ ᄀᆞᆯ 즉ᄌᆞᆨᄒᆞ게 ᄡᅡ흐라 ᄀᆞ장 모이 더 눈 반의 ᄉᆞ지 셜고 ᄃᆞᆫ 더 ᄡᅡᄒᆞᆫ 너 쪽
쪽 어험으로 느리여 노코 ᄒᆞᆫ 아히 바독 두듯 낫낫치 뒤혀 노하 쉴 ᄉᆞ이 업시 뒤시로다가 두ᄭᅥ히 다구어
몬 더 아니ᄒᆞ거든 ᄆᆞ이 ᄆᆞᆯ노여 우러 보와 ᄉᆞᆨᄉᆞᆨᄒᆞ거든 거두어 됴ᄒᆞᆫ 쳥쥬에 적셔 ᄉᆞ지예 나아 노코 그ᄅᆞᆺ시
나 펴 두면 술이 들 너든 밥보흘 축여 ᄆᆞ이 ᄡᅡ 브리고 ᄲᅡᆫ지예 녀헛다가 추더거든 이튼날 통노러
ᄅᆞᆯ ᄉᆞᆺ블 우희 노코 ᄎᆞᆷ기ᄅᆞᆷ 봇고 강졍을 여나ᄆᆞᆫ 낫식 드리쳐 져 조ᄎᆞᆷ히 젓기ᄅᆞᆯ 그치지 말고 젓
다가 보면 ᄲᅥ 셜고 븨비 ᄉᆞ ᄉᆞ락이 ᄅᆞᆯ 흡히 ᄲᅥ 허 ᄉᆞᆺ블을 ᄡᅥ 오고 ᄆᆞᄅᆞᆫ ᄀᆞ뢰 조초 ᄒᆞ나 져로 면 ᄒᆞ여 ᄯᅥ

11b

챠면법 맛질방문

모밀을거피ᄒᆞ여ᄉᆞᆸ골ᄅᆞᆯ김체예노외여고온진ᄀᆞᆯ리나ᄉᆞ면ᄀᆞᆯ리나썻거면을ᄀᆞᄂᆞ리싸ᄒᆞ라오미ᄌᆞ식의
잣교로ᄒᆞ면더둠차반이ᄀᆞ장묘ᄒᆞᄂᆞ니라

식면법 맛질방문

ᄆᆞ장쳥ᄒᆞᆫ묘장골ᄅᆞᆯ、잠산물ᄉᆡᆼ더둣다가덩이지거든모시예나총체예나노외여졍반의담고그ᄀᆞᄅᆞᆯ더
러ᄯᅳᆯ수저너ᄒᆞᆫ노리예ᄆᆞ장모이ᄉᆞᆯ히고즙엽ᄉᆞᆫ노그ᄅᆞᆫ더몽을넙시홀、ᄒᆞ게하고굿재ᄉᆞᆯᄅᆞᆫ물에ᄲᅥᄅᆡ와
심히ᄇᆞᆰ이져어교로녀거ᄅᆞᆯ미치노라말가ᄒᆞ야술들며이면일의굿너ᄂᆞᆫ그믈을골위노화치ᄂᆞᆫ너므즐
면되지아니ᄒᆞᄂᆞ니ᄆᆞ장젼ᄉᆞ러ᄲᅧ고ᄒᆞ며ᄉᆞᆫ으로이욱이치면골리오오토녹어뎌추혀들면ᄉᆞᆯᄆᆞ치ᄂᆞᆫ
ᄒᆞ여ᄉᆞ도지아니거든물ᄉᆞᆯ히고박애중ᄅᆞᆯ들서그친거ᄉᆞᆯ홀처나아무ᄒᆞᆫ노ᄅᆞᆫ드러박울두드려거든밋
히셔져허나ᄒᆞ은후에건뎌내면모시실ᄀᆞᄐᆞᆫ니라ᄆᆞᆯ이되거나물제너므즐거나ᄒᆞ여도되지아니ᄒᆞᄂᆞ니라

약과법 맛질방문

ᄀᆞᄅᆞᄒᆞᆫ말의ᄭᅮᆯ두되기ᄅᆞᆷ다ᄉᆞᆺ술서홉ᄭᅮᆯ힌ᄆᆞᆯ서홉합ᄒᆞ여물ᄀᆞ시믈고즙쳥ᄒᆞᆫ되예ᄅᆞᆯᄒᆞᆫ홉
반산라무치라 방미ᄌᆞ히인패라약과ᄆᆞ치ᄒᆞᄂᆞ니라

듕박겨 맛질방문

듕박겨ᄇᆞᆫᄀᆞᄅᆞᄒᆞᆫ말의ᄭᅮᆯᄒᆞᆫ되기ᄅᆞᆷᄒᆞᆫ홉ᄭᅮᆯ힌믈칠홉합ᄒᆞ여므지그너ᄒᆞ여ᄆᆡᆫ글라

빙ᄉᆞ과 맛질방문

11a

ᄃᆞᆰ을 자바 소옥을 ᄢᅢ혀 씨ᄅᆞᆯ 후의 목을 ᄭᅳᆫ흐로 ᄃᆞ라 미고 소옥애 믈을 ᄀᆞᄌᆞᆨ 부어 갓고로 ᄃᆞ라 ᄒᆞᄅᆞᆫ 밤
이나 ᄌᆞᄌᆞ 아니 지내거든 그저야 짓ᄂᆞᆯ 싯고 ᄉᆞ지 ᄆᆡ여 소곰 블라 구우치 믈을 여러 번 ᄇᆞᄅᆞᆫ다가 기ᄅᆞᆷ 치ᄇᆞᆯ
라 구우면 셩치 됴ᄒᆞᆫ 나ᄂᆞ니라 ᄡᆞ론 ᄃᆞᆰ이라도 믈을 여러 번 ᄇᆞᄅᆞᆫ다가 기ᄅᆞᆷ 지령 드려 구우면 됴ᄒᆞ니라
셩치 됴믈을 ᄃᆞ러 만이 ᄇᆞᄅᆞᆫ 고구우면 됴ᄒᆞ니라

양 봇ᄂᆞᆫ 법　　맛질방문

소두에 믈 모이 다ᄅᆞ고 기ᄅᆞᆷ 두ᄅᆞ고 ᄡᅳ어 곱히 둘러 바ᄋᆞ여 내면 됴ᄒᆞ니라

계란탕법　　맛질방문

ᄉᆞ이젓국이나 지령국이나 맛마초와 기ᄅᆞᆷ ᄒᆞ믈이 글혀 고븨 절제 알을 웃브리ᄃᆞᆺ ᄒᆞ여 결에 ᄣᅡᆷ
두ᄣᅥ 다ᄉᆞᆺ 소ᄉᆞᆷ 글혀 적은 덧ᄉᆞ이 예 엳어든 알 소옥이 채 닉지 아녀셔 연ᄒᆞᆫ 그ᄅᆞᆺ시 ᄀᆞ만ᄀᆞ만 ᄯᅥ 젓국이
어든 초 ᄒᆞ고 쟝국이어든 그저 노ᄒᆞ라 노ᄒᆞᆫ 알 엳굴이 잇ᄂᆞ니라

난면법　　맛질방문

계난 ᄂᆞᆯ 긔 화그 알희면 ᄆᆞᄅᆞᆯ 모라 ᄊᆞ흘어나 ᄂᆞᆫ의 누른 거나 쟝 시면 ᄀᆞ치 ᄡᆞᆯ마 내여 기ᄅᆞᆷ 진 셩치 ᄂᆞᆫ
ᄅᆞᆫ 국의 만나 ᄡᅳ라 교도 ᄂᆞᆫ 그저 면 ᄀᆞᆺ치 ᄒᆞ라

별착면법　　맛질방문

진ᄀᆞᄅᆞᆯ 졍히 ᄂᆞ외여 ᄒᆞ쟝ᄀᆞᄅᆞᆯ 반 식 서거 믈의 ᄆᆞ라 안반의 ᄀᆞ장 얇게 미러 ᄒᆞ쟝 ᄡᅥ로 ᄡᅡᄒᆞ라 ᄉᆞᆯ마 초믈의
ᄂᆞ녀 ᄆᆞ장 ᄎᆞ거든 ᄭᅢ국의 나오미ᄌᆞ 쇽의 나 ᄒᆞ쟝 ᄎᆡ로 ᄒᆞ라

10b

쵸쳔쵸진ᄀᆞ론 녀허 실로 동혀 ᄃᆞ러셔 ᄀᆞ시 녀 실를고 싸ᄒᆞ다 쓰고 싸ᄒᆞ라 믈뢴 너ᄎᆞᆷ 안지 령기름
의ᄀᆞ론 잠계ᄒᆞ호 쵸쳔쵸 약먼ᄒᆞ여 경ᄒᆞ여 쓰라 쳥복도 ᄀᆞ장 묵론 계고 화 싸ᄒᆞ라 믈도
여두고 히ᄉᆞᆷᄉᆞ치 쓰지지 령기름 국의 쓰라

년어난

년어난을 ᄲᅧᆺ처 믈노야 두고 ᄲᆞᆯ제 믈에 ᄃᆞᆷ아 치령 국의 ᄇᆞᆯ혀 쓰고 ᄯᅩ 녀ᄅᆞᆫ난 ᄃᆞ예 ᄃᆞ허 장복ᄀ
의무덧나가 쓰고 ᄯᅩ 소곰 만이 ᄒᆞ야 ᄃᆞᆷ갓다가 쓰라

춍새

춍새를 졍히 ᄉᆞ더 눈과 보오리과 발과 소옥을 다 내ᄇᆞ리고 갈둥으로 두ᄃᆞ려 편계ᄒᆞ고 굴근
쵸히로 너무 더ᄆᆞᆯ ᄲᅡ ᄇᆞ리고 술로 조히 씨예 믈로 이치ᄒᆞᆫ 후의 복근 소곰과 닉ᄂᆞᆫ 기름 각ᄒᆞᆫ 종
묘ᄒᆞᆫ 술 ᄒᆞᆫ 잔으로 버무려 두 마리식 서로 갓고라 ᄒᆞᆫ 치 합ᄒᆞ여 그 속의 쳔쵸 다ᄉᆞᆺ과 파 둘식
너허 ᄃᆞᆫᄃᆞ니 ᄆᆡ야 두면 닉거든 쓰나 믈 읏고기 젓세 ᄯᅩᆯ회로 항ᄋᆡ 너허 보ᄂᆞᆫ 면 만히 나두ᄂᆞ니라

쳥어념혀법

맛질 방문

쳥어 조ᄅᆞᆫ 믈의 ᄡᅥ ᄉᆞ면 브리ᄂᆞ니 가져온 재 大연이 쓰셔 ᄇᆞ리고 ᄀᆡᆨ 마리예 소곰 두 퍼식 녀허 흐치 놀믈려
졀금ᄒᆞ고 독을 조장ᄒᆞᆫ 후 무ᄂᆞᆫ 면 세젼이 오도록 쓰ᄂᆞ니라 방어도 놀믈 졀금ᄒᆞ고 싸ᄒᆞ라 이
ᄀᆞᆺ치 ᄒᆞ되 믈 ᄲᅵᆺ고 기ᄅᆞᆷ 혀 ᄌᆞᆯ 다 이러ᄒᆞᄂᆞ니라

ᄃᆞᆰ곰ᄂᆞᆫ법

맛질 방문

로ᄒᆡ야ᄆᆞᆯ로이ᄃᆡ서로두여ᄆᆞᆯ로이고고기목의혹부ᄎᆡ디(지)아녀거든ᄎᆞᄎᆞ로미라 ᄯᅩ더우ᄃᆡ예ᄉᆞ
이ᄆᆞᆯ뵈려ᄒᆞ면모육을얄게ᄲᅥ믈것반셕의너러ᄎᆞ로ᄇᆞᆯ고두우시ᄒᆞ여너러ᄆᆞᆯ로이라

고기ᄆᆞᆯ로이고오래두ᄂᆞᆫ법

ᄆᆞᆯ로이ᄂᆞᆫ고기ᄅᆞᆯᄲᅧᄅᆞᆯᄇᆞᆯ라ᄇᆞ리고ᄆᆞᆫ이시서ᄢᅡ라ᄂᆞ려엽시버혀편을ᄆᆡᆫᄃᆞ라두녈가온대녀
허지ᄎᆞᆷᄭᅢ블셔엽서ᄂᆞᆫ소곰섯거다시지ᄎᆞᆷ왓다가볏치ᄆᆞᆯ로이ᄃᆡ반만ᄆᆞᄅᆞ거든다시두
녈ᄉᆞ이예ᄉᆡ블와편케ᄒᆞ야모이ᄆᆞᆯ로이고ᄇᆡᆺ엽거든실에ᄭᅦᄆᆡ고발셜고그우희널고그아
래블피워ᄆᆞᆯ로이라니ᄡᅩ이면벌기고기예못나ᄂᆞ니라
섯ᄃᆞᆯᄆᆞᄅᆞᆫ숑치강이ᄅᆞᆯ잠ᄯᅡᆫ믈ᄲᅮ려블에드ᄉᆞ시ᄒᆞ야더온날ᄎᆞᆫᄆᆞᆫ고기ᄅᆞᆯ무더두면노
래여도석지아니ᄒᆞᄂᆞ니라
믈읫기름진고기ᄅᆞᆯ장애무더두고쓰면열흐라도마시변치아니ᄒᆞᄂᆞ니ᄲᅡᆯ제희뎜ᄒᆞ여쓰라
고기ᄅᆞᆯ모이므ᄅᆞ게ᄉᆞᆷ아연육ᄒᆞ여ᄎᆞᆷ게ᄡᅡᄒᆞ라ᄆᆞᆯ로(여)두고ᄲᅳᆯ제블의ᄌᆞᆷ가우려워지령기ᄅᆞᆷ의
진ᄀᆞᄅᆞᆫ즙ᄎᆞᆷ게ᄒᆞ여탕ᄒᆞ여쓰면죠ᄒᆞ니라더러ᄅᆞᆷ의벌기지시쉬우니뎌온지예무더두고ᄡᅳ면벌
기ᄎᆞᆺ드ᄂᆞ니나ᄆᆞᆯ이우러워쓰라

히ᄉᆞᆷ 젼복

히ᄉᆞᆷ을잘로라ᄯᅩ잘로ᄅᆞᆯᄀᆞ여죠히씨어ᄀᆞ장무ᄅᆞ게고화더러그ᄅᆞᆺᄆᆞᆯ로이고더러ᄡᅡᄒᆞ라
ᄆᆞᆯ로야두고ᄌᆞᆸ로ᄌᆡ쓰ᄌᆡᆫ잇거든ᄆᆞᆯ의ᄃᆞᆷ가그ᄌᆞᆺᄆᆞᆯ로인거ᄉᆞᆫ약념ᄒᆞ여셩치ᄎᆞᆷ게ᄒᆞ고죠

9b

ᄯᅩ라토장ᄀᆞᆯ물노온몸의두로무쳐ᄉᆡ이젓국담제타ᄆᆞ이ᄉᆞᆯ거든ᄂᆡ념의다몃낫식ᄡᅥ고파조차ᄒᆞ
여잔쌍의노르라

슈죵계　　　　　　　　맛칠방문

ᄉᆞᆫ진삼ᄃᆞ리울죄ᄲᅡ더ᄆᆞ져ᄀᆞᆫ죄고넝치안가ᄉᆞᆷ늘모이두드려노리ᄅᆞᆯᄂᆞᆯ오고기름만흥치나쳐고
고기ᄅᆞᆯ드러쳐녀게븟고빈물ᄀᆞ득부어장작짐의여셧히ᄯᅳ토란알ᄒᆞᆫ되쉰무우젹므ᄀᆞ치ᄊᆞᄒᆞᆫ
라ᄒᆞᆫ뒤녀허이녹이ᄭᅳᆯ아그고기다무ᄅᆞ거든고기ᄲᆞᄂᆞᆫ물을건더ᄀᆞ그물에지령마초라고기ᄅᆞᆯ도로녀허
ᄒᆞᆫ소ᄉᆞᆷᄭᅳᆯ혀ᄂᆞᆫ쟝ᄂᆡ엽ᄉᆞᆫ후진ᄀᆞᄅᆞᆫ무자약마치다ᄇᆞᆯ근동화젹ᄇᆞ기러마곰의도ᄀᆞᆯ즉즉ᄊᆞᄒᆞᆫ다
녀고ᄎᆞ파염교ᄒᆞᆫ줌ᄊᆞ것것치묵너어허ᄀᆞᄅᆞᆫᄉᆡ와ᄂᆞᆫ물넉을만ᄒᆞᆫ거든너르ᄂᆞᆫᄃᆡ졉의잡치버러ᄭᅳ
ᄂᆞᆫ물라고기ᄅᆞᆯ뎟뎟치노코국ᄲᅥ고우희[illegible]계란부쳐ᄎᆞᆫ게싸ᄒᆞ다셩강ᄒᆞᆫ초ᄀᆞᄅᆞᆫ조차ᄡᅵ[illegible]쓰라

젼쳔고기ᄉᆞᆷᄂᆞᆫ법　　　　　　　　맛칠방문

블읫쇠고기늘ᄀᆞᆫᄃᆞ리이나양보거시라도이ᄉᆞ랏남ᄀᆞᆯ고기ᄒᆞᆫ저너코ᄉᆡᆼ남글ᄭᅡ허ᄊᆞᆯ무면수이무ᄅᆞᆫ
고ᄆᆞᆫᄆᆞᆫᄒᆞᆫ니라　ᄉᆡᆼ나모넙스무낫라ᄉᆞᆫ고시ᄅᆞᆯ겹지벗기고보오더ᄀᆞᆺ고ᄂᆡ엿낫ᄒᆞᆫᄃᆡ너허ᄲᆞᆯ무면
비록둑ᄒᆞᆫ고기라도해넙ᄂᆞ니라

고기ᄆᆞᆯ노이ᄂᆞᆫ법

ᄆᆞᆯ노이ᄂᆞᆫ고기ᄅᆞᆫ널우희보ᄒᆞ로ᄲᅡᄎᆞ로블오면ᄒᆞᄅᆞᆫ너예ᄆᆞᄅᆞᆫᄂᆞ니라고기ᄅᆞᆯ편을얄게ᄒᆞ다
ᄯᅩ더운제비와수이ᄆᆞᆯ로이거든독을돌노고ᄇᆞᆫ고ᄇᆞᆫ다히고호육노ᄒᆞ로ᄡᅦ여목의츙츙이두

ᄅᆞᆯ ᄀᆞ장 ᄆᆞ이 시서 쳥장 ᄒᆞᆫ 사발 ᄎᆞᆷ기ᄅᆞᆷ 다ᄉᆞᆺ 홉을 ᄆᆞ져 ᄀᆞᆫ 항의 너코 항부으리ᄅᆞᆯ 김 나디
아니케 ᄡᅡ 봉ᄒᆞ야 ᄉᆞᆺ탕ᄒᆞ되 어을무로 아 ᄯᅥᆨ이 되도록 ᄡᅵᆷ거나 아젹으로 나죄 되도록
ᄡᆞᆷ마 초지령과 즙ᄒᆞ야 먹으라

개장 곳ᄂᆞᆫ 법

개ᄅᆞᆯ 자바 가리와 안ᄭᅥᆺ과 ᄉᆞᆯ홀 ᄲᅧ ᄇᆞᆯ라 ᄇᆞ리고 ᄀᆞ장 ᄆᆞ이 ᄲᅡ라 소쳐 너코 지령 ᄒᆞᆫ 되 ᄎᆞᆷ
기ᄅᆞᆷ ᄒᆞᆫ 홉 ᄀᆞᄎᆞᆷ ᄭᆡ ᄒᆞᆫ 되 ᄇᆞᆺ가 지허 너코 호쵸 쳔쵸 너허 믈 쵸곰 ᄇᆞᆺ고 소두베ᄅᆞᆯ 두의
혀 덥고 믈 부어 덥거든 다ᄅᆞᆫ 믈 ᄀᆞᆯ기ᄅᆞᆯ 열 번이나 ᄒᆞ면 고기 ᄀᆞ장 무ᄅᆞ거든 가려 ᄂᆡ고
안거ᄉᆞ란 ᄡᅡ흐다 ᄡᅳᄂᆞ니라

셕뉴탕

맛질방문

셩치나 ᄃᆞᆰ이나 기ᄅᆞᆷ진 고기ᄅᆞᆯ ᄡᅡᄒᆞ라 두드리고 무이나 미나리나 파 조차 두부 교고 셩이 ᄒᆞᆫ쉬
두드려 기ᄅᆞᆷ 지령의 후쵸 ᄀᆞᄅᆞ 너허 ᄇᆞᆺ가 만도 ᄀᆞ치 ᄒᆞ여 진ᄀᆞᄅᆞ 졍히 노외여 믈의 ᄆᆞ라 지즈ᄃᆡ
엷게 만도 빗ᄃᆞᆺ ᄒᆞ여 그 고기 ᄇᆞᆺ근 이로 빗ᄎᆞ ᄀᆞᄅᆞᆫ 조차 너허 접기ᄅᆞᆯ 효근 셕뉴 열굴 ᄀᆞ치 두ᄅᆞ혀
게 접고 ᄆᆞᆯ근 장국을 안쳐 ᄀᆞ장 ᄭᅳᆯ커든 쟈로 ᄒᆞᆫ 그ᄅᆞᆺ 여서 너 낫식 ᄯᅥ 술안쥬의 ᄡᅳ라

슈어만도

맛질방문

싱션 ᄒᆞᆫ 슈어ᄅᆞᆯ 엷게 져며 거쳑 잠ᄭᅡᆫ ᄒᆞ여 소ᄅᆞᆯ 기ᄅᆞᆷ지고 연ᄒᆞᆫ 고기ᄅᆞᆯ 너허 ᄌᆞᆯ게 두드려 두부
셩강 후쵸ᄅᆞᆯ 섯거 기ᄅᆞᆷ 지령의 ᄆᆞ이 ᄇᆞᆺ가 졈 ᄉᆞᆫ 고기ᄲᅡ ᄃᆞᆫᄃᆞᆫ 모나 허리 구부시 만도 형상으로 면

8b

개ᄅᆞᆯ안날미리자바낙지아니케어덧ᄉᆞᆯ마ᄲᅧ발라죄ᄉᆡᆼ라ᄆᆞᆯ거엽시슈건으로ᄡᅡ느ᄅᆞᆷ이ᄅᆞᆯᄡᅡᄒᆞ
라후츄ᄀᆞᄅᆞᆫᄎᆞᆷ기ᄅᆞᆷ쳔지령ᄒᆞᆫ뒤교합ᄒᆞ여둣다가잇ᄒᆞᆫ날ᄲᅦ여구으저ᄒᆞᆫ지아니케흡고즙으
란건장을걸러기ᄅᆞᆷ후쵸쳔쵸셩강ᄀᆞᄅᆞᆫᄎᆡ로ᄒᆞ여진ᄀᆞᄅᆞᆯ경히되여즙을ᄎᆞᆫ뒤거더아니케
ᄒᆞ고여올졔구은느ᄅᆞᆷ이ᄅᆞᆯ너운즙의너허졉시예담고쳔쵸후쵸ᄀᆞᄅᆞᆫ고우희느려먹으되셩
치즙을ᄒᆞ면더죠ᄒᆞᄂᆞ니라

개장국느ᄅᆞᆷ이

개ᄅᆞᆯ솜만어덧ᄉᆞᆯ마ᄲᅧ발라ᄒᆞᆫ이실ᄒᆞ야새ᄅᆞᆯ에ᄎᆞᆷᄭᅢᄅᆞᆯ봇가지허너고지령너허난만이ᄉᆞᆯ마나
야어ᄉᆞᆨᄉᆞᆨᄡᅡᄒᆞᆫ다즙을ᄒᆞᆫ뒤진ᄀᆞᄅᆞᆫᄎᆞᆷ기ᄅᆞᆷ지령교합ᄒᆞ야ᄉᆞᆷᄉᆞᆷ이ᄒᆞ여그고기ᄅᆞᆯ너허ᄒᆞᆫ
소솜ᄎᆞᆯ혀내여졉의ᄯᅥ교파ᄅᆞᆯᄯᅳᆫ두어너교국을거지아니ᄒᆞᆫ뒤셩강호쵸쳔너허ᄒᆞ라

개장졈

가리와부화와간을어덧ᄉᆞᆯ마ᄂᆡ고ᄎᆞᆷᄭᅢᄅᆞᆯ봇가지허전더령의교합ᄒᆞ야혹실너나항의
나너허난만케셔져기ᄅᆞᆷ의항의너허ᄲᅮ으ᄃᆡᄅᆞᆯ막ᄃᆡ로조조막고소ᄒᆡ물붓고항을갓고
로업허두ᄉᆞ이ᄅᆞᆯ감나지아니케브ᄅᆞᆫ고ᄀᆞ잔오래셔져항우희ᄀᆞ장덥도록ᄉᆡ내야쵸계
ᄌᆞᆺ도교그고기ᄅᆞᆯ니복으란어ᄉᆞᆨᄉᆞᆨ사흘고가리란ᄡᅳ저먹으라황빅결이ᄀᆞ장됴ᄒᆞᄂᆞ니라

누른개ᄲᅡᆷᄂᆞᆫ법

누론개ᄅᆞᆯ본너황졔ᄒᆞᆫ마리ᄅᆞᆯ먹여ᄃᆡ여여ᄯᅩ나지ᄂᆡ거든그개ᄅᆞᆯ자바ᄲᅧᄅᆞᆯ발라브리고고기

8a

ᄀᆞ장ᄂᆞᆺ게얹혀불을반만ᄃᆞ고만화로ᄒᆞᆫ포ᄎᆞᆨ소화ᄡᅳ다이거시다힘주러너허ᄂᆞ고기과
ᄒᆞ면무ᄅᆞᆫ기쉽지아니ᄒᆞᄂᆞ니라
솟장을뫼ᄌᆞᆨ그으리ᄒᆞ시불을물이다히고그으리면허리라ᄒᆞ고바탕가ᄌᆞᆨ이들뜨거든
벗겨버리고조히시어무ᄅᆞᆫ게고화ᄉᆡ비저도ᄡᅳ고발가락ᄉᆡ이ᄅᆞᆯ갈로ᄭᅢ여지령기ᄅᆞᆷ붓ᄂᆞ니라
ᄒᆞ우면더죠ᄒᆞᄂᆞ니라

야졔육

불에그으려터리업시ᄒᆞ고갈로글거조케시서소솜소솜ᄉᆞᆱ은후만화로무ᄅᆞᆫ포ᄎᆞᆨ고화ᄡᅳ라

가뎨육

가졔육을ᄂᆞᆺ거이산젹허러ᄀᆞᆺᄎᆞᄂᆞ니ᄯᅡᆨ곰졔ᄅᆞᆫ게ᄡᅡᄒᆞ라기ᄅᆞᆷ지령의장여진ᄀᆞᄅᆞᆫ보희게무텨지
령기ᄅᆞᆷ치며닉도록봇가후츄ᄀᆞᄅᆞᆫ약념ᄒᆞ면ᄀᆞ장유미ᄒᆞᄂᆞ니라

개쟝

개ᄅᆞᆯ자바조히ᄲᅥ라어덜ᄉᆞᆯ마ᄲᅧ불라ᄆᆞᆫᄉᆞ니기ᄉᆞ시ᄒᆞ야후쵸쳔쵸ᄉᆡᆼ강ᄎᆞᆷ기ᄅᆞᆷ쳔지랑ᄒᆞ쉬
교합ᄒᆞ여ᄌᆞ지아게ᄒᆞ여개쟝ᄌᆞᄅᆞᆯ뒤혀죄ᄉᆡ도로뒤혀거리ᄆᆞᆨ이녀허ᄉᆞᆯ려ᄡᅡ마씨지나자
러나ᄠᅡᆫ화로ᄭᅵ녀여어ᄉᆞᄉᆞᄲᅡᄒᆞ나ᄒᆞ게ᄌᆞᄒᆞ여ᄀᆞ만ᄀᆞ장죠ᄒᆞ니챵ᄌᆞ란셩으로ᄒᆞ키안날날
화약념ᄒᆞ키교합ᄒᆞ여ᄂᆞᆺ다가이ᄅᆞᆫ챵ᄌᆞ외녀허셔라

개쟝고지ᄂᆞᄅᆞᆷ이

7b

양겁질을벗겨ᄀᆞ장무로ᄉᆞᆯ마시ᄉᆞᆯ이이ᄯᅳ저즙ᄒᆞ고약념ᄒᆞ여도조ᄒᆞ니잘ᄒᆞ면쇠
양인줄을모ᄅᆞᄂᆞ니라

족장

쇠족을ᄒᆞᆫ재ᄲᅡᆯ아가족이무너디거든내여더운김의ᄡᅥᄉᆞ면되거든ᄯᅳᆺ들조히ᄡᅥ내븐ᄂᆞᆫ
물부어우무ᄀᆞ치고하ᄡᅥ거든강졍ᄭᆞᆺ아ᄋᆞᆷᄊᆞᄒᆞ다ᄎᆞᆷ무우도그릐ᄊᆞᄒᆞᆫ고ᄅᆞᄅᆞᆫ외도이신
ᄲᅢ어든그릐ᄊᆞᄒᆞ다됴고버ᄉᆞᆺ도그릐ᄊᆞᄒᆞᆫ라ᄀᆞ지평국의셩치즙진ᄀᆞᄅᆞᆫ다걷파너허ᄒᆞ면
ᄀᆞ장유이ᄒᆞᄂᆞ니라

연계찜

연계를안날쳐녁의잡아ᄭᆞᆺ고로ᄂᆞᆫ나둣다사이ᄐᆞᆫ날아격의ᄎᆞᆫ짓업시ᄲᅳ더안것내고핏
ᄉᆡ업시모이ᄡᅵ어ᄀᆞ장ᄂᆞᆫ건장을체에걸러기름두ᄅᆞᆫ이노코ᄀᆞᆺ소넙과파염교를ᄀᆞᄂᆞ리
ᄡᅡᄒᆞᆫ타셩강호쵸쳔쵸ᄀᆞ툰약념ᄒᆞ여진ᄀᆞᄅᆞᆫ조차ᄒᆞᆫ뎌기면즙이되거든지령쳐기노하
지야ᄯᅵ거소옥더허밤보자로ᄡᅡ미야사그ᄅᆞᆫ싀ᄅᆞᆫ아소리물븟고듕탕ᄒᆞ여ᄀᆞ장무ᄅᆞᆫ
ᄉᆡᆸ듯게낙거든내여노화ᄡᅥ거든ᄡᅳ라 눅게ᄒᆞᆫᄂᆞᆫ즙도건쟝거ᄒᆞ고여러가지약념ᄒᆞ여진
진ᄀᆞᄅᆞᆫ즙을눅게ᄒᆞ여ᄡᅥ면ᄀᆞ장죠ᄒᆞᄂᆞ니라즙이눅우면ᄃᆞᆯ이즙속옥의드러ᄉᆡ이나니라

웅장

돌회ᄀᆞᄅᆞᆫ녀허ᄒᆞᆫ번ᄀᆞᆫ물의ᄃᆞ려ᄃᆞᆺ의퇴ᄒᆞ여넙시고조히시서ᄀᆞᆫ쳐ᄒᆞᆫᄅᆞᆫ밤자여두어소ᄉᆞᆷ

7a

약념ᄒᆞ면 됴ᄒᆞ니라

쇠고기 ᄉᆞᆷᄂᆞᆫ법

미온 믈로 달혀 ᄭᅳᆯ거든 무 ᄂᆞ기 더허 만화로 달히고 두에 덥디 말라 ᄲᆞᆯ리 므르며
독이 잇ᄂᆞ니라 늘거질 건 고기어든 ᄉᆡᆼ 솔고 ᄲᅵ 과 굴 닙흔 ᄌᆞᆷ을 ᄒᆞᆫ듸 녀허 ᄉᆞᆷ으면 수
이 무르고 연ᄒᆞ니라

양숙

양을 ᄊᆡ서 우ᄂᆞᆫ 솟마고 장 우ᄂᆞᆫ거든 제 믈이 다 제 게 비게 ᄉᆞᆷ아 내여 식거든 약과 ᄀᆞᆺ치 ᄊᆞᄒᆞ
라 지령 기름의 쵸ᄒᆞ여 마시 알맛게 ᄒᆞ야 두고 ᄡᅳᆯ 제면 쓰되 아ᄅᆞᆷ다이 내여 ᄀᆞᆺ시 ᄃᆡ여 호쵸 쳔쵸
약념ᄒᆞ여 ᄡᅳᄂᆞ니라

양숙편

양을 거피ᄒᆞ되 믈을 ᄀᆞ의 지게 므이 ᄉᆞᆯ혀 므고 양을 거거 너허 골오로 잠간 두외 시러내
여 갈로 ᄆᆞᆯ ᄎᆞᆯ졀 ᄀᆞ면 희여ᄒᆞ거든 ᄎᆞᆷ기ᄅᆞᆷ 졉지 지령의 호쵸 쳔쵸 교합ᄒᆞ여 단지에 녀코 후
가매 너나 큰 소치 어나 즁탕ᄒᆞ여 믈을 붓고 그 단지를 엽을 ᄡᅡ고 ᄭᅮᆯ ᄠᅳ여 ᄉᆞᆯ모지 나 자리나
물이 ᄉᆞᆷ아 ᄀᆞ장 무ᄅᆞ너든 내야 ᄊᆞ흐라 즙 국의 ᄒᆞᆫ 소솜 ᄉᆞᆯ혀 그ᄅᆞᆺ ᄃᆞ믄 후의 흑셩 강 호쵸
ᄂᆞᆫ과 황빅 계란 부친 것 동골ᄀᆞᆺ ᄊᆞᄒᆞ라 고고물 고로라 즙은 빅 가지 당이 ᄒᆞᆫ가지로 ᄂᆞᆫ거
시오 고물이란 말은 각ᄉᆡᆨ 양 위 우희 ᄠᅳᆫ 교 쳐라

6b

약념ᄒᆞ여쓰ᄂᆞ니라

셩치지히

외지히ᄅᆞᆯ소곰아사브되고겁질벗기디말고ᄀᆞ장도록ᄀᆞᆺᄀᆞᆺ싸ᄒᆞ라더운물의ᄉᆞᆯ고셩치고
리외ᄀᆞ치도엿ᄀᆞᆺᄀᆞᆺᄒᆞ게사ᄒᆞ나지령기ᄅᆞᆷ의붓가나마두고쓰면여러날이라도변치아니ᄒᆞ여
졈졈마시나ᄂᆞ니라

별미

암ᄃᆞᆰ두마리과션히므ᄅᆞᆫ대구세마리ᄅᆞᆯ머리ᄲᅧ지히ᄒᆞᆫᄃᆡ너허원믈의고다가쳔지령
ᄒᆞ되ᄎᆞᆷ기ᄅᆞᆷᄒᆞᆫ되ᄉᆡᆼ강호쵸쳔쵸교합ᄒᆞ야승겁게ᄒᆞ다시고ᄒᆞᆫᄃᆡᄲᅧ녹도록고하ᄒᆞ다
이맛고다흐터지거든녹으며되기ᄅᆞᆯ묵ᄀᆞᆺ치ᄒᆞ야시기면얼의거든ᄉᆞᆫ분ᄀᆞᆺ치밧
ᄎᆞᆺ열게비저초지령의ᄯᅥᆨᄂᆞ니나믈을만이ᄒᆞ여고ᄒᆞᆫ뒤믈이업서가거든더부어구히쓰ᄒᆞ야
ᄲᅧ쳣거ᄉᆞᆫ란ᄎᆞ여보되고쓰저기ᄅᆞᆷᄒᆞᆫ되너흐만ᄒᆞ니짐쟉ᄒᆞ여너허ᄒᆞ라

난장법

ᄃᆞᆯᄀᆡ알이나올회알이나소곰믈슬히고ᄡᅡ너허흐터지게젓디말고소녹이덥니그니ᄂᆞ며
파조쳐너고초쳐쓰나 지령ᄒᆞᆫ의진ᄀᆞᄅᆞᆯ너허츄ᄒᆞ야결화너허그ᄃᆡ로ᄒᆞ여도죠ᄒᆞ니라

국의ᄃᆞᄂᆞᆫ것

ᄀᆞᆫ잔치면암ᄃᆞᆰ이너마리나가마의믈만이붓고ᄉᆞᆷ하흐터지거든쳬예바타두고온갓ᄉᆞᆷ시

6a

ᄡᅵ면 ᄀᆞ장 유미ᄒᆞᄂᆞ니라
대구겁질 ᄂᆞ르미
대구겁질 믈레 ᄃᆞᆷ가 ᄇᆡ라 비늘 ᄲᅥ 업시 ᄒᆞ여 약과 마곰 사ᄒᆞ라 ᄉᆡᆼ이 ᄯᅩ고 진이 ᄒᆞᆼ이 ᄉᆡᆼ치
ᄀᆞᆯ치 소ᄂᆞᆫ 즙게 ᄯᅩ아 호쵸 쳔쵸 ᄀᆞᄅᆞ 약념ᄒᆞ야 그 겁질 ᄡᅡᄒᆞᆫ 뎌 ᄡᅡ 진ᄀᆞᄅᆞᆯ 무레 프러
ᄀᆞ을 부쳐 물에 ᄉᆞᆷ마 셩 더즙 진ᄀᆞᄅᆞ 타 걸파 너허 만나게 즙ᄒᆞ야 느롬이 ᄒᆞ면 ᄀᆞ장 유미
ᄒᆞᄂᆞ니라
대구겁질채
대구겁질을 비늘 업게 ᄇᆡ라 무레 ᄉᆞᆷ마 ᄀᆞᄂᆞ리 ᄡᅡ ᄒᆞ라 ᄉᆡᆼ이 바ᄉᆞ ᄀᆞ치 ᄡᅡ ᄒᆞ라 ᄃᆞᆫ 지령의
걸파 너허 쵸에 버 쵸 노하 쓰라 대구겁질을 그ᄃᆡ ᄇᆡ나 ᄉᆞᆷ파 ᄂᆞᆯ ᄒᆞᆫ 치 서 ᄡᅡ ᄒᆞ라 ᄒᆞ 겹질
의 두로 ᄆᆞ나 쵸지령의 진ᄀᆞᄅᆞ 즙ᄒᆞ여 ᄆᆞᆯ혀 쵸 노화 쓰라
셩치팀채법
외ᄀᆞᆫ 돈지히 겁질 벗겨 소옥 아사 ᄇᆞ리고 ᄀᆞᄂᆞ시 ᄒᆞᆫ 치 기리 마곰 도독도독ᄒᆞ게 ᄡᅡᄒᆞ라 물우리
워 두고 셩치를 ᄉᆞᆷ마 그 외지히 ᄀᆞ치 ᄡᅡᄒᆞ라 드슨 물 소곰 알아 츰 너허 나박딤치 ᄀᆞ치 ᄃᆞ
마 ᄡᅡ 겨 쓰나
셩치ᄌᆞ지히
너지히 겁질 벗겨 ᄀᆞᄂᆞ너 쳐ᄅᆞᆫ 게 사ᄒᆞ나 셩치도 그너 사ᄒᆞ나 지령 기름의 봇가 쳔쵸 호쵸

5b

게ᄅᆞᆯ자바오나ᄂᆞᆫ이사ᄒᆞᆫ자브니ᄅᆞᆯ각〻간지예너고소곰을
게열헤ᄒᆞᆫ되식혀여믈이너허ᄂᆞᆯ혀처오고게ᄒᆞᆫ간디예믈을부어들흔드러시어브
러처세볼이시ᄂᆞᆫ후에휭혀죽운세잇거든굴희여보리고사나ᄒᆞᆫ간디예ᄀᆞᄅᆞ너고그소
곰믈을의지ᄀᆞᄂᆞᆫ거든게ᄎᆞ믈게부어후희가랍넙흘너허돌지ᄌᆞᆯ러뒷다가ᄀᆞ론이ᄃᆞ
명ᄋᆞᆯᄒᆞᆯᄯᅡᆫ의쓰고ᄀᆞ론이되면수이낙ᄂᆞ니ᄂᆞ소곰묵니너모더우면게낙어ᄌᆞ치아니ᄒᆞᄂᆞ니라

약게젓

게쉰마니ᄯᅡᆫᄒᆞᆫ거든젼지뎡두되ᄎᆞᆷ기ᄅᆞᆷᄒᆞᆫ되예싱강호쵸쳔쵸ᄒᆞᆷ합ᄒᆞ여ᄇᆞ즈게ᄂᆞᆯ혀
씨기고게ᄅᆞᆯᄌᆞ히시어아ᄐᆞ리나주우너어든그국의ᄎᆞᆷ가낙어든쓰ᄂᆞ니나

별탕 샤라ᄒᆞᆫ이라

ᄆᆞᆯ발만ᄒᆞᆫ연ᄒᆞᆫ자라ᄅᆞᆯ몬져머리ᄅᆞᆯ버혀피ᄅᆞᆯ버고살ᄂᆞᆫ믈로글그며희여게시어다
시라와젼국장의믈부어ᄂᆞᆯ혀낙거든그져야쓰뎌오미ᄀᆞ초와싱강쳔쵸호쵸염쵸
장을ᄒᆞᆫ치ᄀᆞ날게ᄀᆞ나ᄒᆞ기만ᄒᆞ야마시듣거든믈ᄀᆞᆫ츰의ᄂᆞᆯ혀면거든ᄯᅥᆨᄂᆞ나
ᄯᅩ자라ᄅᆞᆯ자바사너로ᄉᆞᆯᄂᆞᆫ소희너허낙거든나여쓰처ᄀᆞ장조히시어다시지짐기ᄎᆞᆷ의ᄂᆞᆯ
부어살혀싱강이나건강이나호쵸쳔쵸파약념ᄒᆞ여여오라

붕어찜

붕어ᄅᆞᆯ등을ᄐᆞ고쳔쵸싱강과기ᄅᆞᆷ의천장걸되진ᄀᆞᄅᆞᆫᄎᆞᆷᄒᆞ야ᄀᆞᄌᆞ녀허ᄂᆞᆫ탕ᄒᆞᆫ

ᄆᆞᄅᆞᆫ ᄒᆡᄉᆞᆷ을 노고의 안쳐 아니 ᄉᆞᆷ마 ᄲᅵ타 소옥을 잘 ᄌᆞ로 ᄒᆡ쳐 ᄇᆞ려 ᄡᅵ서 고쳐 ᄉᆞᆷ마 ᄀᆞ장
무ᄅᆞ거든 ᄉᆡᆼ치 진ᄀᆞᄅᆞ ᄉᆡᆼ이 표고 진이 송이 ᄀᆞᆺ 두드려 호쵸 ᄀᆞᄅᆞ 약념ᄒᆞ여 그 ᄇᆡ 소옥의
ᄀᆞᄃᆞᆨ 녀허 실로 가야노로 ᄆᆞᆯ고 그 우희 그ᄅᆞᆺ셰 담아 ᄌᆡ디 ᄀᆞ시 ᄲᅧ 내여 실 드러 ᄇᆞ리
고 사ᄒᆞ라 ᄡᅳ라 믈에 그저 ᄉᆞᆷ마 믈에 ᄃᆞᆷ가 두고 ᄡᅡᄒᆞ라 지령 기ᄅᆞᆷ의 쵸ᄒᆞ야 약념ᄒᆞ여도
죠ᄒᆞ니라 그저 ᄡᅡᄒᆞ라 초지령의 ᄎᆞᄒᆞ야 술안쥬ᄒᆞ면 죠ᄒᆞ니라 즙 타 걸파 너허 ᄒᆞᆯ흠
이ᄒᆞ여도 죠ᄒᆞ니라 ᄒᆞᆷ경도 다히 ᄂᆞᆫ ᄒᆡᄉᆞᆷ을 ᄆᆞᆯ근[천] 믈의 ᄂᆡ여 우려 ᄲᅮᆯ 싯거 나와 ᄃᆡ 부려 오면
사ᄅᆞᆷ이 샹ᄒᆞᄂᆞ니라 ᄇᆞᆫ 졉홈 ᄡᅡᄒᆞ라 ᄒᆞᆫ 뎌 안쳐 ᄉᆞᆷ무면 수이 무ᄅᆞᄂᆞ니라

대합

ᄲᅡ셔 국의 ᄭᅩᆺ과도 죠코 ᄆᆞᄋᆡ 씨서 초지령의 회도 죠ᄒᆞ니라 ᄆᆞᄋᆡ 씨서 져 겹질의 ᄀᆞᄃᆞᆨ 다마
지령 기ᄅᆞᆷ 쳐 ᄆᆞᆺ 솜솜 사ᄒᆞ라 노화 노ᄅᆞᆫ 게 ᄭᅩᆺ블의 구어도 죠코 지지면 ᄀᆞ장 유미ᄒᆞᄂᆞ니라

모시죠개 가막죠개

겹질재 ᄡᅵ어 ᄆᆞᆯᄀᆞᆫ 믈의 ᄉᆞᆷ마 버려 진재 그 믈 조차 ᄲᅧ 드리ᄂᆞ니라 일홈을 와각탕이라 ᄒᆞᄂᆞ니라

ᄉᆡᆼ포 간ᄉᆞᄒᆞᄂᆞᆫ 법

ᄉᆡᆼ션 ᄒᆞᄂᆞᆫ 아니 든 ᄉᆡᆼ포ᄅᆞᆯ ᄎᆞᆷ기ᄅᆞᆷ 블라 단지예 ᄀᆞᄃᆞᆨ이 녀코 ᄯᅩ ᄎᆞᆷ기ᄅᆞᆷ ᄒᆞᆫ 잔을 부어
두면 오래여도 ᄉᆡᆼ ᄀᆞᄐᆞ니라

게젓 ᄃᆞᆷᄂᆞᆫ 법

4b

몬져흰모래ᄅᆞᆯ셜고버서조흔조희ᄅᆞᆯ셜고그우희다ᄉᆡᆨ을버려노고ᄯᅩ암기와로덥고간화ᄅᆞᆯ아래우희두면녹ᄂᆞ니라쳥슈져기너허면ᄌᆞᆯ면심히엳ᄒᆞᄂᆞ니라만일화숫희도이러ᄒᆞᆫ야ᄀᆞ우면죠ᄒᆞ니라

박산법

ᄎᆞᆸᄡᆞᆯᄀᆞᄅᆞ지허죠ᄒᆞᆫ쳥쥬로반죽ᄒᆞ야여죽ᄂᆡ고로허국슈ᄡᅳᆺᄃᆞ시이러국슈ᄆᆞ치ᄡᅥᄀᆞᄂᆞᆫ자못ᄂᆞᆺ마곰ᄡᅥᄒᆞ라ᄆᆞᆯ뢰여들뢰여지져쳥밀을쳐와무려미가ᄡᅥᄒᆞ라ᄡᅳ나박쳥이엽거든여ᄉᆞᆫ희게ᄒᆞ화셜ᄂᆡ기조흔후ᄂᆡ노더바가약과ᄂᆞᆺ마곰ᄡᅥᄒᆞ라ᄡᅳ라

잉도편법

반슉ᄒᆞᆫ잉도ᄅᆞᆯ씨블가잠ᄡᆞᆫ데쳐쳬예걸러살올조와ᄒᆞᆫ쳐교합ᄒᆞ여어릐거든버혀ᄡᅳᄂᆞ니라

어육뉴 어젼법

슝기믄슝에어나아모고기라도가싀엽시져며지령기ᄅᆞᆷ의진ᄀᆞᄅᆞᄌᆡ여기ᄅᆞᆷ의지져ᄡᅳ라

어만도법

고기ᄅᆞᆯᄀᆞ장엷게져며소ᄅᆞᆯ셩이표고숑이셩치ᄇᆞᆨᄌᆞᄒᆞᆫ뎌ᄭᅢ두드려지령기ᄅᆞᆷ의ᄇᆞᆺ가고고기예너허녹도ᄀᆞᄅᆞ비져잠간녹도ᄀᆞᄅᆞ무쳐만도ᄀᆞ치ᄉᆞᆷ아ᄡᅳᄂᆞ니라

희ᄉᆞᆷ찰ᄒᆞᄂᆞᆫ법

ᄉᆞᆯ에ᄆᆞ라소녀고또그우희녹도ᄀᆞᄅᆞ더뎌빗치유지빗ᄀᆞ치지져사ᄂᆞᆫ니라

슈교의법

쳐소ᄂᆞᆫ표고셕이외ᄅᆞᆯᄀᆞᄂᆞ리싸ᄒᆞ라ᄇᆡᆨᄌᆞ호쵸ᄀᆞᄅᆞ약념ᄒᆞ여면ᄅᆞᆯ깁어노하야
국슈ᄀᆞ치믈아엷게싸놋그ᄅᆞᆺ굽으로바가도렵게버혀그소ᄅᆞᆯᄀᆞ초이ᄃᆞ허믈이ᄉᆞᆷ마기
ᄅᆞᆷ무쳐초지령의노하드ᄂᆞ니라

잡과편법

ᄎᆞᆸᄡᆞᆯᄀᆞᄅᆞᆯ되게ᄆᆞ라지지ᄂᆞᆫ조악ᄀᆞ치사ᄒᆞ라ᄂᆞᆨ게ᄉᆞᆱ아ᄭᅮᆯ에곳감과밤ᄉᆞᆷ오너허
ᄆᆡ츄ᄇᆡᆨᄌᆞᄅᆞᆯᄌᆞᆺ두드려무쳐쓰나

밤셜기법

밤을안ᄒᆞ여ᄶᅵ기ᄅᆞᆯ체리말고그ᄂᆞᆯ체ᄅᆞᆯ돼여지허체로쳐세분ᄒᆞᆫ분을ᄎᆞᆷᄀᆞᄅᆞᆯ
너허섯거ᄉᆞᆯ믈의반쥭ᄒᆞ야윤케ᄒᆞ야ᄶᅧᄂᆞᆫ셩이편ᄭᅧᄀᆞ치ᄒᆞ여ᄶᅧ쓰라

연약과법

ᄂᆞᆺ비복ᄂᆞᆫ진ᄀᆞᄅᆞᄒᆞᆫ말의쳥ᄒᆞᆫ되닷홉ᄎᆞᆷ기ᄅᆞᆷ다ᄉᆞᆺ홉쳥쥬서홉석거뎐ᄃᆞ라기ᄅᆞᆷ
의지져식지아녀ᄒᆞ야셔즙쳥의ᄃᆞ허쓰라

다식법

ᄂᆞᆺ비복ᄂᆞᆫ진ᄀᆞᄅᆞᄒᆞᆫ말의쳥밀ᄒᆞᆫ되ᄎᆞᆷ기ᄅᆞᆷ여ᄉᆞᆺ홉을섯거뉸ᄃᆞ라기야장소옥의

3b

발만ᄒᆞ거든그밤애섯거조ᄒᆞᆫ술ᄒᆞᆫ술만조차녀허괴여든ᄣᅥ서홉만밤무ᄅᆞᆫ지어ᄂᆞ거
든그술에섯거괴면이튼날거품섯거든쥬쳐예물눗게바다그믈ᄅᆞᆯ모ᄒᆡᄆᆞ장건룡
쥭ᄆᆞ치프더반ᄌᆞᆷ쇠만ᄒᆞ게ᄃᆞᆺ다가칠홉만거ᄒᆞ거ᄂᆞᆫ안쳐ᄯᅵ처상화예기ᄆᆞ치ᄒᆞ라

셩이편법

빅미ᄒᆞᆫ말이면ᄎᆞᆷᄣᅳᆯ두되ᄅᆞᆯᄒᆞᆫ저ᄀᆞᆷ갓다가ᄀᆞ른민ᄅᆞᆯ고셩이ᄒᆞᆫ말을덴ᄅᆞᆯ에조히써
어ᄌᆞᄃᆞ마싸ᄒᆞ라섯거너ᄉᆞ폿시ᄅᆞᆫ편ᄆᆞ치안치여박ᄉᆞᆯᄯᅩ사겨노하ᄡᅵ라이편이ᄆᆞ장ᄒᆞᆫ
별미니라

셥산슴법

더덕을싱으로겁질을벗겨새여물의ᄃᆞᆷ과쓴맛업시우러나거든안반의노코ᄆᆞ만ᄂᆞ
낫업시두드려슈건의물ᄡᅡ보리고ᄎᆞᆷᄣᅳᆯ골ᄅᆞ무치면ᄒᆞᆫ저엉거거든기ᄅᆞᆷ을굴녀지져
쳥밀의상여쓰라

젼화법

두견화나장미화나ᄎᆞᆯ단화나ᄎᆞᆷᄣᅳᆯ골ᄅᆞ거피ᄒᆞᆫ모밀ᄀᆞ른잠ᄭᅡᆫ더혀고ᄌᆞᆫ만이더허눅게
ᄆᆞ라기ᄅᆞᆷ을ᄭᅳᆯ히고젹〻셔노화삭〻이괄게지져한김이나거든쓸언처쓰라

빈쟈법

녹두ᄅᆞᆯ뉘업시거피ᄒᆞ여되게ᄆᆞ라기ᄅᆞᆷᄉᆞ므더아니게부어ᄭᅳᆯ히고젹게셔노고거피ᄒᆞᆫ팟

믈ᄒᆞᆫ 블 열ᄒᆞᆫ 차 노하 둣다가 이ᄐᆞᆫ날 ᄯᅩ 그 기울을 ᄆᆞᆯ믈의 ᄆᆞᆫ쳐 ᄆᆞ치 ᄌᆞᆨ ᄡᅮ어 더더 사흘 만의
새배 그 술을 바다 아ᄎᆞᆷ ᄡᅳ지 아니케 ᄂᆞᄌᆞ기 ᄒᆞ여 ᄆᆞᄂᆞᆫ 쥬저에 다시 바타 누그시 ᄆᆞ다 비ᄌᆞ여 뵈여
ᄇᆞᆫ ᄆᆞᄌᆞᆺ 섥고 노하 두면 ᄇᆞᆫ 쳐 비ᄌᆞᆫ 나치 잠간 ᄂᆞᆺᄂᆞᆫ ᄃᆞᆺ ᄒᆞ거든 안쳐 ᄶᅵ면 아ᄌᆞ니라 ᄌᆞᆨ소 ᄒᆞ기
기울을 너흐면 비치 누ᄅᆞᆯ 거시모로 그ᄅᆞᆫ 셰 ᄎᆞᆷ고 ᄌᆞᆨ을 ᄡᅥ 못ᄂᆞ니나 소ᄂᆞᆫ 외나 박이나 화쳐
ᄡᅡ흐라 무ᄅᆞ게 ᄉᆞᆱ고 셩이나 표고나 ᄎᆞᆷ버슷이나 ᄀᆞᄂᆞ리 ᄡᅳ저ᄃᆞᆫ 지령 기ᄅᆞᆷ의 봇가 ᄀᆞ라 ᄒᆞ
쵸 ᄀᆞᄅᆞᆫ 약념ᄒᆞ여 기 상화ᄒᆞ고 상화 되여 녀ᄅᆞᆷ의 밧보면 거피ᄒᆞᆫ ᄑᆞᆺ ᄎᆞᆯ ᄶᅧ 얼겡이로 처
청밀의 ᄆᆞ라 녀코 죵용히 ᄒᆞ디 ᄂᆞ면 블근 ᄑᆞᆺ ᄎᆞᆯ ᄌᆞᆨ ᄡᅮᄂᆞᆫ ᄑᆞᆺᄀᆞ치 ᄶᅧ 믈 거려 ᄎᆞᆺ블에
소두에 ᄅᆞᆯ 노하 븟가 ᄆᆞᄅᆞ거든 씨허 체로 처 청밀의 눅게 ᄆᆞ라 녀흐면 여러 날이라도 쉬
지 아니ᄒᆞ고 거피ᄒᆞᆫ ᄑᆞᆺ ᄒᆞᆫ 이ᄅᆞᆫ ᄂᆞᆯ이면 되 쉬ᄂᆞ니라 씨기ᄂᆞᆫ 실져계 ᄆᆞᆯᄂᆞᆫᄂᆞᆫ이 ᄒᆞ고 드문
드문 ᄯᅥ디 아니케 안쳐 밥 보자로 섥고 실ᄒᆞ게 마ᄌᆞ 소래로 더퍼 김 나ᄂᆞᆫ 쳐엄의 슈건으
로 지령을 두ᄅᆞ고 ᄆᆞᄅᆞᆫ 장작을 ᄉᆞᆺ이 ᄎᆞ 누여 허 블을 츠히 ᄉᆞᆯ혀 다 ᄒᆞ거든 거두어 ᄃᆞ시
쳐 온 후 ᄲᅥ연 잘 나어 맛고 블을 ᄯᅩᆫ ᄃᆡ 녀ᄒᆞ면 ᄭᅳᆫᄭᅳᆫᄒᆞ고 너모 오래 ᄶᅵ면 누ᄅᆞ니라

증편법

죠ᄒᆞᆫ 빗나니 ᄡᆞᆯ이나 오려ᄡᆞᆯ이나 낭경ᄌᆞᄡᆞᆯ이나 축축ᄒᆞᆫ ᄡᆞᆯ로 ᄀᆞᄅᆞᄅᆞᆯ 보ᄃᆞ라온 체로 처
다시 ᄲᅥ 여ᄒᆞ라 ᄎᆞᆷ편 거슈ᄂᆞᆫ 증편 ᄒᆞᆫ 말 ᄒᆞ려 ᄒᆞ면 조ᄒᆞᆫ ᄡᆞᆯ ᄒᆞᆫ 되 ᄆᆞ이 시어 밥을 무ᄅᆞ게 지
어 ᄎᆞ거든 조ᄒᆞᆫ 누록 갓가ᄅᆞᆷ 갓가 ᄲᅮᆺ거든 그 믈 바타 ᄇᆞ리고 주믈너 거ᄅᆞᆫ 연 흰 믈이 ᄒᆞᆫ 사

2b

포장국의교치ᄒᆞ고오미ᄌᆞ차ᄂᆞᆫ살만쓰ᄂᆞ니라

약면법

녹포물매예ᄃᆞ물에ᄃᆞᆷ갓다가ᄀᆞ장붓거든거려ᄒᆞ야ᄯᅩ어예ᄀᆞᄃᆞ물에거ᄅᆞ저ᄀᆞ장연ᄒᆞᆫ체
포밧고ᄀᆞᄂᆞᆫ목시뢰예다시바다두면부희비치업시ᄀᆞ다안거든물근물ᄉᆞᆯ와브리고부
흰물란그릇싀다가두면ᄆᆞᆯ가안거든ᄯᅩ운물쌀오고ᄀᆞ라안ᄌᆞᆫ골ᄅᆞᆯ식거ᄯᅴ열게너러
ᄆᆞᄅᆞ거든다시지러처ᄀᆞᆯ그로두고쓸적마다ᄀᆞᆯ니ᄒᆞᆫ홉이면물에ᄌᆞ저하거ᄃᆞ아니게다혹
녕풀힝거예ᄒᆞᆫ술식담아어운ᄌᆞ두여물에ᄯᅴ워골오로두ᄅᆞ면잠만녁거든ᄒᆞᆫ물에ᄃᆞᆷ
갓다가싸ᄒᆞ쥐편ᄒᆞ이지어싸ᄒᆞ다오미ᄌᆞ차의이ᄅᆞᆷ울더쓰다오미ᄌᆞ업거든츰ᄲᆡ풀부가
지희걸러그국의ᄆᆞᆯ면포장국이나ᄒᆞᄂᆞ니라녹포ᄒᆞᆫ말의ᄀᆞᆯ리서되나ᄂᆞ니라

상화법

ᄀᆞ장여믄밀ᄒᆞᆯ보리느무ᄉᆞ시지허며브리고돌업시이미시서조ᄒᆞᆫ덩셕의너러ᄆᆞᆯ뢰
지말고알마초ᄆᆞᆯ뢰여두불지허열러이것ᄀᆞᄅᆞ다치ᄎᆞ고세불재부터조ᄒᆞᆫ골ᄅᆞ로
ᄀᆞᄂᆞᆫ체여처ᄀᆞᄂᆞᆫ목시예뼈여두고그기ᄉᆞᆯ을ᄀᆞᄅᆞ녀업시처브리고조ᄒᆞᆫ쌀ᄒᆞ줌만ᄉᆞᆯ만
희부어ᄇᆡᆺ업시셜혀그기ᄉᆞᆯ서ᄅᆞ만그ᄅᆞᄉᆡ담고그죽셜ᄂᆞᆫ더운뢰부으며막대로저어
먼판죽ᄀᆞ치쑤어ᄎᆞ게혜여두고조리드ᄋᆡᆫ누룩을갈로갓가다솝만물에ᄃᆞᆷ가누ᄅᆞᆫ
ᄅᆞᆯ우러나거든그물울화브리고ᄀᆞ장조ᄒᆞᆫ술ᄒᆞᆫ술만그기ᄉᆞᆯ쥬ᄎᆞ거든ᄒᆞᆫ치섯거녀허

2a

만ᄅᆞᆫ은 너나 모ᄅᆞ로 싱강만 못ᄒᆞ야 ᄒᆞᄂᆞ니라

싀면법

이삼월의 녹도ᄅᆞᆯ ᄀᆞ지 온낫과 뉘 업시 ᄀᆞ라 어울믜 졍화슈 기려다가 ᄃᆞ모 저이ᄃᆞ 몬 거ᄉᆞᆯ
뎝ᄒᆞ면 녹되 쉬니 그쳐 물에 ᄌᆞ물게 ᄃᆞᆷ가 이튼날 새배 우물의 가 씨어 즙히 ᄀᆞ다 희 ᄃᆞᆯ게 뎝
지아닌 제 무엽 ᄌᆞ어 너예 넛내 ᄐᆞ쳐 내여 ᄎᆞᆫ 불을 만이 부어 ᄀᆞ장 ᄂᆞᆨ게 ᄒᆞ여 ᄀᆞᆫ질 그ᄅᆞᆺ싀 안쳐
와 이튼날 아젹의 웃물 ᄯᅥ ᄇᆞ리고 흰 ᄀᆞᄅᆞ 안ᄎᆞ 우희 죠희 ᄭᆞᆯ고 그 우희 저ᄅᆞᆯ 설면 그 부리나
저예 ᄇᆞ리거든 서거 너내고 술로 ᄀᆞᆯ거 채 ᄇᆞᆫ의 ᄊᆞ지 셜고 너뢰 드지 아니 제 믈 ᄃᆞ리여 더 허두고
싀면 ᄃᆞ여 쏠 제면 말ᄀᆞᄅᆞᆯ ᄀᆞ장 죠히 ᄒᆞ여 집의 ᄂᆡ여 녹도ᄀᆞᄅᆞ 두되 더허 ᄒᆞ면 말ᄀᆞᄅᆞ 칠홉
을 의이ᄀᆞ치 죠히 쓔어 그 쥭의 녹도ᄀᆞᄅᆞᆯ 보ᄃᆞ라 이뇌여 모라 너우니면 본의 눌러 ᄎᆞᆫ믈
의 건뎌 시서 어ᄅᆞᆷ물에 ᄃᆞᆷ가두고 쓰면 손님여 [illegible]이 나며 ᄀᆞ히라 여ᄅᆞᆷ 음식이오 미ᄌᆞ차
셜타 믈면 죠고 지령 색의 므나 교ᄎᆡᄒᆞ여 죠ᄒᆞ니라 쥭 ᄊᆞᄂᆞᆫ 밀ᄀᆞᄅᆞᆫ 산화ᄒᆞᆫ ᄂᆞᆫ 죠ᄒᆞᆫ ᄀᆞᄅᆞ
ᄅᆞ로 ᄊᆞ다 소아 너면 셩치ᄅᆞᆯ ᄀᆞᄂᆞ리 ᄡᅡ아 못가려 ᄒᆞ라 지령국의 ᄒᆞ면 교ᄎᆡᄅᆞᆯ ᄒᆞ고 오이ᄌᆞ
국의ᄂᆞᆫ 교ᄎᆡᄅᆞᆯ 아니ᄒᆞᄂᆞ니라

토장법 녹도나화

싀면 ᄀᆞᄅᆞᆯ 물의 ᄂᆞᆨ게 프러 너ᄅᆞᆫ 그ᄅᆞᆺ싀 ᄯᅥ 노화 ᄭᅳᆯᄂᆞᆫ 물에 즁탕ᄒᆞ야 ᄒᆞ쉬여 ᄌᆞᆷ거든 그 ᄭᅳᆯ
ᄂᆞᆫ 물을 ᄯᅳ면 ᄋᆞᆷᄋᆡ게 녀거든 ᄎᆞᆫ물에 ᄲᅢ여 ᄃᆞᆷ가 희거든 효근 약과 낫ᄀᆞ치 사흐라 ᄡᅳᄂᆞ니라

1b

음식디미방 면병뉴 면

녹도ᄅᆞᆯ 써어 ᄒᆞᄅᆞ 므이 블뇌여 말고 알마초 블뢰여 ᄀᆞᆯ을 조히 ᄀᆞ라 더ᄒᆞᆫ 제 미라 믈ᄒᆞᆷ
ᄯᅧ 죽ᄀᆞ치 ᄒᆞ야 둣다가 ᄀᆞ티 ᄒᆞᆯ 제 녹도 거피ᄒᆞᆫ ᄀᆞᆯ 조히 시어 건져 ᄀᆞᆯ 새거든 모밀ᄀᆞᆯ 낫 되예 블
부ᄅᆞᆫ 녹두 ᄒᆞᆫ 복ᄌᆞ식 섯거 지ᄒᆞᆫ 뒤 방하 ᄀᆞᆯ ᄀᆞ만ᄀᆞ만 지허 것은 ᄀᆞᄅᆞᆯ ᄲᅥ 보리고
키 그ᄅᆞ서 ᄒᆞᆫ ᄀᆞᆯ이 나거든 그ᄅᆞᆯ 뫼화 다치ᄒᆞᆫ 면 그ᄅᆞᆯ 러 ᄀᆞ장 뫼거든 면 믈 ᄢᅦ 더운 믈에 눅게 ᄆᆞ라
누른 면 비치 뫼고 조ᄒᆞᆫ 면이 되ᄂᆞ니라 교쳬ᄂᆞ 면 교쳬 ᄀᆞ치 ᄒᆞ라

ᄀᆞᆨ 만두법

모밀ᄀᆞᄅᆞ 장만ᄒᆞ기ᄂᆞᆫ 마치 조ᄒᆞᆫ 면ᄀᆞᄅᆞᄀᆞ치 ᄒᆞᄂᆞᆫ 모시예 나ᄂᆞ니 되여 그ᄀᆞᄅᆞᆯ 더러 ᄀᆞᄅᆞᆫ
ᄡᆞ 뒤의 이 죽ᄀᆞ치 ᄡᆞ어 그ᄅᆞ 뫼 눅게 ᄆᆞ라 개ᄭᅩᆷ 낫마곰 ᄯᅦ예 비ᄌᆞ되 만도 ᄯᅩ 장만 ᄒᆞᄂᆞᆫ 무ᄅᆞᆯ
ᄀᆞ장 무ᄅᆞᆫ ᄭᆞᆯ 마 낫 업시 ᄯᅩ 사셜치 무ᄅᆞᆫ ᄉᆞᆯ ᄎᆞᆯ ᄌᆞ쳐 지령 기름의 봇가 ᄇᆡᆨ ᄌᆞ 봐 효효 ᄒᆞᆫ 쳔ᄎᆞ
ᄀᆞᆯ 약념ᄒᆞ야 너허 비저 ᄉᆞᆯ올 제 새옹의 쟉쟉 너허 ᄒᆞᆫ 분 ᄊᆞᆯ 제 잡ᄉᆞ오되 ᄉᆡᆨ 쳐 마초 지령의 ᄂᆞᆫ 상
ᄎᆞᆷ ᄒᆞ야 잡ᄉᆞ오ᄂᆞ니 ᄉᆡᆼ치 업거든 ᄒᆞᆫ 육을 힘줄 업ᄉᆞᆫ ᄉᆞᆯ을 지령 기름에 너져 ᄯᆞ아 너허 ᄀᆞᆺ 소ᄅᆞᆯ
ᄒᆞ라 황육을 아니 ᄂᆞ녀 ᄉᆡᆼᄋᆞ면 ᄒᆞᆫ 뒤 넝 나여 못ᄒᆞᄂᆞ니 뫼만도의 녹도 ᄀᆞᄅᆞᆯ 더ᄒᆞᆫ 연효치 아
니ᄒᆞᄂᆞ니라 소만도ᄂᆞᆫ 무ᄅᆞᆯ 그러 ᄉᆞᆯ마 ᄯᅩ 고 ᄉᆞᆼ이 셩이 버ᄉᆞᆺ 쳘 조게 ᄯᅩ 아 시ᄀᆞᆷ 을 두온 이 너 ᄒᆡ
ᄇᆡᆨ ᄌᆞ 두ᄃᆞ려 지령의 봇가 너허도 조ᄒᆞ니라 ᄃᆞ토 조ᄒᆞᆫ ᄀᆞᄅᆞᆯ 쳥히 상화 ᄒᆞᄂᆞᆫ ᄀᆞ치 시러 ᄯᅩ
빌 만도 소 ᄀᆞ치 장만ᄒᆞ야 초지령 ᄉᆡᆼ ᄂᆞᆨ ᄎᆞᆷ ᄒᆞᆫ 면 죠ᄒᆞ니 ᄂᆞ가 셩ᄀᆞᆺ 그 ᄇᆞᆺ 은 ᄂᆞᆯ 란 조코니

1a

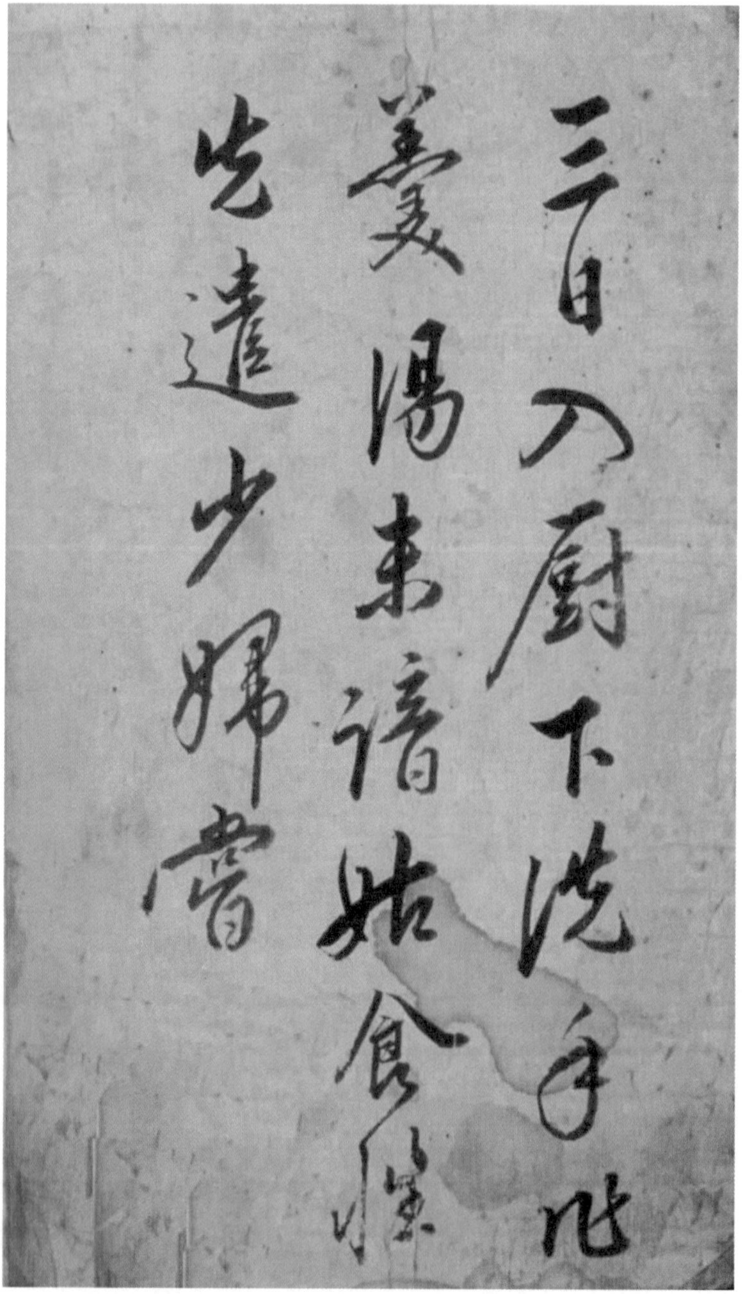

三日入廚下洗手作
羹湯未諳姑食性
先遣少婦嘗

내지의 한시

앞 표지

원전 영인